비평극장의 유령들

비평극장의 유령들

김영찬 평론집

창비

돌아보니 여기다. 불과 화염의 시절, 문학의 무력함을 서둘러 탄식하며 먼 길을 에돌았던 지난날이 아득하다. 그리고 문학이 예의 무력함을 전혀 다른 맥락과 의미 속에서 앓고 있는 이 시대에 다시 문학을 붙들고 궁리하는 것이 지금 나의 모습이다. 오래전 그 시절에 품었던 불안하도록 순결했던 믿음은 이제 가뭇없지만, 문학이 있어 그 믿음의 끝자락이나마 놓지 않고 오랜 기다림을 이어갈 수 있게 하는 작은 버팀목이 되어주니 다행이다. 물론 믿음은 이제 더는 순결한 것이 될 수 없다. 그럼에도 불구하고, 그것이 지금 안고 있는 얼룩과 오점, 동요와 균열이 그 자체 아무 의미 없는 것만은 아닐 것이다.

한편에서는 문학이 더이상 불가능한 '의미'를 찾아 헤매기를 포기하고 참을 수 없이 가볍고 사소한 것이 되어버렸다는 일리있는 소문도 들려온다. 그러나 그 또한 성급한 비관일 뿐, 지금 한국문학을 들여다보면 반증이나 반대의 사례는 얼마든지 있다. 더욱이 문학은 바로 그런 위태로운 동요와 위기 속에서 이 시대의 가혹함에 흔들리는 정신의 가치를 나름으로 힘겨우면서도 즐겁게 지켜가고 있는 중이다. 그런 가운데 미욱하나마 곁에서 거들며 함께해온 나의 말참견이 망외로 이 시대와 한국문학을 향한 조금이나마 의미있는 발언이자 실천이 될 수 있다면 더 바랄 것은 없다.

  그렇지만 둘러보면 문학이 지금 겪고 있는 무력함은 결코 부정할 수 없고 또 부정해서도 안되는 현실이다. 문학에 점점더 불리하게 작용할 수밖에 없는 자본주의 현실의 가혹한 변화와 미디어환경의 발전, 그리고 그와 맞물린 사물화의 위력에 화답하는 정신의 빈곤과 식민화, 심지어 그런 환경 자체에 대한 치명적인 무심과 무감 등은 필시 문학의 입지를 앞으로도 더욱 위협할 것이다. 지금 21세기 한국문학은 그런 위협 속에서, 그 위협을 안팎으로 겪거나 다른 한편 내면화하면서 살아가는 이 시대의 증상이다. 증상으로서 문학은 그런 가운데 이 시대가 안고 있는 곤경과 불행을, 그 안에 숨죽인 위태로운 희망과 아스라한 기대를 그 자신의 몸으로 증거한다. 설령 현실에 무심하거나 겉으로 한껏 가볍고 발랄해 보이는 문학이라 할지라도 그 역시 방식과 현상만 다를 뿐 사정은 같다. 아도르노의 어법을 빌리자면, 진실은 그 증상 속에(만) 있다. 어쩌면 문학의 가치와 정신적 위엄은 역설적이게도 문학이 바로 그 증상 속에서 시대의 불행과 그 자신의 무력함을 온몸으로 앓고 있기에 더욱 절실하게 빛을 발하는 것일지도 모른다.

  그러니 문학이 이제 더는 예전과 같은 위세와 입지를 주장할 수 없다 해서, 아니면 (가라따니 코오진의 예단대로) 이미 죽어버렸다고 해서, 지레 좌절할 필요는 없다. 지금 증상으로서 한국소설은 현실의 뒤로 물러나 자아감각과 현실감각을 압도하는 사뭇 현란한 포스트모던 사물화의 응시를 무력하게 견디고 있는 중이지만, 다른 한편 바로 그 속에서 그 현란함이 은폐하는 근원적인 상실과 불행의 흔적을 누설한다. 그렇게 문학은 시대의 한가운데에 잠복한 시대의 내재적인 타자이자 한계가 될 수밖에

6

없고, 또 그렇게 되어야 한다. 그런 측면에서 문학-증상이란 이 불행한 시대가 애써 떨쳐버리려 해도 떨칠 수 없는, 죽어도 죽지 않는 유령과 같은 것이다. 그럼으로써 나아가 죽은것 이상이자 동시에 산것 이상이 되어야 한다는 쉽지 않은 꿈을 포기하는 문학은, 미래가 없다.

생각건대 비평이 할 일 중 하나는 밑바닥에서 웅성거리는 그 유령의 목소리들을 세심히 따라 읽고 그에 의미와 맥락을 부여하며 그것의 공과(功過)를 따져 헤아리는 것이다. 비평이 끊임없이 작품의 안과 밖을 오가며 작품에 대한 공감과 비판적 의미화의 교대를 거듭해야 하는 것도 그것을 위해서다. 비평이란 그런 가운데 공감하고 분별하며 비판하는, 그 모든 것이 하나가 되는 작업이며, 그것을 통해 나 안의 증상과 대화하는 작업이다. 그것이 더 나아가 문학을 통해 이 시대의 증상을 함께 겪으며 21세기 한국사회의 현재와 미래를 밝혀 읽고 헤아려보는, 그럼으로써 더불어 그 속에 선 나 자신과 초라한 나의 자리를 외면하지 않고 성찰하는 작업이 되었으면 하는 것이 나의 바람이다. 이 책은 게으른 등단 후 그런 생각으로 미력을 다해 한국문학의 증상-유령들과 함께하고자 했던 지난 삼년간의 기록이다.

제1부에서는 넓은 의미에서 주제론에 해당하는 글들을 묶었다. 추상적인 주제를 논하기보다 대개는 구체적으로 작품의 증상을 따라 읽으며 특정한 주제적 구도 속에서 그것이 서 있는 맥락과 의미를 이리저리 가려보는 글들이다. 그중 세 편은 90년대 문학의 끝과 2000년대 문학의 문턱에 대한 대강의 지도그리기에 해당할 터인데, 관점에 따라 달리 볼 수도 있겠으나 이런 방식의 작업이 갖는 의미는 그것대로 없지 않다고 생각한다. 그것은 지금 한국문학이 서 있는 자리를 전체적으로 조감하며 짐작해보는 작업이면서, 그것을 통해 이후 한국소설의 진화와 성숙의 길을 모색하고 궁리하는 데 참조할 수 있는 약도를 만들어보는 작업이다. 개인적으로

는 나의 비평이 지금 어떤 문학적 환경을 마주하고 있는가를 더듬어보고 갈 길을 헤아려본다는 생각도 있었다. 조금 더 나아가 이를 통해 비평이 경계해야 할 주관주의와 독단론을 피해갈 수 있게 해주는 실재의 근거와 토대를 얻을 수 있다면 그 또한 기대치 않은 소득이 될 수 있겠다.

제2부는 주로 2000년대를 즈음해 등장한 작가들의 작품에 대한 글을 모았다. 상상과 허구의 새로운 문법과 가능성을 탐색하고 있는 이 작가들의 작품을 통과해 2000년대 문학이라 명명할 수 있는 것의 한 실체를 대강이나마 가늠해본 것도 (드러난 성과는 미약할지 모르나) 나름으로는 작은 보람이다.

반면 이어지는 제3부에서는 김승옥부터 김연수에 이르기까지 그간 적지 않은 성과를 축적해온 작가들이 한국적 근대의 상처를 통과하며 보여주는 진지한 문학적 성찰과 자기탐구의 면모를 살폈다.

제4부의 글들은 한 편의 해설과 리뷰, 계간평이 주를 이루지만 대개는 그 나름의 형식 속에서나마 이 책의 1부에서 3부까지 견지한 대강의 기조와 구도의 연장선을 크게 벗어나지 않은 것이다.

첫 평론집을 내는 감회만큼 고마운 마음도 작지 않다. 여러모로 부족한 내게 그동안 크고작은 마음자락을 드리워주신 많은 분들의 도움과 배려가 없었다면 나는 지금 여기 있을 수도 없을 것이다. 우선 나를 비평가로 키워주고 되도 않은 나의 무딘 언어를 수고롭게 받아준 한국문학에, 작가들에게 감사한다. 그리고 뒤늦은 비평가의 길을 열어주신 김병익, 김명인 선생님께 감사드린다. 더욱이 그러고도 모자라 내친 김에 책 뒤표지에 붙이는 글까지 내놓으라는 후배 비평가의 무리한 생떼까지도 흔쾌히 들어주신 김명인 선생님께 드리는 감사는 당연히 곱절이다. 아울러 나의 글과 신상에 관심어린 조언과 질정을 아끼지 않았던 주위의 많은 분들은 일일이 거론할 수조차 없지만, 정작 그분들은 느낄 수 있을 것이다. 방금 감사의 마음 보내드렸다. 김정혜 팀장을 비롯한 창비 문학출판부 여러분들에게 얻은 빚도 적지 않다. 늘 그렇지만 이 기회에 감사의 마음을 전한다. 아내 심진경과는 십년을 함께했다. 고마운 마음은 앞으로도 오십년 내내 계속될 것이다. 그리고 마지막으로, 아들의 게으름과 부족함에 속 썩어가며 늙어오신 부모님의 은혜에 감사하는 마음으로 이 책을 두 분께 바친다.

2006년 4월
김영찬

# 차례

책머리에                                                      005

## 제1부

한국문학의 증상들 혹은 리얼리즘이라는 독법                    015

1990년대 문학의 종언, 그리고 그후                            039

2000년대, 한국문학을 위한 비판적 단상                        059

2000년대 문학, 한국소설의 상상지도                           079

소설의 상처, 대중문화라는 증상                               096

서사의 위기와 소설의 계몽                                    116
한국소설의 미성숙, 혹은 천명관의 『고래』를 읽기 위한 전제들

## 제2부

개복치 우주(소설)론과 일인용 너구리 소설 사용법                131
박민규론

동정 없는 모더니티와 감정지출의 경제학                        155
윤성희론

비루한 동물극장                                             174
백가흠과 손홍규의 소설

아비 없는 소설극장                                          196
2000년대 젊은 작가들의 상상세계 1

상상과 현실의 틈새                                           216
2000년대 젊은 작가들의 상상세계 2

**제3부**

김승옥 소설의 심상지리와 병리적 개인의식의 현상학    239

자본주의의 우울    262

부정의 파토스와 욕망의 드라마    279
최인석론, 『이상한 나라에서 온 스파이』를 중심으로

그늘 속으로, 허무와 탈아(脫我)의 윤리    296
구효서론

불행한 의식의 현상학    310
『행복』의 정지아론


**제4부**

자기의 테크놀로지와 글쓰기의 자의식    325
배수아 『에세이스트의 책상』 읽기

이토록 코믹한 데까르뜨 극장    342
『달에 홀린 광대』를 통한 정영문 읽기

근대를 사는 괴물의 자의식, 그리고 소설의 불안    349
백민석 『죽은 올빼미 농장』 읽기

망각과 기억의 정치 혹은 원한의 멜랑꼴리    356
임철우 『백년여관』 읽기

상실의 인간학, 기억의 테크놀로지    362

환멸의 세상을 견디는 방법    376


찾아보기    396

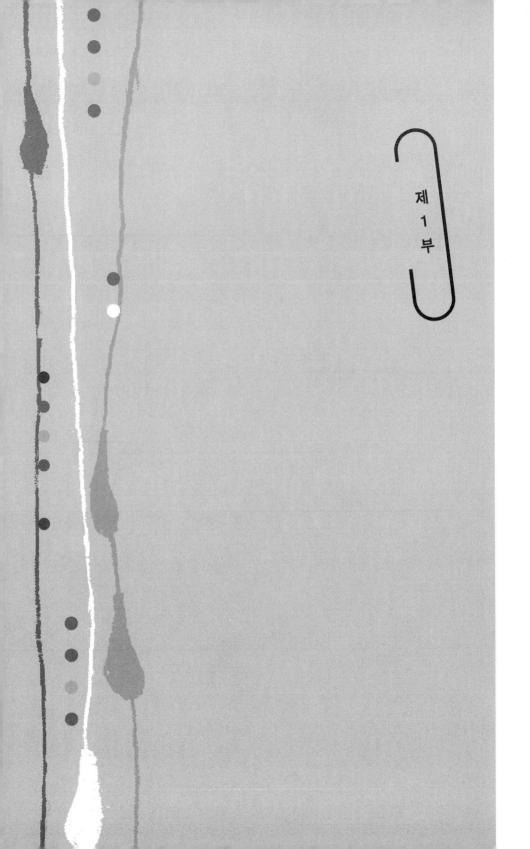

제
1
부

# 한국문학의 증상들 혹은 리얼리즘이라는 독법

## 1

'한국소설의 새로운 가능성을 찾는다'라는 제목으로 지난 10년간 우리 문학의 성과를 총괄해보자는 취지에서 마련된 『창작과비평』 2004년 여름호의 특집은 여러모로 반가운 것이었다. 그것은 그동안 한국문학의 생생한 실제 현장과는 다소 거리를 두는 듯 보이던 창비가 이제는 더이상 개입과 발언을 미루지 않고 그 한가운데로 뛰어들어 당대의 문학적 흐름에 동참하겠다는 의지의 산물로 읽혔기 때문이다. 그리고 현재의 문학적 성과들을 "어설프게 분류하고 함부로 이름을 붙이기보다는" 개별적인 작가나 작품에 대한 차분하고 치밀한 검토를 앞세우고 있다[1]는 데서도 그 신실함을 가늠할 수 있었다. 더욱이 리얼리즘/모더니즘 논쟁과정에서, 최원식(崔元植)이 제안한 "작품의 실상으로 직핍"하는 "작품으로의 귀환"[2]이라는 명제에 값하는 창비의 본격적인 실천을 오랫동안 지루하게

---

1) 「편집자 대담: 왜 이 작가들인가」, 『창작과비평』 2004년 여름호, 22면. 이하 『창작과비평』 2004년 여름호는 『창비』로 표기한다.

기다려온 입장에서도 이 특집은 그 발걸음을 떼는 반가운 신호로 받아들여진다.

이 특집의 의미를 찾는다면 그것은 일차적으로 한국문학의 현재에 대한 창비측의 비판적 문제제기이자 그 문학적 성과를 읽는 독법에 대한 자기점검이라는 데 있을 것이다. 그렇지만 또다른 방향에서 인상적인 것은 그것을 통해 창비가 결과적으로 지금까지의 자족적인 태도에서 벗어나 자신의 비평적 시각과 담론의 적합성을 시험하면서 그 자체를 스스로 활발한 토론과 비평의 대상으로 방(放)하고 있는 것처럼 보인다는 점이다. 그렇게 볼 경우 이미 그것의 의미는 단지 "창비 나름의 비평적 개입"이나 "창비 내부의 싸움"(『창비』 27면)에 국한되는 것이 아니다. 다시 말해 편집진의 표현대로 위험부담을 무릅쓰고 '올인'하는 이 특집의 방식은 그 자체로 가진 패를 숨기지 않고 한꺼번에 모두 펼쳐보임으로써——그것이 한편으로는 자신감의 표현으로 읽힐 수도 있겠지만——스스로는 알지 못할 수도 있는 '결여'까지도 외부를 향해 가시적으로 드러내어 비판적 대화를 촉발하는 비평적 모험이 되고 있는 것이다. 물론 그것은 이 특집에서 리얼리즘의 입장에 서 있는 창비로서는 낯설고 불편할 수 있는 배수아 김영하 천운영 김연수 정이현 이만교 같은 젊은 작가들을 읽고 있는 데서 발생하는 효과라고 할 수도 있겠다. 편집자 대담에서 진정석(陳正石)은 적절하게도 창비의 보수성과 '비평적 모험'의 부재를 문제삼았지만,[3] 이 특집을 통해 창비는 이미 그 모험을 다른 방식으로 시작하고 있는 셈이다.

그럼에도 불구하고, 이를 창비가 그간 보여왔던 보수적인 비평적 행보의 근본적 전환으로 볼 수 있을지에 대해서는 선뜻 긍정하기 힘들다. 무

---

2) 최원식 「'리얼리즘'과 '모더니즘'의 회통」, 『문학의 귀환』, 창작과비평사 2001, 57~58면.
3) "오류나 판단착오, 허언(虛言)의 위험을 무릅쓰고 당대의 문학적 흐름과 함께 가는 진취적 태도, 좀더 과감한 비평적 모험이 필요하다고 생각합니다."(『창비』 21면)

엇보다도 이 특집에서 "그간의 직무소홀을 일거에 만회해보자는 야심"(『창비』 20면)에 찬 '이벤트'를 벌인 이면에는 그 근본적 전환을 가로막는 창비 고유의 비평적 태도와 판단이 여전히 존재하는 것으로 보이기 때문이다. 가령 편집자 대담에서 당대의 문학적 흐름과 함께하는 "과감한 비평적 모험"이 필요하다는 진정석의 자기비판적 발언에 대해 임규찬(林奎燦)은 다음과 같은 발언으로 응수하는데, 이는 임규찬 개인의 입장이라기보다는 창비 내부의 지배적인 한 경향을 대변하는 것으로 보인다.

> 마치 실제 현실에 상당한 무엇이 있는데 창비가 그것을 못 따라가고 있다고 진단하는 것 같은데 정말 그런가 솔직히 반문하고 싶습니다. 근래 우리가 마주하고 있는 문학적 환경이 과연 그런 역사적 체계화를 자연스럽게 추동할 만큼의 긴장된 문학적 움직임을 담지하고 있는가, 정말 창비는 놓쳐서는 안될 어떤 문학적 흐름과 작가들로부터 뒤떨어져 있는 느낌보인가? 저는 꼭 그렇지는 않았다고 봅니다. 쉽게 규명할 수 없는 현실의 복잡성 속에서 다양한 질적 변화가 이루어지고 있지만, 현실의 중요한 변화들을 제대로 감당할 만한 문학적 움직임이 활발하지는 않았다는 점을 먼저 유념할 필요가 있습니다. (『창비』 21면)

어찌 보면 이는 정확한 사실 판단일 수 있겠으나, 여기에는 말해지지 않은 잉여가 있다. 비유컨대 이러한 발언에서 부득이하게 연상되는 것은 의처증 환자에 관한 라깡(J. Lacan)의 지적이다. 라깡에 따르면, 아내가 다른 남자와 놀아나고 있다는 의처증 환자의 주장이 설령 사실이라고 하더라도 그의 질투는 여전히 병리적이다. 왜냐하면 그 주장은 주체와 관련된 어떤 진실을 억압하면서 제기되는 것이기 때문이다. 그렇다면 위 발언에서 억압되고 있는 것은 무엇인가? 그것은 다름아닌 창비 스스로가 "현실의 중요한 변화들을 제대로 감당할 만한 문학적 움직임이 활발하지는 않았다는" 사실에 직접 연루되어 있다는 것, 즉 바로 창비가 정확히 그 문제점의 일부분이라는 사실이다. 위 발언이 안고 있는 문제는 그렇게 주체(창비)의 책임을 회피하면서 그것을 대상의 문제로 떠넘기고 있다는 데 있다. 위 발언은 의도치 않게도 현재 창비의 문제점이 어디에 있는지를, 더 나아가 창비의 비평이 지금 '현실의 중요한 변화들을 제대로 감당'하지 못해온 원인이 어디에 있는지를 스스로 정확하게 드러내 보여주고 있는 셈이다.

비평에 국한하여 볼 때, 그 문제점은 임규찬의 표현대로 "실제 현실에 상당한 무엇"이 있어야 비평이 개입할 수 있다는 전제에서 비롯되는 것이기도 하다. 이때 그 '상당한 무엇'이란 물론 민족문학의 입장에서 뛰어난 '리얼리즘적 성취'일 것이라 짐작된다. 그러나 비평이 미리 어떤 규범적 기준을 정해놓고 가까스로 거기에 도달하는 문학만을 '정선(精選)'해 다루고 그 기준에서 벗어나거나 그에 '미달한다고 생각하는' 문학에 등을 돌린다면, 그것은 비평의 영역을 스스로 축소시켜 자족적인 폐쇄된 공간 안에 가두어버리는 것이다. 더욱이 현재 한국문학의 현장에 "아귀가 맞는"[4] 작품이 보이지 않는다면 그것은 그런 당대의 문학적 현상을 진단하고 그에 개입하여 대응할 수 있는 이론의 현실적 응전력에 대한 반성적 성찰의 계기로 삼아야 할 문제이지 작품의 탓으로 돌릴 일만은 아니다. 창비가 주장하는 리얼리즘론의 입장에서 보더라도, 시대와 호흡하면서 이 후기근대의 자질구레하고 복잡다기한 현실과 문학적 현상들 속에서 함께 살아가며 이론의 내성(耐性)과 적응력을 단련하려는 분투가 없다면 그것은 공소(空疎)한 밀실의 비평이 되기 십상이다. 그리고 창비가 주장하는 리얼리즘의 본뜻이 분명 거기에 있는 것은 아닐 것이다.

지난 『창비』 특집의 의미는 그 보수적 태도를 그럼에도 불구하고 일단

---

4) 임규찬 「공선옥 문학은 어느만큼 와 있는가」, 『창비』 84면.

거두어들이고 확고하게 설정된 문학적 규범과는 거리가 있는 듯 보이는 '뛰어난 군소작가들'의 숲으로 들어가 그들의 성과를 적극적으로 읽고 있다는 데서 찾을 수 있을 듯하다. 그럼으로써 이 특집은 '리얼리즘'에 대한 변치 않는 믿음을 "속내로만 안다짐하는" 그간의 "증상"(『창비』 84면)에서 벗어나 창비 고유의 독법(讀法)을 동원해 젊은 작가들의 최근 소설과 벌이는 치열한 해석적 대결의 장이 되고 있다. 이때 문제의 중심에 놓이는 것은 물론 백낙청(白樂晴)과 최원식의 글이다. 이 글들의 공통점은 통상적인 의미에서 모더니즘에 더 가까운 소설들을 리얼리즘적 해석좌표 안에 옮겨놓고 그 문학적 성과를 심문(審問)하면서도 동시에 그것을 통해 거꾸로 리얼리즘적 독법의 효력과 생산성을 시험하는 흥미로운 장면을 연출하고 있다는 데 있다.

그렇다면 그 결과는 과연 얼마만큼 생산적인가, 그리고 그 독법은 실제 작품의 핵심을 제대로 정확하게 밝혀주고 있는가? 이러한 물음을 안고 출발하는 이 글은 리얼리즘의 독법과 그에 저항하는 모더니즘의 작품이 맞서는 긴장된 무대의 한가운데로 들어가 그 둘과 함께 나누는 비판적 대화의 형식이 될 것이다.

2

배수아(裵琇亞)의 『에세이스트의 책상』(문학동네 2003)을 검토하고 있는 백낙청의 「소설가의 책상, 에쎄이스트의 책상」은 '꼼꼼히 읽기'의 모범을 보여주는 글이다. 그리고 어떤 입장에서라도 이질적이고 낯설뿐더러 배수아의 다른 소설과 비교하더라도 더욱 '아리송한' 이 모더니즘 소설을 해석하는 과정에서 보이는 유연성과 포용성은 이 글의 중요한 미덕이다. 백낙청은 이 글에서 소설의 곳곳에 파편적으로 흩어져 있는 '사건'

들을 추스려 언뜻 스토리가 없는 듯 보이는 이 소설의 '서사(敍事)'를 일목요연하게 재구성해 보여준다. 그럼으로써 그는 "치밀한 운산과 정교한 복선"(『창비』 34면)을 깔고 소설을 복류(伏流)하는 서사가 작품의 표면에서 분출하는 강렬한 정신주의를 교정하는 장치로 작용하고 있다는 주장을 치밀하게 논증한다. 이러한 백낙청의 소설 읽기는 소설을 읽을 당시 미처 깨닫지 못했던 여러 사실들을 새롭게 환기해주는 바 있어 개인적으로도 좋은 공부가 되었다. 그럼에도 불구하고 한편으로 갖게 되는 의문은 이런 것이다. 그렇게 읽는 것이 과연 작품에 대한 "충분한 대접"(『창비』 42면)인가?

『에세이스트의 책상』에 대한 백낙청의 논평의 핵심은 "작품 자체"는 '정신주의'라는 "수상쩍은 명제를 다시 생각하게 만드는 여러 계기를 담고 있다"(『창비』 43면)는 주장이다. 여기에는 분명 작가의 이데올로기에 반(反)하는 '리얼리즘의 승리'를 설파하는 엥겔스(F. Engels)의 그림자가 있지만, 백낙청의 독법은 그렇게 간단한 것만은 아니다. 그것은 다른 한편으로는 "텍스트가 말하게 한다"[5]라는 말로 요약되는 현대비평의 한 방법적 맥락과도 비스듬히 통해 있는 것이기 때문이다. 그렇긴 해도 백낙청이 이 글에서 정교한 비평적 운산을 펼쳐가는 데 중요한 참조점으로 삼는 것은 역시 소설 속 인물과 사건의 객관적인 '재현'이다. 작품에서 인물들의 생생한 개성이 엮어가는 서사를 발굴해내 화자의 정신주의적 신조와 어긋나는 '경험적 사실'의 구체성을 부각시키는 것은 그런 맥락이다. 또 화자와 요아힘의 육체적 교섭 없는 동거생활에서 '정상적인' 남자로서 요아힘이 느꼈을 법한 '긴장'이나 '감정의 기복'에 무관심한 재현방식에서 "흡족한 소설적 성취"에 미달하는 결함을 보는 것(『창비』 45면)도 마찬가지다. 더 나아가 "저자의 전면적 지지를 받는 사상의 개진"이 생경하게

---

5) Terry Eagleton, *Against the Grain: Essays 1975~1985*, Verso 1986, 15면.

노출되는 경우 그것을 '소설적'이라 하기 어렵다는 판단이 적용되고 있는 것(『창비』 44면) 또한 그런 기준이다.

결국 화자나 작가 자신은 의식하지 못할 수도 있는 정신주의의 허위의식이 작품 자체에 숨어 있는 서사적 재현의 계기들에 의해 전복된다는 것, 『에세이스트의 책상』의 중요한 소설적 성취는 거기에 있다는 것이 백낙청의 주장이다. 그러나 치밀한 '소설적 교정장치'가 일깨워주는 것이 고작 작가가 알지 못하거나 회피하고 있는 정신주의의 허위성 혹은 "영·육(靈肉)이 쌍전(雙全)"한다는 정도의 일반적인 상식일 뿐이라면,[6] 그것은 소설로서도 그리 대단한 성취일 수 없다. 그런 측면에서 백낙청의 주장은 진의(眞意)는 그렇지 않을지언정 오히려 작품에 대한 너무 야박한 대접이다. 어쩌면 백낙청은 『에세이스트의 책상』의 성취를 그것이 모더니즘으로서는 드물게도 작가 특유의 '허위의식'을 교정하는 '리얼리즘의 승리'의 장면을 보여주고 있다는 사실 자체에서 찾고 있는지도 모르겠다. 그렇게 본다면 "화자의 시야와 자기인식에 어떤 본질적인 문제점이 있다고 할 경우에는 그 문제점의 개인적·사회적 뿌리를 규명하려는 자세가 바람직하다"(『창비』 46면)는 주문은, (백낙청의 지적대로라면) 그 '문제점'을 작가 대신 알고 있는 **'작품 자체'**라면 몰라도 화자와 똑같이 문제가 무엇인지조차 모르고 있는 작가에게 건네는 요구로서는 부적절한 것

---

6) 백낙청은 '나는 육체적인 행위를 통해 더 가까워지거나 더 밀어지는 관계를 알지 못한다'는 진술이 "저자 스스로도 (…) 영·육(靈肉)이 쌍전(雙全)하는 삶에 대한 얼마만큼의 무지를 드러내는 주장인지를 제대로 인식하고 있는 것 같지 않다"(『창비』 42~43면)라고 하지만, 실제로 저자가 그 정도의 일반 상식을 모르고 있지는 않을 성싶다. 오히려 중요한 것은 알고 있음에도 불구하고 그런 세간의 상식을 거부하는 배수아의 정신주의의 맥락이다. 그리고 그뒤에 바로 이어지는 "그럼에도 불구하고 왜 나는 M을 더이상 받아들일 수 없는가?"(『에세이스트의 책상』 136면)라는 진술의 정황까지도 함께 고려해볼 때, 그와 더불어 중요하게 보아야 하는 것은 그 선언적 진술의 이면에서 작동하는, 거의 강박적이라 할 수 있는 정신주의적 지향을 간섭하는 감정의 찌꺼기를 쉽게 뿌리칠 수 없는 데서 오는 심리적 고통이다.

이 아닌가 한다.

이러한 평가는 백낙청이 『에세이스트의 책상』에서 표출되는 정신주의를 다분히 '허위의식' 이상도 이하도 아닌 것으로 파악하는 데서 오는 것이다. 그러나 화자의(혹은 작가의) 정신주의가 허위의식인지 아닌지를 미리 규정해버리기 이전에, 배수아 소설의 맥락에서 그것이 갖는 의미와 효과를 먼저 밝히고 그것이 긍정적으로든 부정적으로든 작품의 문학적 성취에 어떻게 작용하고 있는지를 규명하는 것이 바른 순서겠다. 가령 백낙청은 제9장 끝머리를 예로 들며 그것을 "신비화와 도취의 언어"(『창비』 46면)라고 일축해버리지만, 사실 바로 그 부분이야말로 작품의 핵심적인 주제의식이 집약되어 있는 부분 중 하나다. 조금 과장해 말하면, 이 작품의 전체 의미망과 그 소설적 공과를 결정짓는 핵심은 백낙청이 가볍게 취급하는 "나쁜 의미의 에쎄이적 요소"(『창비』 42면)에 있다고도 할 수 있을 터이다. 물론 거기에 어느정도 허위의식이 가미되지 않았다고는 할 수 없으나, 그럼에도 불구하고 배수아 소설을 '배수아 소설'이게끔 하는 결정인(決定因)은 바로 그것이기 때문이다. 그런 측면에서, 의도적으로 파괴되어 있는 목적론적·선형적(線形的) 서사를 굳이 선형적으로 재구성해내고 그 사이에 가로놓인 "뱀과 화염의 강물"[7]이 소설을 조직하는 특수한 담론적 양상을 가벼이 넘겨버리는 한, 배수아 소설에 관해서는 거의 아무것도 말하지 않은 것이 된다.

중요한 것은 『에세이스트의 책상』이 단순한 사랑 이야기가 아닌 "글쓰기에 대한 자의식을 반사하는 글쓰기에 대한 소설"[8]이라는 점이다. "글쓰기로 인해서 나는 미래 혹은 과거의 어느 순간에 다시 나로 나타나는 것이다. 그런 식으로 나는 M을 생각했다"(『에세이스트의 책상』 165면)와 같

---

7) 배수아 「작가의 말」, 『에세이스트의 책상』, 문학동네 2003, 198면.
8) 김영찬 「자기의 테크놀로지와 글쓰기의 자의식」, 『에세이스트의 책상』, 문학동네 2003, 191면. 본서 제4부 1장.

은 진술이 아니더라도, 소설에서 M과의 사랑과 글쓰기 의식은 정확히 일치한다. M에 관해서 말하자면, 우선 M이라는 명명 자체가 사회적으로 부여된 '이름'이라는 정체성을 의도적으로 흐려버리고자 하는 의식의 소산이려니와, M에게서 "국적이 없으며, 나라를 만들지 않"(같은 책 86~87면)는 "보편문법"(같은 책 134면)을 보는 것도 마찬가지 맥락이다. 그런 측면에서 M은 주체 바깥의 모든 것을 증류해버린 '영혼의 삶'을 살고자 하는 화자의 자아 이상(ego ideal)이 투사된 인물이며, M과의 사랑은 모든 사회적 규범과 관계를 삭제해버린 순수한 '나'와의 절대적 일치를 상징하는 것이다. 이 M이라는 인물과 M과의 사랑에 투사되고 있는 것은 물론 작가가 지향하는 글쓰기에 대한 관념적 이미지다.

이 사랑이 인상적인 것은, 한편으로는 모든 사회적 관습이나 커뮤니케이션, 기원과 목적, 환상과 명분 같은 것을 거부하고 주어진 삶의 궤도의 황량한 바깥으로 자신을 내던져 자발적으로 고립되고자 하는 허무주의적 충동을 그대로 고수하고 있으면서도, 작가가 이전까지와는 달리 그 허무주의적인 개체적 고립의 충동을 '절대적 내면'이라는 고정점을 향해 수렴시키려는 글쓰기에 대한 자의식을 그 사랑을 통해 반복적으로 확인하고 있다는 점이다. 화자의 말처럼, 그렇게 "M을 표현하는 것이 내가 궁극적으로 쓰고자 하는 의미가 되고 있었다."(같은 책 166면) 그렇게 볼 때 M과의 사랑을 이야기하는 화자의 의식은, 새롭게 방향을 돌려잡은 작가의 글쓰기에 대한 자의식을 그대로 연출하고 있는 것이다. M이 겉으로 재현된 스토리의 차원에서는 구체적인 실존인물일지 몰라도 담론의 차원에서는 하나의 추상적 상징일 수밖에 없는 까닭은 여기에 있다.

"M은 이미 내 안에서 죽고 없었으나 그리고 그로 인해서 나는 더이상 슬퍼하거나 분노하지도 않으나 그럼으로 더욱 M은 내게 가까이 머물렀다"(같은 책 165면)는 역설적인 진술이 가능해지는 것도 그 때문이다. 이때 화자에게 더욱 가까이 머물게 되는 M이란 결국 마음속에서 그 인물의 구체적인 실존을 지워버리고 그로 인한 정념까지도 버린 후에야 획득할 수 있게 되는 추상적 보편이념(혹은 '소설')으로서의 M인 셈이며, 그것은 결국 자아와 글쓰기가 동시에 도달해야 한다고 생각하는(그렇지만 어쩌면 불가능한 이상이라고 자각하고 있을지도 모를) 어떤 경지의 표지(標識)와 다른 것이 아니다. 그것은 물론 M이 글쓰기에 의해 촉발된 독특한 기억의 서사에 의해 사후에 관념적으로 재창조되는 인물이기 때문에 발생하는 효과이기도 하다. 다시 말해, 소설에서 M과의 '완전한' 사랑(혹은 그 자체로 자기충족적인 음악의 경지에 도달하는 것)은 어떤 측면에서 작가가 생각하기에 주체성과 글쓰기가 지향하는 정신주의의 한계지점, 즉 도달해야 하지만 도달할 수 없는, 설혹 도달한다고 하더라도 붙잡을 수 없이 찰나에 스쳐 지나가버리는 그 지점을 표상하는 것이다.[9] 그렇게 볼 때 "우리가 음악으로만 대화했다면 일은 다르게 진행되었을지도 몰랐다"(같은 책 144~45면)라는 화자의 발언은 그것이 그녀가 지향하는 이상이기는 하지만 현실적으로는 어쩌면 불가능하리라는 것을 자각하고 있는 상태에서 나오는 것이며, 그런 의미에서 이는 M과의 사랑과 글쓰기가 동시에 똑같이 안고 있는 넘어설 수 없는 어떤 아포리아(aporia)에 대한 고통스런 자각이 뒤섞여 있는 진술이다.

M과의 결별을 둘러싼 사건과 감정 들의 사실적 재현의 양상은 정확히 소설의 이 내적 논리에 종속되는 것이다. 가령 백낙청은 화자와 M 사이

---

9) 가령 제9장의 끝머리에서 "우리가 언어에 의존했기 때문에 그런 식으로 우리의 관계에서 나는 점점 내가 아니었고 M은 점점 M에게서 멀어져갔다"(같은 책 144면)라는 화자의 진술은, 상징적인 의미에서 M과의 사랑(혹은 절대적인 '나'와의 일치)이 갖는 한계에 대한 것이기도 하고 글쓰기가 안고 있는 근원적인 한계에 대한 것이기도 하다. 이때 언어란 인간으로서 살아가는 이상 주체 바깥의 모든 것을 떨쳐버리고 순수한 '나'를 증류하려는 욕망을 근원적으로 불가능하게 하는, 결코 떨쳐버릴 수 없는 인간조건의 하나다. 그런 의미에서 그것은 화자의 견결한 '자기세계'를 붕괴시키며 그녀를 수치심과 자기혐오에 휘말리게 만드는, 그래서 떨쳐버리고자 하지만 쉽게 떨쳐지지 않는 이기적이고 세속적인 감정이나 정념과 등가이기도 하다.

에 돌연 불거져나오는 육체의 문제(에리히와의 육체관계)로 인해 그들의 평소 신념(정신주의)이 아무런 힘을 발휘하지 못하는 국면을 작품이 보여준다고 하는데, 그것은 물론 어느정도는 사실이다. 그럼에도 불구하고 스토리의 차원에서도 그보다 더 중요하게 부각되는 것은 오히려 그 육체의 문제로 인해 일깨워지는 인간적인 감정을 솔직히 드러내면서 평소의 신념이 균열되는 지점을 고통스럽게 성찰하는 내면의 드라마다.

나는 질문하고 또 질문했다. M의 영혼이 나와 함께 있다면, 왜 에리히가 문제가 되는가, 유한하고 그토록 가변적인 육체가 아무것도 아니라면 왜 M과 에리히의 일회적인 관계로 인해 내가 이토록 괴로움을 겪어야 하는가, 그것의 저열함을 분명히 알고 있으면서도 나는 왜 충족되지 않는 소유욕을 버리지 못하는 것인가. 나는 나 자신을 위한 한마디의 위안이나 변명의 말도 찾지 못했다. (…)

나는 알 수 있었다. 그렇다면 진정 역겹고 진정 용서할 수 없으며 정녕 천박한 것은 M도 아니고 에리히도 아닌 바로 나 자신인 것이다.

(같은 책 133~35면)

따라서 『에세이스트의 책상』의 소설적 성취는 '고립된 삶'을 예찬하는 정신주의의 설파에 있는 것도 아니고 그렇다고 거꾸로 육체적·경험적 현실이 그 정신주의의 허위성을 전복하는 장면에 있는 것도 아니다. 개인적으로는 『에세이스트의 책상』에 나타나는 경향이 배수아의 소설로서는 썩 바람직한 방향이 아니라는 생각이지만, 그래도 굳이 소설적 성취를 논한다면 그 가운데 하나는 이 소설이 개체적 고립의 정신주의를 동력으로 씌어지는 기억의 서사의 실험적 극단을 보여주면서도, 그 이면에서 그 자체의 한계로서 작용하는 격렬한 인간적 내면의 드라마를 통해 자기 자신의 글쓰기의 한계지점을 성찰한다는 데 있을 것이다.

어떻게 보더라도, 배수아의 정신주의는 정신/육체라는 대쌍(對雙)의 한 항에만 집착하는 허위의식의 차원에 그치는 것이 아니다. 그런 측면에서 그것은 일종의 체계적으로 정돈된 '사상'이나 '철학'이라기보다는 모든 관습적인 사회관계와 그것을 지탱하는 이념이나 명분 같은 것과 단절하면서 그 모든 것을 떨쳐버린 단독자로서 스스로를 자발적으로 고립시키려는 (글쓰기의) 정신적 태도에 가깝다. 배수아에게 그것은 어떤 측면에서 일종의 포즈이기는 하나, 크게 보면 개인을 구속하는 모든 사회적인 굴레를 혐오하고 거부하는 급진적인 개인주의가 표현되는 한 형식이기도 하다. 그리고 그것은 이러한 배수아 특유의 소설을 구조화하고 실제로 고유한 소설적 효과를 만들어내는 글쓰기 의식의 실재적인 근원이다. 작품에서 다분히 모호하고 추상적이기는 해도 음악에 대한 에쎄이적 서술이 상당한 분량을 차지하는 것도 이런 맥락에서 이해해야 할 것이다. 작품에 표현되는 그런 배수아 특유의 독특한 정신주의의 앞뒤 맥락을 가려 읽기 전에 그것을 "신비화와 도치의 언어"로 치장한 허위의식의 차원으로 비판하는 데 그친다면 배수아의 소설에는 그야말로 '건질' 것이 별로 없는 셈이다.

사실 『에세이스트의 책상』은 그동안 오해되어왔던 배수아 소설의 '정체'를 작가 스스로 노골적으로 드러내고 있는 소설이다. 즉 이 소설은 이전까지 배수아 소설의 인물들이 보이는 냉정한 무관심과 무욕주의(無慾主義)에 가까운 금욕적 태도, 또 그것이 만들어내는 특유의 낯설고 황량한 소설의 분위기와 무국적적(無國籍的) 상상력 같은 것을 작동시키는 정신적 근원이 어디에 있는지를 선명하게 보여주고 있는 것이다. 그러나 작가가 이전까지와는 달리 『에세이스트의 책상』에서 소설을 더욱 극단으로 밀고 나가려는 탈근대적인 허무주의적 실험의 충동을 스스로 절대적인 순수 코기토(cogito)라는 다분히 근대주의적인 고정점 안에 가두어버린 것은 자신의 소설이 발산하는 고유한 매력과 장점을 흐려버리는 패착

(敗着)이 될 가능성도 없지 않다.

　문제는 배수아의 정신주의가 어떤 측면에서는 고립적인 금욕적 태도와 '취향'을 앞세워 자신을 남들과 차별화하는 구별짓기(distinction)의 정치와 관련되어 있다는 점이다. 그런 측면에서 그것은 크게 보아 모든 권위와 규범을 거부하고 절대적인 자기 자신을 하나의 이상으로 구축하는 후기자본주의 시대 개인주의의 정체성 정치(identity politics)의 맥락에 놓을 수 있을 것이다. 그렇게 본다면 배수아의 소설은 이 후기근대 자본주의의 국면을 나름의 방식으로 치열하게 거부하면서도 또 그럼으로써 역설적으로 의도치 않게 그 안에 통합되어가는 개인주의의 한 운명을 보여주는 드라마틱한 소설적 증상(symptom)으로도 읽을 수 있을 것이다. 그 과정에서 얻게 되는 소설적 공과와 한국문학 속에서 차지하게 되는 의미는 또 그것대로 다시 따져볼 일이지만, 이런 각도에서 읽더라도 배수아의 소설은 흥미롭다. 그런 맥락에서, 정신주의가 지니는 "문제점의 개인적·사회적 뿌리를 규명하려는 자세가 바람직하다"는 백낙청의 주문에 작가가 선뜻 응할 리 없다는 것을 인정한다면, 그것 역시 오히려 작가 배수아의 몫이 아니라 비평이 떠맡아야 할 몫이다.


3


　백낙청의 비평은 모더니즘 소설을 읽는 창비의 고유한 독법을 전형적으로 보여준다. 단순하게 말하자면 그것은 모더니즘을 리얼리즘 쪽으로 끌어당기는 독법이다. 그것은 가령 『에세이스트의 책상』처럼 애초에 '소설'의 규범 자체를 거부하고 있는 소설에 오히려 미리 설정된 '소설적'이라는 기준을 적용하고 그 기준에 호응하는 요소를 가려내어 소설의 공과를 가르는 방식으로 나타난다. 물론 이때 그 '소설적'이라는 기준도 리얼리즘적 재현이라는 규범의 영역 내에서 작동하는 것이다. 이러한 창비 고유의 독법은 말하자면 이질적이고 낯선 것을 익숙한 코드로 환원하는 방식이다. 그 과정에서 미리 설정된 규범에 쉽게 포섭되지 않는 것들은 간단히 처리되거나 일축되고 그렇지 않으면 해석의 잉여로 남겨진다. 무릇 모든 해석은 잉여를 남기게 마련이지만, 그 남겨진 견딜 수 없이 낯설고 불편한 것이 실제로 소설의 고유함과 성취를 결정하는 중핵에 해당한다면, 더욱이 그것이 한국문학의 장 속에서 소설이 자신만의 고유한 목소리로 한국의 근대와 맞닥뜨리는 장면에 해당한다면, 사정은 달라진다. 그렇다면 최원식의 경우는 김영하(金英夏)의 『검은 꽃』(문학동네 2003)에서, 작가가 고유한 목소리로 그려내는 그 장면을 과연 어떻게 읽고 있는가?

　최원식의 「남과 북의 새로운 역사감각들」은 홍석중의 『황진이』와 함께 김영하의 『검은 꽃』을 검토하고 있는 글이다. 최원식은 『검은 꽃』을 "새로운 변화의 물결을 타면서도 근본적 질문을 자제하지 않는 본격문학의 응전"(『창비』 52면)이라는 맥락에서 읽으면서, 작품의 구조를 분석하고 그 공과를 차분히 가려낸다. 이 글에서 먼저 돋보이는 것은 역시 작가가 소설에서 잘못 쓴 역사적 사실들의 문제를 치밀하게 교정해주는 부분이다. 특히 소설의 1부 제2장에 집중된 사실재현의 부정확성에 대한 지적이나, 역사적 사실에 따른 인물설정의 개연성과 실존했던 인물의 정확한 이름, '태평양'의 최초 명명자 등등을 하나하나 바로잡는 꼼꼼하고 자상한 지적은 그 자체로 새겨들을 만한 것이다. 그런 측면에서 그것은 작가와 독자들에게 모두 쉽게 접할 수 없는 좋은 공부가 된 듯하다. 그러나 상당한 노고가 배어 있는 그 자상한 검토가 "역사소설은 이래서 쓰기 어렵다"(『창비』 57면)는 것을 보여주기 위한 것이라면 조금은 의외다. 특히 그것이 "생활이라는 육체성의 두터운 획득"(같은 곳)보다는 딴곳에 더 관심이 있는 듯 여겨지는 이 작품의 성취를 가늠하는 핵심적인 요소는 될 수 없는 사소한 것으로 보이기에 더욱 그렇다.

그렇지만 잘못된 역사적 고증의 문제에 대한 최원식의 그같은 꼼꼼한 검토는 역사소설이라면 가져야 할 '기본'에 대한 강조에 그치는 것이 아닌 듯하다. 그것은 작품을 읽는 '관점'과도 무관하지 않다. 최원식에 따르면, 『검은 꽃』은 20세기 초의 격동하는 "과거가 충실한 존재감으로 재현됨으로써 현재와 마주세워지는", 역사가 "자신의 고유한 빛깔로 생생"(『창비』 53면)하게 살아 있는 소설이다. 이때 적용되는 기준은 물론 과거의 생생한 재현이며, 그것을 통한 대문자 역사의 의미에 대한 확인이다. 농장으로 팔려간 이민들의 생활이나 농장주들의 개체적인 형상을 생생하게 그려내는 것, 그리고 '멕시코 혁명이 부르주아적 재편으로 귀결되는 결정적 모퉁이'를 서늘하게 포착하는 것 등에서 최원식이 작품의 가치와 "진정한 새로움"(『창비』 57면)을 보는 것도 그런 맥락이다. 『검은 꽃』에 대한 최원식의 그같은 이해와 그 의미에 대한 평가의 핵심은 다음과 같은 흥미로운 진술에 집약되어 있다.

> 우선 제목이 수수께끼다. 마지막 장을 덮을 때까지 제목에 대한 그 어떤 암시도 없다. '검은 꽃', 이 불길한 제목은 이 작품의 성취와 어긋나는 일종의 뱀다리다. 정사(正史)에서 침묵당한 소문자 역사의 파국을 드러냄으로써 거꾸로 역사의 꿈을 강렬히 환기하는 이 작품은 물론 기존 역사소설의 틀에 비판적이지만, 그렇다고 역사허무주의를 선전하는 것은 결코 아니기 때문이다. (『창비』 54면)

무엇보다 '검은 꽃'이라는 제목이 작품의 성취에 어긋나는 '뱀다리'라는 지적은 최원식이 이 작품을 받아들이는 관점을 다시 한번 선명하게 보여주는 대목이다. 소설 첫머리의 제사(題詞)에 대해 플라톤의 원문을 인용하면서까지 진지하게 의문을 제기하는 것도 마찬가지 맥락이다. 거기에서 읽을 수 있는 것은 『검은 꽃』이 소문자 역사의 파국을 통해 거꾸로 민족과 역사(대문자 역사)의 꿈을 환기해주는 전혀 불길하지 않은 작품이라는 확고한 판단이다. 그러나 하나의 작품을 관점에 따라 다르게 읽는 것은 얼마든지 가능하고 또 그것이 작품의 이해를 풍성하게 하는 데 도움을 주는 것도 사실이지만, 그것이 '작품 자체'의 생생한 실감과 동떨어진 경우라면 문제는 다르다. 위 진술에서 '검은 꽃'이라는 불길한 제목이 애초 작품의 실재와는 맞지 않는 부적절한 제목이라고 지적하는 것으로 보아, 최원식은 실제로 자신이 판단하는 **작품 자체**가 적어도 작품이 스스로 말해주는 바로 그것과 다르지 않다고 주장하고 있는 듯하다. 그러나 과연 그러한가?

**작품 자체**가 말해주는 것은 오히려 정반대다. 무엇보다 고작 열 줄밖에 안되는 다음과 같은 소설의 짤막한 서두(1부 제1장)는 왜 이 소설의 제목이 '검은 꽃'이라는 불길한 제목일 수밖에 없는지를 암시해준다.

물풀들로 흐느적거리는 늪에 고개를 처박은 이정의 눈앞엔 너무나 많은 것들이 한꺼번에 몰려들었다. 오래 전에 잊었다고 생각한 제물포의 풍경이었다. 사라진 것은 없었다. 피리 부는 내시와 도망중인 신부, 옹니박이 박수무당, 노루피 냄새의 소녀, 가난한 황족과 굶주린 제대군인, 혁명가의 이발사까지, 모든 이들이 환한 얼굴로 제물포 언덕의 일본식 건물 앞에 모여 이정을 기다리고 있었다.

눈을 감았는데 어떻게 이 모든 것들이 선명할까. 이정은 의아해하며 눈을 떴다. 그러자 모든 것이 사라졌다. 그의 폐 속으로 더러운 물과 플랑크톤이 밀려들어왔다. 군홧발이 목덜미를 눌러 그의 머리를 늪 바닥 깊숙이 처박았다. (『검은 꽃』 11면)

『검은 꽃』이 "장과 부의 비대칭성을 의식적으로 조직한"(『창비』 54면) '휘우뚱한 바로끄적 구성'을 취하고 있다는 최원식의 지적은 정확하다. 그렇다면 이 대목에서도 역시 열 줄밖에 안되는 주인공의 죽음 장면을 '의식적으로' 굳이 따로 한 장으로 배치하여 맨 앞에 가져다놓은 작가의 의도, 그리고 그것이 소설 전체에 작용하게 되는 효과를 물어야 할 것이다. 최원식은 이 뒤에 제2장으로 바로 이어지는, 11년 전의 "제물포항으로 플래시백하는 낯익은 영화적 전환"(『창비』 55면)을 잠깐 스치듯 언급하고는 가벼이 넘겨버리는데, 작가의 고유한 주제의식은 바로 이 소설의 첫머리에서부터 평자가 말하면서도 말하지 않는 이러한 형식적 장치들 속에 이미 관철되고 있는 것이다.

핵심은 그 형식적 장치가 상징적이게도 소설 전체를 죽어가는 자의, 혹은 이미 죽고 없는 자의 플래시백(flash-back)으로 만들고 있다는 점이다. 이때 죽어가는(죽고 없는) 자란 물론 주인공—근대 주체다. 그리고 그것은 이를테면 '개죽음'이다. 또 낯익은 사람들이 '근대'를 찾아 '근대 주체로 거듭나는' 항해를 앞둔 장면에서 처음 포착하는 것은 하필 그 죽어가는 자(근대 주체)의 시선이다. 이렇게 소설의 탈(脫)오뒤쎄이아적 서사는 거꾸로 주인공—근대 주체가 허망하게 짓밟혀 죽은 다음에서야 시작되며, 게다가 그것은 눈을 감으면 선명히 떠오르나 눈을 뜨면 사라져버리는, 맹목(盲目) 속에서만 이야기할 수 있는 그런 서사다.

따라서 최원식의 지적처럼 이 소설에서 "근대적 주체의 탄생이 끊임없이 유예"(『창비』 59면)된다는 것은 정확히 말하면 사실이 아니다. 이때 유예란 '탄생'이라는 최종 목적을 전제로 하는 것일 터이나, 소설의 구조상 근대 주체는 탄생을 향해 가기는커녕 그전에 이미 죽어 있는 것이고, 또 그 죽음도 서두에서 앞질러 보여주듯 아무런 비극적 아우라도 없는 '개죽음'인 이상 죽어도 아무 상관도 없고 의미도 가치도 없는, 우연히 역사에 휘말려 흔적 없이 흩어져버리면 그뿐인 허망한 것일 따름이다. 그것은 아무런 회한(悔恨)이나 기다림 없이, 또 불필요한 꿈도 인내도 없이 자본주의의 괴물로 변신해 살아가게 되는 이연수의 황량한 말년이 이 소설에서 결코 '비극'이 될 수 없는 것과 정확히 조응한다.

이는 이민들을 싣고 가는 일포드(Ilford)호가 근본적으로 그 의미상 "구질서의 강제적 해체"(『창비』 57면)가 일어나는 곳도, 그래서 '근대로 가는 배'[10]도 아닌 것과 마찬가지다. 일포드호의 그 이글거리는 지옥 같은 악다구니는 항해 끝에 그들이 닿게 되는 멕시코 에네켄 농장에서도, 그리고 아무런 명분이나 신념 없이 휘말리는 멕시코/과떼말라 혁명의 소용돌이 속에서도 다른 형태로 똑같이 반복된다. 그런 측면에서 그것은 일포드호의 "신화 속 괴물의 내장 같은 선실"(『검은 꽃』 28면)과 본질적으로 결코 다른 것이 아니다. 작가가 소설의 기우뚱한 불균형을 감수하면서까지 일포드호 선상의 삽화를 그토록 장황하게 묘사한 것은 그 지옥 같은 일포드호의 선상이 바로 다름아닌 근대 그 자체이기 때문이다. 결국 소설에서 이민들이 사로잡히는 "멕시코라는 나라에 대한 단꿈"(『검은 꽃』 34면)이 애초에 말도 안되는 허황하고 허망한 것이었음이 드러나듯, 작가에 따르면 근대 혹은 역사라는 것도 처음부터 그런 것이다. 그리고 그 점에서라면 국가 또한 다르지 않다.

좋아, 그렇다고 쳐. 나라가 있든 없든 그게 우리하고 무슨 상관이지?
이정은 잠시 뭔가 생각하는 듯했다. 그리고 싱긋 웃었다. 있든 없든 상관없다면 있어도 된다는 이야기인가? 그렇다면 하나쯤 만들어도 되지 않을까?
(…) 죽은 자는 무국적을 선택할 수 없어. 우리는 모두 어떤 국가의 국민으로 죽는 거야. 그러니 우리만의 나라가 필요해. 우리가 만든 나라의 국민으로 죽을 수는 없다 해도 적어도 일본인이나 중국인으로 죽지 않을 수는 있어. 무국적이 되려고 해도 나라가 필요한 거라구.

---

10) 남진우 「무(無)를 향한 긴 여정」, 『검은 꽃』, 문학동네 2003, 327면.

이정의 논리는 어려웠다. 그들을 설득한 건 논리가 아니라 열정이었
다. 그리고 그 열정은 기묘한 것이었다. 그것은 무엇이 되고자 하는 것
이 아니라 되지 않고자 하는 것이었다. (『검은 꽃』306면)

주인공 김이정에 따르면, 국가란 있든 없든 아무래도 상관없는, 그렇지
않으면 제대로 죽기 위해서라면 있어도 무방한, 따라서 산 자에게는 실제
로 아무런 의미도 가치도 없을 그런 허망한 것일 따름이다. 다시 말해 그
것은 '무엇이 되지 않고자 하는 열정'이라는 기묘한 궤변 속에서만, 죽은
자만을 호명하는 죽은 자의 국가가 아니면 무국적이 되려고 하는 자의 필
요에 의해서만 역설적으로 존재할 수 있는(혹은 존재해도 상관없는) 그
런 국가일 뿐이다. 더 나아간다면, "그러나 그곳을 거쳐간 일단의 용병들
과 그들이 세운 작고 초라한 나라의 흔적은 발굴되지 않았다"(『검은 꽃』
321면)라는 소설의 마지막 문장이 알려주듯, 그 국가는 결국 죽은 자조차
도 제대로 호명하지 못하는 것으로 밝혀지는 그런 것이다. 이러한 소설의
논리 속에 작동하고 있는 것은 물론 민족/국가주의(nationalism)의 환영
(幻影)을 짐짓 슬쩍 발 걸어 뒤집어버리는 작가의 허무주의적 냉소다.
　『검은 꽃』은 그런 과정을 통해 전근대에서 근대로의 이행과 나라 만들
기, 혹은 근대적 주체의 탄생이라는 일직선적인 역사주의적 서사(대문자
역사)를 탈구(脫臼)시키고 있는 소설이다. 그런 맥락에서 이 작품에서
문제가 되고 있는 것은 대문자 역사와 소문자 역사의 비대칭성이며, 그것
을 통해 작가는 대문자 역사에 우연히 휩쓸리기는 하면서도 또 그와는 아
무래도 상관없는 소문자 역사의 쓸쓸한 소극(笑劇)과도 같은 허무한 운
명을 보여줌으로써 다시 거꾸로 대문자 역사의 부질없는 허망함을 문제
삼는다. 이 소설에서 죽음과 소멸의 원환으로 폐쇄된 재귀적(再歸的) 구
조는 그러한 인식을 반영하고 있으며, 그리하여 소설 전체를 지배하게 되
는 것은 "냉소적 활력"(『검은 꽃』35면)으로 약동하는 눈물 없는 허무주의

다. 물론 이때 허무주의적 냉소의 대상이 되는 것은 정확히 최원식이 이 소설에서 환기하고 싶어하는 바로 그 대문자 역사의 꿈이다.

김영하의 『검은 꽃』이 그런 방식으로 역사, 국가, 민족, 근대 주체 등의 자명성을 유희적으로 뒤집어버리는 것은 작가가 현재 한국사회의 근대적 현실을 대면하는 인식과 태도와도 무관하지 않다. 가령 최근 출간된 김영하의 소설집 『오빠가 돌아왔다』(창비 2004)를 들여다보더라도 그 점은 분명하다. 이 소설집에 일관되게 흐르는 인식적 기조는 단순하게 정리하면 세상은 항상 개인의 진의와는 상관없이 그것을 배반하면서 굴러가게 마련이라는 생각이다. 김영하는 그가 생각하는 그런 세상의 무겁지 않은 진실을 시종 그 안도 바깥도 아닌 경계선상에서 짐짓 시치미 떼면서 무관심한 척 건드리고 지나간다. 이러한 태도가 갖는 문제점이 있다면 그것대로 다시 따져보더라도, 적어도 그 '쿨'(cool)함이 한편으로는 현실과 역사에 지나치게 덧씌워진 엄숙한 환상을 탈각시키는 효과를 갖는 것만은 틀림없다.

『검은 꽃』에서 그 점은 소설에서 재현되는 역사적 소재의 무게에 의해 어느정도 견제되고 있기는 해도, 그 '쿨'한 탈(脫)환상의 태도는 여일(如一)하다. 그럼으로써 이 소설의 '질주하는 아이러니'[11]는 그동안 한국소설에서 의심할 수 없이 자명한 것으로 받아들여져온 역사주의와 국가(민족)주의를 상대화하여 다시 생각하게 만드는 효과를 발휘한다. 그리고 소설에서 그것은 역사소설에 대한 독자의 기대지평을 시종 교란하고 배반하는 서술전략에 의해 뒷받침된다. 그러나 『검은 꽃』에서 문제가 되는 것은 역설적이게도 역사와 근대, 국가와 주체 등의 문제를 효과적으로 상대화하는 아이러니의 유희 자체가 거꾸로 그에 대한 더이상의 집요한 사유와 성찰을 가로막고 있다는 점이다. 이는 한편으로는 작가가 그 아이러

---

11) 서영채 「질주하는 아이러니」, 『문학동네』 2003년 겨울호.

니의 질주에 지나치게 탐닉하는 듯 보인다는 사실과도 무관하지 않다. 물론 그 활기찬 탐닉의 향유 속에서, 탈환상의 아이러니에서 유일하게 제외되고 있는 대상은 바로 작가 자신이다.


4


최원식의 글에서 발견되는 것 역시 모더니즘 소설이 보여주는 특정한 성취를 적극적으로 평가하면서도 '민족문학'의 입장에서 결정적으로 낯설고 불편할 수 있는 요소에는 애써 무관심한 태도다. 어쩌면 그것은 민족문학의 유효성에 대한 확고한 믿음을 여전히 고수하는 데서 나오는 다분히 '전략적'인 태도라고 볼 수도 있겠다. 최원식의 비평이 작품의 핵심적인 내적 논리를 읽지 않고 『검은 꽃』에서 기어코 '역사허무주의의 선전'으로 떨어지지 않는 '나라의 꿈'에 대한 환기를 읽어내는 이면에는 그런 속내가 있을 법도 하다. 그러나 그렇다면 그것은 더욱 큰 문제다. 민족문학에 대한 믿음이 굳이 그처럼 작품의 실재를 애써 외면하고서야 비로소 유지될 수 있는 것이라면 그것은 그 입론의 취약함을 스스로 입증하는 것일 뿐이다. 더욱이 어떤 형식이 되었든 민족국가와 역사라는 범주의 자명성을 한번쯤 되돌아보게 만드는 작품의 근본적인 문제의식과 (비록 불편할지라도) 정직하게 대면하고, 그것을 통해 혹 있을지도 모를 자기 자신의 결여까지도 반성적으로 돌아보는 성찰의 자세를 가다듬는 대신 선험적인 규범을 앞세워 작품이 던져놓은 근원적인 질문을 아예 봉쇄하고 해소해버리는 한, 최원식이 주장하는 민족문학론이란 이미 정체되어 굳어버린 주관적인 원망(願望)의 차원을 벗어나기 힘들다.

모더니즘 소설을 읽는 이같은 독법은 어떤 의미에서는 창비로서는 회피하기 힘든 고민의 결과라고도 할 수 있을 것이다. 그것은 외면할 수 없는 최근 한국문학의 성과들을 민족문학과 리얼리즘의 좌표 안에서 어떻게든 해석하고 그에 대응해야 한다는 요구와 관련되어 있다. 민족에 대한 질문이나 재현의 관점에 촛점을 맞추어 모더니즘 소설의 성과를 부각하는 비평의 방향은 그런 맥락에 있다. 그러나 이는 작품의 입장에서도 그렇지만 비평의 입장에서도 썩 생산적인 방향이라 할 수는 없을 듯하다. 창비 고유의 독법이 최근의 모더니즘 소설을 대하면서 보여주는 유연성과 호의에도 불구하고, 무엇보다 그 소설이 리얼리즘과는 다른 각도에서 제기하는 나름의 핵심적인 문제의식에 대한 섬세한 검토와 비판이 없다면 그것은 그에 대한 온당한 대접이라 하기 힘들다. 더욱이 모더니즘 소설이 펼쳐놓는 전체 포석(布石) 중 한두 국면의 성과를 애써 끌어당기면서도 정작 그 진짜 패와는 정면으로 맞서지 않는 한, 리얼리즘의 입장에서도 그것은 모더니즘과의 창조적 대결이 될 수 없다.

더욱 문제가 되는 것은 모더니즘 소설이 제기하는 그 핵심적인 문제의식이 현재 한국의 근대에 대한 소설적 대응이라는 문제와 맞닿아 있다는 사실이다. 가령 배수아와 김영하의 소설은 적어도 각기 고유한 나름의 방법으로 근대적 현실의 국면을 거부하거나 그에 대해 근원적인 문제를 제기하는 소설이다. 배수아 특유의 독특한 무국적적 상상력·감각이나 '나'를 구속하는 '나' 바깥의 모든 것으로부터 스스로를 고립시키려는 허무주의적 충동도 그렇지만, 국가나 민족 같은 근대적 삶의 범주들을 허무주의적 아이러니 속에서 교란하는 김영하의 소설전략 역시 마찬가지다. 그들의 소설을 지배하는 강박적 정신주의와 허무주의 같은 글쓰기의 정신적 태도는, 자본의 지배가 더욱 위력을 더해가는 이 2000년대 한국사회의 모더니티 속에서 기댈 수 있는 어떤 이념이나 가치를 상실한(혹은 스스로 버린) 세대의 특정한 문학적 정체성을 구축하는 핵심적인 요소의 하나다. 그들의 소설은 그렇게 이념과 명분, 의미와 가치 같은 '거치적거리는' 덧씌워진 판타지와 단절하고 고립된 단독자로서 이 후기근대의 모

36

더니티와 맞닥뜨리는 흥미로운 장면을 연출한다.

예컨대 배수아와 김영하의 소설에 각기 나타나는 정신주의와 허무주의 같은 글쓰기의 태도를 처음부터 문제가 있다 하여 무심하게 넘겨버릴 수 없는 까닭은 거기에 있다. 또 그것이 근대와 대면하는 작가의 핵심적인 문제의식과 서술전략, 소설적 특성 등과 밀접하게 연계되어 있는 것이기에 더욱이나 그렇다. 이는 물론 비단 배수아와 김영하의 소설에만 적용되는 이야기는 아니다. 그런 의미에서 지금 창비의 비평에 요구되는 것은 현재 한국문학의 현장에서 한국사회 모더니티에 대한 응답으로 제출되는 이 모더니즘(들)의 문제의식과 현실적 맥락을 외면하기보다는 그 한가운데로 직핍해들어가 비판적으로 대화하고 응전하는 것이다. 창비의 입론대로 근대극복을 과제로 삼는 리얼리즘의 본뜻에 정말로 충실하고자 한다면, 어떤 의미에서 창비가 치러야 할 근대와의 또다른 대결의 현장은 거기에 있는 것인지도 모른다. 지금 한국문학과 모더니티의 생생한 진실은, 아직 오지 않은 리얼리즘의 '물건'이 아니라 비록 비루해 보이고 마뜩지 않을지는 몰라도 '문학의 위기'가 이야기되는 이 후기근대의 현장을 힘겹게 포복하고 있는 바로 그 문학들 속에, 그 문학들이 안고 있는 결여 속에 있는 것이기 때문이다.

이와 관련해 창비에 거는 기대가 공연한 것이 아니라면, 이는 또 달리 말한다면 이론과 비평의 더욱 치열한 자기성찰에 대한 기대이기도 하다. 그것은 물론 "'이론비평'과 '실제비평'이 한몸이 되는"(『창비』 22면) 것만으로는 되지 않는 것이다. 그 자기성찰이란 곧 급격하게 변화하는 한국사회의 복잡다기한 모더니티의 양상은 물론이고 그와 한몸으로 살아가는 문학적 성과들의 한가운데서 자기 자신의 응전력과 결여까지도 끊임없이 되비추어보는 작업이라 할 수 있을 것이다. 그것은 설혹 그 회피할 수 없는 바깥의 혼돈스런 몸체가 고통스럽게도 자신의 '이론'과 '비평'의 살을 찢고 들어온다고 하더라도, 그것까지도 감내하면서 바로 그 속에서 자

기 자신의 진리를 발견해야 한다는 요청에 응하는 것이기도 하다. 헤겔은
그것을 일러 정신의 힘[12]이라 했다.

— 『창작과비평』 2004년 가을호

---

12) G.W.F. 헤겔 『정신현상학 I』, 임석진 옮김, 지식산업사 1988, 92면.

# 1990년대 문학의 종언, 그리고 그후

## 1. 은희경의 『비밀과 거짓말』과 더불어

이야기는 은희경(殷熙耕)의 장편소설 『비밀과 거짓말』(문학동네 2005)과 함께 시작된다. 이 글이 굳이 그렇게 시작되어야 하는 까닭은 다른 데 있지 않다. 그것은 무엇보다 이 소설이 1990년대 이후 한국소설의 흐름 속에서, 그리고 지금 이 싯점의 한국소설의 장(場) 속에서 갖는 특별한 상징적 의미 때문이다. 물론 어떤 측면에서 그것은 작가의 의도와는 별개의 문제이며, 이 소설이 작품 자체로서 어떤 성취를 얻었는지를 판단하는 문제와도 크게 상관없는 이야기다. 그 상징적 의미가 구체적으로 무엇인가를 따져보기 이전에, 우선 이 소설의 경개(梗槪)와 눈에 띄는 특징적인 외적 표지를 한번 돌아보는 것이 순서겠다.

소설이 펼쳐놓고 있는 이야기의 내력은 물론 알려진 바 그대로다. 어릴 적 아버지의 사업 실패로 고향을 떠나 앞으로도 변할 것 없는 지루하고 황량한 도시적 삶을 고독과 냉담 속에서 살아가는 두 아들이 있어, 그들은 어느날 아버지의 죽음이 남긴 내키지 않는 유산을 떠맡는다. 그 유산이란 다름 아닌 '정명선'이라는 이름으로 상징되는 아버지의 비밀이다. 아버지가 정명선 앞으로 남긴 집을 처분하는 과정에서 그들은 아버지의 숨겨진 비밀에 조금씩 다가가는데, 그 과정에서 아버지에 대한 애증이 뒤섞인 부정의식과 그것을 둘러싼 두 아들 영준과 영우의 갈등, 그리고 고향을 떠나 떠도는 방황과 환멸의 시간을 보낸 끝에 이제 묵묵히 남은 시간을 견뎌나가는 그들의 사연이 하나씩 소개된다. 그렇게 보면 이 소설은 전형적인 프로이트적 가족 로망스(family romance)의 변주인 셈이다. 그런 가운데 소설의 이야기는 그들의 고향인 K읍의 역사민속지리와 가문의 역사, 아버지-아들의 관계를 중심으로 한 성장기와 형제간의 갈등과 화해, 영화감독인 큰아들 영준의 일상과 영화촬영 과정 등 다양한 이야기의 가닥이 복잡하게 교차되며 펼쳐진다.

서로 이질적인 스타일과 형식요소 들이 공존하면서 소설의 구조를 복잡하게 만들고 있기는 해도, 소설이 펼쳐놓는 이야기 단위들은 어찌 보면 각별히 새로울 것도 없는 내용이다. 그런 측면에서 이 소설은 기존의 상투적인 남성 성장소설의 변주에 지나지 않는다고 볼 수도 있을 것이다. 이처럼 지극히 평범하다면 평범하달 수 있는 이야기가 지금 이 싯점에서 그 작품 자체에만 국한되지 않는 또다른 차원의 폭넓은 의미론적 자장을 만들어내고 있다고 한다면, 그것은 어떤 지점에서 그러한가?

그것을 본격적으로 이야기하기에 앞서 우선 겉으로 눈에 띄는 간단한 표지부터 일별해보자. 우선 기존의 은희경 소설과는 확연히 구별되는 것으로, '아버지'와 '고향'이라는 의외의 주제적 모티프가 작품의 전면에 자리하고 있다는 데 주목할 수 있을 것이다. 여기서 우리는 그 모티프의 함축과 더불어 그것이 『새의 선물』(문학동네 1996)에서 시작되고 또 축적되어온 은희경의 작가적 이력의 맥락 한가운데에 놓임으로써 만들어내는 또다른 의미를 눈여겨볼 필요가 있다. 그것은 이 소설이 은희경의 작가적 이력에서 어떤 측면에서든 하나의 중요한 매듭이 되리라는 판단과 무관하지 않은데, 작가 스스로도 과연 그런 자의식을 굳이 숨기지 않고 드러 낸다. 작품생산의 과정만 놓고 보더라도 작가가 이 작품에 들였으리라 짐 작되는 예외적인 공력이야말로 일단 그런 자의식을 은연중 보여주는 외 적인 징표다. 많은 독자들이 이 소설에서 느낄 법한 지나칠 정도의 압축 성, 그리고 (관점에 따라 달리 볼 수도 있겠지만 어쨌든) 그에서 비롯되 는 형식적·내용적 공백과 불균형도 어찌 보면 이 예외적이라 할 만한 자 의식적 공력의 과잉이 낳은 의도치 않은 증상이라고도 할 수 있겠다.

은희경의 『비밀과 거짓말』에서 우리가 주목해야 하는 것은 작품의 외 적 경개의 형태로 언표되고 있는 그런 작가적 자의식의 차원이다. 『비밀 과 거짓말』의 문학적 의미는 그와 더불어, 동시에 그것이 결과적으로 보 여주는 의도한 혹은 의도하지 않은 형식적·내용적 증상으로 인해 생성 된다. 가령 임상정신분석에서 증상(symptom)을 일종의 은유라 할 수 있 듯, 『비밀과 거짓말』의 텍스트 표면에 나타나는 증상 역시 그 자신을 넘 어서는, 그 이면에 감추어진 무언가를 발화하는 은유다. 그것이 뜻하는 것은, 이 소설이 그 작품 자체만으로 한정할 수 없는 1990년대 이후의 문 학사와 관련한 어떤 의미있는 문맥을 만들어내고 있다는 사실이다. 그렇 다면 도대체 그 문맥이란 무엇인가? 1990년대 문학의 종언에 관한 이야 기는 그렇게 시작된다.


## 2. '나'와 운명, 그리고 허무

앞서 암시한 것처럼 90년대 이후의 문학사적 흐름 혹은 문맥의 의미있 는 결절점을 은희경의 『비밀과 거짓말』을 통해 짚어볼 수 있다면, 그것이 비롯되는 곳은 무엇보다도 이 작품의 주제의식, 그리고 그것을 통해 암시 되는 작가의 새로운 문학적 인식과 태도다. 그러니, 우리는 기꺼이 은희경의 문학을 경유하는 우회의 수고를 감수해야 할 것이다.

사실 『비밀과 거짓말』에서 작가가 보여주는 주제의식은 급작스런 것이 아니다. 이 소설은 주제의식의 측면에서 볼 때 『상속』(문학과지성사 2002)의 연장선상에서, 거기에서 언뜻 내비친 새로 얻은 인식의 실마리를 한층 더 밀고나가 응축되고 완성된 형태로 보여주고 있는 작품이라 할 수 있기 때문이다. (뒤에서 자세히 이야기할 테지만) 내용의 차원에서 『비밀과 거짓말』을 둘러싸고 벌어지는 상징적 의미생산의 문학사적 드라마는 바로 이곳에서 비롯된다.

은희경의 전작인 소설집 『상속』을 눈여겨본 독자라면, 거기에서 이미 『새의 선물』 이후의 연속적인 작품경향과 한데 묶여 있으면서도 결정적인 지점에서 그와 갈라서는 미묘한 변화의 기미를 눈치챘을 것이다. 이전까지 은희경 소설의 인물들이 대개 "삶은 농담"이라는 명제를 품고 현실에 대한 냉소적 거리를 유지하며 '바라보는 나'와 '보여지는 나'의 분리를 통해 연기(演技)로서의 삶을 꾸준히 실천해왔다는 사실을 거슬러 되짚어보는 것만으로도, 그 변화의 지점이 어디인지는 충분히 짐작할 수 있다. 『상속』에서 두드러지는 것은 은희경 소설을 지탱해왔던 그 냉소적 긴장이 현저하게 약화되어 있다는 점이다. 여기에는 물론 삶과 현실에 대한 작가의 인식과 태도의 변화가 함축되어 있다는 것은 두말할 필요가 없겠다.

그 점은 표제작인 단편 「상속」에서 특히 두드러지는데, 냉소적 에토스를 누그러뜨리게 만든 그런 인식의 변화를 한마디로 요약한다면 그것은 냉소만으로는 지탱할 수 없는, 또 그 냉소를 보잘것없게 만드는 삶의 물질성에 대한 자각이라 할 수 있을 것이다. 그리고 그 한가운데에는, 육체가 있다.

스스로 통제할 수 없는 상태에 놓인 육체를 생각하자 다시금 그녀는 공포를 느꼈다. 어쨌든 N은 자신의 육체 안에도 아버지 몸의 일부가 어떤 식으로든 깃들어 있고 그것을 다름아닌 바로 자신의 육체로 느낄 수 있다는 생각을 하기 시작했다. N은 확실히 달라졌다. 한 사람의 육체가 생겨나기까지 자신이 알지 못하는 수많은 사람들의 육체가 시간 속에서 생멸을 거듭해왔다는 것도, 제 몸 속에 죽음이 들어 있다는 사실도 처음 깨닫는 일이었다. (…) N은 매 시간 곳곳에서 아버지의 상실에 대한 상상이, 한 번도 자기 인생의 정면에 놓인 적 없었던 아버지라는 존재를 오히려 자각하게 한다는 사실을 학습해가는 중이었다.[1]

자기 자신의 육체를 스스로 통제할 수 없다는 데서 오는 공포는 육체 안에 깃든 죽음에 대한 깨달음으로 이어진다. 이는 간단히 말해 육체에 종속될 수밖에 없는 인간적 숙명의 허무주의적 (재)발견이라 할 수 있을 터인데, 그 중심에 있는 것은 바로 죽음과 등치되는 아버지의 존재에 대한 자각이다. 이때 아버지의 죽음에 대한 상상이 거꾸로 아버지의 존재에 대한 강한 자각을 불러일으키고 그와 대면하게 한다는 것은 분명 이해할 수 있는 역설이다. 중요한 것은 그러한 인식이 제 몸의 통제 불가능성에 대한 공포스런 자각, 그리고 그에서 비롯되는 거역할 수 없는 인간적 숙명에 대한 승인에서 비롯된다는 점이다. 그것은 달리 말한다면 연기와 냉소를 통해서는 결코 넘어설 수 없는 어떤 것, 육체 안에 살아 숨쉬는 그 물질성 혹은 역사성의 무게에 대한 체념이 뒤섞인 비감한 승인이다. '아버지'는 그렇게 출현한다.

「상속」에서 그렇게 죽은 N의 아버지는 다시 『비밀과 거짓말』에서 "죽음 이후 더욱 자주 영준의 일상에 나타나는 아버지"[2]가 된다. 다시 말해,

---

1) 은희경 『상속』, 문학과지성사 2002, 119~20면.
2) 은희경 『비밀과 거짓말』, 문학동네 2005, 152면. 이후 이 작품을 다시 인용할 때는 면수만 표시한다.

죽은 아버지는 살아 있는 아버지보다 더욱 강력한 아버지가 된다. 소설의 주인공인 큰아들 영준이 역설적이게도 "아버지가 죽은 뒤부터 고아로 보이지 않는 사람"(172면)으로 그려지는 것도 그런 맥락이다. 장편소설『비밀과 거짓말』은 그처럼 죽음과 함께 출현하는 아버지를 재발견하는 이야기다. 고향, 성장, 삶과 죽음, 운명 등의 문제에 대한 성찰을 실어나르는 복잡한 이야기 가닥들이 수렴되는 중요한 한 지점은 바로 그 '아버지'이며, 이 작품의 의미를 구조화하는 것은 그 아버지를 둘러싸고 형성되고 변주되는 의미론적 그물망이다. 간단히 말한다면,『비밀과 거짓말』은 아버지의 생물학적 죽음을 통해서 역설적으로 자신 안에 살아 숨쉬는 아버지를 확인하는 아들의 (재)성장에 대한 소설이다.

이 소설에서 고향인 K읍에 대한 민속지적 서술이 중요한 부분을 차지할 수밖에 없는 까닭은 바로 거기에 있다. 이때 K읍은 단순한 지리적 공간이라기보다는 정확히는 아버지의 지리적 표상이다. 아버지의 육체가 아들의 육체에 살아남듯, "어릴 때 보고 자란" 고향의 풍경은 어쩔 수 없이 "망막에 새겨진"(60면)다. 그렇게 신체적 무의식에 새겨지는 고향이란 벗어나려고 하지만 결코 벗어날 수 없는, 죽음을 통해 더욱 강한 영향력을 행사하는 아버지와 의미론적으로 등가이다. 그런 의미에서 고향의 재발견은 아버지의 재발견이며 그것은 다시, '나'를 결정하는 벗어날 수 없는 태생적 조건의 위력에 대한 비감 어린 자각이다. 물론 이때 태생적 조건의 자각이란 단순히 삶의 생물학적 한계에 대한 인식에 그치지 않는다. 그보다『비밀과 거짓말』에서 그것은 '나'의 의지와는 무관하게 '나'를 결정하는, 벗어날 수 없는 불가항력적인 현실적 삶의 조건이 발휘하는 위력에 대한 운명론적인 실감으로 확장되어 나타난다.『비밀과 거짓말』에 나타나는 고향에 대한 성찰이 저간의 한국소설에서 흔히 보아온 것처럼 상투적인 뿌리찾기의 의지나 화해의식으로 환원될 수 없는 것도 이런 까닭이다. 그 운명의 슬픈 자각 뒤에 남는 것은, 당연하게도, 허무일 것이다.

가령 이런 구절.

> '네 발굽을 쳐 달려간 말은 바닷가에 가 멎어버렸다.' 온몸에 가시가
> 박히고 흙투성이가 된 채 바다의 절벽 앞에서 발굽을 꺾었던 말처럼
> 글썽한 눈으로 젊은이들이 고향에 돌아오면 사람들은 피가 잉잉거리
> 는 병이 나았다고 말하곤 했다. 그들은 초년의 나이에 부모 속을 어지
> 간히 썩이는 바람에 일찍 철이 들어버린 지루한 사내의 눈을 하고 묵
> 묵히 남은 시간을 살았다. (11면)

"네 발굽을 쳐 달려간 말"의 발굽을 꺾어버린 그 절벽의 불가항력적인 힘
에 대한 슬픈 수긍, 그것은 삶과 현실은 더이상 연기와 냉소를 통해서는
혹은 위악적 부정을 통해서는 피해갈 수 없는, 결코 가벼운 '농담'으로 환
원될 수 없는 거대한 실체라는 사실에 대한 자각과 다른 것이 아니다. 그
렇게 보면 현실이란 그것을 부정하려는 의지까지도 삼켜버리는, 그 앞에
서는 모든 것이 무력화되어버리는 그런 것이며, 그것을 깨달은 주체에게
현재 너머에는 더이상의 다른 것이 있을 수 없는 것도 그 때문이다. 그러
니 그저 묵묵히 고독과 태연함 속에서 견딜 수밖에 없을 뿐. 허무는 더이
상 어찌할 수 없는 이 주체의 무력함에서 따라나오는 것이다.

이를 어떻게 평가할 것인가를 말하기 앞서 일단 이러한 인물의 인식과
그로부터 나오는 주제의식이 『새의 선물』 이후 은희경이 90년대 내내 견
지해왔던 그것과 얼마나 먼 거리에 있는 것인지를 지적할 필요가 있겠다.
이는 간단히 말해 '환멸'과 '허무'의 차이로 설명할 수 있을 것이다. 이 둘
은 언뜻 구별되지 않는 듯 보이지만 실은 그렇지 않다.

우선 환멸이란 모든 불변의 가치에 대한 믿음과 환상이 멸(滅)하는 것
을 뜻하지만, 은희경의 『새의 선물』에는 그렇게 "절대 믿어서는 안 되는
것들"[3]의 목록에서 제외되는 것이 하나 있다. 그것은 바로 '자기 자신'이

다.[4] 그 자기 자신에 대한 나르씨시즘적 애착이 허위적인 것이든 아니든, 『새의 선물』에서 세계와의 냉소적 거리를 확보해주고 지탱해주는 동력은 여하튼 바로 그것이다. 환멸은 환멸의 대상에서 제외되는 이 예외를 통해서만 작동한다. 세계의 강요된 가치에 대한 믿음을 철회하고 부정할 수 있었던 것도, '보여지는 나'와 '바라보는 나'의 자의식적인 분리를 통한 삶의 연기와 위장이 가능했던 것도, 그런 '나'에 대한 기본적인 믿음이 있었기 때문이다. 그 믿음이란 물론 강요된 가치의 바깥에서 오직 자기 자신만의 이성으로 세계의 부정성에 침해당하지 않는 '나'를 정립할 수 있으리라는 믿음과 다른 것이 아니다. 90년대 은희경의 소설에서 환멸은 부정적인 세계 바깥의 그런 상상적 '나'의 정립을 통한 세계와의 냉소적인 지적 거리의 확보와 결합되어 있는 것이었다.

그러나 『비밀과 거짓말』의 허무의식은 그렇지 않다. 무엇보다 이때 허무의 근원에는 세계와의 냉소적인 지적 거리를 더이상 유지할 수 없는 주체의 무력함에 대한 인식이 가로놓여 있다. 아버지가 그렇고 고향이 그렇듯, 또 그것이 표상하는 불가항력적인 인간적 삶의 조건이 그러하듯, '나'를 결정하는 것이 '나'의 의지가 아닌 '나'가 통제할 수 없는 '나' 바깥의 운명적 조건이라는 것을 알아버린 주체에게, 그 세계 바깥에서 대타적으로 정립되는 '나'란 더이상 존재할 수 없다. 그 주체는 세계 바깥의 상상적 '나'의 정립이란 한낱 자기기만이나 허위에 지나지 않는다는 진실을 알아버린 주체이며, 『비밀과 거짓말』의 아들들 또한 그러하다. 그러니 애써 취하고자 했던 세계와의 거리도 부질없는 것이 될 수밖에. 여기에 무언가 존재한다면, 그것은 부정을 통한 '나'의 정립이 "마지막 도달하는 곳엔 아무것도 없을지도"(216면) 모른다는 체념 섞인 깨달음과 그에

---

3) 은희경 『새의 선물』, 문학동네 1995, 12면.
4) "그 이후 지금까지 나는 인간이 진심으로 사랑하는 것은 자기 자신뿐이라고 확신하고 있는 것이다."(『새의 선물』 13면)

대한 묵묵한 수긍일 뿐이다.

『비밀과 거짓말』이 등단작인 『새의 선물』 이후 90년대 내내 작가 은희경이 견지하고 축적해왔던 그 이전의 문학적 포즈와 단절하고 있다고 말할 수 있다면, 그 진정한 단절의 지점은 바로 여기다. 그렇게 볼 때 『비밀과 거짓말』은 부정했던 죽은 아버지를 되살려놓음으로써 스스로 성장이라 생각했던 것의 공허함을 반성하고 비로소 뒤늦은 (재)성장의 길로 진입하는 이야기다. 이 소설이 통상의 성장소설과 확연히 구별되는 것은 바로 이러한 맥락 때문이다. 다시 말해, 이 소설은 허무의 자각을 통해 소급적으로 그 이전 자신의 성장 아닌 성장을 반성하는 성장소설이다. 이것을 헤겔이 일컬은 '부정의 부정'이라 하면 어떨까.


## 3. 변화, 혹은 1990년대 문학의 운명

이 '부정의 부정'이란 물론 자기반성적인 정신의 운동이다. 『비밀과 거짓말』의 문제성은 이 정신의 운동이 작가 자신의 문학에 대한 반성적 성찰과 결합되어 있다는 데 있다. 특히 아버지에 대한 부정을 통해 대타적으로 자기 자신을 정립하려 했던 큰아들 영준의 삶의 이력은, 세계를 거리화하는 상상적 '나'의 정립을 통해 강요된 가치에 대한 냉소적 부정과 연극적 위악을 연출해나갔던 90년대 작가 은희경의 문학적 포즈와 정확히 겹쳐진다. 과연 그렇다는 듯이 때마침 주인공 영준도 이렇게 발설하고 있지 않은가.

아버지를 부정하는 것으로부터 시작된 정체 찾기의 여정은 90년대에 와서 일상 곳곳으로 스며들어 인생에 대한 일종의 태도가 되었다. 그렇다고 아버지를 포함해서 그때에 부정했던 모든 강요된 가치들이 엄밀한 의미에서 진정한 자신의 것으로 대체된 것은 아니었다. (…) 자신의 인생을 다만 흉내로, 비극적 허위로 메워가는 사람들. 영준은 흉내라면 얼마든지 낼 수 있었다. 그러나 그동안 흉내내온 대상이 과연 진짜였던가. (178~79면)

여기에서 말하는 "진정한 자신의 것"이나 "진짜"가 과연 무엇인지, 혹은 무엇이 되어야 하는지는 은희경 소설의 미래와 관련하여 따로 생각해볼 문제지만, 그 이전에 여하튼 이러한 진술은 분명 위악적 냉소를 연출했던 이전 1990년대 은희경 소설의 주체로서 상상적 '나'에 대한 자기반성적인 진술이라 할 수 있겠다. 그것만 놓고 보더라도, 우리는 이 소설을 작가 자신의 문학적 변화에 대한 자기지시적(self-referential) 알레고리로 읽을 수 있는 여지는 충분하다. 딱히 그것이 아니어도 실제로 이 소설에서 작가는 여러 방식으로 그와같은 문학적 자의식을 곳곳에 투사하고 있기도 하다. 그중에서도 가령 소설의 한가닥을 이루고 있는 영화의 구상과 촬영 장면, 그리고 그에 대한 논평 역시 그 자체로 그러한 문학적 자의식을 연출하는 중요한 장치다.

『비밀과 거짓말』은 그 자의식을 통해 90년대 작가 자신의 문학과 단절을 선언하는, 그리고 문학에 대한 새로운 인식과 태도의 출발을 알리는 문학적 선언이 된다. 하나 여기에서 그친다면 이 소설은 작가 자신의 문학적 이력의 한 매듭으로서 개인적인 의미 이외에 또다른 것을 가질 수 없을 것이다. 중요한 것은, 이 소설은 그에 머물지 않고 바로 그 선언을 매개로 전체 90년대 한국문학의 운명을 재구성하는 문학사적 드라마를 연출하고 있다는 사실이다. 왜 그러한가?

이 물음에 답하는 일은 보기만큼 그리 단순하지 않다. 이를 위해서는 다시 또 길을 에둘러, 그 이전에 먼저 '90년대 문학'이라 일컫는 것의 특징을 다시 한번 간단히 돌아보면서 은희경 이외에 '90년대 문학'이라는 범주와 관련되어 있는 몇몇 작가들의 최근 문학적 행보의 추이를 되짚어 보는 것이 필요하다.

미리 말한다면, 사실 어떤 측면에서 90년대 문학의 종언은 그 이전에 이미 조금씩 준비되고 있었다고 보는 것이 옳다. 연대기적 의미가 아니라 질적인 의미에서 '90년대 문학' 말이다. 시기적으로 2000년대에 들어와 백민석 배수아 김영하 윤대녕 신경숙 김연수 조경란 등의 소설에서 각기 그 형태와 방식은 다를지언정 언젠가부터 공통적으로 나타나기 시작한 미묘한 변화를 이 시점에서 다시 거슬러 확인해보는 일이 필요한 것은 그런 맥락이다.

90년대 문학을 규정하는 방식은 여러가지가 있을 수 있겠으나, 무엇보다 그것을 개인 주체의 귀환[5]의 드라마라 하는 것이 두루 적실할 것이다. 실로 그것을 귀환이라 할 수 있는 것은, 90년대에 들어와 문학에서 지난 시기 역사의식과 집단의식에 의해 유보되거나 억압되어온 개인 욕망과 소소한 일상이 기다렸다는 듯이 일시에 개화하기 시작해 하나의 뚜렷한 집합적 현상으로 나타났기 때문이다. 그렇게 출현한 개인 주체의 '내면'은 물론 자기 자신의 의식과 행위의 준칙을 스스로 정립하는 자기정의적인 것이라 할 수도 있을 테지만, 다른 각도에서 보자면 그것은 분명 나르씨시즘적인 것이다. 대상을 향한 리비도가 철회되고 그 길을 안으로 돌려 자아에 고착된다는 일반적인 의미에서도 그렇지만, 그렇게 형성된 자아의 폐쇄적 견고함이 특히 두드러진다는 측면에서도 그렇다. 90년대 문학을 활보했던 개인 주체가 그 구체적인 방식은 다를지 몰라도 하나같이 사회와 역사를 비롯한 '나' 바깥의 모든 타자성의 계기를 지워버리거나 아니면 길들여 '나' 안으로 동화시켜버렸던 것은 그 때문이다.

90년대 문학의 내적 논리와 질서는 이 나르씨시즘적 자아의 상상적 절

---

5) 황종연 「내향적 인간의 진실」, 『비루한 것의 카니발』, 문학동네 2001.

대화에 의해 가능해진 것이었다. 세계와는 완전히 다른 질서에 따라 작동되는 허구에 대한 예외적인 강조(김영하)는 거기에서 자라나오는 것이며, '나' 바깥의 모든 것에 대한 냉담한 무관심의 포즈(배수아)도 그렇다. '나' 바깥의 모든 타자를 어느 순간 자기 자신의 의식과 정서로 알게모르게 무차별적으로 감염시켜버리거나, 그럼으로써 의도와는 별개로 타자의 타자성을 삭제하고 결국 분신의 모습으로 타자를 동일화해버리는 (무)의식적인 소설전략의 구사를 통해 주제를 구축해나갔던 신경숙과 윤대녕의 소설 역시 마찬가지다. 그리고 결국에는 또다른 위장된 오이디푸스적 질서로 귀순해버리고야 말았던 불륜의 형식을 진정한 탈주라 오인했던 전경린의 '자아주의'는 말할 것도 없거니와, 냉소적 거리두기에 기초한 은희경 소설의 위악적 연기 역시 앞에서 따로 지적한 것처럼 그와 다른 것이 아니다.

90년대 문학의 개인 주체를 크게 보아 '상상적 주체'라 할 수 있는 것은 이런 맥락에서다. 그것은 나르씨시즘을 의식의 주된 동력원으로 삼고 있었다는 측면에서 상상적이며, 또 그럼으로써 세계(혹은 역사나 현실)와 무관하게 그와 절대적으로 독립된 자기 자신의 의미와 가치를 정립할 수 있으리라는 자기기만(mauvaise foi)에 갇혀 있었다는 점에서도 상상적이다.

90년대 문학의 주체의 자기의식이 자기 자신 이외에는 역사든 이념이든 아무데도 기댈 곳 없는 환멸의 공간에서 시작되었다는 것을 고려한다면 이는 물론 충분히 이해할 수 있는 일이다. 그리고 그것이 90년대 한국의 후기근대를 살아가는 단자적 개인의 진실을 얼마간 반영하고 있었던 것도 사실이다. 그러나 지금 싯점에서 되돌아보건대, 불변의 의미나 가치에 대한 모든 믿음이나 환상이 붕괴되어버린 곳에서 자라나온 이 나르씨시즘적인 상상적 주체는 바로 그 고립된 상상적 자기의식을 절대화함으로써 스스로 거부했던 이전 시기의 자명한 환상을, 방식을 달리하여 또다른 형태로 불러들였다고 보는 것이 정확한 판단일 것이다. 그 환상이란 물론 '나'의 존재조건인 이 후기자본주의 근대 질서를 괄호 안에 묶어둠으로써 성립하는 상상적인 것이며, 그런 한에서 그것은 직접적으로든 매개적으로든 스스로를 검증과 반성의 무대에 올리지 않는 이데올로기적 자기의식이라 해도 무방하다. 이것이 언뜻 근대 질서에 대한 환멸과 거부를 재연(再演)하는 듯한 외양과는 정반대로 역설적이게도 바로 그 제스처를 통해 의식적이든 무의식적이든 근대 질서와의 세련된 타협으로 이끌릴 위험을 항시 안고 있었던 것은 그 때문이며, 또 실제로 흔히 그것은 단지 잠재적인 위험의 차원에만 그치지 않았다.

　흔히 '90년대 작가'라 불렸던 이들의 소설이 최근 보여주는 중요한 변화 중 하나는 바로 이 상상적 주체의 미묘한 형질 변화다. 그것이 대체 어떻게 어떤 모습으로 나타나며 그 근원에는 무엇이 있는가를 대략이나마 가늠할 수 있게 해주는 의미심장한 상징적 지표 중 하나는 다름아닌 백민석(白旻石)의 장편소설 『죽은 올빼미 농장』(작가정신 2003)이다. 소설에서, 나이 삼십이 넘도록 물을 가득 채운 욕조 안에 몸을 담그고서야 잠들 수 있는 '나'는 이제 욕조(＝자궁) 바깥으로 걸어나와 '나'의 자폐적 유아론을 표상하는 유령적 분신인 인형을 버리기로 결심한다. 그리고 버린다. '나'는 이렇게 생각하는 것이다. "뽕짝이 더 어울리는 나이"(같은 책 50면)가 된 "서른이 넘은 사내에게 자장가가 무슨 소용이란 말인가?"(같은 책 183면) 『죽은 올빼미 농장』에 출현하는 이런 '나'의 의식이 결국 죽음 같은 '나'의 삶 바깥의, '나'와 다른 시간과 장소에서 또 그렇게 다른 모습으로 죽어가는 타자의 발견으로 마무리된다는 것은 의미심장하다. 짐작건대 비트와 펑크에서 '뽕짝'으로의 이런 변화에 대한, 그리하여 상상적 주체 바깥으로의 한걸음에 대한 내적인 요구를 문학적으로 감당할 수 없었던 것인지는 몰라도 하여간에 백민석의 침묵은 지루하게 계속되고 있지만, 동시에 다른 작가들의 경우에도 역시 내용은 각기 달라도 이같은 내적인 요구가 형태를 달리하여 조금씩 진행되어오면서 최근의 소설에 어떤 형식으로든 반영되고 있는 것만은 틀림없다. 어떻게?

크게 보아 시기적으로 2000년대에 들어서 가령 백민석의 소설에 그 전과는 다른 무언가가 알게 모르게 들어와 있었듯, 90년대 문학에 이름을 새겼던 여타 작가들의 경우도 마찬가지로 그러하다. 예컨대 신경숙의 소설은 어느 싯점인가부터 그의 이전 소설을 지배했던 과도한 자기연민을 조금씩 벗겨나가면서 실제적 현실 속의 '윤리'의 영역에 조금씩 다가가고 있는 것처럼 보이며,[6] 윤대녕 소설의 주인공은 이제 더이상 '존재의 시원'으로 거슬러올라가 ('나'의 상상적 분신인) 여자와 만나기를 그만두고 현재의 현실 속에서 그야말로 '낯선 이'와 실제로 대면하기로 결심한 듯하다. 여전히 자기 탐닉적인 유희적 아이러니의 시선을 통과해서이긴 하지만 김영하 소설의 육체에 들어온 역사와 사회의 그림자(『검은 꽃』, 문학동네 2003)도, 그리고 조경란의 '봉천동'의 재발견도 같은 맥락에서 파악할 수 있을 것이다. 반면 『에세이스트의 책상』(문학동네 2003)을 기점으로 배수아 소설이 보여주는 정신주의로의 극적인 변화는 오히려 거꾸로 그런 상상적 주체의 인식적·미학적 전략을 더욱 급진화하는 바로 그 문학적 태도를 통해 90년대와의 명백한 단절을 표명한 경우라 할 수 있겠다.

90년대산(産) 작가들의 소설이 보여주는 이런 최근의 변화가 과연 새로운 미학적 진화와 성숙으로 이어질 수 있을 것인지를 판단하기는 아직이르다. 그렇긴 하나, 이런 현상은 분명 이들의 소설이 기존 작품세계의 경계를 조금씩 허물거나 넓혀가고 있는 징조라고 보아도 될 것이다. 최근들어 특히 이들에게서 공통적으로 발견되는 전통적인 의미에서 대문자

---

6) 90년대 신경숙 소설의 타자는 '나'의 의식에 감염되고 길들여진 '나'의 분신에 가까운 상상적 타자였기에, 타자에 대한 연민은 곧 자기연민과 다르지 않은 것이었다. 그러나 상세히 이야기할 자리는 아니지만 특히 최근의 단편인 「그가 지금 풀숲에서」(『창작과비평』 2004년 여름호)와 「어두워진 후에」(『문학동네』 2004년 겨울호)만 놓고 보더라도 그런 맥락에서 눈에 띄는 미묘한 변화를 감지할 수 있다.

'문학'(Literature)에 대한 새삼스런 자의식도 크게 보면 이런 맥락에 있는 것이다. 『비밀과 거짓말』의 작가 은희경은 말할 것도 없거니와, 언젠가부터 의외로 거의 배타적이라 할 수 있을 정도로 대문자 '문학'을 특권화하는 듯한 김연수의 진지한 문학주의 역시 그와 다르지 않다. '언어'와 '정신'에 대한 무거운 사유를 독특한 방식으로 선보이고 있는 배수아 소설의 정신주의적 경향의 근원에 있는 것도 역시 대문자 '문학'에 대한 자의식이다. 그런가 하면, 최근에 특히 김영하는 마침 천명관의 장편소설 『고래』(문학동네 2004)를 거론하면서 (그것이 다른 누가 아닌 우리가 익히 알고 있는 그 김영하이기에 더욱) 아이러니하게도 이런 비판적 의문을 표명하고 있지 않은가. "인물의 내면, 묘사의 밀도를 생략하고 '순수한 이야기'만으로 가득 채운 이 작품이 과연 현대 소설의 나아갈 바일까? 만약 그렇다면 대저 소설이란 무엇인가."[7]

은희경의 『비밀과 거짓말』이 보여주는 변화 역시 2000년대를 전후로 진행되어왔던 이러한 문학 장의 공통감각이나 변화의 흐름과 무관하지 않다. 그런 가운데서도 하필 다른 무엇이 아닌 『비밀과 거짓말』이 특별한 의미를 획득하는 까닭이 있다. 그것은 무엇보다 이 소설이 그 자체로 1990년대의 결산이자 새로운 출발이라는 사실을 사뭇 분명하게 표명하면서 문학적인 형태로 완성하고 있다는 데서 기인한다. 이 소설은 그동안 다른 작가들의 소설에서 단편적·분산적인 징조로만 드러났을 뿐 채 완결되지 못한 변화의 가닥들을 하나둘 수렴해 그들을 대표하는 의미심장한 선언으로 완성하고 있는 것이다. 이 소설에서 큰아들 영준이 이르게 된 인식이 집합적인 의미에서 '90년대 작가들'의 행적과 미래에 대한 반성적 알레고리로 읽히는 것도 그런 맥락에 있다.

그리고 이야기는 여기에서 그치지 않는다. 이 소설이 갖는 중요한 의

---

7) 김영하 「소설, 너는 누구냐?」, 『시사저널』 797호, 2005. 2. 1.

미는 바로 그것을 통해 애초 그 자신이 속해 있으며 자라나온 현재 문학
장의 흐름에 방향을 되돌려 거꾸로 다시 작용함으로써 또다른 효과를 발
생시키고 있다는 점이다. 그 효과란 대체 무엇인가?


## 4. 죽음 이후, 그리고 다시, 문학은 오래 지속된다

앞서 90년대산 작가들이 보여주는 최근의 문학적 변화라고 할 수 있는
것을 열거하긴 했으나 그것은 사실 아직은 문학사적 좌표 속에서 한데 묶
여 어떤 의미로도 상징화되지 않은 우연하고 개별적인 변화에 지나지 않
는 것이었다. 혹 그 문학사적 단계의 상징화가 별로 중요하지 않다고 말
할 수도 있겠지만, 결코 그렇지 않다. 연대기적인 의미에서가 아니라 질
적인 의미에서 문학의 연대를 구분하고 현실에 존재하는 문학을 그 좌표
가운데 상징적으로 등록하는 작업은 당연해 보이는 만큼이나 중요하다.
지난 연대의 문학이 안고 있는 한계의 인식과 상징적인 단절의 의식화는
실제로 그 이후 문학의 진화와 성숙을 모색하고 실천하는 수행적 효과를
이끌어내기 때문이다. 그것은 물론 작가의 입장에서도 마찬가지이며, 당
연하게도 근대문학이 이루어온 모든 진화의 근원에 있는 것도 바로 그것
이다.
『비밀과 거짓말』은 이 지점에서 일종의 '형식적 종결'로서 기능한다.
이를테면 그것은 다분히 우연한 것으로 보였던 '90년대 작가'들의 변화
에 사후적으로 개입하여 그것을 일정한 집합적 맥락으로 계열화하고 '90
년대 문학의 죽음'이라는 분명히 의식화된 지표를 부여하는 것이다. 다시
말하자면 변화는 이미 개별적인 형태로 일어나고 있었지만 그것이 전과
는 다른 어떤 의미있는 필연적인 지표가 되는 것은 바로 이 소급적인 형
식적 종결행위를 통해서다.[8] 사실 이 종결행위 이전에는 90년대 문학은

자신도 모르는 사이에 이미 죽어 있는, 그리고 그런 그 자신의 죽음을 알지 못하는 한에서만 살아 있는 것일 뿐이었다. 그러나 이 행위에 의해서 비로소 죽음은 문학사적 단계 속에 의식적·상징적으로 등록되고, 그 변화의 필연적인 의미는 사후적으로 구성된다. 이로써 되돌아보면, '90년대 작가'들의 변화는 90년대 문학을 활보했던 견고한 상상적 주체의 균열이었던 것이며, 그리하여 90년대 문학의 뒤늦은 죽음을 의미했던 것이다. 상징화를 기다리고 있던 그것은 『비밀과 거짓말』의 지연된 개입에 의해 비로소 '90년대 문학의 죽음'이라는 문학사적 단절의 상징적 좌표 속에 자리를 잡게 된 것이다.

이는 물론 거슬러 작용하는 소급적인 효과이며 그런 의미에서 결코 다른 '90년대 작가'들의 변화와 아무 상관없이, 그 자체로는 개체적 우연성의 산물이라고도 할 수 있을 한 작가의 소설만으로 연출할 수 있는 드라마가 아니다. 다시 말해 그 이전에 다른 작가들의 그런 변화가 없었다면 은희경의 변화는 단지 개인적인 차원의 문학적 중간 결산이라는 의미를 갖는 데서 더 나아가지 않았을 것이다. 다시 한번 말하지만 이것은 작품으로서 『비밀과 거짓말』의 문학적 완성도나 성취와도 크게 상관없는 이야기다. 여하튼 이로써 우리는 드디어 '90년대 문학'의 실질적인 종언을 확인하게 된 셈이다.

상관없다고 했지만, 그럼에도 불구하고 『비밀과 거짓말』에서 특히 눈에 띄는 허무주의는 사실 이 작품의 문학적 성취의 맥락을 가늠하는 문제와 무관하지 않다. 죽은 '아버지'의 귀환과 결합되어 있는 이것은 이후 은희경 소설의 미래와 관련되어 있을 뿐만 아니라 지금 2000년대 한국문학

---

8) 여기에서 작동하는 것은 내용의 변화과정과 형식적 종결행위 사이에 존재할 수밖에 없는 구조적·필연적 간극의 논리다. 그에 따르면, 이미 진행되고 있는 현실에 대해 의식은 필연적으로 '너무 늦게' 오며, 이전 현실의 의미는 그 지연된 의식의 작용에 의해 사후적으로 확정된다. 이는 물론 헤겔 논리학의 핵심 중 하나다. 이에 대해서는 슬라보예 지젝 『그들은 자기가 하는 일을 알지 못하나이다』, 박정수 옮김, 인간사랑 2004, 230~42면 참조.

이 어떻게 어떤 모습으로 형성되고 있는가를 헤아려보는 문제와도 통해 있다. 은희경 소설의 육체를 비집고 들어온 '아버지'는 그 자체로, 90년대 의 상상적 주체가 구축한 폐쇄적인 자아의 망막에 이제 타자의 응시가 비 치기 시작했다는 사실을 상징적으로 보여준다. 다른 각도에서 보자면 이 는 '나'를 결정하고 이끌어가는 것은 '나' 자신의 의지가 통제할 수 없는 타자일 수 있다는 엄연한 사실의 뒤늦은 (재)발견이다. 은희경 소설의 허 무주의는 이와 관련되어 있지만, 크게 보아 '90년대 작가'들의 변화를 이 끌어온 요인 역시 어쩌면 이에 대한 의식적·무의식적 공통감각이었는지 도 모른다. 가령 언뜻 이에서 가장 멀리 떨어져 있는 것처럼 보이는 배수 아의 소설에조차도 역시 벗어날 수 없는 "자국어"라는 "의식의 감옥"[9]에 대한, 그리고 정신의 자유를 불가능하게 하는 (칸트적 의미에서) '정념적 인 것'에 대한 통절한 자각이 있지 않은가.

은희경의 소설이 이르고 있는 지점은 그렇게 '나'는 이 거대한 (큰)타 자의 질서 앞에서는 어쩔 수 없이 무력하고 보잘것없는 존재라는 사실에 대한 비극적인 자각이다. 이것은 물론 어떤 측면에서는 나르씨시즘적인 상상적 공간의 바깥으로 걸어나와 감당하기 쉽지 않은 세계 자체의 진실 과 정직하게 대면하는 주체의 고통스런 자기성찰로 이어갈 수 있는 결정 적인 계기가 될 수 있을 것이다. 그리고 무릇 진정한 인식적·문학적 '성 숙'이란 여기에서 비로소 시작되는 것이다. 그렇지만 항시 그렇듯이 성숙 이란 양가적(兩價的)이다. 즉 '나'가 어찌해볼 수 없는 타자의 질서를 승 인한다는 것은, 그리고 현재 너머에는 아무것도 없을 것이라는 허무주의 적 체념을 내면화한다는 것은, 다른 한편으로는 이 막강한 근대 질서의 위력에 대한 순응 혹은 그와의 타협으로 이끌려갈 수 있는 위험을 안고 있는 것이기도 하다. 이 타협이란 물론 미학적 보수화의 잠재적 가능성까

---

9) 배수아 『에세이스트의 책상』, 문학동네 2003, 87면.

지도 포함한 이야기다.

은희경의 소설은 물론이고 '90년대 작가'들의 최근 소설에서도 공통적으로 나타나는 타자의 (재)발견이 한편으로는 주체의 성숙을 보여주는 표지이면서도 다른 한편으로 어쩔 수 없는 주체의 위축(아니면 피로)을 우회적으로 드러내는 뜻밖의 증상일 수 있다는 판단도 이와 통해 있는 것이다. 만약 그렇다면, 조금은 더 위축되어도 될 것이다. 그것이 기존 상상적 주체의 나르씨시즘적 폐쇄성을 허물어뜨리면서도 동시에 이 후기자본주의 근대 질서에 대한 체념적 순응과 타협으로 이끌려가지 않는 한에서 말이다. 우리가 앞에서 호명한 작가들의 이후 문학적 성취는 어쩌면 이 고통스런 긴장을 어떻게 감당하는가에 따라서 결정될는지도 모른다. 특히 이들 작가의 경우, 이 하나의 문제에만 국한해본다면, 그것을 회피하는가 그렇지 않은가에 이들이 펼쳐갈 문학의 '윤리'가 걸려 있다고도 할 수 있을 것이다. 그리고 이들의 '2000년대 문학'은 여기에서 출발(해야)할 것이다.

그런 반면 지금 한국문학을 넓게 돌아볼 때 그와같은 긴장은 우리가 '2000년대 작가들'이라고 불러야 할 작가들이 의식적인 태도이든 아니면 강요된 선택이든 간에 어떤 측면에서는 이미 처음부터 품고 있었던 출발지점이었다고 할 수 있다. 다시 말해, 작가에 따라 아직 소박한 단계에 머물고 있는 경우도 있지만 여하튼 그들의 출발점은 공통적으로 이미―항상 '나'를 제약하는 타자의 질서에 민감한―혹은 민감하지 않을 수 없는―문학적 인식과 태도이며 이들의 개성적인 상상력의 성격 또한 크게 보면 그곳에서 자라나온 것이다. 예컨대 강영숙 윤성희 천운영 등이 그러하고, 김애란 박민규 이기호 조하형 천명관 등이 또다른 방식으로 그러하다. '2000년대 문학'은 아직 채 뚜렷한 의미와 형태를 갖추지 않은 다양성과 혼종성이 어지럽게 교차하는 형성중인 문학이지만, '2000년대 문학'의 지도는 이들의 소설과 함께 새롭게 펼쳐질 90년대산 작가들의 문학적 갱신의 산물을 통해 그려질 것이고, 또 그렇게 오래 지속될 것이다. 그러니, 이제 다시 문제는 2000년대 문학일 터······, 이야기는 계속된다.

— 『현대문학』 2005년 5월호

# 2000년대, 한국문학을 위한 비판적 단상

## 1. 문학의 곤경, 그리고……

21세기 초입, 지금 한국사회가 겪고 있는 변화는 문학에 결코 호의적이지 않다. 지금 그렇듯, 앞으로도 필시 그러할 것이다. 그 원인에 대해서는 영상문화의 영향력 확대와 멀티미디어 테크놀러지의 발전, 그로부터 촉발된 문화적 다양화와 문자문화의 자연스런 위축 등을 거론하는 수많은 진단이 이미 있었으니 여기서 재삼 반복할 필요를 느끼지는 않는다. 다만 그와 관련하여 이 지점에서 새삼 다시 환기하고픈 것은 현실사회주의의 몰락에 의해 가속화된 진보이념의 패퇴, 그로 인한 좌절과 환멸이라는 착잡한 과거사의 기억이다. 지금까지 그것은 흔히 민중-민족문학 또는 리얼리즘문학의 위축을 불러온 요인으로 지목되고 또 그런 문맥에서 호명되어왔다. 그러나 그 점은 사태의 일면일 뿐이다. 크게 보면 그 과거사가 야기한 효과는 한국사회에서 문학의 위상에 대한 인식의 변화, 그리고 그와 연동된 문학 자체의 존재방식의 변화였다. 1970~80년대에 특히 그랬듯 기존의 문학이 문학 바깥의 가치영역들을 통섭(通涉)하고 그것에 실질적인 지적 영향력을 발휘하는 일종의 메타적 위치에 있었다면, 이제 문학은 그 자리에서 내려와 그 자신에 할당된 개별적인 제도영역 속에서의 자족적 생존을 자신의 고유한 존재방식으로 내면화하고 있다. 흔히 '환멸'이라 일컫는 주조(主調)와 긴밀히 연결되어 있는 1990년대의 일련의 변화는 개인과 일상이라는 새로운 미학적 가치의 발견으로 이어졌으나, 그것은 다른 한편으로는 문학 자체의 사회적 위상과 권역의 그같은 축소와 결합되어 있는 것이었다. 단순하게 말하자면 문학은 이제 더이상 사회적으로 영향력 있는 통합적인 사유와 지혜(혹은 지식)의 매체가 아닌 것이다.

어쩌면 우리는 이를 문학의 뒤늦은 분화와 자율성 획득의 전도된 표현으로 받아들여야 할지도 모른다. 어차피 역사란 돌이킬 수 없는 것이라면, '90년대 문학'의 주체들이 그 역사에서 읽었던 것은 한국사회의 집단적 과제의 압박에 의해 유보되었던 문학 자체의 자기완결적인 미학적 성숙에 대한 요구였다. 다른 한편 가혹한 역사의 흐름에 크게 영향받은 대부분 민중-민족문학의 미학적 침체와 퇴행은 부정적인(negative) 형태로 제기된 그런 역사의 요구를 나름의 방식으로 돌파하는 성실한 대응이 없었던 데에서 비롯되었다고도 할 수 있을 터다. 개인과 일상의 가치를 앞세운 90년대 문학이 미학의 영역에서 이루어낸 진화는 그런 맥락에서 본다면 분명 부정할 수 없는 것이다. 그러나 지금 와 돌아보면 90년대 문학이 이루어낸 그 미학적 진화의 뜻하지 않은 부대비용 역시 만만치 않다. 자아를 강조하는 가운데 한국문학은 알게모르게 조금씩, 문학이 실현해야 할 보편가치와의 연결지점을 상실해가고 있었던 것이다. 그 결과는 물론 문학의 자발적 왜소화와 사소화(些少化)다. 적어도 지금, 그것은 이제 쉽게 돌이킬 수 없는 흐름으로 고착되어버린 느낌이다.

새로운 세기의 문학에 요구되는 윤리적·정치적 과제를 민주주의 문제를 중심으로 날카롭게 제기하고 있는 황종연(黃鍾淵)의 글[1]이 갖는 중요성은 여기에 있다. 사실 이 글의 촛점은 고은(高銀)의 『만인보』 비판에 맞춰져 있고 문학과 정치, 또는 민주주의와의 관계에 대한 언급도 그런 문맥을 타고 있는 것이다.[2] 하지만 이 글의 문제성을 고은의 『만인보』와 그것을 매개로 한 민중-민족문학에 대한 비판의 맥락에서만 주목한다면 한국문학 전체를 위해서는 불행한 일이 될 것이다. 이 글은 그것이 제출된 문맥을 떠나 그 자체로 21세기 한국문학의 정치학과 관련하여 가벼이 넘겨버릴 수 없는 소중한 문제제기와 제안을 담고 있기 때문이다. 이 글에서 황종연은 라끌라우(E. Laclau)와 무페(C. Mouffe)의 급진민주주의 이론과 찰스 테일러(Charles Taylor)의 정체성 정치(identity politics)를 참조하면서 민주주의 기획의 필요성과 그것을 매개로 한 문학과 정치의 만남을 강조한다. 실제로 "개인이 그 자신을 정의하고 발전시킬 권리" (「민주화」 398면)에서 출발하는 자유주의의 심화와 확대를 민주주의의 기초에 놓는 사고는 현대 정치철학에서는 일반화된 상식이라고 할 수 있으며, 그런 의미에서 황종연의 문제제기는 문학과 정치의 문제를 사고하는 데서 소홀히 넘기기 쉬운 기본을 다시금 환기하면서 출발한다는 점에서도 중요하다.[3] 특히 "문학이 다수의 사람들에게 여전히 의미있는 언어예

---

1) 황종연 「민주화 이후의 정치와 문학: 고은 『만인보』의 민중-민족주의 비판」, 『문학동네』 2004년 겨울호. 이후 이 글을 인용할 경우에는 「민주화」로 약칭하고 책의 면수만을 표시한다. 이와 함께 검토하는 황종연의 「모더니즘에 대한 오해에 맞서서」(『창작과비평』 2002년 여름호)는 「모더니즘」으로 약칭한다.

2) 참고로 황종연이 이 글에서 진력하고 있는 고은 시에 대한 비판은 나로서도 의견을 같이하고 충분히 공감하는 내용인만큼 따로 언급할 필요를 느끼지는 않는다. 따라서 이후 전개되는 논의는 당연히 『만인보』에 대한 황종연의 해석이나 비판의 내용 자체에 촛점을 맞춘 반론은 아니다. 다만 자세히 이야기할 자리는 아니지만, 고은 시의 문제점은 황종연이 적시한 민중이나 민족에 대한 이해방식의 문제만으로 환원할 수 없는, 역사나 현실 속에서의 주체 위치의 정립방식과 태도에서도 크게 기인한다는 것이 거칠게나마 대강의 나의 생각이다.

3) 최원식은 황종연의 민주주의론에 대해 "개인의 탄생을 내세운 구미자본주의 사회가 개인의 무덤 위에 세워진 엘리뜨지배로 귀결된 사정"을 환기하면서 "공공선에 충성하는 계급연합적 공화(共和)에 의해 제어되지 않는다면 민주주의의 전진은 제국의 출현 또는 국가의 붕괴를 오히려 도울 수도 있는 것"이라고 비판한다(최원식 「자력갱생의 시학」, 『창작과비평』

술로 존재하려면"(「민주화」 409면) 무엇보다 "문학인의 재능과 성의를 요하는 기획"으로서 "민주주의의 실현"(「민주화」 390면)에 대한 방도를 궁구(窮究)할 필요가 있다는 주장은 문학인 모두가 귀담아들어야 할 문제제기다.

이 글을 단지 고은의 시와 나아가 민중–민족문학에 대한 비판의 맥락으로만 환원할 수 없는 것은 그런 까닭에서다. 크게 보면 황종연의 문제제기가 지닌 생산적 차원은 무엇보다 그동안 많은 한국문학이 자발적으로 망각하고 있었던 보편가치에 대한 문학의 관계맺음을 근원에서 다시 사고할 수 있는 가능성을 열어놓고 있다는 데 있다. 그런 의미에서 이 논의는 지금 한국문학의 현재를 있는 그대로 비추어볼 수 있는 거울로서도 중요한 참조지점을 제공한다. 그리고 이것이 궁극적으로는 21세기 한국문학의 미래를 성찰하는 문제와 무관하지 않음은 물론이다. 굳이 2000년대 한국문학의 현재를 진단하는 이 글을 문학과 정치의 만남을 기대하는 황종연의 제안을 주목하면서 시작하는 까닭은 거기에 있다.


## 2. 근대 개인의 문화와 90년대 문학

먼저 우리는 황종연의 본래 의도와는 별개로, 무엇보다 오늘날 문학의 새로운 윤리와 정치의 필요성에 대한 그의 시의적절한 문제제기가 하필 고은 시에 대한 '비판'에 얹혀 제출되었다는 그 사실 자체를 일단 하나의 증상으로 읽어야 할 필요가 있다. 다시 말해 지금 한국문학이 궁리해야 할 민주주의 기획의 실현에 대한 중요한 제안이 그처럼 네거티브한 방식

2005년 여름호, 32면). 그러나 이런 비판은 실제로 정곡을 얻었다고 할 수는 없다. 개인의 자유주의적 가치를 강조한다고 해서 황종연이 의거하고 있는 '급진민주주의'가 '공공선에 충성하는 계급연합적 공화'에 결코 무관심하다고는 할 수 없기 때문이다.

으로 제출될 수밖에 없었다는 사실은, 거꾸로 보면 이 글에서 그가 주장하는 문학의 정치학을 그 기본에서부터 올곧게 감당하고 있는 한국문학의 사례를 지금 이 시대에는 쉽게 찾아볼 수 없으리라는 것을 반증하는 것이다. 따라서 고은의 시에 "근대적인 개인의 문화"(「민주화」 400면)가 누락되어 있다는 비판이나 민주주의의 기초가 되는 "자유주의의 심화와 확대"(「민주화」 398면)에 대한 천착이 없다는 진단은, 내가 보기에는, 비단 고은의 시에만 국한될 것이 아니라 마땅히 지난 세기는 물론 이 시대의 한국문학 전체가 감수해야 할 비판이다.

사실 민중–민족문학뿐만 아니라 1990년대 이후 지금에 이르기까지 개인의 내면에 집중하면서 이야기를 펼쳐왔던 한국문학조차도 황종연이 주장하는 '근대 개인의 문화'에 대한 치열한 탐구에 결코 값하지 못했다는 것은 간과할 수 없는 아이러니다. 이는 그가 강조하듯이 90년대 문학의 자아가 "법률상(de jure) 개인"에 불과했을 뿐 결코 "사실상(de facto) 개인"(「모더니즘」 257면)의 이상에는 미치지 못했다는 것을 증명한다.[4] 지난 십여년 사이의 한국문학이 "정체성의 정치와 문화에 대한 철저한 탐구에는 이르지 못했다"(「민주화」 409면)는 그의 진단도 이러한 판단과 전혀 무관하지 않을 것이다.

실제로 90년대 문학의 일관된 옹호자였던 황종연은 이미 그 스스로도 90년대 소설에서 "개인의 자유를 증대시킬 개인들 사이의 제휴에 대한 관심"의 부재를 지적하면서 장정일 백민석 김영하의 소설을 예로 들어 90년대 소설에 출현한 "나르씨시즘 문화는 자유의 자랑스런 명패가 아니라 곪아터진 상처"(「모더니즘」 257면)라고 정당하게 지적한 바 있다. 이어지는 그의 논의에 따르면, 진정성의 이상이 개인들에게 요구하는 것은 다

---

4) 나로서는 이런 구분법은 물론 '진정성'(authenticity)의 문화와 '정체성 정치'에 대한 이견도 없지는 않다. 그러나 일단 여기서는 그런 척도가 황종연과는 약간 다른 방식으로 90년대 문학의 진정한 성취를 가리고 판별하는 데 유용하게 적용될 수도 있다고 생각한다.

시 "삶의 의미를 자신을 위해 스스로 창조하는 것"(「모더니즘」 258면)이다. 그러나 돌아보건대 그가 비판하는 바로 그 작가들이야말로 그가 재삼 강조하는 그같은 진정성의 이상과 파토스에 나름의 개인적인 방식으로 충실했던 이들이었고 또 그 역시 줄곧 그렇게 말해오지 않았던가?[5] 이를 지적하는 것은 단지 그의 논의가 시간차를 두고 갖는 이율배반을 지적하기 위해서가 아니다. 실제로 진정성의 이상을 강조하는 황종연의 실제비평에서 우리가 종종 부딪혀야 했던 난감함은, 그의 정교한 이론적 기획을 현실에서 결코 따라잡지 못했던 작품 내의 결여로 인한 이론과 작품 사이의 격차다. 그러나 지난 세기 그가 그래왔듯 작품의 실상을 과장함으로써 그 격차를 메우려는 충정은 진정 앞으로도 한국문학에 큰 도움이 되지 않는다. 그보다 여기서 우리가 보아야 하는 것은 "개인적 자유의 실현을 위한 연대"(「모더니즘」 258면)를 몰각하는 '나르씨시즘 문화'와 개인의 진정성의 문학(에 근접한 문학) 전체가 지난 세기 실제로 갖고 있던 구조적인 친연성이다. 적어도 90년대 한국문학의 실상이 증명하는 바로는 그 둘은 서로 모순적으로 얽혀 있었으며 그런 한에서 결코 상호 배제적인 것이 아니었던 것이다.

이렇게 '진정성'의 이론을 충족시키지 못했던 작품의 문제는 90년대 문학에서 자아의 일방적인 평가절상과도 무관하지 않다. 돌이켜보면 사실 90년대 문학의 성취는 실제로 자아에 대한 끈질기고도 집요한 탐구에서 나온 것이다. 그런만큼 그 자아에 대한 믿음과 집착은 사뭇 남다른 데가 있었다. 예컨대 얼핏 전혀 그럴 것 같지 않은 신경숙(申京淑) 소설의 자아만 해도 얼마나 물샐틈없이 끈질기고 견고한 것인가. 그리고 『외딴방』(문학동네 1995)의 탁월한 성취도 바로 그곳에서 비롯된 것이다. 또 이런 자아가 없었다면 90년대 문학의 일탈적인 미학적 진화를 낳았던 배음

---

5) 황종연 『비루한 것의 카니발』, 문학동네 2001 참조.

(背面)으로서 냉소와 환멸도 애당초 있을 수 없었을 것이다. 냉소와 환멸이란 '의미'나 '가치'의 소멸과 하락을 재어보고 평가할 수 있는 견고한 관념적 척도를 다른 곳이 아닌 바로 자기 자신 안에 가지고 있는 자에게 서만 성립할 수 있는 것이기 때문이다. 역설적인 것은 그 자아에 대한 일방적인 집착이 거꾸로 '진정성'의 문화에 값할 수 있을 만큼의 철저한 자기성찰과 탐구를 스스로 가로막았다는 점이다. 무릇 치열한 자아탐구는 자율적인 자아의 존립을 불가능하게 하는, 그것을 끊임없이 간섭하고 탈구(脫臼)시키는 '바깥'에 대한 끊임없는 성찰을 필수적으로 포함하는 법이다. 예컨대 보들레르(C. Baudelaire)의 문학과 조이스(J. Joyce)의 『율리씨즈』의 위대한 성취가 증명하는 것이 바로 그것이 아닌가. 90년대 문학에 나타난 자아의 평가절상은 이 '바깥'의 일방적인 평가절하와 짝하고 있었고, 90년대 문학이 그 말의 진정한 의미에서 철저한 자아탐구에 이르지 못한 것은 그 때문이다.

나르씨시즘의 상처는 바로 여기에서 자라나오는 것이다. 90년대 소설에 나타난 나르씨시즘은 따라서 황종연이 비판하는 장정일 백민석 김영하에 국한된 것이기보다는 90년대 문학 전체의 문제라고 보는 것이 옳다. '바깥'을 버리고 자아의 내면으로 침잠하는 나르씨시즘 주체에게 세계는 존재하지 않거나 등장하더라도 그 즉시 부풀려진 내면이나 관념에 종속되어 해소되어버린다. 자아주장이 낮은 목소리로 공명하는가 아니면 냉소를 동반하거나 과격한 형태로 분출되는가 하는 차이는 있을지라도, 이 점에서는 크게 다를 바 없다. 90년대를 대표했던 윤대녕 은희경 신경숙 장정일 전경린 배수아 김영하 백민석 등의 소설을 떠올려보면 이는 더할 수 없이 분명하다. 가령 윤대녕과 신경숙의 90년대 소설만 보더라도 그렇듯이, 이런 나르씨시즘의 우세는 '나'와 다른 타자와의 실질적 연대를 모색하고 창출하기보다 그 타자조차 결국은 익숙한 '나'의 분신으로 동일화해버리고 그럼으로써 '바깥'과 격리된 '나' 안에 안주해버린다. 그런 의미에서 90년대 문학은 실로 진정한 의미에서 근대 개인의 문화의 긍정적 심화보다는 거꾸로 그것의 자기만족적 가상(semblance)에 머물렀다고 보는 것이 정확한 판단일 것이다.

　다시 황종연의 논의로 잠시 돌아와서, 90년대 문학의 이런 한계는 그의 진정성 논의가 갖는 결여와도 무관하지 않다. 이와 관련해 그의 논지에서 의아한 부분은 인간 존재는 사회적 관계에 의해 구성된다는 맑스의 교훈이 "인간 개체로부터 자주성 또는 주체성을 이론적으로 박탈"(「민주화」 398면)했다는 주장이다. 이것은 그가 참조하는 현대 좌파 정치철학이 합의하고 있는 상식에서도 크게 벗어난 것이 아닌가. "인간사회는 합법칙적으로 발전하는 하나의 전체라는 믿음"에서 공산주의 전제정권 성립의 영감을 읽어내는 것(같은 곳)은 가능할 수도 있다고 보지만, 그 전제주의의 영감의 원천을 그같은 인간 존재에 대한 교훈에까지 소급해가는 것은 그의 주된 이론적 전거(典據)를 감안하면 이해하기 힘들다. 민중-민족문학에 대한 비판의 맥락이 크게 작용해서 그런 것인지는 모르나, 넓게 따져보면 앞선 맑스의 교훈은 "개인들은 집합적 정체성들이 서로 얽히는 지점에 그 자아 정체성의 근원을 가지고 있"(「민주화」 409면)다는 그 자신의 주장과도 크게 배치되지 않는 이야기다.

　언뜻 사소한 문제를 지적하는 것으로 보일 수도 있겠지만, 이것은 중요하다. 왜냐하면 이 문제는 근대 개인의 문화에 대한 천착이 충실하게 이루어질 수 있기 위한 본질적인 구성요소로서 반드시 고려해야 할 실질적인 조건의 문제와 관련되기 때문이다. 이와 관련하여 우리는 이 지점에서 의심하지 않을 수 없다. 고은의 『만인보』가 보여준 문제점의 근원을 인간이 사회적 관계에 의해 구성된다는──인간의 창조성을 인정하지 않는 결정론과는 거리가 먼──맑스의 인간존재론에까지 소급해 찾는 황종연의 비판은 거꾸로 본래 의도와는 달리 그가 말하면서도 결코 말하지 않는 것이 무엇인지를 분명하게 드러내고 있는 것이 아닌가? 지난 세기 90

년대 문학이 보여주었던 자아탐구의 한계는, 그리고 동시에 그 한계를 더욱 깊이 파고들어 근원에서 성찰하기보다는 의미있는 삶의 원천들을 상기시키는 진정성의 문학이라는 이름으로 서둘러 덮어두었던 황종연 비평의 문제는, 바로 여기에 걸려 있는 것이 아닌가?

실로 1990년대 이후 개인과 사회의 전 영역에 대한 자본의 실질적·이데올로기적 포섭이 전면화된 지금 한국사회의 실상은 근대 개인의 문화가 가질 수 있는 가능성을 미궁에 빠뜨리기에 충분한 조건이다. 따라서 자유주의의 심화와 확대에 이바지하는 자아탐구는 자아를 근원에서 제약하는 이런 조건에 맞서는 정신적 싸움과 결코 분리될 수 없다. 자율적인 개인의 입장에서 그것은 바로 자기 자신의 의식을 끊임없이 간섭하고 굴절시키는 '나' 안의 낯선 '바깥' 혹은 타자와의 섣부른 화해가 아닌 치열한 싸움이다. 자아가 사회적 관계에 의해 근원에서 탈중심화되어 있다는 사실은 자율적인 자아를 제약하는 한계이기도 하지만 다른 한편으로는 그런 자아를 위한 싸움을 그 자체로 사회 전체를 위한 싸움이 되게 하는 내재적인 가능성의 조건이기도 하다. 따라서 개인을 하나의 자율적인 '전체'로 완결되지 못하게 하는 그 내부의 결여에, 그리고 그 결여가 열어놓는 역설적인 가능성에 더욱 충실할 때에만 자아의 창조성은 창조성답게 발휘되는 법이다. 그런 의미에서, 개체적 자아의 구성이 정확히 실패하는 한에서만 보편자가 '나'의 정체성의 일부로 들어온다는 라끌라우의 지적[6]은 각도를 돌려 이런 맥락에서도 진지하게 다시 새겨들을 만하다. 자기 자신의 자아에 집착하면서 상상적 자유에 몰두했던 90년대 한국문학이 상실했던 것은 바로 이런 자아의 진정한 창조성의 조건이었다. 정확히 이런 맥락에서 자율적 자아 관념의 물신화를 견제하려는 노력은

---

6) Ernesto Laclau, "Universalism, Particularism, and the Question of Identity," *October*, 61, 1994, 89면 참조.

"민중 관념의 물신화를 저지하려는 노력"(「민주화」 409면)만큼이나 긴요하다. 일찍이 개인의 자유는 그가 자연의 인과성에 종속되어 있다는 사실을, 그리고 벗어날 수 없는 그것의 지배를 철저히 인정하는 데서 비롯된다는 것을 우리에게 가르쳐준 것은 바로 칸트(I. Kant)였다.


## 3. 위기 속의 한국소설

그럼에도 불구하고, 여하튼 "도덕적 관습으로부터의 자유와 진정성에 근거한 자아 발전을 이상으로 삼고 그 이상의 실현에 합당한 정치, 사회, 문화의 형식들을 요구하고 추구하는 개인의 문화"(「민주화」 400면) 속에서 "새로운 윤리와 정치의 가능성을 발견"(「민주화」 409면)하는 것은 한편으로 이 시대의 한국문학 전체가 결코 소홀히할 수 없는 과제 가운데 하나다. 개인의 존엄에 대한 수호 위에서 공공의 선과 가치를 위한 도덕적 지평을 열어놓고 통합하는 진정성의 이상은 그런 문화적·정치적 기본이 유독 결여된 근대의 길을 걸어왔던 한국사회에서도 요청되어 마땅한 개인의 모럴이다. 그런 근대 개인의 문화는 개인의 존엄을 승인하는 만큼 그와는 다른 다양한 개인들의 차이와 동등한 가치 및 권리를 승인하고 연대하면서 그에 합당한 사회의 재구조화를 모색하는 작은 실천의 토대가 될 수도 있을 것이다. 하지만 문제는 지난 1990년대 이후 한국문학이 현실에서 실제로 걸어왔고 또 가고 있는 길은 그런 이상과는 큰 거리가 있다는 사실이다. 자아의 존엄을 위해 싸워왔고 또 그 위에서 무시할 수 없는 미학적 진화와 성숙을 이루어왔던 90년대 문학까지도 진정성의 이상이 열어놓는 이 가능성의 지평을 철저한 자아탐구를 통해 끝까지 밀어붙이지 못한 것은 실로 문학과 정치의 바른 만남이 요구되는 한국문학 전체를 위해서도 불행한 일이다. 한국문학의 '새로운 윤리와 정치'의 가능성은 끝없이 미끄러지면서 지연되고 있는 것이다.

그러나 이런 지적을 유독 90년대 문학에만 돌린다면 그것은 불공정한 일이 될 것이다. 오히려 90년대 문학이 80년대 문학에서 소홀히 다루었던 개인과 일상의 문제를 다양하고 광범위하게 무대에 올리고 또 그럼으로써 미학적으로도 이전의 낡은 문학적 관습을 갱신하면서 이루어온 성과는 그것이 갖는 한계 때문에 일방적으로 부정될 만한 것이 아니다. 특히 90년대 문학이 개인을 거점으로 나름의 방식으로 수행했던 근대와의 싸움이 갖는 의미도 쉽게 폄하될 수는 없다. 은희경 신경숙 배수아 김영하 등이 보여주는 최근의 변화도 90년대 작가들이 2000년대 들어와 90년대 문학의 문법을 갱신하면서 조금씩 열어나가는 자아탐구의 심화로서 새로운 기대를 갖게 하는 것이다.[7] 문제는 90년대 문학의 성과가 후속세대들에게 생산적으로 이어지는 경우도 적지 않은 반면 그에 못지않게 문제점을 계승, 심화하고 확대재생산하는 경우가 드물지 않다는 데 있다. 90년대 문학이 고수했던 자아와 문학의 자율성이라는 가치는 실제로 한국문학이 그 어떤 관습과 권위에도 기대지 않는 새로운 미학을 정립하고 성장시킬 수 있었던 토대였다. 그럼에도 불구하고 동시에 그것이 가졌던 내재적인 한계가 다른 한편으로 문학의 자폐와 자발적 왜소화를 정당화할 수 있는 길을 트고 열어주었다는 사실만큼은 부정할 수 없다.

물론 문학은 이제 더이상 다른 문화들을 앞서는 우월한 가치를 주장할 수도 없고 현실이 그것을 허락하지도 않는다. 오히려 문학은 앞으로도 내내 주변부적 위치를 감내할 수밖에 없다는 것이 외면할 수 없는 진실일 것이다. 그러나 정작 그보다 문제가 되는 것은 문학의 자발적 왜소화다.

---

7) 90년대 문학의 작가들이 2000년대 들어와 보여주는 변화의 양상과 의미, 그리고 그것에서 예감할 수 있는 가능성에 대해서는 90년대 문학의 전반적인 특징과 함께 이미 한차례 짚어본 바 있다(김영찬 「1990년대 문학의 종언, 그리고 그후」, 『현대문학』 2005년 5월호. 본서 제1부 2장 참조). 뒤에서 이어지는 2000년대 젊은 문학에 대한 진단은 앞선 이 글의 연속선상에 있는 것이다.

이는 어찌 보면 90년대 문학의 성과와 결여를 동시에 낳았던 나르씨시즘이 전혀 다른 장소에서 다른 모습으로——심지어 문학의 존재방식까지도 결정하는 방식으로——열성유전(劣性遺傳)되고 있는 형국이라 할 수도 있겠다.

특히 이즈음 일부 적지 않은 젊은 작가들의 소설에서 흔히 보듯 일각의 한국문학은 90년대 문학의 치열한 자아탐구에 미치기는커녕 냉정하게 말하면 이제 여타 대중문화가 결코 줄 수 없는 깊이있는 감응과 삶에 대한 이해나 통찰을 제공하는 언어예술로서 문학의 고유한 권리를 스스로 포기하는 듯한 인상이다. 지금 한국사회의 현실 한가운데서 그에 반응하는 매체가 가령 영화나 드라마가 아닌 왜 하필 문학이어야 하는가,라는 절실하고도 고통스런 질문과 성찰이 없는 까닭이다. 이것이 중요한 것은, 당연한 말이지만, 문학작품으로서 미학적 성취는 결코 그와 분리된 것이 아니기 때문이다. 인간과 현실에 대한 근본적인 성찰과 문제의식 없이 빈약한 내면에 자폐적으로 안주하고 있는 수많은 한국소설들이 얼핏 새로워 보이는 실험을 거듭하면서도 뚜렷한 미학적 진전과 성과를 보여주지 못한 채 비슷비슷한 상투형만을 생산하고 있는 것은 그런 자발적 왜소화가 치를 수밖에 없는 당연한 댓가다.

어쩌면 그 원인의 일단은 이즈음 젊은 작가군의 일각에서 문학에 대한 의식이 근본적으로 변화하고 있고 또 그것이 일면 당연하게 받아들여지고 있다는 데서 찾을 수도 있을 듯하다. 조금 과장해 말하면 적어도 지금 많은 젊은 작가들의 의식 속에서 문학은 인간의 삶과 현실에 대한 사유를 촉발시키고 그것을 새로운 눈으로 보게 만듦으로써 반성하게 하는 언어예술의 차원에서, 점점 그와 무관한 개인적 자기표현과 자기실현만을 위한 고급한 개인미디어 중 하나의 차원으로 이동하고 있는 듯한 느낌이다.[8] 그렇다면 작가의 정체성 또한 사회에 대한 문학의 고유한 책임과 보편적인 가치주장 또는 통합적 정신을 어떤 형식으로든 내면화하기보다는 그렇지 않아도 크게 상관없는, 주어진 분업체계 속의 파편화된 정신과 제도적 위치를 문제의식 없이 수락하는 문자직업인에 불과하다 해도 무방할 것이다. 어쩌면 이것은 지나친 비관일 수도 있다. 하지만 혹 이것이 현실의 부정할 수 없는 한 흐름이라면, 이를 어떻게 받아들이든 간에 그런 일각의 흐름을 억지로 되돌릴 수는 없다는 것도 분명하다. 탄식이나 불평에 개의치 않고 그 자신의 간지(奸智)를 완강하게 고집하는 것이 또한 무심한 현실의 논리이기 때문이다.

문학의 위기라고 일컫는 현상의 중요한 원인은 바로 거기에 있다. 문학 위기의 주요 원인으로 영상문화의 발전과 문화적 다양화 등을 지목하는 답안이 기왕에 제출되어 있지만, 그것은 단지 외적 조건에 불과할 뿐이다. 문학의 자발적 왜소화는 문학 내적인 측면에서 사유와 미학의 결핍을 불러올 뿐만 아니라 그럼으로써 문학 자체의 현실적인 입지도 더욱 축소시킨다. 그와 더불어 현실을 문학적으로 감당하려는 예술적 사유의 진전과 끝없는 내면의 쟁투 대신 안이한 안주가 아니면 퇴행을 택한 숱한 기성작가들의 책임 역시 면제될 수 없다. 따라서 한국문학에 대한 대중의 외면과 냉소를 인터넷의 바다와 대중문화만을 의식없이 좇아가는 대중의 탓으로 돌릴 일만은 아니다. 단순하게 말해 문학이 그저 그런 것일 뿐이라면, 특별한 재미가 있다거나 의무감에서가 아닌 이상 더욱이 한국소설을 읽을 까닭이 없는 것이다. 그런 측면에서 문학의 위기는 어떤 외부요인보다 앞서 문학 스스로 자초한 것이며, 이 점을 간과한 채 유통되는 문학의 위기와 관련한 탄식과 이런저런 담론은 문학의 실질적인 내적 위기를 은폐하는 자기기만의 스크린일 뿐이다.

8) 최원식이 지적한 시인과 시인지망자들의 과잉과 "'나의 시'를 앞세우는 풍조" 역시 시의 경우여서 차원은 조금 다르기는 하지만 이런 현상과 전혀 무관하다고 볼 수 없다. 최원식, 앞의 글 17~18면 참조.

## 4. 탈내면의 상상력 혹은 2000년대 젊은 문학의 가능성

다소 의식적으로 비관을 앞세워 말해왔지만 당연히 이것이 전부일 수는 없다. 역사는 언제나 '그럼에도 불구하고'라고 말하는 자들에 의해 진전되어왔기 때문이다.[9] 지금 그런 조건을 거슬러 펼쳐지고 있는 2000년대 문학세대의 새로운 문학은 90년대 문학세대의 갱신된 문학적 성과와 함께 교차하면서 90년대 문학의 근대 개인(주의)의 문화를 계승하면서도 또다른 여러 가닥으로 분기되거나 확장되고 있는 중이다. 1990년대 이후 개인의 일상과 욕망의 문제가 끊임없이 문학의 중심에서 문제시되고 있는 것은 집단과 역사에 대한 상상이 입은 상처의 후유증이 가볍지 않았기 때문이기도 하지만 동시에 한국사회의 흐름이 걷잡을 수 없는 파편화와 단자화를 강제해오고 있기 때문이기도 하다. 따라서 지금 그것은 작가가 의식적으로 취하는 문학적 선택의 거점의 문제이기도 한 한편, 현실에 대한 실제적인 감각의 문제일 수도 있다. 특히 지금 한국사회의 사정을 생각해보면 이 점은 필연적이라는 느낌도 없지 않다. 작금의 한국사회는 후기근대 자본주의가 제공하는 외적인 풍요 속의 극심한 불확실성과 갈등을 겪고 있을 뿐만 아니라, 분열과 적대로 얼룩져 있다는 의미에서 "사회는 존재하지 않는다"(라끌라우·무페)는 추상적인 명제가 멀리 갈 것도 없이 경험적 사회영역에서 더할 수 없는 실감을 얻고 있지 않은가. 그러니 그로 인한 불안을 방어하는 확실성의 기초를 자기 자신에게서 찾을 수밖에 없는 개인의 자기보존과 자기구성의 욕망이 당연히 부상하리라는 것도 충분히 이해할 수 있는 일이다.

---

9) 마침 공교롭게도 루카치는 일찍이 이 '그럼에도 불구하고'(trotzdem)라는 태도를 문학예술의 본질적 특징 중 하나라고 말했다. 게오르크 루카치 『소설의 이론』, 반성완 옮김, 심설당 1985, 92면 참조.

그런 가운데 2000년대 젊은 문학은 앞서 지적한 90년대 문학의 한계를 극복하는 방향보다는 애초 그와는 성격이 전혀 다른 길을 열어가고 있다. 그리고 그 중심에 서 있는 것이 바로 개인 주체의 성격과 태도다. 2000년대 젊은 문학의 자아는 대체로 처음부터 자기 자신의 현실적·정신적 무력함을 일종의 운명으로 내면화하고 있는 자아다. 가령 이즈음 부각되는 몇몇 젊은 작가들의 소설을 놓고 보건대 숨막히는 도시의 미로를 희망 없이 방황하는 강영숙 소설의 주인공들이 그렇고, 동화적 판타지라도 없으면 견딜 수 없는 가난한 고독을 감내하는 윤성희와 김애란 소설의 주인공들이 그렇다. 박민규와 이기호 소설의 엉뚱하고도 일탈적인 유희 역시 이 무력한 자아에 대한 자각이 만들어낸 틈새에서 비롯되는 것이다. 도시의 괴물에게 삼켜먹혀버릴지도 모른다는 불안과 공포에 시달리거나 그래서인지 죽은 체하며 살아가기를 비장의 생존법으로 터득하는 손홍규 소설의 주인공은 또 어떤가. 편혜영 김중혁 박형서 김유진 같은 젊은 작가들도 크게 보면 같은 맥락을 공유한다. 이들에게는 기댈 수 있는 어떤 관념적 거점도, 현실과 부딪치는 모험적 열정도, 자기파괴적 항의도, 냉소할 수 있는 여력도, 또 이를 떠받칠 수 있는 자아에 대한 강한 신념도 없다. 그보다는 예컨대 신경증적 강박과 폐소공포증적 불안, 혹은 무력한 자기위안적 판타지가 아니면 딴전 피우기나 그에서 비롯되는 엉뚱한 공상과 수다가 있을 따름이다. 그런 측면에서 2000년대 문학을 활보하고 있는 주체는 의지와는 상관없이 강제된 고단하고 주변부적인 삶의 횡포에 적극적으로 반발하기보다는 그것을 이미 주어진 변할 수 없는 것으로 감내하는, 그런 전제 위에서만 가까스로 자아를 방어하고 보존할 수 있게 해주는 나름의 자기표현 방법을 체득하는 빈곤하고 왜소한 주체다.

이런 주체의 빈곤함과 왜소함 자체를, 그리고 거기서 나오는 무기력한 자기방어와 자기위안의 미학을 비판하고 마는 것은 쉬운 일이다. 비록 겉으로 아무리 발랄하고 일탈적이라 해도, 거기에는 근본적으로 근대현실의 됨됨이에 대한 선험적인 체념이 깔려 있다. 하지만 쉽게 비판해버리기 이전에 그것이 일단은 이 후기근대 자본주의의 풍요와 활기 뒤에 감추어진 흔들리는 불안과 숨막히는 폐쇄성에 대한 정직한 실감에 바탕을 두고 있다는 사실만은 알아볼 필요가 있을 것이다. 이들 젊은 작가들의 소설에 심심치 않게 등장하는 탈현실의 포즈 역시 적어도 지금 이 세계의 바깥은 없다는 사실에 대한, 그리고 발랄하지만 무기력한 공상이나 방어적 판타지말고는 그에 실제로 저항할 수 있는 의식과 현실의 견고한 거점이란 어디에도 없다는 사실에 대한 생래적 감각에서 비롯되는 것이다. 아니면 많은 작가들의 경우 거꾸로 말해 그런 사실에 대한 자의식조차 결여되어 있다는 것 자체가 그 거점의 상실을 역으로 보여준다고 할 수도 있을 것이다. 어쩌면 2000년대 이들의 문학은 이 후기자본주의 시대에 사물화(Verdinglichung)에 저항하는 "인간적·영혼적 본질"[10]마저도 그 사물화의 운명으로부터 결코 벗어날 수 없다는, 그렇지 않으면 그 운명의 제약을 체념적으로 받아들임으로써만 희미하게 살아남을 수 있다는 우울한 사실을 증명하고 있는 것인지도 모르겠다.

이것을 한편으로는 문학의 왜소화를 또다른 차원에서 겪어내는 진통이라 할 수도 있겠지만, 그리고 이를 어떻게 넘어설 것인가 하는 문제는 또다른 과제일 테지만, 그저 비판하기보다는 그런 한계 속에 숨어 있는 역설적인 가능성을 우선 식별해보는 것이 옳다. 2000년대 젊은 작가들의 소설에서 특히 두드러지는 것은, 개인을 압도하는 세계의 비정한 모더니티에 대한 감각을 나름의 개인적인 방식으로 대처하고 소화하려는 노력이 기존의 낡고 굳은 관습을 깨뜨리는 개성적인 어법과 미학을 만들어내고 있다는 사실이다. 특히 박민규의 소설만 예를 들어보더라도, 그의 개

---

10) 게오르크 루카치 『역사와 계급의식』, 박정호·조만영 옮김, 거름 1986, 266면.

성적이고 도발적인 어법과 문법을 근원에서 만들어내고 추동하는 것이 그 뒤에 숨어 있는 무력한 주변부 개인의 고통이라는 점은 눈치채기 어렵지 않다. 강영숙 천운영 윤성희 이기호 김중혁 김애란 등의 개성적인 소설문법의 근원 역시 이 점에서는 크게 다르지 않다. 이들 소설의 작은 이야기들이 이 시대 대중들에게 그래도 공감을 얻어내는 것은 그들 소설의 개인적 현실감각이 현실에 대한 대중들의 공통감각과 그런 점에서 접점을 형성하기 때문이고, 또 그 위에서 이전과는 다른 소설적 허구의 영역을 조금씩 넓혀놓고 있기 때문이다. 주체의 약화가 역설적이게도 허구의 새로운 문법에 대한 탐구로 이어지고 있는 셈이다. 다른 한편, 그래서 어쨌다는 말인가, 라는 의문을 유발할 수도 있을 듯한 탈현실적 허구로서 가령 박형서와 김유진의 소설도 이런 맥락에서라면 일방적으로 비판받을 일만도 아니다. 그리고 소설이란 과연 무엇인가를 역으로 질문하게 만드는 잡스런 허구로서 천명관의 『고래』의 흥미진진한 성과도 이런 바탕 위에서 나온 것이라는 점 또한 기억해둘 필요가 있겠다.

다른 각도에서 보면 이런 허구의 탐구는 무력한 개인의 삶과 고통을 여하튼 사회적·역사적 의식 속에서 재해석하고 자리를 매겨야 한다는 의식의 강박을 떨쳐버린 자리에서 나오는 것이다. 오히려 이들에게는 90년대 문학의 주체가 그랬던 것처럼 80년대적인 엄숙한 아우라에 대한 의식적인 반발과 부정의 포즈조차도 없다. 그 대신 여기에 있는 것은 자아를 억압하는 세상의 무게에 짓눌리기보다는 고정된 관습과 규칙을 일탈하면서 그 무게를 나름의 방식으로 해결하는, 그리고 그 속에서 자아의 가치를 창조하고 재발견하는 개인주의적 의식이다. 2000년대 젊은 문학이 그렇게 80년대의 사회역사적 의식이나 그에 대한 90년대의 대타적 부정의식을 동시에 결여하고 있다는 사실 자체는 뜻하지 않은 어떤 효과와 연관되어 있다. 다시 말하면 그것은 세상의 관습적인 가치와 규준, 혹은 자본이 구축해놓은 의미와 가치의 체계에 대한 경쾌한 반발이나 부정과 연속선상에 있는 것이다.

이것이 90년대 문학의 개인주의와 구별되는 지점은, 자신을 압박하는 세계의 필연적인 규정성을 견고한 정신의 기초 위에서 의식적으로 부정하기보다는 오히려 처음부터 피할 수 없고 저항할 수도 없는 조건으로 내면화하는 데서 출발하는 '무력한 자아'의 개인주의라는 데 있다. 이 자아의 무력함은 물론 그 자체로는 긍정적이라 할 수 없다. 그러나 가령 강영숙과 윤성희의 소설에서도 보듯 2000년대 젊은 문학의 개인에게서 건강한 자기존중과 타자와의 공감이나 연대의 실마리가 역설적이게도 이 자아의 무력함에 대한 인식으로부터 조금씩 풀려나오고 있다는 점도 놓쳐서는 안될 것이다. 그리고 그들이 보여주는 세상의 가치와 규준에 대한 무관심이나 경쾌한 반발도 이를 기초로 해서만 성립하는 것이다. 2000년대 모더니티라는 초자아(super-ego)는 이들의 자아를 근원에서 제약하고 있지만, 또 일부 작가들의 경우 그에 대한 자의식조차 결여되어 있다는 사실 자체가 이를 더욱 입증하는 셈이지만, 적어도 지금 보건대 2000년대 젊은 문학의 상상력이 자라나오는 중요한 조건은 바로 그것이다.

그런만큼 이들 문학의 구성요소로서 위축된 주체의 개인주의는 자기 세계를 관념적으로 정교하게 구축하고 그것을 완결된 미적 체계로 이어가는 데는 상대적으로 취약하다. 하지만 다른 한편으로는 그런 한계가 오히려 거꾸로 기존의 내면성의 미학과는 방향이 다른 새로운 탈내면의 미학을 개척하는 데는 긍정적인 요인으로 작용하고 있다는 것 또한 틀림없다. 내면성이 축소되고 또 그럼으로써 90년대 문학이 한편으로 다다랐던 집요한 자아탐구의 치열함에 미치지 못하는 것이 이들 소설의 실상이지만, 그런 한에서 내면의 폐쇄성에 일방적으로 고착되지 않는 개성적인 탈내면의 상상력의 자리는 바깥으로 산포되면서 넓어지고 있는 셈이다. 이것이 앞으로 자기 자신의 결여를 어떻게 극복하면서 어떤 성과를 낳고 축적할 수 있을지는 아직은 알 수 없다. 하지만 그런 의미에서 자아탐구는

76

또다른 방향에서 시작되고 또 계속되고 있다고도 할 수 있을 것이다.


## 5. 불행한 근대, 상상과 윤리

물론 2000년대 젊은 문학이 만들어내고 있는 이같은 작은 생산적 성과가 90년대 문학이 이룬 성과를 더욱 심화시키면서 그 한계를 극복할 수 있는 전망을 뚜렷이 보여준다고는 할 수 없다. 그리고 냉정하게 생각해보면 그 생산적 성과 자체도 부정할 수 없는 한계 속에서 자라나온 효과다. 하지만 중요한 것은 우리는 어찌됐든 '좋은 옛것'보다는 '나쁜 새것'(브레히트)에서 길을 찾고 열어가야 한다는 사실이다. 지금 2000년대 젊은 문학에 요구되는 것은 그 자신의 미학의 갱신이 아직은 다 보여주지 못한 새로운 가능성을 깊고 폭넓은 사유 속에서 이어가고 넓혀가는 것이다. 그런 의미에서 근대 개인의 문화에 대한 철저한 탐구는 2000년대 문학으로서도 마땅히 짊어져야 할 중요한 과제 가운데 하나다.

더욱이 2000년대 한국문학은 아직 개인의 상상을 보편적인 '전체'에 대한 상상과 결합할 수 있는 능력을 크게 결여하고 있다. 그 능력이란 예컨대 이 시대의 불행을 개인 각자의 불행이 아닌 전체의 불행으로 포착하고 상상할 수 있는 능력이며, 그에 대한 치열한 탐구를 세계를 반성하고 통찰할 수 있는 작품의 미학적 재구성으로 이어갈 수 있는 능력이다. 이것이 언어형식과 소설이라는 장르 자체에 대한 철저한 탐구와 결코 분리될 수 없다는 것은 다시 강조할 필요도 없을 것이다.

그러하나 정녕 이뿐일 수밖에 없는가? 행복이 구조적으로 불가능한 이 총체적인 불행의 시대에 문학은 과연 여기서 더 어떠해야 하는가? 이런 물음은 문학의 바른 존재방식에 대한 성찰과 관련된다는 점에서, 결국은 윤리와 관계된 물음이다. 이 윤리적 물음을 자기 자신에게 제대로 묻고

감당하는 문학에서, 우리는 오래 이어질 21세기 한국문학의 진전된 미래
를 보게 될 것이다.

— 『창작과비평』 2005년 가을호

# 2000년대 문학, 한국소설의 상상지도


## 1. 그들의 지도, 지금 2000년대 문학은……


—왜 그렇게 지도를 열심히 보세요?

P선배는 피식 웃었다.

—좌표 읽는 것은 내가 풀어본 중에 가장 쉬운 2차방정식이야. 원점 O가 확실하면 P의 위치는 구할 수 있는 법이거든.

—P의 위치가 구해지면 가야 할 방향이 보이겠죠?

—아니.


은희경의 소설 「지도중독」[1]의 한 대목이다. 그리고 이것만으로도 우리는 이 뒤에 무슨 이야기가 가능할 것이며 이 앞에는 또 무슨 사연이 있었을지, 그 대강과 맥락을 짐작으로 능히 헤아려볼 수 있을 터다. 그것은 이 평범한 대화가 실은 이 시대 내면의 풍경과 내러티브의 중요한 한 맥을

---

1) 은희경 「지도중독」, 『작가세계』 2005년 가을호, 48면.

짚어 보여주고 있다는 것을 의미한다. 은희경의 소설이 한국문학의 현재를 넌지시 암시하는 것은 정확히 바로 이 지점에서다. 어떻게?

소설에서 P선배가 들여다보는 지도는 따지고 보면 그다지 쓸모없는 지도다. 좌표를 읽어봐야 가야 할 방향을 볼 수도 알 수도 없는 까닭이다. 현실적으로든 은유적으로든 지도는 이제 더이상 현실의 지형과 형세를 가늠하게 해줄 수도, 가야 할 길을 가르쳐줄 수도 없다. 그런 한에서, 이 지도에 알게모르게 각인되어 있는 것은 현실의 위력이 개인의 지각(知覺)과 인지력이 감당할 수 있는 범위를 훌쩍 초과해버려 낯설고도 해독 불가능한 것이 되어가는 우리 시대의 심리적 정황이다. 그럼에도 불구하고, 우리의 P는 지도에 골몰한다. 바깥 풍경은 전혀 보지도 않고 "종이가 죄다 들뜨고 귀퉁이 역시 심하게 닳아" 없어질 정도로 오직 지도만 들여다보는 데 온신경을 집중하는 그의 '지도중독증'은 역설적이게도 바로 그 지도가 그렇게 현실에서는 쓸모없는 것이 되었음을 자각하는 데서 나오는 신경증적 증상이다.

어쩌면 지금 이 시대 한국문학의 진실은 그렇게 현실에서 아무 쓸모없게 된 그 지도를 그럼에도 불구하고 들여다보면서 그 속에서 '나'의 위치를 끊임없이 가늠하고 확인하는 고통스런 반복 속에 있는 것인지도 모른다. 마침 P선배는 곧바로 이렇게 말을 잇지 않는가. "올바른 길이란 건 없어. 인간은 그저 찾아다녀야 할 뿐이야."(「지도중독」 48면) 가공할 현실의 위력이 초래한 지표의 상실과 그 상실을 메우기 위한 막막하고 고통스런 반복은 급기야 인간이 떠안아야 할 존재론적인 '운명'으로까지 해석되고 있는 셈이다. 그리고 우리는 바로 이 해석의 지점에 특별히 주목할 필요가 있다. 왜냐하면 바로 이 지점이야말로 (뒤에서 다시 자세히 이야기할 테지만) 90년대 문학을 뒤로하는 '2000년대 문학'의 발생론적 근원과 맥락을 은연중 보여주는 문제지점이기 때문이다.

여기서 '2000년대 문학'이라는 기표는 한국문학사에서 오래 되풀이되어온 연대기적 시기구분의 강박이나 새로운 세대의 문학적 경향의 특권화와는 전혀 다른 맥락에서 호명되는 것이다. 무엇보다 우리는 '2000년대 문학'을 구획하고 호명하는 지표를 이전 세기의 문학에서처럼 특정한 '세대'에서 찾고자 하는 손쉬운 유혹을 사양하는 데서부터 출발해야 한다. 오히려 지금 2000년대 문학을 이야기할 수 있다면, 그 일차적 근거는 '지도중독'이라는 알레고리의 배경에 놓여 있는 바로 그 심리적 정황에서 찾을 수 있을 것이다. 그것은 곧 불가항력적인 현실 삶의 조건이 발휘하는 위력에 대한 운명론적인 실감이며, 그 앞에서 '나'는 어쩔 수 없이 무력한 존재일 수밖에 없다는 사실에 대한 인식과 감각이다. 그리고 그것은 의식적이든 그렇지 않든 적어도 90년대산(産) 작가들과 이후 세대들의 작품이 공유하는 공통감각이다.[2]

90년대 문학의 작가들이 2000년대에 펼쳐놓는 문학적 성과와 후속 세대의 그것이 교차하고 합류하면서 시대를 획하는 의미있는 하나의 문학적 흐름을 형성하고 있다고 볼 수 있다면, 그것은 바로 그 자체로는 반갑다 할 수 없는 이런 가혹한 배경 속에서다. 이런 현상의 근원에 자본의 간지(奸智)가 급속도로 위력을 더해가는 가운데 심화되는 파편화와 단자화 앞에서, 또 그와 결부된 공허와 상실감 앞에서 속수무책일 수밖에 없는 정신의 위기와 무력함이 숨어 있다는 것은 말할 것도 없다. 그것이 지금이 시대 문학의 (무)의식을 결정하는 공통의 선험적인 장(場)으로 작용하는 바로 그 지점에서, '90년대 문학'과 구별되는 '2000년대 문학'의 실체가 형성되어가고 있는 중이다.

그렇게 볼 때, 2000년대 문학이 한국적 현실 경험의 중력에서 자유로운

---

2) 90년대 문학의 종결과 함께 2000년대 문학이 형성되는 맥락과 그 특성에 대해서는 이런 관점에서 이미 다른 곳에서 대강의 지도를 그려본 바 있다. 김영찬 「1990년대 문학의 종언, 그리고 그후」, 『현대문학』 2005년 5월호; 「2000년대, 한국문학을 위한 비판적 단상」, 『창작과비평』 2005년 가을호. 각각 본서 제1부 2, 3장.

'무중력의 문학'이라는 지적[3]은 정확하지 않다. 가령 김중혁 편혜영 서준환 김애란 한유주 등 언뜻 그런 듯 보이는 젊은 작가들의 소설만 하더라도, 조금만 들여다보면 그들 소설 곳곳에 숨어 있는 부재원인(absent-cause)으로서 현실을, 이 시대 문학의 상상을 지탱하는 무력한 정신의 공통감각을 알아차리기는 그다지 어렵지 않다. 어찌 보면 지금 2000년대의 문학은 그렇게 개인을 압박하는 현실 혹은 (큰)타자의 견딜 수 없는 중력을 나름의 포즈와 어법으로 받아내고 처리하는 가운데 형성되고 있다고 할 수 있을 것이다. 2000년대 문학의 상상력이 항간의 억측이나 통념과는 달리 그 근원에서 '사회(학)적 상상력'과 결코 무관한 것이 아니라는 것도 이런 맥락에서 충분히 이해할 수 있을 터다. 그러니 쉬운 짐작은 잠시 접어두고 2000년대 문학 '들'이 그리는 상상의 성좌 한가운데로 들어가보자. 이야기는 다시, 이렇게 시작된다.


## 2. 그토록, 우울과 허무


"순결한 믿음과 희망"의 청춘을 뒤로하고 이제는 무엇을 잃어버렸는지, 무엇을 기억해야 할지조차 모르는 피로한 삶이 있다. 그들의 의식은 자본주의적 삶이라는 괴물에 의해 있는대로 피폐해져 있고, 알고보니 고작 "이게 전부"더라는 허망한 상실감만이 남아 있을 뿐이다. 와중에 한때 금지된 이상(理想)의 땅이었으나 이제는 그도 아닌 중국으로 건너온 '나'는 돌연, 무언가를 보게 된다. '나'의 환각 / 환시 속에 응축되어 있는 그것은 필시 피로한 '나'와 무기력한 남편의 상실의 현재이며, 그런 한에

---

3) 이광호 「혼종적 글쓰기 혹은 무중력 공간의 탄생—2000년대 문학의 다른 이름들」, 『문학과사회』 2005년 여름호 참조.

서 차마 인정하기 힘든 지금 이곳 우리 삶의 외설적 진실이다.

> 바닷물을 뚝뚝 흘리고 있는 나비는 날개가 젖고, 젖다못해 갈기갈기
> 찢겨져 있었다. 나비의 지친 숨소리와, 한 목숨쯤은 족히 다 절어버릴
> 만큼 짠 소금냄새가 내 가슴속으로 쏟아져 들어왔다. (…) 그때 내 몸
> 이 사시나무처럼 떨리더니, 팔과 다리 아래로 물이 뚝뚝 떨어지기 시
> 작했다. 나도 모르는 사이 정신없이 팔다리를 허우적거리는데, 남편의
> 몸통이 바다 위를 둥둥 떠가는 것이 보였다. 그는 자신의 몸통에서 떠
> 나간 팔다리를 보고 싶지 않은 듯 두 눈을 꼭 감고 있었다.[4]

사지가 갈기갈기 찢긴 채 몸통만 남아 허우적거리는 육체를 온몸으로 겪
어내는 이 처절하고도 고통스런 환각 앞에서 달리 무슨 말을 할 수 있겠
는가. 이 이미지에는 물론 얼마간의 상투(常套)가 있지만, 역설적이게도
바로 그 상투 때문에 울림은 더욱 절실하다. 이에 비한다면 과연 90년대
문학을 화려하게 장식했던 저 환멸과 냉소의 포즈란 자아의 사치스런 자
기 포장술에 불과할 뿐이다. 우리는 이 환각이 어디에서 비롯하는 것인지
를 몸으로 익히 알고 있다. 뿐인가. "남아 있는 눈은, 눈물을 거두어버린
눈이 마지막으로 보았던 것보다 더 흉하고 끔찍한 것들을 평생 목격하게
되리라"(「바다와 나비」86면)는 저 가슴아픈 저주는 내처 이 처절한 현재가
결코 끝나지 않을 것임을, 미래는 우리가 겪는 현재보다 더 끔찍하고 지
독하리라는 절망스런 체념을 일깨운다. 「바다와 나비」의 '나'가 그러하
듯, 이 지독한 상실과 비관 속에서 주체가 할 수 있는 일이란 그다지 많지
않다. 그저 용서와 이해 깊은 위로만이, 또 그로써 얻게 되는 슬픈 자기위
안만이 가까스로 가능할 뿐이다.

---

4) 김인숙 「바다와 나비」, 『그 여자의 자서전』, 창비 2005, 98~99면.

이런 현실감각은 물론 김인숙만의 것이라 할 수 없다. 약간의 차이는 있겠으나 가령 최인석 구효서 은희경 윤대녕 정지아 권여선 등의 최근작에 공통으로 알게모르게 각인되어 있는 것도 바로 그와 방불한 상실의 감각이다. 이곳의 우리 삶이 언제 그렇지 않은 적이 있었으랴만, 또 알다시피 저간의 한국문학이 하물며 그 삶의 진실을 외면했을 리 없을 테지만, 2000년대 들어 이들의 문학에서 자본주의적 삶에 대한 예민한 고통과 출구 없는 막막함이 유례없는 공통의 감각과 정서를 형성하면서 뚜렷하게 부각되고 있는 것은 그냥 넘겨버릴 수만은 없는 흥미로운 현상이다. 더욱이 이들의 소설에서 공통적으로 가혹한 삶에 압도된 피로와 상실, 좌절과 비탄이 결코 벗어날 수 없는 이곳의 삶의 진실로 받아들여지고 있다는 것도 그렇다. 그리고 여기에서 우리가 보는 것은 이제 섣불리 희망이나 믿음을 말한다는 것 자체가 상투적인 자기기만이 될 수밖에 없을 정도로 확고하게 고착되어버린 한국사회의 부정적인 구조에 대한 현실적인 인식과 감각이다.

그렇게 세상은 이제 더이상 어찌해볼 수 없을 만큼 주체를 압도하고, 그러니 한없이 보잘것없는 '나'는 공허와 울혈이 아니면 무감동과 무심함을 가장한 체념으로 빠져드는 것이 이들 소설의 배면을 지배하는 대강의 내면풍경이다. 더이상 의미가 있을 수 없는 가혹한 세계는 드물지 않게 이들의 소설에 자아와 욕망의 상실이라는 모습으로 그 자신의 그림자를 새겨넣는다. 자아가 겪는 그런 증상을 달리 일러 우울(melancholy)이라고도 하거니와, 이 우울이 지금 2000년대 문학의 전반적인 특징이라 할 주체의 위축과 약화라는 현상[5]을 또다른 차원에서 반사하는 것임은 다시 말할 것도 없다.[6] 바로 이 지점에서 이들의 소설은 언뜻 크게 달라

---

5) 이에 대해 그중에서도 특히 젊은 작가들의 소설에 국한한 상세한 논의는 김영찬 「2000년대, 한국문학을 위한 비판적 단상」(본서 제1부 3장) 308~313면 참조.
6) 우울이 '자아의 빈곤'과 결부되어 있다는 것은 프로이트도 촛점을 달리해 지적한 바 있다

보이는 2000년대에 새로 등장한 젊은 작가들의 문학적 특징과 공명하는 셈이지만, 이 우울은 그와 동시에 그들 젊은 세대와의 문학적 차이와 그 차이의 맥락을 뚜렷하게 보여주는 지점이기도 하다. 이들 세대 작가의 경우 비록 환(幻)이었다 할지언정 한때 '가능성'의 시대를 통과해왔기에, 그리고 환이 멸(滅)한 시대에도 최소한 세계의 부정성에 침식당하지 않으면서 그 세계의 일관된 의미를 우월한 위치에서 규율하고 통섭할 수 있는 자아의 능력에 대한 믿음이 그래도 있었기에, (다소간의 차이는 있어도) 그 모든 것이 흔적 없이 사라진(사라졌다고 생각하는) 지금 상실에 대한 감각은 이후 세대보다 더욱 자각적이고 예민할 수밖에 없을 터다. 이들 문학의 우울은 바로 이곳에서 나오는 것이다.

그리고 이쯤에서 필히 환기해야 하는 것은, 이들의 소설에서 그 벗어날 수 없는 가혹한 삶과 자아의 진실이 어느 지점에서 명시적이든 그렇지 않든 일종의 존재론적인 '운명'의 차원으로 비약하거나 훌쩍 코드변환(transcoding)되고 있다는 사실이다. 그리고 거기에는 이들 작가들이 시간의 축적 속에서 겪었을 법한 자연적 삶의 피로와 공허가 겹쳐지며 알게 모르게 가담하고 있었을 것임은 어렵지 않게 추측해볼 수 있다. 가령 은희경의 장편 『비밀과 거짓말』(문학동네 2005)이 '태생'과 '죽음'으로 응축되는 불가항력적인 생물학적 삶의 조건 앞에서 한없이 무력할 수밖에 없는 자아를 응시하는 가운데 나오는 운명론적 비감을 떠안고 있는 것이나, 구효서의 소설집 『시계가 걸렸던 자리』(창비 2005)가 죽음에 대한 관조적 응시와 삶의 유한성에 대한 운명론적 승인을 기조로 하고 있는 것도 그런 맥락이다. 삶의 한가운데로 소리 없이 비집고 들어온 피로와 죽음을 무심과 허심을 가장한 채 속절없이 응시하고 받아내는 윤대녕의 소설 「낙타

---

(지그문트 프로이트 「슬픔과 우울증」, 윤희기 옮김, 『무의식에 관하여』(프로이트전집 13), 열린책들 1997, 251~52면 참조). 다만 이들 문학의 우울은 엄밀한 정신분석적 의미에서 일컫는 우울과 정확히 일치하지는 않는다는 점만 간단히 언급해둔다.

주머니」(『창작과비평』 2005년 가을호)에 배어 있는 막막한 슬픔이 보여주는 것 또한 바로 그것이다.

달리 이 점은 특히 최근 들어 한국사회의 공적(公的) 기억과 역사의 상처를 새삼 소설 속에 불러들여 다루는 이들 나름의 변별적인 방식에서도 거듭 확인된다. 한편으로 '80년대'의 좌절이 안긴 상처는 이제 살아가는 한 어쩔 수 없이 감내할 수밖에 없는 존재론적 운명이라는 관점 속에서 새롭게 배치되거니와, 김인숙의 「바다와 나비」(와 소설집 『그 여자의 자서전』)가 바로 그렇다. 그리고 흥미롭게도 통념상 '윤대녕 소설'의 소재가 결코 될 수 없을 것 같던 80년대의 학원녹화사업과 프락치사건, 성수대교 붕괴사건, 그리고 멀리는 4·3 항쟁의 상처 등을 기억하는 윤대녕의 최근 장편 『호랑이는 왜 바다로 갔나』(생각의나무 2005) 또한 과연 과거 역사의 "치유되지 않는 고통"을 불러들이고 있는 것이지만, 그의 자서(自序)가 증상적으로 보여주듯이[7] 그 역사 또한 "기억과 상실, 열망과 좌절, 기적과 사랑, 고독과 죽음" 같은 보편적인 존재론적 주제로 치환되어 그 속에서 해소되고 있는 터다. 그리고 그 점에서는 쏘비에뜨연방의 붕괴를 마주한 '아름답고 불안한 청춘'의 고통스런 상처로 귀환하는 은희경의 소설 「유리 가가린의 푸른 별」(『창작과비평』 2005년 여름호) 또한 크게 다르지 않다.

이들 문학의 기조가 공통적으로 허무주의로 기울어가는 것은 이런 맥락에서다. 이들 문학의 허무주의는 그렇게 근대적 삶의 피로와 공허가 유한한 존재로서는 어쩔 수 없는 존재론적인 운명의 차원으로 전환되어 받아들여지는 과정에서 나오는 것이다. 그리고 이 모든 것이 앞으로도 크게 변하지 않을 것이며 자아 역시 별다를 수 없을 것이라는 운명론적 체념이

---

7) "미처 건너뛰지 못하고 지나왔던 과거의 지점으로 돌아갔다. (…) 기억과 상실, 열망과 좌절, 기적과 사랑, 고독과 죽음……. 이 모든 것이 지금껏 내가 애써 외면해왔던 과거의 뼈아픈 기억들이었다."(윤대녕 「작가의 말」, 『호랑이는 왜 바다로 갔나』, 생각의나무 2005)

그 배경에 있다는 점은 말할 것도 없다. 이는 물론 그 자체로 긍정적이라 할 수는 없는 것이지만, 그럼에도 불구하고 적어도 여기에는 일종의 변증법적 반전의 계기가 보이지 않게 숨어 있다. 무엇보다 운명적 조건에 의해 제약되어 있는 자아의 결여와 무력에 대한 자각은 역설적이게도 자아에 대한, 그리고 인간에 대한 더욱 집요하고도 철저한 탐구의 가능성을 열어놓는다. 특히 허무와 상실의 자아감각은 우리 삶에 만연한 고통스런 상실에 더욱 예민하게 귀를 열어 숙고하고 반성하는 것을 가능하게 하는 인식적·감각적 토대가 되는 것이기도 하다. 무력한 정신이 그럼에도 불구하고 발휘할 수 있는 역설적인 힘이란 미루어보건대 다른 곳이 아닌 바로 그 속에서 비롯되는 것이다. 물론 이것은 아직 다 열리지 못한 잠재적인 가능성일 뿐, 그 길 위에서 이들의 소설은 목하 힘겨운 모색중이다.


## 3. 아무래도, 편집증적 유머와 거짓말

왜 그런 일이 일어났는지에 대해선, 아무도 알 수 없다. 그런 이유로――아무, 나도, 누구, 나도 모두가 무방비인 채 그들의 습격을 받아야 했다. 눈앞의 해일을 지켜보는 해변의 모래처럼 우리는 그것을 납득할 수밖에 없었다.[8]

2000년대의 젊은 작가들, 그중에서도 예컨대 박민규는 앞서 열거한 작가들의 경우와는 정확히 반대의 길을 따라가고 있다. (뒤에서 차차 분명해질 테지만) 위 인용문은 박민규의 소설이 그럼에도 불구하고 이들의 소

---

8) 박민규 「대왕오징어의 기습」, 『카스테라』, 문학동네 2005, 232면. 이후 같은 책에 실린 박민규 소설을 인용할 때는 작품명과 면수만 표기한다.

설과 공명하는 지점이 어디인지를, 또 반대로 갈라지는 지점이 어디인지를 동시에 분명하게 보여준다. 박민규의 「대왕오징어의 기습」에서 돌연한 대왕오징어의 습격을 지켜보며 '나'는 위와 같이 생각하는 것인데, 이 때 난데없는 이 대왕오징어란 물론 정체 모를 현실의 실체에 대한 무형의 정서적 실감이 투사된 것일 터다. 이 황당하기 이를 데 없는 대왕오징어의 습격 장면은 "세계는, 이미 한 마리의 괴수일지도 모른다"(「대왕오징어의 기습」, 222면)는, 순진한 망상을 가장한 섬뜩한 진실의 깨달음을 아닌 척 누설하는 것이다. 여기에서 개인의 인식과 지각을 초과하는 거대하고 불가지한 세계의 위력을 이유도 모른 채 무방비로 받아낼 수밖에 없는 무기력한 개인의 심적 구조를 눈치채기란 그다지 어렵지 않다. 그러니 도대체 왜 그런 일이 일어나는 것인지조차 알 수 없고 "눈앞의 해일을 지켜보는 해변의 모래처럼" 도리 없이 "납득할 수밖에" 없다고 말하는 것도 이유가 있는 것이다. 그리고 이밖에도 가령 UFO의 습격을 목격하는 「코리언 스텐더즈」의 인물들이 아무런 대책 없이 망연자실할 수밖에 없는 것도 그와같은 이치, 같은 맥락이다.

표현방식은 박민규만의 개성적인 것이지만 짐작하다시피 현실에 대한 이런 실감은 넓게 보면 비단 그만의 것은 아니다. 나타나는 방식은 각기 달라도 지금 2000년대 젊은 작가들 소설의 근원에 두루 존재하는 공통감각은 이와 크게 다르지 않다. 단적으로 지금 2000년대 젊은 작가들의 문학적 (무)의식을 지배하는 것은 공통적으로 무력한(혹은 그 스스로 무력하다고 생각하는) 개인이 도대체 어찌해볼 도리 없는 위력으로 개인의 삶을 짓누르는, 그래서 심지어는 그에 대한 체계적인 자각과 의식화조차 불가능할 정도로 내면화되어 있는 현실/(큰)타자의 효과다. 그리고 이것이 우리가 앞서 본 이전 세대 작가들의 문학의 근원에 있는 인식·감각과 그 정도와 형태는 다르지만 근본적으로 맥을 같이한다는 점에 대해서는 군이 구구한 설명을 덧붙일 필요도 없다. 그런데 왜 하필 괴수(怪獸)인가?

이때 대왕오징어와 UFO는 일차적으로는 불가지한 현실의 보이지 않는 위력을 눈에 쉽게 잡히는 친숙한 형상으로 뒤틀어 망상의 구조 한가운데로 옮겨놓은 것이다. 그런 측면에서 이는 무력한 주체가 그를 압도하는 불가지한 세계를 이해하기 쉬운 형태로 포착하는 나름의 방법으로서 일종의 편집증적 상상지도라 할 수 있을 터이나,[9] 박민규의 단편에서 특징적인 것은 그 편집증적 망상이 사뭇 자각적이고도 방법적으로 활용되고 있다는 사실이다. 가령 대왕오징어와 UFO같이 망상이 불러다 앉힌 친숙하고도 황당한 형상은 현실의 위압적인 존재감을 순간적으로 훌쩍 거리화하는 효과를 발휘하는 것이다. 당연히 이는 현실의 지배력에 대한 비감한 실감과 그에 대한 무력감을 슬그머니 누설하면서도 그것을 전혀 엉뚱한 표상으로 돌려 틀어버림으로써 상대화해 소화하는 '유머'의 논리를 따르고 있는 것이다.[10] 이것은 물론 어쩔 수 없는 현실의 위력을 변할 수 없는 확고한 것으로 있는 그대로 승인하고 "납득"하는 비극적인 유머다. 그리고 2000년대의 젊은 작가들 중 예를 들어 윤성희와 김애란 등의 소설이 방법과 형태를 달리해 이와 방불한 비극적 유머의 노선을 밟아가고 있음은 우리가 익히 아는 터다.

2000년대 문학의 이 (희)비극적 유머는 이즈음 젊은 문학에서 새롭게 등장하고 있는 출구 없는 시대의 새로운 개인주의에 그 연원을 두고 있는 흥미로운 현상이다. 그런 한에서 그것은 내면으로 침잠해 들어가기보다

---

9) 2000년대 젊은 문학에 만연한 편집증적 발상이 무력한 개인의 상상지도라는 점은 박민규의 소설을 설명하면서 이미 지적한 바 있다(김영찬 「개복치 우주(소설)론과 일인용 너구리 소설 사용법」, 『문학동네』 2005년 봄호. 본서 제2부 1장). 촛점은 다소 달라도 김형중 역시 편집증적 망상을 2000년대 문학의 상상력의 중요한 특징으로 지적한다. 그에 대해서는 김형중 「소설의 제국주의, 혹은 '미친, 새로운' 소설들에 대한 사례 보고」, 『문예중앙』 2005년 봄호; 「진정할 수 없는 시대 소설의 진정성」, 『문학·판』 2005년 여름호 참조.
10) 그 점에서 유머는 숭고(sublime)와 같은 길을 따르는 것이기도 한데, 이에 대한 포괄적인 철학적 설명은 알렌카 주판치치 『실재의 윤리: 칸트와 라캉』, 이성민 옮김, 도서출판b 2004, 231~47면 참조.

자아를 압박하는 현실의 무게를 오히려 밖으로 분산시켜버리면서 상대화하는 바로 그 과정에서 이야기의 원천과 개성적인 어법을 발견하는 이 시대 탈내면의 상상력의 일면을 예시하는 것이기도 하다. 그리고 이것이 현실을 받아들이고 그에 대처하는 새로운 방식의 감각과 연결되어 있다는 것은 말할 것도 없다. 이 유머는 언뜻 한없이 가벼워 보이는 착시(錯視)를 유발할 수도 있겠지만, 더욱이 감당할 수 없는 실재의 진실을 혹 서둘러 회피하는 포즈로 보일 수도 있을 테지만, 중요한 것은 오히려 바로 그것을 통해 이들 젊은 작가들은 이 시대 현실의 결코 가볍지 않은 진실을 은근슬쩍 포착해 보여준다는 사실이다. 그리고 그것이 글쓰기에 대한 나름의 독특한 방법론적 자의식과 긴밀히 결부되어 있다는 점은 특별히 주목할 필요가 있다.

가령 자기 집 바로 위층에서 "부하의 총을 맞고 철철 피를 흘리며" 죽은 전직 대통령과 똑같이 생긴, 아니 바로 그 사람인 노인을 목격하고 말까지 나눈다는 정이현의 「1979년생」의 유머 또한 정확히 그런 맥락을 타고 있는 것인데, 그 믿기 힘든 경악스런 사태의 실상을 여하튼 알아보기 위해 이리저리 부산하던 '나'의 발언은 이렇다.

노인의 존재에 대하여 나는 아무한테도 발설하지 않았어. 「추적 60분」이나 「그것이 알고 싶다」 같은 프로그램에 제보를 해볼까 하는 생각도 잠시 했지만, 그만두었어. 그래봐야 다들 내 말을 무시할 텐데 뭐. 미친년이라고 지들끼리 키득거릴 가능성이 아주 커.[11]

과연 이 세계는 그렇게 아무도 믿을 것 같지 않은 일이 아무렇지도 않게 벌어지는 곳이다. 그러니 "윗집 할아버지가 결단코 그 사람이 아니라는

---

11) 정이현 「1979년생」, 『문학과사회』 2005년 가을호, 124면.

보장도 없잖아!"(「1979년생」 116면)라고 당당히 '나'는 말한다. (이렇게 말할 수 있다면) '편집증적 유머'의 논리의 연장선상에 있는 정이현 소설의 이 황당한 발상은, 그렇게 감당할 수 없는 일이, 또 경악과 공포가 진짜로 만연한 것이 실은 이 세계의 실상이며 그런 한에서 아무 문제 없음을 가장하는 이 세계야말로 거꾸로 진실을 은폐하는 경악스런 거짓말이라는 사실을 에둘러 폭로한다.[12) 세계가 본래 그런 것일진대, 150미터짜리 대왕오징어나 UFO라고 없을 리 없다. 박민규에 따르면 안타깝게도 그 사실은, 선생도 교육청도 모른다.

> 선생은 괴수에 대해선 아무것도 몰라, 비록 좋은 사람이긴 해도 말이야. 괴수대백과사전을 뒤적이며 B는 안경을 끄덕였다. 교육청도 마찬가지야. 그게 우리가 처한 이 땅의 현실이 아닐까. 이 땅의, 현실이라…… 길고 긴 150미터의 선을 지켜보며 나는 고개를 끄덕였다.(박민규 「대왕오징어의 기습」 221면)

그것이 이 땅의 현실이다. 2000년대 젊은 문학이 겉으로 경험적인 현실의 리얼리티와 그것의 가시적인 중력을 무시하고 드물지 않게 탈현실의 포즈를 취하는 것은 의식하든 않든 이런 현실의 실상에 대한 공통감각이 근원에 자리하고 있기 때문이다. 과연 그렇다는 듯이 김애란 소설의 아비 잃은 '나' 역시 마침 정이현과 박민규 소설의 발언에 동조하며 이렇게 말하고 있지 않은가. "세상의 어떤 곰도 내게 다가와 한번이라도 아버지인 척해주지 않았고, 나는 거짓말을 잘하는 것은 공산당이 아니라 공공연한 사실들, 자기가 정말 사실인 줄 아는 사실들이라고 생각하게 되었

---

12) 예컨대 박민규 소설의 다음 발언도 같은 맥락에 있는 것이다. "만약 당신이 그런 고시원에서 살아본 적이 없다면, 부디 〈달팽이관 속에 달팽이가 없어〉라는 식의 힐난은 삼가주기 바란다. 장담컨대, 세상의 일은 아무도 알 수 없다."(박민규 「갑을고시원 체류기」 274면)

다."[13] 언뜻 논리적으로 이치에 닿지 않아 보이는 이런 순진하기 이를 데 없는 모순어법은 아비 잃은 고독한 개인의 견딜 수 없는 상실감에서 오는 것이지만, 이를 통해 어느 순간 현실이 그 스스로 주장하는 거대한 자명성의 거짓 이데올로기는 아닌 척 자연스럽게 폭로되는 것이다. 이런 측면에서 언뜻 가볍고 황당해 보이는 이들 문학의 편집증적 유머는 이 거대하고 가혹한 현실(=거짓말)의 그럴듯한 기만의 허구에 소설(=거짓말)의 허구로 슬쩍 비껴 비스듬히 맞서고 있는 2000년대 젊은 문학 전반의 한 특징을, 그 "기이하고 고독한 게임"(「1979년생」 118면)의 한 단면을 흥미로운 방식으로 예시하는 것이다.

젊은 작가들의 이 편집증적 유머가 자아를 짓누르는 현실의 위력을 거리화하고 분산시켜버리는 무력한 주체의 특징적인 상상전략 중 하나라는 것은 여기서 다시 특별히 환기해둘 필요가 있을 것이다. 그것은 2000년대 젊은 문학의 상상력이 현실의 중력을 나름으로 감당하고 소화하면서 그 속에서 자아의 위치를 그리는 문학적 방식 가운데 하나다. 예컨대 강영숙 김중혁 이기호 천운영 편혜영 구경미 윤성희 김애란 등을 비롯한 2000년대 젊은 문학 전반의 상상전략은 각기 방법과 형태는 다를지 모르나 대개는 그런 맥락에서 이와 방불한 탈내면의 노선을 따라가며 현실의 허구에 맞서는 소설적 허구의 가능성을 탐색하고 있다.

그런 한에서 2000년대 문학의 다수가 겉으로는 비록 한없이 가볍거나 아니면 환상이나 엉뚱한 쇄말(瑣末)에 집착하는 듯 보이고 그래서 탈현실적인 것으로 비칠 수는 있어도 그 안에 숨어 있는 나름의 민감한 현실감각을, 그리고 현실에 비스듬히 맞선 자아의 고투의 흔적을 놓쳐서는 안 된다. 그것은 물론 한편으로 현실에 대한 무력한 체념을 딛고 있는 것이긴 하나, 포기할 수 없는 자아의 가치 혹은 진실의 옹호와 불행한 삶에 대

---

13) 김애란 「사랑의 인사」, 『달려라, 아비』, 창비 2005, 146~47면.

한 위무 또한 다름아닌 바로 그 속에서 비롯되고 있다는 것도 틀림없는 사실이다. 그런 측면에서, 짐작건대 이것은 무력한 자아의 내면을 잠식하는 후기자본주의 모더니티라는 초자아의 응시와의 기이하고도 내밀한 문학적 싸움이 될 것이다. 이는 물론 이들의 문학이 이 시대의 불행에 대한, 또 자아를 제약하는 그 가혹한 (큰)타자의 진실에 대한 비극적 감각을 잃지 않는 한에서 할 수 있는 이야기라는 것을 굳이 덧붙일 필요는 없을 것이다.

## 4. 다시 이들, 2000년대 문학의 상상력

이쯤이면 이제 2000년대를 즈음해 작품 활동을 시작한 젊은 세대의 문학과 그 이전 세대의 문학이 어떤 지점에서 갈라져 각자에게 주어진 길을 밟아나가고 있으며 또 그러면서도 어떤 지점에서 합류해 하나의 큰 공통 흐름을 형성하고 있는지가 한층 분명해졌을 터다. 길은 각기 달라도 이들의 문학은 이 후기 자본주의의 가혹한 간지에 압도되는 무력한 정신의 고통의 흔적을 그려가고 있으며 역설적이게도 바로 그것을 통해 정신의 가치와 진실을 펼쳐 보여주고 있는 중이다. 운명론적 비감에 침잠하는 우울과 허무를 통해서건 아니면 모른 체하는 유희를 통해 현실을 상대화해 새롭게 보게 만드는 허구의 개성적인 탐구를 통해서건, 이들의 문학은 그 점에서는 근원적으로 상통한다. 내면의 한가운데서 우울과 상처를 응시하며 불행한 (큰)타자의 시간과 고투하는 이전 세대의 문학은 물론이거니와 그 정신의 고투를 마치 아닌 듯 사뭇 유희적·분산적인 방식으로 풀어헤쳐 보여주는 젊은 세대의 문학은 방향을 달리해 공히 이 시대를 어찌 됐든 살아가야 하는 자아의 실존적 가치를 숙고하고 탐구하는 상상의 지도를 그려가고 있는 것이다.

이 시대 문학의 진실이 그러하니, 이쯤에서 잠시 각도를 돌려 글머리에서 지나듯 스쳐 언급한 2000년대 문학의 사회(학)적 상상력이라는 문제도 다시 생각해볼 수 있겠다. 이때 무엇보다 긴요한 것은, 사회(학)적 상상력을 사회적 의제의 제기나 경험적인 사회문제에 대한 문학적 재현 혹은 형상화쯤으로 환원하는 항간의 오해나 편견과 거리를 두는 일이다. 물론 그와 다른 관점에서 지금 2000년대의 문학은 개인을 넘어선 '전체'를 사고하고 의식화하는 상상의 길에는 미치지 못하는 것이 사실이지만, 우리가 확인한 바 있듯이 적어도 그들 문학이 그런 한계 속에서나마 부재 원인으로서 '사회'와 그 진실을 포착하고 상상하는 나름의 방법론적 자의식을 펼쳐가고 있다는 사실만큼은 부정할 수 없다. 예컨대 '상처'를 파헤쳐 응시하면서 내면을 뒤흔드는 그 우울한 현재적 파장을 기록하는 상상이나, 편집증적 유머 혹은 거짓말을 통해 허구적 가장 아래 은폐되어 있는 현실의 경악스런 진실을 누설하는 상상이나 모두 그 방법과 정도의 차이는 있어도 그 점에서는 크게 다르지 않다.

따지고 보면 문학의 상상이 본시 그런 것이다. 가령 멀리 스피노자는 상상(imaginatio)이란 외부 물체의 본성보다 그에 자극받는 인간 신체의 현재 상태를 한층 더 많이 지시하기에 오류를 범하기 쉬운 그릇된 관념이라 했으나,[14] 문학은 다름아닌 바로 그런 운명적인 제한적 조건──이를 알뛰쎄르 이데올로기론의 용어로 바꾸면 '현실의 존재조건과 맺는 상상적 관계'쯤이 될 것이다──에서 출발해 그것을 자아와 세계의 진실에 대한 통찰로 역전시키는 창조적 작업이다. 그런 측면에서 이들 2000년대 문학 전반에 만연한 무력한 주체의 허무주의나 체념적 운명론을 그 자체로 타매(唾罵)하거나 그것이 아니면 사회(학)적 상상력의 결여를 지적하

---

14) B. 스피노자 『에티카』, 강영계 옮김, 서광사 1990, 213면(제4부 '정리 1'의 주석) 참조. 국역본에서는 'imaginatio'를 '표상'으로 번역하고 있으나 '상상'이 정확하다.

며 개인의 문제보다 거대담론이나 사회적 의제, 사회구조 등의 문제로 눈을 돌릴 것을 주장하는 일각의 요구는 똑같이 정당한 것이라 할 수 없다. 촛점을 달리해볼 때 이들 2000년대 한국문학에 또다른 결여가 있다면 그것은 오히려 자아와 세계의 통합적 진실을 통찰하고 마음을 움직일 수 있는, 문학적 상상 자체에 내재한 가능성의 지평을 더욱 끝까지 밀어붙이지 못하는 데 있을 것이다. 우리가 이들 2000년대 문학에 기대하는 것은, 그럼으로써 문학에는 그 자체로 외삽적인 것일 수밖에 없는 '사회(학)적 상상력'이라는 개념까지도 필경 무색하게 만드는 경지일 것이다.

— 『문예중앙』 2006년 봄호

# 소설의 상처, 대중문화라는 증상

## 1. 상품의 우주에서

하나의 예술장르로서 소설이 감수해야 하는 운명이란 것이 있다면, 그것은 그 장르적 특성상 근대사회의 잡스러움과 몸을 섞을 수밖에 없다는 것이다. 소설은 근대 자본주의가 야기하는 분열과 균열에 그렇게 얽혀들어갈 수밖에 없고, 또 그럼으로써 진화해왔다. 루카치가 소설을 '신에게 버림받은 시대의 서사시'라 했을 때, 그것은 소설이 잡스런 산문의 세계 한가운데서 해체와 분열을 견디며 힘겹게 그와 대결하는 주관적인 시도라는 점을 암시한 것이었다. 그리고 알다시피, 소설의 '형식' 문제는 거기에서 비롯된다.

예술 전체의 영역으로 시야를 넓혀본다면 문제는 좀더 복잡하다. 근대 자본주의 사회에서 예술은 어떤 형태로든 근대의 음험한 시선으로부터 몸을 감출 수 없을 뿐만 아니라, 그 막강한 자장의 한가운데로 말려들어감으로써만 살아남는다. 굳이 아도르노의 언술을 빌리지 않더라도, 그것은 분명 근대예술이 안을 수밖에 없는 원죄다. 특히 근대 자본주의에 대한 미학적 저항이라 일컫는 아방가르드적 상상력 또한 그 점에서는 예외가 아니다. 예컨대 '해부대 위에 나란히 놓인 우산과 재봉틀'이라는 로트레아몽의 전복적인 이미지로 눈을 돌려보자. 일상적 지각의 탈자동화(de-automatization)라는 측면에서 이후 숱한 모더니스트들에게 상상력의 원형이 된 그 이미지는 역설적이게도 당시 초기 백화점 소유주의 효과적인 상품전시 기법과 동일한 것이었으며, 그 자체로 상품에 미적 아우라를 부여하는 현대광고의 기본 기법과 공명한다.[1] 이는 그 자신에 대항하는 영혼과 상상력까지도 자신의 영토로 끌어들이는 자본의 위력을 반증하는 것이자, 의도치 않게 '자본의 무의식'에 잠식될 수밖에 없는 근대적 상상력의 역설적 운명을 보여주는 것이기도 하다.

이러한 문제는 소설이라 해서 예외일 수 없다. 근대사회에서 모든 예술이 그렇듯 애초 상품으로서 존재할 수밖에 없는 소설의 존재론적 상황 또한 무시할 수 없지만, 소설 내적인 측면에서 보자면 그보다 더 큰 문제는 오히려 다른 데 있는지도 모른다. 그것은 근대의 자질구레한 산문적 현실의 세목을 자신의 육체로 끌어안아야만 하는 소설의 운명 자체에서 비롯된다. 그것을 통해 소설은 자칫 근대 상품세계의 한가운데로 얽혀들어가 단순히 상품세계를 반사하는 상품의 배치공간으로 화할 수도 있는 위험에 처한다. 그 원인은 근본적으로 소설이 끌어들이는 근대 산문적 현실 자체의 성격에 있다. 근대 자본주의 사회는 본질적으로 다음과 같은 라이프니츠(G. W. Leibniz)의 조화로운 세계상이 어떤 의미에서 가장 완벽하게, 그리고 희화적(戱畵的)으로 실현된 세계라고 할 수 있기 때문이다.

---

1) 이에 대한 상세한 논의는 Franco Moretti, *Signs Taken for Wonders*, Verso 1983, 241면 참조.

이제 모든 사물들 각각에게서, 나아가 모든 사물들 사이에서 성립하는 이 연결 또는 대응으로 인해 각각의 단순 실체들은 다른 모든 실체들을 표현하는 관계에 서게 되고, 결과적으로 우주의 항구적인 살아 있는 거울이 된다.[2]

라이프니츠의 낙관주의가 투사된 이 조화로운 세계상의 묘사는 역설적이게도 각각의 상품들이 교환가치를 매개로 다른 상품들의 가치를 반사하고 표현하는, 그리하여 모든 사물이 그 관계를 통해 자본의 거울이 되는 근대 자본주의의 사물화된 세계에 대한 완벽하고도 음울한 패러디로 읽힌다. 라이프니츠에 따르면 그가 묘사한 세계는 신(神)의 예정조화 속에서 가능한 것이지만, 오늘날 그 예정조화의 주체는 바로 자본이다. 현실의 모든 세목들이 그런 자본의 예정조화 속에서 존재하는 것이라면, 그 안에 발을 담글 수밖에 없는 소설은 처음부터 이미 의도치 않게 상품세계의 안으로 말려들어갈 수 있는 치명적인 위험에 노출되어 있는 셈이다. 소설이 그 세계를 거스르려는 한, 그에 대한 예민한 긴장과 자의식이 필수적으로 요구되는 것은 그 때문이다.

사실 지금까지 소설은 그렇게 성장해왔다. 다시 말해, 소설은 그 위험의 한가운데서 자본의 논리에 은연중 포섭되기도 하고 다른 한편 그 자체를 거꾸로 소설적 진화의 계기로 역전시키기도 하면서 근대의 논리를 거스르는 자신의 고유한 자리를 확보해왔다. 가령 현실의 세목에 열중하는 자연주의 소설은 투명한 언어의 흐름을 독자가 쉽게 소비할 수 있는 물질적 이미지와 사물로 변형시키는 '서사의 상품화'(commodification of narrative)[3]를 통해 자본의 논리에 말려들어가면서도 그 안에서 반(反)근

---

2) G. W. 라이프니츠 「모나드론」, 이정우 『주름, 갈래, 울림』 부록, 거름 2001, 311면. 번역은 약간 수정하였음.

대의 미학을 미약하나마 진전시켜나갔고, 모더니즘 소설은 소설의 살을 찢고 들어오는 상품화된 사물의 압박을 견디며 그것을 인간화하려는 노력을 통해 정교한 문학적 기법을 발전시켜나갔다. 그 점에서는 물론 리얼리즘 소설 또한 다를 것 없다.

　대중문화의 이미지와 기호가 세상의 구석구석을 그물망처럼 에워싸고 나아가 개인의 정체성을 구성하는 중요한 지배소(dominant)의 자리로까지 올라서고 있는 현재 싯점에서, 소설이 마주하는 상품적 환경은 더욱 복잡해지고 또 견고해지고 있다. 근대 자본주의 사회에서 이미지란 그 자체로 축적된 자본이라는 지적을 새삼 상기하지 않더라도, 대중문화와 광고 이미지에 포위된 이 세계와 우리의 정신구조 자체가 이미 자본의 절대정신(Geist der absolute)이 자신을 실현하는 과정의 한 계기가 되고 있다는 음산하고 비관적인 비유도 이제는 전혀 어색하지 않다. 대중문화적 기호의 제국은 이제 자연의 리듬을 모방하고 있으며 그 자체로 자연이 되고 있다. 모든 것이 서로를 반사하는 조화로운 상품의 우주는 대중문화 이미지와 시뮬라크르의 힘을 빌려 더욱 현란하게 활성화되고 있는 셈이다. '자본의 무의식'의 대중적·미학적 실현이라 할 수 있는 대중문화의 서사와 이미지가 우리의 지각과 현실감각, 사고와 행동 모델 등을 결정하고 구조화하는 핵심적인 요소가 되고 있는 현상도 거기에 맥이 닿는다. 그리하여 루카치가 비록 위축된 상태로나마 사물화의 음험한 손길을 비껴갈 수 있으리라고 예단했던 모종의 인간적·영혼적 본질[4]의 영역은 이제 쉽게 찾아보기 힘들다. 소설이 이런 상황을 비껴가지 않는 한, 그리고 그와는 다른 자리에서 전혀 다른 소설의 길을 찾아 헤매지 않는 한, 이것

---

3) Fredric Jameson, *Signature of the Visible*, Routledge 1992, 13면. 국역본(『보이는 것의 날인』, 남인영 옮김, 한나래 2003)에서 이 대목은 '내러티브의 물화'로 잘못 번역되어 있다. 이 국역본은 유감스럽게도 원뜻을 해치는 적지 않은 오역과 자의적인 번역, 비문으로 점철되어 있어 참조하기에 적절하지 않다.

4) 게오르크 루카치 『역사와 계급의식』, 박정호·조만영 옮김, 거름 1986, 266면.

은 분명 소설의 존재방식에까지 영향을 미칠 수 있는 근본적인 문제 지점이다.

한국소설은 이미 오래전부터 이 지점을 각기 나름의 방식으로 통과해가고 있다. 그리고 많은 작가들은 그 대중문화의 이미지와 서사가 펼쳐놓는 상품의 우주 한가운데 발을 담그고 그것을 기꺼이 소설의 육체로 끌어안고 있다. 그러나 문제는 지금 우리 소설을 일면적인 시선으로 진단하듯 단순히 작가들이 대중문화적 이미지나 그 장르적 요소를 소설의 안으로 끌어들이고 있다는 것 그 자체에 있지 않다. 그것은 이 시대의 징후와 함께 고투하기로 한 소설이라면 충분히 이해할 수 있는 일이기 때문이다. 정작 문제는 그보다 깊은 차원에 존재한다. 그렇다면 대중문화를 품에 안고 그와 함께 살아가고 있는 우리 소설에는 과연 무슨 일이 일어나고 있는 것인가?


## 2. 2000년대 한국소설, 대중문화에 몸을 실은

언제부턴가 우리 소설에 대중문화라는 이질적인 종자가 침투해 서식하고 있다는 이야기는 당연하고도 진부한 것이 되어버렸다. 그것을 소설의 위기를 불러오는 불길한 징후로 경계하든 아니면 모든 것을 끌어들여 소화하는 잡식성 장르로서 소설의 가능성 확장으로 해석하든 간에, 그 자체는 이미 움직일 수 없는 현실이다. 그리고 1990년대부터 본격화된 이러한 현상의 연장선상에 지금 2000년대 우리 소설이 있다. 물론 그것은 일군의 젊은 작가들에게 국한된 것이긴 하나, 그러한 경향이 현재 우리 소설의 중요한 한 갈래를 형성하고 있다는 것만은 부정하기 힘들다.

그런 가운데서도 눈길이 가는 것은, 그 현상이 2000년대에 들어서면서 미묘한 지형의 변화를 겪고 있다는 사실이다. 그 점을 확인하기 위해 잠시 멀리 에둘러 가자면, 눈여겨보아야 할 흥미로운 현상은 1990년대에 대중문화의 이미지와 기호를 소설공간에 들여왔던 김영하, 백민석, 배수아 같은 작가들의 최근 행보다.

예컨대 대중문화 기호와 이미지를 매개로 실재를 초월하는 허구적 세계의 가치에 탐닉했던 김영하는 최근 발표된 『검은 꽃』(문학동네 2003)에서 실제 역사의 현장으로 눈을 돌린다. 가상의 세계에서 실재의 세계로 무게중심을 옮겨간 것이다. 이러한 변화는 일시적인 것으로 판단할 수도 있겠지만, 그 뒤에는 사실 조금씩 진행되어온 눈에 잘 띄지 않는 미묘한 작가의식의 진동이 있다. 그렇게 보면 김영하의 최근 단편 「그림자를 판 사나이」에서, "그렇게 누군가와 옥닥복닥 부대끼다 보면, 어쩌면 내게도 그림자가 생길지 모른다"[5]라는 소설가 '나'의 진술을 그대로 작가 자신의 소설을 지시하는 징후로 읽을 수 있는 여지는 충분하다. 달리 말해, 어찌 보면 그것은 그림자 없는 날렵한 가상의 세계를 뒤로하고 '관계'를 통해 형성되는 현실적 삶의 음영과 굴곡에 눈을 돌리겠다는 작가의 자기지시적 진술에 가깝다. 『검은 꽃』 이후 그의 소설이 어떻게 전개될지는 아직 알 수 없으나, 이는 1990년대 그의 소설적 허구에 물을 대던 대중문화적 '기호의 제국'에 대한 잠정적인 거리두기를 암시하는 것이라 보아도 무방할 것이다.

한편 김영하와 그 성격은 다르지만 백민석 역시 어떤 전환의 지점에 와 있는 듯하다. 그 점은 첫 소설집인 『16믿거나말거나박물지』(문학과지성사 1997)에 비해 최근 그가 발표하고 있는 '믿거나말거나박물지' 연작[6]의 소설적 긴장이 현저히 느슨해지고 있는 데서도 역으로 감지할 수 있다. 물론 그의 하위문화적 감수성과 키치적 기호 애호는 여전하지만, 문

<hr />

5) 김영하 「그림자를 판 사나이」, 『문학동네』 2003년 봄호, 93면.
6) 백민석 「믿거나말거나박물지 셋」, 『문학동네』 2003년 봄호 ; 「기원(起源), 작은 절골」, 『창작과비평』 2003년 가을호 ; 「믿거나말거나박물지 둘」, 『작가세계』 2003년 가을호.

제는 그것을 통해 구성되는 소설의 형식과 주제가 이제는 예전처럼 역동
적이고 전복적인 활력으로 나타나기보다는 하나의 클리셰(cliché)로 굳
어가고 있다는 데 있다. 그 점은 백민석의 최근 장편『죽은 올빼미 농장』
이 보여주는 피로의 징후에서도 그대로 확인된다. 그리고 작가 자신도 그
에 무감각하지는 않다. 이 소설에 나타나는 세대적 자의식("뽕짝이 더 어
울리는 나이")[7]과 유아적 퇴행성에 대한 자기반성적 시선은 그것을 보여
주는 우회적인 표지다. 텔레비전 키드이자 펑크 세대의 아이로서 키치와
하위문화에 실렸던 그의 전복의 포즈는 이제 새로운 길을 찾아 그 풀어진
긴장을 회복해야 한다는 과제에 직면해 있는 것이다.

　이들에 비해 최근 배수아가 보여주는 변화는 더욱 극적(劇的)이다. 대
중문화적 기호와 이미지로 자신의 정체성을 장식하는 '불온한' 아이들이
순정만화적 프레임 속에서 배회하고 다니던 90년대 배수아 소설의 공간
은 이제 고립된 순수 자아의 건조한 자기유폐의 공간으로 변화했다.『이
바나』(이마고 2002)와『동물원 킨트』(이가서 2002)를 거쳐『에세이스트의 책
상』(문학동네 2003)에 이르러 이러한 경향은 더욱 확고한 틀을 잡아가고 있
는 듯하다. 그리고 대중문화적 이미지와 기호가 밀려난 그 자리에 음악이
라는 순수예술과 '언어'에 대한 성찰이 들어선다. 특히『에세이스트의 책
상』에서 보여주는 강한 정신주의는 1990년대 배수아 소설과의 분명한 단
절의 표식이다. 이러한 변화가 이후 배수아 소설의 진전에 어떻게 작용할
는지는 조금 더 지켜보아야 할 일이지만, 그가 '문학' 혹은 '글쓰기'라는
상징자본의 장 속에서 자신의 문학적 포즈를 새롭게 정립하고 있는 것만
은 틀림없다.

　대중문화를 소설의 안으로 끌어들이는 2000년대 한국소설의 움직임은
1990년대를 장식했던 이러한 작가들의 변화가 진행되고 있는 지점에서

7) 백민석『죽은 올빼미 농장』, 작가정신 2003, 50면.

시작된다. 사실 1990년대 김영하와 배수아는 대중문화의 코드 자체에 몸을 싣고 있기보다는 그 기호와 이미지만을 빌려 낯설게 하거나 비트는 방식으로 단순한 도구적 장치로 활용한 측면이 더 크다. 다른 한편 백민석의 경우는 아예 지배문화가 아닌 펑크나 정크(junk) 같은 하위문화적 요소를 빌려오거나 『헤이, 우리 소풍 간다』(문학과지성사 1995)에서처럼 대중문화의 캐릭터와 코드를 기괴하게 뒤틀어버린다. 2000년대 들어 보이는 이들의 변화 혹은 피로는 어떤 측면에서 그들이 빌려왔거나 뒤틀어버렸던 그 대중문화적 요소와 충돌하는 일종의 다른 내면적·문학적 충동이 자기 자리를 더욱 요구하면서 보이는 현상이라고 볼 수 있다.

그러나 대중문화를 품에 안은 2000년대의 많은 소설들은 분명 이와 다르다. 그들은 빌려오든 뒤틀어버리든 일단은 대중문화의 코드 그 자체에 몸 전체를 싣고 있기 때문이다. 물론 그 점에서는 소설의 서사를 아예 영화나 게임 같은 대중문화적 서사로 대체하고 있는 소설들은 말할 것도 없다. 예컨대 박민규는 『지구영웅전설』(문학동네 2003)에서 만화의 캐릭터와 설정을 그대로 소설 안으로 옮겨와 그 안에서 서사전략을 펼쳐가고 있으며, 『삼미 슈퍼스타즈의 마지막 팬클럽』(한겨레신문사 2003)의 서사전략 역시 프로야구라는 대중문화적 코드와 기호에 전적으로 기대 있다. 정이현의 소설집 『낭만적 사랑과 사회』(문학과지성사 2003)의 서사전략 또한 일단은 대중소비사회의 문화적 아비투스(habitus)와 정신구조에 전적으로 몸을 옮겨놓고 출발하고 있기는 마찬가지다.

한차현 이문환 이치은 같은 젊은 작가들은 또 어떤가. 그들의 소설에 등장하는 살인 자살 총격전 흑마술 변신 섹스중독 음모 복제인간 등과 같은 소재나 사건 들은 하나같이 소설보다는 영화에서 즐겨 다루어온, 일상적인 궤도를 벗어난 강렬하고 자극적인 것이다. 그러나 그보다 더 중요한 것은 오히려 그들이 그리는 그 비일상적이고 강렬한 소재나 사건 들의 전개방식이 전적으로 영화나 게임 같은 대중문화적 서사의 룰을 따르고 있다는 점에 있을 것이다. 다른 한편 김경욱은 『누가 커트 코베인을 죽였는가』(문학과지성사 2003)에서, 소설적 자의식을 좀더 겹쳐놓고 있기는 하지만 영화와 컴퓨터 게임의 룰에 의탁해 주제를 풀어가고 있다는 점에서는 크게 다르지 않다.

그에 비해 SF적 소재와 주제를 즐겨 다루는 듀나와 원시림의 소설은 한층 더 멀리 나아간 경우다. 그들의 소설은 공상과학영화의 서사를 그대로 가감 없이 소설 안으로 옮겨놓은 형국이다. 그 안에서 그들은 SF 영화나 소설에서 흔히 다루는 소재와 주제를 때로는 똑같이, 때로는 형태를 바꾸어 반복하고 변주한다. 때로 기발함과 재치가 돋보이는 경우도 없진 않으나 그 발상이나 사고 패턴은 파편적이거나 도상적(圖像的)이라는 측면에서 영화에 더 가깝다고 할 수 있을 것이다.

비록 간략한 스케치일 뿐이지만, 똑같이 대중문화를 빌려오더라도 2000년대 한국의 젊은 소설이 1990년대의 그것과 어떻게 갈라지고 있는지는 이로써 대강은 확인된 셈이다. 그렇게 대중문화의 틀과 서사에 몸 전체를 실으면서 출발하고 있는 2000년대 한국소설의 또다른 새로운 특징이 유희적이라는 데 있다는 지적도 그에 덧붙일 수 있겠다. 그 점은 가령 1990년대에 보이던 김영하의 날렵함을 대중문화의 코드 속에서 그것을 뒤집으며 유희하는 박민규의 가벼움과 대비시켜보기만 해도 곧 드러난다. 배수아의 「프린세스 안나」와 정이현의 「소녀시대」의 대비는 또 어떤가. 이제 후자에 비해 전자는 '지나치게' 진지해 보인다. 소설이 일종의 게임 같은 유희의 장이 되고 있는 김경욱의 소설은 말할 것도 없고, 살인이나 자살, 음모 같은 심각한 소재를 다루면서 자못 심각한 포즈를 취하고 있는 소설의 경우도 오히려 자극적인 표면 자체에 탐닉하는 측면이 더 크다는 의미에서 그와 크게 다를 바 없다.

이러한 현상은 물론 그 자체로 한국소설의 다채로움과 활력을 보여주는 것으로 받아들일 수 있다. 또한 이 소설들은 대중문화가 유포하는 자본의 무의식에 전적으로 굴복하는 것도 아니며, 오히려 그것을 뒤집고 반성하는 미덕을 보여주고 있기도 하다. 그런 측면에서 그것은 분명 이 시대의 징후를 소설의 형식으로 겪으며 그와 대결하는 주관적 시도의 산물이다. 그럼에도 불구하고, 이러한 경향은 지금의 싯점에서 소설이란 무엇이며 또 어떻게 존재해야 하는가를 새삼 되묻게 한다는 점에서 또다시 문제적이다.

## 3. 자본의 원환(圓環)과 소설의 자의식

이 시대에 소설이 처한 근본적인 문제가 있다면, 그것은 고통스럽게도, 적어도 지금 자본주의의 바깥은 없다는 사실을 받아들여야 한다는 데 있을 것이다. 그런 측면에서, 멀리에서 세상을 관조하며 그 사악함을 개탄하는 '아름다운 영혼'[8]이라는 내면성의 허위는 스스로 자본주의의 바깥에 존재하며 또 그 지배에서 면제되어 있다고 생각하는 자기기만에서 오는 것이다. 소설은 객관 현실은 물론이고 내면적 주관성마저 사물화의 지배에 위축되어 있는 상황을 출발점으로 삼아야 하는 곤경을 기꺼이 인정하고 감수해야 하는 것이다. 지금 우리 소설에서 무엇보다 먼저 요구되는 것은 그런 곤경 자체에 대한 예민한 자의식일 것이다.

그런 의미에서 몸 전체를 자본주의 씨스템의 내부로 옮겨 역으로 그것을 조롱하며 전복하는 박민규의 서사전략은 이 시대에 소설이 취할 수 있는 하나의 효과적인 방책일 수 있을 것이다. 대중문화에 몸을 얹은 그 조롱과 비판이 대중문화가 부추기는 이 시대 대중의식의 사물화와 식민화를 향하고 있다는 점에서, 또 거기에는 그 비판의 주체까지도 예외가 되

---

8) G.W.F. 헤겔 『정신현상학 II』, 임석진 옮김, 지식산업사 1988, 791~92면.

지 않는다는 점에서 더욱 그렇다. 가령 박민규는 『지구영웅전설』에서 슈퍼맨, 배트맨, 원더우먼, 아쿠아맨 같은 미국만화의 캐릭터와 만화적 서사구조를 그대로 빌려와 작동시키면서 그 안에서 미국만화의 영웅적 아이콘과 서사구조 자체에 함축된 제국주의 이데올로기를 폭로한다. 그리고 그 이데올로기에 중독된 '나'(바나나맨)의 초상은 작가 자신을 포함하여 그 미국적 영웅의 아이콘을 기꺼이 동일시 대상으로 받아들이며 자라온 우리시대 대중의식의 우울한 한 단면이기도 하다. '프로의 세계'에 몸을 끼워맞추기 위해 자기 자신마저 잊고 숨쉴 틈 없이 휘달려온 '나'가 잊었던 어린시절의 '삼미'를 재발견하면서 "무언가 거대하고 광활한"[9] '다른' 세계를 찾게 되는 희열을 그린 『삼미 슈퍼스타즈의 마지막 팬클럽』(이하 『마지막 팬클럽』) 역시 마찬가지다. 작가가 이 소설에서 프로야구라는 대중문화적 아이콘을 빌려 들려주는 것은 음험한 자본의 무의식과 그에 들린 대중적 의식구조에 대한 비판이며 자기반성이다. 박민규의 이러한 서사전략이 소설 전체에 약동하는 특유의 재치있는 언어유희에 의해 힘을 얻고 있다는 것은 다시 말할 것도 없다.

그렇긴 하나, 박민규의 이러한 서사전략은 처음부터 댓가를 감수하는 것일 수밖에 없다. 왜냐하면 대중문화의 기호와 서사에 새겨져 있는 이데올로기를 전복하기 위해 다름아닌 바로 그 기호와 서사에 기댄다는 것은 스스로 주관성의 활동 공간을 대중문화적 사고틀 안에 묶어두는 것이기 때문이다. 소설에서 전개되는 비판과 사고가 지극히 대중적인 상식의 차원에 머물고 있는 것은 바로 그러한 형식의 제약에서도 기인한 바 크다. 특히 소설적 사유의 여지가 만화의 단선적인 서사논리와 충돌하면서 밀려나버려 흥미까지도 반감시키는 『지구영웅전설』의 경우는 말할 것도 없지만, 대안적 삶에 대한 사유를 '삼미 슈퍼스타즈'라는 대중적 아이콘에

---

9) 박민규 『삼미 슈퍼스타즈의 마지막 팬클럽』, 한겨레신문사 2003, 239면.

의탁해 풀어가고 있는 『마지막 팬클럽』의 경우도 그리 크게 다르지 않다.

물론 "진짜 인생은 삼천포에 있다"(279면)는 『마지막 팬클럽』의 주제의식에는 그 자체로 자본의 무의식에 찌든 대중적 통념을 뒤집어버리는 데서 오는 통렬함이 있다. 그러나 거기에는 또한 일종의 신비화(mystification)가 존재한다. 그것은 '나'가 찾은 대안적 삶이 자본의 리듬 바깥에 있는 것이라는 순진한 믿음이다. 자본의 공간 바깥에, 혹은 바깥으로 보이는 곳에 자리를 잡는다고 해서 그 공간을 벗어나는 것은 아니다. 왜냐하면 그 대안적 삶의 공간이 애초 '자본'이라는 대타항에 의지해 그것의 반대지점으로서 설정되는 한, 그 대안적 공간은 여전히 자본의 문제설정을 역으로 반복하고 있는 것이기 때문이다. 그리고 그것은 자본주의적 '프로의 세계'에 대한 비판을 '프로를 거부하는 프로'(슈퍼스타즈)라는 대중적 아이콘에 기대 펼쳐놓는 데서 오는 이 소설의 한계와 정확히 일치한다. 어쩌면 이 소설에서 뒤집기를 통한 흥미로운 전복의 유희는 그 신비화에 갇힘으로써만 효과적으로 작동하게 되는 것일지도 모른다. 소설 후반부에 보이는 뜻밖의 계몽주의는 그 한계지점에서 피어난 징후라고 할 수 있을 것이다.

박민규의 소설이 자본주의적 문화코드를 서사적 장치로 빌려오고 있으면서도 그와 일종의 긴장을 유지하고 있는 경우라면, 정이현의 소설은 그러한 긴장이 모호해지고 불투명해지는 지점에 자리한다. 첫 소설집 『낭만적 사랑과 사회』에서 정이현은 소비자본주의의 문화적 기호체계와 정신구조를 내면화하며 전략화하는 일련의 여성들을 등장시킨다. 처녀성을 담보로 자본주의적 욕망의 전략을 치밀하게 실행해나가는 「낭만적 사랑과 사회」의 여성인물이나, 철저한 자기관리와 계산을 무기로 살인과 시체유기까지도 감수하면서 자본주의 사회구조에 성공적으로 적응해나가는 「트렁크」의 커리어우먼, 소비주의적 향락을 좇는 강남 부유층 자식으로 부모를 상대로 가짜 납치극까지 벌이는 「소녀시대」의 되바라진 여자아이 등, 정이현 소설의 캐릭터는 한결같이 소비자본주의가 구축하는 개인 욕망의 궤도를 철저히 계산적으로 따라가는 인물들이다. 그렇게 정이현의 소설은 영화나 드라마에서 흔히 형상화하는 소비자본주의의 풍속과 인물형을 소설의 안으로 그대로 옮겨오면서 출발한다. 정이현의 소설 공간은 그런 인물을 그리는 영화와 드라마의 문법을 그대로 빌려오면서도 그것이 소설이라는 장르의 관습체계나 문체 혹은 서술시점과 만남으로써 발생하는 미세한 아이러니와 균열을 통해 형성된다. 정이현의 소설 속에서, 소비자본주의적 욕망의 선(線)과 습속이 모호하나마 반성적 거리를 갖게 되는 것은 그런 방식을 통해서다.

그러나 정이현 소설의 문제는 흡인력 있는 대중문화적 캐릭터와 그 의식구조의 자장(磁場)에 말려 때로 그 반성적 거리가 불투명해지거나 소실되어버리는 데 있다. 가령 작가는 「순수」에서 세 남편을 죽이고 부를 얻었으면서도 그것을 감추며 남편들이 죽은 경위에 대해 순진한 어조로 진술하는 한 여인의 위장 언술을 보여주고 있는데, 그곳에서 드러나는 여성 욕망의 생존전략을 상대화하는 시선은 소설에는 존재하지 않는다. 그런 까닭에, 현대 느와르영화에서 위장(僞裝)을 통해 정상적인 규범체계를 교란하는 팜므 파딸(femme fatale)이 시각적·내러티브적 쾌락을 위해 봉사하듯, 정이현 소설에서 소비자본주의적 기호와 욕망의 흐름과 그것을 통해 구현되는 여성적 생존전략은 그 자체 일종의 페티시(fetish)로 기능하는 측면이 있다. 「소녀시대」와 「트렁크」의 위태로운 아이러니의 경계가 흔들리는 것은 그 때문이며, "어디에 있든 나는 점점 더 강해지고 아름다워질 겁니다. 운명이 주는 어떤 시련에도 굴복하지 않겠어요."[10]라는 사물화된 여성 욕망의 자기선언에 얹히는 반성적 시선이 모호하게 흐

---

10) 정이현 「순수」, 『낭만적 사랑과 사회』 120면. 이러한 욕망의 자기선언은 「낭만적 사랑과 사회」에도 보인다. "나는 혼자 힘으로 이 척박한 세상과 맞서야 했다. 진정으로 강한 여성이 되어야만 하는 것이다."(같은 책 25면)

려지는 것도 그 때문이다.

소비자본주의와 대중문화의 문화적 아비투스를 일단 소설 안으로 끌어들여 출발하는 전략이라면, 그때 요구되는 것은 그것이 발휘하는 인력(引力)을 거스르며 능히 그 긴장을 견딜 수 있는 일종의 소설적 자의식의 구심점이다. 정이현의 소설에는 물론 자본주의적 욕망의 선분을 충실히 따라가는 시선을 객관화하는 또하나의 시선이 숨어 있지만, 그 두 시선의 긴장은 강렬한 자본의 무의식에 의해 쉽게 흐려지고 흐트러진다. 박민규의 전복의 유희가 상대적으로 힘을 발휘하는 것은 그 지점이지만, 그것 역시 대중적 상식에 기댄 단순한 이항대립의 반복 안에서만 효과적으로 작용하는 그런 것이다. 자본주의는 끊임없이 자신의 외적 극한(極限)을 밀어젖힘으로써만 작동한다는 점을 고려한다면, 거기에 '삼천포'가 포함되지 않을 까닭이 없으며 교묘한 위장의 아이러니는 더더욱 그렇다. 알뛰쎄르(L. Althusser)의 표현을 빌리자면, 어쩌면 지금 이들에게 필요한 것은 자본의 폐쇄된 원환[11]에 갇혀 있는 소설과 주체의 운명 자체에 대한 좀더 예민한 자의식일지도 모른다.


## 4. 게임의 규칙

돌이켜보자면, 애초 소설의 존재조건 자체가 그런 것이다. 근대의 산물인 소설은 처음부터 위기를 안고 출발한다. 그것은 소설을 둘러싸고 있는 상품의 우주를 포함하여 주관성을 침식하고 분열증으로 몰아가는 전체 근대적 환경 자체가 미학에 적대적인 것이라는 데서 비롯된다. 일찍이 플로베르(G. Flaubert)가 '가장 아름다운 작품은 내용이 거의 없는 그런

---

11) 루이 알뛰쎄르 『자본론을 읽는다』, 김진엽 옮김, 두레 1991.

작품'이라고 단언한 것은, 주관성과 미학을 위협하는 그 외적 현실 자체를 소설에서 제거함으로써 위기를 봉합하려는 상징적 제스처였다고 할 수 있다. 소설에 대중문화의 형식을 끌고 들어오는 것은 그와 정확히 반대의 길을 따르는 것이다. 역사적으로 볼 때 그것은 분열된 근대적 삶으로 인해 통일된 서사를 구축하기 힘들어지는 데서 오는 소설의 해체 위기를 이데올로기적으로 완결된 대중서사의 의사(擬似) 통일성을 통해 봉합하려는 시도였다. 멜로드라마를 차용한 19세기 중반의 서구소설이 그러했고,[12] 조금 다르지만 임화(林和)가 통박한 바 있는 1930년대 후반 식민지 조선의 통속소설들 또한 그러했다.

그렇다면 영화와 게임의 서사장치를 차용하는 2000년대 우리 젊은 작가들의 소설은 어떤가. 거기에는 대중문화를 자연환경 삼아 상상력을 키워온 세대의 장르적 감수성이 있다. 이들에게 소설의 서사와 영화나 게임의 서사에 대한 감각은 '이야기'라는 차원에서 한데 엮여 있으며, 현실의 상(像)은 장르적 서사와 감성의 렌즈에 반사되어 구축된다. 따라서 이들에게 현실의 실제 모습이나, 소설의 서사가 다른 대중매체의 서사와 갖는 차별성은 그리 중요한 것이 될 수 없다. 오히려 중요한 것은 현실의 특정 요소나 이미지를 전체 사회적 맥락에서 떼어내어 상대적으로 굴곡이 선명한 장르적 서사의 요소로 인위적으로 가공하고 조작하는 것이며, 그것으로 그럴듯한 스토리라인을 조직하고 특정한 주제적 의미를 부여하는 것이다. 이들의 소설에 살인, 자살, 시체, 음모 등과 같은 자극적이고 강렬한 이미지를 갖는 소재와 사건이 많이 등장하는 것도 기본적으로 과잉(excess)을 특징으로 하는 장르적 서사의 관습에서 비롯되는 것이다.

김경욱의 소설집 『누가 커트 코베인을 죽였는가』의 곳곳에 출몰하는

---

12) Fredric Jameson, "Metacommentary", *The Ideologies of Theory*, vol. 1, University of Minnesota Press 1988, 8~9면.

살인, 자살, 시체 등도 역시 이와같은 맥락에 있다. 가령 표제작인 「누가 커트 코베인을 죽였는가」의 이야기는 '장미'라는 탤런트의 엽기적인 피살로 마무리되고, 「만리장성 너머 붉은 여인숙」의 벙어리 소녀는 윤간당한 후 임신한 채 연못에 빠져 죽는다. 그의 소설에는 한강을 타고 떠내려오는 영아의 시체를 건져 중국집의 음식재료로 제공한다는 엽기적인 풍문이 떠도는가 하면, 자살 안내원과 같이 자살여행을 성공적으로 마무리하는 인물들, 그리고 이유도 영문도 모른 채 자살하거나 비명횡사하는 인물들의 이야기가 있다. 또 작가는 심지어 성기에 오백원짜리 동전이 박힌 채 죽어 있는 여인의 엽기적인 시체에서부터 이야기를 풀어가기도 한다. 김경욱은 이런 소재를 동원해 반전과 복선, 퍼즐과 추리의 게임을 곳곳에 배치하여 마치 컴퓨터 게임 같은 미로와 혼돈의 유희를 펼쳐간다. 그것을 통해 작가가 보여주는 것은 현대 삶의 황막한 풍경이며 어느날 갑자기 "무(無)를 향해 벌어진, 불길하게 째진 틈"[13]을 엿보는 데서 오는 실존의 불안과 공포다. 그리고 작가의 소설적 자의식은 그 실존의 불안과 공포를 조작적인 서사공간에 풀어놓으면서 작동한다.

이러한 김경욱의 소설공간은 그 자체 충분히 흥미롭지만, 작가가 풀어놓은 존재의 불길한 '틈'에 대한 더이상의 사유는 그 게임 같은 미로의 서사와 영화적 장치가 발휘하는 효과에 가로막힌다. 그것은 물론 소설적 사유의 공간을 제약할 수밖에 없는 장르적 서사의 효과다. 엽기적인 사건과 미로나 반전을 곳곳에 배치하는 서사의 육화에 의해, 작가가 그 안에 풀어놓는 실존의 불안과 공포는 의도와는 상관없이 그 사회적 맥락(context)과 핵심이 제거된 채 사유가 틈입할 수 없는 향유의 대상이 되거나 서사에 동기와 윤리를 부여하는 장식으로 떨어지는 것이다.

대중장르적 서사는 나름의 내적 충동과 논리를 갖는, 허구적 효과를

---

13) 김경욱 「Insert Coin」, 『누가 커트 코베인을 죽였는가』, 문학과지성사 2003, 134면.

산출하기 위해 방심과 사유의 틈을 봉쇄하는 일종의 기계〔story-machine〕와 같은 것이다. 소설이 처음부터 영화나 게임 같은 장르적 서사의 논리와 코드를 그대로 차용하거나 영화에서 흔히 사용하는 자극적인 소재와 사건을 동기로 삼아 서사를 펼쳐가려고 한다면, 그때 필요한 것은 그러한 장르예술 혹은 장르적 요소의 인력(引力)에 대한 반성적 성찰이다. 그것을 통해 실재의 핵심을 파고드는 끈질긴 성찰과 소설적 사유가 장르적 서사관습의 살을 찢고 들어가지 않는다면, 소설은 결국 대중문화의 뒤를 좇는 대중문화의 하위장르로 그에 종속되는 운명을 감수할 수밖에 없다. 물론 김경욱은 그의 소설에 겹쳐놓는 자의식과 소설에 대한 성찰의 시선을 통해 이러한 위험을 어렵게 피해가고 있지만, 몇몇 젊은 작가들의 경우는 여전히 그 위험의 한가운데에 있다.

문제는 그들 젊은 작가들이 살인 자살 음모 같은 자극적인 사건을 다룬다는 것 자체에 있지 않다. 가령 실재와 가상, 권력과 저항이라는 구도 속에 유전자 합성인간(레플리컨트)이 개입된 복잡한 살인사건과 지하 혁명조직 활동, 고문기술자의 응징 등의 이야기가 펼쳐지는 한차현의 장편 『영광전당포 살인사건』(생각의나무 2003)이나, 어느날 우연히 재벌가의 저택에서 벌어진 총격전에 말려든 주인공이 정체모를 비밀조직의 음모에 연루되어 겪는 혼란스런 상황을 그리는 이치은의 장편 『유 대리는 어디에서, 어디로 사라졌는가』(민음사 2003)는 어떤가. 어느날 갑자기 일상을 뚫고 들어와 주인공의 삶을 돌연 파멸로 몰아넣는 살인 자살 흑마술 쎅스 중독 등을 동반하는 충격적인 사건들이 출몰하는 이문환의 소설집 『럭셔리 걸』(문학동네 2003)도 거기에 포함시켜보자.

이들 소설의 공통적인 특징은 사회에 대한 작가의 시선 혹은 주제의식을 충격적인 사건이나 기발한 상황 설정, 자극적인 소재 등 기존 소설에서는 보기 힘든 서사장치를 통해 전달하고 있다는 점이다. 그 상상력과 코드는 물론 영화 같은 대중적 장르예술 고유의 것이기도 하다. 한편으로

112

이 현상은 이들 젊은 세대 고유의 영상적 상상력과 감수성에서 오는 것이지만, 직접적인 현실의 계기를 파고들어 상상의 지평을 열고 그것을 통해 서사를 구성할 수 없는 무기력에서 기인하는 것이기도 하다. 장르적 서사의 코드는 그 두 원인이 한데 결합하고 응결되는 곳에서 부상한다. 밋밋하고 무기력한 실재의 경험구조를 그렇게 과잉으로 약동하는 장르적인 가상의 실재(virtual reality)로 대체하고 그 안에서 그에 의탁해 작가 나름의 주제를 배치하는 것, 이들 소설의 근원은 여기에 있다. 그럼으로써 이들의 소설이 뒤에 남겨놓은 것, 문제는 바로 그 지점에서 발생한다.

이미 정형화된 장르예술의 문화적 코드와 발상법에 의탁하게 될 때, 이들의 소설에서 발생하는 것은 일종의 강렬한 허구효과(l'effet de la fiction)다. 다시 말해, 이들의 소설에서 가상적 허구의 코드 속에서 가공되는 현실 혹은 실재는 그 실체적 핵심이 제거되고 허구적 가상(virtuality)의 차원으로 떨어져버린다. 그리고 이것은 정확히 이들 작가가 소설이라는 형식으로 현실과 만나는 코드이기도 하다. 이는 분명 의식적이든 무의식적이든 현실의 외상적(外傷的) 핵심과 그에 대한 고통스런 성찰을 회피하는 하나의 방법이다. 장르적 서사에 나타나는 사건의 뚜렷한 윤곽과 표면적인 강렬함은 하나의 방법이다. 장르적 서사에 나타나는 사건의 뚜렷한 윤곽과 표면적인 강렬함은 그 실재의 핵심을 희생함으로써만 얻어지는 효과이며, 설령 거기에 어떤 성찰적 사유를 싣는다 해도 그것은 그 서사의 관성에 쉽게 가로막히고 정형화될 수밖에 없다.

세계 혹은 현실은 처음부터 일관된 의미의 사슬로 묶이지 않는, 그럼으로써 주체를 끊임없이 바깥으로 밀어내는 그런 것이며, 굳이 하이데거(M. Heidegger)의 말을 빌리지 않더라도 그와 직면한다는 것은 일종의 불안과 공포를 야기하는 것이다. 거기에 문제를 더욱 심화시키는 것은 세계의 총체적인 의미가 자본의 서사(徐事)에 의해 구축되어 있는 지금의 현실이다. 그것을 회피하지 않고 견디고 거스르며 그 핵심을 파고들어 끊임없이 질문하고 성찰하는 것, 무릇 소설의 서사란 이곳에서 비롯되는 것이며 그 '형식' 또한 마찬가지다. 문제는 바로 이들 소설이 그러한 '소설의 짐'을 장르예술의 코드와 발상법에 쉽게 넘겨버리고 그에 의존해버리는 데 있다. 이들 소설을 포함하여 언뜻 참신하고 새로워 보이는 2000년대 한국의 젊은 소설들에서 역설적이게도 상투적인 사고와 이미지, 대중적 통념 같은 것들을 어렵지 않게 볼 수 있다는 것도 그렇게 보면 우연은 아니다.

## 5. 대중문화라는 증상

지금의 싯점에서 보면, 소설이 대중문화를 품에서 떨어버린다는 것은 쉬운 일이 아니다. 왜냐하면 이 시대의 대중문화는 어느덧 자연의 리듬을 대신하는 제2의 자연이 되었기 때문이다. 따라서 대중문화가 소설 안으로 침투하는 것은 어찌 보면 지극히 당연하며, 오늘날 소설의 존재조건을 규정하는 중요한 요인 중 하나는 거기에 있는 것인지도 모른다. 그런 측면에서, 대중문화는 이 시대 소설이 안고 있는 하나의 증상이다. 지젝(S. Žižek)의 어법을 빌려 말한다면[14] 그것은 엄밀한 의미에서 소설의 육체 속에 조화롭게 통합될 수 없는 이질적인 어떤 것이지만, 그리고 소설의 상처를 덧내는 어떤 것이지만, 오늘날 소설의 존재는 그 상처 속에 있다.

물론 그 증상과는 거리를 둔 다른 위치에 자리를 잡고 소설 고유의 형식으로 근대와 대결하는 것은 중요한 소설의 윤리다. 그러나 일단 대중문화라는 증상과 함께 살기로 한 소설이라면, 그 속에서 어떤 다른 소설의 가능성을 찾고자 한다면, 무엇보다 소설은 그것과의 의식적인 긴장을 늦

---

14) 슬라보예 지젝 『이데올로기라는 숭고한 대상』, 이수련 옮김, 인간사랑 2002, 139~43면.

추어서는 안된다. 대중문화의 시선과 타협하면서도 그 긴장 자체를 무대화하고 성찰하며 새로운 감각과 상상의 지평을 열 수도 있겠지만, 소설에 침투하는 대중문화의 감각적 허구를 균열시키며 그 안에 끈질긴 소설적·인문적 성찰의 사유를 밀어넣을 수도 있을 것이다. 지금, 2000년대 젊은 한국 소설은 이 어려운 길 앞에 서 있다.

— 『파라21』 2004년 봄호

# 서사의 위기와 소설의 계몽

■

한국소설의 미성숙, 혹은 천명관의 『고래』를 읽기 위한 전제들

## 1. 서사의 위기? No, Thanks!

'서사의 위기'라는 말이 있었다. 그것은 1990년대 이후 문학과 관련하여 흔히 거론되는 토픽이었으며, 사정은 지금도 별다르지 않은 듯하다. 돌이켜보건대 1980년대 후반 현실사회주의의 몰락과 함께 가속화된 변혁적 전망의 상실과 계몽적 열정의 소진, 집단적 역사와 주체 형성에 대한 믿음의 소멸, 그에서 비롯된 체념과 환멸 등이 항시 그 배후로 꼽히곤 했다. 그리고 다른 한편 그것은 1980년대적 현실과 결합된 모종의 이론적 거대서사의 종말선언을 한 짝으로 하고 있는 것이었다. 1990년대 이후 현실이 하나의 가닥으로 꿰어지지 않을 만큼 다양하고 복잡한 모습으로 급격하게 변화한 사정도 그에 추가할 수 있을 것이다. '서사의 위기'는 그런 착잡한 변화의 산물로서 당연하게 받아들여졌고, 실제로 1990년대 이후 등장한 다양한 문학적 현상들은 그런 진단을 적실한 것으로 합리화하고 있는 듯했다.

지금 생각해보면, 그것은 기이한(unheimlich) 현상이다. 다름아닌 역

116

사적 현실의 서사가 지리멸렬해짐에 따라 소설적 서사 또한 위기를 겪게 되었다는 바로 그 이야기 말이다. 그것은 실로 지극히 친숙하면서도 낯선, 그럼으로써 말 그대로 기이한 이야기다.

그러한 사정의 근원을 거슬러올라가면 거기에는 이광수의 『무정』에서부터 시작된 우리 근대소설의 역사적 전통이 있다. 식민지시대에서부터 이미 소설장르의 궤도는 역사와 현실의 자장 안에서 결정되었으며, 그 내용은 물론이고 형식의 진화나 퇴화 역시 소설 바깥의 역사적 현실에 대한 직접적인 참조를 동반하는 것이었다. 해방 이후에도 사정은 크게 다르지 않아 1980년대에 이르기까지 소설의 큰 흐름 역시 이런 맥락에 있었으며, 이는 소설이 어떤 식으로든 현실의 사회적·정치적 과제와 결코 분리될 수 없었던 한국 근대문학사의 특수성이라 해야 할 것이다. 물론 번다하고 소란스러운 직접적 현실을 끌고들어올 수밖에 없는 소설이라는 장르의 특성도 여기에 첨가할 수 있겠다.

그런 한에서, 소설이 현실 서사의 지리멸렬함과 운명을 같이하게 되는 것은 일견 지극히 당연하다. 1930년대 후반 식민지시대의 소설이 맞이했던 서사적 위기의 패턴을 (그 구체적인 맥락과 현상은 다를지언정) 지난 시기 똑같이 그대로 반복했던 한국소설의 운명 역시 또 그런만큼 더없이 친숙하다. 그것은 현실에 민감할 수밖에 없는 소설장르의 특성에서 비롯된 것이기도 하나, 다른 한편으로는 직접적이든 간접적이든 사회적·현실적 과제에 대한 참조를 미학적 자질로서 알게모르게 통합하고 있었던 우리 문학의 상대적인 '건강함'을 역설적인 형태로 반증하는 것이기도 하다.

하나 여기서 잠깐, 이렇게 물어보기로 하자. 혹여 한국소설이 저간에 직면했던 특정 형태의 서사의 위기란 그러한 외관상의 '건강함'의 이면에 은폐되어 있던 미학적 성장 지체/유보의 뒤늦은 복수와 같은 것이 아니었는가? 다시 말해, 그것은 사회정치적 과제와의 견실하지 못한 미학

적 동맹에 가려 있던, 혹은 그 부실한 결합에 자족함으로써 이루었다고
착각한, 그리하여 실제로는 연기되었던 소설 내부의 모종의 미학적 현대
화라는 요구가 환원할 수 없는 특정 계기를 빌려 부정적인 증상의 형태로
불거져나온 것이 아니겠는가? 그런 측면에서 본다면, 1990년대부터 지
금에 이르기까지 오랫동안 끊이지 않고 입에 오르내리는 '서사의 위기'라
는 담론은 오히려 그 자체가 이 진실의 한 국면을 간과하거나 봉쇄하는
허구적인 담론일 가능성이 크다. 그것은 마치 포우(E. A. Poe)의 「도둑맞
은 편지」의 유명한 한 장면이 상징적으로 예증하듯 문자 그대로의 진실
을 숨기지 않고 발설하는 바로 그 행위가 본연의 진실을 교묘하게 은폐하
는 효과를 발휘하는 것과도 같다. 물론 이 경우에는 그것이 딱히 의도한
것이라고 할 수는 없겠지만 말이다.


## 2. 미성숙의 자기기만

오해를 피하기 위해 말하자면, 그러한 미학적 성장지체/유보는 결코
소설의 현실 관련성의 과잉에서 비롯된 것도, 그것의 결여에서 비롯된 것
도 아니다. 그것은 오히려 소설이 그 이전에 자기 자신과 어떻게 관계맺
을 것인가 하는 문제와 관련되어 있다. 이를테면 그것은 소설 자체의 자
기성찰/반성(self-reflection)의 문제라고 할 수 있겠다. 예컨대 이 점을
간과한 채 일각에서 제기되듯 '서사의 위기'는 소설이 개인의 좁은 내면
에서 벗어나 역사와 현실의 문제를 다룸으로써만 극복할 수 있다는 흔한
주장은 문제의 핵심을 직시하지 못하는 단순 논리다. 본질적으로 서사의
문제는 조망의 시야나 소설의 형식적·양식적 구성 같은 것에 국한되는
문제가 아니다.
앞서 자기성찰/반성이라 일컫은 것의 함축을 일찍이 칸트(I. Kant)는

다른 맥락에서 계몽(Aufklärung)이라 칭한 바 있다. 칸트에 따르면 계몽이란 한마디로 '미성숙' 상태에서 벗어나는 것이다. 이때 그가 '미성숙'이라는 말로 지칭하고 있었던 것은 이성을 사용해야 할 영역에서 다른 사람의 권위를 받아들이게 만드는 의지의 특정한 상태다. 예컨대 책이 우리의 지성을 대신할 때, 정신적 지도자가 우리의 양심을 대신할 때, 의사가 우리의 식이요법을 결정할 때 우리는 '미성숙' 상태에 있다는 것이다.[1] 그것은 자기 자신의 이성에 의지하기보다는 궁극적인 진리를 보증해준다고 믿는 다른 대상에 사유의 책임을 떠넘기는 것이다. 냉정하게 말해 그간 한국소설은 몇몇 특출한 예외를 제외하면 칸트가 묘사한 이러한 '미성숙'의 상태에 그대로 머물러 있었다고 보아도 크게 무리가 없다.

문제를 분명히하기 위해 조금만 더 돌아가보자면, 그것은 흥미롭게도 전형적인 라깡주의 임상정신분석에서 분석 초기단계의 문제적인 한 장면과 정확하게 일치한다. 비유컨대 칸트가 묘사한 '미성숙' 상태란, 임상정신분석에서는 자신의 증상이 무엇을 의미하는지 분석가는 이미 다 알고 있으리라 생각하는, 그리하여 그가 자신의 언술에 일관된 의미와 정합적인 질서를 부여할 것이라고 생각하는 환자의 상태와 흡사하다. 이는 분석가를 '안다고 가정된 주체'의 위치에 놓고 그에게 진리를 보증하는 최종적인 권위를 위임하는 것이다. 다른 말로 번역하면 그것은 자기 자신의 말과 행위를 배후에서 조정하고 규정하는 진리의 궁극적인 보증자로서 이른바 큰 타자(Other)에 안전하게 의존함으로써 스스로 자기 자신의 욕망에 직핍하는 사유의 모험을 방기하는 것이다. 그럼으로써, 큰 타자가 주체를 대신해 사유한다. 물론 그에 머물 경우 정신분석치료는 필히 실패하게 마련이다.

---

1) 미셸 푸코 「계몽이란 무엇인가?」, 미셸 푸코 외 『자유를 향한 참을 수 없는 열망』, 정일준 편역, 새물결 1999, 181면.

이것은 단지 형식적인 아날로지가 아니다. '서사의 위기'에 직면했다고 말해지는 한국소설의 상황도 본질적으로는 이와 크게 다르지 않다. 조금 과장된 어법으로 말하자면, 그동안 수많은 한국소설에서 소설적 사유를 대신해온 것은 큰 타자였다. 이때 소설 그 자신을 대신해 사유했던 큰 타자란 어떤 경우는 현실에 대한 천착과 사유를 성급히 대체하는 관념적 도식이었고, 어떤 경우는 문학에 대한 제도적·규범적인 고정관념과 그로부터 나온 관습적인 소설문법이었으며, 또 자기 자신에게조차 치열하지 못한 어설픈 문학주의적 억견(doxa)과 미학적 이데올로기였다. 단적으로 말해, 한국소설은 '문학적'이라 일컬어지는 권위의 이름과 일종의 관념적 공식에 의존한 채 주어진 기성의 관습적인 경계와 한계를 벗어나 자기 자신의 힘으로 사유하는 소설적 사유의 모험을 기피해왔다. 한국소설은 큰 타자가 제공하는 환상의 프레임에 안전하게 갇혀 있으면서 오히려 그에 대한 의존을 생존의 조건으로 삼고 있었던 것이다. 이 정황은 물론 칸트가 일렀던 '미성숙'의 다른 이름이다.

이렇게 한국소설은 큰 타자에 안전하게 의존함으로써 또 그로부터 얻은 보잘것없는 성과에 대한 착각과 자기기만 속에서, 자기성찰에서 출발하는 자기관계적인 계몽의 요구를 성공적으로(?) 지연해왔다. 1980년대까지 한국적 근대의 상황에서 소설이 얻을 수 있었던 예외적인 지위는 각별한 것이긴 했으나, 그런 예외적인 지위를 등에 업은 약간의 외적인 발전과 진화가 계몽을 대신해주는 것은 아니다. 오히려 사회의 문화적 다변화, 영화를 선두로 한 대중문화의 발달 등으로 인해 소설이 그 예외적인 지위를 박탈당했을 때, 그럼으로써 어떤 정황도 소설을 도와주지 않는 냉정한 현실 속에서 정말로 자기 힘으로 서야 할 상황이 되었을 때, 억압된 계몽은 부정적인 형태로 되돌아와 위태로운 증상이 된다. 지금 우리가 '소설의 위기'라고 일컫는 것이 바로 그것이다. 예컨대 1980년대에 우리 대신 믿어주고 사유해주던 이념이라는 큰 타자가 돌연 무너졌을 때 리얼리즘 소설이 마주하게 된 침체와 서사적 위기가 그런 것이다.

그렇게 볼 때 소설 위기의 근본 원인은 결코 외적 상황의 악화에 있는 것이 아니다. 외부로부터 오는 위기보다 더욱더 소설을 치명적인 위험에 빠뜨리는 것은 자기 자신의 내적 미성숙이다. 돌이켜보건대 그래도 어떻게든 그 안에서 무언가를 해보고자 하는, 그래서 결국 실패로 끝나고야 말았던 소설적 시도의 순진함은 차라리 나은 편이었다. 그러한 문제를 또다시 회피하고 봉합하는 가장 좋지 않은 방법이자 필연적인 귀결은 잘 알다시피 소설이 상품미학의 자장 안으로 투항하는 것이다. 그것은 우리가 이미 지난 세기의 10년 동안 지치도록 보아온 바다.

## 3. 위기, 또는 역설의 변증

다시 '서사의 위기'로 돌아와서, 통상적인 의미에서 서사의 위기란 따지고 보면 오랜 역사를 지닌 근대소설의 입장에서는 그리 새삼스런 이야기는 아니다. 어찌 보면 오랫동안 근대소설은 '서사의 위기'라고 일컫는 것과 함께 살아왔기 때문이다. 근대소설의 내부에서 서사의 위기는 외적 환경이 급격하게 변화를 겪을 때마다 각기 다른 형태로 끈질기게 반복되어왔으며, 그것은 소설을 기존의 고정된 자기동일성에 머물지 못하도록 강제하는 요인이었다. 이는 물론 한국소설이 마주하고 있는 특정 형태의 그것과는 사뭇 다른 맥락에 있는, 그러면서도 그것 배후의 소설장르 자체의 근본 특성과 관련된 이야기다. 그런 서사의 위기를 어떻게든 나름의 방식으로 돌파하는 실험과 사유가 근대소설의 진화를 이끌어온 동력이었음은 두말할 필요도 없다.

가령 자본주의적 사물화와 단자화의 진전으로 사회의 사태 전체를 조망하는 통합적인 시선을 바탕으로 한 서사가 불가능하게 되었을 때 헨리

제임스(Henry James)는 시점의 실험을 통해 그 불가능성의 조건을 새로운 소설미학의 조건으로 역전시켰으며,[2] 서사의 총체성이 불가능해진 시대에 제임스 조이스(James Joyce)를 비롯한 숱한 모더니스트들은 새로운 총체성을 사유하는 형식적 시도들을 통해 소설의 가능성을 넓혀놓았다. 그 시도를 관점에 따라서는 비록 실패한 것이라 볼 수는 있다고 해도, 그들은 바로 그 실패를 통해 소설의 현대적 진화를 촉진했던 것이다. 추상적 차원에서 볼 때도, 일찍이 루카치가 '환멸의 낭만주의'를 소설의 형식 해체에 대처하는 영민한 소설적 대응방식의 하나로 암시했던 것에서도 짐작할 수 있듯[3] 소설의 진화는 항시 서사의 해체 위기 속에서 그것을 극복하는 자기성찰적 실험 속에서 이루어져왔다.

보기에 따라 그것이 갖는 한계야 어떤 식으로든 제기될 수는 있겠으나, 적어도 이 소설적 실험이 단순히 현실적 맥락 없이 언어와 형식 자체에 매몰된 자족적인 실험일 수 없다는 것은 말할 것도 없다. 그것은 기존의 소설형식으로는 포착할 수 없게 된 현실을 소설적으로 어떻게 사유할 것인가에 대한 고민의 산물이다. 그것이 또한 자기성찰적일 수밖에 없는 것은 현실을 포착하는 자기 자신의 언어와 형식을 돌아보는 재귀적인 (reflective) 탐구를 동반하고 있기 때문이다. 한편으로는 그것 자체가 서사의 위기의 한 증상이라 볼 수도 있겠으나, 그들의 문학은 소설적 이성의 고투가 묻어 있는 바로 그 증상 속에서 위대한 고전으로 살아남을 수 있었다. 그리고 흔히 모더니즘적 전략이라고 좁게 이름붙이는 이러한 탐구는 통상적인 편견과는 달리 좁은 의미에서의 모더니즘의 전유물이 될 수는 없다는 점을 덧붙일 수 있겠다.

따라서 문제가 되는 것은 서사의 위기 자체가 아니다. 어떤 형식으로

---

2) Fredric Jameson, *The Political Unconscious: Narrative as a Socially Symbolic Act*, Methuen 1981, 221~22면 참조.
3) 게오르크 루카치 『소설의 이론』, 반성완 옮김, 심설당 1985, 146~74면 참조.

든 속살 깊숙이 침투하는 현실을 감당하고 또 그 현실과 대결할 수밖에 없는 소설의 속성상, 어쩌면 끝없이 지속될 현실의 변화가 불러오는 서사의 위기는 근대소설 자체에 내속된 장기지속적인 증상이라고도 할 수 있을 것이다. 그것은 소설의 고정된 동일성을 그 내부에서 뒤흔들고 동요시키는 어떤 것이며, 그럼으로써 소설의 자기성찰과 문학적 진화를 촉발하는 소설 내부의 자기 부정적 실체다.

그러나 한국소설은 현재 그에 대한 의식화 이전에 있다. 한국소설이 지금 당면한 위기는 그 위에 미성숙의 문제가 끼여들어 그마저도 한층 복잡하고 교묘하게 착종된 형태라고 할 수 있다. 거기에 영상미디어의 영향력 확산을 비롯해 소설의 생존을 위태롭게 하는 변화된 환경은 소설의 위축을 한층 심화시키고 있다. 그것을 진정 위기라 칭하는 데 동의한다면, 위기를 진정으로 극복하기 위해서는 무엇보다도 먼저 소설을 규정하는 위기 자체의 역설적 가능성을 직시하는 가운데 자기 자신의 결여를 반성적으로 되돌아보는 고통스런 소설적 자기의식이 있어야 한다. 위기와 정면으로 맞서지 않고 다른 쉬운 길로 피해가는 방식에 의존한다면 위기는 결코 창조의 동력으로 역전되지 않는다. 거친 비교의 위험을 무릅쓰고 임상정신분석의 아날로지를 다시 한번 동원하자면, 증상과 함께하는 분석의 종결이 그러한 것처럼 한국소설의 계몽은 우선 그 위기를 "견뎌낼 줄 (faire avec) 아는 것, 그것을 해결할 줄 아는 것, 그것을 다룰 줄 아는 것"[4]에서부터 시작되어야 할 것이다. 그것이 또한 소설적 이성의 창조적 사유를 가로막아온 큰 타자의 유혹적인 인력을 벗어나는, 그럼으로써 미성숙에서 벗어나는 출발점이기도 하다.

4) Jacques Lacan, *Le Séminaire XXIV: L'insu que sait de l'une bévue s'aile à mourre*, *Ornicar?* 12/13, 1977, 6면; Paul Verhaeghe & Frédéric Declercq, "Lacan's Analytic Goal: *Le sinthome* or the Feminine Way", Luke Thurston(ed.), *Re-inventing the Symptom — Essays on the Final Lacan*, Other Press 2004에서 재인용.

그렇지만 우려스럽게도, 한국소설의 큰 타자는 메타적 차원에서 소설의 진리가치를 보증하는 궁극적인 권위로서 여전히 생생히 살아 있는 듯하다. 다시 반복하자면 그것은 '문학'에 대한 이데올로기적 통념일 수도 있고, 그럴듯하다 여겨진 규범적인 소설 공식 혹은 그에 따른 웰메이드(well-made)의 전범일 수도 있으며, '내면'이라는 물신(物神)일 수도 있다. 서사의 일관성을 보증해주는 다양한 종류의 이념적·문학적 판타지나 흡인력 있는 영화적 서사의 문법도 물론 여기에서 빠질 수 없겠다. 위기를 가중시키는 가장 결정적인 요인은 다른 무엇이 아닌 바로 그 소설 내부에 버젓이 살아 숨쉬는 큰 타자이며 그에 대한 안전한 의존을 댓가로 한 창조적 상상력의 자발적 위축과 왜소화다. 지금까지 흔히 그래왔듯 그렇게 한국소설이 창조적인 소설적 사유의 고통스런 책임을 아무런 문제의식 없이 큰 타자(그것이 구체적으로 무엇이 되었든)에 안이하게 떠넘겨버리기를 지속한다면, 변화한 세기의 한국소설은 결코 문화의 변방에 기생하는 굴욕적인 왜소함을 벗어나지 못할 것이다.


4. 이것은 '소설'이 아니다. 그럼에도 불구하고……

천명관(千明寬)의 장편소설 『고래』(문학동네 2004)를 일단 슬그머니 이런 맥락의 한가운데 놓아보는 것도 어쩌면 시사적일 수 있겠다. 지금 한국소설에 결여된 것이 무엇인지를 다각도로 비추어주는 드라마틱한 반사경으로서 말이다.

천명관의 『고래』는 이야기의 힘과 상상력이 살아 있는 소설이다. 그런 측면에서 『고래』는 근년에 우리가 보아온 한국소설의 풍요 속의 정체(停滯)를 시원스레 돌파하는 힘이 있다. 간단히 말해 『고래』는 저간의 한국소설이 갖지 못한 무언가를 가지고 있다. 그것이 무엇인지를 더 구체적으로 따지기 이전에, 우리는 이 지점에서 잠깐 (언뜻 지엽적인 문제라 생각할 수도 있겠으나) 문학제도의 장과 거리가 먼 작가의 이력을 눈여겨볼 필요가 있다. 일단 그 외적인 표지가 우리에게 문득 일깨워주는 것은 최근 한국소설의 중요한 성과가 우연하게도 제도적 창작교육의 바깥에서 생산되었다는 사실이다. 물론 그것은 이 작가가 기존의 문학적 유산에 전혀 빚진 것이 없다는 이야기가 아니다. 오히려 그 사실이 뜻하는 것은 예기치 않은 결과다. 그것은 무엇보다 이 소설이 애초 문학의 제도적 장의 의식적 영향에서 상대적으로 자유로우며 그럼으로써 그것이 알게모르게 강제하는 고정된 소설문법과 상상력의 왜소화에 갇혀 있지 않다는 사실로 나타난다. 소설로서 『고래』의 역동성을 만들어내는 근원은 바로 그곳에 있다고 보아도 무리가 없다.

우연이라고? 그렇다면 거기에 조하형의 장편소설 『키메라의 아침』(열림원 2004)을 덧붙여보아도 좋다. 『키메라의 아침』은 근래 보기 드문 낯설고도 기이한 상상력의 실험이 기존 소설의 관습적인 경계를 뛰어넘어 일정한 문학적 성과를 거두고 있는 소설이다. 그리고 당연하게도 이 소설의 작가 조하형의 이력 역시 공식적인 문학제도의 장력과는 아예 거리가 멀다. 쉬 짐작하듯이 이 두 작가가 모두 애초 문학보다는 영화와 직접적인 관련을 맺고 있었다는 것이 중요한 것이 아니다. 그리고 『고래』와 『키메라의 아침』의 성과는 당연하게도 영화적 서사와는 관계가 없다. 요점은 이 두 소설이 그동안 한국소설이 갇혀 있던 큰 타자의 인력(그것이 무엇인지 다시 말할 필요는 없겠다)을 시원스레 떨쳐낸 자리에 있다는 것이다. 그럼으로써 이들이 열어젖힌 새로운 상상력의 가능성의 근원을 설명해주는 것은, 역설적이지만 예기치 않은 우연의 일치다. 이렇게 말하는 것이 허용된다면, 이들 소설의 성취는 우연하게 보이지만 실은 그렇지 않은 구조적 결과다. 즉 다시 한번 말하면 구조적으로 볼 때 그것은 자발적이든 비자발적이든 제도적 문학 장이 발휘하는 교육적·상징적 권위, 그리고 그곳에서 생산되는 미학적 관행과 통념적 사고, 작법에서의 일탈에 역설적으로 힘입은 결과적 부산물이다.

물론 『고래』에 국한해 말하더라도, 단순히 그 결함을 지적하는 것은 어렵지 않다. "하지만 어찌 알랴, 이 모든 이야기가 한 편의 복수극일 수도 있음을"[5]이라는 화자의 우연한 진술은 뜻하지 않게도 스스로 그 결함의 한가닥을 넌지시 노출한다. '복수극'의 형식으로 서사의 전제를 정립하는 그러한 진술은 이야기 전체를 사전에 단일한 포맷으로 정형화하는 언술이다. 소설 전체에 거듭 반복되며 재미를 주는 "그것은 ~의 법칙이다"라는 명제 역시 그러한 정형화된 패턴이 있고서야 효과를 발휘하는 진술방식이며, 금복을 비롯해 국밥집 노파와 노파의 딸, 칼자국, 걱정 등 소설에 등장하는 여러 주요 인물들의 성격과 행동 역시 한결같이 오랜 이야기 전통이 마련해놓은 정형화된 패턴을 따른다. 더불어 이 소설의 놀랍고도 흥미로운 '구라'는 역설적으로 그렇게 정형적으로 구획지어진 판 위에서 더욱 힘을 발휘하는 것이지만, 거꾸로 소설의 그러한 정형화는 구조적으로 이 소설의 현실 접착력이나 사유의 범위와 깊이를 근원에서 제어하는 부정적 효과를 낳는 것이기도 하다.

그럼에도 불구하고, 이 소설은 그러한 정형화의 한가운데서 그것을 가로지르는 전혀 새로운 이야기와 구성, 어법과 상상력을 선보이며 그것을 통해 놀라운 정서적 흡인력을 이끌어낸다. 라블레(F. Rabelais)와 마르께스(G. G. Márquez)에서 시작해 무협기담, 성인만화, 영화 같은 키치적 대중문화가 빚어낸 현대의 인공적 가설항담(街說巷談)의 이미지 조각들에 이르기까지, 이 소설이 끌어들이는 문화적 토포스(topos)는 다양하다. 소설을 연행담화(演行談話)적 상황으로 되돌리는 전지적-구어적 논평화자 같은 이야기적 서술장치도 마찬가지다. 중요한 것은 그 많은 것들

---

5) 천명관 『고래』, 문학동네 2004, 21면.

이 한곳으로 흘러들어 고정된 모습으로 고착되지 않은 채 한데 뒤섞여 새로운 이야기의 효과적인 구성요소로 흥미로운 형질변화를 일으킨다는 점이다. 이 소설의 작업은 새로울 것 없는 정형화된 문화적 장치와 이미지, 기법 들을 그러모아 조합하여 새로운 생명을 불어넣음으로써 기존의 소설과는 상당히 다른 문법과 구성이 약동하는 창조적 이야기를 빚어내는 현대의 브리꼴라주(bricolage)다. 여기에서 작동하는 것은 기존의 관념과 소설문법에 얽매이지 않는 생산적 유희정신이며, 얼마간의 정형성에도 불구하고 이 소설을 역동적으로 만드는 중요한 요인 중 하나는 바로 그것이다.

그러나 『고래』를 전통적인 의미에서 '소설'이라 할 수 있을지는 망설여진다. 어쩌면 후기 자본주의시대의 (포스트)모던 패관(稗官)소설이라고도 할 수 있을 『고래』는, 보기에 따라 소설이라기보다 근대의 알레고리적 설화 혹은 '이야기'라고 칭하는 데 머물러야 할지도 모른다. 딱히 소설의 경계를 고착화하지 않는다 하더라도, 『고래』는 그래도 소설을 소설이게끔 하는 그 무엇, 이를테면 장르적 자의식과 성찰적 사유의 계기와는 거리를 두고 있는 것이 사실이기 때문이다. 『고래』가 아무리 근래 보지 못했던 재미있는 작품이라 해도, 그것이 한국소설이 당면한 위기를 헤쳐갈 수 있는 결정적인 길을 열어주었다고 할 수 없는 까닭도 거기에 있다. 『고래』의 성취는 그런 결여 속에서 이루어진 것이나, 그럼에도 불구하고 『고래』는 바로 그것을 통해 적어도 한국소설이 망각하고 있는 하나의 작은 진실을 일깨워준다. 소설의 힘은 고착된 현실이나 이데올로기는 물론이고 소설 자신의 고유한 믿음이나 동일성마저도 부정하는 자유롭고 활달한 부정의 정신 속에서만 활성화될 수 있다는 진실 말이다. 그 점 하나만으로도 이미 『고래』의 의미는 충분하다.

— 「문화예술」 2005년 2월호

제
2
부

# 개복치 우주(소설)론과 일인용 너구리 소설 사용법

∎

박민규론

## 1. 포스트모던 카스테라, 혹은 박민규식 소설의 발생학

2003년, 그리고 박민규(朴玟奎)의 소설이 있었다, 라고 사뭇 과장된 어조로 말해볼 수도 있겠다.[1] 어쨌거나, 적어도 외적인 표지만으로 볼 때는 말이다. 2003년 『지구영웅전설』로 문학동네작가상을, 『삼미 슈퍼스타즈의 마지막 팬클럽』으로 한겨레문학상을 동시에 수상하며 화제를 모은 이력이 그렇고, 외모로나 소설형식으로나 모두 '용모단정'과는 담을 쌓은 듯한 '무규칙이종소설가'답게 정형(定型)을 일탈하는 특유의 재치 있고 활달한 화술과 재미로 짧은 시간 적지 않은 대중독자의 지지를 확보했다

---

1) 이 글에서 참조한 텍스트는 다음과 같다. 『지구영웅전설』(문학동네 2003); 『삼미 슈퍼스타즈의 마지막 팬클럽』(한겨레신문사 2003);「고마워, 과연 너구리야」(『세계의 문학』 2003년 여름호);「카스테라」(『문학동네』 2003년 겨울호);「갑을고시원(甲乙考試院) 체류기」(『현대문학』 2004년 6월호);「대왕오징어의 기습」(『문학·판』 2004년 여름호);「배삼룡 독트린」(『동서문학』 2004년 여름호);「그렇습니까? 기린입니다」(『창작과비평』 2004년 가을호);「몰라 몰라, 개복치라니」(『문학동네』 2004년 겨울호);「야쿠르트 아줌마」(『한국문학』 2004년 겨울호). 본문에서 해당 작품을 인용할 때는 면수만 표시한다.

는 점도 그렇다. 특히 익숙한 대중문화 아이콘을 딛거나 뒤집으며 가볍게 미끄러지면서 만들어내는 박민규 소설의 유희적인 문법과 어법은 소설에 대한 기존의 엄숙한 통념과도 한참이나 거리가 먼, 얼핏 엉뚱해 보이기까지 하는 일종의 파격으로 받아들여졌다. 어쨌거나, 재미있다는 얘기다.

그것까지를 포함하여, 박민규의 소설은 한국소설 전통에서는 여러모로 낯설고도 새롭다. 어쩌면 여기에서 문득 토머스 핀천(Thomas Pynchon), 리처드 브로티건(Richard Brautigan), 타까하시 겐이찌로(高橋原一郎), 무라까미 류(村上龍) 같은 작가들을 한번쯤 떠올려볼 수도 있을 테지만, 그리고 '포스트모더니즘'이라는 경박하게 남용되었던 명명법을 다시 한번 불러오고픈 유혹도 있을 테지만, 박민규 소설을 '박민규 소설'이게끔 하는 것은 당연하게도 그곳에는 단연 있을 수 없다. 그리고 그의 소설에 고유한 미학적 자질이 그런 외적인 표지에 있는 것은 아니다. 여하튼 전통적인 의미의 소설에 길들여진 독자들이라면, 그의 소설은 아무리 재미있다 해도 그와는 상관없이 (지금은 얼마간 익숙해졌다 할 수 있겠지만) 사뭇 이질적으로 느껴질 법한 소설인 것만은 틀림없다. 그렇다면 그런 무규칙이종 '박민규식 소설'의 내적·상상적 기원은 어디에 있는가? 여기서 잠깐, 작가는 어딘가에서 자신의 소설에 대한 은연중의 자기반영적 메씨지를 시치미 떼면서 상연한 바 있다는 점을 상기할 필요가 있겠다. 다름아닌 「카스테라」가 그것인데, 이야기는 이렇다.

혼자 사는 '나'는 어느날 중고 냉장고를 구입하는데, "이 남자의 전생은 훌리건이었을 것이다"(126면)라고 생각하리만큼 냉장고는 맹렬한 소음으로 '나'를 괴롭힌다. 냉장고를 판 중고가전상은 때마침 망해버렸고, 수리하려고 온갖 노력을 다해본 끝에 그도 되지 않아 마침 늘 불쾌할 정도로 외로웠던 '나'는 굉장한 소음을 뿜어내는 냉장고와 친구가 되기로 한다. 그것은 "인간과 냉장고가 친구가 된 최초의 사례였다."(129면) 그런데 냉장고는 알고 보니 "좋은 놈"이기도 해서, '나'는 냉장의 세계에 점차 빨려들어간다. 거기에 "냉장의 세계에서 본다면 / 이 세계는 얼마나 부패한 것인가"(133면)라는 기특한 깨달음도 잇따른다. 이참에 "인류에 대한 도리"로 냉장고를 근사한 용도로 사용하기로 한 '나'는, 냉장고에 온갖 것들을 집어넣기 시작한다. 인류의 걸작들을 비롯해 "세상에 뭐 이딴 게 다 있지?" 하고 아버지를 집어넣는 데서 시작하여, 학교를, 동사무소를, 국회의원과 대통령을, 더 나아가 미국과 중국까지 통째로 집어넣는다. 방법은 간단하다. 코끼리를 냉장고에 넣는 법을 따르면 되는 것이다.("1. 문을 연다. 2. 코끼리를 넣는다. 3. 문을 닫는다.") 그리고 "언뜻 닥치는 대로 집어넣은 듯하지만, 그러나 분명한 원칙을 따른 것이었다. 원칙은 물론 둘 중 하나──소중하거나, 세상의 해악인 것"(138면). 그렇게 냉장고 안은 "하나의 세계"가 된다. 새로운 세기를 맞는 아침, 갑자기 고요해진 냉장고를 열어본 '나'는 놀랍게도 그 모든 것이 사라지고 없는 텅 빈 속에서 단 하나 희고 깨끗한 접시 위에 담긴 카스테라 한 조각을 발견한다. '나'는 그 "놀랍게도 따뜻한" 카스테라를 베어먹는다. 그것은 "모든 것을 용서할 수 있는 맛이었다."(142면) 그리고 여기에 당연히 '나'의 눈물 한 방울이 따르지 않을 수 없겠다.

　이로써 대강 짐작하겠지만, '카스테라'는 박민규 소설을 근원에서 움직여가는 소설의 동기와 심적 구조(mentalité)가 응축되어 있는 하나의 상징이다. 이때 그 상징이 구체적으로 무엇을 의미하는가, 라는 물음은 적어도 박민규 소설에 관한 한 핵심을 벗어나는 물음이다. 그의 소설(특히 단편)에서 대부분 상징은 전통적인 그것과는 달리 일대일 대응관계 속에서 어떤 고정적인 의미를 표상하지 않는다. 그보다 그것은 일상의 한가운데로 상식적으로 통합되지 않는 엉뚱하고 낯선 어떤 것으로 끼여들어(혹은 작가가 끌고들어와) 그와 결부된 개인적 사연의 진술과 판단을 활성화하는 핵심 모티프로서 소설의 동기화를 유발하고 운용하는 유희적 사고의 거점이자 출발점으로 작용한다.[2] 다시 말해, 그것은 고정된 일의적(一意的) 의미를 사양하고 일탈해 비어져나가며, 그럼으로써 소설을 유희적으로 작동시킨다. 냉장고가 그렇고, 대왕오징어(「대왕오징어의 기습」)가 그러하며, 개복치(「몰라 몰라, 개복치라니」)가 또 그러하다. 조금 단순화되기는 했어도 너구리(「고마워, 과연 너구리야」)와 기린(「그렇습니까? 기린입니다」) 또한 그 점에서는 다를 것 없다.

다시 「카스테라」로 돌아와서, 이때 카스테라가 탄생하기까지의 사연은 박민규식 소설 탄생의 알레고리라고 할 수 있다. 아무도 찾아오지 않는 언덕 위 원룸에서 혼자 사는 '나'의 존재조건은 물론 궁핍과 고독이며, 굉장한 소음을 내는 낡은 냉장고는 그와 함께 뒹굴면서 감추기 힘든 그 삶의 열악함을 누설하는 처치 곤란한 사물이다. 작가의 상상력은 그 사물을 하나의 특권적인 아이콘으로 고립시켜 거기에 예외적인 리비도를 투여하고 얼핏 엉뚱해 보이는 쇄말적인 탐구의 시선을 집중하기 시작하면서 작동한다.("냉장고도 알고 보니 좋은 놈이었다." "이상한 일이지만 그 냉장의 세계가 의외로 나를 빨아들였다.") 이것은 능청스런 유희적 상황 설정과 비약적 언술방식을 통해 일상의 열악한 조건을 새로운 개인적 가치 발견의 토대로 슬그머니 역전시키는 전략이다. 그럼으로써 화자는 새로 발견된 일견 '오따꾸'(おたく)적이라고도 할 수 있을 그 개인적 가치의 프리즘으로 세계의 이미지를 재구성한다.("냉장의 세계에서 본다면/이 세계는 얼마나 부패한 것인가") 여기에 동반되는 것은 물론 상식적인 세상의 가치를 새삼 새로운 시선으로 돌아보게 만드는 개인적 발견술이다.

　　(…) 뭐랄까, 〈냉장의 세계라니? 알게 뭐야〉가 지배하는 눈부신 일

---

2) 아마도 들뢰즈와 가따리라면 이를 두고 "상징은 의미하지 않는다. 그것은 작동한다"라고 표현했을 것이다. 질 들뢰즈·펠릭스 가따리 『앙띠 오이디푸스: 자본주의와 정신분열증』, 최명관 옮김, 민음사 1994, 272~75면 참조.

상의 거리를 활보하다──갑자기 맨홀 속으로 떨어진 기분이었다.

어둡고 은밀하고 서늘한 냉장의 세계가, 그 속에 펼쳐져 있었다. (…) 눈이 부셨다. 그리고

세상의 풍경은 완전히 달라져 있었다. (130면)

이것은 물론 별달리 대단한 인식적 통찰로 이어지는 것이라기보다는 관점축의 전환을 통한 '한번쯤 다시 보기'에 가깝다. 「카스테라」에서 냉장고에 세상의 모든 것을 집어넣는 화자의 행위는 그런 관점의 전환에 입각해 세계를 판단하고 재배열하는 작가 자신만의 독특한 일탈적 방식을 그 자체로 실연(實演)하는 것이다. 이를테면 그것은 어떤 사회적 관계의 구속과 통제에서도 (비)자발적으로 떨어져나온 고독한 개인으로서 그렇게 생산된 나름의 기준으로 세상을 해석하고 준별하며 다루면서 거리화하는, 지극히 고립적이고 개인적일 수밖에 없는 과잉허구적 상징행위(symbolic act)다. 그리고 박민규 소설의 공간은 이로부터 만들어진 비약적 공상과 유희적 과잉의 공간이다. 작가의 이른바 '노가리'는 이 공간이 벌여놓은 판 속에서 그것을 실마리로 풀려나오고, 소설의 일탈적인 전개방식 역시 그 궤도 속에서 결정된다. 박민규의 거의 모든 소설은 정확히 이 길을 따르고 있다. 그런 의미에서 「카스테라」는 박민규 소설 전체를 일관하는 이런 기본적인 내적 구조와 발상을 전형적으로 집약하고 있으면서도, 동시에 이를 부드럽고 따뜻한 카스테라 한 조각에 수렴하여 그를 통해 자신의 문학의 상상적 기원을 무대에 올려놓고 상연하는 작품이라 할 수 있을 것이다.

화자에 따르면 이런 냉장고 사용법(혹은 사물/소설 사용법)이야말로 "인류에 대한 도리"이며, 그것은 결코 거창한 과장이 아니다. 그리고 그

로부터 만들어진 한 조각 카스테라에는 또한 눈물 한 방울의 비애가 묻어 있는 것이니, 박민규의 소설은 이 비애를 가득 안은 지극히 평범하고 고독한 사적 개인의 평범하지 않은 과장과 공상이 뒤섞인 내밀한 고백의 문학이다. 물론 그러면서도 그것은 (근대적) 내면성의 문학이기를 사양하는 '이상한' 문학이다. 여기서 다 말할 수는 없으니 이쯤 해두고, 이야기는 다음 장으로 넘어간다.


## 2. 항상 세계에 대해 알고 있었지만 감히 그들에게 물어보지 않은 모든 것

그렇다면 이 '이상한' 고백의 문학의 주체는 어떤 자세로 세계를 딛고 있으며 또 그런 세계에 무엇을 묻고 있는가? 장편소설 『지구영웅전설』과 『삼미 슈퍼스타즈의 마지막 팬클럽』(이하 『마지막 팬클럽』)은 이 물음을 해결하는 결정적인 실마리를 제공한다. 소설을 읽어본 독자라면 그러면 너무 단순한 것 아니냐고 당연히 되물을 수는 있겠지만, 적어도 박민규 소설에 관한 한 우리는 눈에 보이는 것을 믿어야 한다. 많은 소설들이 통상 그러하듯 표면의 뒤춤에 그 표면을 생산하는 이면의 관념적 의미체계를 따로 장만해놓는 것과는 거리가 먼 것이 또한 그의 소설이기 때문이다.

예컨대 『마지막 팬클럽』은 '세상의 길'에 순응하고 적응하기를 사양하는 탈(脫)자본 교양소설(Bildungsroman)이라 할 수 있을 터인데, 그 '세상의 길'이란 물론 프로의 세계, 혹은 자본주의 근대의 라이프스타일이다. 그리고 소설에 따르면 그 세계의 본질은 한마디로 미국 "자본주의의 프랜차이즈"(244면)다. 그리하여 프로야구의 출범으로 활성화된 '프로의 세계'는 자본과 국가권력이 국민을 고단한 자본주의적 경쟁으로 몰아넣기 위해 고안하고 치장한 그럴듯한 선전구호에 불과하다는 이면의 진실이 곳곳에서 유머와 냉소 섞인 반어조로 서술된다. 가령 "프로는 끝까지 책임을 진다: 아마추어 음해와 더불어 야근의 생활화 고착을 목표로 한 프로복음 9호 되겠다. 이후 아마추어는 책임감이 없다는 사회적 무의식과 야근은 당연한 거 아니냐는 기업 풍토가 널리 확산된다"(78면) 같은 식으로, 작가는 일상화되어 익숙한 구호의 이면을 뒤집어 그 속에 숨은 자본의 전략을 유머러스하게 폭로한다. 소설에서 그것은 또한 "소속의 콤플렉스"라는 계급적 진실의 자각을 동반하며, 자본주의체제의 근본적인 계급적 불평등——"그래서 사실, 모든 인간은 평등하다. 사실 그래서, 인간은 절대 평등할 수 없다."(144~45면)——과 관련된 삶의 왜소화와 고통에 대한 인식이 그에 뒤따른다.

요점은 그런 가운데 작가가 이 '프로'라는 핵심 기표에 자본주의 근대의 본질을 요약 정리해 수렴시킨다는 사실에 있다. 이는 일상적 삶의 현실이라는 '현상' 아래에는 자본의 전략이라는 '본질'이 있다는 익숙한 인식론에 의해 뒷받침되며, 그럼으로써 '프로'라는 기표는 삶의 제도적 기획에서 막강한 지배력을 행사하는 소비경쟁 자본주의의 기만적인 매혹의 전략을 표상하는 기표가 된다. 작가가 풀어내는 놀라운 입심에 감탄하며 언뜻 고개를 끄덕이게 만드는 이 소설적-인식론적 관점이 어떤 맥락에 있는 것인가를 따져보기 이전에, 그렇다면 같은 장편소설인 『지구영웅전설』은 또 어떠한가를 물어보는 것이 순서겠다.

풍부한 디테일이 살아 있는 『마지막 팬클럽』에 비한다면 『지구영웅전설』의 인식적 구도는 상대적으로 지나치게 단순하다. 『마지막 팬클럽』만 해도 거기서는 소설의 전체 인식 구도가 기발한 언어유희와 함께 왜소한 소시민적 삶의 비애와 고통이 발산하는 정서적 감응과 상승작용을 일으켜 한층 설득력을 얻고 있지만, 『지구영웅전설』의 구도는 만화적 상상력의 한계 때문인지는 몰라도 앙상하고 도식적이다. 슈퍼맨 원더우먼 배트맨 아쿠아맨 같은 미국 만화의 유명한 캐릭터들이 등장해 활약하는 이 소설은 정확히 말하면 그 자체로 미국 제국주의 전략과 이데올로기에 대한 비판적 도해(圖解)라고 할 수 있다. 여기에 우연히 이들과 합류하여 생활하면서 이들을 동경하고 이들이 설파하는 이데올로기에 기꺼이 동일시하는 한국인 '바나나맨'이 있어, 이를 매개로 문화제국주의에 침윤된 대중의식의 식민화에 대한 반성적 비판이 동반된다. 미국 제국주의 전략과 이데올로기에 대한 이 소설의 이같은 비판은 물론 『마지막 팬클럽』의 자본 이데올로기 비판과 기맥을 같이한다. 특히 대중문화 아이콘의 이면에 은폐되어 있는 자본·제국 이데올로기를 폭로하는 형식을 택한다는 점에서도 이 소설은 『마지막 팬클럽』과 같은 노선을 취하는데, 그럼으로써 방법론 차원에서 소설 전체를 관통하는 현상/본질의 이원적 인식론이 여기서는 그 도식적 구조에 힘입어 더욱 자명한 형태로 출현한다는 것도 함께 기억해둘 만하다. 더불어 대중의식의 한가운데 자리잡고 있는 문화적 아이콘이 제국/자본의 음험한 이데올로기 전략체계를 요약 수렴해 대리 표상하는 특권적 기표로 활용된다는 점도 여기에 중요하게 덧붙일 수 있을 것이다.

이러한 인식과 소설 전략이 저간에 우리 사회에 확산된 사회과학적 인식과 그것의 심정적 보편화를 반영하고 있다는 점은 두말할 필요가 없다. 그런 측면에서 이는 진실의 한 중요한 국면을 포착하고 있는 것이며, 그것은 이 소설들이 갖는 대중적 설득력의 요인 중 하나라고도 할 수 있다. 이 대중적 설득력을 긍정적으로든 부정적으로든 평가하기에 앞서 일단 객관적으로 바라보기로 한다면, 그러한 사실보다 더 핵심적인 것은 그와 결합되어 있는 인식론적 내러티브의 성격이다. 그것은 소설에서 현실과 사태를 묘사하고 설명하는 바탕이 되는, 단순하게 말하자면 '이 세계는 이렇게 돌아가고 있다'는 이야기(내러티브)의 형태로 상상되고 구조화된 인식론적 지도라고 달리 표현할 수 있을 터인데, 박민규의 소설이 대중독자와 교감하는 것은 바로 이 지점이다. 그것은 이를테면 편집증적 내러티브다.

편집증이라고? 물론, 그것은 질환이나 장애가 아닌 현실을 포착하는 특정한 인식의 구조를 말하는 것이다. 편집증적 내러티브란 이 현실의 배후에는 그것을 조종하는 어떤 행위자가 있다고, 현실의 모든 것은 눈에 보이지 않는 그 진정한 행위자의 음험한 전략에 의해 짜여지고 있다고 상상하며 그에 기초해 현실의 사태를 파악하고 설명하는 것이다.[3] '프로의 세계'라는 일상적 기표에 의해 은폐된 조종자로서 자본의 전략을 상상하거나 대중문화 아이콘 배후의 거대한 제국/자본의 정치-이데올로기 전략을 폭로하는 박민규 소설의 구도가 정확히 이 길을 따르고 또 활용하고 있다는 것은 분명하다. 그의 소설에서 표현되는 현상/본질의 이원적 인식론 역시 이러한 내러티브의 한가운데서 그것을 강화하는 요소로 작용한다는 점도 이에 덧붙일 수 있다. 그리고 대개 '믿거나 말거나' 식의 허풍과 능청을 동반하고 있지만("그건 교묘한 작전이었어.", 「고마워, 과연 너구리야」 96면), 근본적으로는 '프로가 되라'는 구호와 대중문화 아이콘 등이 자본이 활용하는 일종의 음험한 전략 수단이라는 소설 내적 판단도 당연히 이 내러티브의 연장선상에 있는 것이다. 그런 측면에서 "제발 더이상은 속지 마. 거기 놀아나지 말란 말이야"(『마지막 팬클럽』 235면)라는 메씨지 역시 강요된 자본주의적 삶의 제도가 기만의 전략이자 음모라는 인식론적 내러티브가 있고서야 비로소 가능한 이야기다.

물론 정답은 쉽게 말하면 당연히 '그런 것은 없다'가 될 것이다. 왜냐하면 현실이란 애당초 그런 은폐된 제국/자본의 전략이 직접적으로 관철됨으로써 형성되는 것이라기보다는 그 직접성을 교란하거나 다층화하

---

3) 이 편집증적 내러티브의 전형적인 형태는 당연하게도 음모론(conspiracy theory)이다. Slavoj Žižek, *The Ticklish Subject: The Absent Centre of Political Ontology*, Verso 1999, 362~64면 참조. 한국사회에서 무력한 개인의 인식론적 상상지도로서 편집증적 내러티브가 갖는 의미에 대해서는 김영찬 「영화로 읽는 근대의 무의식 2——공포의 근대와 편집증」, 『문학과경계』 2004년 여름호에서 살핀 바 있다.

는 복잡다기한 모순과 분열이, 주어진 궤도를 일탈하는 우연성과 개체적 욕망이 혼란스럽게 어울리고 뒤섞여 경합하면서 만들어지는 것이기 때문이다. 그럼에도 불구하고, 그런 인식론적 내러티브는 박민규의 소설(특히 『마지막 팬클럽』)에서 무시할 수 없는 문학적 효과를 발휘하는 것만은 틀림없다. 그것은 그같은 내러티브가 그래도 현실의 중요한 핵심국면을 정확하게 포착해 대중적 성감대를 건드리고 있기 때문이며, 동시에 현재 한국사회를 지배하는 일상의 가치체계와 이데올로기를 통쾌하게 비웃으며 뒤집어버리는("지면 어때?") 반전의 묘미와 기발한 풍자를 유발하는 근원이 되고 있기 때문이다. "치기 힘든 공은 치지 않고, 잡기 힘든 공은 잡지 않는다"(『마지막 팬클럽』 251면)라는, 상식의 허를 찌르는 반(反)사회적 가치를 모토로 걸고 '삼미 슈퍼스타즈'라는 문화적 아이콘을 자본주의 라이프스타일과 선명하게 대비시키는 이분법적 전략이 그 효과를 한층 더 극대화하고 있음은 물론이다.

그리고 여기서 잠깐, 편집증적 내러티브가 대개는 무력한 개인의 인식론적 상상지도라는 점을 기억해두자. 그것은 흔히 아무데도 기댈 곳 없이 고립되어 인식적·실천적으로 무력한 개인이 현실의 일관된 전체 상(像)을 상상적으로 파악하고 그 속에서 자신의 좌표를 측정하여 중심을 세우고자 하는 대중적(인 효과를 발휘하는) 인식론으로 기능한다. 그것은──박민규의 장편소설에서 그렇듯──현실의 핵심국면을 요약하는 정확한 도해가 될 수는 있으나, 그렇기 때문에 더욱 어쩔 수 없이 더이상의 깊은 성찰적 사유를 제약할 수밖에 없는 그런 것이다. 박민규의 소설이 세계를 향해 더이상 질문을 던지지 않는 것도 그런 맥락이다. 사정이 그렇다면 그의 소설에서 세계는 이미 볼 것도 없이 그저 "그렇고 그런 곳"(「몰라 몰라, 개복치라니」 352면)으로 처음부터 판명이 내려져 있는 것이기 때문이다. 그렇긴 하지만, 그곳에서 반발적으로 생겨나는 자유로운 개인적 태도가 다른 한편으로 박민규 소설 특유의 경쾌한 운지법(運指法)과 질감을 만들어내는 데 긍정적으로 작용하고 있다는 것만은 부정할 수 없다. 가령 앞서 지적했듯이 "속지 말고 살자"는 자기긍정적인 반문화적 태도를 촉발시킨 것은 그래도 결국은 바로 그런 인식론이며, 그 연장선상에서 "냉장의 세계에서 본다면"(「카스테라」)이라는 흥미로운 일인용 가치기준의 프리즘을 작동시키는 중요한 원천의 하나도 또한 따지고 보면 거기에 있는 것이기 때문이다.


## 3. 개복치 우주론, 혹은 왕년(往年)이라는 일인용 비학(秘學)


이쯤 이야기해놓고 보면 분명, 박민규 소설의 인물들이 대부분 지독히 불우하고 가난하며 그래서 외로운 상황에 처해 있다는 데 자연스레 생각이 미칠 것이다. 세월이 흘러 이제 그들이 그것을 지난 일처럼 회고한다고 해도, 사정은 다르지 않다. 그들은 "여기서 사람이 살 수 있을까?"(「갑을고시원(甲乙考試院) 체류기」 168면)라는 말이 절로 나오는 그 옛날 살았던 고시원의 쪽방처럼, "여전히 그 밀실 속에서 살고 있다는 기분"에서 헤어나오지 못하고(않고) 있기 때문이다.[4] 그들은 "이미 10년도 전의 일이지만 그 고시원의 유전자는 분명 나의 몸속에 이식되어" "등뒤에는 이미 커다란 '고시원의 귀'가 자라 있을지도 모른다"고 말하는데, 그럴 수도 있는 일이다. "살다 보면, 말이다."(「고시원」 162면)

사정은 다른 소설에서도 다르지 않아, 그들은 살벌한 취업경쟁의 틈바구니에서 밀려나지 않기 위해 어쩔 수 없이 회사 간부가 강요하는 성(性)써비스를 감내해야 하는 모욕적인 처지에 있기도 하고(「너구리」), 어린 나

---

4) 이하 「갑을고시원(甲乙考試院) 체류기」 「그렇습니까? 기린입니다」 「고마워, 과연 너구리야」 「몰라 몰라, 개복치라니」 「대왕오징어의 기습」을 인용할 때는 각각 「고시원」 「기린」 「너구리」 「개복치」 「오징어」로 한다.

이에 찢어지게 가난한 집안 사정으로 시간당 천(오백)원 받는 주유소 편의점 아르바이트와 고된 지하철 푸시맨 노릇을 전전하기도 한다(「기린」). 그들은 의지할 곳이라고는 아무데도 없이 기막힌 궁핍과 값싸고 고된 노동으로 점철된 하류인생을 홀로 견뎌나가며, 그들의 슬픔과 외로움 역시 그곳에서 비롯된다. 그런 그들에게는 당연히 삶의 계산법은 궁핍에 길들여져 복잡할 것 하나 없는 "노예들의 산수"다. 그래서 그들은 생각한다. "이런 곳에서…… 왜 고작 이 따위로 사는 걸까, 라고요."(「기린」 246면)

한때 IMF 구조조정의 여파로 실직의 고통을 겪은 바 있던 『마지막 팬클럽』의 주인공은 그래도 나은 편이다. 대개 그들은 이를테면 강요된 궁핍으로 자기 한몸 누일 방이 없어 진심으로 집 안의 "기둥이나 문짝을 동경한 최초의 인간"(「고시원」 164면)이다. 월 구만원짜리 고시원 방은 발 뻗을 자리도 없이 "관(棺)이라고 불러야 할 사이즈의 공간"이어서 이참에 건강에 좋다는 새우잠을 자기로 한 그들은, 아주 조그만 소리도 다 들리는 옆방에 방해되지 않으려고 기특하게도 소리없이 몸 속의 가스를 방류하는 기막힌 기술[5]을 터득하기도 한다. 이를테면, 말이다. 인턴사원이라는 명목으로 거의 매일 눈치 보며 피곤하게 날밤을 새면서도 왔다갔다 차비 정도만 받고 열심히 봉사하는 그들(「너구리」)은, 시간당 삼천원이라는 말에 귀가 확 뚫려 대뜸 그런 "고부가가치 산업"이 있었다는 데 새삼 감격하는 그들(「기린」)은, 어느 순간 문득, 생각한다. "사회란 무서운 것이구나." (「너구리」 96면) 하여, 그들이 생각하는 나날의 삶이란 이런 생각이 자연스레 들게 하는 것이다. "살아, 있다. 무사하지는 않았지만."(「기린」 250면)

1920년대 최서해의 주인공들이라면 벌써 볼 것 없이 불을 지르고 살인을 했겠지만, 그것은 당연히 이들과는 거리가 먼 이야기다. 물론 이들은 그런 삶에 대한 비애에 사로잡혀 곳곳에서 외로움을 때로는 직접 때로는

---

5) 그 구체적인 방법은 「고시원」 171면을 참조할 것.

아닌 척 누설하지만, 또 그런만큼 그들의 삶은 충분히 외롭고 고통스런 것이지만, 그들은 곧장 그에 대한 고통스런 자의식의 물꼬를 슬그머니 시치미를 떼면서 엉뚱한 방식으로 엉뚱한 데—그것은 대부분 비일상적인 사물이나 생물이다—로 돌려 틀어버린다. 그것은 가령 이런 식인데, 고된 지하철 노동에 지친 '나'는 순간, 이렇게 생각하는 것이다. "그러니까, 화성인들은 좋겠다. 참, 좋겠다."(「기린」 238면)

이것이 다른 그 무엇도 아닌 하필 '화성인'이라는 데 주목하자. 이 난데없는 화성인의 원 출처를 거슬러올라가보면, 거기에는 박민규 소설에 고유한 모종의 (이렇게 말해도 된다면) '우주론적 전략'이 있다. 그것은 이를테면 아득히 먼, 일상을 훌쩍 넘어서는 무한하고 광대한 어떤 것을 지금 이 순간의 일상에 견줌으로써 그 일상을 순간적으로 하찮고 사소한 것으로 과잉 상대화하는 공상적·비약적 대조의 전략이다. 소설 속 제임스 라벨의 말처럼, "지구를 떠나보지 않고선 세계의 정체를 알 길이 없"(「개복치」 357면)는 것이다. "얘야, 우주에서 보면 이건 빨판이 달린 한 마리의 기생충이란다."(「개복치」 362면) 그렇게 우주에서 내려다보면 지금의 현실이란 아주 작은 하찮고 사소한 것일 뿐이다(박민규의 소설에 유독 '인류'와 '지구' 같은 단어가 자주 등장하는 것도 이런 맥락에 있다). 그리고 여기에, 그보다 일상적이기는 하나 『마지막 팬클럽』의 주인공이 맞이하는 돌연하고도 아름다운 자각의 순간을 덧붙여볼 수도 있을 것이다.

(…) 그때였다. 매미들의 울음이 갑자기 멈춘 것은, 그리고 공이 시야에서 사라진 것은. 그 대신 나는 무언가 거대하고 광활한 것이 내 머리 위에 존재하고 있음을 알 수 있었다.

그것은 하늘이었다.

말도 안 되게 거대하고 광활했으며, 맑고 투명했으며, 눈이 부시도
록 푸르고 아름다웠으며, 직장 생활을 시작한 후로 처음 본 하늘이었
다. 그만 나는 움직일 수 없었고, 내가 무엇인지를 망각했고, 내가 어
디에 속해 있는지, 나의 계급이 무엇인지를 잊어버리고 말았다. (239면)

잊어버리고 말았다. 그럴 수밖에. 우주의 관점에서 보면 지구란, 인류란,
또 현실이란 어차피 작고 작은 것일진대, 지금 '나'의 현실은 항차 말할
것도 없다. 그것은 잊어버릴 수 있는 것이다. 아니, 잊어버려도 되는 것이
다. 우주에서 보면, 말이다. 박민규의 소설에서 인물들이 처한 고통스런
현실에 대한 자의식은 은근한 시치미 떼기와 엉뚱한 공상적 비약을 거쳐
이런 방식으로 상대화된다. 그리고 우주처럼 무언가 광대한 것에 비해 말
도 안되게 작은 자기 자신의 일상적 경험의 현실에 대한 자각은 자연스럽
게 그런 사소한 현실을 넘어서는 초월의 욕구와 결합되며, 그 속에서 그
런 왜소한 경험적 현실에 결코 얽매일 수 없는 자아의 가치에 대한 재발
견이 이루어진다.[6] 이것은 역설적인 자기긍정이다. 물론 이때 긍정의 대
상은 현실의 고통에 시달리는 지금 이 순간의 왜소한 자기가 아닌 그 이
전의 어떤 것, 자기 안에 있는 또다른 진정한 가치다. "그때 나는 눈에 보
이지 않는 하나의 점이었다. 그러나 지금은 하나의 지구다"(『마지막 팬클
럽』 258면)와 같은 벅찬 자기 선언은 그렇게 출현하는 것이다.
    이미 눈치챘겠지만, 이와 "냉장의 세계에서 본다면"(「카스테라」)이라는
가정법의 거리는 그리 멀지 않다. 이 흥미로운 일인용 가치기준의 가정법
을 대충 열거해보면, "너구리의 관점에서 본다면" "개복치의 관점에서

---

6) 이런 박민규 소설의 논리를 일찍이 칸트는 이미 알고 있었던 듯하다. 그는 이렇게 말하고
있기 때문이다. '자연'을 '우주'로 바꿔 읽어도 좋다. "자연을 미감적으로 판단할 때 우리가
그것을 숭고하다고 부른다면, 이는 자연이 (…) 재산, 건강, 생명같이 우리의 (자연적) 관심
(의 대상들)을 사소한 것으로 여길 수 있는 (…) 우리의 힘을 불러내기 때문이다." 이마누엘
칸트 『판단력 비판』, 이석윤 옮김, 박영사 1992, 129면. 번역은 대폭 수정하였음.

본다면" "대왕오징어의 관점에서 본다면" "『소년중앙』의 관점에서 본다면" 등등이 될 것이다. 여기에 "삼미 슈퍼스타즈의 관점에서 본다면"도 물론 빠질 수 없겠다. 박민규 소설의 핵심 전략은 스스로 생각하는 자아의 진정한 가치를 그렇게 비일상적이고 엉뚱한, 때로는 쇄말적으로 보이기까지 하는 사물이나 생물에 은근슬쩍 비스듬히 투사하고는 모른 척 이리저리 샛길로 흘러가며 그와 함께 유희하는 것이다. 그런데 이때 자아의 가치라고는 하지만, 박민규에게 그것은 관념적으로나 체계적으로 정립되어 의식화된 어떤 것이 아니다. 그보다 그것은 세상의 어떤 형식과 규범에도 얽매이지 않는 개인용 쾌락을 통한 자기배려 의식을 경유해 형성되는 자기충일성의 감각과 같은 것이다. 박민규의 소설이 유희적일 수밖에 없는 것은 그것을 통한 건강한 탈(脫)자본적 · (반)문화적 자기만족의 경로를 충실히 따르고 있기 때문이다. 예컨대 너구리가 그런 것처럼, "그건 '즐거움의 문제'가 아닐까 싶어./즐거움의 문제?/즉, 너구리란 것은 말이야."(「너구리」 94~95면)

박민규의 소설이 유년 시절의 대중문화 아이콘을 자주 소설에 끌어들이는 것도 그런 맥락에 있다. 삼미 슈퍼스타즈가 그렇고, 배삼룡이 그러하며, 『소년중앙』이 또 그러하다. 그것은 흔히 잘못 짐작하듯 대중문화 자체에 대한 경도라기보다는, 거기에 투여된 즐거운 자기충일감에 대한 노스탤지어다.

그랬다. 생각하면 나에게도 왕년(往年)이 있었다. 촌스런 별무늬처럼, 느닷없고 보잘것없던 청춘의 1, 2년. 순간 인정하기 싫은 것은—그래도 그 순간이 가장 빛나던 시절이었단 잔인한 사실. 대저 그것이 클라이맥스였다니, 우리의 삶은 얼마나 시시한 것인가. (『마지막 팬클럽』 225면)

그런 "잔인한 사실"을 거슬러, 박민규의 소설은 그 "촌스런 별무늬"를 노스탤지어 가득 안은 빛나는 개인적 가치의 무늬로 끌어올린다. 아무리 촌스런 것이었다 해도, 그것은 어디에도 결코 내어줄 수 없는 자기 자신만의 충만함이 간직된 소중한 개인적 가치의 보고(寶庫)다. "왕년(往年)"이라는 말 자체가 그러하듯, 그것은 지극히 개인적인 기억법이자 가치 구성법이다. 이는 물론, 이처럼 견딜 수 없이 잔인하고 "시시한" 세월에 구속되기를 사양하고 그것을 경쾌한 보폭으로 가로지르는 데 동원되는, 그럼으로써 "언제나 흔들리는"(「기린」 248면) 세상에 흔들리지 않는 자기 자신의 가치를 보존하기 위해 은근슬쩍 꺼내놓는 비장의 일인용 비학(秘學, occult)이라 할 수 있겠다.

## 4. '노가리'의 표정술

박민규의 소설에서 흔히 연상하는 활달한 입심과 그것을 바탕으로 가히 종잡을 수 없이 사방으로 비어져나가는 이야기 가닥들의 심리적 기원이 어디에 있는가는 이로써 이미 충분히 짐작할 수 있을 터다. 대강의 핵심만을 그냥 간단히 짚어본다면, 그의 소설을 구성하는 일탈적·비약적·파편적 이야기 구조는 앞서 말한 그런 우주론적 전략이 성큼, 텍스트를 직조하는 고유한 개성적인 글쓰기 방식의 차원으로, 즉 이야기의 운지법과 언술의 배치 차원으로 그대로 옮겨온 것이다. 그러면서도 그것은 자율적인 방식으로 나름의 독자적인 원리를 지향한다. 그렇게 본다 할 때, 박민규의 소설이 풀어가는 이야기들은, 가령 「개복치」 같은 소설에서 한층더 심해 보이는 것처럼, 겉으로는 황당하고 터무니없어 보일 수는 있어도 아무런 의미 없는 말장난에 그치는 것이 아니라 나름의 심리적 기원과 이유를 동반하고 있으면서 질서 아닌 질서를 형성하고 있는 것이다. 박민규 소설의 중심에서 활보하는 이른바 '노가리' [7] 역시 바로 이 차원에 있다.

그런 측면에서 아래 「고시원」의 한 장면은 이 모든 것들을 요약한 '노가리' 진행의 원리를 함축적으로 시사하는 전형적인 장면이다. 집을 잃고 온가족이 뿔뿔이 흩어져 열악한 고시원의 관 속 같은 쪽방에서 무려 이년 육개월을 살았던 '나'는, 소리에 민감한 옆방 검사의 신경질이 무서워 심지어 가스도 마음놓고 배출할 수 없는 상황이다. 그런 '나'는 어느날 그리 아름답지 못한 상황에서 아름답고도 장엄한 가곡 「그리운 금강산」을 떠올린다. 하여간에, 이유는 알 수 없다.

피…쉬…

온순한 한 마리의 열대어와 같은 가스를—아무도 없는 좁은 방 안에서—엉덩이 한쪽을 최대한 잡아당긴 채—조심조심 방류放流하다보면—나는 늘 가족들이 보고 싶거나, 아니면 머릿속에 '그리운 금강산' 같은 노래를 조용히 떠올리고는 했다. 이유는 알 수 없다. 하여간에, '그리운 금강산'이다.

누구의 주제런가 맑고 고운 산
그리운 만이천봉
말은 없어도 이제야 자유만민
옷깃 여미며
그 이름 다시 부를 우리 금강산

7) 이는 그 일차적인 어의를 넘어 (뒤에서 이야기할 테지만) 박민규 소설의 핵심적인 연상 이미지와 관련되는 것이므로, 여기서 미리 그 본뜻을 다시 한번 음미해보는 것도 좋겠다. 노가리란, "명태의 새끼를 가리키는 말로, 명태는 한꺼번에 매우 많은 수의 알을 깐다고 한다. 명태가 많은 새끼를 까는 것과 같이 말이 많다는 것을 빗대어 나타낸 말이다. 노가리의 수만큼이나 말을 많이 풀어 놓는다는 것은……"(『우리말 유래사전』, 우리교육 1994)

수수만년 아름다운 산
더럽힌 지 몇 해 오늘에야 찾을 날 왔나
금강산은 부른다
(「고시원」171~72면)

여기서 박민규식 '노가리' 진행의 두 가지 행로가 확인된다. 먼저 "피…
쉬…"라는 숨죽인 소리는 애당초 '나'가 처한 비참하고 열악한 상황과 관
련되어 울 수도 없는 비애를 환기하는 것이다. 그런데 '나'는 여기서 이를
의도적으로 희화화한다. 그 소리는 이제 발음의 유사성을 매개로 비약적
연상작용을 거쳐 물고기(fish)-열대어로 연결되는데, 그 연상은 계속 확
장되어 이 뒤에서는 백상어-참치(미처 수습하지 못한, 소리를 동반한 가
스)로, 또 나오지 못하고 뱃속에 갇힌 참치 통조림으로 이어진다. 비애를
소리없이 방류하는 이것은 어쨌거나, '공감각적 노가리' 되겠다. 소설에
서 이것이 단지 그냥 웃자고 하는 말장난이 아닌 것이, 그 연상작용은 이
어 "질식하지 않는 것이 신기할 따름"인 폐쇄된 밀실에서 "어느새 나는,
('피-쉬'처럼—인용자) 아가미 호흡과 같은 것을 하고 있는 게 아닐까?"
(177면) 하는 비애 어린 자각과 연결되고 있기 때문이며, 갑자기 사고로
죽어 작고 어두운 방 속에 갇힌 형을 보고는 "참치도 인간도, 결국은 밀
실에서 죽어간다"(181면)는 서글픈 체험적 명제로 확장되고 있기 때문이
다. 소설 첫머리에서 아무 맥락 없이 불쑥 꺼내놓는 '몸에서 사람의 귀가
자라는 쥐' / '고시원의 귀' 이야기도 실은 알고 보면 그런 상황에서 소리
에 지나치게 민감해져 도리없이 항시 귀를 쫑긋 세우고 살 수밖에 없었던
경험을 슬그머니 모른 척 노출하는 비약적 연상이다.

　대개 박민규 소설의 이야기는 한편으로 이렇게 언뜻 뜬금없어 보이는
대상들을 불쑥 꺼내놓고 그 사이를 듬성듬성 건너뛰는 비약적 연상을 이
어가면서도 그것을 종국에는 그와 연관되는 주체의 실제 경험이나 중심

정서와 헐겁고 느슨하게 결합시키는 방식으로 전개된다. 간단하기 그지없는 단 하나의 말을 꺼내놓기 위해 바로 그 말 앞에서 종잡을 수 없이 부풀려진 황당하거나 희극적인 이야기를 장황하게 늘어놓는 것도, 조금 다른 단순한 형태이기는 하지만 그 연장선상에 있다. 예컨대 『마지막 팬클럽』에서, 인생은 야구의 축소판이라는 별 대단치 않은 상식적인 말을 하기 위해 '봉간다' 야구단에 대한 말도 안되는 허풍스런 이야기를 무려 아홉 페이지에 걸쳐 희극적 터치로 서술하고는, 결국 "라는 뻥을 쳐도 좋을 만큼, 실로 야구는 '인생의 축소판'인 것이다"(95면)라는 단순명제로 마무리하는 수법이 그렇다. 이 경우 종종——「카스테라」에서 전형적으로 보듯——그 사소한 대상에 대한 집중이 그 자체로 자율성을 획득해 그에 대한 주변적이고 쇄말적인 서술이 사뭇 길게 이어지는 때도 있으나, 그래도 원리는 다를 바 없다.

다른 한 행로는 짐작하다시피, 뜬금없이 「그리운 금강산」으로 이어지는 연상법이다. 여기서 '나'의 상념은 소리내지 않고 가스를 배출해야 하는 우울한 정황과는 전혀 상관없는, 그와 극명히 대비되는 우아한 가곡으로 훌쩍 비약해버린다. 그 원리는 "이유는 할 수 없다. 하여간에"라는 말 그대로다. 즉 그것은 통상의 인과적 서술원리를 거스르고 희화화하면서 이루어진다. 박민규 소설에 고유한 어법의 한 축을 지탱하는 것은 바로 이 당혹스럽고 난데없는 비약으로 인해 야기되는 희극적 '낯설게 하기'다. 문제는 그 다음이다. 그렇게 '그리운 금강산'으로 넘어가고는 난데없이 원곡의 가사가 길게 덧붙여지는 것이다. 이것은 화자가 처한 정황을 거듭 희화적으로 거리화하는 효과를 거두는데, 따지고 들어가보면 그것은 당연히 주제와는 아무런 인과적 관련이 없는 무의미한 디테일의 나열이다. 여기서는 이쯤 짧게 그치고 있지만, 다른 몇몇 소설들에서는 이 무의미한 디테일은 종종 그것이 애초 나오게 된 동기와는 상관없이 그 이후에는 독자적인 동력을 얻어 사방으로 종잡을 수 없이 뻗어나간다. 예컨대 경제학·도도새·블루스·변비·야쿠르트로 건너뛰며 이어지는 「야쿠르트 아줌마」의 연상 서술이 그런 경우다. 그곳에서 전형적으로 드러나듯 이것이 지나치면 때로는 대체 무슨 얘기를 하고 싶은 건지도 알 수 없을 정도가 되는데, 박민규의 성공적인 소설은 대체로 이 탈선의 추동력을 그대로 방치하지 않고 주제적 중심과의 관련 속에서 제때 적당히 추스르고 제어해줄 때 나온다.

이렇게 보면, 박민규의 소설은 이야기의 곁가지가 중심에 봉사하면서 유기적으로 통합되어 중심을 강화하는 형태의 전통적인 소설문법과는 전혀 다른 것이다. 오히려 이야기의 곁가지는 중심과의 희미한 연결고리를 유지하면서도 독자적인 생명력을 얻어 뻗어나간다. 이는 그 자체로도 크지 않은 중심을 둘러싸고 있는 사소한 주변이 중심보다 더욱 과대하게 부풀려져 나름의 독자성을 주장하는 형국이다. 대체로 그것은 다시 되돌아와 은근슬쩍 중심으로 수렴되지만, 때로는 중심을 혼란시키고 심하면 삼켜버리기도 한다. 그리고 박민규 소설의 핵심 특징을 구성하는 유희적 성격도 대개는 그와 관련된 것이다.

박민규의 소설이 그 중심에서 이 한국의 후기자본주의를 기댈 데 없이 살아가는 나약하고 무력한 개인의 비애를 고백하면서도, 또 그런 가운데 자기 자신에 대한 충실함과 관련된 진정한 개인적 가치를 열망하면서도, 결코 저간 한국소설에서 우리가 익히 보아온 내면성의 문학이 될 수 없는 것은 그 때문이다. 물론 박민규 소설의 유희적인 곁가지를 불러내는 근원은 결코 그런 정황에 처한 개인의 내면이 아닌 다른 어떤 것일 수 없다. 그렇지만 중심의 강박에서 풀려난 소설의 주변적 구성요소들은 끊임없이 내면의 폐쇄적인 집중성을 교란하고 그것을 외부화한다. 내면은 스스로를 미학적으로 분장(扮裝)하거나 그에 몰두하고 침잠할 틈도 없이 외부의 엉뚱한 대상이나 디테일에 산만하게 투사되면서 이리저리 산포되며, 연속적인 서술단락의 파편화와 희극적 낯설게 하기를 통해 그 집중이

분산되고 거리화된다. 그리고 이 탈선하면서 미끄러져가는 분산적 서술의 중심에는 대개 키치적 대중문화 대상이 자리잡고 있다는 것도 특기할 만하다. 다른 누가 아닌 바로 소설가 박민규라면, 역설적이게도 그렇게 끊임없이 주체/중심을 벗어나는 세계야말로 "전체가 완벽한 '나'로 이루어진 보기 드문 세계"(『마지막 팬클럽』 258면)라고 말할 것이다. 그리고 박민규 소설의 고유한 개성이 돋보이는 것도 바로 그곳이다. 박민규의 소설은 그렇게, 부유하는 대중문화 기표에 가볍게 몸을 싣고 이루어지는 탈중심적·분산적인 반(半)고백적 탈(脫)내면의 문학이라 할 수 있을 독특한 세계를 창조한다.

더불어 박민규식 '노가리'가 의미를 갖는 것도 이 지점이다. 하이데거라면 그것을 뿌리 뽑힌 대중의 평균적 이해를 결코 벗어나지 않는 비본래적인 혹은 진정성이 없는 반복의 언술로서 잡담(Gerede)이라 했겠지만,[8] 거꾸로 박민규 소설의 남다른 특징은 바로 그 부정적 측면의 틈새에서 생겨난다. 박민규의 소설은 대중의 평균적 이해 위에서 그것을 딛고 뒤집으며 이루어지는 특유의 날렵하고 경쾌한 풍자 속에서, 본래성(Eigentlichkeit)에 대한 엄숙한 근대주의적 강박을 가볍고 자유롭게 탈선하는 유희 속에서 개화하는 것이기 때문이다. 박민규 소설의 중심에 있는 것은 그런 가운데 소설을 가득 채우고 부풀리는 말의 유희적 성찬(盛饌)이며, 표면을 흘러넘쳐나는 말의 향유다. 그런 의미에서 박민규식 '노가리'의 어원이자 소설의 연상 이미지로서 한꺼번에 많은 알을 까는 명태에 대해서는 앞서 이미 언급한 바 있지만, 공교롭게도 개복치 역시 그러하다는 점을 지적해둘 수 있겠다. "개복치는 한 번에 3억 개 정도의 알을 낳습니다. 그중 성어(成魚)가 되는 것은 한두 마리에 불과하죠. 인류도 마찬가지가 아닐까요?"(「개복치」 365면) 그건 소설도 마찬가지다. 박민규

---

8) 마르틴 하이데거 『존재와 시간』, 이기상 옮김, 까치 1998, 230~34면 참조.

의 소설 말이다. 박민규의 소설은, 공상적 비약을 동원하여 비유컨대, 까짓 성어가 안되면 어떠냐고 주장하며 뒹굴고 유희하는 3억 개복치알이 벌여놓는 성찬이다. 그리하여 "축복처럼 쏟아지는 3억 개의 알 앞에서, 우리는 비로소 스스로를 긍휼히 여길 수 있었다."(「개복치」 368면)

소설도 그런다면, 더욱 좋다.


## 5. 소설은 삼천포에 있다, 그러니……

보기에 따라 박민규의 소설은 지나치게 가볍다 할 수 있다. 또 어떤 때는 지나쳐 공소한 언어유희에 그쳐버릴 때도 있다. 그런만큼, 그의 소설은 대중의 일상적·평균적 문화의식과 공명하면서 상징자본으로서 소설의 예외적인 상징적 특권을 의도적으로 가볍게 분산시켜버린다. 그런 의미에서 그의 소설은 이른바 팝문학의 경계를 위태롭게 넘보기 직전에 있다고도 할 수 있을 것이나, 그 의도된 가벼움이 거꾸로 어떤 지점에서는 새로운 가능성을 낳는 원천으로 작용하고 있다는 점 또한 부정할 수 없다. 다만, 특히 단편에서는 「카스테라」「고시원」「기린」 등의 작품에서도 볼 수 있듯, 그의 성공적인 소설은 스타일의 과잉을 적정한 선에서 자제하고 주제에 대한 집중력을 발휘할 때 나오고 있다는 점은 작가 또한 기억해야 할 것이다. 그리고 말의 유희를 통해 창출된 희극적 낯설게 하기의 효과가 그에서 자족적으로 그치지 않고 현실이나 사태에 대한 전혀 새로운 통찰을 불러오는 발견술의 차원으로 끌어올려질 때 그의 소설적 유희는 더욱 빛을 발하게 되리라는 점 또한 지적해둘 수 있겠다.

그 모든 것을 포함하여 박민규의 소설은 2000년대 후기 자본주의시대 한국소설의 변화를 보여주는 중요한 징표다. 그중 하나는 이 시대 한국소설이 새로운 형태의 개인주의를 창안하고 있다는 것과 관련된다. 박민규 소설의 인물들은 자본주의적 삶의 양태 속에서 부유하는 주변부적·소시민적 삶의 고통을 안고 있으면서도 그 고통에 지나치게 집착하거나 매몰되지도 않고, 그렇다고 적극 저항하지도 않는다. 대신 그들이 취하는 선택은 그 고통을 분산시키기 위해 현실과는 동떨어진 비일상적인 대상에 리비도를 비끄러매 투사하면서 지금 이 현실이 아닌 다른 곳으로 시선을 돌리는 것이다. 박민규의 소설에서 부유하는 키치적 대중문화 기표와 말의 향유는 그런 그들의 태도를 투사해 실어나르는 가볍고 효과적인 표정 분산의 도구라 할 수 있을 것이다. 그것은 한편으로 일상의 왜소한 자아와는 다른 자리에 있는 자기충일적인 자아를 기억하고 보존하면서 현실의 고통을 에둘러서 유희적으로 표면을 미끄러져가는 개인 전략이다. 그런 과정을 통해 그들은 자본주의에 몸을 담그면서도 그것이 강제하는 중심의 유혹과 제도적 삶에 구속되기를 사양한다. 형식과 규범, 중심과 권위를 부정하고 주어진 궤도를 이탈해 몸 가볍게 유희하는 박민규의 소설은 이 자리에 있다. 우리가 그의 소설에서 볼 수 있는 것은, 비록 아직은 소수이기는 하나 자본이 기획한 제도적 삶의 구속에 강하게 얽매이지 않으면서, 또 그에 대한 강박과는 먼 자리에서 나름의 삶의 기획을 창안하고 향유하는 이 시대 탈자본적 대중의식의 중요한 흐름이다.

　물론 이것은 본질적으로 막강한 근대 자본주의의 위력 자체에 도전하기보다는 그에 의한 상처를 최소화하고 자아를 보존하면서 우회적으로 적응하는 또하나의 문화적 개인주의-자유주 방법론이라 할 수도 있을 것이다. 그런 의미에서 본다면 박민규의 소설은 말할 것도 없이 근본적 한계를 갖는 것이나, 그의 소설이 그러하듯 지금 이 시대 대중들이 그렇게 곤경과 향유 속에서 고투하고 있는 이곳과는 전혀 다른 어떤 곳에서 탈자본 근대 극복의 희망을 구할 수 있다는 것 또한 아직은 섣부른 판단일 것이다. 지금 이 순간만큼은, 박민규의 소설과 함께, 삼천포에서 즐겁

고 경쾌하게 노닐고 그것을 향유하며 갖게 되는 작은 가능성의 실마리를
가벼운 발걸음으로 조용히 따라가며 지켜보고 싶은 것은 그 때문이다.

—『문학동네』 2005년 봄호

# 동정 없는 모더니티와 감정지출의 경제학

■

윤성희론

## 1. 모더니티의 고독과 공포

윤성희(尹成姬) 소설의 인물들은 대개 삭막한 일상의 공간에 내던져져 있다. 어떠한 꿈이나 기대도, 그곳에는 없다. 그녀들은 안정된 직업 없이 불안한 하루하루의 생계를 아르바이트로 이어가며, 혹은 어쩌다 자기 앞에 남겨진 쥐꼬리만 한 유산을 까먹어가며 꾸역꾸역 연명한다. 그녀들이 거처하는 집이라는 장소도 가정의 따스함이나 아늑한 평온과는 아예 거리가 멀다. 그곳 또한 무거운 피로와 고독의 더께가 덕지덕지 앉아 있는 너절하고 삭막한 공간일 뿐이다. 그녀들에게 집이란 그저 "구겨진 도화지로 만든" 것 같은 볼품없고 위태로운 공간에 지나지 않고, 그녀들은 그 안에서 무료하게 의미없는 시간을 보내거나 간혹 그러다 문득 "사방이 뚫린 곳에 홀로 서 있는" 황량한 기분에 사로잡히기도 한다. 그녀들은 그 궁핍으로 만연한 폐쇄된 일상의 공간을 홀로, 아무런 기대도 기약도 없이 그렇게 갇혀 살아간다.

윤성희의 첫 소설집 『레고로 만든 집』을 지배하는 기조는 이 가난하고 적막한 삶의 고독이다.[1] 소설 속 인물들의 그 고독한 삶은 희망 없는, 아니 희망을 가질 여지도 없는, 그래서 희망을 갖지 않는 삶이다. 그녀들은 대부분 고아이거나 그렇지 않으면 「레고로 만든 집」에서처럼 그나마 있는 가족이라는 것도 그녀들에게는 별 의미 없는 그런 거치적거리는 존재일 뿐이다. 그처럼 의지가지없이 사회에서 홀로 소외된 그녀들의 고독은 때때로 신체에도 깊이 새겨진다. 「당신의 수첩에 적혀 있는 기념일」의 '나'는 흉하게 벌어진 앞니 때문에 웃을 수 없게 되면서부터 스스로 사람들에게서 멀어지고, 「새벽 한시」의 '나'는 교통사고로 안면근육에 이상이 생긴 다음부터 웃을 줄 모르고 늘 화난 얼굴로 삶을 걷돈다. 「악수」의 '나'는 그것으로도 부족해 싸구려 핸드백 줄에서 배어나온 염색약이 길게 묻어 잘 지워지지 않는 붉은 자국을 얼굴에 상처처럼 매달고 다니기도 한다. 흔히 '정상적'이라 일컬어지는 삶의 중심에서 멀리 튕겨져나간, 그리고 그 중심에 끼여들려는 욕망조차도 허용되지 않는 그녀들의 적막한 고독으로 인해, 윤성희 소설의 음조는 하나같이 황량하다. 윤성희 소설의 인물들이 앓고 있는 그 절망적인 고독의 밀도는 가령 다음과 같은 장면에서도 어렵지 않게 짐작된다.

> 나는 내 옆에서 연신 눈을 훔치던, 낮에 할머니가 앉아 있던 자리에 앉았다. 방금 전까지 누군가 앉아 있던 자리처럼 온기가 느껴졌다. 허공을 향해 손을 뻗어보았다. 그리고 할머니가 그랬던 것처럼, 누군가와 악수를 하는 시늉을 했다. 반갑습니다. 반가워요. 알맞게 촉촉하고, 알맞게 따뜻한 손이 내 손을 맞잡았다. 아, 할머니도 이 사람과 악수를 나누었구나. 나는 아주 오랫동안, 그 사람과 악수를 했다. 그러고는 친

---

1) 이 글에서 인용하는 소설은 모두 소설집 『레고로 만든 집』(민음사 2001)과 『거기, 당신?』(문학동네 2004)에 수록되어 있는 작품이다. 작품을 인용할 경우에 1~2장은 『레고로 만든 집』, 3~5장은 『거기, 당신?』의 면수만 표기한다.

구의 어깨를 두들겨주듯 의자를 두드리며 중얼거렸다. 그래, 그래. 의자는, 미끄럼틀은, 그네는, 그리고 바닥에 묻힌 동전들은, 내 이야기를 듣기 시작했다. (「악수」 126면)

이것은 대책 없는 고독이다. 「악수」에서 눈에 보이지 않는 누군가와 악수를 나누고 사물들에게 이야기를 건네는 화자의 심리는 「이 방에 살던 여자는 누구였을까?」(이하 「이 방에」)와 「서른세 개의 단추가 달린 코트」(이하 「코트」)에서도 조금은 다른 형태로 반복된다. 이 두 소설에서 적막한 삶의 고독은 화자가 우연히 지금은 사라져버린 한 인물——이 소설들에서 사라진 그녀의 이름은 흥미롭게도 모두 '은오'다——이 남긴 흔적과 희미하게 공명하는 과정을 통해 다시금 환기된다. 「이 방에」에서 '나'는 새로 이사 온 집에서 옆방에 살다 어느날 갑자기 사라져버린 은오라는 여자의 흔적을 통해 고아로 버려진 자신의 외로운 처지를 끊임없이 환기하고, 「코트」의 '나'는 한때 잠깐 알았을 뿐 얼굴도 생각나지 않는 은오의 수첩과 코트를 우연히 떠맡게 된 것을 계기로 그녀의 외로운 삶의 흔적을 되밟는 과정에서 그녀와 크게 다르지 않은 자신의 삶을 확인한다. 희미한 흔적으로만 어렴풋이 존재하는 은오는 곧 고독한 '나'의 분신(Doppelgänger)이며, 은오와의 그 응답 없는 대화를 통해 '나'는 더할 수 없이 흐릿해 곧 사라져버릴지도 모를 자신의 존재를, 피로와 상실감에 찌든 자신의 삶의 진실을 대면하고 확인하는 셈이다.

「이 방에」와 「코트」에서도 뚜렷하게 암시되듯이, 윤성희의 소설에서 이 적막한 고독의 이면에는 자기소멸의 공포가 있다.

여자의 비명이 들렸다. 정전이 되지 않았다면 라디오 소리에 묻혀서 듣지 못했을 것이다. 나는 일어나 창문을 열고 소리나는 쪽을 가늠해 보았다. 그리 멀지 않은 곳에서 나는 소리, 하지만 무엇인가 두툼한 막에 가로막혀 더 먼 곳에서 나는 것처럼 들리는 소리였다. 비명은 5초 정도 이어졌고 그것으로 끝이었다. 다급하게 골목길을 뛰어가는 소리도, 무엇인가를 내던지는 소리도, 도움을 요청하는 소리도 들리지 않았다. 하지만 여자의 비명에는 이 모든 소리들이 담겨 있었다. 나도 모르게 몸이 움찔거리며 바닥에 있는 컵을 건드렸고, 쏟아진 커피가 발가락 사이로 스며들었다. 비명이 그치고 난 다음에도 몸을 감돌았던 서늘함이 사라지지 않았다. (「새벽 한시」 225~26면)

「새벽 한시」에서 '나'가 자기 외에 아무도 듣지 못한 그 서늘한 비명 소리에 소설이 끝날 때까지 그토록 집착하는 것은 바로 그 비명에 은연중 자기 자신을 투사하고 있기 때문이다. 그 비명을 아무도 듣지 못했듯이, 또 경찰조차 그날이 "지극히 평범한 날"이었다고 이야기하듯이, 자신도 몰래 '나'의 (무)의식을 강렬하게 사로잡고 있는 것은 바로 자신이 그렇게 세상의 바깥으로 흔적 없이 내던져져 전달되지 않는 절망을 안은 채 아무도 모르는 사이에 소멸해버릴지도 모른다는 공포다. 윤성희의 소설에서 그 자기소멸의 공포는 줄곧 다른 대상에 투사되는데, 짝을 잃은 "물고기의 공포"(「이 방에」)가 그러하고, 굴뚝 안에 갇힌 새끼고양이의 울음소리(「레고로 만든 집」)가 그러하다. 더 나아가 집안의 형광등 줄에 매달린 인형의 그림자를 보고 "꼭, 사람이 목을 맸을 때 그림자가 저러하리라"(「이 방에」) 하는 생각에 바닥에 주저앉아버리는 '나'의 심리 한가운데서도 그 공포는 깊숙이 숨어 살아 숨쉰다.

소설집 『레고로 만든 집』에 만연한 이 고독과 공포는 윤성희의 소설에 인상적인 음영을 만들어낸다. 윤성희의 소설에 짙게 드리워져 있는 고독과 공포는 지금까지 그것을 즐겨 다루었던 우리 소설들에서 흔히 보이는 낭만주의적 파토스와도, 멜로드라마적 감상이나 나르씨시즘적 자기위안의 정서와도 거리가 멀다. 그렇다고 그것은 현대인의 소외라는 상투적인 관념적 주제와 닿아 있는 것도 아니다. 오히려 작가가 그려놓는 그녀들의 고독과 공포는, 겉보기에 화려하기 그지없는 이 후기근대 자본주의 사회의 이면에 드리워진 식민화된 주변부 모더니티의 진실을 드러내는 특정한 정서적 국면에 더 가깝다. 그리고 그 주변부적 삶의 진실은 윤성희의 소설을 통해 건조하지만 강렬한 리얼리티를 발산한다. 윤성희의 소설 곳곳에서 강박적으로 돌출하는 적막한 고독과 자기소멸의 공포는, 그 동정 없는 모더니티의 한가운데로 가진 것 없이 홀로 내던져진 삶의 비루함을 또다시 짓누르는 비정한 심연을 어떠한 믿음이나 환상에도 기대지 않고 정면으로 직시하는 데서 나오는 것이라 할 수 있을 터이다.


## 2. 그녀들, 눈물 없이

『레고로 만든 집』에 실린 대부분의 소설이 이렇다 할 뚜렷한 사건의 굴곡도 없이 다소 평면적으로 보이기까지 하는 것은 인물들이 살아가는 현실 자체의 지루한 적막함 때문이기도 하지만 다른 한편으로는 그것을 포착하는 작가의 독특한 방법적 태도 때문이기도 하다. 앞에서도 잠깐 스치듯 암시한 것처럼, 윤성희 소설의 개성은 역설적이게도 겉보기에는 전혀 개성이 될 수 없는 것처럼 보이는 바로 그 지점에서 나온다. 그것은 다름 아닌 사물과 현실을 포착하는 렌즈의 거친 투명함을 혹 가려버릴 수 있는 환상의 필터를 제거하는 것이다.[2] 이때 환상이란 물론 특정한 이데올로기나 관념적 내러티브에 따라 구축된, 현실 위에 덧씌우는 상상적 허구를 일컫는 다른 이름이다. 윤성희의 소설에 통상적인 의미에서 '드라마'가

---

2) 이 점을 염두에 두고 볼 때, 어떤 의미에서 황종연이 윤성희의 소설을 일러 '탈승화의 리얼리즘'이라 한 지적은 정확하다(황종연 「탈승화의 리얼리즘——윤성희와 천운영의 소설」, 『문학동네』 2001년 가을호).

동정 없는 모더니티와 감정지출의 경제학  159

존재하지 않는 것은 그 때문이다.[3] 윤성희의 소설은 현실 자체 위에 덧씌워지는 관념적인 내러티브를 걷어내고 더할 수 없이 거칠고 황량한 사막 같은 삶의 실재를, 그 한가운데 홀로 내던져진 인물들의 고독과 공포 속에 숨어흐르는 비정한 주변부 모더니티를 건조한 어조로 드러내놓는다.

　이러한 특성은 소설의 인물들이 보이는 삶의 모습이나 태도와도 정확히 조응한다. 아무런 꿈도 희망도, 기대도 없이 하루하루를 그렇게 살아가는 그녀들에게는 삶을 지탱하고 견디게 해주는 어떤 환상도 없다. 게다가 소설에서 그녀들은 그 흔한 사랑조차도 하지 않는다. 낭만적 사랑은커녕 정상적인 남녀들이 만나 서로 사랑하고 가정을 이루는 그 평범하고 일상적인 삶의 과정에조차도 그녀들은 무관심하거나 아니면 이미 너무 피로한 삶 때문에 그것을 돌아볼 여유도 여지도 없다. 따라서 그녀들에게는 하루하루가 똑같이 지루한 반복이다. 아무런 의미나 가치에도, 그래서 어떠한 환상에도 기대지 않는 그 삶의 태도에 달리 기대되는 드라마가 있을 리도 만무하다. 『레고로 만든 집』에 실린 모든 소설이 하나같이 별다르지 않은 소소한 차이를 변주하는 건조하고 평면적인 반복일 수밖에 없는 것은 그런 까닭에서다.

　그렇지만 그런 가운데서도 윤성희의 소설은 때로 우리에게 쉽게 잊기 힘든 강한 인상을 새겨넣는다. 그것은 그의 소설에는 다음 장면과 같이 인물들이 자신의 절망적인 고독을 마치 영화의 한 컷처럼 선명하게 부조(浮彫)해놓음으로써 발산되는 정적(靜的)이지만 강렬한 이미지가 있기 때문이다.

---

3) 첫 소설집 『레고로 만든 집』에서 나타나는 것처럼, 윤성희의 소설은 간혹 통상적인 의미에서 단편소설의 완미함이라 일컫는 미적 완결성이 떨어지는 듯 보일 때도 있다. 그것은 어떤 측면에서는 창작의 테크닉이 아직 무르익지 않은 때문이라 생각할 수도 있겠으나, 상당부분은 그러한 고유한 방법적 태도에 기인한 것이기도 하다.

나는 복사기에 얼굴을 대고 눈을 감는다. 그리고 버튼을 누른다. 따뜻한 빛이 얼굴을 스친다. 눈을 꼭 감은 얼굴이 종이에 찍혀 나온다. 꼭 감은 두 눈이 깊은 웅덩이처럼 보인다. 거기에 손을 대본다. 그 검은 동굴 안으로 손이 빠질 듯하다. 나는 복사기에 얼굴을 대고 눈을 뜬다. 복사기가 작동하자 저절로 눈이 감긴다. 절대 눈을 감으면 안 돼. 주문처럼 몇 번을 중얼거리고는 다시 복사기에 얼굴을 댄다. 빛이 눈을 통과할 때 온몸이 저절로 움찔거린다. 잔뜩 힘을 준 눈에서 눈물이 주르륵 흘러내린다. 나는 눈물이 흐르도록 그냥 둔다. (「레고로 만든 집」 23~24면)

정적인 프레임과 현재형의 스피디한 서술이 흥미롭게 결합된 이 장면에서, 화자의 절망적인 고독은 절묘한 시각적 표현을 얻는다. 그리고 그 시각적 이미지를 가득 채우고 있는 것은, 밖으로 곧 터져나올 것 같은 절망과 그것을 억눌러 깊숙이 가라앉히려는 안간힘이 갈등하면서 만들어내는 조용하면서도 격렬한 내면의 긴장이다. 「레고로 만든 집」에서 유독 강렬한 인상을 남기는 이같은 시각적인 이미지는 형태와 의미를 달리하여 윤성희의 소설 곳곳에 흩어져 있다. 가령 「이 방에」에서 형광등 줄에 매달린 인형의 그림자에서 목맨 여자를 연상하는 장면이나, 「악수」에서 스키드마크 옆에 차에 치여 널브러진 사람의 형상을 분필로 그려놓고 그 위에 자신의 그림자를 겹쳐놓는 장면, 그리고 보이지 않는 사람과 악수를 나누고 사물들에 말을 거는 마지막 장면 등은 위 인용문에서 보는 것과 같은 강렬함은 덜해도 그런 인상적인 시각적 표현들의 대표적인 사례다. 자칫 무미건조해 보일 수도 있는 윤성희의 소설에서, 이같은 장면은 그 중간이나 결미에 배치되어 인물들의 고독을 효과적으로 시각화하면서 소설 전체의 음조에 짓누르듯 격한 구두점을 새겨넣는 효과를 발휘한다.

특히 「레고로 만든 집」에서, 위와 같은 인상적인 장면에서 강하게 표출되는 것은 절망스런 고독을 스스로 장면화하여 연출하면서도 바로 그 행위를 통해 상황을 어떻게든 견디면서 자아를 놓지 않으려는 '나'의 의지다. 다른 소설들에서 그 의지는 눈에 띄지 않게 미약한 형태로 표출되거나 그렇지 않으면 아예 겉으로 드러나지 않기도 하지만, 「레고로 만든 집」에서 '나'의 의지적 행위는 유독 강렬하다. 화자가 절망적인 고독을 연출하는 장면이 소설에 인상적인 구두점을 새기고 있듯, 자기소멸의 공포를 이기려는 '나'의 의지적 행위 또한 그러하다.

　　달빛을 가리지 않기 위해 몸을 움직여보지만 1미터 정도만 눈에 보일 뿐, 아래쪽은 모두 암흑이다. 나는 발뒤꿈치를 들어 귀를 굴뚝에 대본다. 아주 희미하게 고양이 울음소리가 들리는 것도 같다. 하지만 그것이 바람소리인지 울음소리인지 분간할 수가 없다. 나는 바닥에 떨어져 있는 벽돌 한 조각을 굴뚝 속으로 던진다. 돌이 바닥에 닿는 소리가 들리고, 그 소리에 섞여 고양이 울음소리가 가늘게 떨리고 있다. 나는 벽돌 조각들을 굴뚝 속으로 마구 밀어넣는다. 마지막으로 던진 커다란 벽돌이 바닥에 떨어지는 소리를 내지 않는다. (「레고로 만든 집」 28~29면)

소설에서 굴뚝 안으로 떨어져 갇힌 새끼고양이는 자기소멸의 불안과 공포를 환기시키는 '나'의 분신에 가깝지만, '나'는 조금도 망설이지 않고 아무런 연민이나 감정의 동요 없이 굴뚝 안에 벽돌을 떨어뜨려 고양이를 살해한다. 이것은 한편으로는 더이상 견디기 힘든 고독한 자아의 절망을 극단적인 방식으로 재확인하는 제스처이면서도, 다른 한편으로는 스스로 비정함을 연출하는 그 행위를 통해 역설적으로 냉혹한 세상에 지지 않고 맞서 살아남으려는 의지를 확인하는 '나'의 상징적 살해 의식(儀式)이다. 그런 측면에서 우리는 그것을 아무런 자기연민 없이, '감미로운 동정'(칸트)도 환상도 없이, 그렇게 어떠한 수동적인 정념에도 흔들리지 않고 소멸의 공포를 이기며 비정한 세상을 견뎌나가겠다는 의지의 표현으로도 읽을 수 있을 것이다. 소설의 마지막에 레고로 만든 집을 밟아 으스러뜨리는 '나'의 심리가 그러한 것이며, 「이 방에」에서 짝을 잃은 물고기를 건져내 하늘로 던져버리는 '나'의 심리가 또한 그러한 것이다.


### 3. 감정지출의 경제

그러나 『레고로 만든 집』에 실린 모든 소설들에서, 이러한 특징은 여일하지 않다. 소설은 때때로 어느 순간 알게 모르게 표면에 배어나는 자기연민으로 흔들리기 때문이다. 미처 떨치지 못한 그 자기연민이라는 수동적 정념과 더불어, 『레고로 만든 집』에서 우리는 윤성희의 소설이 그려놓는 그(녀)들의 적막한 고독이 서로를 반사하고 모방하면서 소설 자체가 자칫 끊임없이 순환하고 반복되는 답답한 폐쇄회로 속에 갇혀버릴 수도 있는 위험을 어쩔 수 없이 감지한다. 그렇다면 윤성희의 소설은 고유한 개성의 이면에 따라붙어오는 이 예기된 교착을 성큼 헤치고 나갈 수 있을 것인가? 새 소설집 『거기, 당신?』을 보건대, 작가는 그렇다고 이야기하는 것 같다.

소설집 『거기, 당신?』에서 두드러지는 것은, 이전까지 소설 전체를 지배하던 무겁고 적막한 고독의 아우라가 상당부분 걷혀 있다는 점이다. 작가 특유의 속도감 있는 문체도 이전까지는 주로 소설이 고독한 내면의 바닥으로 무겁게 침잠하는 것을 적절하게 차단하는 데서 그쳤다면, 『거기, 당신?』에서는 이전과 다르지 않은 상황에 달리 반응하는 인물들의 모습을 실어나르면서 그 속도에 걸맞은 새로운 효과를 발휘한다. 그리고 그(녀)들은 분명 다르게 살아가기로 한 듯하다. 가령 『거기, 당신?』에 나타나는 그런 윤성희 소설의 새로운 면모는 다음 장면에서도 자못 약여(躍如)하다.

> 경리과장은 무단결근한 O에게 단단히 화가 나 있었다. 이봐! 벌써 며칠째야. 이럴 바엔 관두라고. 휴대폰에는 경리과장의 목소리가 녹음되어 있었다. 그것도 다섯 번이나 반복해서. (…) O는 회사에 전화를 걸어 이렇게 소리를 질렀다. 어디 아픈 것 아니냐고 한 번도 안 물어보냐, 이 인정머리 없는 놈아! 그렇게 해서 O는 칠 년 동안이나 다녔던 회사를 그만두었다. 전화를 끊고 나서도 O는 수화기를 붙들고 계속 욕을 해댔다. 사람들이 왜 욕을 하는지 알 것 같았다. 명치에 얹혀 있던 묵직한 덩어리가 배꼽 아래로 내려가고 있었다. O는 화장실로 달려가 기분 좋게 똥을 누었다. 십 년 이상 O를 따라다니던 만성 소화불량과 변비가 한꺼번에 해결되었다. 배가 고파왔다. 변기에 앉아 O는 주먹을 불끈 쥐었다. 그래, 뭐든 먹어야 해!
>
> (「잘 가, 또 보자」 238~39면)

「잘 가, 또 보자」에서 네 명의 친구 W, O, H, K의 처지는 모두 소설집 『레고로 만든 집』에서 살아가는 그녀들과 크게 다르지 않다. 그녀들은 모두 지독한 궁핍을 겪으며 홀로 외롭게 살아가고 있는 것이다. 어느 날 갑자기 다른 사람들의 등을 짓누르는 무거운 슬픔의 그림자를 볼 수 있게 된 K의 새삼스런 깨달음대로, 그녀들은 "아직도 가짜 실내화를 신고 있는 고등학생이었다. 그것은 영원히 벗을 수 없는 신발이었다."(251면) 그 사실을 진작에 알아차린 W는 함께 놀러간 산속에서 목을 매 자살하지만, 남은 친구들은 그럼에도 불구하고 자신의 삶을 또 그렇게 살아간다. 그녀들의 주변부적 삶은 여전히 궁핍과 고독을 숙명처럼 떠안고 있는 것이긴 해도, 그녀들은 짐짓 아무렇지 않은 듯 꿋꿋이 태연하다. 물론 그것은 '슬픔도 힘이 된다'는 식의 상투적인 감동의 드라마와는 아무런 상관이 없다. 이것은 슬픔과 고통을 밖으로 지그시, 때로는 경쾌하게 밀어내면서 간접화하는 담담한 낙천이다.

무겁게 짓누르는 궁핍과 고독의 고통을 담담하면서도 경쾌하게 받아넘기고자 하는 그 삶의 태도 속에서, 고통은 그 순간만큼은 별로 무겁지 않은 사소한 것으로 탈바꿈된다. 흥미롭게도, 그녀들의 삶을 그리는 작가의 문체 또한 그러하다. 가령 조금도 쉴 틈 없이 종일 아르바이트에 시달리는 O의 고단한 삶의 맥락은 짤막한 우회적 화법으로 이렇게 요약된다. "텔레비전을 보지 않게 되어서 유선방송을 끊었고 전기요금이 한 달에 오천원으로 줄어들었다."(243면) 혹은 H의 경우는, "끼니를 거르지도 않았고, 우편물을 잘못 배달하는 일도 없었고, 편지가 늦게 도착했다고 짜증내는 고객들에게 친절하게 웃어주었다. 다만 혼잣말이 조금 늘었을 뿐이다."(247면)

그렇게 슬픔과 고통을 간접화하는 인물들의 태도와 그것을 그리는 같은 방식의 어법은 소설집 『거기, 당신?』에 실린 대부분의 소설에서 일관되게 관철되고 있는 특징이다. 윤성희 소설의 인물들은 모두 이런 저마다의 고독과 슬픔을 숙명처럼 안고 살아가지만, 그것을 그리는 작가의 시선은 이제 그 안으로 잠겨들지 않는다. 그로부터 나오는 상대적 거리에 힘입어, 소설은 동정 없는 세상에 짓눌린 외롭고 슬픈 삶을 이야기하면서도 역설적이게도 경쾌한 리듬을 얻는다. 그리고 달라진 인물들의 태도와 어법은 자주 스피디한 문체의 효과와 어우러지면서 어느 순간 유머의 차원으로 접어드는 지점에 이른다. 가령 만우절에 태어난 '나'의 탄생에서 결혼생활까지의 평범하고 외로운 삶을 속도감 있게 보고하는 「고독의 의무」에서, 어머니가 눈을 감은 몇년 후 곧이어 아버지의 죽음을 맞는 상황과 그로 인한 '나'의 슬픔을 전달하는 방식은 이렇다.

아버지, 오늘은 뭐 하셨어요?

산에 갔었다.

뭐 하러요?

니 엄마 줄 약초 캐러.

공중전화에서 오줌 지린내가 났다. 나는 공중전화 부스의 유리를 발로 툭툭 차면서 대꾸했다.

엄만 쓴 거 싫어하니까 단맛 나는 약초 좀 캐주세요.

인석아, 그런 약초가 어딨냐?

아버지는 잘 있으라는 말도 없이 덜컥 전화를 끊었다. 나는 수화기를 들고는 찻길 건너편에 있는 편의점을 무심히 바라보았다. (…) 아버지는 산에 올라간 뒤 영영 내려오지 않았다. 아마도 단맛 나는 약초를 구하지 못한 것 같았다. (「고독의 의무」 190면)

여기에서 화자는 아버지의 죽음의 정황을 엉뚱한 사실의 추측으로 비껴 대체함으로써 발생하는 유머러스한 효과를 통해 그 죽음 자체에 으레 따르게 마련인 정서적 반응의 표출을 절약한다. 이것은 슬픔을 간접화하면서도 한편으로 유머러스하게 받아넘겨 딛고 가는 어법이다. 이런 서술방식은 윤성희의 소설에 독특한 개성적인 질감을 부여하고 있거니와, 어느 도둑의 삶을 그리고 있는 「만년 소년」의 한 장면도 예컨대 그런 경우다. 미아가 된 후 자기를 업고 온 낯선 여자를 엄마라 부르며 자란 어린 '그'는 자기와 똑같은 처지에 있던 동생이 세제 상자에 찍혀 있던 미아 사진 덕분에 진짜 부모를 만나 떠난 다음부터 우유를 먹기 시작하는데,

우유곽에도 잃어버린 아이들의 얼굴이 그려졌다. 그는 하루에 한 잔씩 우유를 마셨다. 우유를 마시기 전에 곽에 새겨진 아이들의 얼굴을 찬찬히 살폈다. 하지만 자신과 비슷하게 생긴 아이는 없었다. 대신, 키

166

가 자라기 시작했다. 몇 년이 지나자 또래 중에서 가장 키가 큰 아이가 되었다. 모두 우유 덕분이었다. (「만년 소년」 220~21면)

'그'가 매일 우유를 마시는 행위는 미아라는 자신의 처지를 끊임없이 반복적으로 확인하면서 진짜 부모를 찾고 싶다는 안타까운 갈망을 표현하는 행위이지만, 여기에서도 마찬가지로 작가는 '그'가 그렇게 우유를 마신 덕분에 키가 컸다는 예상치 않은 엉뚱한 결과를 덧붙임으로써 정상적이라면 그 행위에 집중되어야 할 리비도(libido)의 출로를 차단하고 전혀 다른 방향으로 슬쩍 비껴 돌려버린다. 윤성희의 소설에서 고독과 슬픔의 정서를 유머러스하게 비틀어 돌려놓는 이러한 어법은 정확히 '감정지출의 경제(economy)'[4]를 따르고 있는 것이다. 즉 다시 말하면 그것은 비정한 세상에 홀로 내던져진 고통스런 상황에서 필히 그럴 것이라 예상되는 특정한 정서적 반응의 표출을 지연시키면서, 동시에 서술의 방향을 그와 어울리지 않는 예상치 않은 상황으로 돌려 대체함으로써 발생하는 어긋남을 통해 정서의 벡터를 유머러스하게 전환하는 것이다. 그리고 이러한 소설의 어법은 또한 인물들이 처한 어두운 상황과, 그것을 경쾌하게 스케치하면서 그 상황에서 일어날 법한 감정 투여를 밖으로 밀어내며 미끄러져가는 문체 사이에서 발생하는 미묘한 불균형과 어긋남에 의해 효과적으로 뒷받침된다.

---

4) '감정지출의 경제'의 핵심은 특정한 상황에서 필연적으로 나올 법한 정서적 표현의 소비를 절약하는 것이다. 프로이트는 그것을 유머의 심리적 기원으로 연결시킨다. 지그문트 프로이트 「유머」, 『창조적인 작가와 몽상』(프로이트 전집 18권), 정장진 옮김, 열린책들 1996, 11면.

## 4. 자기존중의 개인주의, 그리고 공감

윤성희의 소설에서 그러한 어법이 무엇과 연결되어 있는가를 짐작하기는 어렵지 않다. 유머가 현실의 어려움에 결코 굴하지 않는 자아의 불가침성을 주장하는 것이라는 프로이트의 지적을 새삼 떠올리지 않더라도, 윤성희의 소설에서 그같은 어법은 비정한 현실에 자아를 내어주지 않으면서 스스로 자기 자신의 개체적 가치를 정립하려는 의식과 관련되어 있다. 다시 말해, 그것은 주변부 모더니티의 냉혹함에 노출된 개체가 그 상황 자체에 대한 거리 유지를 통해 상황의 일방적 지배력을 제어하고 그 어느것에도 지배되지 않는 자기 자신의 가치를 언표하는 방법적 태도의 표현이라고 할 수 있다. 윤성희의 소설에서 보듯이, 이는 고단한 주변부적 삶의 고통과 슬픔에 침해되지 않고 그것을 아무렇지 않게 받아넘기면서 견디고 헤쳐나가려는 인물들의 자기긍정의 제스처로 나타난다. 그리고 이는 물론 소설 속 인물들의 태도이기도 하고, 그 위에 실리는 작가적 태도이기도 하다. 『레고로 만든 집』에서 우리는 이미 자기 연출을 통해 자아를 놓지 않으려는 의지를 확인하는 인물들의 태도를 본 바 있지만, 『거기, 당신?』에서 보이는 그것은 그와 무관하지 않으면서도 다르다. 왜냐하면 '감정절약'을 통해 표현되는 이같은 자기긍정의 제스처로 인해 그 태도는 전혀 새로운 형식과 질감으로 드러나고 있기 때문이다.

이런 작가적 태도는 윤성희의 소설이 다른 많은 작가들의 그것과 분명히 구별되는 개성적인 지점이다. 거기에 있는 것은 가령 허무주의적 냉소도 아니고 냉담한 무관심도 아니며, 휴머니즘적 감상주의나 가치 파괴적 유희도, 금욕적 정신주의도 아니다. 게다가 그것은 민중적 낙관주의나 낭만적 저항과는 더욱 거리가 멀고, 자기연민에 도취된 감상적 나르씨시즘이나 자기비하의 포즈와도 관계가 없다. 그것은 후기근대의 이 냉혹한 주

168

변부 모더니티의 슬픔 한가운데를 아무런 의미나 가치도 덧씌우지 않고, 어떤 규범이나 권위에도 얽매이지 않으며 어떠한 명분이나 환상도 없이, 또 불필요한 감정의 낭비도 없이 자기 자신을 기준으로 삼아 자기 자신에게만 의지하면서 경쾌하게 딛고 나가려는 작가적 태도다. 그리고 그것은 분명 다른 누구와의 관계를 통해서가 아니라 자기 자신과의 관계를 통해서 형성되는 자기존중[5]이라는 의지적 의식에 의해 뒷받침되어 있는 것이다. 이를 일러 우리는 주변부 모더니티를 환상 없이 함께 살아가는, (우리 소설에서는) 새로운 형태의 개인주의라 할 수 있을 것이다.

윤성희 소설에서 인물들이 처한 상황과 삶의 방식도 이와 무관하지 않다. 그들은 대부분 승진이나 출세와는 전혀 관계없는 한직의 말단사원(「그 남자의 책 198쪽」 「길」)이거나, 비정규직 파트타임 노동자(「잘 가, 또 보자」「유턴지점에 보물지도를 묻다」)다. 그렇지 않으면 그들은 자그만 식당을 경영하거나(「봉자네 분식집」), 심지어는 도둑(「만년 소년」)이다. 그러면서도 그들에게는 그보다 큰 물질적 가치에 대한 집착이나 '중심'으로의 진입에 대한 욕망, 사회적인 가치위계에 따라 규정되는 '정상성'의 결여에 대한 자의식도 강박도 없다. 그리고 예컨대 낭만적 사랑의 환상 같은 어떠한 정념적 욕망도 그들을 사로잡지 않는다. 그보다 그들에게 중요한 것은 자기 자신을 그 어느것에도 내어주지 않고 그렇게 태연하게 주어진 자신만의 운명을 견디면서 스스로 자기 자신의 삶을 서술하는 것이다. 물론 거기에 간혹 일종의 비애가 끼여들지 않을 수는 없겠으나, 그들은 그에 대한 과잉된 자의식은 갖지 않는다. 따라서 그들의 삶은 비록 슬프고 하찮지만 또 그런만큼 그 자체로 존엄하며, 흩어져 있으면서도 어느것으로도

---

5) 이는 유머를 통해 표출되는 의식과도 무관하지 않은 것인데, 이에 대해서는 Alenka Zupančič, *Ethics of the Real*, Verso 2000, 153~54면 참조. 주판치치는 이를 '자기평가'의 문제와 관련하여 칸트의 '숭고'와 연결시키고 있지만, 여기서는 맥락을 달리하여 조금은 다른 함의로 사용한다.

환원될 수 없는 각기 다른 차이를 발산한다.

윤성희 소설의 인물들을 움직이는 개인주의는 그런 가운데서도 결코 자기폐쇄적이지 않다. 비록 소박하기는 하지만 그것은 자기 자신과 별로 다르지 않은 타인들과의 공감(sympathy)과 커뮤니케이션을 동반하고 있기 때문이다. 「거기, 당신?」에서 동네에 별 피해 없는 작은 불을 놓고 다니는 방화범을 위해 태울 수 있을 만한 종이를 주워모아 골목에 버려두는 '그녀'의 행위가 그러한 것이며, 「그 남자의 책 198쪽」에서 교통사고로 애인을 잃은 후 도서관의 책을 일일이 뒤지며 애인이 남긴 메씨지를 찾는 남자를 도와주고 지금은 나타나지 않는 그에게 손을 사진으로 찍어보내 안부를 묻는 '그녀'의 행위가 그러한 것이다. 그리고 이러한 공감의 제스처는 다른 작품에서는 다니던 직장을 그만두고 외로운 친구와 살림을 합쳐 분식집을 경영한다든가(「봉자네 분식집」), 어쩌다 만나게 된 비슷한 처지의 사람들이 의기투합해 만두가게를 차리고 함께 살아간다든가(「유턴지점에 보물지도를 묻다」) 하는 형태로 발전하기도 한다.

그런 측면에서 「유턴지점에 보물지도를 묻다」는 특히 흥미로운 작품이다. 다니던 여행사도 그만두고 기차 안에서 죽은 아버지의 흔적을 더듬던 '나'는, 자살하기 위해 열차로 뛰어든 여자와 눈이 마주친 충격으로 직장을 그만둔 전직 지하철 기관사 Q, 눈에 잘 띄지 않아 유령이라고 불리던 찜질방 아르바이트생 W, 그리고 보물지도를 들고 가출한 여고생을 차례로 만나 호기심에 보물탐사를 다녀온 후 엉뚱하게도 함께 만두가게를 차려 돈을 번다. 각기 전혀 다른, 그렇지만 고단하고 외롭다는 점에서는 일치하는 이 인물들은 각자 가진 숨은 장점을 발휘해 자그마한 인생 성공담을 만들어내는 것이다. 그들이 그토록 자랑하는 그 엄청난 성공의 실적이라는 것도 고작 "작은 아파트 네 채와 소형차 네 대"라는 데서 보듯, 그 성공담은 당연하게도 증식하는 자본주의적 욕망의 궤도와는 별 상관이 없다. 중요한 것은 그들의 삶의 형태가 각기 다른 고단한 개체의 삶이 서

170

로 공명하면서 만들어내는 느슨한 형태의 공동체라는 것이다. 그런 측면에서 이 소설에서 작가가 보여주는 것은 주변부적 인생의 상호공감을 통해 형성되는 새로운 유사가족의 모델이다.

물론 「유턴지점에 보물지도를 묻다」의 소설적 형식이 보여주듯, 어쩌면 그것은 우화의 형식을 빌려서만 이야기할 수 있는 일종의 유머에서 더 나아가지 않는다고, 혹은 그럴 수밖에 없다고도 할 수 있을 것이다. 어쩌다 우연히 만나 이모라고 부르며 함께 모여 살게 된 다섯명의 '이모들'을 보며 "이런 게 바로 행복한 가정이야"(「길」145면)라고 생각하는 어린 '나'의 어조에서 배어나는 유머러스한 아이러니도 유사한 맥락이다. 그렇게 볼 때 지금 이 삶이 아닌 다른 가능한 대안적 삶이란 한번쯤 상상해볼 수는 있지만 현실에는 어디에도 있을 수 없다는 것이 어쩌면 작가가 생각하는 세상의 진실인지도 모른다. 「유턴지점에 보물지도를 묻다」의 그런 해피엔딩이 있고 나서도, '나'는 여전히 밤이 길게 느껴지는 날이면 홀로 차를 몰고 고속도로를 달린다. 결국 회피할 수 없는 것은, 어떻게 되든 결국은 혼자일 수밖에 없다는 사실이다. "여주휴게소에서 어묵을 한그릇 사먹었다. 국물을 마시다 말고 나는 내게 말했다. 생일 축하해."(「유턴지점에 보물지도를 묻다」 29면)

그런만큼, 윤성희의 소설은 여전히 이 후기근대의 개체적 삶을 지배하는 모더니티의 진실에 충실하다고 할 수 있을 것이다. 새 소설집 『거기, 당신?』에 나타나는 작가적 태도와 어조는 분명 『레고로 만든 집』과는 다르지만, 그렇게 현실 자체가 말해주는 회피할 수 없는 진실을 환상이나 섣부른 전망에서 생겨나는 관념적 드라마를 덧씌우지 않고 직시한다는 점에서는 크게 다르지 않다고 볼 수 있다. 윤성희 소설의 개성이자 장점은 여전히 비루한 주변부 모더니티의 개체적 삶의 국면을 생생하게 부려놓으면서도 그것을 다른 어떤 관념적 내러티브로 채색하거나 섣부르게 미학화(aestheticization)하지 않는다는 데 있다. 그런 가운데 작가는 어느것으로도 환원되지 않는 존엄한 개체로서의 자기긍정을 통해 이 후기 근대의 냉혹한 삶을 견디며 딛고 가는 다양한 개인주의적 삶의 양태를 예민하게 포착한다. 작가는 그러면서도 그 주변부적 삶이 안고 있는 근원적인 고통과 슬픔을 결코 무화시켜버리거나 해소해버리지도 않으며, 다른 것으로 대체해버리지도 않는다. 첫 소설집 『레고로 만든 집』에서도 그랬듯, 『거기, 당신?』에서도 역시 다른 어떤 것으로도 환원되지 않는 주변부 모더니티의 고통과 슬픔은 여전히 윤성희의 소설미학의 중심에 자리잡고 있는 삶의 진실이다. 스피디한 문체에 실려 겉으로 가볍고 경쾌해 보이는 윤성희의 소설이 역설적이게도 묵직한 슬픔의 여운을 남기는 것은 그 때문이기도 하다.


5. 그리고……

그렇다면 이제 우리는 이렇게 물어볼 수도 있겠다. 현실이란 혹은 삶이란 정녕 그렇기만 한 것인가? 우리는 아무런 대안 없이 그렇게 결국은 홀로, 그렇지 않으면 기껏해야 '나'와 별다르지 않은 비루한 타자들과 서로 공감을 교환하며 이 동정 없는 모더니티를 견딜 수밖에 없는 것인가? 이것은 물론 작가가 스스로에게 던져야 할 질문이기도 하다. 왜냐하면 소설미학의 문제만 놓고 보더라도, 그것은 작가가 지금 엮어가고 있는 작은 이야기사슬의 연쇄가 어느 순간 쉽게 패턴화되어버릴 수 있는 위험을 견제하고 넘어서는 문제와 관련되어 있기 때문이다. 다시 말해, 무엇보다 복잡다기하게 얽혀 분출하는 이 후기근대의 현실과 삶에 대한 사유의 폭과 범위를 넓혀나가지 않는다면, 그리고 다양한 '삶의 정치'의 가능성에 대한 열린 사유를 계속하지 않는다면, 필히 있을 수 있는 반복의 위험을 피해갈 수는 없는 것이기 때문이다.

그렇지만 아직은, 이제 겨우 몇편이니, 조금은 더 계속되어도 좋을 듯싶다. 무엇보다 정신병원에 입원한 K를 문병 간 친구들의 회합을 그리는 아래 윤성희 소설의 한 장면이 그러하듯, 고단한 삶의 고통과 슬픔이 묵직하게 숨어 있는 이같은 유머는 그렇게 쉽게 볼 수 있는 것이 아니기 때문이다. 참고로, 윗몸일으키기는 뱃살을 빼기 위한 운동이다.

갑자기 O가 쪼그려뛰기를 시작했다. 쪼그려뛰기를 백 번 하고 나자 잔디에 엎드려 팔굽혀펴기를 했다. 미친년, 재수 없게 죽고 지랄이야. 팔을 굽혔다 폈다를 반복할 때마다 O는 마구 욕을 해댔다. 죽으려면 아무도 없는 데 가서 혼자 죽지. 미친년! 팔굽혀펴기가 끝나자 O는 다시 잔디에 누워 윗몸일으키기를 했다. O의 이마에 땀이 맺혔다. H와 K가 O의 옆에 나란히 누웠다. 그리고는 윗몸일으키기를 따라 했다. 미친년, 죽고 지랄이야. 미친년, 죽고 지랄이야. 윗몸일으키기를 한 번할 때마다 욕을 한 번씩 했다. H와 K의 이마에도 땀이 맺혔다.

지나가던 간호사들이 걸음을 멈추고 그들을 바라보았다. 병실 안에 있던 사람들도 창에 얼굴을 붙이고는 그들을 바라보았다. 허리가 끊어질 듯 아팠지만 그들은 윗몸일으키기를 멈추지 않았다.

이제 배고프다. 윗몸일으키기를 끝낸 다음 그들은 남은 음식을 마저 먹기 시작했다. K는 잡채에 들어간 시금치를 골라내지 않았고, O는 밥에 있는 콩을 골라내지 않았다. (「잘 가, 또 보자」 253~54면)

— 『문학동네』 2004년 가을호

# 비루한 동물극장

■

백가흠과 손홍규의 소설

> "어느 극장에서 연기를 하십니까?"
> ─프란츠 카프카

## 1. 그들이 모르는 것

K의 물음에, 백가흠(白佳欽)과 손홍규(孫弘奎)[1]의 인물들이라면 아마도 멈칫 되물을 것이다. "연기라뇨?" 그들은 알지 못하는 까닭이다. 물론 짐작하다시피 그들이 알 리 없는 그 연기(演技)란 한국문학사의 흐름에서 세대를 격(隔)해 드물지 않게 등장하곤 했던 바로 그것이다. 그리고 그들이 그렇게 연기를 할 줄 모른다는(혹은 하지 않는다는) 사실은 의외로 중요하다. 그러니 조금만 돌아가자.

이 연기의 연출자들은 익히 알려진 그대로다. 대표적으로 60년대에는 마침 김승옥이 있었고, 90년대에는 은희경이 있었다. 우리는 일찍이 김승옥의 인물들이 '무관심한 표정'으로 조작된 '자기'를 얻기 위해 어떤 기

---

1) 이 글이 대상으로 하는 텍스트는 백가흠의 『귀뚜라미가 온다』(문학동네 2005)에 수록된 단편들과 손홍규의 『사람의 신화』(문학동네 2005)에 수록된 단편들, 그리고 「이무기 사냥꾼」(『문학동네』 2005년 여름호)과 「걸레가 있었어요」(웹진 『문장』 2005년 11월호)이다. 이후 인용을 할 때는 작품명과 면수만을 표시한다.

막힌 격랑을 통과해왔는가를 알고 있다. 그리고 당연히 본래의 '나'를 억압하고 은폐하는 강박적인 위악의 연기가 그곳에 있었음은 물론이다. 돌이켜보면 그것은 일면 '자기세계'에 대한 강박이 연출하는 사도-마조히즘적 연극이기도 했다. 은희경은 또 어떤가. 그는 『새의 선물』에서 '바라보는 나'와 '보여지는 나'의 분열로 그 연기의 출발점을 정식화했던바, 해서 삶이란 그 조작적 분열의 긴장 속에서 본연의 '나'를 은폐하고 위장하는 연극적 작위가 되었던 셈이다. 90년대 문학을 활보했던 댄디들과 나르씨스트들의 자기연출 또한 이 맥락이 그리는 연장선에서 멀리 있지 않다.

이 지점에서 이 '연기로서의 삶'이 눈에 띄게 부상하던 싯점이 하필이면 60년대와 90년대라는 점에 주목할 필요가 있다. 우리는 그 시대를 '나' 혹은 '개인'에 대한 문학적 관심이 유독 강렬하게 제기되었던 시기로 기억한다. 그리고 그 앞에는 전쟁과 혁명의 소용돌이가, 아니면 집단적 열망과 투쟁이라는 격변이 있었다. 그 격변이 흔적과 상처를 남기고 스러진 자리에서, '나'의 '연기'는 피어난다. 특히 김승옥의 경우 그것은 격변의 상처 위에 겹쳐진 근대화의 불안에 지펴진 것이었으며, 은희경의 경우는 환멸을 비료 삼는 것이었다. 세상에 속절없이 떠밀려가는 '나'의 불안을 잠재우기 위한 것이든(김승옥) 아니면 환(幻)이 멸(滅)한 세상에 차가운 냉소로 맞서는 것이든(은희경), 어느 경우에도 그것은 자기애에 기대 '나'의 경계를 세우고 방어하려는 욕망에서 비롯되는 것이기는 마찬가지다. 그렇게 생겨난 그들 소설 속 인물들의 '연기'가 당연하게도 날것의 '나'를 은폐하거나 제거하는 과정을 동반하고 있었다는 것 또한 기억해 둘 만한 사실이다. 그리고 이것이 '나'의 자의식적인 포즈와 결합되는 내면성의 문학으로 귀결되었음은 익히 아는 바다.

차차 이야기할 테지만 이런 대칭지점의 스케치만으로도 일단은 70년대 중반 세대인 백가흠과 손홍규가 맞닥뜨린 시대의 표상이, 또 좁게는 그것을 조형해내고 받아들이는 작가적 태도의 개성이 그런 '연기로서의 삶'이라는 명제가 결정적으로 무색해지는 어떤 지점에 자리하리라는 것쯤은 얼마간 암시되었을 것이다. 바로 그것과의 선명한 대비가 어떤 의미 있는 징표를 얻는 지점에 이들 작가들의 고유한 개성이 있다. 그리고 그 점이 이 작가들이 함께 서 있는 2000년대 젊은 문학의 흐름이 보여주는 증상의 하나라는 것도 여기에 간단히 덧붙이면 좋겠다.

　도대체 무슨 얘긴가? 누군가는 혹 이렇게 되물을 수도 있겠다. 그들 소설의 인물들이 연기를 모른단다. 이어 그들이 용케 반증(反證)으로 들이밀 법한 장면은 가령 이런 것일 터다.

　　달구는 이미 제정신이 아니다. 눈은 술에 취해 돌아간 지 오래 전이다. 주먹은 자꾸 허공을 가른다. 노모는 허공을 가르는 주먹도 실제로 맞은 것처럼 아파한다. 소리는 내지 않지만 노모의 모션은 어느 연극배우 못지않다. 노모는 달구의 주먹을 모두 맞고 있는 것처럼 엄살을 떤다. (백가흠 「귀뚜라미가 온다」 36면)

　　"이봐, 총각! 살았어, 죽었어?"
　　집주인이 부엌의 빗자루로 용태의 발끝을 건드렸다. 그러나 용태는 꼼짝도 하지 않았다.
　　"아주머니, 저거 보세요. 입가에 저거! 피, 아닌가요?"
　　그와 동시에 집주인은 비명을 질렀고 여자들도 뒷걸음치기 시작했다. 용태는 실눈을 뜨고 그들을 보았다. 입술을 깨물었더니 살점이 떨어져나갔는지 입술과 그 언저리가 얼얼하다. 언제까지 이렇게 죽은 시늉을 해야 할지 알 수가 없었다. (손홍규 「이무기 사냥꾼」 340~41면)

피상적으로만 보면 딴은 그런 반문이 있을 법도 하다. 엄살이든 시늉이든 이들은 어찌 됐든 연기를 하고 있으니 말이다. 그러나 주의깊은 독자라면 이것이 결코 앞서 말한 의미에서의 '연기'라 할 수 없음을, 커녕 바로 이 장면이야말로 거꾸로 예의 '연기'와의 차별성이 더할 수 없이 뚜렷하게 드러나는 장면임을 어렵지 않게 눈치챌 것이다. 무엇보다 「귀뚜라미가 온다」의 분식집 노모가 감수하는 이 상황은 술만 마시면 사정없이 어미를 두들겨패는 아들의 패륜적 주먹질에 노출되어 있는 가학적 폭력의 악순환이며, 「이무기 사냥꾼」의 용태가 처한 상황은 그렇게 죽은 척 해서라도 제 한몸 건사해야 하는 희망 없는 빈곤의 악순환이다. 「이무기 사냥꾼」의 조선족 이주노동자 장웅은 위의 분식집 노모와 일용노동자 용태가 처한 상황을 적절하게도 이렇게 요약해 말한다. "짐승도 이보다 낫지 않았어?"(「이무기 사냥꾼」 331면)

과연 이들이 처한 상황은 도대체 사람 사는 곳이라 할 수 없는 폭력과 공포가 만연한 환경이다. 그 속에서 백가흠과 손홍규의 인물들은 세상의 빈곤과 폭력을 대책 없이 몸으로 떠안는다. 위에서 보는 것처럼 가령 조금이라도 덜 맞고 닥친 상황을 모면하려는 엄살이나 생존을 위해 죽음을 모방하는 행위도 그 가운데 나오는 것이다. 앞서 본 이들 인물의 반응은 그런 생존의 공포가 만들어낸, 자기보존을 위한 일종의 방어적 시늉(mimicry)에 가깝다.[2] 아니면 그들 소설 속 인물들은 대개 그마저도 못한 채 속절없이 맞고, 피 흘리고, 죽어간다. 여기에는 '나' 위에 덧씌우는 조작적 자아의 가면 혹은 자기애 가득한 자의식의 포즈가 들어설 여지라곤 조금도 없다. 무엇보다 그들은 한가한 연극적 작위나 포즈는커녕 제 한몸 무사히 건사하기조차 힘든 것이다.

---

2) 이런 의미의 시늉(의태)에 대해서는 T.W. 아도르노·M. 호르크하이머 『계몽의 변증법』, 김유동 옮김, 문학과지성사 2001, 270~77면 참조. 저자들은 그것이 일면 지배와 통제의 틈새에서 새어나오는 자유의 흔적이기도 함을 지적하고 있으나, 맥락은 물론 다르다. 무엇보다 이들의 시늉은 『계몽의 변증법』의 저자들이 말하는 '미메시스적 충동'의 희미한 해방적 함의조차 얻지 못한 일종의 희화(戱畵)에 불과한 까닭이다.

백가흠과 손홍규의 소설에서 지식인 인물을 쉽게 볼 수 없는 것도 이와 무관하지 않다.[3] 그들 소설의 인물들은 대개 아무데도 기댈 곳 없이 삶의 구렁에서 신음하고 자학하거나 그도 아니면 자기만의 피난처로 숨어들어가는 희망 없는 인생들이다. 해서, 그들의 소설공간은 애초 어떤 기준에 기대어 상황과의 관념적인 거리를 유지하며 상황을 주관화하거나 해석하는 지적인 담론이 자리할 수 있는 공간이 전혀 될 수 없다. 그러면 손홍규의 소설에 간혹 등장하는 신화 담론은 또 무엇인가 물을 수도 있겠으나 그 역시 인물들이 토해놓는 원시적인 반문명의 감각이나 원초적인 생존의 절망이 부추기는 역진화의 망상과 관련되는 것일 뿐이다. 요컨대 이들이 인물을 만들어 부려놓는 방식은 근대적 내면성에서 흘러나와 또 그리로 흘러드는 관념적인 성찰과는, 또 그와 무관할 수 없는 연극적 포즈와 인공적 작위의 삶의 감각과는 아무런 관계가 없다. 관계가 없을 뿐만 아니라, 멀리한다. 그러나 그뿐인가? 물론 아니지만, 너무 포괄적이어서 아무 뜻도 없어 보이는 그런 네거티브한 규정이야말로 백가흠과 손홍규 소설의 세계에 접근하는 데는 적어도 유익한 최소 출발지점이다. 그렇다면 일단, 그들 소설의 인물들은 대체 무엇인가?

## 2. 동물들, 혹은 어떤 유전학(遺傳學)

그 이전에 먼저 이 인물들이 살아가는 환경을 돌아보는 것이 순서겠다. 그중에서도 손홍규 소설의 인물들이 겪는 상황은 한마디로 암담하다. 노름빚에 찌들린 「거미」의 아버지는 돈 때문에 자기 집에 강도로 변장해

---

3) 손홍규의 소설 중 「바람 속에 눕다」와 소설가가 등장하는 「너에게 가는 길」은 그 가운데서 예외적인 작품이다.

들어와 돈을 강탈하거나 딸을 아동보호시설에 넘겨버릴 궁리를 하고 심지어 악독한 채권자에게 아파트 키를 넘겨 어린 딸의 겁간을 방조한다. 그런 숨막히는 상황을 참다못해 자기가 거미라는 편집망상에 사로잡힌 어린 소녀에 따르면 그 삶은 차라리 "대를 잇지 않고 박멸되는 게 나은지"도 모를, "산다는 게 치욕"일 뿐인 너절한 삶이다. 그곳은 "생존을 위해 목숨을 거는" 기막힌 역설이 아무렇지도 않게 벌어지는 곳이며, 결국은 온식구가 아파트에서 뛰어내려 치욕의 숨통을 스스로 끊는 곳이다(「거미」). 그곳에서는 또 강간당해 미친 딸이 부모의 이불을 들쳐 가위로 아비의 성기를 자르려다 자기 목을 찔러 피를 쏟고(「사람의 신화」), 원인 모를 살의와 적의가 시도때도 없이 목숨을 위협하며(「갈 수 없는 여름」), "시커멓고 어두운 아가리"를 벌려 삶을 벼랑으로 몰아가는 공포스런 도시의 괴물이 출몰한다(「장마, 정읍에서」). 그러니 이들에게 현실이란 그 자체 "지옥으로 가는 길"(「지옥으로 간 사나이」218면)일 뿐이다. 그리고 그 길은 물론 "한치 앞도 볼 수 없는 어두운 길"(「폭우로 걸어들어가다」89면)일 터, 그러니 이들에겐 차라리 이곳이 지옥이다.

　이 상황은 그야말로 아무런 희망이 있을 수 없는 아수라장이다. 이것이 혹 과장이라 한다면, 내친김에 여기에 백가흠 소설의 환경을 겹쳐놓아보면 어떨까. 알다시피 그건 더욱 비참하다. 특히 「배꽃이 지고」의 정신지체자 부부 병출씨와 '여자'가 살아가는 삶은 백가흠 소설의 인물들 모두가 감수할 수밖에 없는 전형적인 환경을 극적으로 집약한다. 전능한 가학적 폭력을 휘두르며 노동력을 무상으로 착취하는 과수원 주인 사내가 있어, 여자는 그에게 수시로 강간을 당하고 심지어 아이에게 먹여야 할 젖까지 '약'으로 수탈당한다.(물론 사내는 직접 빨아먹는다.) 남편인 병출씨는 시도때도 없이 눈앞에서 벌어지는 아내의 강간에 속수무책 별 무반응이고, 울음 때문에 시끄럽다 하여 주인 사내가 내동댕이친 자식의 죽음에 말 한마디 못하고 사내와 함께 죽은 아이를 유기한다.(물론 병출씨는 그것을 "착헌 일"이라 하는 사내의 말에 고개를 끄덕인다.) 그렇게 그들은 맞고, 착취당하고, 죽고 버려지며, 강간당한다. 병출씨와 '여자'에게 이 무자비한 폭력의 세계는 당연히 처음부터 주어진, 감수해야 마땅한 가혹한 천부(天賦)의 운명과 같은 것이다. 무엇보다 그들이 상황을 분별하고 판단할 능력이 없는 이들이기에 더욱이나 그렇다.

그들이 몸으로 받아내는 이 충격적인 전능한 폭력의 세계야말로 백가흠이 바라보는 우리 현실 자체의 축도(縮圖)다. 그러기엔 너무 극단적인 것 아니냐고? 그렇지 않다. 무엇보다 약육강식의 폭력이 일상화된 우리 삶의 어두운 실재는 극단의 충격의 계기 없이는 쉽게 노출되지 않는다. 소설의 소재가 된 실화가 그러하듯, 그 이야기와 별다르지 않은 「배꽃이 지고」의 이 참담한 상황은 은폐된 우리 삶의 실재를 날것 그대로 응축해 노출하는 벌거벗은 메타포다. 적어도 백가흠은 그렇게 생각하는 듯하다. 과연 백가흠 소설의 공간은 피 냄새 가득한 폭력과 섹스의 아수라장이며, 넘쳐나는 가학-피학의 신음과 비명이 독자를 괴롭힌다.

이러니 손홍규 소설 속의 한 조선족 이주노동자가 앞서 내뱉은 이 한마디가 예사롭게 들릴 리 없다. "짐승도 이보다 낫지 않갔어?" 과연 이들은 사람 사는 곳이라 할 수 없는 환경을, 사람이라 할 수 없는 모습으로 살아간다. 그 점이 특히 두드러진 「배꽃이 지고」의 세계는──예의 '정신적'이라는 수사조차 사치스런── '원초적 동물왕국'이다. 뿐만 아니라 백가흠과 손홍규의 다른 소설에 등장하는 대부분 인물들의 모습도 정도의 차이는 있을지언정 동물적 삶의 수준에 있기는 매한가지다. 백가흠의 인물들은 대개 본능적 충동에 몸을 맡긴다는 점에서, 손홍규의 인물들은 비참한 인간 삶의 동물성을 자각하고 차라리 스스로를 동물과 동일시한다는 점에서도 그렇다. 무엇보다 환경마저 그러하니, 백가흠과 손홍규가 부려놓는 이들의 삶과 죽음이 자의든 타의든 차라리 동물의 그것과 다를 바 없음은 다시 말할 필요도 없다. 더 필요하다면 다음의 암시적인 직유로도 충분하다. "목 없고, 가죽 벗겨진 바다사자가 바다에 버려졌듯이, 남자는 구덩이 안의 작은 바다에 던져집니다."(백가흠 「배(船)의 무덤」 175면)

뿐인가. 자신을 사타구니에 서식하는 사면발이와 동일시하는 「이무기 사냥꾼」의 용태를 보라. 「거미」의 화자는 한술 더 떠 스스로를 거미라 하지 않는가. 그도 아니면, 그들은 말한다. "차라리 삼엽충으로 남아 있었더라면 더 나았을지도 모른다."(「거미」 185면) 손홍규의 「거미」와 「사람의 신화」에서 스스로 사람임을 부정하는 화자의 역진화의 망상 또한 실은 사람의 삶이라 할 수 없을 정도로 비참한 그들 가족의 처지에 대한 절망적인 자각에서 피어나는 것이다.

이것으로 족하다. 이 비참한 동물적 삶의 풍경을 더이상 나열하는 것도 견디기 힘든 일이다. 그러니 여기서 숨을 돌려 한국소설에서 이 풍경의 오래된 선조(先祖)를 잠시 환기해보는 것도 조금은 유익할 수 있겠다. 이 이전에 이미 '먹고 배설하고 자는' 본능만 남은 불구의 삶을 연명했던 손창섭의 '걸레조각 같은 인간'들이 있었고, 원시로의 역진화를 통해 인간모독의 폐허와 광기를 초월하려는 열망에 찬 절규를 토하던 장용학의 '비인(非人)'이 있었다.[4] 손창섭의 인물들의 삶은 그 자체가 동물적이었고, 장용학의 인물들은 인간이 아님을 통해 인간이고자 했다. 사람 사는 곳이라 할 수 없는 폐허 속에서 터져나온 귀기(鬼氣) 어린 신음과 비명이, 그곳에는 있었다. 일찍이 평론가 유종호는 적절하게도 그런 손창섭의 소설을 일러 인수극(人獸劇)이라 했거니와,[5] 흥미롭게도 무려 오십년을 격한 백가흠과 손홍규의 소설에서 이것의 유전형질을 발견하기는 의외로 그리 어렵지 않다. 1950년대 전후의 폐허를 버르적거렸던 인간 아닌

4) 장용학의 '비인(非人)의 인간학'과 손홍규 소설의 유비는 신형철의 유익한 해설이 이미 포착한 바 있다. 신형철 「비인(非人)의 인간학, 신생(新生)의 윤리학」, 『사람의 신화』 해설, 문학동네 2005 참조.
5) 유종호 「모멸과 연민」, 『비순수의 선언』, 신구문화사 1962, 70~73면.

인간들은 이들의 소설에서 모습을 바꿔 다시 출몰하고 있는 것이다.

전혀 다른 조건과 맥락에서 출현한 이 기묘한 격세유전의 의미에 대해서는 여기서는 일단 뒤를 위해 이야기를 아껴두자. 여하튼 사정이 그러하니, 유종호를 따라 백가흠과 손홍규 소설의 이 풍경을 '동물극'이라 이르고픈 유혹은 어쩔 수 없다. 백가흠의 소설은 자각없는 본능으로 살아가는 동물극이며, 손홍규의 소설은 동물이고 싶어하지 않는 동물극이다. 이 비루한 존재들은 물론 장정일이나 최인석의 인물들이 그랬던 것처럼 '카니발'을 벌일 여력이라고는 없다.[6] 그들은 부조리에 온몸으로 부딪치며 전복과 위반을 도모하는 '반(反)영웅'도 되지 못한, 결코 될 수 없는 그런 존재들이다. 해서, 비유컨대 이것은 '카니발'보다는 차라리 '비애극(悲哀劇)'이 아니면 '비참극(悲慘劇)'에 가깝다. 그러니 이제, 비루한 존재들이 맞고 절망하며 피 흘리고 죽어가는 비참하고도 비애 가득한 백가흠과 손홍규 소설의 이 세계를 '비루한 동물극장'이라 불러보면 어떨까.

그리고 백가흠과 손홍규의 소설에서 그 인(동)물들의 몸부림에서 묻어나는 인간의 상처와 인간됨의 열망을 보지 못한다면 그 역시 잘못일 것이다. 더욱이 이들 소설의 개성은 거친 에너지로 부려놓은 그 비루한 존재들의 빈곤과 절망, 가학-피학과 망상으로 버무려진 비극 속에서 외면해서는 안될 우리 시대의 실재를 대면하고 있다는 데 있다. 그렇다면 어떻게?

3. 극장에서, 백가흠은: 판타지와 아이러니

백가흠의 소설에는 쎅스와 폭력이 가득하다. 물론 쎅스는 불쾌한 강간

---

6) 황종연 「비루한 것의 카니발」, 『비루한 것의 카니발』, 문학동네 2001 참조.

이 아니면 병리적 가학-피학의 쎅스이고, 폭력은 눈 뜨고 보기 힘든 참혹한 폭력이다. 이 쎅스와 폭력의 극명한 실상은 앞서 「배꽃이 지고」에서 잠시 목도한 바 있지만, 그것만이라면 차라리 다행이다 싶을 정도다. 하지만 아무리 불쾌해도 놓쳐서는 안되는 것은 백가흠이 굳이 이 쎅스와 폭력을 동원해 말하고자 하는 것이며, 또 그렇게까지 하지 않으면 안되었던 (안된다고 생각했던) 나름의 속사정이다. 그런 의미에서 백가흠의 「귀뚜라미가 온다」의 다음 한 대목을 주목할 필요가 있다.

> 달구의 늙은 노모가 달구에게 매를 맞고 있다. 노모의 검버섯 곱게 핀 뺨이 벌그죽죽하다. 바람횟집의 남자가 막 여자의 질 안에 삽입을 시작했을 때, 달구분식의 노모는 가지런히 쪽 찐 머리가 일순 헝클어지도록 세차게 귀뺨 한 대를 아들에게 얻어맞았다. 천장으로 넘어온 여자의 웃음소리는 가는 신음소리로 변하고 있다. 바람횟집 여자는 자신의 신음소리가 새어나가지 못하게 엎드려서 손으로 입을 막고 있다. 달구의 노모도 비슷하다. 손으로 입을 막지는 않았지만, 어금니를 단단히 물어 거친 숨소리만 코로 작게 새어나온다. 두 집의 여자들이 자신의 신음소리를 막는 이유는 서로에게 들키지 않기 위해서가 아니다. 혹 들을지도 모를 이 집 밖의 사람들 때문이다.
>
> 달구분식과 바람횟집은 원래 한 집이다. 슬레이트로 된 지붕이 하나이니 한 집이 맞을 것이다. 얇은 벽이 두 집을 갈라놓고 있다. 바람횟집이 달구분식보다는 두 배쯤 크다. (…)
>
> "읍. 윽, 윽, 다, 달구야, 읍!"
>
> 숨넘어가는 노모의 신음 소리를 밖에서 들으면 바람횟집과 헷갈릴 수도 있다. 밖에서 들으면 바람횟집과 달구분식의 신음소리를 구분하기 힘들 것이다. 혹 새어나오는 소리도 모두 파도 소리에 묻혀버리기 때문이다. (「귀뚜라미가 온다」 35~36면)

이것은 이 작가의 상상력과 주제의식의 기본구도를 집약해 보여주는 상징적인 장면이다.[7] 지붕을 같이 쓰면서 얇은 벽으로 나뉜 두 집이 있어, 같은 시간에 한 집에서는 아들이 늙은 어미를 두들겨패고 그 옆집에서는 젊은 남자가 "엄마"라 부르는 뚱뚱한 연상의 여자와 교접한다. 한 집에서 폭력과 쎅스가 기묘하게 동거하는 셈이다. 더욱이 한 집에서 동시에 벌어지는 어미에 대한 폭력과 (상상적) 어미와의 교미 장면은 마치 영화의 교차편집을 연상시키는 문장의 흐름을 타고 넘어 어느 순간 오버랩되고, 서로 다른 신음소리 역시 벽을 넘나들며 한데 섞이고 겹쳐진다. 그렇게 근친 폭력과 쎅스는 두 여자의 신음소리를 매개로 교차하고, 겹쳐지며, 같아진다. 사정 모르는 다른 사람들이 "밖에서 들으면 바람횟집과 달구분식의 신음소리를 구분하기 힘들 것"은 당연해 보이지만, 이런 장면화의 효과를 감안하면 그건 안에서 보아도 마찬가지가 된다. 이때 이 모든 광경의 무대가 상징의 차원에서 '한 집'이고 '가족 간'이라는 사실은 퍽 중요하다. 어미-자식 관계는 매일밤 패륜적 폭력으로 물드는 관계이고, 부부의 성관계 역시 신음소리를 매개로 폭력과 겹쳐지며, 더욱이 이들 남녀의 상상적 근친쎅스는 도처에 만연한 병리적·도착적 성관계의 근원을 암시한다. 게다가 그것들은 모두 뗄 수 없는 하나다. 그런 의미에서 이 장면은 가족 위에 덧씌워진 사랑과 인륜, 위안과 평온이라는 (모두가 믿고 싶어하는) 판타지 이면의 도착적 진실이 적나라하게 까발려져 상연되는 장면이다. 이것은 그 자체로 백가흠이 바라보는 이 세계의 벌거벗은 실상이기도 하고, 동시에 그런 실상을 내부에서 폭로하기 위해 택한 자발적 도

---

7) 똑같은 장면에 주목한 김형중은 이를 신경증적 남성 판타지와 관련된, "남성 주체의 무의식에 기거하는 두 종류의 상이한 충동에 대한 지형학적 은유"로 읽는다. 이후 더 분명해질 테지만 이 글과는 물론 관점과 짚는 맥이 다르다. 김형중 「남자가 사랑에 빠졌을 때」, 『귀뚜라미가 온다』, 문학동네 2005, 266~68면 참조.

착(倒錯)의 재현전략이기도 하다.

　과연 백가흠의 소설에서 모든 문제는 가족 내부에 있으며, 그곳에서 출발한다. 혹은 그것이 전부다. 이 도착적인 가족이야말로 그가 생각하는 이 세계의 실상을 농밀하게 응축하는 것일 터다. 가령 밤마다 남편은 아내의 몸을 팔고, 여자는 벌거벗은 몸뚱어리를 남편의 혁대 아래 내맡긴다(「밤의 조건」). 마을 유부녀들을 차례로 강간하고 멀리 떠났다가 돌아온 남자는 어린 딸을 티켓다방에 팔아넘긴다(「배(船)의 무덤」). 그도 아니면, 이들 가족은 배신하거나 살육한다. 아내는 남편 몰래 몸을 팔아 돈을 모으고, 남편은 그런 아내는 물론 아이와 노모까지 살육하고 목을 맨다(「구두」). 그리고 아이 엄마의 치정(癡情)에서 비롯된 꼬리에 꼬리를 문 연쇄살인은 태연하게 토막살인을 저지르는 엄마의 중학생 아들에 이르러 끝이 난다(「2시 31분」). 당하는 쪽은 대개 여자들이지만, 남자도 그렇다.

　이 피비린내나는 도착적 가족잔혹극은 가족에 덧씌워진 그럴듯한 판타지를 야유하는 것이지만, 균열되는 판타지는 그뿐만이 아니다. 거기에는 신경증적 남성 판타지도 포함된다. 연정을 품은 룸쌀롱 여자와 우연히 하룻밤을 자고 나서 아이를 밴 여자의 빚을 갚고 함께 가족을 이루려는 소망을 품는 「광어」의 횟집종업원 '나'의 판타지나, 낙태를 하고 하혈을 하며 산을 올라온 여자를 거둬 보살피면서 그냥 산속에 눌러앉자 간청하는 「전나무숲에서 바람이 분다」의 육손이 남자의 판타지가 그것이다. 이들이 여자에게서 찾는 것은 물론 '엄마'다. '엄마'의 상실을 여자에게서 보상받고 가족을 이루려는 이들의 남성 판타지는 끝내 좌절된다. 「광어」의 여자는 남자의 통장을 들고 사라지며, 「전나무숲에서 바람이 분다」의 여자는 남자를 강간혐의로 고발하는 것이다. 조금 애매하게 처리되어 있긴 하나 이를 결국은 좌절할 수밖에 없는 유아적이고 자기중심적인 남성 판타지의 비현실적인 허약함과 병리성을 보여주는 것이라 읽을 수 있는 여지는 충분하다.

그러니 우리는 여자에게 배신당하고 버림받는 이 불쌍한 남자들에 대한 동정으로 눈을 가려서는 안된다. 왜냐하면 피비린내나는 가학과 폭력은, 그리고 여자들의 신음과 비명은 다름아닌 바로 그들의 그런 신경증적 판타지에서 비롯되는 것이기 때문이다. 「구두」의 왜소하고 불쌍한 남자가 벌이는 무자비한 근친살육과 강간이 바로 그것을 극명하게 보여주고 있지 않은가. 백가흠은 이로써 남자의 폭력과 여자의 비명으로 가득한 이 세계를 만들어내고 은연중 떠받치는, 그리고 당연히 은폐되어야 마땅한 이 세계 밑바닥의 심리적 실재를 불쾌하게 드러내 보여주고 있는 터다.

　결국 이 논리를 충실히 따라가자면 판타지가 문제가 되는 것은 그것이 단지 우리 삶의 끔찍한 실재를 가리고 은폐하고 있어서가 아닐지도 모른다. 문제는 다름아닌 판타지 그 자체에, 판타지 안에 있다. 남성의 신경증적 판타지로서 가족 로망스가 근대 자본주의사회의 남근주의적 억압과 폭력을 재생산하는 심리적 토대로 작용하기도 한다는 것을 우리는 숱하게 들은 바 있지만, 의식하든 않든 백가흠의 소설은 바로 그 지점을 상연하고 있는 것이다. 게다가 '동물극장'이라 했으니, 백가흠의 소설은 이 남성 판타지가 심지어 인간의 동물성과 결합하고 그것을 촉발하는 도착적인 효소로 작용하는 광경을 적나라하게 보여주고 있는 셈이다.

　실로 이 논리에 말 그대로 더욱 충실하자면 백가흠은 지금보다는 훨씬 더 냉정하고 가혹해야 했을 것이다. 하지만 그럴 수 없었다는 것이 실은 불필요한 오해를 불러오기 쉬운 이 작가의 약점이다. 가령 우리는 앞에서 동정으로 눈을 가려서는 안된다고 했거니와, 「광어」와 「전나무숲에서 바람이 분다」에서 작가는 남자들에게 동일시를 유도하는 듯한 시점 처리를 통해 충분히 그럴 수 있는 여지를 남겨둔다. 물론 소설 속 남자들의 처지에 대해서는 연민이 없을 수 없겠으나, 그들의 헐벗은 삶과 얽혀 작용하는 가족 로망스의 병리성과 자기중심성에 대해서는 더욱 냉정한 탐구가 있어야 했을 것이다. 병리적 남녀관계가 펼쳐지는 상황설정이 그런 종류의 서사에서 흔히 있을 법한 관습적 문법을 반성 없이 답습하고 있는 것 또한 문제라면 문제다.

특기할 것은 「배꽃이 지고」와 「배(船)의 무덤」의 경우가 그렇듯 남성 판타지와 얽혀 빚어지는 폭력과 살육의 비참극이 경어체가 조성하는 처연한 정조와 충돌하면서 기막힌 아이러니를 만들어내고 있다는 사실이다. 이 아이러니컬한 대비는 물론 판타지와 그 뒤에 숨은 불쾌한 실재와의 대비를 형식적으로 반복하고 재연함으로써 한편으로 가족과 사회에 들씌워진 판타지의 그럴듯한 미화 뒤에 숨은 실재를 부각하는 효과적인 방법으로 기능한다. 인간과 가족과 집과 사회라는 판타지는 그렇게 아이러니 속에서 파열한다. 파열하지만, 그 불쾌한 내용을 견디며 미학만은, 역설적이게도 살아남는다. 이 미학화가 날것 그대로의 현실의 추악함을 차마 아무런 정념 없이 더 냉정하게 파고들어가지 못하는 이 작가의 약점 아닌 약점과 관련되는 것이라면, 작가 백가흠의 장처(長處)는 어쩌면 더욱 냉정해지고 가혹해지는 방향에서 얻을 수 있는 것이 아닐지도 모른다.


## 4. 그러면 손홍규는, 극장에서: 비애의 파토스와 눈물 한 방울, 그리고 유머

동물극을 바라보는 백가흠의 시선이 대개 바깥에 있는 혐오와 경악의 시선이라면, 손홍규의 시선은 안쪽에 있는 연민과 비애의 시선이다. 그리고 '동물극장'이라 했지만, 손홍규 소설의 인물들은 물론 동물에 가깝거나 그보다 못한 자신의 삶의 조건을 받아들이기를 거부한다. 그러니 그들은 비록 상황을 직접 헤쳐가지 않고 도피하는 경우에도 상황에 대한 반성적 자의식만큼은 놓지 않는다. 특히 스스로 인간임을 부정하는 인물들의 편집망상이나 그것을 채색하는 신화적 환상도 바로 그곳에서 나오는 것이다. "이제 내가 너희들의 신을 죽여줄게"(「사람의 신화」 35면)라는 도저한 일성(一聲) 또한, 생각해보면 눈 뜨고 볼 수 없는 비참한 인간의 운명을 어쩌지 못하는 참담한 절망과 무력감에서 오는 것이다. 그들이 처한 상황은 도저히 수긍하고 받아들이기 힘든 것이지만 그렇다고 해서 그들이 실제 할 수 있는 일이라곤 아무것도 없다. 해서 그들은 역진화의 편집망상적 내러티브 속으로 빠져들거나(「거미」 「사람의 신화」), 몸을 말아 꼬치 속으로 들어가는 상징적 죽음을 택한다(「폭우로 걸어들어가다」 「너에게 가는 길」). 손홍규의 소설에서 배어나오는 중요한 특징 중 하나는 바로 이 상황이 만들어내는 비감한 비애의 파토스다.

무릇 이 비애의 파토스는 그려놓은 작중 상황이 그렇다고 해서 그냥 저절로 생기는 것이 아니다. 손홍규의 소설에서 그것은 출구 없는 빈곤과 희망 없는 추락에 대한 절실한 의식과 감각에 뒷받침되고 있는 데서 온다. 우리는 이같은 세계의 선구로 이미 최인석이 있었음을 알고 있다. 하지만 손홍규 소설의 파토스는 그와 방불하면서도 사뭇 다른데, 그것은 이 작가 고유의 문학적 착지점과도 무관하지 않다. 다음 장면을 보자.

나는 언니가 뛰어내리는 순간, 언니의 머리카락을 붙잡았다. 우리는 십일층에서 함께 추락하였고 엄마 위에 포개진 아빠 위로 착지했다. 애석하게도 나는 나도 모르게 줄을 뿜으며 떨어졌고 그 탓에 언니의 등 한 뼘 위에 대롱대롱 매달렸다. (…)

나는 내가 뿜어낸 줄을 타고 다시 십일층으로 기어올라갔다. 저 아래 핏물이 번들거리는 곳에서 아주 작고 무수히 많은 거미들이 꽁무니에서 줄을 뿜어내며 바람을 타고 날아오르는 환상을 보았다. 엄마 혹은 아빠, 어쩌면 언니의 몸에서 나온 것인지도 모른다.

십일층이 아득했다. 바람이 내 몸을 흔들었다. 내 몸의 사천 곱을 견디는 질긴 나의 줄이여, 나를 버텨다오. 나는 중얼거리며 오르고 또 올

랐다. (「거미」190~91면)

「거미」에서 '나'는 가족과 함께 아파트 십일층에서 뛰어내린다. 그곳에는 '죽음'이 있을 뿐이지만, 그 파국을 거스르는 환상 또한 거기에 있다. 죽어도 죽지 않는 그 환상은, 그리고 추락과 죽음 가운데 홀로 남은 중얼거림은, 거스를 수 없는 상황을 거스르려는 절망적인 안간힘의 극점에서 나온다. 그렇게 '나'-거미는 추락을 거슬러 "내 몸의 사천 곱을 견디는 질긴" 줄 하나에 의지해 오르고 또 오른다. 이것은 가령 (최인석이 그러하듯) 이 세계 저편으로의 종말론적 초월이나 유토피아가 있을 수 없는 세계다. 그 대신 여기에는 어느것도 구원할 수 없는 현실의 죽음이 있고, 죽음의 한복판에서 바로 그 죽음의 운명을 거슬러올라가는 힘겹고도 질긴 환상이 있다. 손홍규의 소설에서 추락의 운명을 가까스로 거슬러올라가는 이 힘겨운 '역진(逆進)'의 이미지는 중요하다. 이를 손쉽게 '부정의식'이라고 환원해버릴 수는 없는데, 왜냐하면 그것은 초월도 유토피아도 결코 존재할 수 없는 자연주의적인 세계의 한가운데서 그 세계를 인정하기를 거부하면서도 절망적인 상황을 어찌 됐든 감내하고 버텨야 하는 데서 오는 비애의 표정을 함축하고 있기 때문이다. 그리고 그런 자신을 응시하는 무력한 반성적 자의식이 그 비애를 더욱 부추기고 사뭇 절실한 것으로 만든다.

과연 대부분 손홍규 소설의 인물들은 힘겹게 운명의 결을 거슬러 역진한다. 예컨대 「폭우로 걸어들어가다」의 인물들은 "남들이 가는 길을 거슬러 홀로 어깨를 수백수천의 단단한 어깨에 부딪혀가며"(90면) 거꾸로 살아가는 길을 택하며, 또 그렇게 거꾸로 나이를 먹어 스러져간다. 「거미」와 「사람의 신화」의 화자들 또한 치욕뿐인 인간의 삶을 사느니 차라리 거꾸로 인간 아닌 존재로 퇴화하는 것이 낫다는 망상에 사로잡힌다. 이런 역진의 길은 그러나 결코 주어진 운명의 궤도를 이탈하는 초월의 길이라고는 할 수 없다. 더욱이 운명을 거스른다 했지만, 그럼에도 불구하고 이들은 자신을 속박하는 주어진 운명을 결코 되돌리지 못한다. 적어도 이들에게 운명의 바깥은 없다. 그래서 "한치 앞도 볼 수 없는 어두운 길" 앞에 선 그들은 말한다. "나에게는 도망갈 곳도 없었다."(「갈 수 없는 여름」 50면)

우리는 여기에서 애초 운명을 거스르는 인물들의 역진 자체가 끝내 거스를 수 없는 운명에 대한 비감한 자각 가운데 이루어지는 것이라는 사실을 확인해둘 필요가 있다. 그들은 주어진 운명을 결코 바꾸거나 되돌릴 수 없다는 사실을 알고 있고, 참담해하면서도 그것을 어쩔 수 없는 현실로 받아들인다. 이것을 혹 무기력한 운명론이라 할 수도 있을 테지만, 실은 그렇지 않다. 반대로 운명을 버텨 거스르려는 인물들의 저 간절한 소망은 운명의 바깥은 없다는, 우리 모두는 그 운명에 철저히 종속되어 있을 뿐이라는 자각 속에서 비로소 더욱 중요한 의미를 얻는다. 다음 장면에서도 보듯, 이를테면 변증법적 역전은 바로 그곳에서 일어나는 것이기 때문이다.

골방문이 열리며 정희 누나가 들어왔다. 나는 이렇게 될 줄 알고 있었다. 오래 전 우리 종족과 사람이 어울려 살 수 있었다는 걸 증명해준 나의 누나여! 피칠갑이 된 그의 몸뚱어리가 내게 무너져왔다. 그의 피는 따뜻했다. (…) 내게 안긴 정희 누나의 숨결이 잦아들고 있었다. 나는 나의 종족을 배반하기로 마음먹었다. 오로지 정희 누나에게 이 말을 하기 위해 나만의 언어를 버리고 사람의 언어를 사용했다. 사람의 언어를 사용하는 순간 나는 이미 그전의 종족이 아니었다. 하지만 정희 누나에게 말해주고 싶었다. 실성한 뒤로 나의 마음을 읽지 못하게 된 그에게 나의 마음을 전달하는 길은 사람의 언어를 사용하는 것 말고는 없었다.

사랑해, 누나. (…)

190

나는 처음으로 눈물을 흘렸다. (「사람의 신화」 35~36면)

'나'는 "나만의 언어를 버리고" 사람의 언어를 사용함으로써 결국은 상
징적 죽음을 택한다. 이 상징적 죽음이란 물론 "언젠가는 손가락이 아니
더라도 그보다 더한 것들, 팔 혹은 다리 혹은 심장마저 이 세상에 바쳐
야"(「사람의 신화」 26면) 하는 인간의 운명에 '나' 자신을 적극적으로 포함/
종속시키는 행위다. 인간의 비참한 운명을 어쩔 수 없는 내 것으로 받아
들이는 이 비감한 선택을 촉발하는 것이 놀랍게도 타자에 대한 사랑과 연
민임을 지적하는 것은 단순한 상투(常套)만은 아닐 것이다. 인간에 대한
연민을 차마 어쩌지 못해 희망 없음을 알고 있는 지금-이곳에 스스로를
밀어넣는 이 행위 속에서, 가혹한 운명을 거꾸로 스스로 버려야 할 운명
으로 선택하는 이 행위 속에서, '자유'는 무릇 시작되는 것이다. 거스르고
자 하나 거스를 수 없는 운명에 대한 비감한 자각과 그 운명을 제것으로
떠안는 행위 속에(서만) 역설적으로 '자유'가 있을 수 있다면 그것은 일
면 이런 것일 터다. 그리고 그 순간, "나는 처음으로 눈물을 흘렸다." 손
홍규 소설에 가득한 비애의 파토스는 여기에 흐르는 눈물 한 방울과 더불
어 의미있는 내용을 얻는다. 손홍규의 소설은 따라서 동물극이되, 섣부
른 초월이나 단순한 부정에 이끌리기보다는 동물적 생존에 대한 절실한
자각과 버팀의 비애를 통해 역설적으로 인간의 존엄을 발견하는 그런 세
계다.

  그런데 손홍규의 소설에서 눈물은 그곳에만 있는 것이 아닌데, 가령
전혀 다른 상황에서 흘러나오는 이 눈물을 보자.

  나는 대숲을 에돌아 집 앞으로 가선 땅을 후벼파고 대나무를 거기에
심었다.
  내가 서울에 무사히 가면 여기에 꽃이 필 거고 아니면 말라 죽을 거여.

나는 뒤돌아서다 뭔가 아쉬워 다시 중얼거렸다.

한 번 피면 죽고 만게 한 번에 가야 혀.

기찻길을 따라 서울로 하염없이 걷다가 누군가 나를 불러 멈췄더니 마귀할망구가 우린 감을 하나 건네주었다. 배가 고프지 않았다면 그따위 우린 감을 순순히 받지는 않았을 것이다. 그리고 마귀할망구는 내가 꽂아둔 대나무를 어머니가 다듬어 부지깽이로 쓰고 있다는 걸 알려주었다. **눈물이 흘렀다.** (「아이는 가끔 돌아오지 못할 길을 떠난다」 129면. 강조는 인용자)

우리는 '나'가 길을 떠나기 전 심어놓는 대나무가 이야기 속 아기장수가 전쟁터로 떠나기 전 심어놓은 바로 그것임을, 또 "마귀할망구"의 "우린 감"을 건네받는 것이 가혹한 역사에 희생된 그녀 아들의 운명을 떠안는 비감한 상징적 행위임을 알고 있다. 우리가 여기에서 보는 것은 물론 손홍규 문학의 심리적 기원이지만, 여기에 동시에 존재하는 것은 그곳에 있을 법한 통상의 감정을 능청스럽게 분산시켜버리는 유머러스한 서술이다. '나'는 짐짓 "배가 고프지 않았다면 그따위 우린 감을 순순히 받지 않았을 것"이라고 말하며, '나'가 꽂아둔 대나무는 김새게도 "어머니가 다듬어 부지깽이로 쓰고" 있으리라 말하는 것이다. 눈물은 이 유머와 더불어 솟아난다. 이후 손홍규 소설의 세계는 이 눈물의 유머 속에서 더욱 풍부해지리라 짐작해볼 수 있는 대목이다.

그러나 이쯤에서, 그러기엔 이 작가의 세계가 아직은 거칠고 채 정제되지 않았다는 것을 지적하는 것도 공평한 일이겠다. 직접적인 언술이 드물지 않게 노출되는 것도 그렇지만 앞에서 확인한 개성적인 주제의식과 가능성이 작품 전체를 유기적으로 통어하기보다 깊이있는 감응력을 얻지 못하고 흐트러져버리는 경우를 종종 보는 것도 이와 무관하지 않다. 그렇지만 이후 손홍규의 소설이 그런 결여를 극복하는 가운데 예의 '사람의 언어'를 비애의 눈물과 유머 속에 심화시켜나가리라는 기대가 공연한 것이 아님은 앞에서도 이미 충분히 증명한 바다.


## 5. 다시, 결여와 윤리

백가흠과 손홍규의 소설은 2000년대 한국소설의 현재를 비춰주는 중요한 표징의 하나다. 이들 소설의 인물들을 앞서 일러 '동물'이라 했지만, 그들은 실은 원초적인 자연상태와 다를 바 없는 헐벗은 삶을 살아가는 밑바닥 마이너리티로 고쳐 부를 수 있을 것이다. 그중 손홍규 소설의 인물들은 '무력한 주체'인 반면 백가흠 소설의 인물들은 말 그대로 '주체'라고도 할 수 없는 그 이전의 본능적 생존에 고착되어 있는 존재들이다. 그들에 대한 이 작가들의 시선에는 각기 연민과 비애, 혐오와 경악이 복잡하게 뒤섞여 있지만 그 이전에 이런 형상들을 부려놓는 자체가 이미 우리 삶에 대한 이들 세대의 특정한 주관적 감각과 무관하지 않음을 짐작하기란 어렵지 않다. 그리고 그 감각은 상상적이든 실제적이든 이 시대 대부분 젊은 작가들이 현실을 자아의 창조적 가능성과 교통하거나 주체적으로 개입할 수 있는 여지를 결단코 허용치 않는, 움직일 수 없이 견고하고 폐쇄된 세계로 지각하는 것과도 관련되어 있다. 신경증적 불안과 편집증적 망상, 폐소공포증적인 감각이나 암울과 잔혹의 상상력이 확산되어가는 이즈음 많은 젊은 작가들의 상상세계 역시 그들이 의식하든 않든 일면 그런 상상적 현실감각과 공명하고 있는 것이다.

그중에서도 손홍규는 그 현실감각의 진원지를 다분히 의식하고 있는 듯한데, 그 점은 "중심이 사라진 시대"(「바람 속에 눕다」 144면)라는 표현에서도 부족하나마 조금은 헤아려볼 수 있는 바다. 1970년대 중반 출생인 백가흠과 손홍규의 세대는 '이념'이 빛을 잃고 신념이 패퇴하던 무렵에 자라 애초 멸(滅)할 환(幻)의 중압도 멸(滅)의 냉소와 강박도 절박한 시대의식으로 체험하지 못했던 세대라는 점을 떠올려보면 그런 시대규정이 어떤 맥락에 있는 것인가는 사뭇 분명하다. 이들 세대 중 적어도 자기중심적인 '나'에 얽매이지 않고 '포스트'시대의 문화적 상력력과 인공적 삶의 감각과도 거리를 유지하는 이들에게는 분명 적나라한 욕망을 등에 업은 자본의 물신(物神)이 횡행하는 이 자연주의적인 세계는 기댈 중심도 없고 희망도 없는 그저 힘겹게 견디고 버텨야 할 삭막한 동물왕국에 불과한 것으로 보일 법도 하다. 그리고 거기에는 어쩔 수 없는 무력감이 동반된다. 그러니 그중에서도 무언가를 보고자 하는 이들이라면, 이렇게 말할 수도 있을 것이다. "아무것도 볼 수가 없었다. 나는 분명히 무언가를 보고 있었지만 그 무엇도 내게 보이지 않았다."(「폭우로 걸어들어가다」 71면)

따라서 백가흠과 손홍규의 소설은 그들 세대의 조건의 제약(이것은 물론 우리 시대가 공통으로 겪는 제약이기도 하다)에서 오는 한계를 숨김없이 보여주면서도 다른 한편 결코 외면해서는 안될 이 시대 실재의 일면을 나름의 방법으로 포착하고 있는 셈이다. 아니, 어쩌면 그것은 한편 그런 제약이 있었기에 가능한 것이었는지도 모른다. 앞서 지적한 격세유전이란 물론 이런 맥락의 일면이다. 그러나 백가흠과 손홍규의 소설에 국한해 말한다면, 이들이 지금 보여주는 출발지점의 개성적인 세계가 당연히 이들 소설세계의 전부라고 해서는 안될 것이다. 우선 우리는 힘있게 밀어붙이는 백가흠 소설의 비판감각이 그가 더 가혹해지든 아니면 다른 길을 택하든 이 시대의 정신과 현실의 곳곳에 대한 더욱 다양하고도 섬세한 문학적 탐구의 가능성을 열어놓고 있음을 확인할 수 있다. 더불어 앞에서 얼핏 엿본 손홍규 소설의 유머만 하더라도 그것은 그의 세계가 충분히 더 넓어지리라는 것을 기대하게 하는 원천 가운데 하나다. 예컨대 역사의 상처와 공명하는 입담의 진경이 펼쳐지는 「아이는 가끔 돌아오지 못할 길을 떠난다」도 그렇지만 유머러스한 입담에 실은 기발한 성석제적 인물탐구라 할 수 있는 「걸레가 있었어요」 역시 이 작가의 세계가 또다른 갈래로 번지고 퍼져나가리라는 예감을 주는 작품이다. 그런만큼 이들은, 여기에 머물지 않을 것이다.

그럼에도 불구하고, 이쯤에서 우리가 다시 한번 확인해야 하는 것은 앞에서도 은연중 암시했다시피 이들의 소설 역시 그들이 속해 있는 2000년대 소설 전반의 내재적인 결여와 한계에서 결코 자유롭지 않다는 사실이다. 하지만 어쩌면 결코 자유롭지 않다는 바로 그 지점이야말로 말 그대로 '윤리'가 시작되어야 하는 지점인지도 모른다. 그것은 물론 그 결여와 한계에 대한 절실한 자각이 동반되는 한에서만 가능한 것이다. 우리는 예컨대 손홍규 소설의 눈물에서 이 윤리의 지점을 잠시 엿본 바 있다. 우리가 기대하는 것은 당연하게도 백가흠과 손홍규 소설에서 이미 확인한 비판의식과 윤리감각이 이 깊은 가능성을 향해 더욱 번져가는 것이다.

한편으로는 이런 기대가 혹 너무 성급한 것 아니냐고, 그렇게 물을 수는 있겠다. 물론 그럴 수도 있을 것이다. 등단 이후 이제 겨우 창작집 한권씩을 상재한 터이니 말이다. 그러나 그것만 놓고 보아도 이 작가들이 지금 비록 거칠게나마 보여주는 작지 않은 가능성이 우리가 그려보는 좀더 성숙한 한국문학의 지도를 적어도 쓸모없게 만들어버리지는 않을 것임을, 그 위에 다시 디테일을 그려넣고 결여를 넘어서는 변화를 도모하며 실한 볼륨을 주게 되리라는 것을, 기대하며 기다려도 좋을 것이다. 무엇보다 이들은 개성과 에너지 충만한 젊은 작가들이기 때문이다.

—『문학동네』 2005년 겨울호

# 아비 없는 소설극장

■

2000년대 젊은 작가들의 상상세계 1

## 1. 2000년대 한국소설의 유혹, 혹은 위협하는 아비들

이즈음 한국소설은 그 자신을 위협하는 두 아버지와 직면하고 있다. 한 아버지는 소설 바깥에 완강하게 버티고 있으며, 다른 아버지는 소설 안에 살아 숨쉰다. 아버지라 함은, 물론 은유의 차원에서 그렇다는 이야기다.

이 지점에서 우리는 외부에서 침입해 들어와 인간에게 부과된 불가항력적인 낯선 힘에 직면해 환기되는 소설장르의 오랜 자기의식을 떠올려볼 수도 있을 것이다. 밀란 쿤데라는 그것을 '역사에 대한 공포'라 불렀지만, 그것은 비단 좁은 의미에서 '역사'에만 한정되는 것이 아니다. 깊어가는 이 자본주의 근대의 시절에, 인간에게 부과된 그 낯선 힘의 다른 이름을 우리는 익히 알고 있다. 그것은 지금 이곳에서 우리의 전체 삶의 기획과 의미를 통제하고 구조화하는 힘이며, 애초 인간에게 적대적인 낯선 힘으로 출현했으나 지금은 인간적 삶의 가능성의 의심할 수 없는 조건인 양 사뭇 친숙한 모습으로 위장하고 우리 삶의 내러티브를 엮어가는 보이지 않는 창작자다. 다름아닌 '자본'이라 일컫는 그것은, 그런 의미에서 우리

196

의 의식과 삶을 지배하는 보이지 않는 아버지라 할 수 있을 터이다. 이런 사정을 감안하면 우리는 소설의 존재조건을 이 싯점에서 다시 고쳐 정의할 수도 있을 듯하다. 애초 근대소설은 의미의 부재 앞에 선 자의 고독에서 출발했으며 이를 염두에 둔 듯 루카치는 소설을 '신이 없는 시대의 서사시'라 불렀다. 하지만 뒤집어보면 지금 우리 시대는 역설적이게도 의미로 넘쳐나는 시대가 아닌가. 신을 대체해버린 충만한 의미의 창조자인 전능한 의사(擬似) 신-아버지로서 자본이 가공해 던져놓은 식민화된 의미 말이다. 따라서 이런 전도된 패러디가 허용된다면, 어쩌면 우리는 소설을 '신이 편재(遍在)하는 시대의 서사시'라 고쳐 불러야 할지도 모른다.

이런 상황에 대한 공포가 없다면, 소설은 아도르노가 '기만'이라 일컬은 그 흔하디흔한 대중문화와 구별될 이유가 없다. 의미있는 문학적 성취는 어떤 차원에서든 그 공포의 자각 없이는, 또 그로부터 출발하지 않고서는 오지 않는다. 창조적인 소설적 사유는 그 위에서 지금 이곳의 삶의 내러티브를 물샐틈없이 지배하는 그런 부정적 결정요인을 예민하게 의식하면서도 어떤 식으로든 그것과의 대결을 회피하지 않는 고투를 통해서만 비로소 생성되는 것이며, 소설 자신을 구원하는 것 또한 바로 그것이다. 그리고 우리가 소설적 자의식이라 부르는 것도 다름아닌 그에 대한 민감한 의식에 붙여주는 이름이다. 외견상의 양적인 풍성함에도 불구하고 지금 실제로 수많은 한국소설이 보여주는 안타까운 정체와 답보는 의식적이든 아니든 이에 눈감고 있거나 그렇지 않으면 그런 의식을 교묘히 회피하는 데서 오는 당연한 결과일 수도 있을 것이다.

그런 상황에서, 한국소설의 진화와 성숙을 위협하는 아버지는 이제는 소설의 안에서 자라나온다. 대결의 의지가 없는 빈곤해진 자기의식이 기댈 수 있는 곳은 이미 고래(古來)의 수많은 소설들이 오랜 시간에 걸쳐 배제와 포섭을 통해 형성하고 정착시켜온 관습적인 소설문법이다. 이것은 특히 근간의 몇몇 젊은 작가들의 소설이 드물지 않게 보여주는 상투성과 도식성에서도 어렵지 않게 입증되는 바이지만, 중견작가라 해서 예외는 아니다. 변화하는 현실에 대한 매 순간의 민감한 대결의식을 거두어들이는 대신 그나마 전통적으로 공인된 문법을 바탕으로 과거 작가 자신이 나름대로 펼쳐온 개인문법을 아무런 갱신의 노력 없이 지루하게 반복하는 작품들을 우리는 숱하게 보지 않는가. 이미 확립되어 있는 소설전통과 대결하면서 새로운 의미를 생성하려는 창조적인 소설적 고투보다는 굳어버린 기존 관습의 반복을 선택하는 이런 정체(停滯)에의 유혹을 통상적인 용어로는 매너리즘이라 할 수 있을 테지만, 달리 이르면 그것은 자기 자신을 안전하게 지탱해주는 문법적 아버지에 대한 의존을 벗어나지 못하는 미성숙이다. 지금 한국소설이 스스로 견제해야 하는 것은 이 미성숙에 대한 유혹이다.

유혹이라 했지만, 지금 2000년대 한국소설의 장 곳곳에서 이 유혹을 비껴가고자 하는 작가들의 노력은 드물지 않게 발견된다. 그중에서도 특히 개성적이라 할 만한 젊은 작가들의 모색은 이 자리에서 다시금 환기해둘 필요가 있겠다. 보기에 따라 아직은 서툴거나 소박한 단계일 수는 있어도, 어쩌면 이후 이들에게서 진화하는 한국소설의 한 축을 보게 되리라 조심스럽게 기대해볼 수 있을 터이기 때문이다. 이야기는 사정상 몇몇 작가의 소설들에 국한되는만큼, 기대하고 지켜보아야 할 대상은 필시 이뿐만이 아닐 것이다.


## 2. 소설과 유희하는 탈규범의 상상력——이기호와 박민규의 소설

20세기 한국소설을 지탱해왔던 전통적인 문법에 대한 유희적인 일탈을 (비)문법으로 삼고 있는 소설은 이제 한국소설에서 무시할 수 없는 중요한 한 흐름으로 공인되고 있는 듯하다. 대표적으로 이기호와 박민규의 소설이 그러하거니와, 처음 「버니」와 『지구영웅전설』에서 각기 그랬듯 전통적인 의미에서 소설이라 하기엔 지나치다 하리만큼 가볍고 또 그래서 낯설었던 이들의 소설은, 그 실험을 연장하는 가운데 한국소설의 영역을 조금씩 알게모르게 넓혀가고 있다고 보아도 될 것이다. 그리고 그 실험은 소설에 대한 분명한 자의식 위에서 이루어지고 있는 것이기도 한데, 이기호의 「나쁜 소설」과 박민규의 「축구도 잘해요」가 보여주는 것이 바로 그것이다.

이기호의 「나쁜 소설」(『실천문학』 2005년 봄호)은 문학의 엄숙한 경계를 교란하는 그런 나름의 소설론을 소설의 형식으로 연출하는 소설이다. 이 소설에서 작가는 기존의 다른 특정한 문학적 관습을 패러디하면서 그것을 자기 자신의 소설관과 방법론을 음미하는 장치로 활용한다. 그리고 패러디의 대상은 흥미롭게도, 우리가 익히 아는 윤대녕의 소설이다. 소설은 독자에게 최면을 걸어 소설을 읽어주는 액자 밖 상황에서 시작하고 또 이때 읽어주는 액자 안의 소설이 바로 소설 전체의 내용이 되는 식으로 구성되어 있는데, 이 액자 안 소설에서 무엇보다 작가가 문제삼는 것은 '윤대녕 소설'의 수용을 통해 발생하는 내면의 정경이다. 여기서 그 수용의 정경이란 가령 "소설을 읽고 난 뒤에 밀려오는 어떤 몽롱함, 어떤 쓸쓸함과 애잔함"이라든지 "소설 속 주인공이 느끼는 허무가, 하나도 남김없이 당신에게로 전이되는 듯한 막막함, 그래서 소설 속 주인공과 당신이 하나로 합치되는 듯한 감정의 출렁거림"(43면)과 같은 것이다. 「나쁜 소설」은 감정이입을 통해 이 윤대녕 소설의 주인공과 동일시하고 그를 모방해왔던 '당신'의 이력을 환기시키면서 그 모방 행위와 '당신'이 맞닥뜨리는 비루한 현실과의 서글픈 희극적 어긋남을 하나둘 들추어낸다.

이것을 통해 화자가 이야기하는 것은, (윤대녕의) 소설보다 차라리 더 소설 같은 막막하고 고독한 현실의 삶에 가닿아 위무해주지도 못하고 아무런 자극도 줄 수 없는 ('윤대녕 소설'로 대표되는) 고독한 개인의 내면 지향적 소설의 무력함이다. 이를테면 그런 소설은 더이상 비루한 고독의 벽을 뚫고 새어나오고자 하는 작은 소통의 계기를, 그리하여 몸을 감싸는 "작은 흥분"과 "설렘"(40면)과 같은 것을 주지 못한다는 것이다. 어쩌면 '최면소설'이라 불러야 할 듯한 이 특이한 형식을 가득 흘러넘치는 그와 같은 풍자적 비판의 희극적 연출 과정에는 물론 작가 나름의 대안적인 소설론이 바탕에 깔려 있는데, 작가는 그것을 부제('누군가 누군가에게 소리내어 읽어주는 이야기')에서부터 상황설정, 소설의 내용과 그것을 전달하는 형식에 이르기까지 분명하고도 일관되게 암시하고 있다. 더불어 작가가 지향하는 듯한 소설의 형태는 "도서관에 앉아 조용히 눈으로만 읽는 사람들은 전혀 배려하지 않은 듯한 소설" 혹은 "'누군가 누군가에게 소리내어 읽어'주지 않으면 별다른 재미도 맛볼 수 없을 것만 같은 소설"(38면)과 같은 구절에서 자못 분명한 표현으로 제시되기도 한다. 그리고 이에 머물지 않고 다른 한편에서 작가는 그런 '읽어주는 소설'이 애초 단자화된 개체적 삶의 조건 속에서 맞닥뜨릴 수밖에 없는 딜레마에 대한 자의식을 또한 자못 희극적인 방식으로 무대화한다. 그런 측면에서 「나쁜 소설」은 기성 문학의 비판적 패러디와 쓸쓸한 자기 패러디를 경유해 연출하는 이기호 소설의 문학적 자기선언이라고 보아도 크게 틀리지 않을 것이다.

이 배후에는 필시 그런 주어진 현실과 의식의 한계를 벗어나는 '상상력'의 갱신에 대한 요구가 있을 법도 한데, 이기호가 「누구나 손쉽게 만들어 먹을 수 있는 가정식 야채볶음흙」(『문예중앙』 2005년 봄호)에서 강조하는 것이 바로 그것이다.

단언컨대 상상력이 없는 사람들은 새로운 요리법을 발견할 수 없습니다. 자기의 입맛 또한 자기의 것이 아니죠. 그저 남들이 해놓은 상상을, 남들이 일방적으로 주입한 상상을, 멍청하게 받아먹을 뿐이죠. 자

기의 입맛도 남들에게 맞추면서 말입니다. (208면)

이것은 그 자체로 지금 많은 한국소설이 안주하고 있는 매너리즘의 진원을 겨냥하는 명민한 알레고리적 진술이다. 그리고 이기호 소설은 이런 인식을 바탕으로 이 '새로운 요리법'을 실험하며 찾아가는 도정에 있다고 보아도 될 것이다. 그러나 '작은 흥분'이 있는 소통을 지향하는 이 나름의 상상력은 아직은 채 무르익지 않은 듯하다. 이는 이기호의 소설 대부분이 그렇듯이 이미 존재하는 기존의 담론이나 형식적 틀을 활용하여 그것을 딛고 발상을 진전시켜 뻗어나가는 형식(주의)적 생기(生氣)에 비해 상대적으로 그것을 실하게 채울 수 있는 자기 자신만의 숙성된 사유의 '내용'이 충분히 확보되어 있지 않기 때문이다. 이기호의 소설이 전략적으로 기대고 있는 묵독/낭독, 문자성/구술성, 내면/탈내면 등과 같은 이분법의 틀이 오히려 거꾸로 상상력의 깊이와 범위를 제한하는 한계로 작용한 탓도 있겠으나, 소설 자체가 전반적으로 표피적이라는 느낌을 주는 것도 상당 부분 거기에서 기인하는 것이다. 어떤 측면에서 이후 이기호 소설의 문학적 성숙은 이런 결여를 어떻게 채워가는가에 달려 있다고 해도 좋다.

  기존의 관습적인 문법을 일탈하는 시도라면 박민규 역시 이기호에 뒤지지 않는다. 아니, 오히려 박민규의 소설은 한층 더 근본적이다. 박민규는 이기호와는 달리 긍정적으로든 부정적으로든 소설에서 기댈 수 있을 법한 기존의 문법이나 담론의 자력을 최대한 밀쳐낸 자리에서 출발한다는 측면에서 그러하다. 특히 그 대신 기존 소설에서 비문학적이라 하여 당연히 배제되어야만 할 것으로 알았던 각종 잡스런 장치들을 문학의 영토 아래 끌어들이면서 연출하는 박민규의 독특한 문학적 실험은 그 자체만으로도 충분히 문학의 엄숙한 경계와 고정관념을 돌파하는 흥미로운 작업이다. 그리고 박민규 소설 특유의 도발적인 엉뚱함도 대개는 거기서 비롯되는 것이다. 박민규 스스로가 이런 방법론에 대해 퍽 자각적이라는 점은 이미 「카스테라」(『문학동네』 2003년 겨울호)에서도 확인한 바 있지만, 그것을 보여주는 것으로는 「축구도 잘해요」 역시 못지않다.

「축구도 잘해요」(『문학동네』 2005년 봄호)는 '자전소설'이라는 형식적 틀 안에서 유희하는 바로 그 과정을 소설에 대한 자기진술로 은근슬쩍 전화 시키고 있는 소설이다. 이 자전소설에서 '나'─작가는 황당하게도 자신의 전생이 마릴린 먼로였다는 사실을 고백한다. 이쯤 되면 우리는 그러려니 흔쾌히 한수를 접어주고 이야기를 듣게 될 수밖에 없는데, 그 사연인즉슨 여배우로서 영욕의 생을 다한 후 소원대로 다시 한국에서 환생한 '나'가 외계인에게 납치된 후 어찌어찌 목성과 화성 중간쯤에서 문학평론가 김현 선생을 만나 대화를 나누는 등의 우여곡절을 겪은 끝에 어쩔 수 없이 문학을 하는 수고를 떠맡게 된 전후 사정에 대한 것이다. 이 유례없이 황당무계한 자전소설의 묘미는 '자전소설'이라는 전통적인 고백의 장치를 엉뚱한 방식으로 뒤틀어버리는 희화화를 통해 문학에 대한 오래된 엄숙주의를 돌파한다는 데 있다. 그 자체로 미리 한계가 주어져 있는 형식적 틀을 비약해 유쾌하게 날려버리는 이런 태도에서 이미 박민규는 자기 자신의 의식적 방법론을 충분히 제시하고 있는 셈이지만, 맞춤법이 틀리게 쓴 "매리 크리스마스"라는 표현의 "놀라운 발견"에 고무된 소설 속 김현 선생도 거기에 마침 이렇게 덧붙이며 거들고 있지 않은가.

> 인류의 희망은, 그래서 메리와 매리 사이의 반 집 싸움과도 같은 것 이죠. 어떻습니까? 문학을 한번 해보실 생각은 없습니까? 문학이라구요? 그렇습니다. 막막하군요. 막막한 것만은 아닙니다. 그저 매리, 라고 쓰는 것이니까요. (284면)

이에 따르면 문학이란 무슨 거창하고 고상한 것이라기보다는 '메리'를 그저 '매리'라고 고쳐 쓰는 것, 즉 고착된 문법의 규범을 일탈하는 이 삐

딱하게 잘못 쓴 한 획으로 구현되는 탈규범적인 차이의 유희를 실천하는
것이다. 그 속에서 박민규의 소설은 아직은 그 발랄한 발상과 스타일만큼
의 주제적 깊이를 확보하는 데는 이르지 못하고 있지만, B급 키치에 엉
뚱하게 몸을 싣고 펼쳐지는 박민규 소설의 이 유희 속에서 무엇이 생성될
것인가를 은근히 기대하며 지켜보는 것도 쉽게 얻을 수 없는 즐거움이 될
것이다.


### 3. 불쌍한 그들 아비, 그리고 소설——윤성희와 김애란의 소설

그리고 이제 우리 앞에는 이기호와 박민규가 대결했던 문법적 아비가
아닌 실제 아비가 등장하는 소설들이 놓여 있지만, 그 이전에 잠시 박민
규의 「축구도 잘해요」의 마지막 장면으로 다시 돌아가볼 필요가 있겠다.
그렇게 김현 선생을 만나고 지구로 돌아온 '나'는, "누가 문학을 하실 겁
니까?"라는 군인들의 강요된 물음에 실은 축구가 하고 싶다며 눈물을 글
썽이는 아들 태권소년을 대신해 어쩔 수 없이 나선다. "나는 결국 아버지
의 입장에 설 수밖에 없었다."(290면) 이는 언뜻 별 뜻 없는 희극적인 능청
에 지나지 않는 것처럼 보일지는 모르나, 실은 조금 과장해 말하자면 20
세기 한국문학의 흐름 속에서 대부분의 지식인-작가들이 품어왔던 '스
스로 아비 되기'라는 문학적 주체의 자기 테제에 대한 통렬한 패러디로도
읽을 수 있다. 이로써 박민규는 사뭇 엄숙한 기존의 문학적 전통의 권위
를 상대화하는 효과를 거두고 있거니와, 그것은 '아비'라는 은유적 범주
자체에 대해서도 마찬가지다. 이 아비의 역할이 문학보다는 축구를 하고
싶다는 아들 대신 어쩔 수 없이 떼밀려 수고롭게 떠맡게 되는 별것 아닌
것이듯, 이 논리를 그대로 따라가면 20세기 한국문학에서 '아비 되기'의
심적 구조를 근원에서 지탱해온 대타적인 '아비'의 은유 역시 자연스럽

게 그에 대응해 상대화될 수 있는 것이 아니겠는가. 한국문학의 주체가 시종 끊임없이 맞닥뜨렸던 아비 부재 상황이나 외설적―부정적 아비의 횡포 속에 다름없이 똑같이 존재하는 '거대 아비'라는 확고한 부권(父權) 이미지 말이다.

박민규의 소설에서 보이는 이런 '아비'의 상대화는 다른 젊은 작가들의 소설에서도 각기 형태와 방식을 달리하여 드물지 않게 나타난다. 이즈음 젊은 문학에서 이것이 한편으로 역사의식의 하중에 짓눌리기를 사양하는 태도로 나타나고 또 그것이 가벼움을 낳는 하나의 원인으로 작용하는 것은 틀림없는 사실이다. 그러나 다른 한편에서는 그것이 독특한 질감의 새로운 문학적 개성으로 이어지고 있다는 것 또한 부정할 수 없다. 그리고 윤성희와 김애란의 소설 역시 각기 방향을 달리하고 있기는 해도 이에서 크게 멀지 않다. 그런 측면에서 특히 윤성희의 「감기」와 김애란의 「사랑의 인사」에서 이들이 일구어가는 독특한 세계가 작품 속 실제 아비의 상대화와 어떤 지점에서 어떻게 관련되고 있는가를 주시할 필요가 있다. 어떻게 보면 이들의 문학이 서 있는 자리와 그에 대한 자의식은 이 아비를 딛고 넘어가는 주체의 포즈 속에 그대로 응결되어 있다고도 할 수 있기 때문이다.

그런 맥락에서 볼 때 윤성희의 「감기」(『문예중앙』 2005년 봄호)에서 무엇보다 인상적인 것은 '정상적'이라는 통념을 벗어나 있는 가족 구성이다. 주인공인 '남자'를 임신한 어머니와 한때 눈이 맞아 도주했던 낯선 사내가 몇년 뒤 소년이 된 '남자'의 집으로 찾아와 함께 살게 된다. 그리고 아버지는 말한다. "작은아버지라 불러라. 하마터면 니 아버지가 될 뻔한 사람이니까."(196면) 어머니가 빠져 있는 가족 삼각형의 한 자리를 또하나의 아버지가 메우는 셈인데, 그럼으로써 아버지는 자연스레 복수화(複數化)되는 것이다. 이때 주목해야 하는 것은 이러한 아버지의 복수화가 부권의 부재와 맞물려 있다는 사실이다. 한때 시간차를 두고 어머니를 공유했던 소설 속의 두 아버지는 달아나는 어머니에 관해서는 똑같이 속수무책이었던 한에서, 확고한 가족 삼각형을 단속하고 보전할 능력이 없는 무력한 아버지들이다. 어미 없는 가족 삼각형은 그렇게 형성되는 것이며, 복수화된 아버지가 실은 무력한 아버지의 다른 이름일 수밖에 없는 것은 그런 까닭에서다. 그러니, 아버지가 주체에게 할 수 있는 것 또한 애써 노력하는 일밖에는 별다른 것이 있을 리 없다. 마침 이를 눈치챈 '남자'는 일찍이 "갑자기 아버지가 시시하게 느껴졌다"(194면)고 이미 고백한 바 있지만, 그가 앓던 몽유병을 고쳐주기 위해 동분서주하던 '작은아버지'마저도 끝내 이렇게 말하고 있지 않은가. "미안하다. 미안해. 네 무의식 깊은 곳까지는 우리가 돌봐줄 수 없구나."(199면)

그에 더해 '작은아버지'는 심지어 이렇게까지 말하고 있으니,「감기」의 동화적 환상은 이 착한 아버지'들'의 무력함에서 자라나온다고 보아도 될 것이다. "꿈 몽. 놀 유. 꿈속에서 놀다. 어라! 뭐 좋은 병이네. 너 차라리 깨지 마라."(198면) 이 대책 없는 유머를 그대로 받아들였던 것인지, 소설에서 '남자'의 성장은 꿈속의 환상적 장면으로 처리되고 있으며 또 그 환상 속에서 자란 '남자'는 이제 거꾸로 두 아버지의 미래를 미리 보고 염려하며 보살피는 존재가 된다. 이제 성장해 고독한 마을버스 운전기사가 된 '남자'의 이 회고적 환상에서, 삶의 상처와 결여는 그렇게 또다른 긍정의 원천으로 승화된다. 아버지가 '남자'의 몸에서 녹슨 나사를 빼내는 환상까지를 포함한 이 슬프고도 아름다운 환상들 속에서 작동하는 것은, 주체와 아비들이 함께 겪는 공통적인 결여와 무력함을 상호 배려와 보살핌의 관계로 보완하는 공감의 테크놀로지다. 꿈을 꾼 뒤 감기에서 회복해 다시 운전대를 잡은 '남자'가 승객들을 싣고 '여자'가 근무하는 톨게이트로 달려와 함께 소풍을 떠나는 마지막 장면에서도 보듯, 그것은 또한 상처와 결핍의 삶을 서로 기대며 감싸안는 유쾌한 일탈적 활기와 통해 있는 것이기도 하다.

부권의 결여와 부재는 물론 의지할 토대라고는 아무것도 없는 삶의 근원적인 결핍을 표상하는 것이다. 그러나 윤성희는 그에 고착되어 심란한 포즈로 반응하기보다는 그것을 복수(複數)의 착한 아버지라는 유머러스한 모습으로 상대화하고 그 아비의 무력함마저도 아무렇지 않은 듯 성숙하게 감싸안는다. 그리고 이를 고독한 개인의 자기긍정에 기초한 상호 연민과 소통의 감각으로까지 이어가는 소설의 논리는 그에게 고유한 개성적인 발상이다. 이것이 있으니, 이제 윤성희는 더 나아가도 될 것이다. 이제 슬프도록 선하고 건강한 세계의 작은 판타지를 딛고 그것이 감당할 수 없는 그 바깥의 숨길 수 없이 격렬하고 아픈 갈등의 세계로 눈을 넓혀 조금씩 발을 옮겨 다가가는 것이 필요하리라는 뜻이다.

여하튼 그런 윤성희 소설의 세계가 아비 없는 삶의 상상적 치환이라는 점에서 소설쓰기에 대한 자의식과 긴밀하게 연관되어 있다는 것은 두말할 필요도 없지만, 그 점에서라면 김애란의 소설 또한 마찬가지다. 예컨대 김애란이 「달려라, 아비」(『한국문학』 2004년 겨울호)에서 사뭇 발랄한 터치로 보여준 바 있는 달아난 아비의 상상적 재구성이라는 모티프가 그와 같은 것인데, 「사랑의 인사」(『문학사상』 2005년 3월호) 또한 그 모티프를 이어간다.

윤성희 소설의 아버지가 착하기만 한 무력한 아버지라면 김애란의 「사랑의 인사」에 등장하는 아버지는 '나'를 버린 아버지다. 이 소설에서 흥미로운 것은 그렇게 어릴 적 아버지에게 버림받은 '나'의 의식 속에서 일어나는 상황의 상상적 전도(顚倒)다. 즉 '나'가 버림받은 것이 아니라 아버지가 실종되었다, 라는 것이다. 그렇게 "나는 자라 어른이 되었고 아버지는 사라져 미스터리가 되었다."(178면) 이런 상상적 전도가 겨냥하는 것이 무엇인지는 분명하다. 그것은 물론 아비에게 버림받은 삶의 고통과 결핍을 견디고 방어하는 것이다. '나'가 괴물 네시에게 집착하는 것은 이 상상전략의 연장선상에 있는 것인데, '나'는 사라졌다가 돌연 눈앞에 나타나 "사랑의 인사"를 건넨다고 생각하는 그 존재에 사라진 아버지의 모습을 투사함으로써 실제 아버지와의 만남을 상상적으로 반복하고 또 그 속에서 상상적 쾌락을 느끼는 것이다. 그리고 또 한번의 전도는 이 허구의 반복 속에서 발생한다. 애초 현실에 대한 방어로서 만들어진 자족적인 허구─상상이 그 자체의 생명력을 얻어 현실보다 더 친근한 리얼리티를 주장하면서 '나'가 의지할 수 있는 유일한 준거가 되는 것이다. 백두산 천지에 출현한 괴물이 상상의 동물인 네시가 아니라는 사실이 밝혀지자 '나'가 "굉장히 불쾌했다"(176면)고 말하는 것은 그 때문이며, 정작 '나'가 실제 아버지를 발견했을 때 아버지가 (사라졌다 다시 나타나는 네시처럼) "단 한 번의" "사랑의 인사"를 하러 온 것이라는 식으로 이제는 실제 상황 자체를 거꾸로 허구의 프레임 속에 놓고 보는 것도 그 때문이다.

김애란의 소설에서 달아난 아비를 다른 모습으로 몸을 바꿔 잊을 만하면 출몰하는 상상의 아비로 되살려 세워놓는 이 상상적 연출은 한편으로는 결핍의 방어기제이지만, 다른 한편으로는 부재하기에 더욱 강력하게 작용할 수밖에 없는 아비의 영향을 상대화함으로써 자율적인 '나'의 공간을 구축하는 자기의 테크놀로지이기도 하다. 이것은 '나'를 지배하는 결핍의 현실적 근원 자체를 스스로 창조한 허구의 논리에 종속시킴으로써 거꾸로 결핍을 견디고 '나'를 지탱할 수 있게 하는 상상력의 주체적 조건으로 승화시키는 전략이다. 그리고 '언어'의 세계는 결핍이 허구를 작동시키는 중심축이 되는 바로 그 지점에서 열린다. 사라진 상상 속 아비는 그렇게 "오래전 사라진 말(言)들"이 되고 "처음부터 나에게로 오게끔 약속돼 있던 언어"(173면)가 되는 것이니, 김애란의 소설은 그렇게 결핍을 동력으로 삼아 작동하는, 그럼으로써 결핍을 경쾌하게 딛고 넘어가는 슬픈 만큼 발랄한 상상의 유희라고 할 수 있겠다.

그런 가운데서도, 「사랑의 인사」에서 특히 이 작가의 명민함이 발휘되는 곳은 마지막에 '나'가 수족관 속에서 일하다가 그 바깥에 있는 실제 아버지를 발견하고도 끝내 자신을 알아보지 못하는 그를 놓치고 울면서 몸부림치는 장면이다. 이때 수중생물(=n개의 아비)과 함께 '나'가 헤엄치는 수족관이란 곧 스스로 구축한 상상 공간의 상징일 터, 이 작가의 소설로서는 드물게도 그 장면에서 나타나는 격한 감정의 분출이 보여주는 것은 바로 현실을 부인하는 이 자족적인 허구의 세계가 부딪힐 수밖에 없는 내적인 이율배반이다. '나'는 혹은 작가는 어쩌면 알았던 것인지도 모른다. 없는 아비를 불러들여 상상 속에 세워두고 그것을 중심으로 상상의 언어를 구축하는 것 자체가 역으로 그만큼 현실의 결핍에 유아적으로 고착되어 있다는 것을 반증하는 것이며, 마찬가지로 자기연민을 넘어서려는 바로 그 제스처 자체가 역설적이게도 자기연민에 스스로를 가두는 감옥일 수 있다는 사실을 말이다. 그러니 사라졌다 나타난 아버지를 못 만나 울며 몸부림치는 '나' 자신이 스스로도 지겨울 수밖에. 소설 끝에서 불쑥 튀어나와 덧붙여진 "문득, 지겹다는 생각이 들었다"(190면)는 돌발적인 진술이 궁극적으로는 작가 자신의 문학을 향하는, 어쩌면 필요할지도 모를 새로운 전환의 필요성을 일깨우는 자의식적인 진술로 읽히는 것은 그 때문이다.

## 4. 자족적 허구의 논리와 알레고리 ── 김유진과 박형서의 소설

김애란의 소설에 잠시 더 머물러 이야기하자면, 80년대생인 이 작가가 인상적으로 보여주고 있는 것은 현실의 리얼리티가 소설의 중심에 설 수 없음을 당연하게 전제하는 듯한 태도다. 이는 이즈음 그와 세대적 거리가 멀지 않은 많은 젊은 작가들에게서 공통적으로 나타나는 태도이기도 하고 그래서 지금은 그리 낯설지 않게 받아들여지는 경향이기도 하다. 이런 태도의 근원에 있는 것이 무엇이고 또 그것이 어떤 의미와 한계를 나누어 갖는 것인지는 다시 여러 각도에서 따져보아야 할 문제일 테지만, 일단 그 뒤에는 우리가 '현실'이라고 부르는 것의 어떤 한 측면이 갖는 진실을 감지하는 예민한 감각이 있다는 것을 부정할 수는 없다. 물론 그 감각을 소설의 논리 속으로 끌고 들어와 의식적으로 구체화하는 경우는 그중에 서도 많지 않으나, 적어도 김애란에 관한 한 그 점은 짐작하기 어렵지 않다. 가령 이런 진술은 어떤가.

> "나는 거짓말을 잘 하는 것은 공산당이 아니라 공공연한 사실들, 자기가 정말 사실인 줄 아는 사실들이라고 생각하게 되었다." (「사랑의 인사」 178면)

'나'가 발화하는 이 천진하기 이를 데 없는 투명한 진술에 '나'도 모르게 은연중 숨겨져 있는 것은 다름아닌 "자기가 정말 사실들이라고 아는 사실들", 즉 우리가 현실이라고 믿는 것의 자명성에 대한, 그리고 그 자명성의 이데올로기에 대한 통렬한 비판이다. 물론 그 이전에 여기에 함께 있는 것은 결핍에 무력하게 노출된 개인의 삶을 지탱하는 창안된 허구의 가치에 대한 다소 순진한 믿음이다. 그런 가운데서도 김애란은 그렇게 허구의 어법에 집중하는 한편으로 그것이 놓여 있는 현실적 맥락에 대한 참조를 손쉽게 포기하지 않는다. 그것은 특히 「달려라, 아비」와 「사랑의 인사」 같은 소설에서 현실을 허구화하는 상상적 발화와 그것의 현실적 기원, 그리고 주인공이 실제로 살아가는 결핍의 삶이 각기 서로를 반사하면서 수시로 겹쳐지고 있다는 데서도 분명하다.

이는 달리 말하면 허구의 어법이 현실과의 대타적 관련 속에서 정립된다는 것을 뜻한다. 그리고 이는 김애란은 물론이고 앞서 거론했던 이기호 박민규 윤성희 등이 예외없이 공유하고 있는 것이기도 하다. 이즈음 젊은 작가들에게서 드물지 않게 발견되는 것은 이 현실에 대한 최소한의 참조의 끈마저도 아예 놓아버리고 현실의 바깥에서 그 현실의 논리와 전혀 상관없는 탈현실적 허구를 구축하려고 하는 경향이다. 그리고 그중 하나가 바로 김유진이다.

김유진의 「마녀」(『문학동네』 2005년 봄호)는 이렇게 시작한다. "엄마의 발목이 돌아왔다."(232면) 이 비현실적인 진술이 일종의 메타포가 아니라 작중의 실제 상황임을 문득 알아차리는 순간, 그때부터 우리는 김유진 소설의 낯설게 뒤틀린 무국적(無國籍)의 세계 안으로 들어선다. 김유진의 소설은 그 첫 문장이 대표해 응축하고 있는 섬뜩하고 그로테스크한 이미지를 바탕으로 나름의 논리와 질서를 갖는 이야기를 구축해나가면서 시간과 공간의 리얼리티가 제거된 초현실주의적인 악몽과 같은 세계를 펼쳐놓는다. 마을의 집들은 몇백년에 걸쳐 주기적으로 돌풍에 휩쓸려나가고, 운좋게 살아남은 사람들은 다시 그 위에 집을 지어 살아가고 또 그렇게 죽어간다. 집을 감싸 지켜주는 거대한 나무 기둥과 뿌리 덕분에 모든 것을 휩쓸어가는 돌풍 가운데서도 유일하게 오래도록 살아남을 '나'의 가문은, 오래전부터 그랬듯 원하든 원치 않든 그 소멸의 역사를 지켜보고 기록하는 "서기(書記)의 역할"을 하게 될 것이었다. 그러니 "우리는 살아남는 것으로 기록하고 있는 것이라고"(236면), 아버지는 그렇게 말했던 것인데, 엄마의 발목이 돌아온 후 이 아버지의 언어/사실/기록의 질서는 교란되기 시작한다. 그때부터 밤마다 '순교자의 꿈'에 시달리는 남자 같은 여자아이인 '나'는 조금씩 "일상에 대해 짜증이 늘었고 세세한 것들에 대한 불만도 많아졌다."(238면) 그리고 그에 비해 꿈속 장면들은 "그 어떤 풍경보다 아름다운 것이었다."(236면) 그 꿈속의 순교자에 어머니의 이미지를 겹쳐놓는 '나'는 그래서 언어로 쉽게 포착되지 않는 그 아름다운 꿈을 애써 기록하려고 하는데,

뒷부분은 더이상 알아볼 수 없었다. 어둠 속에서 휘갈겨 적은 글자

들은 이국의 문자처럼 형체가 불분명했다. 순간의 기억을 잃지 않기 위해, 늘 급박하게 적어나갔기 때문이었다. 나는 더듬더듬 꿈을 기억해내 글자를 추측해나갔다. 그러나 도무지 알아볼 수가 없었다. 꿈의 기록은 논리적인 작업이 되지 못했다. 문장도 불분명했다. 지난밤처럼, 휘갈긴 글자들을 알아보려 노력하다가 포기하기 일쑤였다. 내가 쓴 것이라고는 생각할 수 없는 문장들도 있었다. 그러나 그것은 분명 가치 있는 일이었다. 어제 날아간 소의 수나 마을 사람들의 수를 기록하는 것보다는 유익했다. 그것은 우리가 다시는 보지 못하는 밤의 기록이기 때문이었다. (235~36면)

'나'가 가치를 발견하는 이 "꿈의 기록" 혹은 "밤의 기록"이 아버지가 절대로 이해하지 못했던, 끝내 가문의 전통에 반해 자살을 택했던 '어머니의 언어'와 등가라는 사실은 어렵지 않게 짐작할 수 있다. 그 언어란 사실의 질서와는 완전히 다른 자리에 놓인 불분명한 꿈과 환상의 질서를 기록하는 언어이며, 어머니의 울음이 그랬듯이 주어진 일상적 규범의 궤도를 벗어나는 "시대착오적"이며 "처량맞은"(239면), 또 그러기에 아름다운 노래의 언어다. 하나의 기표에 고정되지 않고 발목-순교자-바람-마녀 등으로 몽환적으로 미끄러져가는 어머니의 이미지에서 전형적으로 드러나는 것처럼, 이 소설에서 김유진은 그렇게 고착된 사실의 논리에 순응하기를 거부하고 그로부터 일탈해 유영(遊泳)하는 환상과 이미지의 (비)논리를 지지하고 있는 듯하다. 이 소설이 그 자체로 강렬한 이미지의 몽타주를 통해 작가 자신의 소설쓰기에 대한 의식을 형식의 차원에서 반복하는 자기지칭적 알레고리로 읽히는 것은 그 때문이다.

「늑대의 문장」(『문학동네』 2004년 가을호)에서 출발한 김유진의 탈현실적 비논리의 세계는 그의 표현을 빌려 비유컨대 한국소설의 전통이 만들어온 고착된 장르의 질서 안으로 불쑥 비집고 들어온 '엄마의 발목'이다. 그의 소설은 현실을 참조하기는커녕 아예 그와 멀리 동떨어진 정체불명의 시공간을 배경으로 강렬한 감각적 이미지를 곳곳에 배치하고 소설의 논리를 그 이미지의 (비)논리에 종속시킨다. 그런 측면에서 김유진의 소설은 통상적인 소설의 관습에 역행하는 인상적인 '시적' 실험을 보여준다고 할 수 있을 것이다. 그러나 다른 한편으로 진공의 시공간 속에서 가상 이미지들로 축조되는 이야기의 자족적인 자기논리에 인물과 사건, 정서와 감각의 구체성이 종속되고 제한된다는 측면에서 그 실험을 지탱하는 프레임은 다분히 만화적이라는 느낌을 주는 것도 사실이다. 문제는 더불어 이 소설의 발상이 남성성/여성성, 사실/꿈, 논리/비논리, 정상/광기, 생존/죽음 등과 같은 익숙한 이분대당(二分對當)에 의탁해 있는 것일 텐데, 이런 발상 자체도 그렇지만 때로는 그 대당의 항들을 특정 이미지와 연결시키는 방식 역시 의외로 관습적이다. 하지만 아직은 이제 막 시작한 것에 불과하니, 이 독특하고 흥미로운 실험의 진로를 조금 더 관심을 갖고 지켜보아야 할 것이다.

혹 관심을 갖고 지켜본 이들이라면, 이 그로테스크한 엄마의 발목을 다른 곳 어디선가 이미 본 적이 있다는 사실을 떠올릴 것이다. "검고 깊은 우물의 수면 위로 또렷하게 튀어나온 어머니의 하얀 발목"(박형서 『토끼를 기르기 전에 알아두어야 할 것들』, 문학과지성사 2003, 75면)이 바로 그것인데, 이 흥미로운 일치에서도 짐작할 수 있듯이 그로테스크한 가상공간으로만 친다면 그렇지 않아도 마침 그 이전에 박형서가 있었다. 박형서의 소설에 간혹 현실의 기호가 들어오지 않는 것은 아니나 그것조차 궁극에는 현실과는 무관한 몽환적 허구의 논리에 종속되어버린다는 점에서 박형서 역시 현실에 대한 참조를 중요하게 고려하지 않는 탈현실적 허구에서 소설의 존재방식을 구하는 작가라고 할 수 있다.

박형서가 「진실의 방으로」(『문예중앙』 2005년 봄호)에서 이어가는 소설의 논리도 이런 형식적 경향을 크게 벗어나지 않는다. 소설의 내용은 간단하다. 어느날 낡고 거대한 건물에 발을 들여놓은 O는 '진실의 방'이라 일컫는 곳에서 진실을 말하라는 고문의 형태로 벌어지는 폭력의 악순환 한가운데로 말려들어간다. 처음 경감의 지시로 사내의 자백을 받아내기 위해 폭력을 행사하는 고문자의 배역을 맡은 O는 '진실의 방'의 규칙을 내면화하면서 조금씩 증폭되는 폭력에 중독되고, 결국 고문 끝에 사내를 죽이고 난 다음 돌연 피고문자의 배역으로 역전되어 있는 자기 자신을 발견하는 것이다. 박형서는 이를 통해 담론과 폭력의 악무한적 반복이라는 모티프를 변주하면서 폐쇄공포증적인 악몽과도 같은 세계를 펼쳐보인다. 그리고 그렇게 담론과 결합하는 폭력의 반복적 순환이라는 내용을 소리와 침묵의 반복적 교대와 동일 진술의 반복적 변주라는 형식에 싣고 있는 소설의 기조는 그런만큼 다분히 형식주의적이다. 시공간의 구체성이 탈색된 채 진실을 강요하는 폭력의 반복강박만이 모호한 악몽같이 부각되어 있는 이 소설은 그에 기대 스스로를 일종의 알레고리라고 주장하고 있는 듯하다.

작가는 다른 작품에서도 그랬듯이 여기서도 역시 자족적인 허구의 논리에 밀착해 작중상황을 매끄러운 내적 질서와 심리적 리얼리티를 갖는 악몽으로 조형해낼 줄 아는 형식감각과 언어운용의 재기를 보여준다. 그렇지만 이것은 의외로 도식적인 알레고리다. 그 악몽의 내용도 그렇거니와 그것이 환기하는 정서와 감각의 질도 어디선가 보고 들은 듯한 기시감을 충분히 깨뜨리고 나갈 만큼 새롭지는 않다. 자족적인 허구의 논리를 굳이 벗어나지 않더라도, 은폐되어 있는 현실의 악몽을 들추어 섬뜩하게 환기시킬 수 있을 만큼의 구체적인 그럴듯함을 그 안에서 치밀하게 구축하려는 노력을 더해가지 않는다면 악몽적 알레고리로서 박형서의 소설은 익숙한 것을 익숙하게 반복하는 가상의 악몽에 그칠 수밖에 없을 터다. 그러나 짐작건대 다른 누가 아닌 박형서의 소설을 진지하게 지켜봐온 이들이라면, 필시 작가는 이 의도치 않았을 고착을 충분히 헤쳐나갈 것이라고 말할 것이다.


## 5. 공포와 유혹, 혹은 소설의 운명


김유진과 박형서의 소설이 대표해 보여주듯이, 현실지시성을 배제한 자기충족적인 허구에 집중하는 2000년대 젊은 작가들의 소설은 20세기 한국소설을 지배해온 전통적인 문법과 관습이라는 문법적 아비의 영향에 일방적으로 고착되기를 거부하고 한국소설의 새로운 영역을 개척해나가는 흥미로운 탐구의 방향을 보여준다. 이들 외에도 최근의 많은 젊은 작가들이 각기 방식을 달리하여 보여주는 이런 흐름의 배경에는 조작적 허구의 형식으로서 소설의 자율성에 대한 내적 요구와 투명한 감각이 있다. 그리고 이는 최근 우리 사회의 각 영역에서 확산되어 승인되고 있는 개인주의적 의식의 독특한 미학주의적 반영이라 할 수 있을 것이다.

그러나 지금 20세기 한국소설의 전통을 그다지 의식하지 않고 새로운 허구의 실험을 추구하는 듯한 많은 젊은 작가들의 소설에서, 몇몇 예외를 제외하고 나면 어렵지 않게 확인할 수 있는 것은 의외로 익숙한 기시감이다. 가상적 허구의 공간을 축조하기 위해 이들이 끌어들이는 문화적 기호와 이미지 등이야 물론 그럴 수 있다고는 해도, 그것을 조합하고 운용하는 문법이나 발상법까지도 그렇다는 것은 문제라고 해야 할 것이다. 그런 유형의 많은 소설이 새로운 형식과 문법을 지향하는 듯하면서도 역설적이게도 평면성과 상투성에 갇혀 있는 것도 이와 통해 있는 것이다. 그런 의미에서 앞서 말한 미성숙의 유혹은 당연히 여기에도 적용되는 이야기다. 문제는 소설의 허구가 창안되고 존재하는 자본주의 근대의 현실적 조건에 대한 사유와 치열한 자의식이다. 허구의 존재방식 자체가 자족적일 수는 있어도 (겉으로 보이든 보이지 않든) 궁극적으로 그 허구의 깊이와 창조성을 근원에서 보장해주는 것은 다른 것이 아닌 바로 그것이며, 형식적인 새로움의 추구만으로는 결코 얻을 수 없는 문학적·인식적 통찰 역시 그곳에서 비롯되는 것이다. 이 자의식이 없다면, 그런 허구를 창안하고 펼쳐가는 영역이 하필 소설이어야 할 까닭이 없다. 또 그것이 애초 '근대'라는 범주에서 결코 자유로울 수 없는 소설적 허구가 어떻게든 떠안고 갈 수밖에 없는 운명일 것이다.

김유진과 박형서가 펼쳐가는 독특하고 새로운 허구의 실험이 한낱 공허한 형식주의적 실험의 차원에 그친다고 할 수 없는 것도 이들에게서는 소박하나마 이 허구의 존재조건에 대한 감각을 발견할 수 있기 때문이다. 그리고 그런 점에서라면 앞서 거론한 이기호 박민규 윤성희 김애란 등의 소설은 한층 더 자각적이라 할 수 있다. 무엇보다 이들의 소설에는 최근 자본의 위세가 더해가는 우리 사회의 조건이 개인에게 강요하는 상처와 결핍의 삶에 대한 공통감각이 있고, 그것을 형식화하려는 의식적인 실험이 있다. 돌아보면 이들의 문학에서 그런 의식과 감각은 역사나 사회구조적 차원의 문제에 대한 의식과 긴밀하게 결합되어 있지는 않다. 그보다 그것은 어찌 됐든 살아갈 수밖에 없는 고독한 개인에게 이미 – 항상 주어진 선험적 조건으로 다루어지는 경향이 있다. 이는 그 자체로 보면 한계라 할 수도 있겠으나, 달리 보면 최근 우리 사회 전반에서 강요되는 실질적인 궁핍화에 무력하게 노출되어 있는 주변부 개인의 개체적 차원의 실감을 정직하게 포착하고 있는 것이기도 하다. 그리고 한국소설의 진폭을 조밀하게 다지며 넓혀나가는 새로운 상상력의 실험이 경쾌하게 발산되는 것도 바로 그 지점에서다. 그런만큼, 2000년대 젊은 작가들의 소설은 이 시대에 소설이 마주해야 할 수밖에 없는 공포와 유혹을 나름의 방식으로 충실히 견디고 있다고 해야 할 것이다.

— 『한국문학』 2005년 여름호

# 상상과 현실의 틈새

■

2000년대 젊은 작가들의 상상세계 2

## 1. 상상이 누설하는 것

최인호(崔仁浩)의 「술꾼」(1970)에는 술주정뱅이 아이가 등장한다. 아이는 매운 겨울바람이 스치는 시장거리 술집을 밤새 헤매며 아비를 찾아다닌다. 아이는 때에 찌든 지저분한 행색이고 언뜻 번득이는 우울한 고독을 매달고 있다. 아이의 말로는 마침 어미가 피를 토하며 죽어가고 있어 사정은 절박하다. 그러나 가는 술집마다 아비는 없다 하고, 아이는 아비의 행적을 묻는 와중에 취객들의 술잔을 낚아채 비우기를 밤새 계속한다. 아이는 도대체 궁금하다. "오마니가 죽어가고 있는데 아버지는 뭘 하고 있을까."[1] 그렇게 아이는 취해가고, 아비의 행적은 종내 찾을 수 없다. 그래도 술 취한 아이는 다짐한다. "찾아 내구야 말갔시요."

그 밤 아비를 끝내 찾지 못한 이 아이가 술에 취해 자러 들어가는 곳이 고아원이었다는 결말은 익히 알려져 있다. 없는 아비를 있는 듯 찾아헤매

---

1) 최인호 「술꾼」, 『타인의 방』, 예문관 1973, 47면.

는 위악적인 아이의 이 몽상과 거짓말이 아비 부재의 현실을 견디고 방어해야 하는 황량한 상황에서 나왔다는 것도 기억해두면 좋겠다. 물론 이것은 알다시피 공격적인 방어다. 그런데 이렇듯 없는 아비를 상상 속에 세워놓는 아이의 몽상은 생명력이 꽤 긴 듯하다. 흥미롭게도 그것은 다시 그로부터 삼십사년 뒤에 전혀 다른 조건과 정서 속에서 또다른 모습으로 출현하기 때문이다. 바로 김애란의 「달려라, 아비」(2004)의 몽상이 그것이다. 술 마시다 사라진 「술꾼」의 아비는 「달려라, 아비」에서는 이제 분홍색 야광반바지에 썬글라스를 끼고 달리고 있다.

「달려라, 아비」의 '나'는 자기가 태어나기도 전에 달아나버린 아비가 지금도 지구 곳곳을 달리고 있다고 생각한다. "내겐 아버지가 없다. 하지만 여기 없다는 것뿐이다. 아버지는 계속 뛰고 계신다."[2] 이 상상 속에 숨어 있는 것이 아비 없는 결핍의 삶이 불러오는 원망과 자기연민을 발랄하게 딛고 가는 주체적 자기긍정이라는 점을 눈치채기는 어렵지 않다. 게다가 '나'는 그 아비가 뛰면서 눈이 아프고 부실까봐 썬글라스까지 끼워주고 있으니, 그 긍정은 또한 '나'의 결핍은 물론 이곳에 없는 무력한 아비까지도 삶 속으로 품어안는 가운데 이루어지는 것이다. 같은 종류의 고독한 몽상이라 해도 "절망, 슬픔, 비애"가 억울/우울과 뒤틀려 뒤섞여 있는 「술꾼」의 술 취한 아이의 위악과 「달려라, 아비」의 이 자기긍정의 멀고 먼 낙차가 흥미롭다. 그곳에 있는 것은 똑같이 아비 없는 현실의 틈새를 메우는 상상이지만, 그 상상의 성격은 사뭇 다르다. 특히 「달려라, 아비」의 상상이 보다시피 슬픈 발랄과 경쾌 속에 펼쳐진다는 사실은 이즈음 박민규 윤성희 이기호 등을 비롯한 젊은 작가들의 상상세계가 갖는 특성의 일면과도 공명한다.

그러나 상상은 본의아니게 현실을 누설한다. 소설 속의 상상은 더욱이

---

2) 김애란 「달려라, 아비」, 『달려라, 아비』, 창비 2005, 15면.

나 그렇다. 여기서 인물들이 엮어가는 상상은 때로 견디기 힘든 현실의 틈새를 메워주고, 그것을 통해 자아를 방어할 수 있게 해주는 것이다. 소설은 그런 상상주체의 상상 속에서 그 상상에 작용하는 현실의 국면을 드러내 보여준다. 「술꾼」의 아이의 상상이 황량한 추위로 상징되는 피폐한 현실을 역으로 폭로하고 있다면, 「달려라, 아비」의 '나'의 상상은 아비 없이 홀로 남은 어미와 가난한 삶을 견뎌야 하는 결핍의 환경을 수시로 환기한다. 그리고 당연히 그런 현실이 없었다면 이런 상상도 애당초 있을 수 없었을 것이다. 이 작품들이 그것을 통해 각기 전혀 다른 지점에서 은연중 보여주고 있는 것은 아비 부재의 현실을 배경으로 형성되는 상상주체의 발생론적 맥락이다. 그렇게 상상은, 현실을 누설한다.

비단 좁게 인물의 상상/몽상만이 그럴 것인가. 물론 아닌데, 무릇 소설의 이야기 자체가 바로 그런 것이기 때문이다. 이야기하기 혹은 상상의 욕망이란 현실에 대한 주체의 창조적 반응형식인 동시에 그것을 통해 현실 속에서 주체의 자리를 세우고 정립하려는 인간적 욕망의 연장선상에서 나오는 것이다. 소설의 이야기와 상상이 다양한 방법으로 주체의 진실을 표현하고 누설하는 것은 이 때문이지만, 동시에 어떤 형식으로건 간에 현실적 맥락을 갖게 되는 것도 이 때문이다. 그리고 그 현실적 맥락은 이야기 혹은 상상이 구축한 상상세계의 한가운데에서, 혹은 어느 순간 그 세계의 좁은 틈새를 비집고, 그 자신의 한 국면을 드러내 보여준다. 그것이 가령 어렴풋한 증상의 형태로 표출되는 것이라 해도, 바로 그렇기 때문에 우리는 그 속에서 작가와 그 작가가 딛고 있는 이 시대 현실의 진실의 한 자락을 읽는다. 그리고 다른 차원에서 보면 소설의 상상이 갖는 힘과 환기력 또한 말할 것도 없이 이 현실 맥락과의 끈질긴 긴장 속에서 생겨나는 것이다. 그렇다면 이 시대 젊은 작가들의 상상은 어떻게 긴장을 이어가며 어떤 모습으로 살아가고 있는가?

## 2. 책의 운명, 혹은 불안과 매혹의 긴장 —— 김경욱의 소설

김경욱의 소설에서 우리가 흔히 보는 것은 포스트모던 문화환경을 제2의 자연으로 삼아 살아가는 고독한 개인의 이야기다. 그 개인들은 또한 대부분 자의든 타의든 사회의 중심에서 떠밀려나온 자들이기도 하다. 김경욱은 날렵한 감각으로 빚어낸 이야기 속에서 그들의 인공적이면서도 공허한 삶의 틈새를 비집고 끼여드는 우수와 멜랑꼴리를, 때로는 아련한 허무를 감각적으로 포착해낸다. 그의 소설은 그런 가운데 이 표준화되고 단자화된 세계를 부유하는 '나'의 자리를 문제삼는데, 그것은 크게 심각하지 않지만 그래도 힘겹게 그 세계를 견디고 살아가는 개인의 실존에 대한 나름의 반성적 시선이 개입하는 지점이기도 하다. 그런 의미에서 이 우울한 세계에 던져진 "우리는 과연 누구인가"[3]라는 질문은 아마도 김경욱의 인물들 거개가 드러내든 않든 품고 있는 질문이기도 할 터다. 그러나 그렇게 우러나오는 질문이 한층 깊이있게 탐구되지 않는다는 것이 또한 김경욱 소설의 특징인바, 그것은 어떻게 보면 예민한 문화적 감각에 비해 내면의 깊이를 뒷받침하는 사유의 토대가 그만큼 허약한 포스트모던 환경 속 단자적 인물들의 속성을 정직하게 반영하고 있는 것이라 할 수도 있을 것이다. 그렇지 않으면, 이 인물들은 자기도 모르는 사이에 일관된 자기세계를 어느 순간 균열시키며 당혹과 불안을 야기하는 무언가를, 혹은 자기 안의 틈새를 대면한다. 김경욱의 소설 「위험한 독서」(『문학동네』 2005년 가을호)가 보여주는 세계가 바로 그것이다.

「위험한 독서」의 '나'는 독서치료사다. 독서치료사란 환자에게 도움이 될 만한 책을 읽게 하고 책으로써 마음의 병을 치유하는 사람이라는 것이

---

3) 김경욱 「맥도널드 사수 대작전」, 『창작과비평』 2005년 여름호, 215면.

'나'의 설명이다. 그런데 직업적인 자신감으로 충만한 그런 '나'의 세계가 동요하는 것은 어느날 고객으로 찾아온 순진하고 의기소침해 보이던 '당신' 때문이다. 책에 대한 감상을 물으면 "저 같은 게 뭘 알겠어요"라며 말꼬리를 흐리던 '당신'은 그래서 '나'에게 처음엔 쉽게 읽기 힘들었지만 점차 흥미로워지는 '책'으로 다가온다. "일단 도입부의 관문을 통과하자 생소했던 문체는 눈에 익었고 인물들의 성격은 선명해졌으며 스토리는 핵심을 향해 나아갔다."(176면) 그리고 그녀-책은 속삭인다. "나를 읽어봐. 주저하지 말고 나를 읽어봐."(같은 곳) 그렇게 '나'는 그녀-책을 읽는다. 그리고 그 독서에는 '나'를 끌어당기는 흥미와 흥분이 가세하고 있었다는 사실도 덧붙여두자.

김경욱은 이런 설정을 통해 '나'와 '당신'을 마치 정신분석 상담과정에서 의사와 환자 사이에 나타나는 전이/역전이의 역학과 흡사한 '관계의 드라마' 속에 부려놓는다. "당신이 어떤 책을 읽어왔는지 말해주면 나는 당신이 누구인지 말해줄 수 있다"(170면)는 단언에서도 드러나듯이, '나'는 '당신'-책의 일관된 의미를 온전히 해석하고 보증할 수 있는 권위에 대한 오만한 자신감으로 충만한 인물이다. 「위험한 독서」는 이 권위에 대한 믿음에 기초한 '나'/'당신'의 권력관계가 어떻게 역전되는가를 추적한다. 그 관계의 역전은 자신의 감정이나 생각을 표현조차 못하던 '당신'이 점차 자기 자신의 욕망을 되찾고 자신감을 얻으면서 온전한 '주체'로서 자기를 세우는 과정과 맞물리고 있는데, 그럴수록 '나'는 알 수 없는 초조와 불안에 휩싸이는 것이다. 그리고 이것은 '나'에겐 이를테면 악순환이다. 왜냐하면 '당신'이 그렇게 점차 '나'의 권위가 작동하는 영역을 벗어나는 데 비례해 '나'는 거기에 말려 "직업상의 흥미"를 벗어나 점점 "당신의 사생활에 대해 궁금한 것이 너무 많아"지게 되고, 그럴수록 다시 '당신'은 더욱 예상을 빗나가는 불가해한 존재로 '나'를 지배하게 되기 때문이다. 결국 "해독되지 않는 당신의 문장이 나는 곤혹스러웠다"(180면)

는 진술은 그렇게 나오게 되는 것이다. 그리고 그것은 결국 읽는 주체와 대상의 역전으로 귀결된다. 애초 '나'가 읽던 수동적인 '책'에 불과했던 '당신'은 여관으로 가자며 놀랍게도 '나'에게 이렇게 속삭이기 때문이다. "선생님을 읽고 싶어요."(182면)

　이런 관계의 역전을 통해 이 이야기가 한쪽에서 포착하고 있는 것은 (추상적으로 표현하자면) '나'의 일관된 자기세계를 교란하는 불가해한 타자의 존재다. 한낱 수동적인 대상에 불과했던 타자가 그 자신의 욕망을 자각하면서 주체의 권위를 교란하고 기왕의 권력관계를 역전시키는 과정에서 주체가 겪는 당혹과 불안을 이 소설은 한편으로 재치있게 그려나간다. 그러나 김경욱은 이 문제에 집중해 파고들어가기보다 그것을 통해 소설의 주제선을 책/전자미디어의 뒤바뀐 권력의 문제로 끌고가는데, 그 결론은 이렇다.

　　당신을 상담할 때보다 나는 당신에 대해 더 많은 것을 알게 된 기분이다. 전화하지 않아도 만나지 않아도 당신이 그날 무슨 빵을 구웠고 기분은 어땠는지 어떤 사람들을 만났고 어디에 갔었는지 모두 알 수 있다. 당신이 사진만 열심히 올린다면 옷차림과 표정까지 알 수 있다. 나는 다시 당신을 읽을 수 있게 된 것이다. 당신이 즐겨 본 드라마처럼 당신의 삶을 바꿀 수는 없지만 그것만으로도 나는 족하다. 당신은 여전히 나의 책이니 빵을 굽느라 텔레비전 드라마를 시청하느라 새로운 남자를 만나느라 바쁘더라도 사진을 올리고 일상을 짐작게 하는 글을 쓰고 배경음악을 바꾸는 데 게을러서는 안 된다. 그리하여 당신의 근황이 늘 궁금한 요즘의 나에게는 두려운 문장이 하나 생겼다. 다음과 같은 문장이다. 최근 2주간 새 게시물이 없습니다. (183~84면)

'나'는 '당신'과 만나지 못하게 된 뒤에도 그렇게 계속 '당신'의 흔적을 좇는다. '나'가 '당신'과 헤어지고 나서 다시 '당신'을 찾아내 읽게 된 장소는 보다시피 인터넷 홈페이지상이다. 그곳에서 '나'는 직접 대면하지 않아도 '당신'에 대해 더 많은 것을 알게 된 듯한 기분이고, 수동적으로 있어도 '당신'의 모든 것을 읽을 수 있다. 독자가 빈 칸을 메워야 하는 책에 비한다면 이것은 전혀 그럴 필요가 없는, 모든 것을 '당신'에게 내맡김으로써 앎을 얻어가는 그런 미디어다. 김경욱은 '당신'을 책을 매개로 해 읽을 수 없게 된 대신 얻는 이 새로운 '가상 텍스트'(virtual text) 읽기의 매혹을 은근한 반성적 시선으로 포착한다. 그에 따르면 이것은 물론 편안한 매혹이지만 '나'의 상징적 권력을 포기하고 오히려 대상에 넘겨주는 댓가로 얻는 매혹이다. 그것은 또한 '나'를 불안하게 하는 타자의 응시에 자기 자신을 속절없이 내어놓는 종속의 매혹이다. 이 타자의 응시란 물론 ('나'를 이전과 또다른 방식으로 불안하게 만드는) "최근 2주간 새 게시물이 없습니다"라는 문장일 터. 그것을 통해 이 소설은 일면 전자미디어 시대의 내면성이 맞닥뜨린 불안과 매혹의 역설적 긴장을 가벼운 터치로 무대에 올린다. 게다가 무엇보다 '당신'을 변화시키는 것이 '나'의 믿음대로 책이 아니라 텔레비전 드라마였다는 사실까지 감안해보면, 이 소설은 저 자신 전자미디어의 영향력에 의해 잠식되는 책의 운명에 대한 알레고리라고 주장하는 듯하다.

이곳에서도 보듯 김경욱의 소설은 동시대 단자적 삶의 풍경을 적당한 교양과 지나치게 심각하지 않은 불안의 우수를 담아 미끄러지듯 스케치한다. 그런만큼 인간 실존에 대한 더한 통찰의 깊이를 얻는 데는 이르지 못하고 있는 것이 사실이지만, 오히려 다른 한편으로 단자적 개인이 겪는 삶의 미세한 단면을 예리하고 감성적으로 포착하는 감각은 「위험한 독서」에서도 유감없이 발휘된다. 더욱이 최근 그의 소설이 이전에 비해 점차 매끄러운 가독성을 얻어가고 있는 것도 독자로서는 반길 일이나, 날렵한 감수성과 순발력에 비해 소설의 인식구도와 방법이 더이상 새로울 것

222

없는 상식과 표피의 범위를 크게 벗어나지 않는 것도 이 작가로서는 넘어서야 할 한계일 것이다.


## 3. 역사와 현실, 기억과 감각 —— 전성태의 소설

김경욱 소설의 감각이 주로 문화적 교양과 감수성을 배경으로 하고 있다면, 전성태의 소설은 정확히 그와 반대지점에 놓인다. 전성태 소설의 원천은 익히 알다시피 (이 또한 상투적인 이해방법일 수도 있겠으나) '역사'와 '현실'에 있다. 그런만큼 그는 후기 자본주의의 화려한 문화적 환경 저쪽에서 개인의 삶에 숨어 지속되는 역사의 흔적과 현실의 파장에 진중하게 귀 기울이고 그것을 섬세한 감성으로 표현할 줄 아는 작가다. 그런 면모는 최근 창작집 『국경을 넘는 일』(창비 2005)에서도 여일하게 나타나고 있거니와, 다른 한편 우리가 작가와 더불어 감지하는 것은 꾸준히 지속되어온 그의 작품세계가 이제 기왕의 한 국면을 넘어서야 한다는 내적인 요구다. 그 목소리는 『국경을 넘는 일』에 수록된 소설에 보이든 않든 어떤 형식으로건 스며 있는데, 소설쓰기의 의미를 재삼 숙고하는 「존재의 숲」이 그렇고, 유무형의 경계 앞에 선 '나'의 태도를 성찰하는 「국경을 넘는 일」이 그렇다. 그런 의미에서 「연이 생각」에서 1980년대 연이의 죽음을 기억하는 이 진술 역시 다시 주목할 필요가 있다. "아직 나는 연이를 어떤 식으로 기억해야 할지 모르겠다. 시간이 스스로 묻고 답해주리라는 기대를 갖고 그를 추억하며 살아가기에는 아직 벅찰 만큼 나는 자신에게도 정직하지 못한가보다."[4] 적어도 그는, 기대가 틀리지 않는다면 필시 이런 곤경을 응시하는 탐구와 자기성찰의 진정성 속에서 현재를 통해 과

---

4) 전성태 「연이 생각」, 『국경을 넘는 일』, 창비 2005, 131~32면.

거와 미래를 기억하는 나름의 방법을 찾아나갈 것이다.

최근 발표한 전성태의 소설 「아이들도 돈이 필요하다」(『문학동네』2005
년 가을호)와 「강을 건너는 사람들」(『문학수첩』2005년 가을호)에 눈길이 가는
것은 그런 까닭이다. 그중 「아이들도 돈이 필요하다」는 자전소설 형식이
지만 오히려 그런 제약을 발판으로 흥미로운 이야기를 펼쳐보인다. 전성
태가 이 소설에서 그리는 것은 시골마을 초등학생의 몸으로 통과하는
1980년대 초의 풍속적 삶이다. 그곳에는 전두환 장군이 제11대 대통령으
로 취임하던 즈음 전국적으로 강제된 애향단 활동의 풍속과 새로 부임한
교장이 떼밀어 애꿎게 달리기운동에 동원되는 아이들의 애환, 그 와중에
길에서 주은 돈을 운동화를 사느라 다 써버리고 그 돈을 주인에게 갚기
위해 겪는 '나'의 고난 등이 그야말로 리얼하고 유머러스하게 펼쳐진다.

이 풍속적 성장 이야기에서 돋보이는 부분은 교장이 매일 점심으로 설
렁탕을 먹이고 조회 때마다 다리통 치수를 조작까지 해가며 다른 아이들
을 독려차 이용하는 '오쟁이'와 과수댁의 건달 외아들 '쎄비 형' 등의 개
성적인 인물형상이다. 그리고 '나'가 '쎄비 형'에게 돈을 갚기 위해 겪는
애환과 노동의 과정도 그렇지만 그 와중에 순진한 절박함을 어쩌지 못해
고민하는 아이의 심리 또한 자못 약여하다. 특히 '오쟁이'의 모습에서 더
욱 두드러지는 바이지만, 이 소설은 전체주의적 권위의 강제와 기만을 도
리없이 감수하면서도 그 무게를 분산시켜 나름의 방식으로 소화하면서
세상 사는 법을 익혀가는 가난한 시골아이들의 조숙하고도 씁쓸한 성장
의 풍경을 아련하게 그려놓는다. 그것은 가령 이런 모습이다. '쎄비 형'
이 '오쟁이'에게 묻는다.

"야, 솔직히 우리 까놓고 말해보자. 오쟁이 너 설렁탕 묵고 다리통이
진짜로 그렇게 굵어졌냐? 나넌 니 다리통이 얼매나 굵어질지 겁나게
궁금해야."

오쟁이는 배를 웅등그려 접어넣고 여전히 웃기만 했다.

"응? 진짜 그라냐?"

"아니."

놀랍게도 오쟁이의 목소리가 꽉 잠겨 있었다. 오쟁이는 헛기침을 해서 목청을 텄다.

"교장선생님이 자를 댈 때마동 조금씩 우게로 올린다니께. 첨에는 발목부터 쟀는디 지난번에는 거의 오금탱이 아래까장 올라왔어."

"염병할, 그랄 줄 알었다……"

쎄비 형이 침을 뱉었다.

"그래도 오쟁이 니는 설렁탕을 계속 얻어묵어야 써."

나는 두 사람 이야기를 들으면서 다리통 수치의 충격보다도 오쟁이가 생각보다 훨씬 자라버렸다는 느낌에 사로잡혔다. 혼자 달리면서 그는 속으로 자란 게 분명했다. 나는 땀을 흘리고 앉은 오쟁이를 낯설게 바라보았다. (259면)

아이들은 그렇게 세상을 알아가고 성장한다. 그리고 여기에 배어 있는 아릿한 슬픔의 여운을 보지 못한다면 그 또한 잘못이다. 돈을 갚기 위해 동분서주 고생하며 '아이들도 돈이 필요하다'는 명제를 몸으로 깨우쳐가는 '나'의 웃지 못할 고난도 물론 이와같은 맥락에 있는 것이겠다.

이 소설에서 특히 눈길을 붙드는 것은 '조국선진화'가 강요되던 시대를 배경으로 그렇게 시골아이들이 엮어가는 리얼한 세태정경과 나름의 애환을 통해 당대의 시대적 분위기를 적절히 되살려내 그리면서도 그 풍경은 물론 인물의 형상과 심리를 어떤 관념의 포장이나 감정의 잉여 없이 투명한 시선으로 유머러스하게 포착해 빚어내는 능숙한 입담과 이야기 감각이다. 짐작하다시피 여기에는 애초 자전소설이라는 주어진 형식의 제약이 어떤 측면에서 예기치 않은 긍정적인 효과로 작용한 셈인데, 그것은 그 형식이 처음부터 (자기 자신의 이야기이기 때문에) 작가 스스로 잘 알고 장악하고 있는 삶의 국면이나 기억의 실재를 딛고 이야기를 펼쳐가야 하는 장르라는 사실과도 무관하지 않다. 그런 측면에서 「아이들도 돈이 필요하다」가 증상적으로 보여주고 있는 것은, 역사와 현실 속에서 개인의 삶의 의미를 숙고하는 전성태 소설의 장점은——일견 너무 당연한 말일 수도 있겠지만——그 개인적 삶의 생생한 실감을 토대로 할 때에야 더욱 창조적으로 발휘될 수 있다는 사실이다.

다른 각도에서 그것은 예컨대 탈북난민의 참경을 소재로 한 「강을 건너는 사람들」의 실패가 부정적인 방식으로 입증하는 것이기도 하다. 「강을 건너는 사람들」은 한국소설의 소재영역을 넓혀놓은 의미는 있어도 어찌 됐든 소재의 성격상 '사실/현실'을 확실히 장악하기 힘들 수밖에 없는 출발지점의 한계를 그 결과로써 드러내는 소설이다. 이 소설이 역사와 현실에 대한 진중한 관심을 놓지 않는 작가로서 전성태의 소중한 장점에서 나온 것이긴 하나, 그것이 창조적인 허구 속에서 더욱 효과적으로 발휘되기 위한 조건은 결코 소재주의나 그에 대한 불필요한 강박에서 나오는 것이 아니다. 전성태의 소설이 적어도 다른 길을 엿보지 않는 한, 밟고 서 있어야 할 자리는 지금 이곳에서 작가가 감지하는 "캄캄한 삶"[5]의 실재에 대한 절실하고도 생생한 실감이라는 것을, 작가는 물론 알고 있을 것이다. 그 자신 또한 그렇게 말해놓았으니.


4. 진짜 거짓말의 공포——정이현의 소설

이즈음 젊은 작가들의 자전소설이 보여주는 의외의 재미는 정이현의

---

5) 전성태 「존재의 숲」, 『국경을 넘는 일』, 창비 2005, 13면.

「삼풍백화점」(『문학동네』 2005년 여름호)에서도 이미 확인한 바 있다. 「삼풍백화점」은 특히 후기자본주의시대의 세태풍속과 욕망의 지형에 밀착해 그것을 가볍게 스케치하며 성찰하는 젊은 작가들의 내면에 또한 엄연히 존재하는 삶의 트라우마를 은근히 누설하고 있어 흥미롭다. 이 소설에서 정이현은 삼풍백화점 붕괴사건에 얽힌 개인체험을 이야기하면서 가까운 주변인물들과 '나'의 삶에 돌연 충격적인 모습으로 침입해 일상을 뒤흔들어놓은 죽음의 공포와 슬픔, 그리고 그 상실의 기억을 언뜻 담담해 보이면서도 아릿한 어조로 되살려낸다. 그리고 그는 묻혀 있으나 지속되는 그 슬픈 기억의 서술을 통해 자기 자신의 글쓰기의 기원과 토대를 은연중 보여주고 있다. 여기에서 우리가 엿보는 것은 가볍고 세련된 도시적 감수성이 남몰래 밟고 있는 트라우마의 흔적과 슬픔이며, 나아가 도시적 삶의 화려한 외양 뒤에 숨어 있는 바스러지기 쉬운 우리 삶의 슬프도록 허약한 실상이다. "고향이 꼭, 간절히 그리운 장소만은 아닐 것이다. 그곳을 떠난 뒤에야 나는 글을 쓸 수 있게 되었다"[6]는 신세대 도시작가로서의 담담한 자기지칭적 진술이 의외의 울림과 여운을 얻는 것은 그 때문이다.

이와 전혀 다른 방식 다른 정서이긴 하나 정이현의 「1979년생」(『문학과 사회』 2005년 가을호)은 우리가 도대체 짐작조차 할 수 없는 현실의 '틈새'를 아느냐고 독자에게 말을 건네고 있다는 점에서, 일면 앞에서 본 맥락을 크게 벗어나는 작품은 아니다. 1979년생인 여성화자 '나'는 거짓말을 밥 먹듯이 하는 직장에서 일한다. 인터넷쇼핑몰에 상품사용 후기를 거짓으로 지어내 올리는 일이 직장에서 '나'의 일과다. 그러니 '나'에게는 거짓말이 곧 "내 밥일 뿐만 아니라 커피이자 담배이며 맥주이고 또한 교통카드"(106면)인 셈인데, 정이현의 이야기가 언뜻 건드리며 출발하는 지점은 그런 거짓말이 갖는 '진정성'과 효용의 역설이다. 애초 거짓후기를 올

---

6) 정이현 「삼풍백화점」, 『문학동네』 2005년 여름호, 422면.

리는 '나'의 진정성의 방식이란 거짓으로 쓰더라도 같은 1979년생 동갑 내기의 주민번호로 위장 가입해 쓸 때는 조사와 맞춤법에 유난히 주의를 기울이는 것이 고작이며, "고작 그거냐고 비웃어도 하는 수 없"다는 것이 '나'의 생각이었다. 그럼에도 불구하고 '나'는 말도 안되는 황당한 일을 겪는 와중에 거짓말의 진정성과 효용이 어디에 있는 것인지를 어느 순간 깨닫게 되는데, '나'의 깨달음은 이렇다. "이 지구라는 행성의 어떤 사람들은 내 사소한 거짓말 때문에 아주 잠깐 위로를 받을 수도 있다는 걸 깨달았어. 팀장이 강조하던 진정성의 효용이라는 게 이런 건지도 모르지." (122면)

거짓말이 갖는 나름의 진정성과 효용의 가치를 새삼 발견하는 이 대목은 물론 그 자체 허구의 문제와 관련하여 흥미로운 시각을 제시하지만, 단지 여기까지라면 이 소설의 이야기는 그리 새롭다고 할 수 없는 흔하고 단순한 발상법을 가벼운 터치로 보여주는 데 그칠 수밖에 없었을 것이다. 오히려 이야기를 좀더 흥미롭게 만드는 것은 "부하의 총을 맞고 철철 피를 흘리며" 죽은 대통령이었던 자와 똑같이 생긴 노인과 맞닥뜨리면서 나오는 '나'의 복잡 미묘한 심리와 행동이다. '나'의 아파트 바로 위층에서 소음 하나 없이 조용하기 그지없다며 '나'가 거짓후기를 작성했던 러닝머신을 타면서 1979년생인 '나'의 밤잠을 소음으로 설치게 했던 노인은 바로 1979년에 죽은 '당신'이었던 것이다. 당연히 그걸 아무도 믿을 리 없다. 그리고 의혹과 당혹에 사로잡혀 어차피 부치지도 못할 편지를 '당신'에게 쓰는 '나'는 말한다. "당신, 도대체 누구야? 나는 왜, 당신이 아직도 여기 살아 있는 것처럼 느껴지는 거지? 왜."(126면)

이런 대사 때문에 지레짐작으로 이 이야기가 아직도 이 땅에 버젓이 살아 있는 박정희의 망령을 환기하는 교훈적인 이야기라고 오해해서는 물론 안된다. 여기서 '1979년'이라는 코드와 박정희를 닮은 노인은 그 자체 소설 속에서 아무 뜻도 없는 것은 아니지만 그래도 굳이 말한다면 일

228

면 히치콕 영화의 맥거핀(MacGuffin)과 흡사한 것이라 보는 것이 좋겠다. 오히려 그보다 이 소설이 한쪽에서 포착하는 더 중요한 진실이 있다면 그것은 이 황당한 이야기의 와중에 언뜻 발설되는 이런 진술에 숨은 모종의 인식과 감각 가운데 있을 것이다.

예측 불가능하고 짐작이 도저히 맞아떨어지지 않는다는 측면에서 시간은 참 잔인해. 그리고 시간과 시간의 틈새에서 내가 알지 못하는, 감당할 수조차 없는 무수한 일들이 벌어지고 있지. 만약 이 어설픈 표정을 짓고 있는 아기가 정말 나라면, 윗집 할아버지가 결단코 그 사람이 아니라는 보장도 없잖아! 나는 용감하게 중얼거려보았어. (「1979년생」 116면)

버젓이 살아 있는 박정희를 만난다는 황당한 거짓말을 통해 이 이야기가 슬그머니 제기하고 있는 것은 그처럼 우리가 알 수도 감당할 수도 없을뿐더러 그래서 통제할 수도 없는 저 불가해한 현실의 비결정적인 '틈새'에 대한 인식이자 감각이다. 현실이 그렇게 "진짜 비밀의 공포"(126면)를 안겨주는, 짐작조차 할 수 없는 틈새를 품고 있는 것이라면, 그래서 어쩌면 현실이야말로 아무도 눈치채지 못하는 '진짜 거짓말'일 수 있는 것이라면, 그런 세상에서 대체 '거짓말'을 한다는 것은 달리 어떤 의미를 갖는 것인가? '나'의 '용감한 중얼거림' 속에서 작가와 더불어 우리가 묻게 되는 물음은 그런 것이다. 아마도 정이현은 이런 맥락에서 소설쓰기란 "기이하고 고독한 게임"(118면)이 될 수밖에 없으리라 자답하는지도 모르겠다.

「1979년생」의 '나'는 결국 직장을 그만두고 책을 읽으며 무위도식과 허송세월의 시간을 보내기로 결정한다. 그리고 그런 결말에서 드러나는 '나'의 쿨한 포즈가 문제를 대하는 작가의 태도와 무관한 것은 아닐 것이다. 문제를 깊이 탐구하기보다 슬쩍 가볍게 건드리고 던져놓는 이런 특징은 어떤 측면에서 정이현 소설이 주는 매력과 무관하지 않을 것이나, 그것이 오히려 상당부분 문제의식의 분산을 감수하는 댓가로 얻어지는 것이라는 점을 다시 환기해볼 필요는 있을 것이다.


## 5. 쓸쓸한 긍정의 허무, 혹은 따뜻한 기억과 상상 ─ 김중혁의 소설

정이현의 소설이 후기자본주의의 세태와 욕망구조에 밀착한 상상을 펼쳐간다면, 김중혁 소설의 상상이 비롯되는 곳은 대개는 상품-사물의 박람장이거나 미디어환경이다. 김중혁은 그런 박물(博物)이나 미디어에 대한 마니아적 감수성을 유지하면서도 그 틈새를 비집고 생성되는 상상력의 가능성을 탐구하는 희귀한 세계를 펼쳐보인다. 김중혁의 미디어 친화적 상상력에 의해 호출되는 소재는 오디오(「그녀의 무중력 진공관」), 타자기(「회색 괴물」), 라디오(「무용지물 박물관」) 등 사뭇 다양하지만, 그는 그 문명의 도구 한가운데 "완벽한 연필"(「바나나 주식회사」) 혹은 "소리의 군살들을 깎아내" 찾아내는 "균형잡힌 음"[7] 등으로 상징되는 고전적인 조화와 창조의 이상을 불어넣는다. 그것은 미디어문명 속에서 인간적 상상력의 가능성을 발견하는 작업과도 무관하지 않은데, 가령 "눈을 뜨고 있을 때는 시야가 굉장히 좁지만 눈을 감으면 공간은 끝없이 넓어진다"[8]는 발견적 진술에서 부각되는 것도 그런 것이다.

「에스키모, 여기가 끝이야」(『작가세계』 2005년 가을호)의 세계도 크게 보

---

7) 김중혁 「그녀의 무중력 진공관」, 『문학·판』 2002년 여름호, 159면.
8) 김중혁 「무용지물 박물관」, 『한국문학』 2004년 겨울호, 64면.

아 이런 맥락의 연장선상에 있다. 소설의 화자는 지도와 실제 지형의 오차를 찾아내는 오차측량원이다. '나'는 어머니의 죽음 이후 무기력에 빠져 이제 "너무 지쳤고 너무 늙었다"고 탄식한다. 주위의 세상과 친해지는 방법으로 지도 그리기를 선택했고 그래서 오차측량원으로 일하는 '나'이기는 하나, 오차측량원은 말 그대로 오차를 측량만 할 뿐 "오차를 되돌릴 수도 없고 수정할 수도 없다."(228면) 그건 인생도 마찬가지여서, 명색이 오차측량원인 '나'는 "뭔가 단단히 어긋나" 있는 현재 삶의 오차를 바꿀 수 있는 능력도 없고 심지어 그 원인조차 알 수 없다. 그러니 미래 또한 말할 것도 없다. "미래라는 건 내가 그릴 수 있는 지도의 영역 바깥에 위치한 것이었다."(219면) 이런 '나'의 삶에, 무언가 던져진다. 오래전 다른 나라로 떠났던 삼촌이 보낸 선물이 그것인데, '나'는 기이한 모습을 한 나무 조각에 불과하다 생각했던 그 선물이 실은 에스키모의 지도라는 것을 알아낸다. 김중혁은 그 지도의 의미와 용도를 조금씩 깨우쳐가며 얻게 되는 '나'의 생각의 변화를, 마음의 파동을 추적한다. 설명에 따르면, 에스키모의 지도란 이런 것이다.

> 이것은 눈으로 보는 지도가 아닙니다. 이것은 상상하는 지도입니다. (…) 에스키모들은 해변의 지도를 그리기 위해 눈을 감습니다. 그리고 해변에 부딪히는 파도소리에 귀를 기울입니다. 그리고 그들은 지도를 그리기 위해 자신의 기억을 모두 동원합니다. 소리와 기억으로 지도를 만들지만 그들이 제작한 지도는 항공 사진으로 제작한 지도와 거의 차이가 없습니다. 에스키모들은 언제나 자신들이 어디에 있는지를 잘 알고 있습니다. (233~34면)

그것은 기억과 상상의 지도다. 에스키모의 지도는 눈으로 보지 않고 오직 세계의 존재에 귀 기울이면서 기억과 상상을 통해서만 만들어진다는 것인데, 중요한 것은 그럼에도 불구하고 그것은 오차가 거의 없어 에스키모들은 언제나 자신이 어디에 있는지를 알았다는 것이다. 이런 에스키모의 지도를 매개로 작가가 이야기하는 것은 물론 삶의 좌표를 가늠하는 것을 가능케 하는 '기억과 상상'의 힘이라 할 수 있을 것이다. 단지 그뿐이라면 언뜻 기존의 이야기와 별다르지 않은 것에 그쳤겠지만, 작가는 더 나아가 이 주제를 삶의 좌표를 잃고 살아가던 '나'가 얻게 되는 삶에 대한 새로운 인식과 태도의 문제와 결부시키는 것을 잊지 않는다. 그 이전에 우리는 '나'가 어린시절 그렸던 지도를 하나씩 꺼내보면서 그 지도 한가운데 세계의 중심이 놀랍게도 언제나 '나'였음을 발견하는 대목을 상기해둘 필요가 있겠다. 그런 뒤에 그렇게 '나'를 중심에 놓지 않고 지도를 그리려고 하는 순간 "도대체 어떤 방향으로, 어느 정도의 길이로 선을 그어야 할지" 몰라 "아무것도 그릴 수가" 없어 당황하던 '나'의 표정도 함께 기억해두면 좋을 것이다. 그러니 문제는 바로 '나'를 중심에 놓지 않고서는 자기가 사는 곳의 지도를 그릴 수도 없고 심지어는 선 한 줄 그을 수 없는 유아론적(唯我論的) 태도의 무능력이었던 터, 이런 '나'에게 에스키모의 지도가 주는 깨달음의 정체는 대체 무엇인가? 삼촌이 말한다.

　　에스키모들에게는 〈훌륭한〉이라는 단어가 필요 없어. 훌륭한 고래가 없듯 훌륭한 사냥꾼도 없고, 훌륭한 선인장이 없듯 훌륭한 인간도 없어. 모든 존재의 목표는 그냥 존재하는 것이지 훌륭하게 존재할 필요는 없어. 에스키모의 나무 지도를 보는 순간 그런 생각이 들었다. 아, 이 지도에는 〈훌륭한〉이라는 수식어가 없구나. 이 지도 속에는 인간이란 존재가 스며 있지 않구나. 그냥 지도이구나. (236~37면)

이것은 '나'가 맞닥뜨린 좌표 상실의 고통에 대처하는 길이 어디에 있어야 하는지를 은연중 암시하는 진술이다. 이에 따르면, 에스키모의 지도가 보여주는 것은 가치의 위계나 중심이 없이 다양한 존재들이 저마다의 가치를 품고 그저 그렇게 저 스스로 존재하는 세상의 모습이다. '나'가 발견하는 것은 그렇게 존재하는 세계 속에서 '나'의 가치 혹은 고통을 상대화함으로써 유아론의 울타리를 넘어설 수 있게 하는 하나의 관점이다. 그러니 "세상의 끝"에 서 있는 듯한 견디기 힘든 '나'의 고통도 새삼스러울 것은 없다. 둘러보면 지금 이곳만이 아닌 "모든 곳이 세상의 끝"(237면)일 터이니, 모든 존재의 삶이란 그저 그렇게 저마다의 고통을 감당하며 지속되는 것이 아니겠는가. 게다가 소설에 따르면, 이 세계 속에 '나'가 있는 (혹은 있어야 할) 자리 또한 이를 통해서만 제대로 알 수 있는 것이겠다. 왜냐하면 에스키모의 나무 지도는 이렇게 말하고 있기 때문이다. "에스키모들은 언제나 자신들이 어디에 있는지를 잘 알고 있습니다."(234면)

김중혁이 에스키모의 지도를 통해 발견하는 것은 저마다의 가치를 품고 존재하는 다양한 차이들이 공존하는 세계의 내재성 속에서 '나'의 존재를 상대화하는 이 긍정의 시선이다. 소설에 따르면, 그 시선 속에서야 비로소 그냥 보아서는 볼 수 없는 '나' 바깥의 무언가를 볼 수 있게 될 것이며, 또 그런만큼 우리의 삶도 조금은 견딜 만한 것이 될 것이다. 그리고 작가가 이야기하는 '기억과 상상'의 힘 또한 이와 무관한 것이 아닐 터다. 바로 그 토대 위에서, '나'를 제약하는 눈앞의 사태에 얽매이지 않는 기억과 상상이 더 많은 무언가를 보게 해주고 그럼으로써 나아가 어지럽게 뒤얽혀 있는 우리 삶의 좌표를 가늠할 수 있게 해주리라는 것이 이 소설이 보여주는 인식이다. 그런 측면에서 우리는 이것을 작가 자신의 소설쓰기에 대한 메타적 진술로 읽어도 무방할 것이다.

우리가 김중혁의 소설에서 발견하는 것은 그렇게 삶의 고통조차 스스로 감당해야 할 것으로 품어안는 쓸쓸한 긍정의 태도이지만, 다른 한편 그것이 비롯되는 지점이 지금 이곳의 고통을 어쩔 수 없이 감내해야 할 것으로 수리(受理)하는 체념적 허무주의라는 사실도 놓쳐서는 안된다.

김중혁 소설의 따뜻한 상상은 바로 그 역설적 긴장 속에 피어오른다. 그 긴장을 어떻게 견디며 좀더 미학과 사유의 깊이로 승화할 것인가의 문제는 물론 작가에게 남는 몫이겠으나, 우선은 이제 기존의 소박한 웰메이드의 세계와 문법에 안주하지 않는 모험의 정신이 필요하다는 지적만은 특별히 강조해둘 필요가 있을 것이다.


## 6. '틈새'와 상상의 길

이즈음 젊은 작가들의 소설에서 두드러지는 것은 어쩔 수 없는 삶의 불안을 밟고 있으면서도 그 무게를 저마다 홀로 개성적인 방식으로 처리하면서 나름의 스타일을 구축하는 젊은 개인주의자들의 실존의 포즈다. 이런 현상은 이 시대가 개인이 어쩔 수 없이 감내해야 하는 현실의 무게와 중압이 더욱 엄존하는 권위로 부상하는 시대인 한편으로 모든 집단적인 규범과 권위가 해체되는 탈권위의 시대이기도 하다는 사실과 분리해 생각할 수 없다. 대다수 젊은 개인주의자들의 실존의 포즈가 한편으로 체제 수리적(受理的)이면서도 다른 한편으로 규범과 권위를 그다지 심각하게 받아들이지 않는 탈규범이나 탈현실의 태도 속에서 형성되는 식의 양가성(ambivalence)을 보여주는 것은 이 때문이다. 그러니 그곳에 불안과 매혹이, 체념과 자기긍정이, 의혹과 확신이, 슬픔과 유머가 공존하는 까닭도 다른 데 있지 않다. 그리고 현실과의 긴장을 안고가는 그들의 상상은 그곳에서 생겨난다.

김경욱 전성태 정이현 김중혁의 소설은 그렇게 지금 이 시대의 개인들이 맞닥뜨린 경험적 현실을 공유하면서 그 현실조건과의 긴장 속에서 나름의 세계를 변화시키거나 구축해가고 있는 중이다. 더욱이 전성태의 소설을 예외로 하면 이들의 소설은 모두 후기 자본주의 혹은 '포스트' 시대를 살아가는 개인주의적 감각과 문화적 감수성을 원천으로 하고 있다는 점에서 공통적이다. 그러면서도 이들의 소설에는 현실의 트라우마를 무심한 듯 딛고 가는 발랄한 자기긍정이나 탈현실의 허구로 쉽게 발을 옮길 수 없게 하는, 모종의 중력에 대한 민감한 자의식이 상대적으로 비중있게 자리하고 있다. 예컨대 김경욱 소설의 불안과 멜랑꼴리는 한편으로 그곳에서 비롯되는 잉여이며, 전성태 소설의 역사와 공동체에 대한 진중한 문제의식의 근원도 그것이다. 게다가 정이현 소설의 가벼운 쿨함 뒤에 숨어 있는 불안과 트라우마를 우리는 훔쳐본 바 있고, 김중혁의 소설에서 긍정의 시선 사이로 어쩔 수 없이 스며나오는 쓸쓸한 허무주의도 비슷한 맥락에 놓을 수 있을 것이다.

그것들은 어찌 보면 모두 개인의 삶을 간섭하는 비결정적인 현실의 틈새에 대한 인식과 감각에서 오는 것이며, 동시에 결코 자기완결적일 수 없는 자아의 틈새에 대한 의식적·무의식적 자각에서 오는 것이다. 이들에게 공통적인 것은 그런 가운데 짐짓 가벼운 방식이든 그렇지 않든 후기자본주의시대 삶의 환경 속에서 개인의 실존의 길을 탐구한다는 점이다.(그중에서도 전성태의 경우 그 개인 실존이란 역사와 현실의 무게와 흔적이 눈에 보이게 각인되어 있는 것이라 특별히 지적해두는 것이 공정하겠다.) 그리고 아직은 두드러진 탐구의 깊이를 보여주고 있진 않으나 그것이 대개는 메타적 층위에서 소설에 대한 자의식과 결합되어 있다는 점도 이들 소설의 특성과 관련하여 중요하게 지적해야 할 것이다. 그 과정에서 보여주는 이들의 결여와 한계는 앞에서 대강 짚었으니 여기서 새삼 다시 반복할 필요는 없다. 다만, 이들의 상상세계가 좀더 깊어지기 위한 출발선은 우선은 의식하든 않든 그들의 소설이 누설하는 예의 '틈새'에 대한 인식과 감각에 더욱 정직하고 충실해지는 데 있다는 당연한 지적만은 덧붙일 수 있을 것이다.

ㅡ『한국문학』 2005년 겨울호

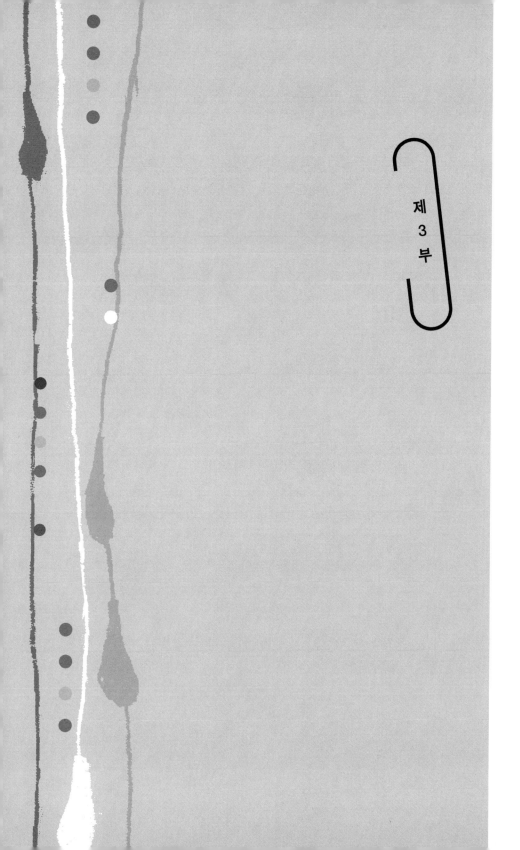

제
3
부

# 김승옥 소설의 심상지리와 병리적 개인의식의 현상학

## 1. 한국의 근대와 김승옥 소설의 현재성

김승옥(金承鈺)은 흔히 가장 '60년대적'인 작가로 일컬어진다. 그것은 김승옥이 그의 소설을 통해 1960년대 시대정신의 한 국면을 예리하게 포착하고 또 표현하고 있다는 사실에서 기인한다. 그런 측면에서 김승옥의 소설은 1960년대 한국사회의 일면을 보여주는 징후이면서, 동시에 그 사회를 살아가는 자의식적인 개인의 삶과 의식의 기록이다. 또한 김승옥의 소설이 1960년대 초중반에 등장해 비평적 입지를 세워가는 김현과 김주연 등 이른바 4·19 세대(혹은 65년 세대) 평론가들의 세대론적 자기주장의 근거로 즐겨 동원되고 있다는 점도 그의 소설을 장식하는 '60년대적'이라는 수식어의 함의를 한층 두껍게 만들고 있다.

그러나 김승옥 소설의 의미는 단지 '60년대적'이라는 수식어에 갇혀 있는 것은 아니다. 그의 소설이 아직까지도 깊은 울림과 매혹의 근원지로 남아 있는 것은, 현재에도 우리가 스스로 물을 수밖에 없는 근본적인 질문과 고민의 언저리를 뛰어난 감수성과 문체로 건드리고 있기 때문이다.

그 질문이란 물론 한국의 근대를 살아간다는 것에 대한 개인의 자의식과 관련된 것이다. 1960년대 근대를 살아가는 인물들의 의식과 그것을 통해 비치는 김승옥의 자의식의 경개(景槪)는 모두 우리의 그것과 그리 먼 곳에 있는 것이 아니다. 그런 측면에서 김승옥의 소설은 어떤 방식으로든 한국의 근대에 발붙이고 살아가는 근대 시민주체의 자의식을 비추는 거울이 될 수 있으며, 그 지점에서 그의 소설은 '1960년대'라는 시대적 경계를 넘어 현재와 공명한다.

  이 글의 목적은 김승옥 소설의 그러한 문제설정을 근대성의 문제와 관련하여 다시금 헤아려보는 것이다. 그것을 위해 이 글이 출발점으로 삼는 것은 김승옥 소설의 중심에 자리잡고 있는 '시골/서울'이라는 공간적 토픽이다. 이미 많이 지적되어 왔듯이, 김승옥 소설의 핵심적인 문제설정은 대부분 시골/서울의 토픽을 매개로 전개되고 있다. 가령 김현은 「구원의 문학과 개인주의」라는 글에서, 김승옥 소설의 기본구조가 '시골과 서울의 변증법적 대립'이라고 하면서 이후에 그것을 파헤쳐보겠다고 한 바 있다.[1] 그 약속은 결국 지켜지지 않았지만, 그는 어찌 됐든 그 말로써 김승옥 소설의 핵심을 정확하게 포착하고 있었던 셈이다. 김승옥의 소설이 "서울과 시골의 대립 구성"을 "돌파해가는 혼의 여로"(김윤식)라는 지적 역시 마찬가지다. 이후의 논의 역시 대부분 김승옥의 소설을 관통하는 그러한 토픽에 주목하고는 있지만, 그것이 갖는 의미는 아직 설득력있게 밝혀진 바 없다. 시골/서울의 공간적 토픽을 근대화의 문제와 관련지어 전근대와 근대의 이분법적 대립으로 의미화하는 한편, 전근대(시골)에서 근대(서울)로의 이동을 도시로 대표되는 근대세계로의 입사(入社)를 의미하는 것으로 파악하고 그로 인한 개인의 갈등양상과 개인의식의 특성에 촛점을 맞추는 방식이 그간 이 문제를 다루었던 대부분 논의의 기본

1) 김현 「구원의 문학과 개인주의」, 『사회와 윤리』, 일지사 1974, 258면.

관점이라고 할 수 있겠다.

그렇지만 문제는 그리 간단치 않다. 무엇보다도 김승옥의 소설에서 시골/서울이라는 공간적 토픽은 단순한 대립관계에 의해 규정될 수 없다. 특히 김승옥의 소설에 나타나는 시골을 순수 혹은 재생의 공간으로, 반면 서울을 위악의 공간으로 규정하는 것이나, 나아가 그것을 전근대/근대의 대립으로 바라보는 것은 지나치게 단순한 시각이다. 김승옥의 소설에 나타나듯 서울을 모방하거나 도시에 의해 침범당한 시골의 모습을, 시골을 식민화하면서 진행되는 근대화의 국면을 반영한 것으로 보는 시각도 크게 다르지 않은 전제에 기반하고 있다.

그러나 김승옥의 소설에서 시골/서울이라는 토픽의 의미는 단순히 사회경제적 '근대화'라는 표지에 의해 규정되고 계열화되는 것은 아니다. 오히려 그것은 사회경제적 근대화를 포함하여 1960년대 한국의 근대를 구성하는 여러 갈래의 역사적·사회적 하위텍스트가 응축되고 펼쳐지는 하나의 형식이다. 그런 측면에서 김승옥 소설에서 시골/서울이라는 토픽에는 이미 1960년대 한국의 근대가 안고 있는 모순적인 실존조건과의 관계가 그 안에 포함되어 있다. 그런 까닭에, 시골과 서울에 대한 소설 속 인물들의 의식과 태도는 김승옥이 그 근대를 어떻게 받아들였으며 또 어떻게 반응했는가를 보여주는 척도라 할 만하다. 따라서 시골/서울의 토픽을 핵심적인 구성원리로 하여 펼쳐지는 김승옥의 소설은 그것을 통해 한국적 근대의 모순적인 실존조건과 그 안에서 살아가는 자의식적인 개인의 존재방식을 압축적으로 보여주는 텍스트라고 할 수 있다.

이런 관점에서 본다면 김승옥 소설의 핵심적인 문제설정은 1960년대 한국적 근대의 특이성과 관련하여 다시 재구성될 수 있을 것이며, 그의 소설에서 키워드로 논의되는 '자기세계'의 의미 역시 그런 맥락에서 읽을 수 있을 것이다. 나아가 그러한 작업은 물론 근대사회에서 지식인의 존재방식을 다시금 문제삼는 질문의 형식이 될 것이다.

## 2. 두 개의 시골, 불안과 욕망

김승옥 소설의 주인공은 대부분 시골에서 상경하여 서울에서 대학을 다니거나 졸업하고 도시생활을 하고 있는 인물들이다. 이 인물들의 이력에 이미 자리를 잡고 있는 시골/서울의 토픽은 그들의 의식 한가운데서 본격적으로 펼쳐진다. 그중에서도 시골/서울의 토픽이 비교적 표면에 분명하게 드러나 있는 소설은 「환상수첩」「누이를 이해하기 위하여」「무진기행」 등이다. 이 소설들에서 그것은 실제로 시골과 서울을 오가며 겪는 인물의 의식의 전개를 통해 구체화된다. 그렇다면 이 작품들 속에서 토픽의 한 축인 시골은 인물들의 의식에 어떤 모습으로 나타나고 있으며 그에 대해 그들은 어떻게 반응하고 있는가?

이 물음은 단순히 시골이라는 공간적 표상에 대한 것으로만 향하는 것은 아니다. 김승옥의 소설에서 '시골'은 지리적 공간으로 나타나는 한편, 빈번히 의식적이든 무의식적이든 여성인물과 자연의 이미지로 치환되어 표상되고 있기 때문이다. 그 여성인물과 자연을 표상하는 방식과 그에 대한 주체의 반응양식은 그대로 시골에 대한 주체의 상징적 관계의 특성을 비춰주는 거울이라고 할 수 있다. 김승옥 소설에서 시골에 대한 인식과 반응은 이 두 개의 축을 중심으로 펼쳐진다.

김승옥의 소설에서 시골의 의미는 흔히 짐작하듯 단순히 태어나 자라난 '고향'으로, 입사를 위해 그곳을 떠났기에 부채의식을 유발하지만 또 다른 한편으로는 어떤 내밀한 향수를 자극하는 공간으로 국한되지 않는다. 오히려 그의 소설에서 시골은 어느 하나로 환원할 수 없는 여러 가닥의 의미망을 안고 있으며, 그에 대한 인물의 반응도 복합적이다. 우선 김승옥 소설의 인물에게, 시골은 그가 태어나 자라난 원초적 공간이라는 의미에서 안온함과 위안의 정서를 안겨주는 편안한 공간은 아니다. 오히려 그가 떠올리는 시골은 어두운 기억과 결합되어 있다.

오히려 무진에서의 나는 항상 처박혀 있는 상태였었다. 더러운 옷차림과 누우런 얼굴로 나는 항상 골방 안에서 뒹굴었다. 내가 깨어 있을 때는 수없이 많은 시간의 대열이 멍하니 서 있는 나를 비웃으며 흘러가고 있었고, 내가 잠들어 있을 때는 긴긴 악몽들이 거꾸러져 있는 나에게 혹독한 채찍질을 하였었다.[2]

「무진기행」에서 서울에서 출세한 뒤 고향인 무진을 찾은 윤희중에게, 무진의 기억은 "거꾸러져 있는 나"와 결부되어 있다. 그에게 무진은 "항상 자신을 상실하지 않을 수 없었던 과거의 경험"(1:128)을 상기시킨다. 즉 무진은 자기를 상실할 수밖에 없는 공간이다. 무진이 유발하는 연상이 "머리를 풀어헤친 광녀(狂女)의 냉소"와 "시체가 썩어가는 듯한"(1:137) 냄새처럼 광기와 죽음의 이미지로 이어지는 것이나, 실제로 무진에서 약을 먹고 자살한 여자를 "내 몸의 일부"(1:145)처럼 여기게 되는 것도 자기상실 혹은 자기소멸의 공간으로서 무진의 의미를 강화하는 대목이다. "무진에서는 내가 무엇을 생각하고 어쩌고 하는 게 아니라 어떤 생각들이 나의 밖에서 제멋대로 이루어진 뒤 나의 머릿속으로 밀고 들어오는 듯했었다"(1:128~29)는 화자의 진술 역시 이러한 무진의 의미망과 결부되어 있는 진술이다. 무진에서 '나'는 생각하는 주체가 아니라 스스로 통제할 수 없는 생각이 "밀고 들어오는" 텅 빈 장소가 된다는 것, 이는 주인공에게 시골이 자기상실의 공간으로 받아들여지고 있다는 것을 의미한다.

김승옥의 소설에서 시골의 자연이 돌연 공포의 대상으로 나타나는 순

---

2) 김승옥 「무진기행」, 『김승옥 소설전집』 1, 문학동네 1995, 128면. 앞으로 작품 인용은 이 전집판에 따르며, 인용문 뒤에 전집의 권수와 면수만을 표시한다.

간도 이 자기상실 혹은 자기소멸에 대한 공포와 관련되어 있다. 그의 소설에서 자연은 어느 순간 주체를 위협하는 낯선 사물(事物)로, 아니면 죽음을 환기시키고 소멸의 공포를 불러일으키는 대상으로 돌변한다.

옛날 언젠가 역시 이 다리를 밤중에 건너면서 나는 저 시커멓게 웅크리고 있는 나무들을 저주했었다. 금방 소리를 지르며 달려들 듯한 모습으로 나무들은 서 있었던 것이다. (1:134)

나의 몸에서는 땀이 흐르고 있었다. 드디어 우리는 파도가 해변의 바위들에 부딪쳐 내는 무서운 소리를 들었다. 생명이 물러가는 소리가 있다면, 아아, 저 파도 소리와 흡사하리라. 나의 시야는 흐려지고 몸을 가눌 수가 없었다. (2:76)

「무진기행」에서 무진 시절의 '나'는 나무를 "시커멓게 웅크"린 채 "금방 소리를 지르며 달려들 듯한" 위협적인 사물로 경험하며, 「환상수첩」에서 파도소리는 "생명이 물러가는" "무서운 소리"로 받아들여진다. 이처럼 자연은 '나'를 위협하며 달려들면서 식은땀을 흐르게 하고 몸을 가눌 수 없게 만드는 낯선 공포의 대상이다. 이렇게 자연을 공포의 대상으로 경험하는 순간은 사물에 대한 이성적 판단과 성찰의 거리가 무화(無化)되는 순간이며, 사물이 주체의 우위에 서게 되는 순간이다. 이는 주체의 자기상실의 국면에 그대로 대응하는 것이 아닐 수 없다.

이러한 공포스런 자연 이미지에서 은밀히 작동하고 있는 것은 시골을 자기상실 혹은 자기소멸의 공간으로, 그래서 자기를 정립하고 보존하기 위해서는 벗어나야만 하는 공간으로 인지하는 무의식이다. 비록 공포의 대상으로까지 나아가지는 않더라도, 김승옥의 소설에서 자연은 흔히 온전한 '주체'와는 대립되는 이성 이전의 감각의 세계, "영원의 토대를 장만할 수" 없는, '자기'의 패배를 안겨주는 세계로 의미화된다. 「누이를 이해하기 위하여」에서처럼 그것은 이성적 판단보다는 "숲속의 짐승들"처럼 "세상을 느끼고만 싶어하는" "감각만으로" 살아가는 삶을 떠안기고, 그래서 "항상 종말엔 패배를 느끼"(1:100)게 만드는 그런 대상으로 나타나는 것이다.

어느 쪽이든, 주인공들이 이미 벗어나 있는 시골은 자기세계를 이루고 살아가고 있는 현재의 '나'에게 하나의 온전한 주체로 설 수 있기 위해서 벗어날 수밖에 없었던 공간으로 나타난다. 서울의 위악적인 생활에 지쳐 귀향한 「환상수첩」의 '나'가 시골에서 결국 자살하는 것도 단순히 서울과 별다르지 않은 시골의 생활에서 "도피의 어리석음"(2:48)을 깨달았기 때문만은 아니다. '나'(이정우)가 쓴 수기의 끝에서, '나'는 "'고향의 친구'라는 어휘가 주는 어감"(2:35)에 가장 충실한, 눈이 멀어 자살을 꿈꾸는 친구 형기가 순천만의 염전에서 미쳐서 "무슨 소리인지 알아듣기 힘든 말을 계속해서 웅얼"(2:76)거리는 것을 보며 비명을 지른다. 여기서도 이미 '나'의 고향은 '자기'의 상실——이는 순수한 고향의 이미지와 연계되어 있는 형기가 눈이 멀어 있다는 것과 미치게 된다는 것에서 분명하게 드러난다——과 결부되어 있다는 점이 암시되고, 그것은 '나'에게 비명을 지르게 하는 하나의 공포다. 따라서 서울 생활의 상처를 씻고 재생하여 서울로 다시 떠나지 못한 '나'가 시골에서 "새로운 생존방법"을 찾지 못하고 결국 자살하게 된다는 것은 공포스럽게 다가오는 자기소멸의 공간으로서 시골의 의미를 스스로 연출하고 확인하는 행위다. 이는 "어떻게 해서든지 살아내야 한다는" 의지는 오히려 서울의 위악을 모방하는 수영에게서 나오고 있다는 데서도 분명하게 드러난다.

물론 그것이 다는 아니다. 인물들의 의식 속에서 시골은 분명 서울 생활의 상처를 위안해주리라 기대하거나 그리워하는 공간으로 나타나기도 한다. 가령 시골은 「무진기행」에서처럼 서울 생활에 비틀거릴 때 찾게 되는 "관념 속에서 그리고 있는 어느 아늑한 장소"(1:129)이며, 「누이를 이해하기 위하여」에서처럼 서울에서 입은 누이의 상처를 핥아주는 곳이고, 「환상수첩」에서처럼 위악적인 서울 생활과는 무언가 다른 희망이 있으리라고 기대하게 되는 곳이다. 이런 의미에서라면 시골은 분명 재생의 공간이다. 그러나 그것은 부재하는 공간이다. 현실 속에서 이미 그러한 재생은 가능하지 않은 것으로 드러나고, 어떤 "아늑한 장소"로서 시골은 현실이 아닌 관념 속에만 존재하는 것이다. 「무진기행」의 '나'가 그리고 있는 무진은 "사람들이 살고 있지 않"(1:129)는 관념 속의 공간일 뿐이며, 서울을 "떠난다고 해도 이미 갈 곳은 없"(1:105)다고 인식하는 「누이를 이해하기 위하여」의 '나'의 의식 속에서도 시골은 이미 돌아갈 수 있는 곳은 아니다. 시골에서 '새로운 생존방법'에 대한 희망을 찾으려 했던 「환상수첩」의 '나'의 기대 역시 환멸과 죽음으로 귀결된다.

이렇게 본다면 인물들의 의식 속에 나타나는 위안과 재생의 공간으로서 시골은 마치 잡으려고 애쓰지만 잡을 수 없는 '신기루' 같은 것이다. 이러한 시골의 의미는 언뜻 시골/서울의 토픽과는 무관해 보이는 「생명연습」에서 '생명'의 이미지와 결부되어 있는 자연 이미지와 은연중에 공명한다.

우리가 꾸며놓은 왕국에는 항상 끈끈한 소금기가 있고 사그락대는 나뭇잎이 있고 머리칼을 나부끼는 바람이 있고 때때로 따가운 빛을 쏟는 태양이 떴다. 아니 이러한 것들이 있었다기보다는 우리들이 그것을 의식하려고 애쓰고 있었다고 하는 게 옳겠다. (…) 누나와 나는 얼마나 안타깝게 어느 화사한 왕국의 신기루를 찾아 헤매었던 것일까! (1:40)

'나'의 유년을 장식했던 "화사한 왕국"을 가득 채우는 평화로운 자연 이미지는 실제로 존재하는 것이라기보다는 "의식하려고 애쓰"면서 찾아 헤

246

매는 신기루 같은 것이다. 그 평화로운 자연이 유년의 삶 속에도 이미 존재하지 않는 것이었듯이, '아늑한 장소'로서 시골은 이전에도 없었고 지금도 존재하지 않는다. 그것은 단지 부재를 일깨움으로써만 존재하는 것이다.

이처럼 김승옥의 소설에서 시골은 두 가지 방식으로 나타난다. 그것은 자기소멸의 공포를 환기시키는 공간이거나, 그렇지 않으면 서울 생활의 상처를 위안받고자 안타깝게 찾아 헤매지만 처음부터 이미 존재하지 않는 환상 속의 공간이다. 그렇게 본다면 김승옥 소설에서 시골은 불안의 대상인 동시에 부재하는 욕망의 대상이다. 즉 시골은 타자와의 경계가 흐려지거나 주체로서의 '자기'의 존립을 위협하는 미분화된 공간으로서 불안을 야기하는 공간이지만, 또다른 한편으로 그 불안의 장소는 주체의 은밀한 욕망이 향하고 있는 곳이기도 한 것이다. 이러한 시골의 의미망은 언뜻 보기에 모순되고 분열된 것처럼 보이지만, 그 모순과 분열은 그 자체로 중요하다. 그것은 김승옥 소설에서 그려지는 이른바 '자기세계'의 이면에 존재하는 의식적·무의식적인 심리적 토대로 작용하면서 그 자기세계의 특이한 성격을 결정하는 중요한 요인 중 하나가 되기 때문이다.


## 3. 강박신경증적 가학과 가면의 삶

김승옥의 인물들에게 시골은 그처럼 불안을 환기시키는 대상인 동시에 불가능한 욕망이 향하는 대상이다. 그렇다면 그들은 그에 어떻게 대응하는가? 이는 단지 시골에 대해서만 해당되는 물음이 아니다. 그 대응방식은 곧 서울에 대한 인식과 태도에, 나아가 1960년대의 근대적 삶에 대한 그것에 그대로 직결되기 때문이다.

김승옥 소설에서 시골은 일차적으로는 하나의 지리적 공간이지만, 또

다른 한편으로는 서울의 가치와 대립되는 여러 가치와 표상들을 집약하고 있는 상징적 공간이기도 하다. 외면적으로는 시골/서울의 토픽과 관련이 없어 보이는 「생명연습」과 「건」에서 그 토픽은 유년세계/자기세계라는 대립구도로 변주된다. 이 소설들에서 유년세계는 의미구조상 시골이라는 공간적 표상과 동일한 의미연쇄를 형성하고 있다. 이때 유년세계라는 시간적 좌표상의 한 지점을 매개로 시골이라는 공간이 포섭하고 있는 의미구조에 수렴되는 대표적인 표상이 바로 여성인물이다.

흔히 근대적 사고 속에서 여성은 근대의 분열적 경험과 대립되는 미분화된 자연의 영역에 위치해왔듯이, 이는 김승옥의 소설에서도 마찬가지다. 그의 소설에서 여성은 성인의 삶 혹은 근대적 삶 이전에 존재하는 미분화된 경험의 영역을 대표하는 형상이다. 위악을 몸에 익히기 전 아이들의 세계가 언제나 여성인물과 결부되어 있는 것으로 나타나는 것은 그 때문이다. "피하려고 애쓸 패륜"이나 "그것의 온상을 만들어주는 고독"도 없는, "한 오라기의 죄도 섞여 있지 않은"(1:40) 비밀의 왕국에서 "생명을 생각"하는 '나'는 "누나의 한 손을 꼭 쥐고"(1:39) 있으며(「생명연습」), 「건」의 '나'의 유년세계에는 "가슴 뛰는 놀이"(1:47)를 함께하며 껴안아주었던 미영이와 "뜨거운 이마에 손을 얹어주"(1:61)면서 빨치산의 시체를 목격한 뒤의 충격과 '피로'를 위안해줄 것으로 기대하는 윤희 누나가 있다.

김승옥의 소설에서 이러한 여성인물들은 어린 '나'의 은밀한 욕망의 대상으로 나타난다. 무엇보다도 이 여성인물들은 갈등과 분열이 없는 미분화된 조화의 세계를 환기시켜주는 존재이기 때문이다. 그 여성인물들이 욕망의 대상이라는 점은 상상적 차원에서뿐만 아니라 실제로도 그렇다. 그 점은 어린 '나'와 여성인물 사이에 항시 성적인 코드가 개입되어 있다는 점에서 뚜렷하다. 그것은 「생명연습」의 '나'와 누나의 관계에서도 예외가 아니다. 거기에 은밀하게 숨겨져 있는 것은 '나'와 누나의 근친상간 코드이지만, 그것은 "한 오라기의 죄도 섞여 있지 않은" "평안"과 "생

248

명"을 환기시키는 것으로 새삼 강조되는 것이다.

이러한 여성인물은 성장하기 이전의 원초적 공간 속에 자리잡고 있는 인물들이다. 따라서 그들을 향한 욕망은 상징적 질서 이전의 "용궁처럼 신비스러운"(1:63) 미분화된 원초적 공간을 향한 욕망과 다른 것이 아니다. 그러나 「건」에서 분명하게 그려지듯이 어린 '나'는 이 '신비로운' 공간에 스스로 "먹칠을 해"(1:63)버림으로써 그곳을 등진다. 「생명연습」에서도 형을 살해하려는 '패륜'과 '죄악'의 음모를 실행하는 것을 통해 성장하는 과정은 곧 누나와 만들었던 비밀의 왕국을 등지는 과정이다. 그 점에서 이 공간은, 이미 등졌지만 욕망의 시선이 향하는 부재하는 공간으로서 시골의 의미장 안에 있다. 이는 김승옥의 소설에서 '성장'과 탈향(脫鄕)이 거의 동일한 의미로 그려지고 있다는 데서도 간접적으로 확인된다. 「무진기행」에서 보듯 "책임도 무책임도 없는" 미분화의 영역에서 개인의 '책임'만이 존재하는 서울로의 이동은, 말 그대로 그 자체 이미 미분화된 원초적 질서를 버리고 상징질서를 내면화하는 성장의 과정과 상동성을 갖는 것이다.

문제는 어린 '나'가 그 미분화의 공간을 어떤 방식으로 등지는가 하는 것이다. 그 방식의 핵심은 '나'가 여성인물을 상상적·실제적으로 희생시키는 것이다. "벌써부터 그런 부탁을 기대하고 있었"(1:63)다는 듯 윤희 누나를 윤간하려는 형과 그 친구들의 음모에 자발적으로 가담하는 「건」의 '나'의 행위는 그러한 대응방식을 집약한다. 그 음모 실행의 장소가 미영의 빈집이었다는 데서도 드러나듯, 그것은 곧 "용궁처럼 신비스러운 곳"과 얽혀 있는 미영의 기억을 스스로 더럽히려는 충동이기도 하다.

주체가 상징질서 속으로 진입하기 위해서는 상상계적 질서와 연계되어 있는 내적 자연을 억압해야만 하며, 그것이 근대 시민주체의 운명이다. 아도르노가 말하듯, "그는 자신의 꿈을 지불하는 대가로만 살아남을 수 있다."[3] 김승옥의 어린 '나'는 살아남기 위해서는 자신의 꿈을 댓가로

지불해야만 한다는 사실을 깨닫는 것이다. 그러나 김승옥의 소설에서 그러한 시민적 주체 확립의 과정, 즉 성장의 과정은 능동적인 자기계몽의 과정으로 나타나지 않는다. 그것은 어떤 알 수 없는 "무시무시한 의지(意志)"(1:54)에 짓눌린 과잉방어의 산물이다. 여성인물을 희생시킴으로써 상징질서를 내면화하는 어린 '나'의 선택이 위악적인 가학의 가면을 쓰게 되는 것은 그 때문이다. 그러한 '나'의 가학적인 행동은 「환상수첩」에서 선애에 대한 '나'의 태도에서도 그대로 되풀이된다.

> "순전히 성욕 때문이었어. 미안해."
> 하고 말하자
> "알아요."
> 하고 그녀는 별로 불쾌하지도 않았다는 듯이 대답했다. 그러나 천만에, 순전히 성욕 때문만도 아니었다는 것을 영리한 그녀지만 모르고 있었다. 그리고 드디어 나의 계획은 성공했다고나 할까? 어둠이 내리는 마포 강둑에서 그녀는 마침내 엎드려 울었던 것이다. (…)
> "사랑을 성욕으로 간주해버리고 경계하는 여자도 밉지만 그러나 성욕을 사랑이라고 믿어버리고 달라붙는 여자도 여간 난처한 게 아니야."
> 내가 제법 잔인한 웃음까지 띄워가며 이렇게 얘기하면
> "알아요."
> 라고 그녀는 대답하고 나서 한숨을 쉬었다. (2:17)

선애와 성관계를 가진 후 '나'는 선애에게 마음과는 달리 그것을 한낱 '성욕'에서 비롯된 것이었다고 잔인하게 말하여 그녀를 울린다. 그 이후

---

3) M. 호르크하이머·T. W. 아도르노 『계몽의 변증법』, 김유동 외 옮김, 문예출판사 1995, 95면.

'나'는 선애를 사랑하면서도 여자친구를 맞바꾸자는 친구 오영빈의 제안에 동조하여 그에게 넘기고 끝내 자살로 이끌어간다. 「건」의 '나'의 가학적 행위가 '무시무시한 의지'의 공포로부터 스스로를 방어하기 위한 과잉의식(儀式)이었듯이, 「환상수첩」에서 선애에 대한 이러한 '나'의 가학적 행위 역시 서울 생활에서 적응하고 살아남기 위한 과잉방어의 산물이기는 마찬가지다. 이러한 가학이 스스로 욕망하는 여성에게 향하고 있다는 것은 중요하다. 그것은 여성과 연계되어 있는 순진무구하고 미분화된 공간을 향한 욕망을 스스로 불가능하게 만드는 수행적(performative) 연출이라고 할 수 있다. 이처럼 여성과의 감정적 유대, 나아가 그에 대한 욕망의 실현 가능성을 가학적으로 제거하는 행위는 욕망의 대상을 스스로 불가능한 대상으로 만드는 강박신경증적 행위다.[4]

이처럼 욕망의 대상을 가학적으로 부정함으로써 욕망의 충족을 스스로 불가능하게 만드는 강박적 행위가 겨냥하고 있는 것은 무엇인가? 물론 '성장' 혹은 상징질서의 내면화가 일단 그 대답이라 할 수 있겠지만, 그것만으로는 부족하다. 여기에는 어떤 불안이 개재되어 있다. 그 불안은 '나'를 가까스로 유지하게 하는 가면 밖으로 걸어나가고자 하는 내면의 충동에 대한 방어의 산물이다.[5] 「건」에서 '나'는 많은 사람들 앞에서 "누나, 하고 부르고 싶은 충동"(1:61)과 성애적 접촉에 대한 충동——"어딘가 조용한 곳으로 날 데리고 가서 나의 뜨거운 이마에 손을 얹어주었으면."(같은 곳)——을 느끼는데, 그것은 빨치산 시체에 대한 공격적인 애도작업

---

4) 강박신경증자는 타자(여성)를 부정하거나 폐지하면서 욕망의 대상을 스스로 충족 불가능한 것으로 만들어놓는데, 그런 의미에서 강박증자의 욕망은 불가능한 욕망이다. 김승옥 소설에서 여성에 대한 '나'의 행위는 이런 강박신경증의 전형적인 증상이다. 이에 대해서는 브루스 핑크 『라캉과 정신의학』, 맹정현 옮김, 민음사 2002, 218~19면 참조.
5) 외부 대상이나 내면의 충동이 자아를 위협할 때 그에 대한 방어로서 불안이 생겨난다는 점에 대해서는 지그문트 프로이트 『억압, 증후, 그리고 불안』(프로이트 전집 12권), 황보석 옮김, 열린책들 1997 참조.

(돌팔매질)을 매개로 한 과잉방어를 통해 애써 모방한 어른의 삶에서 퇴행하는 것과 다르지 않다. '나'가 "온몸 속에 강하게 남아" 있는 그 충동을 억누르는 것은 그 때문이다. 「환상수첩」에서 '나'가 선애를 잔인하게 "육체적으로 정복"하게 되는 계기도 선애가 가면(위악)의 삶과는 다른 '진짜' 삶을 살고 있는지도 모른다는 생각에서 오는 "무서움"과 "경원심(敬遠心)"(2:16)이다. 이 공포와 경원심이 그 '진짜'를 향하는 '나'의 충동을 억압함으로써 발생하는 것임은 물론이다. 여성에 대한 '나'의 불안은 이곳에서 생겨난다. 그들은 위악의 '가면'을 쓰고 가까스로 내면화한 상징적 질서에 적응하고 정착한 '나'의 위치를 분열시키고 해체하는 실재(the Real)의 얼룩이기 때문이다. 여성인물에 대한 가해(加害)는 이 주체분열의 불안을 방어하고 자기를 보존하기 위한 상징적 행위다.

이 지점에서 여성인물에 대한 불안은 주체소멸의 공간으로서의 시골에 대한 불안과 교차한다. 시골이 주체소멸의 공포를 야기한다 할 때, 그 시골의 이미지는 이미 현재 위치에서 구성된 것이다. 이러한 시골의 이미지는 역으로 서울살이가 상징하는 근대적 삶 속에서의 주체위치에 환멸을 느끼면서도 거기에서 벗어나고 싶지 않은 욕망의 사후적 산물인 것이다. 여성인물에 대한 태도는 이러한 시골에 대한 태도에 정확히 대응한다. 타자(여성)를 가해함으로써 그에 대한 욕망을 불가능하게 만드는 행위는, 가면을 쓰고서라도 상징질서를 받아들일 수밖에 없고 또 그것이 주체의 자기보존의 길이라는 인식을 스스로 확인하는 행위라고 할 수 있다.

강박신경증 환자에게 욕망의 대상은 불가능한 대상이 되었을 경우에만 다시 욕망의 대상이 될 수 있듯이,[6] 시골(혹은 여성)에 대한 안타까운 욕망은 스스로 그것을 불가능한 기표로 만들어놓은 후에야 다시 생산된

---

6) 자크 라캉 「욕망, 그리고 「햄릿」에 나타난 욕망의 해석」, 『욕망이론』, 이미선 옮김, 문예출판사 1994, 166면.

다. 「환상수첩」의 '나'가 스스로 등지고 떠나온 그 공간(시골)에 대해 "막연한 필요성 때문에 도망하는 듯한 안타까움"(2:34)을 느끼는 것처럼, 「건」의 '나'가 유년의 원초적 공간을 등지면서 느끼는 것 역시 일종의 "섭섭함"(1:63)이다. 서로 다른 그 두 공간에 대한 '현재'의 욕망은 모두 그 안타까움과 섭섭함 속에서 '사후적으로' 생산되는 것일 뿐이다. 여성 인물과의 감정적 유대로 채워지는 유년의 원초적 공간, 그리고 시골이라는 지리적 공간은 모두 공통적으로 그것을 등진 후 사후적으로 생산하는 불가능한 욕망이 고정되는 대상이 되는 것이다.

이렇게 보면, 원초적 공간으로서 시골은 단순히 전근대의 공간이 아니다. 김승옥 소설의 심상지리(imaginative geography) 속에서 시골은 서울살이로 상징되는 근대적 삶에 대한 인식과 태도가 투사되는 대상이다. 그것은 환멸스럽지만 어찌 됐든 적응하지 않을 수 없는 서울에서의 근대적 삶을 시민적 주체가 서야 할 공간으로 확인하는 동시에 거기에서 비롯된 죄의식과 불안을 봉합하는 하나의 서사적 장치로 기능하는 것이다.


## 4. 병리적 자의식, 괴물 안에서 살아남는 방법

김승옥 소설은 이러한 과정을 통해 1960년대 한국의 근대를 살아가는 시민주체의 의식의 현상학을 펼쳐보인다. 이때 시골이라는 지리적 공간의 의미장 안에 배치된 자연과 여성으로 집약되는 타자에 대한 태도는 그 자체로 '법'(큰 타자)에 대한 상징적 관계와 태도를 비추어 보여주는 거울이다.[7] 이때 법 혹은 큰 타자(Other)란 물론 1960년대 근대 한국의 상

---

7) 이는 타자에 대한 강박신경증 환자의 태도가 곧 법에 대해 취하는 태도인 것과 마찬가지다. 브루스 핑크, 앞의 책 248면 참조.

징질서 그 자체와 다른 것이 아니다. 김승옥이 그려보이는 인물들의 '자기세계'는 이 상징질서 속에서 자기를 보존하기 위한 일종의 자기조작적 "생존방법"(2:8)의 산물이다. 그 '자기세계'의 실체 속에는 근대적 삶과 그 안에서의 주체위치에 대한 김승옥적 인물들의 인식과 태도가 그대로 반영되어 있다. 그렇다면 그 '자기세계'는 어떤 모습을 하고 있는가?

「생명연습」에서 '나'는 '자기세계'가 "분명히 남의 세계와는 다른 것으로서 마치 함락시킬 수 없는 성곽과도 같은 것"(1:26)이라고 설명하고 있다. 이때 자기세계를 구성하는 가장 중요한 자질은 '분명히 남의 세계와는 다른' 어떤 지점이다. 즉 자기세계는 다른 사람의 것이 아닌 나만이 지니는 어떤 것이며 '기막힌' 과정을 거쳐서만 형성되는 무엇이다.

> 하나의 세계가 형성되는 과정이 얼마나 기막히다는 것을 나는 잘 알고 있다. 그 과정 속에는 번득이는 철편(鐵片)이 있고 눈뜰 수 없는 현기증이 있고 끈덕진 살의가 있고 그리고 마음을 쥐어짜는 회오(悔悟)와 사랑도 있는 것이다. 이렇게 말하면 봄바람처럼 모호한 표현이 아니냐고 할 것이나 나로서는 그 이상 자세히는 모르겠다. (1:30)

그것은 '번득이는 철편'과 '눈뜰 수 없는 현기증' '끈덕진 살의'와 '마음을 쥐어짜는 회오'와 같은 복합적인 감정의 격랑을 겪고서야 만들어진다. 그 과정을 통과하여 "부글부글 끓어오르는 내부"를 "무관심한 표정으로 가려버리는 법"(「환상수첩」, 2:11)을 터득했을 때 비로소 자기세계는 완성되는 것이다. 즉 자기세계는 자기가 지닌 본원적인 감정 혹은 본래의 '나'를 은폐하거나 제거함으로써 얻어지는 것이다. 현기증과 살의, 회오는 그 은폐와 제거가 야기하는 갈등과 쟁투의 부산물이며, 자기세계는 그것을 이겨내고 마침내 '무관심한 표정'으로 조작된 '자기'를 체화(體化)했을 때 얻어진다. 따라서 그 자기세계의 '자기'는 조작된 '자기'이자 본래의 자기를 부정하는 가면이라 할 수 있다. 그랬을 때만이 자아와 타자의 경계를 분명히하고 '분명히 남과는 다른' 어떤 자아의 성곽을 형성할 수 있는 것이다.

이처럼 김승옥의 인물들에게 있어 어떤 조작을 통해서 혹은 가면을 쓰고서라도 '자기'를 세우려는 의지는 하나의 강박처럼 작용하고 있다. 그러한 강박적인 욕망의 이면에는 분명 '자기'에 대한 집착을 강박적인 것으로 만드는 불안이 은폐되어 있다. 무엇보다도 먼저 타자에 대한 가해(加害)가 애써 만들어낸 이 조작된 '자기'가 해체될지도 모른다는 불안에 대한 과잉방어이듯이, 그 자기보존의 욕망이 역으로 시골에 대한 불안을 생산하듯이, 이 자기세계는 불안을 생산하고 동시에 억압하면서 존재하는 세계다. 문제는 그 조작된 '자기' 혹은 '자기세계'를 만들어내는 원천 역시 모종의 불안이라는 점이다. 그 불안이 비롯되는 지점은 서울, 바로 그곳이다. 「서울, 1964년 겨울」에서 다음과 같은 '나'의 진술은 그 불안이 어디에서 기인하는 것인지를 역으로 짐작할 수 있게 한다.

"이를테면 낮엔 그저 스쳐지나가던 모든 것이 밤이 되면 내 시선 앞에서 자기들의 벌거벗은 몸을 송두리째 드러내고 쩔쩔맨단 말입니다. 그런데 그게 의미가 없는 일일까요? 그런, 사물을 바라보며 즐거워한다는 일이 말입니다." (1:210)

이 진술에는 말하면서도 말하지 않은 여백이 있다. 여기서 '나'가 침묵하고 있는 그것은 바로 서울(도시)에 대한 불안이다. '나'는 "모든 것이 밤이 되면 내 시선 앞에서 자기들의 벌거벗은 몸을 송두리째 드러내고 쩔쩔"맬 때 즐거워하고 '의미'를 발견한다. 밤이 되면 '나'는 "사물의 틈에 끼여서가 아니라 사물을 멀리 두고 바라보게" 된다. 이렇듯 도시의 사물을 자신의 시선 아래 굴복시키고 통제할 수 있는 때는 밤뿐이고, 이때에야 비로소 "모든 것에서 해방된" 감정을 느낀다. 아니, "실제로는 그렇지 않을는지 모르지만 그렇게 느낀다"(1:210). 이는 역으로 말하면 '나'에게, 밤과는 달리 모든 것이 분명히 드러나는 환한 대낮의 도시는 자신을 억압하면서 거리를 두고 시선의 권력으로 통제할 수 없는 사물(Ding)로 다가온다는 것을 의미한다. 「차나 한 잔」에서 표현되는 것처럼, 서울은 개인이 통제할 수 없고 정체를 알 수도 없는 어떤 "회색빛 괴물"(1:186)인 것이다. 이때 서울은 개인의 지각의 한계를 벗어나는 어떤 괴물 같은 전체 (tout)다. 불안은 바로 그 괴물에 짓눌려 자아의 경계를 상실할지도 모른다는 위기의식에서 오는 것이다.

중요한 것은 이렇듯 개인의 지각의 한계를 넘어서는 전체에 대한 불안의 원천이 비단 서울(도시)에만 국한된 것이 아니라는 점이다. 이 지점에서 「건」에서 그려지는 "적갈색과 자주색이 엉켜서 꺼끌꺼끌한 촉감의 피부를 가진 괴물"(1:54)의 존재를 상기하는 것이 필요하다. "무시무시한 의지(意志)"를 환기시키는 그것은 빨치산의 시체를 응시하는 벽돌더미의 이미지이지만, 거기에는 개인이 알 수도 감당할 수도 없는, 6·25로 대표되는 역사의 집단적 폭력에 대한 불안과 공포가 투사되어 있다. 전쟁의 시간은 개인의 의지와 지각을 무력하게 만들고 개인을 소멸시키는 어떤 집단적 역사의 전체성이 행사되는 시간이며, 그런 의미에서 그 시간은 자아의 지각을 압도하는 어떤 괴물 같은 전체성으로서 서울이라는 공간과 의미론적으로 겹쳐진다. 불안은 과거의 시간과 현재의 공간이 겹쳐지는 이 지점에서 과잉결정(overdetermination)된 것으로 드러난다.

따라서 이때 그 불안의 원천을 단지 경제적 근대화에서 비롯된 개인의 소외에서 찾는 것은 문제를 지나치게 단순화하는 것이다. 오히려 그 불안은 6·25에서 경제개발로 이어지는 한국적 근대성의 경험에 휘말려 영문도 모르고 수동적으로 떠밀려가는 무기력한 개인의 정서구조가 그대로 재연(再演)된 것이다. 그것은 정체를 드러내지 않으면서 개인을 압도하고, 그래서 자아의 지각을 혼란시키고 자아와 대상의 경계를 뚜렷이 세우는 것을 불가능하게 하는 비가시적인 총체로서의 근대에 대한 불안이다. 따라서 그 불안은 이질적이고 낯선, 그리고 폭력적인 전체의 사물적 의지 속에서 스스로 어디로 휩쓸려가는지도 모른 채 자신의 존재감각을 위협받는 상황, 즉 6·25와 인구이동, 경제개발의 혼란 등으로 이어지는 연속적인 한국적 근대의 경험 속에서 생겨나는 것이다. 정체를 알 수 없고 공포스러운 괴물 같은 집단의 '의지'로 다가왔던 6·25의 경험구조가 개인을 압도하는 괴물 같은 서울의 이미지 속에서 겹쳐지고 반복된다는 것에서 우리는 과잉결정된 근대의 불안을 발견한다. 6·25의 트라우마가 징후로 회귀하고 반복되는 그 지점에 1960년대 근대는 존재하는 것이다.

「무진기행」의 서두를 장식하는 안개의 이미지가 환기하는 것은 바로 이러한 근대의 불안이다. 뚜렷이 존재하면서도 "손으로 잡을 수 없"고, 사람들을 에워싸지만 "사람들의 힘으로써는 그것을 헤쳐버릴 수 없는", 모든 것의 경계를 흐려버리고 개인의 지각을 무기력하게 만드는 안개의 이미지에는 앞서 밝힌 근대에 대한 불안이 그대로 투사되어 있는 것이다. 「무진기행」은 비록 "심한 부끄러움"(1:152)에 잠시 얼굴을 붉히면서도 '조작된 자기'로 살아가는 자기기만을 기꺼이 받아들임으로써 불안을 회피하고 '안개'를 헤쳐가는 이야기다. 근대의 불안과 그에서 비롯된 불안정한 '자기'의 위기를 복제하고 그것을 다시 봉합하는 공간으로서 시골의 의미는 이곳에서도 다시 한번 확인되는 셈이다.

이렇게 볼 때 「서울, 1964년 겨울」에서 다른 사람이 아닌 '나'만이 알고 소유할 수 있는 쇄말적인 사물에 집착하는 '나'와 김의 모습이 감추고 있는 의미는 분명히 드러난다. 그것은 바로 이러한 불안에 맞서 그 괴물 같은 서울에서, 그리고 알 수 없는 역사의 의지 속에서 '나'만이 소유하고 지배할 수 있는 사물을 찾아냄으로써 대상의 재현(representation)을 통해 자아의 경계를 세우려는 강박적인 노력이다. 무릇 대상에 대한 명료하고 변별적인 표상(재현)은 세계와 자아를 구획하는 경계선을 세우는 데 필수적이며, 그것을 통해서만 자아는 자율적인 실체로서 구성될 수 있다.[8] 정체를 드러내지 않고 자아를 압도하는 괴물 같은 전체성은 그러한 재현의 위기를 초래하는 것이며, '나'는 알 수 없고 소유할 수 없는 전체를 회피하고 '나'만이 알고 있고 재현할 수 있는 쇄말적인 세부를 열거하고 전유함으로써 그러한 재현의 위기를 허구적으로 봉합하고 수동적으로 자율적인 주체의 경계를 세우기 위해 노력하는 것이다. 그런 의미에서 이때 세워진 '자기'는 불안과 위기를 은폐하면서 회피하는, 그것을 통해서만 가능한 조작된 '자기'가 될 수밖에 없다.

따라서 김승옥적 인물들의 '자기세계'는 불안의 징후이자 동시에 그 불안을 봉합하려는 과잉방어의 산물이다. 달리 말해 자기세계에 대한 강박은 곧 자기 존재감을 위협받는 불안과 혼돈의 소용돌이 속에서 내적 자연을 억압하고 가면의 삶을 선택하는 자기소외를 통해 애써 근대에 적응하려는 자의식적인 개인의 자기보존의 제스처다. 자기소멸의 공포를 야기하는 시골/여성에 대한 불안은 근대에 대한 불안이 투사된 것이며, 그들은 그 시골/여성을 스스로 불가능한 욕망의 대상으로 만들거나 가학함으로써 근대의 불안을 봉합하고 상징질서를 내면화한다. 문제는 바로 이곳에 있다. 왜냐하면 시골/여성은 다른 한편으로 '자기' 안의 순수한 내적 자연의 표상이며, 또한 냉혹하고 차가운 근대적 상징질서 바깥을 향하는 은밀한 욕망의 시선이 고정되는 곳이기 때문이다. 그렇게 보면, 시골과 여성에 대한 부정과 가학은 곧 자기 자신을 겨냥하는 자학과 다르지 않다. 그렇게 그들은 원래의 자기를 억압하고 자해하며 자기소외를 자발적으로 받아들임으로써 근대의 삶에 적응해가는 셈이다.

---

8) 자율적인 실체로서 주체의 구성과 재현의 관계에 대해서는 마이클 라이언·더글라스 켈너 『카메라 폴리티카』 상, 백문임·조만영 옮김, 시각과 언어 1996, 127면 참조.

김승옥의 인물들은 그렇게 근대를 앓는다. 그들의 근대적 정체성의 한 가운데에는 혼란과 자기분열, 자기소외와 자기기만, 자학과 자기연민 등 복잡 미묘하고 다층적인 감정의 혼란과 뒤섞임이 있고, 그런 의미에서 그들은 병리적(病理的) 개인들이다. 이처럼 한국의 근대성의 경험이 야기하는 불안과 공포를 회피하면서 근대적 상징질서라는 큰 타자의 호명에 순응적으로 이끌려가는 그 지점에서, 그러한 병리성은 개인주의적인 근대 시민주체의 정체성 한가운데서 그것을 완결시키는 외상적(外傷的) 중핵으로 자리잡는 것이다. 김승옥 소설의 문제성은 한국의 근대를 살아가는 그러한 근대 시민주체의 병리적 자의식을 뛰어난 감수성으로 포착한 데 있다.


## 5. 불편한 자기세계와 세상의 길

이 지점에서 문제는 다시 작가 김승옥에게로 돌아온다. 그는 그러한 인물들에게서 무엇을 보고 있는가?

김승옥은 어디선가 자기 소설은 윗세대에 대한 비판으로 쓴 것이라는 발언을 한 바 있다. 그럼으로써 그는 자신의 소설이 이른바 4·19 세대의 전세대에 속하는 전후세대의 부정적인 삶과 의식에 대한 비판적 보고서로 읽히기를 의도했던 셈이다. 그러나 김승옥 소설의 진정한 의미는 오히려 겉으로 내세우는 그러한 작의(作意)에서 벗어난 다른 곳에 있다. 가령 「무진기행」의 창작 모티프가 어려울 때면 시골을 찾는 자신의 심리와 윗세대의 부정적인 형상을 결합시켜본 데 있다는 작가의 진술을 굳이 참조하지 않더라도, 김승옥의 거의 모든 소설에서 나타나는 인물들의 부정적인 형상에는 작가 자신의 자화상이 항시 겹쳐진다. 그의 소설 곳곳에서 돌출하는, 공감과 정서적 환기력을 이끌어내는 자기연민의 정서는 거기에서 기인하는 것이다. 요컨대 김승옥의 소설에는 1960년대 한국의 근대를 경험하고 살아가는, 작가 자신을 포함한 4·19 세대의 자기의식이 스며 있는 것이다. 김승옥이 그의 인물들을 통해 그려내는 병리적 자의식을, 한국의 근대를 살아가는 또 그 질서에 순응할 수밖에 없는 작가 자신의 불편한 자의식의 투사로 볼 수 있는 것은 그 때문이다.

달리 말한다면 김승옥 소설 속 인물들의 병리적 자의식은 1960년대 한국의 근대를 살아가는 자기 자신의 혼란과 동요를 그대로 반영한 것이며, 개인주의적 의식을 통해 형성된 자기 자신의 근대적 정체성 내부에 웅크리고 있는 외상적 얼룩이다. 김승옥은 그렇게 스스로 자기 내부의 부정성을 우회적으로 의식화한다. 그렇게 김승옥이 의식화하는 병리적 자의식은 마샬 버먼(Marshall Berman)이 '저개발의 모더니즘'의 특징이라고 말했던 것, 즉 격렬한 자기혐오와 자조로 뒤범벅되어 있는 '불편한 자기세계'의 한국적 판본이라 할 수 있을 것이다.

그러나 김승옥은 그 '불편한 자기세계'를 객관화하고 의식적인 비판의 무대로 올리지 않는다. 그가 택하고 있는 전략은 오히려 인물들의 병리적 자의식을 그저 거리를 두고 응시하면서 거기에 자기 자신의 그것을 슬그머니 겹쳐놓는 것이다. 김승옥 소설의 공감의 폭과 정서적 환기력은 상당 부분 그러한 미적 전략에 토대를 두고 있는 것이지만, 그것은 또한 다른 한편으로는 자기 바깥으로 걸어나가지 않는 그의 한계를 그대로 보여주는 것이기도 하다.

아도르노에 따르면 근대자본주의 사회는 사회구성원에게 성인이 될 것인가 아니면 어린아이로 남을 것인가 하는 치욕적인 양자택일을 강요하며, 그것은 지식인이 처한 심각한 딜레마이기도 하다. 김승옥의 소설은 성인의 길로 순응적으로 이끌리면서도 못내 그러한 딜레마를 떠안고 가는 내면의 동요와 자기분열을 고통스럽게 응시하면서 혼란스럽고 폭력적인 괴물 같은 근대를 앓았던 근대 지식인의 초상을 보여준다. 현실을 있는 그대로 받아들이고 '세상의 길'(프랑꼬 모레띠)을 따라가는, 폐쇄적인 개인의 내면 바깥으로 걸어나가지 않은 그의 한계야 그대로 남는 것이지만, 우리는 이 싯점에서 다시 한번 이렇게 묻지 않으면 안된다. 우리는 근대 지식인이 맞닥뜨리는 그 딜레마에서, 나아가 작가 김승옥이 갇혀 있는 아픔과 한계에서 얼마나 자유로운가?

—『경향신문』 2003년 1월 3일

# 자본주의의 우울

## 1. 영원한 지옥 속에서, 우울의 표정

오래전 두 바늘을 잃어버린 탑시계가 있었다. 고장이 나서 두 바늘을 아주 떼어버렸다는 것인데, 그 시계탑이 만들어내는 단조로운 풍경은 병실에 드러누운 주인공을 집요하게 간섭한다. 지루한 풍경은 '나'의 의미 없는 상념을 낳고, 상념은 다시 멀찌감치 나앉아 '나'를 응시한다. 다름아닌 이청준(李淸俊)의 소설 「퇴원」(1965)의 첫머리를 장식하는 장면이다. 두 바늘을 잃어버린 시계란 곧 정지된 시간을 뜻하는 것일 테니, '나'에게 그것은 욕망의 상실과 자기망각의 상징으로 받아들여졌을 법도 하다. 여기서 우리는 얼마간의 관념적 포즈와 복잡하게 뒤얽혀 있는 우울을, 감당하기 힘든 근대의 체험에 휘둘려 살아왔던 지식인의 어찌할 수 없는 우울의 표정을 읽는다. 세계의 시간은 의미를 잃은 채 정지해버렸고 내면의 시간 역시 죽어버렸다. 우울한 자는 의미를 상실한 외부세계의 어두운 그림자를 욕망과 자아의 상실 속에서 거듭 확인한다. 이청준 소설의 이 정지된 풍경 위에 '너무 늦었음'에 멈추어버린 벤야민(W. Benjamin)의 시계(『베를린의 유년시절』)를 겹쳐놓아보면 어떨까. 이 어둡게 동결된 현재는, 그것을 벗어나고자 하는 의지나 희망조차도 궁극에는 그것을 성공적으로 유지하는 구성요소로 삼켜버린다. 그러니, 근대란 결국 어찌해볼 수조차 없는 '영원한 지옥'(벤야민)의 다른 이름일 수밖에 없는 것인가.

보들레르(C. Baudelaire)의 시편들이 일러주듯 위대한 문학은 한편으로 이 영원한 지옥에 갇혀버린 자의 우울에서 풀려나왔다는 소문도 있었다. 그러나 「퇴원」의 주인공인 '나'는 이 우울의 심연 한복판으로 리비도를 집요하게 몰아가기보다는 그와는 다른 임시적인 해답을 선택한다. 두 바늘을 잃어버린 시계처럼 정지된 삶의 고통을 앓는 '나'를 안타까워하던 친절한 간호사가 있어, 그녀의 이 한마디에 설복당한 까닭이다. "선생님 마음에도 이제 바늘을 꽂아보세요."

이 친절한 한마디는 죽어버린 내면의 시간을 어떻게든 다시 흐르게 해보라는 조언이다. 「퇴원」에서 이것이 가슴속에 숨어 있는 이야기를 풀어내고자 하는 '나'의 욕망을, 더불어 그것을 통한 자기성찰의 요구를 이끌어내는 것은 자연스러운 귀결이다. 어찌 보면 이는 우울에 대처하는 나름의 방법과도 무관하지 않을 터인데, '이야기'는 때마침 그곳에서 생겨나는 것이다. 그렇게 흘러나온 '나'의 이야기가 어떤 것이었든(「퇴원」에서 그것은 뜬금없게도 뱀에 얽힌 사연이다) 이 하나만은 기억해둘 필요가 있겠다. 어찌 됐든 '나'는 결국에는 질병을 외면하지 않고 그에 대처할 마음을 품게 되었다는 것, 또 그와 얽혀 있는 자의식을 회피하지 않고 살아가리라는 결심을 하게 되었다는 것, 이 모든 것의 중심에는 결정적으로 '이야기'가 있었다는 사실 말이다. 이야기의 내용이야 어떻든 간에, 여기서 중요한 것은 여하튼 이야기를 한다는 것이다. 어쩌면 그것이 이 영원한 지옥 속의 우울한 삶을 견디게 해주고 또다른 소망을 품게 하는 것인지도 모른다. 방법은 제각기 다를 수도 있겠으나, 소설이라는 것 자체가 결국은 그런 것이 아니겠는가.

## 2. 상실과 망각의 삶, 혹은 달콤한 우울 ── 은희경과 권여선의 소설

우리의 삶에서 시간이 더이상 창조와 생성의 진원으로 기능하지 못한다는 자각은 이제 새삼스러울 것도 없다. 그것은 근대의 시간체험이라 이르는 것의 특징이기도 하거니와, 과연 시간은 더는 달라질 여지 없는 동질적인 순간들의 지루한 연속일 뿐이며 심지어는 모든 것을 무로 돌려놓는 파괴적인 힘이기도 하다. 불행한 것은 우리가 이 당연한 진실을 항상 너무 늦게서야 깨닫게 된다는 사실이다. 그리고 그 점에서는 은희경의 소설 「유리 가가린의 푸른 별」(『창작과비평』 2005년 여름호)의 화자도 예외가 아닌 듯하다.

초라한 출판사의 교정 아르바이트에서 출발해 이제는 크게 성공한 출판사 사장이 된 '나'는 이미 모든 것이 결정되어버려 더는 달라질 것 없는 지루하고 무기력한 삶을 무기력하게 흘려보내며 살아간다. 그런 나는, 생각한다. 이제 미지의 모든 것을 단순하게 만들어버리는 일상의 익숙한 틀 밖에 남지 않은 '나'에게는 시간도 그런 것이어서, 얼핏 '나' 앞에 있을 듯한 "많은 미지의 시간"은 그렇게 "조각조각 나뉘고 그 다음부터는 익히 아는 일상의 시간이 되어버리는 것이다."(138면) 따라서 인생에 변수는 거의 없을 테고 "모험심과 열정 따위"도 필요없을 것이며, "두려움도 없지만 설렘 또한"(139면) 없을 것이다. 이런 '나'의 시간은 당연하게도 내일이 존재하지 않는 죽어버린 시간이다.

이것은 말할 것도 없이 우울의 표정이지만 ── 마침 편집장도 '나'에게 이렇게 말하고 있는 참이다. "우울증 클리닉에 한번 가보시라니까요." (147면) ──, '나'의 문제는 바로 그것이야말로 자신의 안정된 삶을 포기하지 않는 한 필수적으로 감내해야 할 부대비용이라는 데 있다. 역으로 말

264

하면, 무기력한 현재의 우울을 벗어나려고 하는 순간 지금껏 쌓아올린 안정된 삶과 정신의 토대도 함께 무너져버릴 것이다. 소설에서 '나'가 굳이 이 지루한 폐쇄회로 바깥의 삶을 꿈꾸지 않는 것은 그 때문이며, 애써 푸른 청춘의 과거를 망각하려고 하는 것도 그 때문이다. 이 삶이란 푸르른 과거를, 그리고 그곳에 살아 있었던 꿈과 좌절의 아픔을 망각함으로써만 지탱되는 삶인 셈이다. 이를테면 그것은 선택적 기억상실이 있어야만 유지되는 삶이다. 그러니 '리버 쎄느'에서 만나자 했던 오래된 약속을 환기시키는 옛사랑 은숙의 메일을 받고서도 '나'가 처음에는 약속은커녕 그 은숙이 누구인지조차 전혀 기억해내지 못하는 것도 이유가 있는 것이다. 물론 거기에는 과거의 아픔과 좌절을 망각하고픈 무의식이 은밀하게 작용하고 있을 터다. 그럼에도 불구하고, 무릇 현재를 반성할 수 있는 힘 또한 비록 고통스러울지언정 손쉬운 망각에 저항하는 자리에서 나올 법하지 않은가. 하지만 반대로 '나'가 기억하는 과거는 이렇다. "정말로 기억할 필요가 없는 너절한 시절인 것이다."(144면)

다행히 '나'는 잊어버렸던 약속의 실마리를 조금씩 좇아가며 결국 은숙과의 목 메는 사랑과 좌절의 기억을 힘겹게 되살려낸다. 물론 후배인 J가 슬그머니 놓고 떠난 「1991년의 코스모나츠」라는 소설의 사연과 함께. '나'의 그 오래된 좌절과 슬픔의 기억을 여기서 다시 일일이 환기할 필요는 없겠다. 어찌 됐든 중요한 것은, '나'가 애써 망각했던 과거를 되짚어가는 과정에서 문득 이런 생각을 하게 되었다는 것이다.

이상한 일이다. 지워져버렸던 청춘의 어느 하루가 선명하게 되살아나면서 오히려 현재의 모든 것이 비현실적으로 느껴지기 시작했다.
(150면)

무언가 상실한 현재의 삶에 대한 반성은 무릇 익숙한 일상이 돌연 낯설고 비현실적인 것으로 전도되는 이같은 착시(錯視)에서 시작되는 것이다. 그리고 이와 함께, 후배 J에게서 "자기의 모습을 보기 위해 그 멀리로 떠나"(155면)간 우주비행사 유리 가가린의 사연을 겹쳐 읽는 데서도 어렴풋이 암시되듯 어쩌면 '나'는 과거와 정직하게 대면함으로써 우울의 삶 바깥의 새로운 삶을 열어보려는 마음을 어렵게 품게 될지도 모른다. 그런데 과연, '나'는 이 돌연한 반성의 계기를 그렇게 일상에서 이어갈 수 있을 것인가? 어렵사리 되살려놓은 아름답고 불안한 청춘의 기억은 혹 무기력한 허무와 회한 어린 노스탤지어로 흡수되어버리는 데서 그치지는 않을 것인가? 이런 성급한 질문이 아주 뜬금없다고만은 할 수 없는 것은, '나'의 의식과 함께 작품에 배어 공감과 흡인력을 얻고 있는 얼마간의 감상주의 때문이다. 작가는 물론 이 인물의 미래를 멀리 짐작하고 있을 테지만.

여하튼 우리는 이 '내용'을 상실한 삶의 우울이 애써 잊고자 했던 좌절된 사랑의 기억 배면에 희미하게 깔려 있는 것이 무엇인지 어렵지 않게 가늠해볼 수 있다. 그것은 바로 젊은 시절 쏘비에뜨연방의 붕괴에서 절정에 이른 좌절과 환멸, 당혹과 혼란이며, 그로 인한 상처다. 그래서 '나'의 친구들은 절망 끝에 서로를 욕하며 뒹굴었고, 그렇게 체제에 순응하며 흡수되어갔으며, K는 스스로 삶을 마감했다. 우리 시대 우울의 표정은 어쩌면 이 고통스런 상흔을 남들처럼 쉽게 지워버릴 수 없는 자의 운명인지도 모른다. 그것은 삶의 형식에 침투하고 결국에는 그 형식을 지배한다. 권여선의 「위험한 산책」(『창작과비평』 2005년 여름호)의 주인공도 이 운명을 나름의 방식으로 살아가는 중이다.

'그녀'는 고문의 후유증으로 가끔 우스꽝스런 발작을 일으키는 (지금은 교수가 된) 같은 운동권 선배와 결혼해 살고 있다. 후배와 바람을 피우고 있는 중이기도 하다. 그런 '그녀'의 삶의 태도를 상징하는 것은 가령 "살이 모조리 썩고도 껍데기만은 굳게 닫혀 껍데기 양 귀로 부글부글 독을 괴어올리는 조개의 액 같은"(160면) 자기 욕망의 역한 냄새를 천천히

닦아내며 음미하는 달콤한 자학의 포즈다. '그녀'에게 남아 있는 것은 그렇게 아무런 내용 없는 무의미한 삶에 대한 자의식과 기만적인 애착일 뿐이다. 더욱이 그것은 (실상과는 달리) 스스로 후배와 남편의 결여를 무사히 메워주는 "연약하고 이타적인 주먹"(175면)임을 자처하는 편한 착각과 자기연민을 동반하는 것이기도 하다. 이런 삶의 의식적 근원을 조금 엿보자면 이런 것이다.

> 절망에 입혀진 달콤한 허세, 무력감 탓에 빠르고 커지던 목소리, 가슴 저리도록 절제되어 드러나던 한탄과 회한도 이제 그들 인생 저 너머로 사라져버린 것이다. 그 느낌은 썩 유용하진 않지만 익숙한 어떤 물건을 잃어버렸을 때처럼 얕은 상실감과 있지도 않았던 상상적 애착감을 불러일으켰다. (166면)

이것은 가슴 저린 상실을 다시 한번 상실한 자의, 그 이중의 상실 속에서 거짓 위안을 구하는 자의 무력한 고백이다. 이것을 달콤한 우울이라 하면 어떨까. 이때 "얕은 상실감"과 "상상적 애착감"이란 물론 그곳에서 피어오르는, 자기위안을 위한 허구적인 감정이다. 남편을 놓아두고 후배와의 안전한 밀회를 즐기면서도 다른 한편 들끓는 욕망의 파괴적인 실현을 은연중 열망하는 '그녀'의 형식만 남은 공허한 삶과 의식을 근원에서 이끌어가는 것은 바로 이것이다.

작가가 그려놓은 이 흥미로운 감정이 주제의식의 차원에서 효과적으로 부조되고 쉽게 해석되지 않는 것은 의도한 듯한 서술의 불친절함 때문이다. 그리고 다른 한편으로 그것은 남자에게 안기는 '그녀'의 숨은 욕망의 무대를 앞뒤로 배치하고 그 중심에 후배와 함께 뽈찜 안주로 낮술을 마시는 길고도 한가로운 장면을 태연히 들여놓은 느슨한 구조 때문이기도 하다. 하지만 그렇다고 해서 또다른 형식의 차원에 작가가 감추고 있는 물음까지도 보지 못한다면 서운한 일이 될 것이다. 그런 의미에서 우리가 주목해야 하는 것은 이 인물을 좇아가는 작가의 시선이다. 비록 작품에서 리듬의 적절한 배분을 통해 성공적으로 강조되지는 않았지만 자세히 보면 작가의 시선은 이 인물의 안으로 동화(同化)되었다가 다시 멀어져 나오는 미묘한 진동을 반복한다. 다시 말하면, 작가의 시선은 동화와 이격(離隔) 사이 어디쯤에 있다. 작가는 그것을 통해 이 내용 없는 공허한 삶에 대한 연민 어린 공감과 냉정한 비판 사이를 왕복한다. 이로써 비판의 시선은 순간순간 작가를 포함한 우리 모두의 삶에 겨누어지게 되는 셈이다. 그러니 짐작하겠지만, 여기에 숨겨져 있는 냉정하고도 집요한 윤리적 물음은 이런 것이다. 이 달콤한 우울과 화해의 위안은 한편으로 나 혹은 당신들의 것이지 않은가? 그러니 나의 삶은, 그리고 당신들의 삶은 별달리 편안하신가?


## 3. 운명의 슬픔과 향유 ── 정지아와 고종석의 소설

상실의 삶은 당연히 불편하다. 문제는 그 불편한 의식과 감각에 정직하게 반응하는 것일 터, 그렇지 않으면 우리의 삶은 결국 이데올로기가 건네주는 감미로운 화해의 환상에 무방비로 포획되어버릴 것이다. 우울은 이 불행한 상실의 삶이 불러일으키는 슬픔의 정서다. 그리고 바로 그런 한에서 그것은 그 삶을 저마다 있는 자리에서 환상 없이 돌아보고 반성할 수 있는 의식의 근원이 되는 것이기도 하다. 우울한 자의 슬픔은 진정 깊은 절망과 체념에서 나오는 것이지만, 다른 한편으로 드물지 않게 거기에는 정신의 아름다움이 제거된 이 '동물왕국'에 결코 무감각하게 적응할 수 없는, 또 강요된 화해를 수락하고 위안받기를 거절하는 부정의 자의식이 함께하는 것이기 때문이다.

정지아의 소설 「운명」(『한국문학』 2005년 여름호)에 배음으로 깔려 있는 것도 바로 그것이다. 소설의 화자는 자신을 이르기를, "나라는 인간은 애당초 이성 간의 사랑은 고사하고 세상에서 가장 고귀하다는 모성애조차 믿지 않는, 말하자면 좀 삭막한 인간이었다."(105~106면) '나'를 그렇게 만든 것은 자신에게 유독 모질고도 냉혹한 운명이었다는 것인데, 어렵게 얻은 가정의 소박한 행복과 사랑에 대한 믿음을 동시에 앗아간 그 운명에 대한 복수로 '나'가 선택하는 것은 운명과의 불쾌한 조우를 회피하기 위해 아무런 꿈이나 기대도, "착각도 환상도 없"(102면)이 살아가는 그런 삶의 태도다. 그런 과정의 곡절이라든가 여차여차 잊을 만하면 출몰하는 운명의 손길을 뿌리치고 도망다닌 '나'의 기구한 사연은 여기서 다시 반복하지 않아도 대충 짐작하기 어렵지 않을 것이다. 특히 '나'를 운명의 여인으로 알고 집요하게 쫓아다니던 꽤 괜찮은 남자마저 끝내 거부해버리는 '나'의 심리 안에 있는 것은 운명의 친절한 선의까지도 그것이 다름아닌 운명이 내미는 손길인 이상 거부하고야 말리라는 결연함이다.

실상 여기서 '나'가 '운명'이라고 생각하는 것은 따지고 보면 자신을 바깥으로 밀어내는 이 사회의 비정한 메커니즘이라고 할 수 있을 것이다. 그것을 '운명'으로 상징화하고 스스로 거부하는 '나'의 심리에는, 그 배제의 메커니즘에 의해 상처받느니 아예 처음부터 스스로를 자발적으로 고립시킴으로써 자존(自尊)을 지키겠다는 의지가 개입되어 있다. 그것은 곧 욕망의 삭제를 통해 자기를 보존하려는 역설적인 의지다. 여기에 깔려 있는 것은 물론 자기를 보존하는 것은 자기활동을 지탱시켜주는 자기 안의 중요한 무언가(욕망)를 자발적으로 포기하는 한에서만 가능하다는 비관적 인식이다. 이 자기보존의 역설은 삶의 태도를 조금 달리하더라도 크게 변하지 않는 것인데, 운명을 회피하기보다는 "운명이 비정한 칼끝을 들이댈 때, 거기 머리 디밀어 산뜻하게 베어지는 것"(109면)을 선택하는 것 또한 궁극에는 자기 욕망을 운명에 내어주는 것인 까닭이다. 그러니 이중

구속(double bind)이라는 표현은 여기에 정확히 들어맞는 말이겠다.

　결국 가혹한 이 사회의 메커니즘 앞에서는 어떡하든 마찬가지인 셈이다. 선택할 수 있는 것은 아무런 욕망도 환상도 없이 최소한의 자존을 지키며 그저 견디는 것일 뿐. 자기 활동을 포기함으로써만 최소한의 자기를 지킬 수 있다는 이 역설적 인식이야말로 어찌할 수 없는 우리 시대 우울의 표정을 보여주는 것이다. 여기에는 물론 우리 삶의 궤도와 미래는 그 세목이야 어떻든 그렇게 이미 가혹한 쪽으로 결정되어 있을 뿐이며 따라서 행복은 근본적으로 가능하지 않다는 비관적인 인식이 깔려 있다. 그리고 이것이 우리 삶의 중요한 진실의 한 국면을 포착하고 있는 것도 사실이다. 하지만 잠깐, 그렇다면 이런 물음은 어떤가. 욕망을 삭제함으로써 자존을 방어하는 나의 인생관리법은 혹 이 사회의 메커니즘에 대한 책임을 다른 누가 아닌 자기 자신의 것으로 떠맡기를 회피하는 우회적인 방법이 되지는 않을 것인가?

　딱히 정지아의 소설과 관련해서가 아니더라도, 이런 질문이 지금 필요한 것은 자기 자신을 이 가혹한 세계의 논리 바깥에 떼어놓는 자발적인 고립의 선택이 지금 이 시대에 가질 수 있는 복잡 미묘한 양가적 의미 때문이다. 한편으로 그것은 이 부패하고 타락한 '동물왕국'을 부정하고 비판하는 정신의 거점이 될 수도 있을 것이다. 무엇보다 이 시대는 정신의 순결을 지키고 보존하는 것 자체가 쉽지 않은 고투를 요구하는 시대가 아닌가. 하지만 굳이 아도르노의 통찰을 빌리지 않더라도 그 순결하다 믿고 있는 고립의 정신 자체가 의도와는 상관없이 이미 단자사회의 지배 메커니즘의 흔적이 새겨져 있는 것이라면, 그래서 그것을 반사하는 것이라면, 문제는 좀더 복잡해질 수 있다. 지금 이 시점에서 앞선 물음을 여러 각도에서 진지하게 묻는 일이 긴요할 수밖에 없는 것은 이런 사정과 관련되어 있다. 그렇다면 고종석의 소설 「플루트의 골짜기」(『문예중앙』 2005년 여름호)의 경우는 어떤가.

이 소설은 일종의 상상실험이다. 그것은 마치 이 소설의 첫머리에서 화자인 '나'가 신문에 난 부고를 보고 인간 개체들의 사연에 대해 이리저리 즐거운 상상을 펼쳐보는 것과 흡사한 것인데, 소설 전체를 이끌어가는 상상에 그와 다른 것이 있다면 그것은 그리 즐겁지만은 않은 비관과 냉소, 슬픔과 혐오를 동반하고 있다는 점이다. 이 상상의 전제는, '나'는 이 사악하고 역겨운 "기괴망측한 종"(140면)인 인류와 종자 자체가 다른 별종이다, 라는 것이다. 과연 그런 상상적 전제 위에서 소설을 이끌어가는 것은 인간이라는 역겨운 종자에 대한 냉소와 혐오를 발산하는 에쎄이적 진술이다. 그리고 거기에 그와 반대로 "완전한 비관에 치여 때로는 실낱 같은 희망을 품고 살아가고 있을"(155면) '나'의 동족에 대한 공감과 가슴 아픈 그리움의 토로가 덧붙여진다. '같은 종족'이자 딸의 아비인 현경우의 죽음, 그 소식을 접하고 회상하는 그와의 오래전 만남과 이별, 『제국』의 저자인 안또니오 네그리에 대한 회상 등이 그것을 떠받치는 기본 줄기다.

여성화자인 '나'는 "순수한 자기 폐쇄는 불가능하다"(141면)는 것을 알고 있고, 바로 그렇기 때문에 "사람들 속에서 살며 사람을 싫어하는"(152면) 불행한 삶을 감내할 수밖에 없다. 소설에서 작가가 화자인 '나'의 이 불행한 의식에 기대어 격하게 표출하는 인간혐오는 그 자체로 통렬한 것이다. 과연 그렇지 않은가. 이것이 지나치게 냉소적이고 노골적이라 하여 쉽게 비판해버리기 이전에, 우리가 그곳에서 놓치지 말아야 할 것은 그 이면에 숨어 표면의 냉소를 만들어내는 어쩔 수 없는 슬픔의 정서다. 이 슬픔에는 또한 인간이 끼치는 해악에 대한 슬픔이 포함되어 있을 것이니, 우리는 어쩌면 바로 그 슬픔이 인간혐오로 이어지는 자리에서 숭고(崇高)를 발견할 수 있다고 한 칸트의 지적(『판단력 비판』)을 여기서 잠시 떠올려볼 수도 있을 것이다. 바로 그때 그런 인간혐오의 배후에는 인간에 대해 포기할 수 없는 무언가를 놓지 않는 이념이 있다는 것을 지적한 것도 칸트이지만, 이 소설을 지배하는 비관주의 뒤에 또한 숨어 있는 그것을 짐작하기는 어렵지 않을 것이다.

마찬가지로 이같은 상상은 자본주의 근대의 논리와 실상에 대한 철저한 비타협의 정신에서 나올 법한 것이다. 이른바 '사악한 종자'의 일원인 우리가 다른 종족인 '나'의 배타적인 냉소와 비관, 혐인(嫌人)과 슬픔에 대한 공감을 거둘 수 없는 까닭도 거기에 있다. 그럼에도 불구하고, 이 지점에서 우리가 함께 고려해야 하는 것은 이런 종류의 상상에 내재할 수밖에 없는 잠재적 위험성이다. '사악한 인간 종자들'이 벌이는 사태에 대한 비난과 혐오의 시선이 자기 자신을 그와는 다른 별종으로 분리시켜놓고 이루어지는 것이라 할 때, 그곳에 생략되어 있는 것은 '이 세계 안의 자기'를 비판의 무대에 올려놓는 자기성찰의 시선이다. 그러니 혹 윤리가 문제가 되는 것이라면, 아래의 진술이 다시 '나'에게 돌려지는 상상을 해보는 것도 유익한 일이 될 것이다.

그들은 학교의 울타리 안에서 안전하게 세상을 욕하고 정치를 욕했지만, 바로 그들이 세상이고 정치였다. 그것은 그들도 인간이라는 뜻이었다. (148~49면)


### 4. 그토록 영원한, 꿈과 기억 — 최인석과 김연수의 소설

그런데 우리의 그 '실낱같은 희망'은 과연 이 역겹고 혐오스런 세계 속에서 실현될 수 있는 것인가? 아니면 내심 이곳과는 전혀 다른 곳에 대한 아름답지만 무력한 상상에 의지하면서 내내 그렇게 우울의 고통과 비탄을 감내할 수밖에 없을 것인가? 고종석의 「플루트의 골짜기」에서 표면의 염세와 냉소를 걷어내고 우리가 진정 보아야 하는 것은 이런 물음이다.

그리고 그 물음을 거듭 집요하게 묻고 있는 작가라면 단연 최인석이 있었다. 그런 측면에서 언뜻 서로 달라 보여도 최인석의 소설 「목숨의 기억」(『현대문학』 2005년 7월호)의 세계는 고종석의 「플루트의 골짜기」의 그것과 그리 멀지 않다. 흥미롭게도 고종석의 소설이 "기괴망측"하고 사악한 인간종자에 대한 혐오의 파토스를 동반하고 있다면, 최인석 소설의 전제도 그와 방불하다. "사람이 괴물이다"(59면)라는 명제가 바로 그렇지 않은가.

「목숨의 기억」의 중심에서 소설을 버티고 있는 것은 할애비의 사연이다. 자신의 나이가 이백살이 넘었다고 주장하는 할애비는 발가락에 물갈퀴가 달려 있다. 죽으면 수궁(水宮)으로 가기 위해서라는 것인데, 세월이 흘러 할애비는 치매에 걸린다. 그때부터 모든 음식을 거부하고 꽃만을 먹기 시작한 할애비는 '나'에게 시작만 하고 끝나지는 않는 이야기를, 항상 중간에 중단되어버리는 아비와 할애비의 오래된 인생사를 들려준다. 그리고 그 사이에 덧붙여지는 것은 오래전 죽었다던 아비가 간첩이 되어 돌아온 탓에 '나'와 집안 식구들이 겪는 고통에 대한 사연이다. 할애비가 죽은 후, '나'는 아비의 친구라 했지만 어쩌면 아비일지도 모를 간첩출신 장기수 '빵떡모자' 아저씨를 찾아간다. 그리고 그날 밤 어둠속에서 어미인지 수궁의 심부름꾼이지 모를 여인의 환상을 본 '나'는, 날이 밝으면 황금연못에 가보리라 다짐한다. 이런 생각 때문이다. "어쩌면 거기, 수궁으로 가는 계단이 있을지도 모른다."(69면)

왜 하필 수궁인가? 이 소설의 기조를 생각해보면 그것은 이해하기 어렵지 않은데, 가령 다음 진술만 보더라도 그렇다. "여그가 다가 아니다. 지금이 다가 아니여. (…) 이런 게 다여서는 절대 안 되는 거여."(68면) 수궁에 대한 동경은 그렇게 산다는 것 자체가 절망의 연속일 뿐인 지금 이곳에 대한 철저한 부정의식에서 나오는 것이다. 얼굴도 모르는 간첩아비 때문에 '나'가 겪는 고초라든가 할애비가 들려주는 아비와 할애비의 사연에서도 짐작할 수 있듯이, 그런 의식에 배음으로 깔려 있는 것은 개인의 삶을 파괴하는 폭력적인 한국의 근대에 대한 깊은 좌절과 환멸이다. 이곳과는 다른 곳에 대한 불가능한 꿈은, 이 어둠속에서 피어오른다.

> 할애비의 얘기가 사실이라면, 어쩌면 꿈도 그러하지 않을까. 사람은 유한하지만 그 꿈은 무한하다. 그렇게 말할 수 있지 않을까. 사람은 때가 되어 죽어 사라지지만, 그가 꾼 꿈은, 그것이 아름답고 지극한 것이라면, 결코 사라지지 않아, 꽃씨처럼, 또 다른 자리에, 또 다른 사람의 가슴에 떨어지고, 그렇게 꿈으로, 꿈으로 이어지다가 언젠가는 피어나는 것 아닐까. 그렇다면 할애비의 수궁을 어떻게 오직 헛소리라고만 할 수 있으랴. (65면)

물론 헛소리라고 할 수 없다. 그리고 이것을 그의 소설에서 지나치게 반복되는 전언이라 하지 않으면 귀에 익은 고래(古來)의 수사(修辭)라 치부해 결코 가벼이 넘겨버릴 수도 없다. 여기에는 지금 이곳의 현실에 대한 아픈 비관과 그래서 더욱 절실한 슬픔이 무겁게 스며 있는 것이며, 그럼에도 불구하고 포기할 수 없는 실낱같은 희망을 멀리에서라도 힘겹게 확인하고픈 고통스런 진정(眞情)이 내재하는 것이기 때문이다. 어쩌면 이 불가능한 꿈의 무한지속 속에서, 우리는 이 가혹한 현실을 조금이라도 견딜 수 있게 하는 무언가를 얻을 수 있을지도 모른다. 그런데 이 꿈은, 지금 이곳을 이대로 놓아두고 끝없이 지연되어 영원히 '도래할' 것으로 남아 있을 수밖에 없는 것인가?

물론 우리는 최인석의 소설에서 이제 이 끈질기게 반복되는 작품세계의 변화를 요구해볼 수도 있겠다. 하지만 따지고 보면 그와는 별개로 실은 그런 꿈조차 꾸기가 쉽지 않은 것이 우리의 현실이다. 이 삭막한 근대의 논리 안에서는 꿈마저도 식민화되고 있다는 것이 부정할 수 없는 실상이고 보면, '무한한 꿈'을 간직한다는 것도 그 자체로 이미 쉽지 않은 정

274

신의 고통과 쟁투를 요구하는 일이다. 문제는 그 꿈을 쉽게 망각의 손길에 내어주지 않는 것일 터, 그것은 인간의 삶을 반성하게 만드는 무언가 거대한 '무한'에 대한 감각과 관련해서도 마찬가지다. 김연수의 소설 「네가 누구건, 얼마나 외롭건」(『문학사상』 2005년 6월호)의 세계가 마침 그러한데, 그런 측면에서 이 소설은 최인석의 소설과는 또다른 방향에서 지금 이곳에서의 삶의 진실을 이야기하는 참이다. 그리고 여기에는, 최인석의 소설만큼 선연하지는 않으나 근원에서 크게 다르지 않은, 이를테면 반성적 우울이라 할 수 있는 것이 존재한다. 가령 다음과 같은 진술의 배후가 그런 것이다. "돌아가는 길은 너무나 멀고도 힘든데 정작 내가 가고자 하는 곳이 어디인지 알 수 없었기 때문이었다."(113면)

작가는 그런 '나'가 '가야 할 곳'이 어디인지를 특유의 관념적인 어법으로 이야기한다. 소설의 기본 줄기는 작고한 사진작가인 '그'의 평전을 쓰기 위해 '그'의 의식의 행적을 좇는 여성화자 '나'의 이야기다. '나'가 '그'의 평전을 쓰기로 결심하는 것은 그가 찍은 '흑두루미와 함께한 날의 노을' 씨리즈가 '나'의 마음을 붙들었기 때문이다. 그리고 거기에는 '나'가 엄마의 죽음으로 상실감에 빠져 있던 중 눈앞에 펼쳐진 붉은 노을에서 받은 예전의 강렬한 인상이 개입해 있는데, '나'는 그 사진에서 누구와도 공유하지 못하리라 생각했던 그런 '나'의 경험과 공명하는 무언가를 본 것이다. 그렇게 그의 의식을 추적하던 과정에서 '나'가 갖게 되는 의문은 이런 것이다. "매 순간 변해 가는 모습을 담은 수많은 인물 사진"(107면)만 찍던 그가 "왜 갑자기 흑두루미 따위를 찍을 생각을 했을까?"(107~108면)

이에 대한 해답의 실마리를 찾아가는 여정은 '나'가 삶의 모순적인 진실에 접근해가는 과정이기도 한데, 그렇다면 '나'가 확인하는 것은 과연 무엇인가? 이 물음에 답하기 이전에 먼저 '나'의 깨달음을 결정적으로 확증해준 것이 과연 무엇이었는지는 여기서 다시 한번 확인해볼 필요가 있겠다. 그것은 사진작가인 '그'가 보았다던 바로 그 장면이다.

나는 흑두루미들이 선회 비행을 하는 하늘을 올려다봤다. 그 모든 광경을 바라보기에는 내 시야가 너무도 좁아 나도 모르게 고개를 저절로 좌우로 돌렸다. 너무나 큰 세계였다. 흑두루미들은 그렇게 큰 세계를 가로질러 아무르강변에서 이즈미까지 날아온 셈이었다. 우리가 그 세계를 증언할 수 없다는 것은, 그러니까 그 모든 것을 기억할 수 없다는 것은 너무나 분명했다. 하지만 또한 우리는 그 모든 것을 망각할 수도 없었다. 그가 찍은 사진들 속에서 친구와 가족들은 하나둘 늙어가고 병들어가고 또 죽어갔다. 그의 사진들 속에서 사람들은 얼마나 복잡한 존재로 살아갔는지, 하지만 그들은 또 얼마나 끊임없이 변해갔는지. (120~21면)

'나'는 '그'가 보았다던 이 기억도 망각도 할 수 없을 장엄하고 변함없는 리얼리티를 추체험함으로써, 그가 찍었던 친구와 가족들의 일상을, 또 '그'의 "평생 잊지 못할 노을"(121면)을 비로소 온전히 이해할 수 있게 된다. '그'의 흑두루미 사진은 그렇게 가까운 이들이 병들고 죽어가는 가운데 '그'가 느꼈을 법한 고통과 상실감 속에서, 동시에 그 무상하고 허무한 삶의 상실을 돌연 상대화하는, 일상의 삶 너머에서 변하지 않는 그 무엇에 대한 경이로운 체험 속에서 나온 것일 터다. 여기서 우리가 보아야 하는 것은, 그 경이로운 숭고의 체험이란 바로 그런 깊은 상실감 속에서만 찾아오는 것이라는 역설이다. 다시 말해, 고통스런 상실감이 없으면 노을이란, 그리고 흑두루미란 누구나 흔히 볼 수 있는 그저 그런 것일 따름이다. 엄마가 죽었을 때 '나'가 본 노을의 강렬한 아름다움이 '나' 말고는 그 누구도 볼 수 없는 유일무이한 것일 수밖에 없는 까닭도 거기에 있다. 우리의 유한한 상실의 삶과 그 상실의 고통을 영원과 무한에 견주어 상대화하는, 그럼으로써 역설적으로 그 삶의 슬픔을 견딜 수 있게 하는 강렬한

276

아름다움이 바로 그 상실의 고통 속에서만 피어오른다는 것이야말로 이 모순적인 삶의 진실일 것이다. 그리고 어쩌면 예술의 진실 또한 그러한 것일지도 모른다.

그러니 이해할 수도 통제할 수도 없는 세계 앞에서의 무력함과 슬픔은 또 그것대로 있는 것이지만, 중요한 것은 다른 곳이 아닌 바로 그 모든 것의 한가운데서, 포기해서는 안될 삶의 가치와 세계의 진실을 발견하고 추구하는 일일 터이다. 과연 소설 속 '나' 또한 이렇게 말하고 있는 참이다. "네가 있어야 할 곳은 이 세상 모든 것들 그 한가운데"(121면)이니, "쉽게 위안 받을 생각하지 말고 삶을 끝까지 쫓아가"(106면)라고.


## 5. 그리고, 이야기

문제는 어찌 됐든, 지금 이곳이다. 지금 이곳의 삶은 겉으로는 혹 풍요롭고 평화로워 보일지 모르나 그것을 근원에서 지배하는 것은 실은 근본적인 결핍과 상실의 경험이다. 이 삶이란 무언가를 상실하지 않으면 유지될 수 없는, 또 그 상실에 기초해서만 지탱되는 것이다. 우울이란 근본적으로는 이런 시대의 감성적 표현이며, 또 그럼으로써 이 시대의 본질을 예민하게 반사하고 음각(陰刻)하는 증상이다. 그리고 이런 삶의 경험을 만들어내는 근원에 다름아닌 자본주의 근대가 있다는 것쯤은 이제 다시 환기할 필요도 없는 자명한 사실이다.

최인석 소설의 화자가 깨닫게 되듯이 "사람이 각기 평생을 통해 이루고자 하는 일은 언제나 엉뚱한 자리에서 중단되고 마는 것"(「목숨의 기억」 54면)도 따지고 보면 사람의 일이 본시 그렇다기보다는 자본주의 근대 속에서의 삶 자체가 그런 것이라고 보는 것이 옳다. 마침 일찍이 벤야민도 근대란 '손에 잡은 일을 완성시킬 수 없는 사람들의 실존이 펼쳐지는 곳'

이라 하지 않았던가. 이 근대 속의 실존은 그렇게 "제 뜻 아닌 계기로 시작은 하지만 끝은 없거나 알지 못하는 이야기"(54면)와 같은 것이다. 그럼에도 불구하고,

어디까지 믿어야 하는지, 어디까지가 사실이고 어디부터가 치매인지 종잡을 수 없었으나 나는 어쨌건 그 무수한 미완결의 얘기들 가운데 그의 삶이, 혹은 꿈이 담겨 있다고 믿었다. 삶과 꿈을 구별한다는 것이 과연 얼마나 의미 있는 일일 것인가. (64면)

그러니 지금 이곳의 '너머'에 대한 꿈이 비롯되는 장소 역시 바로 그 미완결의 이야기가 아니고서는 있을 수 없다. 이야기의 아름다움은 다른 곳이 아닌 그 상실과 슬픔의 삶 한가운데서만, 그곳에서 포기할 수 없는 삶의 가치를 찾고 재발견하는 시선 속에서만 비로소 오롯할 것이다. 물론 그 이전에 먼저 요구되는 것은 우리 삶의 소외와 상실에 예민하게 반응하는, 또 그것을 고통스러워할 수 있는 반성적 감각의 능력일 것이다. 그렇게 우리의 삶과 의식 자체가 근대라는 이 가공할 타자에 의해 철저하게 제약돼 있다는 사실, 그래서 심지어는 무의식마저도 그 지배의 흔적에서 결코 자유로울 수 없다는 사실에 대한 고통스런 자각이 있는 바로 그 자리에서, '새로운 이야기'는 다시 시작될 것이다.

― 『한국문학』 2005년 가을호

# 부정의 파토스와 욕망의 드라마

■

최인석론, 『이상한 나라에서 온 스파이』를 중심으로

## 1. 우리 시대의 지옥도(地獄圖)

최인석(崔仁碩)의 소설을 읽는 것은 불편하다. 그것은 단지 그의 소설이 어느 순간 현실과 환상의 경계가 흐려지는 낯설고 혼란스러운 세계로 우리를 끌고 들어간다거나, 지옥 같은 세상에 던져진 인물들이 토해내는 끔찍한 절규와 탄식이 가슴을 무겁게 짓눌러오기 때문만은 아니다. 그 점은 물론 최인석의 소설을 그의 소설답게 하는 특징이라 할 수 있을 터이나, 불편함의 좀더 근본적인 진원지는 다른 데 있다. 이 세상은 결국 끔찍한 곳일 뿐이라는 것, 그것이 이 세계의 본질 그 자체라는 것, 따라서 아무런 치유나 개선의 가능성도 없다는 것. 최인석은 그의 소설에서 시종 그러한 절망과 비관의 시선을 거두어들이지 않는다. 그의 소설은 그 끝모를 환멸과 비관의 시선으로 탐욕과 야만이 들끓는 이 세계의 음침한 그늘을 우리 눈앞에 집요하게 들이민다. 그러면서 그는 우리에게 이렇게 말하는 듯하다. 어떠냐고, 정말 그렇지 않느냐고. 그의 소설을 읽는 불편함은 거기에서 온다.

그것이 불편할 수밖에 없는 것은, 우리가 짐짓 모른 척 외면하면서 의식적·무의식적으로 가담하고 있는 이 세계의 야만적인 진실을 적나라하게 들추어내 그 심연을 직시하도록 우리를 끌고 들어가기 때문이다. 무릇 겉보기에 평온한 우리의 일상은, 무언가 말해지지 않는 것이 있어야만, 어떤 근본적인 진실을 무시해야만 존재할 수 있는 그런 것이다. 이때 말해지지 않는 근본적인 진실이란 다른 것이 아니다. 그것은 바로 우리의 일상이 탐욕과 착취의 악다구니, 그리고 그 위에 구축되는 야만적인 사회적 적대라는 심연을 딛고 서 있다는 것, 매끄러운 일상의 평온함이란 그 심연을 모른 척하거나 아니면 능동적으로 참여하고 공모함으로써만 얻어지는 일종의 자기기만적 가상(semblance)에 불과하다는 사실이다. 탐욕과 비참함, 폭력과 신음이 들끓는 최인석 소설의 세계는 그 끔찍한 심연의 한가운데에 있다. 그렇게 최인석의 소설은 눈 돌리고 싶은 우리 삶의 밑그림을 들추어낸다. 그것은 우리 시대의 지옥도다.

이곳이 아닌 다른 곳을 꿈꾸는 인물들의 염원이 대부분 그로테스크한 몽환의 옷을 입고 나타나는 것도 거기에서 비롯된다. 그들은 기이하고 음침한 모습으로 변신해서야 이윽고 이 추악한 세상에서 벗어난다. 가령, 「내 사랑 나의 암놈」(『아름다운 나의 귀신』, 문학동네 1999)에서 '나'는 철거촌에 난입한 전투경찰의 최루탄과 방패, 삽차와 지게차의 폭력 한가운데서 순간 솔개가 되어 하늘로 솟아오르며, 「구렁이들의 집」(『구렁이들의 집』, 창작과비평사 2001)에서 '나'는 긴 혀를 빼어 올리고 구렁이가 되어 담을 타넘는다. 온몸에 돋아난 지느러미를 퍼덕이며 물로 뛰어드는 「잉어 이야기」(같은 책)의 '나' 역시 마찬가지다. 이때 그들의 변신과 탈주에 드리워져 있는 음울한 귀기(鬼氣)는 그대로 '현재 이곳'이 뿜어내는 저주의 그늘이다. '다른 곳'으로의 탈주가 이렇듯 기괴한 종말론적 환상을 빌려 표현될 수밖에 없다는 것, 이는 현실에 대한 최인석의 환멸과 비관이 그만큼 깊다는 것을 반증하는 것이기도 하다.

280

『나를 사랑한 폐인』(문학동네 1998)과 『아름다운 나의 귀신』을 거쳐 『구렁이들의 집』에 이르기까지, 최인석은 이러한 자신만의 독특한 소설세계를 개척하고 그 폭과 깊이를 다져왔다. 『이상한 나라에서 온 스파이』(창비 2003)는 지금까지 주로 중단편을 통해 축적되어온 이같은 소설세계를 장편의 영역으로 넓혀놓은 것이다. 야만적인 탐욕과 타락이 들끓는 시궁 같은 세계, 그 세계에 비천한 모습으로 던져진 인물들의 좌절과 절망의 절규, '다른 곳'에 대한 지독한 향수와 그리움을 앓는 인물들, 현실과 환상의 기묘한 뒤섞임, 현실의 추악함을 격렬하게 파헤치는 집요한 문체 등, 이 소설에는 최인석 소설의 특징적인 면모들이 집약되어 있다. 그런만큼, 이 소설은 어떤 측면에서 그간 최인석이 펼쳐왔던 소설세계의 잠정적인 결산이라는 의미를 갖는다. 그 결산이 앞으로 어떤 길로 이어질 것인지 아직은 알 수 없다. 일단, 이 글에서는 『이상한 나라에서 온 스파이』라는 유혹적인 제목을 달고 있는 이 소설이 열어가는 길을 차근히 따라가보려고 한다.


## 2. 욕망의 드라마, 욕망의 알레고리

소설은 삼청교육대 피해자들을 취재하던 '나'가 심우영이라는 노인을 만나며 시작된다. 프롤로그로 처리된 그 장면에서 '나'는, 이 이야기가 심우영에게서 들은 이야기를 그대로 옮겨놓은 것이며 어디까지나 그의 화법에 의해 전개되는 것임을 밝힌다. 그리고 그 노인의 이야기에 깔려 있는 완강한 부정의식에 대한 공감 섞인 논평이 곁들여진다. 이는 마지막에 덧붙은 에필로그와 함께, 일견 편집증적 망상이 만들어낸 터무니없는 이야기로 읽힐 법한 심우영의 이야기에 '현실적인' 의미를 부여하는 장치라고 할 수 있다. 그러한 장치를 통해 작가는 이야기의 현실성에 대한 판단을 일단 접어두고 소설을 읽어나가도록 유도하고 있는 것이다.

심우영의 이야기는 유신시대에서 80년대 초 신군부의 권력장악과 억압적인 통치로 이어지는 암울한 시대를 배경으로 전개되어나간다. 하지만 소설에서 그러한 시대적 배경은 인물의 삶과 행위에 결정적인 영향을 미치는 것으로 부각되지는 않는다. 서사의 중심은 시대의 정치적 상황에 별 관심 없이 살아가는 주인공이자 화자인 '나'(심우영)의 일대기다. 그가 전해주는 이야기는 이렇다.

'나'는 어미 뱃속에 있을 때부터 이 세상은 추악한 곳이라는 것을 알아버린 아이다. '나'는 쓰레기구덩이 같은 방에서 아비 어미가 벌이는 악다구니와 비참한 생활을 견디며 자라나지만, 도둑질을 하러 나갔던 아비는 축대에서 떨어져 죽고 홀로 남아 술로 끼니를 삼던 어미는 '나'를 고아원에 맡기고 사라져버린다. 그리하여 "나는 지네다"라고 절규하는 '나'에게 남은 것은 세상에 대한 철저한 증오와 자기모멸, 그 속에서 자라난 음침한 욕망이다. 이야기는 '나'가 고아원을 뛰쳐나오는 장면에서 시작되는데, 이후 펼쳐지는 것은 세상에 대한 복수와 일그러진 욕망의 드라마다. 우연히 미군 나이트클럽에 취직하게 된 '나'는 그것을 계기로 세상의 추악함 한가운데로 뛰어들며, 밀매와 간음, 대마초와 집단혼음의 타락으로 젖어든다. 그러던 중 고아원 시절 사랑했던 여자친구 영순이 나이트클럽 권상무의 정부(情婦)이자 스트립 걸로 전락해 나타나자 울분과 절망 때문에 권상무를 살해하고 한때 연인이었던 영순과 함께 오히려 더욱 깊은 범죄와 타락의 나락으로 빠져든다. '나'의 사악하고 음침한 욕망의 전투는 그렇게 시종 숨가쁘게 전개된다.

그러나 '나'가 이러한 전투에 스스로 부여한 정당성은, 아무 조건 없이 자신을 거두어 베푸는 '밥어미'(작은년)라는 인물로 인해 조금씩 흔들린다. 또다른 서사의 한가닥은, '나'가 열고야(列姑射)라는 나라에서 이 세상을 정화하기 위해 파견된 간첩이라 주장하는 밥어미와 사랑에 빠지고 그녀의 언행에 감화되면서 세상에 대한 즉자적인 증오와 자기학대를 '다른 곳'에 대한 열망으로 승화하는 과정이다. 결국 '나'는 자신을 지키기 위해 죽어간 밥어미의 뜻을 이어 '다른 세상'에 대한 그리움을 안고 지구 반대편에까지 이를 깊은 우물을 파며 살아간다.

다소 장황한 줄거리 정리가 된 듯하나, 이를 통해 이 이야기가 기대고 있는 소설문법은 자연스럽게 드러난다. 구체적인 시대적 상황을 배경으로 『산해경』과 『삼국유사』의 '진훤' 설화, 신화적 상상력과 카프카 소설의 모티프가 한자리에 어우러져 만들어내고 있는 기이한 환상적인 분위기는, 지금까지 최인석의 소설이 그랬듯 이 소설에 독특한 색채와 아우라를 부여하고 있다. 하지만 그것들은 소설의 곳곳에 배치되어 있는 구성요소일 뿐, 소설 전체를 윤곽 짓고 이끌어가는 큰 뼈대는 다른 데 있다. 이 점을 좀더 분명히 하기 위해서는 잠시 이 소설과 유사한 문제의식과 성격을 공유하는 최인석의 이전 소설들의 한가지 특징을 되새겨보는 것이 필요하다.

최인석의 소설은 대개 한정된 공간을 배경으로 펼쳐진다. 치유할 수 없는 비관적인 현실에서 돋아나는 폭력과 광기, 그 현실에 짓눌려 좌절한 채 주저앉아버리거나 그곳에서 벗어나려는 그늘진 열정을 그리는 소설들이 특히 그러하다. 「노래에 관하여」(『혼돈을 향하여 한걸음』, 창작과비평사 1997)의 삼청교육대, 「심해에서」(같은 책)의 매음굴, 『아름다운 나의 귀신』의 달동네 판자촌 등이 바로 그런 공간들이다. 이들 소설에서 인물들은 자신에게 주어진, 폭력과 광기, 좌절과 신음으로 얼룩진 그 공간을 결코 벗어나지 못하며 또 벗어나지 않는다. 벗어난다 하더라도, 「구렁이들의 집」이나 「잉어 이야기」에서처럼 절망의 막바지에 죽음처럼 찾아오는 종말론적 초월로서나 가능할 뿐이다. 왜냐하면 이 세상에서 살아가는 한 그 악몽의 삶은 벗어날 수 없는 굴레이고 또 설혹 그곳에서 벗어난다 한들 어디를 가든 세상은 똑같은 지옥일 뿐이라는 것, 그러한 인식을 작가는 인물들에게 심어주고 있기 때문이다. 사정이 그러하니, 시간 역시 흐르지 않고 한자리에 고여 있을 것은 당연하다. 그런 세계에서는, 어제란 오늘과 다르지 않고 내일 역시 마찬가지인 악몽 같은 악무한(惡無限)이 있을 뿐이다.

폐쇄된 공간과 고여 있는 시간, 그곳에서 작동하는 것은 알레고리다. 이야기가 지극히 구체적인 상황을 배경으로 사실적으로 전개되는 경우에도, 최인석의 소설이 궁극에는 알레고리일 수밖에 없는 것은 그 때문이다. 그것은 이 세상의 생김생김에 대한, 또 그 세상을 살아가는 인간의 본성에 대한 알레고리다. 『이상한 나라에서 온 스파이』도 그 점에서는 크게 다르지 않다. 그와 함께 소설의 앞뒤에 배치된 프롤로그와 에필로그는 중심 서사인 심우영의 이야기를 격자의 안쪽으로 밀어넣고 격자의 바깥에서 그 이야기를 의미화하는 또하나의 시선의 역할을 함으로써 이 소설의 알레고리적 성격을 더욱 두드러지게 만들고 있다.

문제는 알레고리가 본질적으로 무시간성의 형식인 데 반해, 장편에는 어떤 방식으로든 시간성이 개입될 수밖에 없다는 점이다. 지금까지 최인석의 단편이 지녔던 극적(劇的)인 집중성이 알레고리로서의 효과를 배가하는 것이었다면, 극적인 압축성이 느슨해질 수밖에 없는 대신 인물과 인물의 관계와 사건의 배치를 외연적으로 확장해야 하는 장편에서는 그것을 지탱하고 끌어갈 수 있는 시간성의 차원이 있어야 한다. 그런 측면에서 알레고리와 장편의 시간성은 조화롭게 어울릴 수 있는 것이 아니다. 이 소설은 처음부터 이러한 형식의 아포리아(aporia)를 안고 출발한다. 이 소설이 유신시대에서 80년대 초로 이어지는 구체적인 시대를 배경으로 하고 있으면서도 그 시간의 차원이 인물의 행위에 결정적인 영향을 미치지 못하고 뒤로 물러나 있다는 것도 이러한 사정과 무관하지 않다. 이럴 경우 가능한 방법 중 하나는, 주인공의 역정을 따라가면서 그의 욕망과 감정선을 중심으로 그 주변에 일련의 사건들을 배치하고 그것을 그 인물의 격렬한 욕망의 드라마에 종속시키는 것이다. 이 소설에서 서사의 한 가닥은 분명 이러한 길을 따르고 있다.


## 3. 극단의 수사학과 도덕적 비학(秘學)의 세계

『이상한 나라에서 온 스파이』에서 최인석은 그동안 한국소설에서 보기 힘들었던 지극히 예외적인 인물을 창조해낸다. 소설의 주인공—화자인 심우영이 바로 그러한데, 그는 자의식적인 자학(自虐)을 극단으로 밀고 나가며 사악한 방법으로 사악한 세상의 한가운데로 걸어들어가 어두운 권력의지를 발산하는 인물이다. 그에게 힘이 있다면, 그것은 그의 말 그 대로 "음(陰)의 힘"이며 "반(反)에너지"(24면)다. 그 어두운 권력의지는 진실로 치장된 이 세계의 허구를 그대로 수용하지 않겠다는 의지이며, 모든 의장(擬裝)을 벗어던진 적나라한 반(反)도덕의 욕망으로 그 허구에 맞서겠다는 의지다. 멀리 싸드(Sade)나 장 주네(Jean Genet)의 인물에 게서 보았을 법한 이러한 반도덕적 권력의지는 주체의 생존을 위협하는 세계 속에서 연약한 주체를 보존하려는 일종의 전도된 '자기의 테크놀로 지'다. 그것은 세상에 대한 끝없는 증오 속에서, 그리고 역설적이게도 극 단적인 자조와 자기학대 속에서 그 힘을 얻는다.

물론 소설의 뒤로 갈수록 '나'(심우영)의 이 반도덕적 권력의지는 밥어 미에게 영향받아 점차 의심의 대상이 되고 결국 '다른 세상'에 대한 그리 움으로 돌려지지만, 소설의 전반부를 이끌어가는 것은 분명 그 어두운 열 정, 그늘진 욕망이다.


나에게는 그들과 다른 욕망, 다른 요구가 있었다. 그것은 아무도 가 르쳐주지 않았으나, 내 가슴속에서 스스로 자라났다. 쓰레기구덩이 같은 방, 자신의 토사물 한가운데 엎어져 잠든 어미의 더러운 뺨에서 찐 득찐득 흘러내리는 피를 묵묵히 지켜보며 그것들은 자라났다. (…) 나 의 욕망과 요구는 그렇게 아무도 모르는 가운데, 나의 아비와 어미도 알지 못하는 가운데 자라났다. 어둡게, 아무도 그 존재를 알지 못하는 가운데, 아무도 보살피지 않는 가운데, 지네처럼, 전갈처럼, 저 얼어붙 은 극지방을 배회하는 이리처럼, 독버섯처럼, 암세포처럼. (21~23면)

소설은 '나'가 토해내는 이러한 어두운 정념으로 가득 차 있다. 추악한 세 상에 대한 증오와 부정, 인간성에 대한 허무주의적 혐오, "나는 지네다" 라는 선언으로 대표되는 극단적인 자기모멸, "소주병을 아작아작 씹어" 삼키며 내뱉는 분노와 슬픔, 이런 것들을 안고 '나'가 벌이는 밀매와 간 음, 배신과 살인 같은 범죄의 연속은 소설을 어둡게 물들인다. 소설 속에 서 벌어지는 사건들은 상실감과 치욕, 자학과 증오로 얼룩진 '나'의 격렬 한 정념에 의해 뒷받침되고 심리적 개연성을 얻는다. 다시 말해, '나'의 심리와 '나'를 중심으로 벌어지는 일련의 사건들에는 그러한 정서적 강 렬함이 새겨져 있다. 서로가 서로에게 괴물인 홉스(Hobbes)적 세계에서 '나'가 벌이는 그 적나라한 욕망의 전투는 그렇게 과잉으로 얼룩질 수밖 에 없는 필연성을 안고 있다. 이 소설을 이끌어가는 고유한 논리는 그곳 에서 생겨나며, 그것을 우리는 극단의 수사학이라 할 수 있을 것이다.

이 소설은 그러한 극단의 수사학을 통해 멜로드라마의 영역으로 이끌 린다. 그러나 그것은 외적인 표지로 드러나는 것 중 하나일 뿐, 더욱 중요 한 것은 그것을 지탱하고 있는 상상력의 핵심이다. 이 세상에서 살아간다 는 것 자체가 치욕이며 고통이라 여기는 '나'는, 그 핵심을 다음과 같이 그의 어법으로 이야기한다. 이 세상에는 빼앗는 자와 빼앗기는 자, "덫을 놓는 사람과 덫에 빠지는 사람"(298면)이 있을 뿐이다.

소설에서, '나'가 밥어미를 통해 점차 자신이 걷는 길이 죽음의 길이라는 것을 알게 되고 세상에 대한 '나'의 즉자적인 증오는 '다른 세상'에 대한 열망으로 돌려지지만, 이같은 선명한 이분법은 '나'를 거두고 감싸안는 밥어미의 언행, 그녀가 들려주는 수많은 간자(間者)들의 행적, 이 세상의 추악함과 대비되는 평화로운 열고야국의 표상, 그리고 그 모든 것을 듣고 접하며 '나'가 안게 되는 '다른 세상'에 대한 열망을 경유하여 또다른 형식으로 완성된다. 그것은 야만과 탐욕이 들끓는 사악한 이 땅과 열고야국이라는 완전한 세상의 이분법이다.

이 둘을 가르는 데 은연중 개입되는 선악이라는 도덕적 개념은 스스로 열고야국의 간첩이라 주장하는 밥어미의 형상과 이 땅에서 죽어간 수많은 간첩들의 행적에 대해 그녀가 전해주는 이야기에서도 읽을 수 있다. 자신은 아무것도 소유하지 않으면서 다른 이에게 모든 것을 나누어주고 베푸는 밥어미의 선행은, 실수로 아비를 죽인 영순의 죄를 자청하여 떠맡고 영순 대신 감옥으로 들어가는 장면에서 절정에 달한다. 이 세상을 변화시키기 위해 열고야국에서 파견되어 박해받고 절망과 슬픔을 안고 처형되면서도 이 땅의 사람들에 대한 사랑을 잃지 않았다고 하는 간자들의 일생 역시 크게 다르지 않다. 이기적인 욕망과 탐욕으로 얼룩진 이 세상의 모습이 도덕적 차원에서 '악'으로 의미화되는 반면, 아무런 주저나 의심 없이 그와는 상반되는 가치를 구현하며 순결하게 살아가는 그들에게는 도덕적 선함이라는 아우라가 드리워져 있는 것이다. 그런 측면에서, 이 소설의 서사를 지탱하는 동력은 이 "야만과 욕망의 땅"과 열고야국으로 표상되는 '다른 세상'을 가르는 선명한 도덕적 이분법이라고 할 수 있다.

이 소설이 보여주는 상상력의 핵심은 강렬한 도덕적 이분법에 있으며, 그것은 멜로드라마적 상상력이 보여주는 중요한 특징이기도 하다. 소설은 그 도덕적 이분법에서 파생되는 슬픔과 분노, 그리움과 동경으로 가득차 있다. 물론 도덕적 이분법이란 현실의 복잡다기하고 모순적인 결과 갈래들을 도덕적 선악이라는 하나의 코드로 환원한다는 점에서 소설을 일정한 한계 안에 가두어놓는 원인이라고 할 수 있겠다. 그러나 이 소설이 애초 알레고리적 성격을 지녔다고 할 때, 도덕적 이분법은 그와 결합하여 세계에 대한 판단과 부정의식을 극적으로 양식화하는 중요한 미학적 수단이 될 수도 있다.

이러한 도덕적 선악의 이분법, 그리고 여기서 비롯된 정념에 가득 찬 이 소설 특유의 어조의 뒷면에는 도덕적 비학이라 이를 수 있는 것이 자리잡고 있다. 자본의 현실원칙이 지배하는 이 시대에, 도덕적 비학이란 우리에게 잊혀지고 차단된 듯 보이지만 반드시 따라야 할 의미와 가치, 도덕적 보편성의 영역을 비추어주는 거울이다. 모든 신성한 것이 사라지는 시대에 그것은, 무의식 속에 억압되고 조각난 신성한 가치를 들추어내어 결코 사라져서는 안될 도덕적 원칙을 일깨우는 것이다. 열고야국에 대한 감동적인 묘사에서 작동하는 것이 바로 이 도덕적 비학이다.

그들이야말로 고아보다 더 고아가 아닌가요. 이 세계가 이 지경인 동안은, 여기서 달아나버린 용이 되돌아오는 날까지는. 저 웅덩이에서 물이 솟구치고 하늘에서 극광(極光)이 자기(磁氣)의 커튼을 찬란히 드리우는 날까지는. 당신은 나의 고아, 당신은 그날을 볼 수 있어요. 당신은 그곳에 갈 수 있어요. 갈 수 있고말고요. 당신의 세상에, 한사람 한사람이 저마다 하나의 세상이고 하나의 나라인 그곳에. (235면)

열고야국은 이 세상에 이제 존재하지 않는, 세상의 비루함과 추악함을 부정할 때 그리워하고 갈망하는 모든 것이 있는 곳이다. 또한 원래 세상 모든 사람들의 나라였기에 어떤 곳인지는 다 알지만 문명의 억압과 배제로 인해 이제는 믿지 않게 되어버린 곳이며, 그럼에도 불구하고 반드시 가야 하는 곳이다. 이 소설에서 "이 세계가 이 지경인 동안"은 모두가 고아일 수밖에 없다는 판단을 내리게 하는 그곳은, 이 세상의 반대편에서 세상이 추악한 탐욕의 진창일 뿐이라는 것을 일깨우는 도덕적 초자아의 역할을 한다. 그런 관점에서, '나'가 세상의 진창에 자발적으로 몸을 담글 때마다 결정적인 순간에 나타나 '나'의 주위에서 흔들리며 조용히 '나'를 바라보는 은행나무의 푸른 눈은 이 도덕적 초자아의 또다른 상징이라 할 수 있겠다.

『이상한 나라에서 온 스파이』는 주인공 심우영이 도덕적 비학을 발산하는 간첩의 감화를 받아 즉자적인 증오에서 비롯된 일그러진 욕망의 리비도를 다른 세상에 대한 열망으로 돌리게 되는 환상적인 욕망의 드라마다. 그리하여 소설은 이제는 늙어버린 심우영이 열고야국에 대한 열망과 동경을 품에 안고 깊은 우물을 파며 살아가는 모습을 보여주는 것으로 마무리된다. 엠페도클레스(Empedokles)의 표현을 빌리자면, (즉자적인) 증오가 끝나는 곳에서 기원은 시작된다.


## 4. 반(反)자본주의의 파토스 혹은 약자의 도덕

『이상한 나라에서 온 스파이』의 세계는 이처럼 도덕적 비학이 작동하는 알레고리의 세계다. 그런만큼, 소설의 곳곳에 배치된 비현실적이고 환상적인 장면들은 의외로 자연스럽게 다가온다. 코울리지(S. T. Coleridge)의 말처럼 '불신의 일시적 정지'(Suspension of Disbelief)가 이루어지는 까닭이다. 실제로 소설에서 비현실적인 장면은 숱하게 발견된다. 고아원에 있던 거대한 은행나무가 하늘을 날아 주인공 심우영과 밥어미의 집 마당에 날아와 박히고, 그 나무의 두 눈이 그를 내내 따라다니며 지켜본다. 게다가 심우영은 어느 순간 어미를 찾아 울며 헤매는 어린 시절의 자신과 대면하고, 또 지네로 변하기도 한다. 이런 환상적인 장면들은 끊임없이 소설의 객관적인 리얼리티를 간섭하지만, 그러면서 그와 자연스럽게 뒤섞인다.

역설적이게도, 이런 비현실적 환상에서 우리가 읽을 수 있는 것은 현실에 대한 작가의 집요한 관심이다. 달리 말한다면, 비현실적인 환상은 이 추악한 현실에 끝내 눈감을 수 없는 작가의 현실비판적 발언을 나름의 방식으로 전달하기 위한 일종의 미학적 의장이다. 이 소설을 지탱하는 도덕적 이분법이나 도덕적 비학의 아우라 역시 모두 그곳에서 비롯되는 것이다. 그렇다면 도덕적 비학과 그것이 만들어내는 선명한 이분법은 구체적으로 어떤 기능을 갖는가. 이를 밝히기 위해서는 잠시 작품에서 들뜬 어조로 신비롭게 묘사되는 열고야국의 모습을 좀더 자세히 들여다볼 필요가 있다.

그곳의 율법은 인간, 사랑, 그리고 즐거움이에요. 그 이상의 어떤 이념이나 가치도 없어요. 이익을 위하여 인간이 매매되고 이익을 위하여 전쟁이 벌어지는 일, 이익을 위해 돈 몇푼으로 사람을 모아놓고 일을 시키고, 또 돈을 벌기 위해 그런 곳에 나가 앉아 억지로 노동에 시달려야 하는 일 같은 것은 없어요. 사랑을 위하여 깨어나고 즐거움을 위하여 일을 해요. 사랑을 위하여 꿈을 꾸고 즐거움을 위하여 꽃이 피어나요. (233면)

열고야국이란 그런 곳이다. 그래서 그곳은 "사람과 사람 사이를 돈, 불신이나 증오, 신분이나 직업, 직위 같은 것이 벽처럼 가로막고 있는 것이 아니라 이해와 관심이 잔칫집 대문처럼 열려 있"(214면)는 곳이다. 중요한 것은 여기서 묘사되고 있는 것이 그렇게 대단할 것도 없는 너무도 당연히 그리 되어야 마땅한 인간적 삶의 원칙이라는 점이고, 또 역설적이게도 그것이 너무 당연한 것이기 때문에 오히려 비현실적으로 읽힌다는 점이다. 최인석이 열고야국을 신비로운 환상으로 감싸면서 문제삼고 있는 것은,

그 너무도 당연한 삶의 원칙을 끝내 비현실적인 것으로 보이게 만드는 이 세계의 타락과 추악함이다.

따라서 최인석의 소설에 나타나는 '다른 세계'의 모습을 비현실적인 몽환이라 비판하는 것은 촛점을 비껴가는 것이다. 최인석의 소설에서 그것은 기본적으로 세상의 비정상적인 일그러짐을 비추는 거울로서, 그리고 그러한 세상에 대한 치열한 부정의식을 가다듬는 부정(否定)의 거울로서 작용하는 것이기 때문이다. 이 소설에서 심우영을 취재하여 그의 이야기를 옮기는 격자 바깥의 '나'의 다음 진술은 그런 측면에서 의미심장하다.

> 그가 정신없는 사람인지는 모르지만, 그의 평생에 담긴 이야기 가운데에서 나는 무엇보다도 우리가 살아온 세월에 대한, 우리가 살아가는 이 세계에 대한, 이 세계의 생김생김에 대한 돌이킬 수 없는 완강한 부정(否定)을 보았고, 전적으로는 아니지만, 그 부정에 나 자신이 어느정도 긍정할 수밖에 없었기 때문이다. 또한, 존재하느냐 존재하지 않느냐를 떠나서, 그의 '열고야'라는 나라에 비추어보면 지금 내가 몸담고 살아가는 이 세계는 얼마나 어처구니없고 가소롭고 야만적이고 희극적인 세계냐, 하는 생각이 들었기 때문이다. (9~10면)

이렇게 볼 때, 음울한 권력의지와 세상에 대한 증오, 그것을 표현하는 극단의 수사학, 신비로운 환상과 함께 드리워지는 도덕적 비학의 아우라와 그 아래 구획되는 도덕적 이분법의 구도 등 눈에 띄는 특징들이 궁극적으로 어디에서 비롯되는지가 다시 한번 확인된다. 한마디로 하자면, 그것은 강렬한 반자본주의의 파토스다. 이는 인간적 삶의 원칙을 거스르는 자본의 횡포와 그 안에서 야만과 욕망이라는 자본의 원칙을 물신(物神)으로 내면화하며 살아가는 인간들이 만들어놓은 야수적인 정글에 대한 전면적인 부정과 분노, 그에 비례하여 함께 실리는 자본주의 바깥의 삶에 대한 강한 열망과 다른 것이 아니다. 최인석의 현실에 대한 집요한 관심을 이끌어가는 동력은 바로 그것이다.

그러나 『이상한 나라에서 온 스파이』에서, 반자본주의의 파토스는 지극히 우울한 결론으로 이끌려간다. 마치 간자의 무기가 "이곳에 와서 살다가 감옥살이하고 처형당하는 것, 여기가 아닌 곳, 떠나온 고국을 그리워하는 것"(322면)밖에 없는 것처럼, 그리고 심우영이 다른 세상에 대한 열망을 안고 지구 반대편에까지 이를 깊은 우물을 파며 언제일지 모를 '그날'을 기다리는 것처럼, 그렇게 그리움을 앓으며 이 세상을 견뎌나가야 한다는 것. 또 그 안타까운 노력 자체에서 아스라한 희망을 찾아내는 것. 소설의 논리를 그대로 따라간다면, 이는 어쩌면 그들 혹은 우리가 걸을 수 있고 또 걸을 수밖에 없는 유일한 길일지도 모른다. 그러나 니체의 표현을 빌린다면, 그것은 약자의 도덕이다. 그들 혹은 우리는, 이런 약자의 도덕을 안고, 그것을 희망이라 위안하며 이 세상을 견디는 수밖에 없는 것인가.

물론 언젠가는 올지도 모를 '그날'을 위해 하나로도 안되면 두셋을, 자신이 못다 하면 다른 사람이 계속 우물을 팔 것이라 이야기하는 심우영의 모습은 그 자체로 감동적이다. "야만과 탐욕의 땅" 한가운데서 다른 세상에 대한 희망을 이어가는 안타까운 노력에서 우리가 보는 아름다움은, 그러나 좌절과 비관의 그늘에서 돋아나는 우울한 아름다움이다.

그와 함께 우리가 눈여겨보아야 할 것은 작가가 소설의 곳곳에 배치해놓은 또다른 인상적인 장면들이다. 가령, 소설에서 밥어미는 심우영을 처음 만나는 날 누군지도 모르는 그에게 그때까지 맛본 적 없는, 돼지비계를 듬뿍 넣어 끓인 김치찌개로 성찬을 대접한다. 그리고 소설의 곳곳에서 밥어미는 그에게 지극한 정성으로 무언가를 끊임없이 요리해 먹인다. 영순을 찾아 헤매다 쓰러진 심우영을 수습해주는 또다른 간첩 택이 아비가 깨어난 그에게 처음 건넨 것도 누른밥이 가라앉은 숭늉이다. 소설의 대미를 장식하는 것 또한 성대한 음식 접대다. 긴 세월이 흘러 이제는 늙은 심우영과 영순이 혼령으로 나타난 밥어미의 고집스런 권고를 따라 결혼하는 날, 그들은 떼지어 하객으로 몰려온 죽은이들에게 푸짐한 잔치음식을 대접한다.

이러한 장면들은 익히 보아온 토포스(topos)이긴 하지만, 여기에는 의미있는 주제의식이 담겨 있다. 다른 세상으로 가는 길의 희망은 가장 가혹하게 이 땅의 잔인함에 노출된 이들, "삶 자체를 박탈당한"(372면) 이들이 함께 꾸려내는 공감과 연대, 나눔과 베풂에 있다는 생각이 바로 그것이다. 이는 분명 흔하지 않은 의미있는 결론이다. 그렇지만 그와같은 주제의식에 대해 아직 현실적인 판단을 내리기는 쉽지 않다. 그것이 혹여 의도와는 무관하게 약자의 도덕으로 이어지는 또다른 길이 될 것인지, 아니면 다른 긍정의 힘으로 솟아오르는 계기가 될 것인지.


## 5. '포월'의 문학을 향해

최인석의 소설『이상한 나라에서 온 스파이』에는 그간 그가 단편과 중편에서 압축적으로 보여주었던 문제의식의 편린들이 한자리에 가지런히 모여 구조적으로 촘촘히 직조되어 있다. 긴 세월에 걸친 한 인물의 일대기로 되어 있는 이 소설은, 그런만큼 최인석 소설의 여러 모티프와 문제의식이 일관된 논리적 질서를 갖춰 오롯이 배열될 수 있는 조건을 갖추고 있는 셈이다. 게다가 이 소설은 70년대 중후반에서 80년대 초에 이르는 암울한 시기를 배경으로 하고 있어 최인석이 바라보는 지금 이 시대의 전사(前史)로 읽히기도 한다. 더욱이 '이 비루한 세상은 나의 세상이 아니며 원래 나의 세상은 다른 곳에 있다'라는 이 소설에서의 '업둥이의식'은,

곳곳에 배치된 신화적·설화적 상상력과 현실과 환상의 경계를 흐려버리고 뒤섞는 특유의 소설문법에 힘입어 흥미로운 위반의 문학을 만들어내고 있다.

이후 최인석이 어디로 눈길을 돌릴 것인지 아직은 판단하기 이르다. 어느 방향이 되든, 작가는 이 작품이 얻은 흥미로운 성과 뒷면에 가려져 있는 또다른 측면에 대해서 충분히 의식해야 할 것이다. 선명한 도덕적 이분법은 그 점에서 문제적이다. 세계에 대한 증오와 철저한 비관주의, 그리고 다른 세상에 대한 강한 열망에서 비롯되는 그것은 주제의식을 강렬하게 부조(浮彫)하는 데 효과적인 수단이 될 수도 있지만, 다른 한편 부정적인 의미에서 대중성의 코드로 이끌릴 수 있는 위험을 안고 있는 것이다. 게다가 그것은 도덕적 판단의 틀로 환원될 수 없는 현실의 다층성과 모호함, 삶의 우연성과 복잡한 얽힘 같은 것들을 배제하거나 단순화하는 댓가를 치러야 하는 것이기도 하다.

물론 최인석이 이 점에 눈감고 있으리라고는 보이지 않는다. 그런 측면에서, '개라는 관념은 짖지 않는다'는 스피노자의 유명론적 명제를 거론하며 내놓은 그의 발언을 다시 한번 되새겨볼 필요가 있다(홍기돈 「영혼의 깊은 우물로 남는 두 개의 상처」, 『작가세계』 2000년 봄호, 87면). 최인석은 고정된 관념을 고집하기보다는 시간에 따라 변화하는 "'생현실'을 바라보려고 노력"해야 한다고 이야기한다. 그것은 물론 낡은 관념에 집착하는 리얼리즘을 비판하는 발언이지만, 스피노자의 명제는 각도를 달리하여 그 자신에게도 그대로 되돌려질 수 있을 것이다. 최인석은 그의 철저한 비관주의가 만들어내는 세계상과 그에 대한 부정의식이 주조하는 선명한 도덕적 이분법이, '생현실' 위에 덧씌워지는 또하나의 고정된 관념이 될 수 있는 위험을 끊임없이 경계해야 한다는 수고로운 과제를 떠안고 있는 것이다.

이는 어쩌면 역설적이게도 현실에 대한 이 작가의 집요한 관심과 철저한 부정의식이 빚어내는 딜레마인지도 모른다. 최인석에게 현실에 대한 관심을 좀더 다각화하기를 기대하는 것은 그 때문이다. 그가 보여주는 현실의 밑그림은 이미 이 세계의 근본적인 진실을 충격적으로 환기시키고 있지만, 거기에서 한걸음 더 나아가 단순한 것으로 요약될 수 없는 세세하고 복잡다기한 현실의 미묘하고 풍부한 양상과 굴곡이 그 밑그림 위에 그려져야 한다. 지금까지 보여준 이 작가의 튼튼한 상상력, 그리고 그 치열한 부정의 정신에 더하여 복잡한 현실의 미세한 결을 따라가며 구석구석을 분별하고 헤아리는 냉정하고 끈질긴 사유의 힘이 함께 덧붙여진다면, 우리는 머지않아 우리 문학에서 보기 드문 진중한 '포월'의 문학을 만날 수 있을지도 모른다.

— 『이상한 나라에서 온 스파이』(창비 2003) 해설

# 그늘 속으로, 허무와 탈아(脫我)의 윤리

■

구효서론

## 1. 발아래 깊은 그늘

구효서(具孝書)는 내내 소설과 함께 살아왔다. 물론 이것은 상투적인 수사(修辭)가 아니다. 1987년 등단 이후 그가 써낸 소설들의 목록을 훑어보기만 해도 곧 짐작할 수 있을 터다. 그가 지금까지 내놓은 소설이 무려 장편 14권과 창작집 8권이니, 소설과 함께한 삶이라는 표현이 실감나지 않을 리 없다. 그리고 그렇게 축적된 소설의 양과 두께의 이면에서 우리는 어찌 됐든 소설로써 생존해야 했던 엄연한 삶과 현실의 무게를 감지한다. 작가 구효서에 관한 한, 이것은 이를테면 글쓰기와 삶의 경제가 일치해야만 하는 소설경제학이다. 달리 말해, 그에게 소설은 일상적 의미에서 '노동'인(이었던) 것이다. 하나 그뿐인가?

물론 아니다. 그의 글쓰기를 '노동'이라 했거니와, 이 말에서 사물에 생기를 불어넣고 거듭 일깨우는 생산적 창조의 이미지를 떠올린다 해서 그 또한 관습적인 연상(聯想)이라 탓할 필요는 없다. 과연 그런 것이지만, 속뜻은 다른 곳에도 있다. 온갖 세상사와 군상들이, 풍경과 희로애락이 쉴 틈 없이 그의 소설의 시선을 통과해 새롭게 되살아났으니, 그렇게 내내 그는 소설의 눈만으로 세상을 보아왔고 또 세상이 온통 그에겐 소설만의 육체였던 것이다. 그에게 소설이란 마치 세상을 읽고 소화하고 또 인간화하며 그리하여 그 세상을 새롭고 풍요롭게 바꾸어놓는, 그럼으로써 다시 세상 속으로 들어가 거(居)하는 삶의 생산수단과 방불한 것이다. 그렇게 삶은 소설이 되고 소설은 다시 삶이 된다. 그 둘을 뚜렷하게 가르기 힘들어지는 어떤 지점에, 구효서의 소설은 있다.

그런데 잠깐. 그렇게 내내 소설과 함께였다면, 거기에 쉬 따를 수 있는 일종의 관성과 상투(常套)가 없을 리 없다. 무릇 삶이라는 것 또한 얼마간의 관성과 상투가 뒤섞여 지속되는 것이 아니겠는가. 실제로 구효서의 소설은 더러 그마저도 버릴 수 없는 자신의 일부로 감싸안고 간다는 느낌을 주기도 했다. 이를 일방적으로 비판할 수야 없는 일이지만, 그렇다고 그 자체로 긍정적인 것은 아니다. 달리 보면 그것은 예술적 깊이 혹은 창조성의 문제와 관련되어 있는 까닭이다. 하지만 구효서의 소설을 줄곧 관심을 갖고 읽어온 독자라면 아마도 어느 순간 그런 우려를 멀리 밀쳐버리는 또다른 신뢰를 품었을 법도 하다. 가령 이런 대목은 어떤가.

　담배 끝에 불을 당기고 한 모금 깊게 빨아들였을 때 내 발밑에 어떤 움직임이 느껴졌다. 물의 흐름이 아니었다. 문제의 움직임은 물의 흐름을 역류하고 있었다. 검고 푸르고 어두운, 그늘 같은 것이었다. 빠르지도 느리지도 않게 꿈틀거리고 있었다. (「물 속 페르시아 고양이」, 『도라지꽃 누님』, 세계사 1999, 10면)

그것은 커다란 물고기의 등이었다. 얼음을 경계 삼아 인간의 발바닥 가까이 접근해 인간의 시선을 비웃고 낯선 공포로 움츠러들게 만드는. 해서, 나는 생각한다. "그동안 내 눈이 보아내지 못했던 어떤 어둡고 차가운 세계가 그 커다란 붕어의 징그러운 등비늘 모양을 하고 내 의식의 세계를 마구 침범해 들어오는 것"(11~12면) 같았다고. 엄격히 따지자면 이 낯선 공포는 예컨대 일탈적 낭만이나 노스탤지어, 혹은 허무와 고독의 포즈나 신산한 삶을 그 자체로 포용하는 소극적 윤리 같은 것이 쉽게 감당할 수 있는 종류가 결코 아니다. 또 그래서도 안된다. 그것은 이를테면 우리 삶의 토대에 존재하면서 삶의 안정성을 교란하는, 삶 속에서 떨쳐버릴 수 없는 낯선 실체에 대한 치열한 반성적 감각을 요구한다. 시선의 깊이와 창조성이란 물론 그 요구를 안이하게 넘겨버리지 않을 때 얻을 수 있는 것이겠다. 구효서는 이미 이 낯선 그늘을 치열하게 응시하고 '나' 안의 감각과 창조의 힘으로 통합해야 한다는 어려운 과제를, 의식했든 아니든 자신의 길 앞에 던져놓고 있었던 것이다. 그렇다면 구효서의 소설은 지금, 그 길 어디쯤에 있는가?


## 2. 사건과 '나', 혹은 어떤 재발견

구효서 소설의 인물들은 대개 어떤 경계 위에 있다. 삶과 죽음, 현재와 과거, 존재와 부재, 일상과 탈일상, 세속과 탈속 등의 경계가 바로 그것이다. 그곳은 각기 상반하는 두 세계가 등을 맞대고 있는 지점이면서 동시에 어느 순간 그 둘이 서로 넘나들고 교통하는 '사건'이 발생하는 지점이다. 인물들은 이 사건을 의식으로 겪고 몸으로 체험한다. 그 체험은 곧 그들의 일상적 의식이나 삶의 질서가 동요하고 출렁이는 내면의 사건이기도 하다. 이 내면의 사건은 물론 느닷없는 것이라 할 수 없다. 구효서의 인물들은 대개 처음부터 견고한 일상의 질서에 마음 편히 얽매일 수 없는 인물들이니, 사건은 이미 그들의 의식에 잠재적 가능성으로 내재하던 것이라 보는 편이 옳다.

어느날 문득 그들을 찾아오는 작지만 사소하지 않은 외부의 계기는 일상과 마음의 질서에 조용한 파문을 일으키며 그 가능성을 깨워 불러일으킨다. 그 작은 계기란 대략 이런 것이다. "이발소가 없어졌다"(「이발소 거울」, 『시계가 걸렸던 자리』, 창비 2005. 이하 같은 책), 혹은 "그가 죽었다"(「달빛 아래 외로이」). 그것이 아니라면, 무언가 그들 앞에 던져진다. 그것은 하늘 사진의 한 귀퉁이에 실수처럼 비집고 들어앉은 슬프도록 고즈넉한 "밤나무와 산기슭과 산봉우리"(「밤이 지나다」)이기도 하고, 딸이 사고로 죽은 곳을 홀로 찾은 낯선 중년 사내가 들려주는 회한 가득한 이야기(「호숫가 이야기」)이기도 하다. '나'가 돌연 맞이하는 죽음선고(「시계가 걸렸던 자리」) 또한 그와 같은 것이고, 죽은 어머니가 오래전 읽던 책이라 하여 '나'가 건네받는 키에르케고르의 일어판 『공포와 전율』(「소금가마니」) 또한 그런 것이다.

얼핏 고전적인 수법이라 할 수도 있을 테지만, 우리가 여기서 특히 눈여겨보아야 하는 것은 그들이 이 파문이 전하는 모종의 '이야기'에 귀기울이거나 아니면 그로부터 어떤 '이야기'를 이끌어낸다는 사실이다. 그리고 그 이야기는 다시 그들 몸속에 스며 그들을 변화시키거나 다른 세계로 이끌어간다. 그 이야기가 외부에서 오는 것이든 아니면 그들의 내면에서 끌어올려지는 것이든 마찬가지다. 여하간 이야기 속에서 그들은 문득 자기 자신을 재발견하는 것인데, 구효서의 소설에서 사건의 파문이 펼쳐놓는 이야기는 모두 그렇게 '나'의 낯선 발견으로 수렴된다고 보아도 무리가 없다.

가령 「이발소 거울」을 보자. 단골 이발소가 갑자기 문을 닫아 왠지 허전해진 '나'는 그것을 계기로 "내가 의지하고 기대며 지내온 시간들"을 불러내 과거와 현재의 삶을 새삼 재구성해보며 그 자기역사의 의미를 반추한다. 뿐인가. '나'는 얼마 후 아무 일 없었던 듯 다시 문을 연 이발사의 이야기를 듣는다. 사연인즉 멀리 길 맞은편에서 보니 가게 안을 오가며 일하는 '나'의 모습이 마치 끝없이 반복되는 무성영화 같았다는 것, 그리고 그 순간 익숙했던 자신의 삶이 끔찍하게 낯선 것으로 돌변하더라는 것이다. 순간 '나'는 몸이 굳어버리는데, '나' 또한 매일 그 이발사가 본 똑같은 장면을 바로 그에게서 본 까닭이다. 이발사의 이야기는 '나'의 반성 없는 반복의 삶을 새롭게 돌아보게 만든다. 이 이발사의 이야기란 곧 거울에 비쳐 새로 의미를 얻어 되돌려온 '나'의 뒤집힌 자기서사라는 점을 새삼 덧붙일 필요는 없겠다. '나'는 '나'의 삶을 이야기하고(혹은 듣고), 그로써 부정할 수 없고 해서도 안되는 온전한 '나'의 진실과 대면한다.

이는 물론 하나의 사례일 뿐 구효서의 소설이 자기발견적 이야기의 반성적 힘을 그리는 방식은 실로 다양하다. 또 '나'가 발견하는 그 자신의 진실이란 것도——간혹 「밤이 지나다」에서처럼 익숙한 관성에 못내 이끌리는 경우도 있으나——대개는 우리가 흔히 연상할 법한 통상적인 이미지를 벗어나 예상치 못한 다양한 방향과 각도로 분기되고 확장되는 것이 또한 이즈음 구효서의 소설이다. 그러니 고여 있는 일상적 의식과 그 안의 '나'를 동요시키는 내면의 사건이 이르는 곳 또한 일상의 반성이나 낭만적 탈일상이라는 통상의 주제에 그치리라는 섣부른 예상은 일단은 접어두는 것이 좋다. 그렇다면 경계를 열어놓는 무언가에 촉발되어 인물들이 겪게 되는 마음의 사건은, 또 그것이 펼쳐놓는 자기발견의 이야기는 어디로 향하고 있는가?

구효서의 인물들은 대개 곳곳의 사물과 장소가 환기하는 이야기와 맞닥뜨린다 했거니와, 바로 그 예기치 않은 곳에서 그들은 문득 그 안의 자신을, 자신의 오래된 역사를 발견한다. 그러니 '나'는 어디에나 있는 것이고, 따라서 '나' 안에만 있는 것이 아니다. 그들은 예컨대 오래전 태어나고 자란 집에서, 한없이 깊고 어두운 하늘을 응시하는 사진 한 귀퉁이의 정물에서, 눈 쌓인 겨울 숲의 쓸쓸한 적막 속에서, 낯선 이방인이 들려주는 호숫가 이야기에서, 단골 이발사의 응시 속에서, '나'를 본다. 그리고

300

이때 '나'란 흔히 잘못 짐작하기 쉽듯 결코 세계를 자기화하는 심리적 메커니즘 속에 있는 '나'가 아니다. 구효서의 소설에서 '나'는 어느 순간 문득 저 자신 속에 과거와 미래, 타자와 선험 등이 스며들어 그 모든 것들과의 교통 속에 '나'가 존재하고 있음을 발견하고 주장한다. 어떻게? 자세한 사정을 조금 엿보자.

### 3. 탈존(脫存)의 미메시스

그중 한명의 '나'는 택시 운전기사다. 어느날 '나'는 이천호의 갑작스런 부음을 듣는다. '나'에 따르면, 그는 걷는 사람이었다. 가수 배호의 마니아이기도 한 그는 도장 쎄트 쌤플이 든 가방이나 각종 솔을 들쳐메고 평생을 배호의 노래들 들으면서 걷고 또 걷는 일만을 평생의 업으로 삼았던 사람이다. 어느날 우연히 교통사고로 그의 다리 하나를 잘리게 만든후로 오래 자책하며 그의 슬픈 내력과 배호의 노래에 못내 관심을 놓지 못했던 '나'는, 빈소를 들른 길에 그가 죽어 있었다던 눈 덮인 어둠속의 산을 홀로 오른다. 애초 "그렇게 걸어 그가 도달하려 했던 곳은 어디였을까"라는 물음에 이끌린 발길이지만, '나'를 산길로 계속 떠밀었던 것은 다름아닌 모든 소음을 지워버리는 산속의 신비한 적막이다.

그때 나를 흔들어 깨운 것은 선험이었다. 내 나이의 수만 배도 넘는 시간을 급속히 거슬러올라 태초의 어떤 지점에 문득 놓이게 되었다고 느낀 것은. 평온하고 행복하다고 느낀 것은.
뒤돌아보아도 내가 남긴 발자국 따위는 어디에도 없을 것 같았다. 어느 곳을 통해서도 나는 그곳으로 흘러들어온 게 아닌 것만 같았다. 처음부터 나는 그 자리에 서 있었다. (…) 나는 달빛과 밤하늘과 검은 숲으로부터, 눈으로 뒤덮인 대지와 적요로부터 알 수 없는 위로를 받고 있었다. 대상도 근원도 없이, 어딘가 슬픈 듯한 위로.

선험인 것 같았지만 딴은 기시감이기도 했다. 그것도 내가 아닌 다른 누군가의 경험을 추체험하는. 나도 누구도 아닌 그는, 아니, 나이면서 또한 그 누구이기도 한 그는 천천히 숲속으로 미끄러져들어가고 있었다. (「달빛 아래 외로이」 264면)

달빛으로 충만한 눈 덮인 검은 숲에서 얻는 이 슬픈 위로는 '나'를 둘러싼 현실 시공간의 경계가 허물어지고 해체되는 탈현실의 경험과 맞닿아 있다. 그것은 곧 일상의 '나'를 망실하고 원초적 적막만이 가득한 아득한 시간 속에 그저 그렇게 있어온 무시간의 존재로 환원되는 경험이다. 그렇게 "처음부터 나는 그 자리에 서 있었다"는 것인데, 이때 '나'를 감싸는 '평온'과 '행복'이란 물론 '나'를 구속하는 번다한 고집(苦集)의 끈을 아득한 적멸 속에 자연스레 놓아버리는 데서 오는 것이겠다. 일종의 허무적 위안일 수도 있겠으나, 중요한 것은 모든 것의 경계가 허물어지는 이 감각적 탈아(脫我)의 순간이 한편으로 '나'가 타자로 번져가고 타자 또한 '나' 속에 스며드는 신비스런 교감과 미메시스의 경험으로 이어지고 있다는 사실이다. '나'이자 이천호인 '그'는 그렇게 산길을 올라 검은 굴참나무 밑에 외로이 지친 몸을 누인다. 자아의 경계를 벗어던진 '나'는 그처럼 "나도 누구도 아닌 그"로, "나이면서 또한 그 누구이기도 한 그"로 번져가는 것이며, 또 그렇게 교감하고, 감각하고, 그럼으로써 슬픈 위안과 화해의 세계로 들어서는 것이다.

구효서의 소설에서 이런 장면은 이제 그리 낯설지 않다. 특히 어느 순간 '나'와 타자가 겹쳐지는 장면은 현실적 공간에서 다른 방식으로도 나타난다. 그것은 예컨대 「앗쌀람 알라이 쿰」에서 이라크 반전 평화팀의 일원인 한국인 여성화자 '나'가 공화국 수비대의 총격으로 딸을 잃은 카심의 집에서 받는 환대 속에도 있다. 그곳에서 '나'는 이미 죽은 카심의 딸 아르마뜨를 자기도 몰래 모방하는데, 마치 돌아온 딸을 맞는 듯한 카심 가족의 자연스런 환대 속에서, '나' 앞에 차려진 아르마뜨의 생일상 앞에서, '나'에게서 아르마뜨를 보는 카심 가족의 응시 앞에서, 아르마뜨와 똑같은 식성과 식습관을 가진 '나'의 발견 속에서, 순간 '나'는 죽은 아르마뜨와 자연스레 겹쳐지고 교감하는 것이다. 「소금가마니」의 '나' 또한 어머니가 읽은 일어판 『공포와 전율』과 '나'가 읽었던 같은 책의 밑줄 친 부분을 대조해보며 이렇게 말하고 있지 않은가. "제대로 이해를 못하면서 내가 밑줄을 그을 수 있었던 것은 어머니의 손길이 작용하고 있었던 때문이라고."(「소금가마니」 83면)

「호숫가 이야기」의 주인공의 경험 역시 형태는 달라도 본질은 다르지 않다. '그녀' 또한 현재와 미래의 경계가 모호하게 흐려지는 지점에서 타자와의 의사소통을 통해 '나'의 미래를 추체험하고 그로써 또다른 깨달음을 얻는다. 영국 중부의 구석진 호수지역으로 떠나와 유스호스텔에서 일하며 혼미한 시간을 견디고 있는 '그녀'는 어느날 그곳을 방문한 낯선 중년 사내의 이야기를 듣는다. 자신을 희생하며 딸에게 집착했던 아버지와 그런 아버지를 못 견뎌 멀리 떠나 이국의 호수에 발을 헛디뎌 빠져죽은 그 딸의 이야기는 '그녀'에게 조용한 파문을 일으킨다. 그것은 바로 아버지를 떠나왔던 자기 자신의 사연이었으며 또한 자신이 몰랐던 아버지의 진실을 환기시켜주는 이야기였던 것이다. 얼핏 평범한 이야기로 읽히기 십상이지만 사실 여기에는 시간의 기이한 뒤섞임과 전도(顚倒)에 힘입는 자기발견의 미메시스가 있다. 이 소설의 외견상의 리얼리티는 사내가 떠난 후 '그녀'가 자기가 타기로 되어 있는 유람선에 걸린 붉은 삼각깃발을 보는 순간 결정적으로 뒤집히는데, 그 깃발은 낯선 사내에게서 2년 전 그의 딸이 발에 걸려 죽은 뒤로 다시는 달지 않았다 들은 바로 그 깃발이었던 까닭이다. '그녀'는 중년 사내의 이야기에서 이를테면 아버지와 자신의 과거와 미래를 한꺼번에 보았던 셈이다. 이야기의 경개(景槪)가 다소 모호하게 처리되어 있긴 해도 이를 '그녀'가 저 자신이 이미 죽고 없는 미래로 돌아가 자신이 떠나온 아버지의 외롭고 슬픈 진실과 소통함으로써 자신을 반성하고 그와 화해하게 되는 시간여행의 드라마로 유추해 읽을 수 있는 것은 이 때문이다.

「호숫가 이야기」에서 낯선 중년 사내의 이야기를 듣는 '그녀'는 그런 시각에서 보면 두 죽음 사이에 있는, 그 자신이 이미 죽어 있다는 것을 알지 못하고 있는 '그녀'다. 여기에도 또한 눈치채지 못하는 사이에 자명한 현실의 경계를 열어 비집고 들어온 시간감각의 교란과 붕괴가 있고, 그것을 매개로 현실 자아의 경계를 넘어 '나'가 타자와 겹쳐지고 교통하는 미메시스가 있으며, 죽음으로 깊어지는 위안과 화해가 있다. 「시계가 걸렸던 자리」에서 죽음을 앞두고 오래전 태어나 자란 집을 찾아 그 안에서 펼쳐지는 몽환적인 환각의 프레임을 통해 자신의 탄생과 소멸의 오래된 역사를 응시하는 '나'를 찾아오는 것 또한 바로 그것이다. 시간이 소멸하고 붕괴되는 그곳에서 '나'의 응시는 문득 '나'를 낳는 순간의 어머니의 응시와 겹쳐지는가 하면 어린날 보았던 모든 기억의 꽃들과 갓 태어난 어린 '나'를 향하기도 한다. 뿐더러 그곳에서 '나'는 어느 순간 죽어 부패하기 시작해 흔적없이 사라져버리는 '나'의 시신을 보게 되는데,

그건 더이상 내가 아니었다. 애당초 내가 아니었다. 나는 차라리 저 문밖의 대추나무거나 보리똥나무거나 뻐꾹채거나 방안을 가득 메우고 있는 햇살이거나 보리똥나무 사이로 보이는 하늘이라면 하늘이었다. 설령 나라고 할지라도 그것은 나의 극히 작은 일부분일 뿐이었다. 나의 훨씬 더 많은 부분들은 눈밭과, 그 눈밭을 헤집는 너구리, 백일홍, 백일홍 꽃잎 위의 아침이슬 같은 것에 나뉘어 존재했다. (「시계가 걸렸던 자리」 26면)

소설 속 '나'의 응시 속에서, '나'는 그렇게 존재했다. 이때의 '나'란 물론 '존재'이면서 또한 '비존재'다.

그 어디에도 나란 있을 수 없었다. 내가 바람이고 비고 하늘이고 햇빛이고 구름이고 바위가 아니라면 나는 어디에도 있을 수 없었다. (28면)

'나'는 어디에나 있고 따라서 어디에도 있을 수 없다. 구효서는 이 아득한 시간과 만물 가운데 홀로 놓인 '나'의 (비)존재를, 그 속에서 타자를 포함한 세상의 모든 것이 흘러들고 또 흘러나가 그와 교통하는 장소가 되는 '나'와 '나'의 신체를, 그것을 자각하는 내면의 사건을 소설 속에 풀어놓고 상연한다. 이 내면의 사건 속에서, '나'는 해체되어 번져가는 '나'이며 그렇게 통섭하는 '나'이다. 구효서의 소설에서 '나'와 타자가 겹쳐지는 교감의 경험 또한 그 근원을 거슬러올라가보면 이런 배경 속에서 근거를 얻는 것이다. 이것이 갖는 의미를 찾아 따져보기 이전에, 이런 물음이 있을 법도 하다. 최근 구효서의 소설이 이 신비스런 상상적 탈존(脫存)의 미메시스를 불러올리는 원천은 대체 어디에 있는 것인가?


## 4. 긍정의 허무, 혹은 탈아(脫我)의 윤리

우리가 딛고 선 이 삶과 현실의 속절없는 공허함을 속 깊이 자각하는 허무주의적 감각이 바로 대답이다. 다소 의외일지 모르나, 바로 그곳에 절묘(絶妙)가 있다. 다시 말해 최근 구효서 소설이 얻은 성취는 삶에 대한 허무주의적 감각을 그런 방식 그런 이미지로 이어가 또다른 차원의 영역을 열어보이는 데서 온다. 삶의 그늘에 대한 허심한 수락과 반성적 감각이 또한 그것을 뒷받침하고 있음은 물론이다.

최근 구효서의 소설에 가득한 죽음의 이미지와 모티프도 이와 무관하지 않다. 아니, 허무주의적 감각을 포함한 그 모든 것의 핵심에 죽음의 감각과 상상이 자리한다는 것이 옳겠다. 「시계가 걸렸던 자리」만 보더라도, 환각의 스크린 위에서 유장하게 점멸하는 탄생과 소멸의 불가능한 기억의 드라마는 이 죽음을 앞둔 자의 응시가 빚어낸 풍경이다. 또 「달빛 아래 외로이」는 적멸 속에서 평온한 죽음을 모방하는 탈존의 드라마이며, 「호숫가 이야기」 역시 '그녀'가 이미 죽고 없는 자신의 미래를 추체험함으로써 죽음의 운명을 매개로 반성적 깨달음을 얻는 이야기다. 그에 더해 어머니의 죽음 뒤에 남겨진 『공포와 전율』이 「소금가마니」의 서사를 이끌어간다는 것도 우리가 이미 보았던 바다. 「앗쌀람 알라이 쿰」의 교감의 서사의 중심에도 역시 이라크 소녀 아르마뜨와 그 식구들의 죽음이 있고, '나'의 깨달음은 그 죽음 가운데서 비롯된다. 그리고 죽음의 공포를 이기는 마음의 평화 또한 역설적이게도 아득하고 황량한 풍경 속에 홀로 놓인 '나'의 상상적 죽음의 추체험에서 나온다. 가령 이렇게. "내 몸도 곧 무기물이 되어 바람에 풍화되어갔다. 아무것도 나는 무섭지 않았다."(「앗쌀람 알라이 쿰」 141면)

구효서 소설의 득의는 그처럼 죽음의 상상이 평온한 위안과 화해의 감각으로 이어진다는 점이고, 또한 그 상상이 다른 '나'를 재발견하는 동시에 '나'의 경계를 모든 것에 열어놓는 탈아의 교감과 유한한 삶에 대한 반성적 긍정의 시선을 가능하게 한다는 점이다. 그리고 그것은 현실의 '나'를 초월하는 영겁(永劫)의 시간 혹은 세계와 우주의 무한성에 대한 수용적 감각과 상상을 동반하는 것이기도 하다.

그곳에 나는 없었다. 내 삶도 없었지만 죽음도 없었다. (…) 나는 눈을 감고 분이나 초 따위로 쪼개거나 잴 수 없는 죽음 뒤의 시간 속에

306

앉아 있었다. 평온했다. (「시계가 걸렸던 자리」 27면)

자신의 탄생과 소멸의 불가능한 드라마를 응시하는 「시계가 걸렸던 자리」의 '나'의 몽환적인 상상은 이곳으로 귀결된다. 이 '평온함'은 역설적이게도 무한한 시간과 우주의 지극히 작은 일부에 불과한 '나'의 유한함과 무력함을 자각하는 데서 온다. 아마도 『판단력비판』의 칸트라면 죽음 앞에 선 자의 무력함을 이 무한에 대한 감각 속에서 상대화할 때, 바로 그곳에서 유한함에 대한 평온한 긍정의 길이 열린다고 했을 것이다. 구효서의 소설이 열어놓는 길이 바로 그것이다. 과연 구효서 소설의 인물들은 죽음의 상상과 체험을 통해 역설적인 평온과 위안을 얻는다. 「달빛 아래 외로이」의 '나/그'가 그러하고, 「앗쌀람 알라이 쿰」의 '나'가 또 그러하다.

구효서 소설의 허무주의가 단순한 부정적인 허무로 흐르지 않는 까닭이 여기에 있다. 그의 허무는 삶의 공허를 있는 그대로 받아들이면서 어루만지는 긍정적인 위무의 시선을 키우고 동반한다. 그곳에 있는 것은 이를테면 삶의 그늘에 대한 속 깊은 긍정이다. 그것은 가령 이런 것일 텐데, 마침 「이발소 거울」의 이발사는 자신의 끔찍한 반복의 삶을 있는 그대로 인정하며 그에 대해 이렇게 돌려 말하는 참이다. "부정하지 않기로 했지. 부정할 수 없었어. 부정되지도 않는 거니까. 인정하면 낯설 것도 고통스러울 것도 없고, 외려 정겨워질 수 있을 거라 생각했소."(「이발소 거울」 162면)

딱히 죽음 앞에 있거나 죽음을 상상하지 않더라도, 구효서의 인물들은 그렇게 삶의 그늘 한가운데서 역설적인 긍정을 발견한다. 그리고 그곳에 위안이 있고, 충일이 있다. 그것은 「자유 시베리아」에서 그렇듯 "끝"에 대한 감각과 "무한히 큰 공허" 앞에서 비로소 열리는 것이다.

앞으로 더이상 내디딜 길과 땅이 이제 자신 앞에 영원히 없음을, 그녀는 마지막 흐느낌 뒤에 깨달았다. 끝. 세월의, 세상의, 꿈 혹은 생존의 끝이라는 느낌이 그녀의 명치 속을 깊이 파고들었다. 그리고 그 절망의 순간에, 느닷없는 안락과 충일이 그녀의 온몸을 휘감았다. (「자유시베리아」 102면)

삶의 그늘을 감싸안는 이 긍정의 허무주의가 과연 이후 어디로 향할 것인가를 성급히 예단할 필요는 없다. 적어도 지금 우리가 확인할 수 있는 것은 그것이 한편으로 반성적 자기발견과 더불어 '나'를 타자와 세상으로 열어놓는 교감의 윤리를 이끌어내는 원천이 되고 있다는 사실이다. 삶의 공허에 대한 무력한 자각은 무한(속의 '나')에 대한 감각을 불러오고, 그리하여 다시 반성적 초월의 감각을 일깨우며, 삶과 세상의 어두운 그늘에 귀를 열어놓게 한다. 구효서의 소설은 이로써, 우리가 떨쳐버릴 수 없는 운명적인 그늘에 대한 시선의 깊이를 얻어가는 중이라 해도 좋다. 그리고 이 바탕 위에서 우리는 구효서 소설의 허무주의가 향하는(향해야 할) 길을 조금은 짐작해볼 수도 있겠다. 마침 「앗쌀람 알라이 쿰」에서 카심은 말한다. "죽음에 흥분하고 분노하여 맘의 평형을 잃으면 이 길고 긴 싸움에서 이길 수 없어요." 그러니 "삶을 체념해선 안되죠.' '평화'는 또 그런 가운데 오는 것인데, "찾아나설 것도 없어요. 이미 내 안에 있으면 돼요. (…) 내게서 흘러 모두를 적시면 되죠. 나 자신이 평화면 되는 거예요." (「앗쌀람 알라이 쿰」 132~33면) 아마도 삶의 평화를 위한 나름의 이 '길고 긴 싸움'이 구효서 소설의 길이 될 것이다. 그에게서 흘러 모두를 적시는.


5. 문학의 윤리, 그후로도 오랫동안

그 도정에서 펼쳐지는 구효서 소설의 풍경에 이밖에 별다른 췌언을 덧붙일 필요는 없다. 다만 슬프지만 아름답다 할밖에. 하지만 그런만큼 그 풍경은 구체적인 삶의 숨결이 탈색되어 실체를 얻지 못한 감상주의적인 순간의 상상에 그쳐버릴 위험에서 자유롭지 않다. 그리고 그 책임의 일단은 구효서의 소설에 간혹 끼여드는 상실과 체념의 감상적인 수락에도 있다. 그의 소설이 부려놓은 윤리의 가능성이 아직은 채 무게감 있는 육체를 얻지 못하고 있는 것도 이와 무관하지 않을 것이다. 물론 이것은 그의 소설이 채 떨치지 못한 얼마간의 관성도 감안한 이야기다. 가령 「호숫가 이야기」나 「밤이 지나다」 등에서 보이는 상징의 관습적인 배치 같은 것이 그러하다. 그것이 아니더라도, 적어도 이 지점에 이른 이상 구효서의 소설이 이후 맞닥뜨려야 하고 또 그럴 수밖에 없는 과제는 결코 작지 않다. 삶에 대한 위무와 깊은 긍정이 그에 머물지 않고 동시에 그것을 불가능하게 하는 모든 것들과의 치열한 싸움이 되어야 한다는 과제가 바로 그것이다. 일찍이 구효서의 소설은 그 싸움 한가운데 있기도 했으나, 이제는 그것을 성숙한 허무가 열어놓은 더욱 깊은 시선과 사유의 가능성 안으로 불러들여 통합해야 한다는 또다른 요구와 기대도 괜한 것이 아니다. 이 요구와 기대는 실은 그가 자초한 것이기도 하다. 허무가 불러오기 쉬운 삶에 대한 체념의 관성에 저항하며 삶의 평화를 침해하는 것들과의 '길고 긴 싸움'을 벌여야 한다는 것은 그 자신이 내놓은 일성(一聲)이기도 하니 말이다. 삶에 대한 통찰의 시선과 윤리의 더한 깊이는 필시 그곳에서 비롯될 것이다.

이미 이쯤 왔으니, 더 나아가는 것 또한 작가의 몫이겠다. 그리고 기대해도 좋다. 그렇게 구효서는 내내 오랫동안 소설과 함께 있을 것이다. 차마 어쩔 수 없이, 저 스스로 깊어짐을 홀로 감내하면서.

— 「시계가 걸렸던 자리」(창비 2005) 해설

# 불행한 의식의 현상학

■

『행복』의 정지아론

## 1. 멈춘 시간 속의 유령들

정지아(鄭智我) 소설의 인물들에게, 시간은 멈추어 있다. 시간은 이제 그들의 것이 아니다. 그리고 앞으로도 그리 될 수밖에 없으리라는 것을 그들은 일찌감치 알고 있다. 그래서 그들은 스스로 완강하게 시간을 밀어낸다. 그들의 삶이 고여 있는 것은 그 때문이다. 그들은 그 고인 삶의 내부를, 그 슬픔의 바닥을 고통스럽게 응시한다. 이것은 잔혹한 풍경이다.

정지아 소설의 인물들은 모두 그렇게 멈춘 시간 속을 살아간다. 그들은 한결같다. 「미스터 존」(『행복』, 창비 2004. 이하 같은 책)의 '나'는 완전한 침묵이 지배하는 '시간의 열외지대'에서 부유하고 있으며, 「고욤나무」의 약사 '그'는 한평 반짜리 약제실 안에 갇혀 자신의 머릿속이나 혈관, 내장 속에 소리없이 내려앉은 먼지들을 응시하고 있다. 「그리스 광장」의 권태로운 주부 '나'의 의식은 여섯시 십오분 전에서 멈추어버린 아파트 정문 앞의 시계에 맞추어져 있고, 「사춘기」의 '나'의 마음은 '건조한 사막'이다. 「행복」에서는 또 어떤가. 사립학교 교사인 '나'는 "내 담장 안에는 아무것도 키울 수가 없"(41면)다는 불행한 자의식을 끝내 놓지 못하며, 게다가 그녀에게는 "무려 오십년의 세월이 지난 지금도 그 세월에 붙박여"(22면) 있는, 한때 빨치산이었던 부모가 있다.

정지아의 소설은 이들이 그리는 자의식의 궤적을 천천히 따라간다. 그 자의식은 너무도 물샐틈없는 것이다. 그도 그럴 것이, 그들은 심지어 개에게서도 자기 자신을 보기 때문이다. 마침 「그리스 광장」의 '나'는 야채가게 진돗개 진순이의 시선에서 "오래 전에 말라붙은 우물의 깊은 바닥을 바라보고 있는"(123면) 익숙한 응시를 발견하며, 「들녘기」에는 삶에 대한 체념의 눈빛으로 홀로 고독에 잠겨 아무것도 먹지 않고 스스로 삶을 포기한 회색빛 강아지가 등장한다. 그리고 그 자의식의 거울은 멸치에게도 있다. 「승리의 날개」의 '나'는 빠끔히 자신을 바라보는 국 속의 멸치의 시선에서 구멍 뚫린 마음의 바닥을 보는 것이다.

그렇게 고인 시간 속에 자신의 몸과 의식을 유폐한 그들은, 「그리스 광장」의 진순이처럼 "존재하면서도 존재하지 않는"(124면) 존재들이다. 그리고 심한 경우에 그들은 "아직도 내가 왜 살아야 하는지를 알지 못한다."(「승리의 날개」 170면) 그런 의미에서 그들은 비유컨대 살아 있으면서 죽어 있는, 혹은 죽어 있으면서 살아 있는 존재, 곧 유령이다. 정지아 소설은 이국의 낯선 공간을, 혹은 익숙한 일상의 공간을 배회하는 이 유령(들)의 불행한 의식을 집요하게 파고든다.

『빨치산의 딸』(실천문학사 1990)을 기억하는 이들이라면, 정지아 소설의 이 전변(轉變)은 낯설고 당혹스러울 수 있을 것이다. 그러나 돌이켜보면 그것은 비단 정지아 소설에서만 그러한 것은 아니다. 가령 1980년대를 온몸으로 치른 이들에게 돌연 낯설게 침입해온 저 1990년대가 그런 것이 아니었던가. 그런 의미에서 정지아의 소설은, 그녀의 소설 속을 배회하는 유령들의 의식은, 2000년대의 이 냉혹한 근대의 시간에 아무 일 없었던 듯 태연하게 적응할 수 없는 우리 모두의 증상이다.

그렇다면 정지아 소설에서 그 유령들은 무엇을 찾고 있는가? 아니 무언가를 찾고 있다기보다는, 오히려 무언가 그들의 죽어 있는 삶 속으로 틈입해 들어온다. 그것은 어떤 희미한 빛깔로 그들의 닫힌 감각 안으로 밀고 들어오며, 그들은 반응한다. 정지아 소설의 유령의 현상학은 그곳에서 시작된다.


## 2. 자폐에서 화해로

정지아의 소설 중 비교적 초기작에 속하는 「고욤나무」와 「승리의 날개」에서, 자기 안에 유폐되어 있던 그 유령들은 결국에는 바깥으로 걸어 나온다. 그리고 그것은 이제껏 완강하게 밀어내왔던, '나'와는 다른 어떤 것을 승인하고 '나' 안에 받아들이는 심경의 변화를 동반하고 있다. 그것은 곧 다른 존재와의 만남을 통해 폐쇄적 나르시시즘을 벗어던지는 과정이며 적응하기 힘들어하면서 겉돌아왔던 세상과 화해하는 과정이다.

「고욤나무」의 '그'는 약국의 유령이다. 매일 무언가를 강박적으로 닦고 또 닦고 있는 그는 "얼룩은커녕 한줄기 구김도 없이 희디흰 가운"(220면)을 입고 손님을 맞는다. 그에 따르면, 아무도 자기의 창을 뛰어넘을 수 없으며 오직 중요한 것은 제 스스로 찬란한 빛을 내는 심해의 물고기처럼 그렇게 홀로 빛을 내는 것이다. 그 빛이란 물론 바깥과 단절하고 자기만의 견고하고 투명한 세계를 갈고닦음으로써만 발할 수 있다고 스스로 생각하는 고독한 성찰의 능력이다. 소설은 그러던 그가 자기와 딴판으로 일상의 찌꺼기를 구질구질 매달고 다니는, 매일 술과 피로에 절어 약국을 찾는 305호 남자에게 관심을 가지고 조금씩 마음을 열게 되는 과정을 보여준다.

그 과정은 그가 약사로서 자신의 처방에 가슴 졸이고 진땀 흘리는 신경증적 불안을 떨쳐버리게 되는 과정과 같은 궤도에 놓인다. 이 신경증적 불안은 그에게는 자기 내면의 청결한 질서를 더럽히는 얼룩이자 구김이다. 그가 고향에 있던 봉산약방 여자의 무신경한 달콤한 낮잠을 그리워하고 궁금해하는 것은 그 때문이다. 환자야 울부짖든 말든 병원에 가라는 말 한마디 툭 던지고 이내 달콤한 낮잠에 빠져드는, 동정과 연민에 휘둘리지 않는 약방 여자의 그 무신경은 그가 갈망하는 투명한 무관심의 경지를 압축해놓은 상징과 같은 것이다. 그러나 그 여자의 무신경이 처방의 치명적인 결과를 생각하지 않는, 그리고 아편 섞인 약을 당당하게 내미는 뻔뻔스런 무신경이었다는 것을 알게 된 그는 이제 그 "존재하지도 않는 꿈에 대한 집착"(233면)을 접는다. 그가 보지 못하던 무언가가 그의 눈에 들어오는 것은 그 집착을 포기하면서부터이다. 그가 평소 경멸했던 305호 남자에게서 돌연 보게 되는 것은, 빛은 나에게만, 나의 매끄럽고 견고한 질서 속에만 있는 것은 아니라는 사실이다.

그는 305호의 시선을 받은 고욤나무가 어느 순간 찬란하게 빛나는 것을 보았다. 305호는 오래도록 나무의자에 기대앉아 고욤나무를 보고 있었다. 그는 305호가 바닷속 깊이 내려앉아 캄캄한 어둠속에서 헝클어진 자신의 내면을 들여다보고 있음을 느꼈다. 그는 그 순간 심해에 사는 물고기치고 빛을 내지 않는 것은 없다고 생각했다. 비록 찰나일지라도 단 한순간쯤은 모든 물고기가 지금까지의 어둠 전체를 밝히고도 남을 찬란한 빛을 발하는 것이라고. (237면)

이는 그가 자기와는 전혀 다른 인간과 공명하는 순간이며, 그로써 그의 견고한 자폐의 성(城)이 균열되는 순간이다. 이 순간은 「승리의 날개」에서도 다른 형태로 반복된다. 「승리의 날개」에서 맛없는 빵만으로 끼니를 때우며 아무런 의미 없는 고독한 삶을 꾸역꾸역 살아가는 '나'의 닫힌 의식을 밀치고 들어오는 것은 빵집 여자다. 예쁜 케이크 만들기에 집착하는 그녀는 '나'와는 전혀 다른 편에 있는 존재다. '나'의 삶이 단조로운 회색빛일 때 그녀의 삶은 눈부신 하얀빛이며, "내가 예쁜 것을 먹지 못하는 반면 그녀는 예쁘지 않은 것을 먹지 못한다."(176면) 그런 그녀는 어느날 가게를 정리하고는 '승리의 날개'라는 목 없는 나이키상을 보기 위해 빠리로 떠나고, 예쁜 음식을 먹지 못했던 '나'는 홀로 남아 그녀가 선물한 예쁜 케이크를 베어먹는다. 마찬가지로 이것이 다른 존재와의 만남을 통해 오랜 자폐적 삶의 벽을 허물어뜨리게 되는 순간이라는 것은 다시 말할 것도 없다.

간힌 공간을 떠돌던 유령들은 비로소 그렇게 세상 바깥으로 걸어나오는 것이지만, 이 소설들에서 그 재생은 그러나 허구적인 것이다. 소설에서 삶을 유폐한 듯 보이는 그들은 애초 처음부터 바깥 혹은 타자에 이끌리고 있으며, 따라서 그 자폐는 은폐된 화해의 열망에 의해 유지되는 것이다. 게다가 「고욤나무」의 '그'가 305호 남자에게서 자기와 똑같은 심해어(深海魚)의 빛을 보듯, 또 「승리의 날개」의 '나'가 빵집 여자에게서 자신과 마찬가지로 자기 바깥의 전혀 다른 어떤 것을 자기 안에 받아들이겠다는 의지를 읽어내듯, 화해는 그렇게 타자를 자기화함으로써만 이루어진다. 그들은 그렇게 자폐에서 화해라는 예정된 수순을 밟아나간다. 그것은 물론 예로부터 지금껏 다른 많은 소설들에서 반복되어온 익숙한 소설적 도식의 논리가 강요한 화해다. 따라서 그 화해를 그럴듯한 것으로 만드는 것은 현실 그 자체의 논리라기보다는 소설의 도식이다. 달리 말해, 쉽게 믿기 힘든 그 공명과 화해를, 소설의 도식이 대신 믿어주는 것이다. 그러나 정지아의 소설은 그곳에서 머물지 않는다. 이후 정지아 소설의 진전이 이루어지는 것은, 오히려 이 손쉬운 믿음을 거부하고 있는 지점에서다.

## 3. 무감동의 윤리, 그리고 파문

현실에서 그런 화해란 쉽게 이루어질 수 있는 것이 아니다. 아니, 현실 자체가 그런 화해를 쉽게 용납하지 않는 완강한 구조를 고집한다고 해야 할 것이다. 그런 까닭에, 정지아의 소설에서 현실은 삭막하고 삶은 무의 미한 반복이다. 정지아 소설의 인물들은 아무런 희망 없이 그들을 가둔 그 냉혹한 미로를 배회한다. 그들이 알고 있든 모르고 있든, 그런 그들의 안에 웅크리고 있는 것은 어떤 정체 모를 공포다. 그것은 가령 이런 것이다.

어려서 길을 잃은 적이 있다. 몇살이었는지는 기억나지 않는다. 내가 왜 그 낯선 길에 서 있었는지도 잘 모른다. 아마 집에서 놀다가 열린 대문으로 나와 이리저리 거닐던 끝이었을 것이다. 정신이 들었을 때 나는 낯익은 골목에 서 있었다. 골목 옆의 집들도 낯익었다. 붉은 벽돌집과 청색 대문만을 기억하고 우리집을 찾던 나는 이내 공포에 사로잡혔다. 골목 양켠의 집들이 모두 붉은 벽돌집이었고 두 집 건너 하나는 청색 대문이었던 것이다. (⋯) 아무 골목의 아무 대문이나 밀고 들어가면 언니는 건넌방에서 피아노를 치고, 샛노란 해바라기가 아플리케로 수놓아진 앞치마를 걸친 엄마는 부엌에서 상을 차리고 있을 것 같았다. 그때 나를 사로잡은 공포는 단순히 길을 잃었다는, 다시는 엄마아빠를 만날 수 없을지 모른다는, 그런 유가 아니었다. (「그리스 광장」 129면)

이 공포는 세상 또한 그와같을 것이라는, 어찌 됐든 달라지지 않고 낯익은 반복만이 끝없이 이어지는 무의미한 미로와 같을 것이라는 불길한 예감과 다르지 않다. 그 불길한 예감은 특별한 기대도 변화도 없는「그리스 광장」의 일상의 미로 속에서만 작동하는 것은 아니다. 그것이 형태를 바꾸어 정확히 실현되는 곳에「미스터 존」의 '나'가 있으며,「사춘기」의 '나'가 있다.「미스터 존」에서 그 사막과 같은 현실은, 진리가 현실이 될 수 없다는 뼈저린 진실을 알아버린 '나'의 의식 속에서 작동한다. 떠나간 사랑의 기억을 이야기하는「사춘기」에서조차 그 점은 예외가 아니다. 죽어도 다른 존재의 바닥에 가닿지 못하리라는 절망을, 스스로를 가둔 마음의 경계를 끝내 넘어서지 못하는 '나'의 의식은 어찌 됐든 넘어설 수 없는 그 견고한 현실의 논리를 심리적 현실 속에서 그대로 반복하고 있는 것이다. 그런 까닭에, '나'의 마음은 그 자체가 "건조한 사막"(113면)이다.

이 속에서 인물들이 공통적으로 취하는 태도를 요약한다면 그것은 무감동(apathy)이라 할 수 있을 것이다.「그리스 광장」의 '나'의 표현에 따르면, 그것은 "슬픔이든 고통이든 어떤 감정에도 깊숙이 발 담그는 법 없는 냉정함"(117면)이다. 달리 말해 그것은 '나' 바깥의 다른 어떤 것과도 부딪치지 않고 감정의 잉여를 지워버리면서 아무런 욕망 없이 모든 것을 무심하게 흘려버리는 태도다.「그리스 광장」에서 번호와 이름이 적힌 시험지나 출석부를 통해서만 존재하고 싶은 '나'의 욕망 아닌 욕망 또한 그런 맥락에 있는 것이다.

「사춘기」에서는 조금 달리, 무감동은 '나'를 절망하게 하는 일종의 선천적인 '결여'로 나타난다. 그렇지만 '나'는 어쩌면 필요할지도 모를 감정 교육의 길로 선뜻 나서지 않는다. 그 대신 '나'는 깊이를 알 수 없는 '당신'의 마음에 닿지 못하리라는 절망감에 스스로 등을 돌려버리고 결국 "마음이라 이름붙일 뭔가가 결여된"(111면) 남자를 선택한다. '나'는 그 과정에서, 집안의 강요로 결혼한 첫 부인의 깊은 마음을 눈치채고 단 한 번도 마음을 열지 않고 집을 나가버린 아버지의 냉혹함을 이해한다. 타자의 마음에 가닿을 수 없는 감정의 결여에 민감한 이들 부녀가 선택하는

316

것은 그것을 어쩔 수 없는 운명으로 받아들이고 감당하는 것이다.

사정은 일종의 후일담 소설이라 할 「미스터 존」의 '나'라 해서 크게 다르지 않다. 바깥과의 모든 관계를 단절하고 무(無)시간의 공간에 자신을 고립시키는 '나'의 행위가 그렇다. 자기와 똑같이 고독한 하숙집 주인 존의 시선과 호의를 완강하게 떠밀어내는 '나'의 행위는 무감동의 태도가 빚어내는 것이며, 그 뒤에는 자폐의 벽 바깥으로 걸어나오는 데 대한 두려움과 자기를 지워버리고자 하는 욕망이 있다. 또 거기에는 다른 소설들과는 달리 한때 품었던 변혁의 꿈을 잃고 정보기관에 자수해 반성문을 쓰고 나온 자신에 대한 모멸감과 무력한 상실감이 작용하고 있어, 무감동은 그곳에서 구체적인 사회정치적 맥락을 얻는다.

이 무감동은 물론 행복은 더이상 가능하지 않다는 비관의 표현이며, 그 속에서 상처받지 않으려는 자기방어다. 그것은 또한 자기를 속이며 태연하게 세상과 타협할 수 없는 수동적인 비순응의 제스처이기도 하다. 그런 의미에서 이것은 일종의 부정적(negative) 윤리다. 그럼에도 불구하고, 그들 바깥의 다른 존재는 마음의 벽을 열고 들어와 작은 파문을 일으키고, 그들은 조금씩 조심스럽게 반응한다. 가령 「그리스 광장」의 '나'는 어느날 걸려온 옛 애인의 전화를 받고 그를 만나러 가던 도중 발길을 돌려 돌아오지만, 그것은 일상의 미로에서 광장으로 돌아나가고자 하는 의식을, 멈춰버린 시간의 벽을 깨뜨리고자 하는 "난생 첫 욕망"(136면)을 일깨운다. 그런가 하면, 「미스터 존」의 '나'는 낡은 침대에서 전우주에 짓눌리는 듯한 무거운 몸을 뒤척이며 존에게 "두려움과 설렘이 뒤섞인 미약한 응답"(90면)을 보낸다. 비슷한 맥락에서, 「사춘기」의 '나'는 비록 헤어졌으나 '당신'이 남기고 간 흔적이 건조한 마음의 사막의 뿌리를 적시는 빗방울이 되어 이승에 꽃을 피울 수 있기를 소망한다.

그렇다면 이 작은 파문이 그들의 삶을 돌려놓을 수 있을 것인가? 분명 그럴 것이라고 이야기한다면 그것은 섣부른 낙관이 될 것이다. 작가가 그것을 미약한 신호만으로 남겨놓고 있는 것은 아마도 그 때문일 것이다. 과연 「미스터 존」의 '나'의 응답은 멈춘 시간 밖으로 걸어나가고자 하는 존/ '나'(소설에서 존은 분명 '나'의 짝패–분신이다)의 욕망에 대한 거부 감과 짜증 섞인 두려움을 걷어내는 데서 더 멀리 나아가지 않고 있으며, 「그리스 광장」의 '나'는 미로에서 광장으로 돌아나가기 위해서는 들어온 이상의 시간과 노력이 든다는 것을 자각하고 있다. 한편으로는 이들 소설 이 현재의 결핍을 어느정도 체념적으로 받아들이고 있는 측면도 없진 않 으나, 그럼에도 불구하고 중요한 것은 이 소설의 인물들이 섣부른 낙관에 몸을 싣지 않으면서도 그 황량한 삶 한가운데 던져진 미약한 파문의 쓰라 린 신호에서 눈 돌리지 않는다는 것이다.


## 4. 그리고, 행복

「미스터 존」을 통해 우리는 정지아 소설의 인물들이 그처럼 삭막한 유 령의 삶을 살게 된 소설 외적 근원이 어디에 있는 것인지를 어렴풋이 짐 작할 수 있다. 그것은 좌절된 정치적 꿈에 대한 저린 상실감이자 희망 없 는 현재의 삶에 대한 낯선 두려움이며, 그래도 어떻게든 살아갈 수밖에 없는 현실 앞에서 갖게 되는 잔혹한 슬픔이다. 이는 다른 소설 속 인물들 은 스스로 알지 못하는, 그들 외부에 존재하는, 그럼으로써 그들을 조종 하는 그들 자신의 사회적 무의식이다. 그리고 이를 한층 예각화하여 밀고 나간 곳에 「행복」이 있다.

「행복」은 지금 결코 남들처럼 행복할 수 없는 불행한 의식의 보고서다. 어머니의 어릴 적 고향인 운포를 찾아 떠난, 한때 빨치산이었던 늙은 부 모와의 처음이자 마지막이 될지도 모를 그 긴 여행의 행로는, 사립학교 교사인 '나'의 불행한 자의식이 펼쳐지는 공간이다. 그것을 통해 작가는 이 근대적 현실에 쉽게 섞여들 수 없는 불행한 의식의 근원을 더듬어 들어간다. 그리고 거기에는 이 희망 없는 후기근대의 시간 속에서 행복이란 과연 가능한 것인가에 대한 쓰라린 성찰이 있다. 이 소설이 단순한 후일담 소설의 범주를 넘어서고 있다면, 그것은 바로 그 지점에서다.

「행복」의 화자인 '나'를 사로잡고 있는 것은, 자신이 신념으로 버티고 걸어왔던 길의 끝에 기다리고 있는 허방을, 그 냉혹한 현실의 논리를 알아버린 데서 오는 두려움이다. 또 거기에 현실이 강요하는, 남들과 별다르지 않은 삶을 힘들어하면서도 어쩔 수 없이 받아들일 수밖에 없는 자신에 대한 수치심과 절망이 뒤섞인다. 간혹 자기에게 주어지는 평범한 삶의 작은 행복을 결코 자연스럽게 즐길 수 없는 것도, 지극히 평범한 남자인 남편에게서 어떻게 설명할 수 없는 이질감을 느끼는 것도 그 때문이다. 거기에다 감옥 같은 부모의 삶을 지켜보며 한번도 행복할 겨를 없이 자라야 했던 어릴 적 기억에서 결코 자유로울 수 없는 '나'의 의식은 그 모든 것의 배경으로 작용한다. 뗄 수 없이 연결되어 촘촘히 얽혀 있는 그 자의식의 가닥들은 서로 반향하면서, 지금도 그렇지만 앞으로도 결코 행복할 수 없으리라는 '나'의 생각을 더욱 물샐틈없는 것으로 만든다.

부모와의 여행은 결코 행복할 수 없는 그 황량한 삶을 다시금 환기시켜주는 고통스러운 여정이다. 부모는 나들이길에 들뜨기는커녕 출발하자마자 피곤에 절어 곯아떨어져 있고, 그런 그들이 '나'에게는 한때 그랬듯 "시대의 고통을 외면하지 않았던 아름다운 인간"으로 보이기보다는 "가난하고 볼품없는 늙은네"(21면)로 비칠 뿐이다. 어렵사리 찾은 어머니의 고향 운포도 이제는 어머니의 추억을 배반하고 쇠락해가는 곳이기는 마찬가지다. 그들이 마지막으로 찍은 사진들은 또 어떤가. 행복의 흔적이라고는 없이 감옥에 갇힌 듯 딱딱하게 굳어 있는 그 가족사진은 '나'에게는 서럽도록 쓸쓸한 것일 따름이며, 부모가 즐거워야 할 나들이길에 마지막으로 찍는 것은 하필 그들의 영정사진이다.

이 쓸쓸한 여행길에 '나'를 끝까지 사로잡는 당혹감과 의문은 이런 것이다—역사라는, "도무지 정체를 알 수 없는 저 비정한 괴물"(62면)에 철저히 배반당하고도 여전히 고집스러울 정도로 역사를 신뢰하는 부모의 저 시대착오적인 순정이란 도대체 어떤 것인가? 이 물음에 '나'가, 혹은 작가가 내놓는 잠정적인 대답은 이렇다. 이것은 물론 또다른 물음이기도 하다.

　　노기 섞인 눈빛으로 나를 바라보던 아버지가 미처 하지 않은 말을 나는 짐작할 수 있을 듯도 했다. 부모님에게 소망이란 애초에 도달 불가능한 유토피아이며, 그들의 인생이란 배신과 실패마저 제 심장과 동맥으로 삼아 앞으로든 뒤로든 뛰든 기든 여하튼 나아가지 않으면 안되는, 유토피아를 향한 멈출 수 없는 마라톤 같은 게 아니었을까. 도대체 내게는 그런 소망이 있기나 한 것인지. (66면)

한때 역사의 대의에 목숨을 바쳤던 빨치산이었지만 지금은 바로 그 역사에 배신당해 죽음 같은 삶을 살고 있는 '나'의 부모는 이 지점에서 현재의 '나'를 비추는, '나'에게 결여된 것이 무엇인지를 일깨우는 살아 있는 거울이 된다. 그들은 이미 (상징적으로) 죽었지만 그럼으로써 살아남는다. 이는 물론 공허한 이상화와는 전혀 다른 것이다. 그렇게 '나'의 부모들이 현재 '나'의 결핍을 비추는 거울이 되듯, 소설의 논리를 그대로 따라간다면, 소망 또한 그러한 것이다. 그것은 애초 어디에도 존재하지 않는 어떤 것을 향하고 있지만, 현재의 결핍을 체념하고 순응해야 할 운명적 조건이 아닌 메워야 하는 것으로 비추어주는 거울이다.

　　그렇지만 이는 알고 보면 그리 희망적이라고는 할 수 없는 깨달음이다. 왜냐하면 거기에는 '나'에게는 그런 소망 자체가 결여되어 있다는, 또 그럴 수밖에 없고 어쩌면 앞으로도 그러하리라는 고통스런 자각이 동반되고 있는 것이기 때문이다. 그렇다면 반대로 그런 소망이 있다면 행복해질 수 있을 것인가? 그렇지 않다. 따지고 보면 그런 소망 하나로 견뎌왔던 부모의 유령과 같은 삶이 결코 행복한 것일 수 없듯이, 그 소망은 결코 행복할 수 없는 현실의 결핍을 끊임없이 일깨우는 것일 뿐이다. 그렇게 본다면, 결국 행복은 어디에도 있을 수 없다. 이는 작가의 의도를 넘어 실상 쉽게 극복할 수 없는, 그럼에도 불구하고 외면하거나 회피할 수 없는, 근원적인 불행의 저 최종심급과 맞닥뜨리게 되는 장면이라 할 수 있을 것이다.

소설의 마지막에서 작가는 '나'의 얼굴에 햇살을 "한움큼 눈부시게 쏟아"(66면)붓고 있고, 처음으로 '나'는 부모와 남편을 한데 묶어 "내 가족 셋"이라고 부른다. 소설에서 이 소박하지만 결정적인 화해가 갖는 의미는 작다고 할 수 없다. 그렇지만 그에 더해져야 할 것이 있다면 그것은 이 소설이 성큼 던져놓고 있는 행복에 대한 고통스런 질문을 한층 더 자각화하고 근본화하는 것이다. 그것은 달리 말해 이 감옥에 갇힌 불행한 의식의 현상학을 개인과 가족사적 체험의 한계를 넘어 후기근대의 시간을 살아가는 보편적인 우리 삶의 논리에 대한 질문으로 확장하는 것이다. 그것은 물론 '남들처럼 행복할 수 없다'는 '나'의 자의식을 '남들도 행복할 수 없다'는 사실에 대한 성찰적 인식과 탐구로 이어나가는 일이 될 것이다.


## 5. 근대의 시간 속에서

지금 우리의 삶에 내재하는 구조적 결핍에 대한 고통스런 자각이 없다면, 행복이라는 관념은 한낱 가상(假像) 혹은 허위에 지나지 않는다. 이 냉혹한 근대의 시간 속에서는 그 누구도 진정으로 행복할 수 없다는 것, 삶의(혹은 소설의) 윤리는 행복의 그 구조적 불가능성을 쓰라린 진실로 받아들이는 것에서 출발하는 것이다. 「행복」은 개인사적 체험의 한계 속에서, 이 진실의 한자락을 건드린다.

이제 작가에게 필요한 것은 「행복」에서 펼쳐 보인 이 진실에 좀더 철저해지는 것이다. 그것은 가령 눈앞에 어른거리는 배롱나무의 전설 같은 것은 이제 잊어버리고 그 어떤 전설이나 환상도 스며들 틈 없는 사막 같은 실재의 삶에 더욱 충실해지는 것이다. 이 후기근대의 진실은 바로 그곳, 즉 그 어떤 소망을 갖는 것도 불가능하게 하는, 그 소망마저도 견고한 현실 자체를 구성하는 내재적인 요소로 통합해버리는 현실의 물샐틈없는 잔혹함 속에 있다. 작가에게 때이른 화해와 소망에 눈 돌리기보다는 근본적인 화해와 소망의 성취를 불가능하게 하는 이 현실의 냉혹한 논리 안에 소설의 육체를 옮겨놓기를 바라는 것은 그런 까닭에서다.

정지아의 소설 속 유령들은 다시 멈춘 시간 밖으로 걸어나올 것인가? 아마도 그럴 것이다. 그리고 정지아는 다시 흐르기 시작한 시간 속을 살아가는 인물들의 발걸음을 따라갈 것이다. 또 그러해야 할 것이다. 중요한 것은 다시 흐르기 시작한 그 바깥의 시간 역시 냉혹한 근대의 논리 속에 포섭되어 있는 시간임을 잊지 않는 것이며, 그 속에서 고통받는 삶의 잔혹한 슬픔을 더 오래, 더 깊이 응시하는 것이다. 그리고 그 잔혹한 슬픔이, 또 그것을 피워놓는 현실의 근본적인 결핍이 후기근대적 삶의 회피할 수 없는 진실이라는 점을 인정하는 한에서, 우리는 헤겔이 『법철학』에서 펼쳐놓았던 메씨지를 뒤틀어 다시 한번 상기해도 좋을 것이다. 그것은 이런 것이다. "여기에 장미가 있다. 여기서 춤추어라." 단, 고통스럽게.

— 『행복』(창비 2004) 해설

322

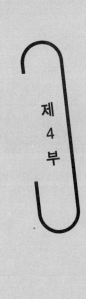

제
4
부

# 자기의 테크놀로지와 글쓰기의 자의식

■

배수아 『에세이스트의 책상』 읽기

## 1. 소설보다 낯선

  그동안 배수아(裵琇亞)의 소설을 눈여겨보아왔던 독자라면, 언제부턴가 시작된 미묘한 변화의 표지를 눈치챘을 것이다. 무엇보다도 먼저, 성장을 거부한 배수아의 아이 아닌 아이들은 이제 이리저리 떼지어 몰려다니면서 방황하지 않으며, 소비사회의 상품 이미지와 기호로 자신의 불안하고 공허한 정체성을 치장하지도 않는다. 그들은 또한 더이상 무관심의 표정 바깥으로 비어져나오는 불안과 고통의 포즈를 표나게 연출하지도 않는다. 그들은 이제 그런, 아이도 아니고 어른도 아닌 어정쩡한 미결정의 상태에서 벗어나 또다른, 어쩌면 궁극의, 존재방식을 발견한 것처럼 보인다.

  배수아의 아이들이 발견한 그 존재방식이란, 기꺼이 고립을 받아들이는 이방인의 삶이다. 물론 이전 소설에서도 스물을 훌쩍 넘긴 스스로를 '아이'로 명명하는 심리 자체가 이미 기성 상징질서 안에 편입되기를 거부하는 이방인 의식의 소산이었지만, 그것은 그 이면에 가족의 해체로 인한 상실감과 현실에 발붙이지 못하는, 또 기꺼이 그럴 수 없는 자의 고통이 알게모르게 배어 있는 그런 것이었다. 그러나 최근 배수아 소설의 인물들은 자신의 의식에 달라붙어 있는 그러한 잉여를 냉정하게 떨쳐버린 것으로 보인다. 그들은 이제 더이상 가족을 거론하지 않고, 관습적인 일상의 생활공간 속에서 서성이지도 않으며, 타자의 응시를 의식하지도 않는다. 그들은 이제 거추장스러운 삶의 체적과 은연중 배어 있던 과잉의 포즈를 최대한 수축시키면서 당당하게 고립의 삶, 이방인의 삶을 선언한다. 배수아의 아이들은 그렇게 급진화되었다.

사정이 그러하니, 그런 존재들이 만들어가는 배수아의 소설공간은 더욱 낯선 것이 될 수밖에 없다. 배수아 소설의 아이들이 그러하듯, 기존의 관습과 통념을 거스르는 낯선 소설문법을 펼쳐 보였던 배수아는 그 일탈의 문법을 더욱 밀고 나가기로 작정한 듯하다. 조금은 다른 맥락에 있는 『일요일 스키야키 식당』(문학과지성사 2003)을 논외로 한다면, 그러한 경향은 『이바나』(이마고 2002)와 『동물원 킨트』(이가서 2003)를 거치면서 뚜렷하게 본격화되기 시작하는 것으로 보인다. 인물과 사건이라는 관습적인 소설의 구성요소는 이 소설들에서 아예 소거되거나 그렇지 않으면 전혀 다른 낯선 방식으로 나타난다. 인물의 성별을 의도적으로 삭제한다든가 정서와 언술의 탈주체화를 시도한다든가 하는 것들이 그 대표적인 예라 할 수 있겠다. 그렇게, 최근 배수아 소설에서 인물의 급진화는 소설 형식의 급진화와 정확하게 대응하고 있는 셈이다.

배수아의 장편소설 『에세이스트의 책상』(문학동네 2003)은 크게 보면 이러한 경향의 연장선상에 있는 소설이다. 그러면서도 이 소설은 『이바나』나 『동물원 킨트』와는 또 완전히 다른 새로운 내용과 형식의 장으로 건너뛰고 있는 소설이다. 배수아는 이 작품에서 통상적인 의미에서 소설이라기엔 너무나도 낯선 세계를 우리 앞에 펼쳐놓고 있다. 그간 끊임없이 관습을 거스르고 경계를 넘어서왔던 배수아 소설의 행보를 염두에 둔다면,

이 소설이 어느 순간 소설의 경계를 넘어 에쎄이에 가깝게 다가가고 있다고 해서 놀랄 일은 아니다. 그러니, 당혹스러움을 잠시 접어두고 소설 안으로 들어가보자.


## 2. 관념의 미장쎈 안에 그려진 사랑의 기억

배수아의 『에세이스트의 책상』에는 눈에 띄는 스토리라인이 존재하지 않는다. 그 대신, 소설에서는 독일에 체류하던 한때 '나'가 사랑했던 M에 대한 기억이 그후의 무미건조한 일상과 교차되며 펼쳐진다. M과 헤어진 후 다시 찾은 독일에서 '나'는 요아힘이라는 친구의 집을 방문해 책을 읽고 음악을 들으며 산책을 하면서, 또 어쩌다가 성탄절 전날이나 연말을 맞아 별 생각 없이 요아힘의 어머니 집을 그와 함께 방문한다거나 파티에 참석한다거나 하면서 소일한다. 소설의 많은 부분은 '나'가 글을 쓰는 현재 싯점에서 회상하는 듯한 그같은 건조하기 이를 데 없는 일상의 나열이다. 그리고 거기에 M과 함께했던 시간의 기억이 끼여든다. 아니, 거꾸로 이 소설의 주인공은 어찌 보면 M에 대한 기억 그 자체라고도 할 수 있다. 소설은 M과 함께 음악을 듣던 '나'의 기억과 음악에 대한 관념적인 진술로 시작해서 M에 대한 언급으로 끝나고 있고, 그 중심에는 M과의 사랑과 이별의 기억이 자리잡고 있다. 따라서 M과 헤어진 후 서술되는 독일에서의 일상이나 한국에서의 현재는 오히려 그 중간에 끼여드는 일종의 후일담에 가깝다고도 할 수 있을 것이다.

소설에서 '나'는 M과 헤어진 후 독일을 다시 방문한 그때의 싯점에서 그와의 사랑의 기억을 조금씩 들추어낸다. '나'가 요하임과 산책을 하거나 대화할 때, 그리고 그가 여행을 떠난 후 홀로 그의 집에 남아 산책과 책읽기, 음악듣기로 소일할 때, M에 대한 기억은 '나'가 그때그때 접하는 음악, 거리 풍경, 책의 한 구절, 대화 내용 등에 의해 촉발되어 그로부터 하나둘 자연스럽게 풀려나온다. 그리고 그렇게 조금씩 파편적으로 끼여 들던 그 기억의 영역은 소설이 전개되면서 점차 확장되어 나중에는 다른 곁가지들을 밀어내고 소설의 중심에 자리잡는다. 독일어 개인교사와 학생으로서의 첫 만남, 보통의 방식과는 판이하게 다른 M의 독특한 교습방식 때문에 겪었던 당혹스러움, M과 가까워지면서 새로 소개받은 독일어 교사 에리히에게 M에 대한 글을 제출한 일, 남아 있는 문제를 처리하기 위해 한국에 잠시 다녀오겠다는 '나'와 잠시라도 떨어져 있는 것을 못 견디하는 M과의 갈등, 에리히가 연 파티에 다녀오는 길에 M에게서 예상치 않게 듣게 되는 그와 에리히의 육체관계에 대한 고백과 그로 인한 결별 등의 이야기가 '나'의 기억 속에서 펼쳐진다.

이렇듯 소설을 이끌어가는 핵심 모티프가 사랑의 기억이라고는 하지만, 이 소설은 통상적인 연애소설이나 사랑을 소재로 취한 여타 소설들과는 확연히 다르다. 무엇보다도, 이 소설에서 중심에 놓여 있는 것은 사랑 이야기에 흔히 개입되는 여차여차한 우여곡절이나 두 연인이 함께 겪을 법한 미묘한 감정의 곡선에 대한 세세한 묘사가 아니다. 물론 M과 만나고 헤어지게 되기까지의 사연이 회고적 시점으로 서술되고 있고 M에 대한 '나'의 감정선이 도드라지게 부각되는 장면도 군데군데 배치되어 있긴 하다. 그러나 그보다 눈여겨보아야 할 것은, 이 소설에서는 특이하게도 정작 M과 함께하는 많은 장면이 상당부분 움직임이 완만한 미장쎈 안에 갇혀 마치 윤곽이 흐릿한 정물화처럼 포착되고 있다는 점이다. 그리고 서술자의 목소리는 그 화면의 안도 바깥도 아닌 경계에서 화면 전체를 감싸고 있는 형국이다. 가령, 이런 식이다.

더 많은 음악,
하고 목소리는 말했다. 그 목소리는 비와 구름으로 무겁게 덮인 하늘 아래 온 세상을 지배했다. 빗물을 가득 머금은 공기가 열린 차창으로 들어와 M의 오른편 머리카락과 뺨에 맺혀 흘러내렸다. M과 나는 비가 들판에 떨어지는 소리를 듣기를 원했다. (…) 쇼스타코비치를 들을 때 M은 말을 하지 않았다. 더 많은 음악, 하고 라디오의 목소리는 말했다. 언제나 같은 시간에 라디오에서 듣고 있는 그 녹음된 목소리가 실상은 시간을 거슬러가는 하늘의 별빛처럼 언제 왔다가 언제 사라져가는 것인지 우리는 모른다. 우리는 단지 들을 수 있을 뿐이며, 그것은 존재의 절대값과 언제나 일치하는 것은 아니었다. 그러나 음악이 없다면, 존재가 도대체 무슨 의미가 있단 말인가. (5~6면)

물론 이는 M과의 사랑의 한때가 기억 속에서 재구성된 영상으로 나타나기 때문일 수도 있겠지만, 단지 그 때문만은 아니다. 이는 소설에서 M이 형상화되는 방식과 그를 바라보는 '나'의 시선, 그리고 다시 거기에서 비롯된 고유한 소설 구성방식과 밀접한 관련이 있다. 그런 관점에서, 우선 M이라는 존재의 형상이 소설에서 간혹 일상적인 묘사와 설명의 대상이 되기는 하지만 근본적으로는 서술자의 목소리가 불러들이는 움직임 없는 정물과도 같이, 나아가 어떤 추상적 가치의 체현과도 같이 그려져 있다는 데 주목할 필요가 있다. 그렇게 보면 M이 다른 인물들과는 달리 이름이 아닌 이니셜로만 불리고 있다는 것도 우연은 아니다. 그리고 소설에서는 위 인용문 뒤에 바로 음악에 대한 '나'의 관념적인 서술이 이어지는데, 그런 서술방식은 이 소설에 드물지 않게 나타난다. M과의 관계에 대한 회상이 상당부분 언어나 음악에 대한 '나'의 관념의 진술을 동반하고 있다는 것도 같은 맥락이다.

그 때문에 이 소설은 마치 M을 정신적 질료로 하여 그에 대한 회상에서부터 풀려나오는 언어나 음악에 대한 생각과 예술 텍스트에 대한 개인적 논평을 펼쳐놓는 에쎄이처럼 읽히고, 또 실제로 소설 전체가 인물이나 사건이 별로 중요하지 않은 에쎄이적인 형식을 띠고 있기도 하다. 이 소설의 제목이 '에세이스트의 책상'이라는 것은, 그래서 의미심장하다. 그렇다면, 이러한 사색적 글쓰기를 촉발시키는 M이라는 존재는 과연 누구인가? 아니, '무엇'인가?

### 3. M, 그리고 순수한 코기토를 찾아서

'나'에 따르면, M은 언어학을 공부했고 음악에 미쳐 있으며 심한 약물 알레르기 증상이 있는 "연약하고 오만한 존재"다. 또 M은 그리 부유하지도 않으면서 "책이나 음반을 사는 데 전혀 돈을 아끼지 않"고 심지어 "부다페스트 실내악단이 연주하는 바르토크의 현악 사중주를 듣기 위해서 열흘치 수입을, 아니 그 이상이라도 아무 미련 없이 지불"하기도 하는 그런 평범하다고는 할 수 없는 삶을 살고 있는 인물이다. 소통의 도구가 아닌 사고의 도구로서 절대적인 보편언어에 집착하고 음악의 절대성을 신봉하는 M은 그렇게 어떤 "보편정신을 찾아 방황"하는 존재로 그려진다. "책과 언어가 M에게 절대적인 세상의 징표였다면, 음악은 접근할 수 없는 정신이고 종교이자 영혼 그 자체였다." '나'는 그런 M의, "오랜 시간 오직 스스로의 기준에 의해서 고독하게 살아온 사람들에게서 느껴지는 모습"에 이끌린다.

이로써 이미 짐작되는 바이지만, 어떤 측면에서 M은 '나'의 현실적 자아 이미지와 자아 이상이 겹쳐 있는 인물에 가깝다. 소설에서 '나'는 M과 마찬가지로 책을 읽고 음악을 듣는 데 돈과 열정을 아끼지 않고 투자하는 인물이며, 그 안에서 유일한 의미를 찾고 있는 인물이다. 세속적인 가치 질서를 거부하고 그 바깥에 존재하면서 책과 음악으로 대표되는 예술적·정신적 가치 안에서의 내면적 삶을 지향하는 단독자라는 점에서, 그리고 절대적인 보편언어에 대한 강한 욕망을 갖고 있다는 점에서 '나'와 M은 정확히 일치한다. 더욱이 M은 '나'에게는 결정적으로 "찾아가야 할 문장과 노래" "보편문법과 언어"를 환기시키는 존재이기도 하다는 점에서 '나'가 지향하는 정신적 삶의 지표와 밀접히 관련되어 있는 인물이다.

그렇게 보면, M에게 끌리고 그와 사랑에 빠지는 '나'의 일련의 심리는 그대로 자신의 자아 이상 그 자체에 대한 추구와 다를 것이 없다. 무엇보다도 M은 '나'의 예술적·정신적 지향을 대변하는 존재이고, 그와 하나가 된다는 것은 곧 그러한 지향을 완성하는 것이다. 따라서 M에 대한 사랑은 예술적·정신적 삶, 그 안에서 살아가는 내면적인 단독자로서의 삶에 대한 사랑을 다른 방식으로 외화하는 것이다. 그렇기 때문에, M은 굳이 M이 아니어도 상관없다.

M은 분명 그 기억 속에 존재하나 또한 그 속에 존재하는 것은 M이 아니었다. 기억 속에 있는 M은 시간과 함께 점점 더 M 자신으로부터 스스로 멀어져갈 수 있을 뿐이다. 그것은 체온이 없고 대답하지 않으며 나를 보지 않으며 M과 같은 모습을 하고 M과 같은 옷을 입고 M의 흉내를 내면서 움직이고 있으나 천박하고 무의미했다. 그것은 M이 아니었다. 시간이 지날수록 기억 속에 있는 M은 점점 더 이 세상에 존재하는 가장 M 아닌 것들의 총체에 불과하게 되었다. 그러나 기억은 그런 식으로만 굳어져갔다. 그래서 이제 나는 M을 모른다. 더이상은 도저히 그럴 수 없을 정도로, M을 모른다. (116면)

기억 속에 존재하는 것은 M이 아니다. 그것은 차라리 M으로부터 점점 멀어지는 무엇이다. 여기에는 통상적인 기억의 서사를 거스르는 독특한 진술이 있지만, 그보다 중요한 것은 M이라는 존재가 갖는 의미다. 현재 '나'에게 중요한 것은 M이라는 구체적인 개인이 아니다. 나는 이제 "더이상은 도저히 그럴 수 없을 정도로, M을 모른다." 아니, 몰라도 상관없다. M은 M이라는 구체적 개인을 넘어서 M 아닌 것이 될 수도 있는 일종의 추상적 가치인 한에서, '나'에게 "M은 다른 모습으로 나타날 수도 있"기 때문이다. 이는 돌려 말하면 M이, 그리고 M과의 사랑이 그 자체로 중요하다기보다는 '나'의 예술적·정신적 지향성을 어느 순간 내면의 삶 속에서 완벽한 형태로 응결시켜주는 어떤 것이기 때문에 중요하다는 것을 의미한다. 그런 의미에서, M과의 사랑은 마치 책을 읽고 음악을 듣는 내면적 삶의 행위와 유사하다. M은 "내가 영혼을 바쳐 읽지 않으면" 안 되는, "마치 그림이 전혀 없는 책"과 같다는 진술도 그런 맥락에서 이해할 수 있을 것이다.

이 점은 '나'가 M과 헤어지는 과정에서 겪게 되는 감정의 파장의 성격을 들여다보면 더욱 분명해진다. 에리히가 열었던 파티에서 돌아오는 길에 '나'는 M에게서 "단지 순수한 육체적인 호기심 때문에" 에리히와 잠자리를 같이했었다는 고백을 듣는다. 그후 '나'를 괴롭히는 것은 단순한 질투가 아닌 소유욕에 대한 자책, 분노와 수치심이다. 그러한 자신의 감정이 '나'에게 견디기 힘든 것은, 실은 그것이 다름아닌 "마음속의 긴 여정의 사색에서 얻은 모든 윤리적인 질문들을 침을 뱉고 조롱"하는 것이기 때문이다. 그것은 곧 그러한 감정 속에서는 '나'는 아무것도 아닌 것이 되어버린다는 자의식과 관련되어 있다.

정녕 내가 괴로웠던 것은 내가 수치를 느낀다는 바로 그 사실이었고, 수치를 느끼는 자신을 너무나 잘 인식하고 있다는 점이었다. 왜냐하면 나는 바로 그 날카로운 수치로 인해서, 동시에 내가 수치를 느낄 수밖에 없는 그 사실을 벗어날 수 없었기 때문이었다. 마침내 수치의 늪 속에서 나는 아무것도 아닌 것이었고, 절대적으로 무의미했으며 존재하는 것은 단지 두 개의 거울 사이에서 무한으로 반사되는 수치심,

그 영상의 반복일 뿐이었다. (134~35면)

수치의 늪 속에서 마침내 '나'는, 아무것도 아니었다. 그 속에서는 "오직 수치스럽기 때문에 수치스러운, 그런 자신"을 발견할 수 있을 뿐이다. 달리 말하면, 소유욕이나 분노, 수치심 같은 감정의 찌꺼기들은 M과의 사랑을 통해 완성했다고 여겼던 "극치의 선율"이 존재하는 정신적 삶의 완전성을 더럽히는 오물과 같은 것이며, 영혼의 삶에 거주하고자 하는 '나'가 구축한 순수한 주체성의 영역에 스며드는 더러운 얼룩과도 같은 것이다. "수치스럽기 때문에 수치스러운" 것은 그 때문이며, "자신의 세계가 붕괴되는 것을 듣"는 것도 그 때문이다. 따라서 어찌 보면 '나'와 M의 사랑과 결별은 모두 똑같이 모든 외설적인 바깥을 지워버린 내적인 영혼의 삶에 거주하는 순수한 코기토에 대한 욕망의 표현이라고 할 수도 있겠다.

이렇게 볼 때, 배수아가 이 소설에서 펼쳐놓고 있는 M과의 사랑 이야기는 예술적·정신적 삶의 추구를 통해 구축하고자 하는 내면적 주체성에 대한 욕망과 그 편력의 기록이다. 사랑 이야기라는 외관을 걷어내고 보면, 거기에는 모든 관습적인 일상과 '무의미한' 커뮤니케이션을 거부하고 오염되지 않은 공고한 내면의 질서를 구축함으로써 실현되는 순수한 자아에 대한 강렬한 욕망이 있다.


## 4. 자기의 테크놀로지, 그리고 잉여의 고통

딱히 그것이 아니더라도, 이 소설에서 배수아는 실제로 관습적인 세상의 규범과 통념을 거슬러 스스로를 고립시킨 단독자로서 순수한 자아에 대한 지향성을 드러내는 직접적인 언술을 여기저기 부려놓는다. '나'에 따르면, 어릴 적 학교생활이란 "개별적인 자연스러움"을 박해하고 "집단에 대한 복종"을 강요하면서 '나'를 억누르는 지루한 시간의 연속일 뿐이었는데, '나'는 그보다 더 혐오스러운 것은 "이미 충분히 군중으로서의 자질을 갖추고" 있는 아이들이었다고 이야기한다. 그뿐만이 아니다. 한국에 돌아와 수미라는 친구와 영화를 보러 가게 된 '나'는 줄지어 영화관의 입구로 들어가는 군중에 대한, 그렇게 "한 방향으로 진행하는 인파"에 대한 심한 불쾌감을 토로한다. 그것은 '나'에게는 "견딜 수 없는 추함이었고 경박함과 오류의 증명이었고 육체적인 고통을 느낄 정도로 불쾌했다".

군중 혹은 집단에 대한 지독한 혐오를 드러내는 이러한 진술은 독립적인 개체의 '개별적인 자연스러움'에 대한 결벽에 가까운 리비도를 그대로 드러낸다. 모든 무리지은 것, 그렇게 무리지어 한 방향으로 향하는 것은 '나'에게 불쾌감을 안겨주는 혐오의 대상이다. 나아가, "평범한 사람들의 평범한 즐거움과 오락과 일상"까지도 '나'에게는 "심각한 불의(不義)"로 느껴진다. 그것은 '나'에게는 "불결하고 불충분한" 외설적 오물이다. 그럴 수밖에 없는 것은, '나'에게 그 모든 것은 순수한 정신적 개체의 독립성과 고유성을 심각하게 훼손하는 것으로 보이기 때문이다. 여기에는 단지 집단성 자체와 대중적 취향만이 거론되고 있지만, 그것이 다는 아니다. 가령, 부끄럽게도 한때 M이라고 잘못 생각했던 수미에 대해 '나'는 이렇게 이야기한다.

수미는 자신에게 주어진 환경에서 마음껏 영양을 섭취하면서 자유롭게 유영하는 물고기와 같았다. 냉정하게 관찰해보면, 수미가 가지고 있는 것 중에서 수미 자신에게서 나온 것은 아무것도 없었다. 지식이건 스타일이건 수미는 환경에서 최대한 많은 것을 빨아들이며, 학교나 단체나 집회에서 배운 것을 이해하고 실천하기도 했다. (…) 수미는 인간이 가장 비속하게 오감에 충실할 때 사랑하게 되는 것들을 스타일리시하게 사랑하고 있었을 뿐이었다. 단지 그것을 위해서 지나치다 싶은 해석과 변명과 명분과 휴머니즘과 인과관계를 가지고 있었던 것이다. (…) 중요한 동기는 불특정 다수인 수많은 타인의 마음에 드는 것, 타인의 마음을 빼앗는 존재가 되는 것, 혹은 그런 존재를 추종하는 것, 사회 안에서 이루어지는 유형 무형의 정서적인 권력을 획득하는 것이었다. (155~56면)

'나'가 견딜 수 없어하는 것은 이같은 타자에 대한 의존성이다. 그리고 그것을 치장하는 해석, 명분, 휴머니즘, 인과관계 같은 것이 동시에 거론된다. '나'가 보기에, 그렇기 때문에 수미는 "유일한 존재가 아니었다." 그런 "불특정명사로서의 수미"를 견딜 수 없는 것처럼, '나'는 "당신들 모두를 견딜 수 없다." 결국 '나'가 지향하는 독립적인 개체성이란, '나'의 유일무이한 정신적 고유성을 침범하는 바깥의 모든 타자와 일상적·사회적 관계의 그물망을 배척하고 나아가 혐오함으로써 부조(浮彫)되는 무엇이다. 개체성에 대한 '나'의 거듭된 강조가 강한 배타적·폐쇄적 나르씨시즘의 색채를 띠는 이유도 거기에 있다.

　하지만 중요한 것은 그 나르씨시즘이 배수아에게는 세상의 규범적 질서와 관습으로부터 스스로를 떼어놓는 단호하고도 냉정한 '자기의 테크놀로지'의 근원이 되고 있다는 사실이다. 최근 배수아 소설을 이끌어가는 주요한 동력은 바로 그곳에 있다. 가령 최근 배수아의 소설이 그렇듯이 이 소설에서도 작가는 소설의 무대를 외국으로 옮겨놓고 있는데, 그 역시 일종의 이국 취향이나 체험의 직접적인 노출과는 거리가 멀다. 따져보면 사실 그 근원에는 배수아가 나름으로 펼쳐가는 '자기의 테크놀로지'가 작동하고 있는 것이다. 달리 말하면, 그것은 독립적이고 자율적이고자 하는 '나'를 간섭하고 침범하는 '나' 바깥의 모든 '불결한' 외부를 지워버리고자 하는 충동과 밀접한 관계가 있다. '나'가 이 땅에 있는 한 의도와는 상관없이 부딪히게 되는 생활세계와 관계의 그물망을 삭제하고 타자에게 방해받지 않는 '고립의 삶'을 실천하는 것, 그것을 위해 배수아가 선택한 방법은 국경을 넘어서는 것이다.

그러나 이 소설에서 배수아는, 그럼에도 불구하고 넘어설 수 없는 어떤 한계지점을 예민하게 의식하고 있는 것처럼 보인다. 그 한계지점은 바로 '언어'에 있다. "M은 자국어가 단지 의지만 있으면 얼마든지 넘어설 수 있는 경계에 지나지 않는 것이 아니라, 설사 외국어에 능통하다 하더라도 역시 의식의 감옥이라는 것을 말하지 않았으나, 나는 알고 있었다." (87면) 이 소설에서 '나'의 지향이 끊임없이 단순한 소통의 수단으로서 도구적 언어의 한계를 넘어서는 '정신'으로서의 보편언어, 나아가 절대적 언어로서의 음악 쪽으로 기우는 것은 그런 까닭에서다. 주체의 바깥을 버리고자 하는 정신적 충동과 그래도 여전히 떨어져나가지 않는 그 바깥의 잉여로 인한 고통, 배수아 소설의 자기의식은 그 사이 어디쯤에 있다.


## 5. 글쓰기의 자기의식

따라서 『에쎄이스트의 책상』은 근본적으로 '자기'(self)를 주인공으로 한 주체성의 소설이다. 달리 말하자면, 이 소설은 책과 음악을 주체화의 점(point de subjectivation)으로 경과하며 주체의 절대성에 대한 욕망을 선언하는 자기재현의 드라마다. 이 소설이 소설과 에쎄이의 경계에서 서성이고 있는 근본적인 이유는 거기에 있다. 주체의 정서와 관념이 주체 바깥의 여타 요소들을 배제하거나 거꾸로 통섭할 때, 혹은 흩어져 얼기설기 얽혀 있는 질료들의 틈새를 주체의 목소리가 메우며 텍스트 전체를 지배하고 축조할 때, 에쎄이는 그곳에서 시작된다. 겉보기에 이를 데 없이 산만해 보이는 이 소설의 형식은 그런 관점에서 이해할 수 있을 것이다.

이 소설에서 특징적인 것은 그러한 '나'의 자기재현이 소설 안에서 언급되는 텍스트들을 딛고 있거나 그 위에 얹혀 있다는 점이다. 실제로 소설에는 '나'가 읽고 듣는 많은 텍스트들이 등장한다. 쇼스따꼬비치의 음악과 회고록, 『책 읽어주는 사람』과 『사람들이 모여 함께 살기』라는 책, 아우구스트 폰 플라텐의 시와 거기에 곡을 붙인 슈베르트의 음악, 베른트 알로이스 침머만의 『작곡가의 작업』 등과 같은 예술 텍스트들이 그렇다. '나'의 상념이나 M과의 기억은 주로 그곳에서부터 풀려나오고, 그 점 때문에 더욱 소설은 에세이적 특성을 강하게 띠게 된다.

그런 측면에서 이 소설은 그러한 텍스트와 그 텍스트를 딛고 울리는 '나'의 목소리가 한데 짜여 만들어내는 텍스트의 공명관과도 같다. 그렇다고 해서, 이 소설이 텍스트를 참조하거나 그와 대결하면서 새로운 담론이나 통찰을 이끌어내는 것은 아니다. 오히려 텍스트는 그 속에서 자기를 비추어보거나 기억이나 상념을 풀어가는 실마리로, 혹은 '나' 앞에 놓여 '나'가 선택하는 일상의 질료처럼 등장할 뿐이다. 이전 소설들에서 배수아의 아이들이 부딪혀왔던 현실은 그렇게 텍스트로 대체되었다. 문제는, 그럼으로써 배수아의 이전 소설들에서 보이듯 이질적인 것들이 다양하게 뒤섞이면서 만들어내는 모호성과 불균질성이 주었던 미묘한 울림이, 이 소설이 언뜻 주는 인상과는 달리 단성(單聲)의 선율로 대체되어버렸다는 데 있을 것이다. 그것은 물론 이 소설이 근본적으로 주체의 절대성을 선언하는 타자 없는 주체의 서사인 것과도 무관하지 않다.

그럼에도 불구하고, 이 소설은 그 텍스트의 숲속에서 나름의 의미를 발산한다. 그것은 근본적으로 이 소설이 텍스트를 참조하는 텍스트이며, 책을 읽고 음악을 들으며 글을 쓰는 작가 자신의 경험적 상황을 복제하고 비추는 자기순환 표현(l'autonymie)으로 넘쳐나고 있다는 데서 비롯된다. 그것을 통해 반사되는 것은 물론 글쓰기에 대한 자의식이다. 이 소설을 다른 각도에서, 글쓰기에 대한 자의식을 반사하는 글쓰기에 대한 소설이라고 볼 수 있는 것은 그런 까닭이기도 하다.

실제로, 이 소설의 마지막 부분에서 '나'는 M에 대한 이야기를 쓰기 시작한다. "M을 표현하는 것이 궁극적으로 쓰고자 하는 의미가 되고 있었다." 그리고 '나'에게 그런 글쓰기는 '나'를 되돌아보고 확인하는 것과 다른 것이 아니다. '나'에 따르면, "글쓰기로 인해서 나는 미래 혹은 과거의 어느 순간에 다시 나로 나타나는 것"이며, "단지 글을 쓰고 있을 때만이, 나는 비로소 내가 되"는 것이기 때문이다. 이렇게 M에 대한 글쓰기를 통해 '나'를 되돌아보고 '나'의 존재가치를 확인하는 '나'의 글쓰기 행위는 곧 글쓰기에 대한 작가의 자의식을 반사하는 장치다. M에 대한 '나'의 글쓰기를 통해 작가 자신의 글쓰기가 갖는 의미를 비추어보는 것, 그럼으로써 글쓰기에 대한 자의식의 근원을 재현하는 것, 배수아가 도달한 지점은 바로 이곳이다.

그리고 배수아는 이미 그런 자기 자신의 글쓰기에 대한 자의식의 근원을 '나'의 의식을 통해 충분히 연출하고 있다. 주체의 바깥을 지워버리고 고립된 절대적 개체로 서려는 '나'의 정신적 충동은 그대로 작가 자신의 글쓰기 의식을 반사하는 것이라 보아도 무방하다. 그런 측면에서, 이 소설에서 반복적으로 나타나는 음악의 절대성에 대한 언급 역시 같은 맥락에서 파악할 수 있을 것이다.

음악은, 그것이 무엇에 바쳐졌건 개의치 않는다. 음악의 가치는 결코, 대왕의 이름으로도, 지불되지 않는다. 그것은 인간을 한없이 용서하면서 동시에 무시하고 능가한다. 음악은 불만과 결핍과 갈증으로 가득한 인간의 내부에서 나왔으나 동시에 인간의 외부에서 인간을 응시한다. 혹은 인간의 너머를 응시한다. 음악을 듣는다는 것은 인간이 그것에 의해서 스스로 응시당한다는 것을 의미한다. 표현. 언어와 음악은 그렇게 공통적이다. 그러나 음악은 전부가 아니면 아무것도 말하지 않는다. 입을 다문다. 음악을 이해한다는 것은 점차적인 과정이 아니다. 그러나 그 모든 행위들에 대해서 인간은 단지 '나는 음악을 듣는다'라고 서술할 수 있을 뿐이다. 나를 사로잡을 무렵, M이 나에게 말한 대로, '음악은 인간이 만들어낸 것 중에 유일하게 인간에게 속하지 않은 어떤 것이다.' (145면)

음악은 타자에 의존하지 않고 처음부터 바깥을 갖지 않는, 그 자체로 충족적이고 무목적적인 가치다. 그런 의미에서 그것은 절대적이며 "영혼의 등가"에 해당하는 것이다. '불결한' 바깥과 절연한 순수한 주체성의 고립을 욕망하는 '나'의 의식은 여기에 그대로 대응된다. 그렇기 때문에 혹 '나'와 M이 '언어에 의존하지 않고' "음악으로만 대화했다면 일은 다르게 진행되었을지도 몰랐다." 그렇다면 글쓰기는? 배수아의 발걸음은 지금 이 아포리아의 근방을 서성이고 있는 것처럼 보인다.


## 6. 겹치는 빗방울, 혹은 주체(들)의 화음

배수아의 『에세이스트의 책상』은 유독 주체에 대한 강한 리비도가 분출되고 있는 소설이라는 점에서 언뜻 『동물원 킨트』처럼 탈주체화 혹은 자기소멸의 경향이 특히 두드러졌던 전작들과 거리를 두고 있는 것처럼 보일 수도 있다. 그러나 배수아 소설에 나타나는 탈주체화나 자기소멸이 역설적으로 차이의 강화를 통한 주체성의 부조라는 나르씨시즘적 기획을 연출하는 것이라는 사실을 고려한다면, 이 소설과 전작들의 거리는 의외로 그리 먼 것이 아니다. 오히려 이 소설은 지금까지 배수아 소설을 이끌어왔던 근원적인 동력을 더할 수 없이 선명하게 부각시켜놓고 있는 소설이라 할 수 있겠다.

이 소설의 전면에 배어 있는 강한 정신주의는 그런 맥락에서 이해할 수 있을 것이다. 그것은 이 소설에서 배수아가 선택한 새로운 문학적 포즈이자 동시에 이제껏 숨어 있던, 그리고 오해되어왔던 배수아 소설의 한 근원을 뚜렷하게 보여주는 징후이기도 하다. 이러한 경향이 역설적이게도 지금까지 우리에게 보여주었던 배수아 소설의 고유한 매력을 희생시키고 있는 것이 아닌지는 세밀한 분별과 판단이 필요한 문제이지만, 또다른 한편으로 중요한 것은 그러한 배수아 소설의 주체가 구별짓기의 욕망, 혹은 후기 소비자본주의사회가 생산하는 '절대적인 나'("나는 나다")라는 주체 이미지와 어떻게 갈라지는가, 아니 갈라서야 하는가 하는 질문이다. 그런 질문에 대해 배수아는 이 소설에서 어쩌면 의식적이든 무의식적이든 그럴듯한 하나의 대답을 아래와 같은 장면을 통해 이미 내놓고 있는 것인지도 모른다.

> 문득 고개를 쳐드니 그러한 아무런 약속도 없이 스스로, 개별적으로 존재하는 세계들이 고속도로와 경계를 나타내는 흰 울짱 너머의 들판 가득히 펼쳐졌다. 비에 젖은, 구름의 그림자가 드리워진 무거운 공기가, 바람에 따라 너울거리는 공기가, 그늘에 잠긴 듯한 저녁의 침울한 색이, 흙과 물과 공기와 색이, 제각기 무한한 자유를 추구하는 그들, 각자 다른 언어를 가진 그들 사이에서 음악가가 화음을 발견하였다. 그러한 빗방울이 빗방울 위에 겹쳐지는 화음은 최초의 한 방울의 영역을 저 들판과 나지막한 구릉과 한때는 황무지였을 그 너머의 모든 구름 아래 세상으로 확장시켰다. (8~9면)

개별적으로 존재하며 무한한 자유를 추구하는 개체들이 서로 다른 언어로 만나면서 만들어내는 화음, 그 화음을 통해 세상으로 확장되는 하나의 개체. 지금 배수아 소설의 주체 앞에 놓인 과제가 있다면, 그것은 작가 배수아가 그려놓은 이 아름다운 장면 속으로 성큼 걸어들어가는 일이다. 그러나 그러기 위해서, 먼저 그녀는 '나' 바깥에 대한 혐오와 주체의 자발적인 고립을 공고화하기 이전에, '나' 바깥의 '불결한' 오물 속에서, 그 바깥에 부딪침으로써 오는 고통을 더 오래 끌어안고 앓는 일이 필요한 것일지도 모른다.

— 『에세이스트의 책상』(문학동네 2003) 해설

# 이토록 코믹한 데까르뜨 극장

■

『달에 홀린 광대』를 통한 정영문 읽기

## 1

정영문의 소설 『달에 홀린 광대』(문학동네 2004)가 던져주는 것은 일종의 불길한 기대다. 언뜻 터무니없어 보이는 이 형용모순을 이해하기 위해서는 정영문의 이전 소설과 비교해 이 소설이 보여주는 아주 약간의 변화를 떠올려보는 것으로도 충분하다. 물론 아무런 의미도 내용도 없는 쓸모없는 말을 시종 지치지도 않고 주절거리는, 죽지 못해 사는 듯한 고약하고 대책없는 화자가 등장한다는 점에서, 그리고 진지하게 무의미에 몰두하는 그의 엉뚱하고도 괴이한 요설이 허망하게도 소설의 전부라는 점에서 정영문의 소설은 달라지지 않았다. 아니, 그 별 의미 없는 지루하고 똑같은 반복이 없다면 정영문의 소설은 아예 존재할 수도 없다.

그렇다면 아주 약간의 변화는 그 폐쇄된 똑같은 반복의 회로 어디쯤에 있는가. 그것은 『달에 홀린 광대』에서 화자의 행동반경을 보면 곧 드러난다. 이전 소설에서는 한 자리에 앉아 옴짝달싹 안하거나 최소한도로만 발을 놀리던 그가, 아니면 시종 드러누워 있거나 심지어 죽어 있던 그가, 이 소설에서는 산책자 역을 떠맡고 있는 것이다. 화자는 들로 산으로 강으로 바다로, 걷거나 차를 타고 끊임없이 쏘다닌다. 심지어 그는 놀랍게도, 어느 한 대목(「배추벌레」)에서는 '노동'이라는 것을 하기도 한다. 그러면서 그는 끊임없이 생각하고, 말하고, 또 중얼거린다. 그리고 이러한 변화와 함께 따라올 법한 또다른 그 무엇은, 당연하게도 없다. 마침, 화자는 상상 속에서 함께 대화를 나누는 B의 역을 맡아 독자를 가장해 이렇게 묻는다. "지금 무슨 얘기를 하고 있고, 무슨 얘기를 하고자 하는 거야?"(「산책」 84면) 물론 이것은 자기반영적인 자문(自問)이다. 이 질문에 화자는 소설 어딘가에서 작가 정영문을 대신해 이렇게 대답한다. 그것은 이를테면 "그것이 도대체 무엇인지를 정리하려는 것 자체가 쓸데없는 것이라는 것은 알 수 있는 어떤 것"(「양떼 목장」 171면)이다. 이것은 언제나 그랬듯, 정영문 소설의 시작이고 끝이다.

　'불길한 기대'의 원천은 바로 이 '차이와 반복'에 있다. 정영문 소설의 화자가 일단 한정된 공간을 벗어나 쏘다니기 시작한 이상, 그는 끊임없이 무언가를 새로 만나 대상을 확장하면서 쉴 틈 없이 생각하고 중얼거릴 것이며 그것은 적어도 세계가 무한한 한 끝나지 않고 계속될 것이라고 가정해볼 수 있다. 물론 그런 한에서, 작가가 기대할 법한 이른바 '소설의 죽음'은 끝없이 지루하게 지연될 것이다. 아니 어찌 보면 그 지루한 지연이야말로 그 자체가 소설의 죽음을 의식적으로 연출하는 수행적(performative) 행위라고 할 수도 있겠다. 사정이 이러하니, 그렇게 끝내 죽지 않고 소설의 죽음을 먹고사는 소설이 그 스스로 자기 자신의 죽음을 지연시키는 그런 반복이 어쩌면 끝도 없이 계속될지도 모른다는 불길한 예감은 공연한 것이 아니다.

　문제는 바로 그 의미없는 반복이 또한 정확히 정영문 소설의 향유의 원천이라는 데 있다. 그것은 작가의 입장에서도 그러할 테지만 독자의 입장에서도 마찬가지다. 정영문 소설의 엉뚱하고도 코믹한 유머는, 또 그것이 주는 의외의 재미는 의미없는 반복 속에서만, 또 거기에 기대서만 비로소 최대 효과를 발휘하는 것이기 때문이다. B의 말대로, "말하고자 하는 바가 없는 한에서 당신은 누구보다도 이야기를 잘해."(「산책」 91면) 그러니, 공간을 넓히며 끝없이 계속될지도 모르는 그 유머의 향유에 기대가 없을 리 없다.

정영문의 소설을 둘러싸고 있는 이 역설은 그대로 그의 소설의 원리에 대응하는 것이기도 하다. 가령 다음 장면을 보건대 소설의 화자는 실없이 산책하는 도중에 버려진 개 한 마리를 만나고는 개에 대해 별 의미가 있을 턱이 없는 쓸데없는 생각을 하기 시작하는데,

> 그러면서 나는, 지금 내 앞에 있는 개 한 마리가 뭔가 간절한 눈으로 나를 쳐다보고 있으니, 내 앞에 있는 개 한 마리가 뭔가 간절한 눈으로 나를 쳐다보고 있군, 이라고 말을 해야겠군, 하는 생각을 했지. 그러면서 어떤 엉뚱한 생각을, 내가 생각하는 단어 혹은 문장의 반복이 갖는 효과에 대해 생각을 했지. 그런데 나의 그 생각이 또는 그 행위가 도움이 되었는지 어느 순간 통증이 사라지며 나는 다시 걸을 수 있게 되었어. (「산책」 90면)

"단어 혹은 문장의 반복이 갖는 효과"는 '나'를 "다시 걸을 수 있게" 하는 것이다. 물론 '나'가 다시 걷는 순간 당연히 이야기도 다시 전개될 것이다. 달리 말하면, 반복은 이야기를 계속 끌고나갈 수 있게 하는 동력이다. 그것이 가능해지는 것은 물론 그 반복이 갖는 또다른 효과 때문이다. 그 효과란 "대체로 내가 하는 말의 반복은 그 말의 의미를 희미하게 해주거나 중화시켜준다"(「산책」 69면)는 화자의 말 그대로다. 위에서도 역시 개라는 대상에 대해 꼬리를 물고 반복되는 '말'과 '생각'의 효과는, 사후적으로 바로 앞 진술의 의미가치를 삭제하고 소외시킴으로써 그 해당 진술

뿐만 아니라 자신의 말과 생각 자체를 어이없고 하찮은 것으로 만들어버리는 데 있다. 이런 방식으로 정영문의 소설에서 반복은 말의 확정적인 의미와 그 의미의 축조를 끊임없이 방해하고, 의미를 탈구시키는 그 방해 행위 자체의 반복이 이야기 전체를 (탈)구성한다.


2


정영문 소설의 고약하고도 코믹한 유머는 바로 그것의 효과다. 그리고 그것은 위에서도 보듯이 자기 자신의 말과 행위를 방기하듯 소외시켜 어이없는 것으로 만들어버리는 자기 패러디와 결합되어 있다. 이는 화자의 습관적인 진술 방식에서도 나타나는데, "나는 그런 곳에 그런 절이 있는 줄을 몰랐다는 식으로 절을 바라보았다"(『숲에서 길을 잃다』 121면)와 같은 진술이 그런 것이며, "나는 어이가 없었고, 그래서 어이가 없다는 표정을 지었다"(『숲에서 길을 잃다』 129면) 같은 진술도 그렇다. 이는 모두 자기 자신의 행위를 스스로 패러디하여 하나의 연극적 포즈로 고정시키는 자기연출이다. 정영문의 소설이 연극적이라는 것은 흔히들 생각하듯 소설이 온통 독백으로 구성되어 있어서가 아니라 바로 이렇게 끊임없이 자기 자신을 희화적으로 패러디하는 자기연출의 포즈가 소설의 중심에서 소설을 움직여가기 때문이다.

정영문의 소설에서 이 패러디가 겨냥하는 것은 물론 자기 자신에만 국한되는 것은 아니다. 그것은 크게 보면 의미를 창출하는 자율적인 의식 주체로서의 데까르뜨적 주체를, 나아가 그것을 중심으로 형성되어왔던 근대소설의 전통을 염두에 두고 있는 것이겠다. 데까르뜨적 주체가 주변의 대상을 하나둘 삭제해나가며 결국 하나의 점으로 소실되어버리는 '말하는 주체'이듯, 정영문 소설의 화자는 겉으로는 말함으로써만 존재하는 그 주체의 행로를 똑같이 반복한다. 그러면서 그는 가령 "독버섯들이 다른 무엇도 아닌 독버섯처럼 자라고 있군, 하고 나는 생각했다"(「숲에서 길을 잃다」 127면)와 같이 아무짝에도 쓸모없는 무의미한 동어반복을 지칠 정도로 반복함으로써, 그 의식 주체의 '(자)의식'을 희화적으로 패러디한다.

그리고 이런 진술. "나는, 푸른 보리 이삭들을 떠올리는 것은 그 푸른 보리 이삭들이 떠올려주는 잔잔한 슬픔을 떠올리는 것이다, 라는 문장을 떠올림으로써 그 슬픔을 그냥 하나의 평이한 문장일 뿐인 문장에 가둔다."(「산책」 103면) 정영문의 소설에서 언어란 또한 그런 것이다. 그것은 '나'의 의식과 진술, 행위를 탈구시키는 데서 나아가 그렇게 희화화된 주체에게 퇴화된 흔적처럼 남아 있는 거추장스러운 정서나 정념마저 지워버리는 수단이 된다. 언어를 그런 방식으로 사용함으로써, 정영문 소설의 주체는 무의미한 언어의 유희적·희화적 반복 작용 속으로 자기를 방기한다. 화자는 그것을 이렇게 말한다. "한마디로 나는 언어를 기이하게 사용했고, 내가 사용하는 그 언어는 더욱 기이하게 나를 사용했다."(「횡설수설」 225면) 정영문의 소설에서 꼬리에 꼬리를 무는 생각 역시, 그와같은 방식으로 '나'의 희화적인 자기방기와 연관되어 있다. 그것은 아무런 목적 없는 무익한 것이며, 그런 한에서 그 일부러 무기력한 자기방기를 실현하는 효과적인 수단이 된다.

그러나 아이러니하게도, 자기를 방기하고 그런 자신을 연출하기 위해서라도 끝내버릴 수 없는 것, 무의미할지라도 끝까지 부여잡고 있어야 하는 어떤 것이 있다. 그것은 바로 '생각' 그 자체다. 이는 물론 화자도(혹은 작가도) 알고 있는 것이다. 그는 마침 이렇게 말하기 때문이다. "하지만 생각마저 지우려 애쓰지는 않았다. 생각만큼은 남아 있게 하고 싶었다."(「양떼 목장」 183면) 여기서 우리는 진술의 반복이 이 말에서만큼은 유독 그 기능과 뉘앙쓰를 달리하고 있다는 데 주목할 필요가 있다. 이때 반복은 통상적인 쓰임과는 반대로 앞의 진술을 강조하면서 그 의미를 확정하는 기능을 하고 있다. '~하고 싶었다'와 같이 드물게 진지하고도 단정적인 의지적 표현이 곁들여지는 것도 같은 맥락이다. 이는 그렇게 절대화된 생각 그 자체가, 정영문 소설의 의미없는 전체 세계를 지탱해주는, 그 속에서 무의미를 산출하는, 무의미 바깥의 초월적 중심이라는 것을 의도치 않게 누설한다. 이렇게 볼 때 정영문 소설에서 끈질기게 계속되는 무의미한 반복이란 역설적이게도 이 절대적 중심이, 그리고 거기에 과잉 투여되는 자의식이 끊임없이 자기를 주장하고 확증하기 위한, 또 기어코 확증하는 수단인 셈이다. 이 자의식이란 물론 '의미 없음'이라는 원죄에서 면제되어 있는 일종의 예외다.

정영문의 소설에서 의미를 지워가는 무익한 반복의 세계는 이것을 은폐함으로써만 존재할 수 있는 세계다. 그렇지 않다면 이 끔찍하고도 코믹한 반복의 이야기는, 그리고 그것을 통해 (탈)구성되는 그의 소설은 존재할 수도 없을 것이다. '나'로 수렴되는 데까르뜨 주체의 목적론적인 자의식의 운동은 애초 정영문 소설의 부정의 대상이었지만, 결국 그것은 정확히 자신을 밀어냈던 바로 그 자기 패러디의 끝없는 반복을 통해 이렇게 거꾸로 회귀한다. 다른 말로 하자면 그것은 무의미 혹은 탈의미의 끈질긴 반복강박을 통해 다른 차원에서 거꾸로 자기 자신의 의미를 창출하고 유지하는 은폐된 주체의 욕망이다. '소설의 죽음'을 선언하는 그 자신의 모토와는 반대로 정영문의 소설이 결코 그 스스로 자연적인 죽음을 실행할 수 없다면 아마도 그것은 이 때문일 것이다.

정영문 소설의 중심에 있는 것은 그렇듯 의미를 삭제하는 끊임없는 반복행위를 통해서만, 그리고 그런 탈의미의 강박을 희화적으로 연출함으로써만 역으로 자신을 정립하고 유지하는 고집스러운 '생각하는 주체'다. 그런 의미에서라면, 그의 소설 공간은 이를테면 거꾸로 선 데까르뜨 극장이다.

그런데 돌이켜보건대 데까르뜨에게는 항상 메타적 층위에서 '나'의 참된 인식을 교란하고 불안에 사로잡히게 만드는 '사악한 천재'가 아니면 의식의 참됨을 보증해주는 신과 같은 것, 달리 말해 정신분석학적 의미에서 큰 타자(Other)가 있었다. 그것은 '나'의 의식의 참이나 거짓 여부를 가리고 판단하는 과정에서 긍정적으로든 부정적으로든 참조할 수밖에 없는, '나'의 의식과 행위를 응시하고 조종하며 규율하는 보이지 않는 참조대상이다. 하지만 당연하게도 정영문의 소설에는 그런 것은 존재하지 않는다. '나'가 참조하는 일종의 메타적 층위가 있다면, 그리고 그것을 통해 보증받아야 할 '의미' 같은 것이 있다면, 정영문의 소설은 우리가 알고 있는 그런 '정영문 소설'일 수 없을 터이기 때문이다. 그렇다면, 아니 그럼에도 불구하고, 그의 소설 곳곳을 여전히 온몸을 드러내고 배회하고 있는 베케트(S. Beckett)라는 유령의 자리는 어디인가? 그것은 큰 타자인가, 아니면 그저 유령일 뿐인 것인가? 바라건대, 그저 잠시 머물다 사라지는 유령이기를.

— 『파라21』 2004년 겨울호

# 근대를 사는 괴물의 자의식, 그리고 소설의 불안

■

백민석 『죽은 올빼미 농장』 읽기

1

어느날 '나'는 '나'의 주소로 배달된 자기 것이 아닌 편지를 무심코 뜯어 읽고서는 소스라치게 놀란다. '나'는 이미 삼년 전에 그와 똑같은 일을 겪었던 것이다. '나'는 '죽은 올빼미 농장'이라는 곳에서 보내온, 병든 아이와 어미의 사연이 담긴 잘못 배달된 편지 두 통의 발신지를 찾아나선다. 그러나 '나'가 편지의 주소를 찾아가 발견한 것은 이미 삼십년 전에 없어졌다는 농장의 황량한 폐허뿐이다. 『죽은 올빼미 농장』(작가정신 2003. 이하 같은 책)에서 백민석(白旻石)은 이 기이한 서사적 장치를 배경으로 '아파트먼트 키즈'의 분열된 삶과 의식에 대해 이야기한다.

백민석이 그리는 소설 속 인물들의 모습은 하나같이 어딘가 불길하고 일그러져 있다. 우선 대중음악 작사가인 주인공 '나'부터가, 자기 눈에만 보이는 인형과 말을 주고받으며 어릴 적 들었던 그로테스크한 자장가에 강박적으로 집착하는 퇴행적인 인물이다. 그런가 하면 '나'가 가사를 써주기로 한 여고생 신인가수 '해아리'는 기르던 개가 영특하게도 자기를 대신해 발코니에 목을 매고 자살했다고 태연하게 이야기하는 그런 아이다. 또 '나'의 후배인 작곡가 '손자'는 아이를 낳고 싶다는 터무니없는 소망을 품고 수술비 때문에 난동을 부리다 큰 상처를 입은 후 결국 인형의 꾐으로 자살하는데, 그 역시 애초 뒤틀린 이상심리의 소유자이기는 마찬가지다. '나'가 의지하는 유일한 여자친구로, 매일 한치의 오차도 없는 계산된 삶을 기계처럼 반복하며 낡은 아파트의 황량한 무덤에서 수시로 희열에 들뜬 안식을 찾는 '민' 또한 충분히 도착적이다.

　백민석은 이 소설에서 이들의 기괴하고 뒤틀린 삶의 근원을 자연이 제거된 음울한 도시적 환경의 불모성에서 찾고 있는 듯하다. "무엇이든 더 옅고 얇"(51면)은 창백한 도시적 삶에 대한 우울한 자의식은 끊임없이 '나'를 사로잡고 있으며, 민은 아파트먼트 키즈에게 자연이 있다면 그것은 바다나 하천 같은 것이 아닌 아파트가 사라진 바로 그 삭막한 폐허라고 이야기한다. 그녀에 따르면, 설령 그곳에서 유령이 보낸 편지를 받는다 한들 하등 놀랄 일이 아니다. 죽음의 기운을 뿜어내는 농장의 폐허 같은 것은 이 도시 어디에나 있기 때문이다.

　따라서 '나'를 비롯한 이들 모두는 근대 도시가 낳은 괴물이다. 백민석은 '나'의 시점을 통해 이 괴물의 자의식을 건조하게 펼쳐 보인다. 그리고 '나'의 병적인 분열과 망상이 반영된 시점의 특성은 이 소설의 독특한 분위기를 만들어내고 있다. 기괴한 이야기를 아무렇지도 않게 담담히 전달하는 '나'의 어조 때문에 그 기괴함은 자연스러운 듯 받아들여지지만, 이야기는 그렇기 때문에 더욱 섬뜩하다. 가령 '나'와 대화하며 동거하는 인형이 '나'의 눈에만 보이는 가공의 존재라는 사실이나 '나'가 고성의 농장을 찾았을 때 본 두 사람(자전거를 탄 아이와 등이 바싹 휜 여인) 역시 농장의 유령이었다는 것을 독자들은 나중에서야 깨닫는다. 그리고 '나'는 문을 여는 순간 손자가 인형의 사주로 목에 줄을 매고 베란다로 뛰쳐나갔다고 서술하지만 '나'가 보았다는 그 장면의 진실은 끝내 의심스러운 것으로 남는다. 연필로 꾹꾹 눌러쓴 두 통의 편지가 '나' 스스로 자기에게 보낸 편지가 아니라고 단언할 근거가 없는 것처럼, 손자의 죽음이 '나'가 의식하지 못한 채 '나' 스스로 연출한 상황이 아니라고 할 근거 역시 어디에도 없다. 이같은 서사의 모호함은 애초에 장면을 포착하는 시점 자체의 특성에서 비롯된 것이다. 그리고 소설을 이끌어가는 이러한 시점의 성격은 흥미롭게도 '나'가 아닌 다른 인물들에 의해 다른 방식으로 암시된다. '나'의 분열된 내면의 한쪽인 인형은 차라리 미쳐버렸으면 좋겠다는 '나'에게 야릇한 미소를 보내며 "걱정 마, 내가 네 대신 미쳐가고 있잖아"(87면)라고 이야기하며, 손자와 민은 모두 '나'에게 어느 순간 이렇게 말한다. "어딜 보고 있는 거야? 네 시선이 이상해" "지금 날 보고 있는 거야?"(133면)

이렇게 본다면 백민석의 이 정신병적 텍스트는 괴물 같은 근대를 괴물로 살아가는 도시의 자식들의 분열된 의식에 대한 일종의 과잉진술(overstatement)이다. 헤겔은 주어진 삶의 질서를 낯설어하고 불편해하면서도 그 낯섦을 삶의 조건으로 승인하는 근대의식의 구조 속에서 정신착란을 보았지만, 거기에서 더 나아가 스스로 괴물이 됨으로써 그 모든 근대의 광기를 내면화하는 '나'는 그러한 근대적 주체성의 병리적 극한을 상징적으로 보여준다. 작품 속 '나'를 근대의식에 내재하는 정신착란의 섬뜩한 징표로 읽을 수 있는 것은 그런 까닭에서다.

'나'가 잘못 배달된 편지의 발신지인 농장의 폐허에서 발견하는 것은 바로 그 자아의 진실이다. 등줄기를 서늘하게 만드는 황량한 빈터와 오래전에 말라버려 잡흙으로 메워진 들샘, 그리고 그곳에서 발견되는 뼛조각, 그것들이 뿜어내는 죽음의 기운, '나'의 진실은 바로 그곳에 있다. 그런 측면에서 농장의 폐허는 '나' 바깥에 존재하는 '나'인 셈이다. 현재의 '나'를 사로잡고 있는 그 죽음은 물론 과거의 망령이 드리운 그늘이다. "그때는 거의 모든 게 황혼처럼 예뻤나? 아니. 그렇다고 믿고 싶을 뿐이지. 내 기억엔 거의 모든 게 저 황혼처럼 핏빛이었어"(13면)라는 진술에서도 드러나듯, 결코 아름답지 않은 '나'의 유년은 죽음을 불러오는 인형으로 살아남아 나와 동거하고, 불길한 죽음을 노래하는 자장가에 대한 '나'의 광적인 집착과 향수를 통해 끊임없이 현재로 되돌아온다. '나'는 수신인을 잘못 찾은 편지의 호명에 답함으로써, 죽음의 이미지로 얼룩진 그 과거의 망령이 현재의 삶과 한데 얽혀 '나'를 집어삼키는 "침울하고 음침한 소용돌이"(76면)로 회귀하는 바로 그 진실의 장소를 의식적으로 대면하게 되는 것이다. 그런 의미에서 라깡(J. Lacan)의 말처럼, 편지는 항상 목적지에 도착한다.

손자가 죽은 뒤 결국 '나'는 들샘을 파내 물을 다시 솟게 만들고 인형을 그곳에 던져버리며, 마저 기억해낸 자장가를 해아리에게 공연중에 부르게 함으로써 과거의 망령에 대한 애도작업을 끝마친다. 농장의 폐허를 다시 찾은 '나'는 "빈 땅 외의 다른 실체는 존재하지 않는다는"(179면) 자각과 함께 죽음을 부르는 음울한 과거의 망령을 떨쳐버리고 현재와 마주서는 것이다. 그렇다면 '나'는 앞으로 이 도시에서 편안히 살아갈 수 있을 것인가?

아니, 결코 그럴 수 없을 것이다. 왜냐하면 민의 말대로 그런 죽음의 농장은 "눈이 멀었거나 부주의해서 보지" 못할 뿐 "바로 우리 이웃에"(131면) 널려 있기 때문이며, '나'는 이제 인형과 자장가의 도움 없이 그 죽음 같은 현재를 맨몸으로 살아가야 하기 때문이다. 모든 것이 끝난 후에도 새롭게 시작되는 듯 보이는 '나'의 불안은 거기에서 비롯된다. 과거의 망령에 들린 정신병적 분열은 역설적이게도, 죽음 같은 현재의 삶을 견디게 해주는 사악한 힘으로 '나'를 사로잡는, 거부할 수 없는 유혹이기도 한 까닭이다.

2

    지금 백민석의 소설은 이 불안 앞에 마주서 있다. 돌이켜보건대『헤이, 우리 소풍 간다』(문학과지성사 1995) 이후 백민석 소설의 미학은 '스스로 괴물 되기'의 자의식과 방법적 전략에 의해 작동되어왔다. 그것은 그의 소설에 새겨져 있는 한국적 근대의 트라우마의 흔적이자 거꾸로 나름의 방식으로 그에 반응하는 일종의 주체 형식이기도 하다. 백민석의 소설에 수시로 출몰하는 유령-타자는 끊임없이 현재로 귀환하면서 그 트라우마를 환기시키는 유년의 망령이며, 그와 동거하는 일그러진 코기토는 궁극적으로 그의 소설을 이끌어가는 동력이다. 백민석의 소설이 김영하나 배수아 같은 다른 90년대 신세대 작가들의 소설과 뚜렷이 다른 방식으로 발산하는 강렬하고도 불길한 매혹의 근원은 거기에 있다. 그러나 그의 소설에서 터져나오는 분노와 광기가 '나' 바깥을 향한 시선과 참조틀을 동반하고 있지 않는 한, 그것은 언제든 관습화된 포즈로 굳어버릴 수 있는 위험에서 자유롭지 않다. 매혹의 근원이 동시에 감옥이 될 수 있는 것은 그 때문이다.

    사실『죽은 올빼미 농장』은 그같은 이전 백민석 소설의 익숙한 모티프와 스타일을 형태를 달리하여 반복하고 있는 소설에 가깝다. 이전 소설들에 대한 자기참조가 한층 자립화된 형태로 들어서고 있다는 점에서, 이 소설은 이미 그렇게 위험의 한가운데로 발을 옮겨놓고 있는 셈이다. 그럼에도 불구하고 이 소설을 의미있게 만드는 것은 그 동어반복의 한가운데 끼여든 작은 변화의 징후다. 우선 이 소설에는 비록 소소하나마 스스로를 가둔 감옥에 대한 반성적인 되돌아봄이 있다. "괜히 취한 척하고 아픈 척하고, 괜히 배고픈 척하고 분노한 척하던"(186~87면) 90년대에는 그 "척들까지"도 한결같이 규격품 같고 기성품 같았다고 회고하는 '나'의 진술은, 어떤 측면에서는 작가 자신의 소설을 되돌아보는 자기지시적 언급으로 읽히는 것이다. 그렇게 본다면 이 소설 전체가 과거 작가 자신의 고유한 방법적 전략에 기대어 자신의 소설을 반성적으로 되돌아보는 자기지시적 알레고리라고 할 수도 있을 것이다.

하지만 더욱 중요한 것은 오히려 그러한 에두른 자기성찰의 바깥에 있다. 소설의 마지막에 '나'는 농장의 폐허를 찾아 편지를 태워버리고 말라버린 들샘을 파내 그곳에서 "수십 년이나 땅에 묻혀 썩으며 속이 다 허물어진 뼛조각"(184면)을 땅 밖으로 드러내놓는다. 이는 분명 현재의 '나'를 사로잡고 있는 죽음 같은 과거와의 결별을 연출하는 행위이지만, 다른 한편으로는 농장에서 굶주리다 아무도 모르게 죽어 묻힌 어느 모자의 원한을 위무하는 행위이기도 하다. 이렇듯 죽음의 삶과 결별하는 '나'의 새로운 출발이 은폐된 타자의 죽음을 발견하고 어루만지는 행위와 겹쳐진다는 것, 백민석 소설의 새로운 가능성은 그 스스로 연출하고 있는 이 전환의 지점을 어떻게 뚜렷하게 의식화하고 밀고나가 소설의 육체로 그러안을 것인가에 달려 있다고도 할 수 있을 것이다.

그러나 백민석은 애써 도달한 그 지점에서 더이상 나아가지 않는다. 무엇보다 그 '다른 죽음'은 '나'의 죽음 같은 과거와 현재를 환기하는 거울상에 머물고 있다는 점에서 여전히 '나'의 안에, '나'의 체험 안에 갇혀 있는 것이다. 근대의 악몽은 그렇게 또다시 사사화(私事化)된다. 죽음의 과거에 사로잡힌 자기를 되돌아보는 계기가 한낱 "뽕짝이 더 어울리는 나이"(50면)에 대한, "나이를 먹어간다는 게 어떤 건지"(116면)에 대한 상식적인 자의식에서 비롯된다는 것도 그렇게 보면 우연이 아니다.

그럼에도 불구하고, 과거의 트라우마와 광기를 떨치고 죽음의 현재 앞에 마주서기로 한 '나'의 불안은 또다른 측면에서 백민석 소설의 변화를 조심스럽게 예고하는 것인지도 모른다. 문제는, 감옥에 스스로를 가두지 않으면 미학도, 매혹도 없으리라는 불안이다. 백민석의 소설은 과연 일그러진 광기 없이 이 괴물 같은 근대를 또다른 방법으로 감당하고 헤쳐나갈 수 있을 것인가? 이 물음에 답하는 것은 물론 그의 소설의 몫이다.

—『창작과비평』 2003년 겨울호

# 망각과 기억의 정치 혹은 원한의 멜랑꼴리

■

임철우 『백년여관』 읽기

임철우(林哲佑)의 장편소설 『백년여관』(한겨레신문사 2004. 이하 같은 책)
은 유령에 들린 소설이다. 그럼으로써, 이 소설은 다시금 우리 앞에 유령
을 불러세운다. 그 유령이란 물론 억울한 역사의 유령이다. 소설적으로
1980년 5월의 열흘을 되짚는 고통스런 반복강박으로서 『봄날』(문학과지성
사 1998)의 성취를 작가 나름의 애도작업의 종결로 이해했던 독자라면, 이
것은 다소 의외로 받아들여질지도 모른다. 왜냐하면 이 소설에서 분노와
상실의 기억은 다시 억울한 원혼과 함께 되돌아오고 있기 때문이며, 끔찍
한 기억으로 소설을 배회하는 그 원혼은 아직 묻힐 곳을 찾지 못한 듯 보
이기 때문이다.

그렇다면 다시, 돌이켜보면 임철우에게 『봄날』은 흔히들 오해했던 것
처럼 애도의 종결을 의미하는 것이 아니었는지도 모른다. 오히려 작가는
『봄날』 이후 그 억울한 역사의 이야기를 새롭게, 거듭 다른 방식으로 반
복하기로 한 듯하다. 과거의 기억을 떠나보내지 못하고 그에 대한 피해의
식과 함께 끊임없이 현재의 삶 한가운데로 불러들인다는 의미에서, 그리
고 그 소환의 행위가 결코 잊어서는 안될 과거를 망각한 듯 보이는 현재

356

의 삶에 대한 강한 혐오와 반발을 등에 업고 있다는 의미에서, 우리는 이를 원한의 멜랑꼴리라 부를 수 있을 것이다. 그것은 이를테면 결코 손쉽게 애도과정에 통합될 수 없는, 혹은 통합되어서도 안될 그 어떤 것에 대한 강렬한 기억의 의지이며, 임철우 소설의 윤리학은 바로 그곳에서 비롯된다고 할 수 있겠다.

소설의 중심에서 이야기를 이끌어가는 인물이 1980년 광주항쟁을 소재로 한 다섯 권짜리 소설을 낸 후 "단 한 줄의 글도 쓰지 못"하는, "죽음보다 깊은 그 끔찍스런 무력감"(16면)에 시달리는 소설가라는 것은 그런 측면에서 의미심장하다. 소설에서 '당신'이라 호명되는 이 인물은 여러 모로 작가 자신의 모습을 닮아 있다. 소설에서 '당신'은 어느 출판사의 송년회 자리에서 "역사나 정치에 대한 과도한 집착"을 비웃으며 시효와 유통기한을 운운하는 문학담당 기자와 작가, 평론가 들의 대화를 들으며 분에 이기지 못해 자리를 떨치고 나온다. 그에 이어지는 '당신'의 독백은 비록 날것 그대로이긴 하나 소설 『백년여관』의 한가운데서 바로 그 소설을 이끌어가는 작가 자신의 인식과 태도에 대한 자기반영적인 진술로 읽을 수 있겠다.

시효? 유효기간이라고? 그 따위 폐품들을 이제 와서 어디에다 쓰겠느냐고? 야, 짜식들아. 함부로 지껄이지들 마. 세상엔 그것이 자신의 '전 생애'이거나 평생의 족쇄일 수밖에 없는 사람들도 있어. 아무리 발버둥쳐도 그것이 끝내 벗겨낼 수 없는 굴레가 되어버린 사람들, 그래서 그 저주받은 시간에 사로잡혀 평생 유령처럼 살아가야만 하는 사람들 말이다. 그들은 지금도 이 땅 어디에나 있어. (…) 살아 있는 한, 고통이 여전히 지속되는 한, 그건 과거가 아니라 그들에겐 엄연한 현재야. 그런데, 그것으로부터 벗어나라고? 컴퓨터 자판의 '삭제' 키를 눌러 버리듯이, 그렇게 간단히 지워버리라고? 천만에. (21~22면)

채 걸러지지 않은 이 직설적 진술은 바로 그런 한에서 증상적이다. 이를 통해 작가는 자신의 소설을 지탱하는, 그리고 이 진술의 주체인 '당신'이 써나가는 바로 그 소설의 (앞서 언급한) 윤리적 동기를 자의식적으로 노출한다. 소설을 이끌어가는 이 메타적 층위의 소설적 자의식이 정제되지 않은 채 날것 그대로 노출되어 있다는 의미에서 이 소설은 처음부터 소설로서의 완미한 세련됨을 놓치고 가는 셈이다. 아니, 어쩌면 달리 이렇게 말해야 할지도 모른다. 그것을 의식적으로 놓아버리는 데서 이 소설의 윤리적 파토스는 한층 강렬해진다.

어떤 것이 되었건, 소설가인 '당신'이 과거를 다시 소환하게 되는 결정적인 계기는 케이의 죽음에서 촉발된 죄책감이다. 소설에서 그것은 광주항쟁 당시 두려움 때문에 케이와의 약속을 지키지 않았던, 그리고 케이가 죽기 전 그 사실을 고백하지 못했던 자신에 대한 자책과 관련되어 있다. 소설에 따르면, 1980년 5월 광주를 겪은 후 죽음 같은 삶을 살다간 케이는 물론이고 그런 죄책감에 시달리는 '당신' 역시 아직도 그 죽음을 살고 있는 유령들이다. 그런 한에서, "산 자와 죽은 자가 함께 거주"하는 섬인 영도(影島)의 시간과 마찬가지로 '당신'의 시간 역시 "현재와 과거가 공존하는 환원적 시간, 영원히 쳇바퀴처럼 끊임없이 반복될 뿐인 '죽은 시간'"(10면)일 뿐이다.

작가는 그 5·18의 기억을 매개로 하여, 그와 함께 수난의 상상력 속에서 연쇄적으로 엮여 있는 과거의 학살의 기억을 불러들인다.『백년여관』의 공간은 그 저주받은 기억이 만들어낸 '죽은 시간'으로 직조되는 중음(中陰)의 공간이다. '당신'과 김요안처럼 유령의 환청을 좇아 영도로 모여드는 인물과 그 섬사람들의 내력을 통해 작가는 영도라는 공간 안에 한국의 근대가 만들어낸 민중 수난의 역사를 그러모아 총집결시킨다. 소설의 인물들은 모두 역사적 수난의 트라우마를 안고 저주받은 시간을 살고 있는 이들이다. 4·3 사건의 와중에 온 가족이 떼죽음을 당한 후 제주도를 떠나 영도에 정착해 여관을 운영하고 있는 강복수가 그러하고, 6·25 때 억울하게 보도연맹원으로 몰린 어머니의 학살 장면을 목격한 충격으로 기억을 잃은 후 미국으로 입양되어 살다가 자살을 결심하고 마지막으로 영도로 흘러든 김요안이 그러하다. 총명하던 처녀 은희는 5·18 당시의 충격으로 미쳐버렸고, 한때 야학에서 '당신'이 가르쳤던 순옥 역시 광주의 트라우마를 안고 살아간다. 소설의 결미에 역사의 소용돌이 속에서 억울하게 죽어간 원혼을 위무하는 진혼굿을 주재하는 조천댁 역시 지옥 같은 4·3의 기억을 안고 살아가는 인물이기는 마찬가지다.

작가는 이런 방식으로 4·3과 6·25, 5·18 등 학살의 기억과 관련된 굵직한 역사적 사건의 내력들을 다소 무리다 싶을 정도로 한 공간 안에 촘촘히 엮어놓는다. 그럼으로써 소설의 배경인 영도는 한국의 폭력의 근대사 전체가 결집해 응축되어 있는 상징적 공간이 된다. 그렇게 처음 소설가 '당신'의 트라우마에서 출발한 소설의 서사는 국가폭력에 희생되어 "지옥의 시간에 결박당한 사람들의 이야기"(22면)로, 그와 더불어 한국적 근대의 학살 수난 내러티브로 확장된다. 대단원을 장식하는 진혼굿은 그 "억울한 원혼"과 "원통한 기억"(300면)을 위무하는 해원(解冤)의 마당이 되며, 그와 함께 '당신'은 케이에 대한 기억에 들러붙어 있던 자책과 죄의식을 떠나보내고 자기 자신과 화해한다.

이 이야기를 통해 작가가 강조하는 것은, 적어도 지금 우리의 현재는 그 트라우마적 기억으로부터 결코 자유로울 수 없다는 것이다. 왜냐하면,

억울한 죽음은 억울한 원혼을 만들지만, 또한 살아남은 자에겐 원통한 기억을 만드는 법이야. 원통한 기억은 산 자의 가슴속에 핏덩이 같은 한을 만들고, 그래서 평생을 고통과 슬픔에 짓눌려 살아가도록 만들지. 죽은 자나 산 자나 똑같이 어둠 속에 갇혀버리고 마는 것이야.

죽은 넋들은 바다 밑 캄캄한 심연에 갇혀 있고, 산 자들 역시 끔찍한 분노와 상실의 기억 속에 붙잡혀 헤어나질 못하는 것이야…… (300면)

이는 물론 우리의 현재가 그 트라우마적 기억을 외면하고서는 결코 제대로 구성될 수 없다는 말의 다른 표현이기도 하다. 무당인 조천댁이 발화하는 위의 인용에서도 얼핏 드러나듯이, 이러한 소설의 논리는 떨쳐버릴 수 없는, 떨쳐버려서는 안될 과거의 잔여물에 대한 충실함을 동반하는 원한의 멜랑꼴리라는 소설적 윤리와 그것을 지탱하는 초과(excess)의 어법에 의해 강력하게 지지된다. 그런 윤리적 지향과 어법은 1980년대를 헤치며 살아온 이들의 역사적 공통감각이라고도 할 수 있을 피해의식과 회한의 정서와 뒤섞여 소설의 감응력을 한층 강렬한 것으로 만든다. 그러나 다른 한편 이 소설이 전달하는 격렬한 정서적 감응은 또한 소설의 미학적 실패와 정확히 상응하는 것이기도 하다. 가령 작가가 새롭게 시도한 환상 기법이 부분적으로는 효과를 발휘하면서도 작품의 여타 구성요소와 어울려 새로운 미학적 자질의 창출로 더이상 나아가지 못하는 것이 그렇고, 작품 전체의 평면성과 미학적 부조화도 그렇다. 그것은 궁극적으로는 윤리적 지향의 강렬함이 미학까지도 포섭해버린 데서 오는 부정적인 효과라고 할 수 있을 것이다. 『백년여관』은 역설적이게도, 그 극적인 실패를 통해 감동을 주는 소설이다.

소설의 전언에 따르면, "망각하는 자에게 미래는 존재하지 않"(336면)는다. 그러나 문제는 어떻게 기억할 것인가이다. 소설적 실천에 국한해 이야기하자면 임철우의 소설에 던지게 되는 질문은 이런 것이다. 『아버지의 땅』(문학과지성사 1996)에서 시작된 임철우의 소설이 현실적으로는 『봄날』에서 이미 한 매듭이 지어졌다고 보아야 한다면, 이제는 오히려 과거로부터 떠밀려와 소설 속 '당신'이 지금 현재 살아가고 있는 2000년대 한국사회 모더니티의 현장을 어떻게 기술할 것인가에 대한 성찰과 더불어 또다른 방식으로 현재와 대결하는 것이야말로 궁극에는 과거의 죽은 자들을 구원할 수 있는 길이 아니겠는가? 왜냐하면 벤야민(W. Benjamin)의 표현을 빌리자면, 죽은 자들조차도 현재의 야만으로부터 안전하지 못하기 때문이다. 어쩌면 『백년여관』 이후 임철우 소설의 진전은 이 물음을 어떻게 감당하는가에 달려 있다고도 할 수 있을 것이다.

— 『문화예술』 2005년 1월호

# 상실의 인간학, 기억의 테크놀로지

## 1. 기억의 윤리

언제나 그러했듯, 소설은 기억의 테크놀로지다. 소설은 모든 것을 파괴하고 타락시키는 공허한 '시간'과의 쟁투와 협상 속에서 진화해왔고 또 그로써 밝혀지는 세계의 의미가, 인간과 삶의 진실이 있었다. 바로 그것을 매개하는 중심에 창조성의 원천으로서 기억이 있었다는 것은 두말할 것 없다. 그 기억이 시간의 힘에 저항하는 싸움이라는 의미에서 '시간을 극복하는 시간체험'이라고 한 것은 루카치(G. Lukács)였거니와, 그 싸움의 실패 속에서 역설적으로 삶의 충만함을 증명하는 것 또한 바로 그 기억이다. 그리고 그 기억의 시선은 흔히는 행복했던 유년이라는 잃어버린 시간의 장소를 향한다.

그런데 잠깐, 유년의 행복이라니. 그런 것이 도대체 있기나 한 것인가? 각도를 돌려보면 이런 반문은 그렇게 뜬금없는 것만은 아니다. 그도 그럴 것이, 인간의 삶 전체를 지배하는 상실과 고통이 하물며 유년이라 해서 예외일 리 없기 때문이다. 그 행복한 유년에 대한 기억은 실은 애초 그런 것이 도대체 존재한 적이 없었다는 것을, 그 충만과 행복이란 현재의 상실에 대한 비탄이 발명해낸 것일 뿐이라는 바로 그 사실을 망각한다. 또 다른 측면에서 볼 때 좋았던 한때 혹은 '유년의 황금빛 길'(정찬)이란 무릇 결코 기억하고 싶지 않은 그 배면의 원초적 상실과 트라우마를 망각하고 덮어버리는 은폐기억(Deckerinnerung)의 작용이 만들어낸 그럴듯한 환상이 아니겠는가. 그러니 무의지적 망각 또한 하나의 기억술(記憶術)일 터, 그것은 흔히 상처와 고통과의 대면을 회피하는 기만의 기억술이기 십상이다. 심지어 아스라한 행복의 기억조차도 그것을 최종심급에서 지배하는 것은 이 시대에 충만한 불행의 응시임을 놓치지 않는 것이 중요한 것은 그런 까닭이다. 일찍이 예술이란 '축적된 고통의 기억'이라 한 아도르노의 통찰도 결국은 그와 무관하지 않을 것이다.

소설의 기억이 떠안아야 할 윤리가 있다면 궁극에는 이와 관계된 것이다. 소설이 지금과 다른 충만한 과거의 시간을 기억 속에 불러들여 현재의 불행을 부정적으로 환기하는 것도 중요할지 모르나 그렇다고 거꾸로 과거에 필시 드리워진 현재의 어두운 그림자를, 다른 한편으로 그 과거에 내재한 상처와 고통을 보지 못해서는 안될 것이다. 바로 거기에, 소설이 현재를 어떻게 살아가는가 하는 문제가 또한 걸려 있는 까닭이다. 소설의 기억술이 현재의 삶의 정치와 무관하지 않은 연원도 따지고 보면 거기에 있을 것이다. 따라서 한편 이런 물음이 제기될 것은 당연하다. 무엇을, 어떻게 기억할 것인가?


## 2. 기억과 망각의 변증

이청준의 소설 「지하실」(『문학과사회』 2005년 겨울호)의 핵심에 있는 것도 바로 그와 방불한 물음이다. 발단은 지하실의 어둠에 있다. 버려두었던 옛날 고향집을 다시 사들여 개축하는 과정에서 '나'는 어둠에 묻혀 있던 지하실을 복원하려는 마음을 품는다. 그 지하실의 원래 용도는 강제공출이나 밀주 단속 등을 피해 곡물이나 유기그릇, 밀주 따위를 숨겨두는 것이었지만, 그보다 결정적인 것은 어수선한 시국에 그곳이 "사람의 생사 갈림길을 숨겨 안기도 했던 곳"이라는 사실이다. 이참에 그 지하실을 복원하겠다는 생각을 하고서도, 그에 얽혀드는 '나'의 소회는 양가적이다. '나'에게 옛집 지하실은 온나라가 이편저편으로 나뉘어 어수선하던 시절 종가 어른의 몸을 숨겨 목숨을 구한 자랑스런 기억이 있는 곳이다. 하지만 다른 한편 그곳은 세상이 바뀌자 '마을 위원회' 일을 맡아보던 윤호 아버지가 숨어들었다가 제 발로 걸어나가 변고를 당한 기억이 서린 곳이며 그 뒤 불운한 삶을 살다간 윤호에 얽힌 죄의식을 연상시키는 곳이기도 하다. '나'에게 그것은 "원죄처럼 어두운 기억"이고 "마음속에서 지워져 없어져야 할 어둠의 역사"다.

그런 복잡한 심사를 안고서도 '나'는 지하실을 복원하려고 하는데, '나'의 생각에 이왕이면 지하실은 "종가 어른을 지켜낸 자랑스러움을 안은 화창한 역사의 표상"으로 복원되어야 할 터였다. 소설은 이렇게 지하실 복원을 마음에 둔 '나'의 심사와 반대로 왠지 그 일을 마뜩지 않아 하는 듯한 (지하실 덕분에 목숨을 부지한 종가 어른의 손자인) 성조씨의 미묘한 갈등과 심리전을 전면에 배치해두고 한꺼풀씩 에둘러 지하실에 얽힌 속사연과 진실을 벗겨나간다. 그 과정에서 '나'는 그 옛날 지하실로 사람들을 몰고와 그곳에 숨은 종가 어른을 해코지하려 했던 것이라 '나'가 오해하고 배신감을 품었던 오래전 이웃 병삼씨의 행위가 실은 그 어른을 앞질러 보호하기 위한 것이었다는 뜻밖의 진실을 알게 된다. 그리고 성조씨는 윤호 아버지의 변고에 대한 의심의 눈길이 그 당시 '나'와 어미에게 겨누어진 바 있다는, '나'로서는 알 리 없는 충격적인 사실도 더불어 일러준다. 그로써 '나'가 떠안게 되는 결론은 짐작하다시피 지하실을 그대로 어둠속에 묻어두어야 한다는 것이다. 그 연유를 말하는 성조씨의 발언은 이렇다.

> 지금 나나 자네처럼 어느 면 당사자격인 처지에서조차 무엇이 사실인지 믿기가 어려운 판에 (…) 저 지하실을 되살려놓으면 그거야말로 지금까지 잊고 지내온 험한 내력을 죄 되살려놓는 일 아니겠어? 그래서 새삼 동네 사람들 마음을 이쪽저쪽 시끄럽게 갈라놓으면 무슨 좋은 노릇이 생기겠어. 우리가 다 죽고 난 뒷세상 일이라면 몰라도 그 시절을 직접 살아낸 사람들이 이쪽저쪽 입 다물고 지낼망정 아직도 서로 이웃해 살고 있는 마당에! 어느 시절 어느 한쪽에 그럴 힘이 있다고 제 편에 이로운 것만 골라 살릴래서 쓰겠냔 말여.(「지하실」 104면)

무엇이 사실이고 진실인지 알기도 어려운 판국에 제 편하고 이로운 것만 골라내 공연히 상처를 덧내 험한 분란을 일으키지 말고 지하실을 그냥 묻어두라는 것인데, 이것은 모든 과거사를 제 편한 대로만 생각해온 '나'에 대한 아픈 질책이기도 하다. 그 질책은 보았다시피 지하실에 얽힌 옛적 사실의 정황이 '나'가 알고 있던 것과 실은 얼마나 다른 것이었나를 깨우쳐주는 사려에 의해 뒷받침된다. 그것은 '나'가 품고 있던 기억의 이기적 자기기만을 자각하게 하는 것이면서, 또한 이웃간의 미더운 도리와 정리(情理)로 감싸는 오늘 일의 소중함을 일깨우는 것이기도 하다. 이를 통해 작가가 전달하는 것은 결국 "눈길을 바꿔 보면 세상일이란 사람 따라 세월 따라 다 그렇게 달라 보이는 법"이니 공연히 이웃간의 상처를 헤집을 수 있는 과거의 기억은 들추고 따지기보다 관용의 침묵으로 묻어두어야 한다는 메씨지다. 소설의 논리에 따르면 이것은 기억보다 차라리 망각의 중요함과 가치를 새삼 일러주는 망각의 지혜다.

오랜 연륜에 힘입은 설득력을 안고 있는 작가의 이런 메씨지가 한편으로 쉬 얻지 못할 웅숭깊은 삶의 지혜와 미덕을 일깨우는 것임은 의심할 나위없다. 세상살이의 진의(眞義)와 도리를 환기시키는 보편적인 삶의 지혜를 전해주는 것 또한 과연 문학의 몫이기도 하다. 그러나 어렵지 않게 짐작할 수 있는 작의(作意)대로 이것이 '과거청산'이라는 작금의 특정한 정치적 사안에 대한 은유적 빗댐이 되는 바로 그 순간, 사정은 달라진다. 역설적이게도 예의 삶의 지혜는 입장이야 어떻든 특수한 정치적 사안을 겨냥하는 직접적인 알레고리가 되는 순간 그것이 애초 가졌던 포용적인 보편성을 잃기 십상이며, 따라서 그 지혜의 문학적 울림마저 격감될 것은 당연하다. 그 점은 흡사한 에피쏘드를 이야기하면서도 성찰과 반성의 눈길이 외부의 특정 사안보다는 자기 자신에게로 깊숙이 돌려졌던 과거의 작품 「키 작은 자유인」(『키 작은 자유인』, 문학과지성사 1990)의 경우와 비교해보면 더욱 분명해진다. 정의(情誼)와 관용으로 보듬어야 할 오늘일의 소중함과 진실의 상대성에 대한 주장이 지하실을 복원하지 말아야한다는 결론으로 치달아가는 과정에서 불거지는 논리의 비약은 그에 비하면 차라리 부차적인 문제다. 이청준의 소설 「지하실」이 스스로 떠안은 역설은 바로 거기에 있다.

「지하실」이 기억이 아닌 망각의 가치를 역설하고 있다면, 김원일의 「오마니별」(『창작과비평』 2005년 겨울호)은 망각에서 기억에 이르는 길을 밟아간다. 이청준의 소설이 그러하듯, 김원일의 소설이 펼쳐가는 망각과 기억의 이야기에도 역시 그 토대에는 한국현대사의 상처라는 집단기억이 있다. 인혁당 사건을 다룬 최근 장편 『푸른 혼』(이룸 2005)에서도 확인했다시피 김원일 소설은 여전히 꾸준하게 한국현대사의 집단기억을 소환하고 그것이 개인의 삶에 미치는 파장을 탐구하고 있다. 이산가족의 문제를 그린 「오마니별」도 그렇지만 그 뒤의 또다른 단편 「동백꽃 지다」(『현대문학』 2006년 1월호) 역시 한국적 근대경험이 낳은 상실과 회한의 지속이 여전히 현재진행형임을 일러주는 중요한 문학적 성과다.

기중 「오마니별」에서 작가는 한국전쟁 당시 폭격으로 어머니와 손위 누이를 잃고 전쟁고아가 되어 산골마을로 흘러들어와 살아온 조씨와 당시 미국으로 입양되어 지금은 스위스에 살고 있는 그 누이가 오십여년이라는 오랜 헤어짐 끝에 감격적으로 상봉하는 장면을 마련해놓는다. 그 상봉은 조씨의 삶과 함께했던 하나의 결정적인 장애의 틈새가 열리면서 가능했던 것인데, 그 장애란 바로 폭격의 충격으로 인한 조씨의 오랜 기억상실증이다. 피난길에 미군비행기의 폭격을 당한 후 고향, 부모, 누이 이름은 물론 자기 이름까지도 까맣게 잊어버린 조씨의 기억상실증은 한 개인이 겪는 특수한 상흔이기도 하지만, 크게 보면 그간 적지 않은 시간이 흐른 만큼 이제 서서히 생생한 집단적 공유기억의 자리에서 밀려나 잊혀져가는 듯한 한국전쟁의 상처를 은유적으로 지시하는 것이기도 하다. 이 기억상실의 장애를 어렵사리 뚫고 솟아오른 결정적인 기억 하나에 힙입어 잃어버린 가족을 되찾는 상봉의 장면을 이 자리에서 다시 음미해보는 것도 우선은 의미있는 일이겠다.

　—그렇다면 어머니가 숨 거둔 그날 밤, 하늘을 보고 내가 했던 말을 기억합니까?

　안나 리 여사도 답답했던지 프랑스말에 이어 천장을 쳐다보며, "별, 별 말입니다!" 하고 분명한 한국 발음으로 강조했다. 그네는 터지려는 울음을 손수건으로 막았다. 한순간에 실내는 숙연해졌고 모두의 시선이 조씨 얼굴에 쏠렸다.

　"별?" 조씨가 천정을 올려다보며 눈을 깜박이더니 추위를 타듯 어깨를 움츠리고 온몸을 떨어댔다. "하늘에 별?"

　"별 보구 내가 뭐라 말했어?"

　봇물이 터진 듯 안나 리 여사의 입에서 자연스럽게 한국말이 터졌고 낮춤말을 썼다. 그네가 팔걸이 쥔 손에 얼마나 힘을 주었던지 휠체어가 흔들렸다.

"오마니별, 거기 있어⋯⋯" 허공을 보는 조씨 입에서 꿈결인 듯 그 말이 흘러나왔고 눈동자가 뿌옇게 풀어졌다.

손수건으로 입을 막아 격한 감정을 다스리던 안나 리 여사의 비탄이 터진 것은 그 순간이었다.(「오마니별」 191~92면)

서로가 남매임을 확인하는 계기는 슬픔 속의 공동경험이며 조씨의 오랜 기억상실의 장벽을 무너뜨리는 것도 그런 가운데 온몸에 새겨진 기억이다. 소설의 서두에 "틈만 나면 넋 빠진 꼴로 별 보기를 좋아하는" 조씨의 습성이 스치듯 암시되어 있었다는 것을 상기해보면 이 경험과 기억이 얼마나 무섭게 끈질기고 절대적인 것인가를 우리는 어렵지 않게 짐작할 수 있다. 이쯤 되면 이로써 얻어지는 감동의 순간이란 전혀 다른 말이 필요 없는 순간이고, 그만큼 더이상의 논리와 탐구의 요구가 무색해지는 절대의 순간이다. 그러니 그저 감동할밖에 여기에 더 무슨 말을 보탤 수 있을 것인가. 작가는 그럼으로써 결코 잊을 수 없는, 잊으려고 해도 온몸이 불러내는 한국현대사의 저 끈질긴 상처의 기억을 아프게 환기시킨다.

「오마니별」에서 작가는 소설의 모든 디테일을 그렇게 예비한 감동을 위해 그 자체로 압도적인 이 하나의 결말로 모아 수렴해간다. 과연 주변에도 불가능할 것 같던 남매의 상봉을 성심껏 끝까지 도와 성사에 힘쓰는 선의에 찬 인물들 일색이다. 이 소설의 감동적인 종결은 그에 힘입고 있는 것이지만, 문제 또한 다른 곳이 아닌 바로 그곳에 있다. 가령 절대적 화해와 해결의 순간이 불러일으키는 눈물겨운 감동을 얻는 댓가로, 이산가족의 문제가 그러하듯 그것만으로는 결코 쉬 해결될 수 없는 그 이면의 여러 난제와 곤경들에 대한 세밀한 천착과 탐구의 여지는 반대로 기대하기 힘들어질 수밖에 없다. 이 소설의 감동이 더욱 복합적이기를 바라는 그런 아쉬움은 단지 불문곡절의 감성/감정의 국면이 유달리 지배력을 발휘하는 이산가족 문제라는 소재의 특수성에서만 기인하는 문제는 아닐 것이다.


## 3. 죽음 혹은 마조히즘적 우울

잊히지 않는 것이 있다면 잊지 말아야 하는 것도 있다. 구효서의 「명두」(『문학·판』 2005년 겨울호)는 그것이 죽음이라고 말한다. 소설에서 죽음을 잊지 말라고 시종 외치고 있는 것은 주인공인 명두집인데, 마침 소설의 화자도 이십년 전 죽은 굴참나무다. "나는 죽었다"는 말로 서두를 뗀 굴참나무는 어느 옛적 너나없이 가난해 굶주림 때문에 자기가 살려고 제 아이를 버리고 죽이면서까지 질기고 고단한 목숨을 연명해간 산골마을 사람들의 잔혹한 세월을, 그와 다르지 않은 이유로 아이 셋을 죽여 땅에 묻고 서슬 퍼런 기품으로 살다간 명두집의 기이한 일생을 이야기한다.

자기 땅은커녕 소작 부칠 땅조차 없는 산골짝 뒷골 사람들의 오랜 궁핍의 삶 한가운데서 명두집의 기이한 삶과 풍모는 두드러진다. 눈이 오나 비가 오나 하루도 빠짐없이 죽은 굴참나무를 찾아 다녀가는가 하면 마을에 길을 낼 때 잘릴 위험에 처한 그 나무를 무시무시한 서슬로 지켜낸 명두집의 지독한 완강함 뒤에 숨은 사연이 무엇인지를, 우리는 굴참나무의 입을 통해 전해듣는다. 제 입조차 추스를 수 없는 아사(餓死)의 위협으로 갓난아이 셋을 제 손으로 죽여 굴참나무 발치에 묻어야 했던 명두집은 숱한 고난과 시련 속에 무서운 서슬과 기품을 얻어갔고 귀신을 쫓아내 병을 다스리는 등 점차 신묘한 영험까지 얻는다. 그런 그녀가 오래전 죽은 굴참나무를 완강하게 지킬 때부터도 그랬지만 이후 세월이 흘러 병든 사람들이 그녀를 찾을 때 그녀에게 한결같이 들었던 것이 있으니 그것은 바로 "불망!"이라는 포함이다. 잊지 말라는 말일 텐데, 그것은 명두집이 일상적인 죽음의 위협 속에서도 끝내 버리지 않고 저 자신 맘속 깊이 지켜온 삶의 오랜 지상명령이기도 하다. 그리고 우리는 명두집이 발산하는 저 기이한 영험과 기품의 근원을 바로 그곳에서 짐작할 수 있다. 과연 다른 이들은 다 잊었을지 몰라도 "명두집은 잊지 않았다. 오십 년 동안 하루도 잊은 날이 없었다."(「명두」 37면) 그런데 대체 무엇을 잊지 말라는 것인가?

그녀를 찾은 사람들은 뭘 잊었었는지 자신들의 멀고 깊은 기억 속에서 간신히 건져올렸다.
죽거나 죽인 아이를 떠올렸다. 죽거나 죽인 부모를 떠올렸다. 더러는 임진왜란이나 병자호란 때 죽은 조상을 떠올리기도 했다.
먼저 보낸 아이를 잊었어요.
왜 보냈나?
그녀는 되물었다.
…… 살려고요. 명두님도 아시잖아요. 내가 살려고요. 그땐 다 그랬잖아요.
그래서 살았군.
그랬겠죠.
그런데 어째서 잊었나?
잊고 싶었겠죠. 잊어야 하는 거 아닌가요?(「명두」 45면)

물론 명두집의 대답은 결코 잊어서는 안된다는 것이다. 잊어버리면 죽은 아이들은 진짜로 죽는 것이니 그때는 너 또한 죽을 거라는 것, 그러니 피하지 말고 죽음을 몸 안에 고이 간직하라는 것이 명두집의 처방이다. 이것은 얼핏 별 새롭지 않은 상투적인 메씨지로 보일지도 모른다. 하지만 소설이 안고 있는 추상적인 시간성도 그렇거니와 아득한 여운을 남기는 한 여인의 범상치 않은 일생을 압축적으로 전달하는 화자—굴참나무의

370

관조적 어조와 명두집이라는 인물의 신이한 풍격에서도 드러나듯, 이 작품이 은연중 신화적 알레고리의 차원에 다가가고 있음을 인정한다면 문제는 조금 달라질 수 있다. 이 소설이 은근한 알레고리적 함의를 발하고 있다는 것은 명두집의 일생에 개입하는 전쟁이나 근대화와 개발 등 한국현대사의 곡절들이 곳곳에서 암시되면서도 그것이 삶과 죽음이 교차하는 유장한 시간의 흐름 속 한 고비 정도로 처리된다는 점에서도 간접적으로 확인할 수 있는 바다. 이 소설이 한국현대사의 곡절들의 구체성을 일면 의도적으로 희생한 댓가로 얻게 되는 것은 바로 그와 같은 알레고리적 여운이다.

이 신화적 알레고리의 함의 속에서 우리가 읽어야 하는 것은 사실 그리 새롭다 할 만한 통찰은 아닐지 몰라도 현재 싯점에서 다시금 확인하고 되새겨볼 가치가 있는 메씨지다. 그것은 과거의 죽음은 현재에 의해서만 구원받을 수 있다는, 또 구원받아야 한다는 익히 새겨들은 진실이다. 무릇 과거의 죽음을 결코 잊지 않고 그 죽음에 합당한 의미를 돌려줄 때, 그리고 그 죽음을 나의 책임 가운데 떠안을 때, 현재의 죽음에 대적할 수 있는 힘은 바로 그곳에서 나오는 것이며 그로써 과거의 죽음 또한 구원되는 것이다. 이것이 한국현대사의 고비마다 새겨져 있는 그 오랜 죽음의 기억에 고스란히 해당되는 이야기임은 구구하게 덧붙일 필요도 없다. 그러나, "산 사람들은 죽은 자의 땅을 밟거나 베고 살아간다는 사실을 몰랐다. 알려고도 하지 않았다."(「명두」 37면) 돌아보면 과연 그렇지 않은가. 이에 대해, 죽은 굴참나무의 입을 빌려 삶을 키워간 오랜 죽음의 기억을 책임과 함께 떠안으라고 하는 구효서의 소설이 말하고 있는 것은 죽음을 이기는 "삶의 길"이 또한 거기에 있다는 진실이다.

그런가 하면, 잊지 않는 인물은 정지아의 소설 「순정」(『실천문학』 2005년 겨울호)에도 있다. 아니, 차라리 잊지 못한다는 편이 옳겠다. 과부집 오거리식당을 드나들며 술로 의미 없는 한평생을 흘려보낸 배강우라는 노인이 바로 그인데, 그에게 그런 죽음과도 같은 삶을 강제한 것은 오래전 열일곱 나이에 어쩌다 운명에 휩쓸려 빨치산으로 보낸 육년 세월이며, 폭설이 내리던 날 식량을 얻기 위해 산을 내려가는 그에게 빨치산 대장 이현상이 쥐어주었던 마지막 쌀 한줌에 응축되어 있는 잊지 못할 청춘의 회한이다. 결국 산을 내려와 가족의 회유로 집에 주저앉아버린 그에게, 애초 꿈도 신념도 없이 우연히 빨치산이 된 심약하고 여린 그를 염려하던 정치 지도원 옥희 누님은 물론이고 모든 걸 예감하면서도 마지막 비상미까지 털어 그를 내려보낸 이현상의 애틋한 마음은 그의 평생을 눈물과 회한으로 옥죈 덫이 되어버렸던 것이다. 그러니 그의 남은 세월은 세상에 등 돌린 죄의식과 자책, 회한과 자학으로 점철된 잔혹한 시간이었던 것인데, 아내와 자식들에 대한 무관심과 삶의 무책임한 방기 또한 거기에서 비롯되었던 터였다. 그런 그이니, 운명의 그날처럼 하염없이 내리는 순백의 눈을 술이라도 마시지 않으면 견딜 수 없을 것은 이해하기 어렵지 않다.

정지아는 폭설이 쉬지 않고 퍼붓는 어느 하루의 시골풍경을 배경으로 그날같이 내리는 눈을 보며 견딜 수 없는 회한에 빠져드는 노인의 하루를 펼쳐보인다. 이 작가의 전작인 「행복」(『행복』, 창비 2004) 이후에 다시 「풍경」(『문학과경계』 2005년 여름호)의 정적(靜的)인 여백 속에 희미하게 각인되어 있던 빨치산의 비극적인 역사의 흔적은 이 작품에 이르러 눈물겨운 회한의 정서 속에서나마 좀더 선명하게 모습을 드러내고 있다. 그리고 그것이 하필이면 순정한 마조히즘적 우울 가운데서 나타난다는 것을 크게 탓할 일만은 아니다. "천국은 미래에 있지 않고 청춘을 바친 그 산속에 있다는 것을 젊은 그는 알지 못했다"(「순정」 246면)는 수사(修辭)가 역으로 보여주듯 무엇보다 이제 그 역사는 돌이킬 수 없는 상실의 비극적 아우라 속에서만 회고될 수밖에 없는 것이 어떤 측면에서 지금의 공통감각일 것이기 때문이다. 「순정」에서 그런 감각은 한편으로 이즈음 정지아 소설의 특징적인 기조로서 고통과 상실을 필연적으로 떠안을 수밖에 없는 인간

372

조건의 운명에 대한 비감한 인식에 의해 뒷받침되고 있기도 하다.

그런 의미에서 화자의 회고대로 "목숨을 건 청춘 자체가 천국"이었다는 생각조차도 실은 현재의 마음지옥이 소급적으로 만들어낸 아득한 가상(假像)에 불과할지도 모른다. 주인공의 한평생을 사로잡은 이 마조히즘적 우울에서 우리가 어쩔 수 없이 감지하는 것은 물론 일면 퇴영적인 정서다. 그럼에도 불구하고, 우리는 주인공의 한평생을 사로잡은 소설 속 옛 동지들의 애틋한 마음자락은 물론이거니와 바로 그것 때문에 과거의 회한과 죄의식에 평생을 헌납한 노인의 마음지옥을 통해 내비치는 '순정'이 갖는 인간적 의미마저 놓쳐서는 안될 것이다. 그 순정은 "잊으려 해도 잊히지 않는, 그럴수록 더 생생하게 되살아나는"(「순정」 244면) 기억이 결국 떨칠 수 없는 몸의 일부로 합체되어 기어코 삶까지도 잠식해버린 가혹한 비극 가운데 있는 것이나, 어떤 측면에서 역사에 대한 탈역사적·주관적 기억이라 할 수 있는 그런 방식의 기억이 적어도 지금 역사의 문학적 기억에 요구되는 '한줌의 도덕'과 결코 무관하지 않다는 것만큼은 부정할 수 없다.

어찌 보면 이것은 과거의 상실과 회한에 잠식당한 애도작업의 실패가 어느 면 역설적이게도 인간다움의 윤리와 인간적 삶의 진실을 환기하는 방식이 되는 하나의 사례이기도 하다. 물론 그 인간다움의 실체가 무엇인지는 다시 곰곰이 따져물어야 할 일이지만, 한가지 분명한 것은 비감한 운명론에 뒷받침된 저 애도의 실패가 뜻밖에도 다음 진술에서 읽을 수 있듯이 밖으로 마르지 않고 흘러넘치는 '이야기'의 원천이 될 가능성을 그 안에 품고 있기도 하다는 사실이다. 그리고 우리는 앞으로도 계속될 정지아 소설의 미래를 여기에 자연스럽게 겹쳐보아도 될 것이다.

저 홀로 등 돌리고 앉아 누구에게도 말하지 못하고 가슴속에 쌓인 이야기는 세월을 먹고 푸둥푸둥 살이 불어 언젠가부터 마음 밖으로 걸

잡을 수 없이 흘러넘치기 시작했다.(「순정」234면)


## 4. 기억과 삶의 정치

걷잡을 수 없이 흘러넘치는 그 실패의 이야기 속에서 어쩌면 우리의 '삶의 길'도 어렴풋이 짐작해볼 수 있을지 모른다. 더욱이 소설의 기억이란 어차피 그 '삶의 길'을 궁리하기 위한 것이 아닐 것인가. 그러나 다른 한편 합당한 문학적 상징화를 기다리는 과거의 요구가 눈물겨운 비탄과 회한의 풍경만으로 온전히 충족될 수 있는 것은 아니다. 과거의 죽음은 현재에 의해서만 구원받을 수 있다는 진실은 이때에도 역시 예외가 될 수 없다. 어떻게 무슨 방식으로 기억할 것인가 하는 물음과 천착이 중요할 수밖에 없는 것도 기억이 시간에 대한 배려의 테크놀로지와 관련되기 때문이다. 뿐만 아니라 이 기억술이 궁극에는 오늘 일의 소중함은 물론이고 그 난경(難境)까지도 어떻게 갈무리하고 성찰할 것인가 하는 삶의 정치와 무관하지 않음은 다시 말할 것 없다.

가령 이청준과 김원일의 소설이 그러했듯이, 한편으로 오늘 일의 소중함에 대한 배려는 피차 고통스런 험한 과거를 어둠 속에 묻어둔다거나 아니면 끝내 잊히지 않는 기억을 절대적 화해의 순간 속으로 해소해버린다고 해서 얻을 수 있는 것이 아니다. 그런 맥락에서 볼 때 지혜로운 망각의 설파나 기억상실의 시적(詩的)인 해결이 그 화해의 가상(semblance)을 통해 은연중 덮어버릴 수 있는 것은 바로, 그럼에도 불구하고 여전히 해결되지 않을 오늘 일의 난경과 곤경이다. 일견 그럴듯한 감동적인 해결도 혹 필요한 것일지 모르나, 소설은 그에 안주하기보다는 오히려 그 이면의 난경과 곤경이 필시 안겨줄 위기와 실패를 문학적으로 대면하고 성찰하는 가운데 비로소 더욱 풍부한 의미를 발할 수 있을 터다. 예술은 '곤궁

374

에 대한 의식'(Bewußtsein von Nöten)이라는 헤겔의 지적은 맥락을 돌려 이런 측면에서도 다시 되새겨봄직하다.

—『한국문학』 2006년 봄호

# 환멸의 세상을 견디는 방법

## 1. 다성(多聲)과 혼종(混種)의 시대, 한국문학의 풍경

우리 문단에서 2000년대 들어와 특히 눈에 띄는 것은 발표되는 소설이 양적으로 풍성해졌다는 사실이다. 이런 현상은 그동안 문예지 수가 크게 늘어난 사정과도 무관하지 않다. 새 세기에 들어서면서 새로운 문학계간지들이 연이어 창간되었고, 그에 따라 자연스레 늘어난 발표지면은 우리 소설이 양적으로 풍성해지는 데 기여한 바 크다. 그리고 그 자체로만 본다면 이는 분명 반가운 현상이다.

이 계절에 각종 월간지와 계간지에 발표된 90여 편의 소설들의 면면을 들여다보면, 소재나 주제의식의 측면에서도 어떤 일정한 경향으로 한데 아우르거나 분류할 수 없을 정도로 매우 다양하다. 거칠게 일별해보더라도, 이미 철이 지난 듯한 이른바 후일담소설이라 할 수 있는 작품이 있는가 하면, 스산한 삶의 한구석을 스케치하거나 우리 사회의 인간관계의 양상을 진지하게 파헤치는 소설에서 죽음이나 기억에 대해 이야기하는 소설, 그리고 소설가 소설은 물론 SF와 엽기 미스터리, 호러에 이르기까지

376

작품들이 걸치고 있는 소재와 장르의 영역은 실로 다종다기하다. 그것은 소재나 주제를 다루는 방법이나 태도에서도 역시 마찬가지여서, 기존의 전통적인 소설문법을 고수하는 작품 외에도 영화적 상상력과 이미지를 차용한 소설이나 소설문법 자체를 문제삼는 실험적인 소설, 그리고 마치 게임을 하듯 유희적인 서술태도를 견지하는 작품들이 각기 다양하게 분산되어 넓은 스펙트럼을 형성하고 있다. 물론 이런 다양한 갈래와 경향들의 중심에서 큰 흐름을 형성하고 주도하는 특정한 경향은 적어도 아직까지는 보이지 않는다고 해야 할 것이다.

이러한 양상은 2000년대 우리 소설이, 지난 1980년대나 1990년대 소설이 보여주었던 것과는 달리 아직 공통되는 시대적 흐름의 가닥을 잡아나가지 못하고 있다는 사실을 반증한다. 아니, 어쩌면 우리의 새 세기는 이미 그러한 것이 불가능하고 또 기대해서도 안되는 다성과 혼종의 시대인지도 모른다. 그 이질적인 것들이 각기 다른 목소리로 한데 뒤섞여 연출해내는 2000년대 한국문학의 풍경이 어떤 모습이 될지는 아직 알 수 없다. 그럼에도 불구하고, 지금 우리 소설이 과연 이 시대를 제대로 감당하고 각기 다양할 수밖에 없는 나름의 방식으로 그와 대결하면서 문학적 사유의 치열함과 소설미학의 깊이를 다져가고 있는가 하는 물음은 미루어둘 수 있는 것이 아니다. 혹여 양적 성장과 다양함이라는 겉보기 좋은 외양에 가려 있는 것이 문학적 빈곤이라는 진실이라면, 그 진실을 외면하기보다 있는 그대로 대면하고 헤아려보는 성찰의 시선이 필요할 터이다. 아도르노의 표현을 빌려 말한다면, 무성한 숲이라 해서 신성한 숲이 되는 것은 아니기 때문이다.

그런 측면에서 양적으로 풍성하고 다양한 가운데서도 안이함과 관성에서 벗어나지 못한 채 낡은 인식과 상투적인 문법에 안주하는 소설이 적지 않게 눈에 띄는 것은 못내 아쉽다. 하지만 그런 가운데서도 나름의 문제의식과 문학적 안정감을 갖추고 이 시대를 살아가는 고민을 성실하게 드러내거나 삶의 윤리를 진지하게 모색하는 작품들도 그리 드물지 않다. 희망과 불안, 기대와 공포가 환멸과 함께 뒤섞이고 교차하는 이 시대를 우리는, 혹은 소설은 어떻게 경험하고 있으며 또 어떻게 살아가야 할 것인가? 이 글의 소설읽기는 이 물음을 따라간다.

## 2. 관계의 형식 혹은 관계의 감옥——이만교와 이혜경의 소설

이만교(李萬敎)의 「농담을, 이해하다」(『세계의문학』 2003년 여름호)는 제목 그대로 '농맹'이었던 한 남자가 이런저런 일들을 겪으며 마침내 농담을, 그 복잡한 담화의 유용한 쓰임새를 '이해'하고 익히게 되는 이야기다. '나'는 직장에서 일상적으로 유통되는 농담이라는 의사소통 수단에 잘 적응하지 못하는 인물이다. 어디까지가 농담이고 어디까지가 진실인지, 그 농담 안에 진담이 혹은 다른 의도가 감추어져 있는 것인지 아닌지 헷갈리는 '나'가 할 수 있는 유일한 반응은 그냥 말없이 웃어 보이는 것뿐이다. 이런 '나'는 자기만큼이나 '농맹'인 순진한 신입을 직장선배로서 챙겨주면서 이혼녀인 그의 여자를 알게 되고, 그녀를 남몰래 애인으로 만들어 다른 사람들처럼 "적절히 드러내면서 감춰야 하는 비밀"(79면)을 갖게 된다. 어느덧 직장에서 부팀장이 된 '나'는, 그렇게 서로 적당히 속고 속이며 알아도 모른 척 모르면서도 아는 척하고 넘어가야 하는 세상의 처세를 성공적으로 터득한다.

이 소설에서 작가는 무언의 합의 아래 농담을 매개로 형식적인 관계를 맺어나가는 이 시대 삶의 한 국면에 착목한다. 이 소설의 인물들이 보여주듯, 아내와 다른 사람 몰래 애인을 만들고 또 그렇게 하지 않는 사람까지도 당연히 그럴 것이라고 지레짐작하는 합의된 적당한 이중성에 대한 묘사는 농담이라는 중층적 담화의 이중성에 대한 묘사와 어울려 적절히 짜여 있다. 이때 농담이란 속내를 감추면서도 은연중 드러내는 이중적인 담화이며, 일정한 선을 넘지 않으면서 서로 알면서도 적당히 속이고 속아주며 암묵적으로 형식적인 거리를 유지하는 처세의 수단이다. 작가는 유머와 진지함을 적절히 타고 넘으면서 이 미묘한 농담의 현실적 맥락과 유통구조에 대한 세밀한 관찰과 묘사를 통해 우리 사회 인간관계의 특징적인 양상을 효과적으로 드러내고 있다.

이러한 농담이라는 우회로를 통해 작가가 가닿고 있는 지점은 농담이 매끄럽게 봉합하는 듯 보이지만 또 역으로 그 농담을 통해 노출되기도 하는 인간관계의 어떤 진실이다. 이제 농담을 주고받는 일조차 시들해져 있는 그들 직장인들의 술자리 풍경을 묘사하는 장면에서 그 진실은 더욱 분명해진다. 그들은 함께 앉아 술을 마시면서도 혼자 넋놓고 뮤직비디오를 쳐다보고 있거나, 서로 이미 알고 있는 정보들을 몇마디 주고받다가 입을 닫아버리고, "서로 주고받는 말수보다 각자 핸드폰으로 떠드는 시간이 더 많"(52면)은 그런 시간을 보낸다. 겉보기에 사람과 사람 사이를 이어주는 사뭇 활기있는 농담이 은폐하는 것이란 사물화된 인간관계의 징후라 할 수 있는 이런 의사소통의 부재인 것이다.

'나'에 따르면, 세상이란 세상이 하는 농담을 알아도 못 알아듣는 척 혹은 못 알아들어도 아는 척 그렇게 "다들 적당히 속고 속이며 견뎌야 하는 곳"(72면)이다. 그래서 "세상은 무서운 곳이다."(79면) 작가는 이 무서운 세상의 무서운 진실을 슬쩍 건드리며 '무섭지 않게' 이야기한다. 그러면서 작가는 마치 그들 직장인들이 세상에 적응하기 위해서는 진심을 감추면서 드러내는 농담의 중층적 담화를 이해해야 하는 것처럼, 이 소설이 슬그머니 감추면서 드러내고 있는 그 중층구조 안에 숨겨놓은 진실을 보도록 우리를 이끌고간다. 그런 측면에서 이 소설은 뼈있는 농담이다.

농담이 은폐하는 우리 사회의 인간관계가 그처럼 삭막하고 무서운 것이라면, 농담을 이해한다는 것은 그 안에서 은연중 작동하는 사물화의 원리를 내면화한다는 것이다. 그리고 그 인간관계란 어느 순간 서로가 서로에게 가하는 말없는 폭력이 되기도 한다. 이만교와는 또다른 관점에서 인간관계의 한 국면을 문제삼고 있는 이혜경(李惠敬)의 「문밖에서」(『작가세계』 2003년 여름호)가 그리고 있는 것은 그러한 '관계의 폭력'이다.

이래저래 알게 되어 정기적인 모임을 갖는 친구가 된 P, S, U, K가 모임에 나오지도 않고 며칠째 연락도 안되는 L을 걱정하며 한자리에 앉아 있다. 이들은 이름난 디자이너로 성공한 P의 주도로 모임을 가지며 "한줄에 꿰인 구슬처럼 결속"되어 있는 친구들로, 주변 사람에게 두루 관심을 쏟으며 배려하는 P의 감탄할 만한 에너지는 이들을 결속시키는 힘이다. 이들 모두 L의 신상에 문제가 생기지 않았나 온갖 상상을 다하며 가슴을 태우고 있지만, S는 걱정하지 않는다. L의 집에 들러 그녀가 "나름대로" 잘 지내고 있는 것을 보고 오는 길이기 때문이다. S가 일부러 모임에 나가지 않고 연락도 끊고 있는 L에게서 듣는 이야기는, 서로 다른 성격과 처지의 사람들을 친교와 배려, 결속이라는 명목으로 하나로 묶으려고 하면서 서로에게 가하는 압박과 부담감에 대한 조용한 비판이다.

L은 S에게 그간 그들 사이에 있었던 이러저러한 에피쏘드들을 하나씩 상기시킨다. 어울리지도 않고 취향에 맞지도 않는 옷이나 목걸이를 마치 의당 걸쳐야 할 것처럼 의사를 묻지도 않고 선물한다든가, "아닌데 아닌데 하면서도 휩쓸리지 않을 수 없는 그런 일들"(200~201면)을 각자의 의견을 고려하지도 않고 만들어낸다든가 했던 일들. 이러한 L의 이야기에 얹혀 있는 작가의 인식은, 결국 차이를 인정하지 않는 관계와 배려는 어느 순간 개인에 대한 뜻하지 않은 폭력으로 바뀔 수 있다는 것이다. 이러한 인식은 L의 진술로 처리된 다음 대목에서 더욱 분명해진다.

산에 나무가 한 가지뿐이라면 어떨까. 질려서 산에 오를 마음도 없어질 거야. 나무만 있고 풀은 없다면? 나무와 풀만 있고 골짜기를 흐르

380

는 물이 없다면? 그런데도 왜 사람은 그게 안되는지. 다른 빛깔 다른 생각이 끼여들면 이물감을 느끼게 될까. (198면)

이는 차이를 배제하고 동일화하는 집단주의에 대한 성찰적 거부이며 개인에 대한 조용하지만 강력한 옹호다. 작가는 이러한 인식을 매끄러운 서사전개 속에서 특유의 낮은 목소리로 안정감 있게 펼쳐간다. 우리가 겪은 지난 세기의 경험을 돌이켜보더라도, 어떤 명분으로도 훼손되어서는 안되고 그 자체로 존중되어야 하는 개인의 가치와 차이에 대한 이러한 차분한 성찰적 사유는 분명 의미있는 것이다.

그러나 이러한 사유의 뒷면에는 겉으로 드러나지 않는 여백이 있다. 그곳에서 읽을 수 있는 것은 딱히 차이를 인정하지 않는 폭력으로 일반화할 수 없는, 사람과 사람 사이에 있을 수 있는 관계의 복잡함과 우연성, 번거로움을 감당하지 않고 회피하면서 적당한 거리를 두고 최소한의 관계만을 맺으려는 소극성이다. 우리가 이혜경에게서 그러한 소극적인 삶의 방식 그 자체를, 나아가 그것이 의미있는 삶의 방식을 대체할 수 있는 것은 아니라는 진실까지도 반성적 성찰의 무대로 올리는 근본적인 사유를 기대하는 까닭은 거기에 있다.

## 3. 위기와 욕망을 가로지르는 남성의 서사── 김훈과 전상국의 소설

김훈(金熏)의 「화장(火葬)」(『문학동네』 2003년 여름호)은 뇌종양에 걸려 비참한 모습으로 죽어가는 아내와 작별하는 피로에 지친 중년 남성의 이야기다. 시장 점유율 1위인 화장품 회사의 상무인 '나'는 이년 동안 뇌종양으로 고생하던 아내의 죽음을 맞는다. '나'가 기억하는 병든 아내의 모습은 한마디로 형언할 수 없는 비참한 몰골이다. 골반뼈 위로 늘어진 헐렁한 피부, 까맣게 타들어가듯 말라붙어 있는 대음순, 부스러지듯 빠져나오는 음모, 항문 괄약근이 열려 비실비실 흘러나오는 배설물의 악취, 이런 아내의 모습을 고통스럽게 지켜보며 간병을 하는 '나'는 설상가상 심한 전립선염으로 오줌을 제대로 누지 못하는 말 못할 고통을 겪고 있다.

소설은 병들어 죽어가는 아내의 모습을 떠올리는 나의 기억과 함께, 나오지 않는 오줌 때문에 고통스러워하며 조용히 장례절차를 밟는 와중에도 자신이 결정하지 않으면 안될 회사일을 처리하는 '나'의 쥐어짤 듯 피로한 며칠을 그려나간다. 그와 함께 덧붙여지는 소설의 다른 한 줄기는 추은주라는 부하 여직원을 대상으로 '나'가 벌이는 집요한 성적 몽상의 기록이다. 작가는 이 두 줄기를 나란히 엮어가며 가슴을 짓누르는 의무와 숨막히는 피로를 성적 몽상을 통해 견뎌나가는 삶에 지친 한 중년 남성의 내면을 살아 있는 문체로 박진감 있게 묘사한다.

이 소설에서 김훈이 착목하고 있는 것은 겉으로 성공한 듯 보이는 인생을 짓누르는 피로와 공허감이다. 아내는 처참한 몰골로 죽어버렸는데, '나'는 그 앞에서 슬퍼할 기력도 틈도 없이 비뇨기과를 찾아 여자 간호사에게 수치스럽게 성기를 내맡긴 채 터질 듯 고여 나오지 않는 오줌을 억지로 빼내야 하고, 회사 사장은 이제 막 아내와 사별한 '나'에게 여름의 시장 성패가 달려 있는 중요한 결정을 빨리 내려주기를 독촉한다. 그런 와중에 추은주를 향한 애정고백의 형식 안에서 '나'가 전개하는 성적 몽상은 피로한 중년의 허무와 공허감, 병든 아내와 비뇨기 질환으로 집약되는 불안과 결핍을 살아 있는 "확실하고 가득 찬"(155면) 싱싱한 젊은 여인의 육체를 상상함으로써 보상받으려는 자기위안의 행위다. 그럼에도 불구하고, 대표적으로 다음 구절에서 볼 수 있듯이 그 애정고백은 혼자만의 몽상이라는 것을 고려하더라도 읽기에 썩 유쾌한 것은 아니다.

당신의 아기의 분홍빛 입 속은 깊고 어둡고 젖어 있었는데, 당신의 산도는 당신의 아기의 입 속 같은 것인지요. (169면)

이렇듯 추은주의 싱싱한 육체의 깊은 곳을 상상하며 펼치는 '나'의 애정 고백은 병적인 관음증과 페티시즘(fetishism)의 징후로 가득 채워져 있다. 그렇지만 다른 한편 '나'가 확실하면서도 "풍문처럼 아득하고 모호"(156면)한 그녀의 깊은 '그곳'에 상상으로라도 결코 가닿지 못하는 것처럼, 그 안에는 결코 봉합되지 않는 또 스스로 그렇다는 것을 알고 있는 결핍과 불안에 대한 집요하도록 절실한 자각이 있다. 이 소설에서 김훈은 그렇게 남근중심주의적 나르씨시즘이 주는 불편함을 댓가로 치르면서 무거운 책임감과 의무감을 짊어지고 한국사회를 살아가는 지친 중년 남성의 고통스러운 곤경과 위기, 불안과 결핍감을 성공적으로 그려낸다.

여하튼 '나'는 아내의 화장을 끝낸 후 남편을 따라 외국으로 떠나게 된 추은주의 사표를 냉정하고 신속하게 처리하고 여름광고 이미지 결정 건도 결단성 있게 마무리한다. 어찌 됐든 '나'는 다시 제자리로 돌아와 스스로 짊어질 수밖에 없는 책임감과 의무감을 냉정하게 감당해야 하는 것이다. 기르던 개를 아무런 동정이나 주저 없이 안락사시키는 장면은 냉혹한 현실에 부닥쳐 또 그렇게 살아갈 수밖에 없는 한 남성의 냉혹한 결단을 상징적으로 보여주는 장치라고 할 수 있겠다. 그런 후에야 비로소 '나'는 깊은 잠에 빠져든다. 그러나, 알 수 없다. 그가 계속 편안히 잠들 수 있을지는.

김훈의 소설 「화장(火葬)」의 서사의 한가닥이 여성 육체에 대한 욕망과 상상인 것처럼, 전상국(全商國)의 「소양강 처녀」(『문학수첩』 2003년 여름)에서도 여성에 대한 욕망은 서사의 중심에 자리잡고 있다. 그리고 그 성적 욕망이 우리 사회의 남성들이 겪는 모종의 결핍과 연계되어 이야기되는 것도 마찬가지다. 그렇지만 당연하게도 주제의 촛점이나 분위기는 사뭇 다르다. 전상국의 소설에 가득 차 전면에 부각되는 것은 뭇 남성들의 욕망을 자극하는 신비에 싸인 묘연한 분위기의 여인이 환기시키는 온몸을 팽팽히 부풀게 하는 어떤 절박한 향수와 갈망이다.

산골마을 추곡의 초등학교 선생인 '나'는 이미 멸종한 것으로 알려진 천연기념물인 장수하늘소를 추곡 어딘가에 살고 있다고 믿으며 찾아 헤매고 있다. 그런 '나'는 어느날 장수하늘소의 이미지와 닮아 있는 탄력 있는 몸매의 여자를 발견하고 열에 들떠 여자의 뒤를 쫓아다니지만, 갑자기 모습을 감춰버린 여인 때문에 애달아 있다. 그렇게 '나'는, 위장병으로 다 죽어가다가 여인의 간호로 새 삶을 얻고 함께 살게 된 남편 허만수, 필리핀 여자를 아내로 맞았다가 돈을 떼이고 고기잡이로 세월을 보내는 박 선장, 허만수의 아들이 자신과 여인 사이에서 낳은 아이라 주장하는 마을 이장 변동근 등과 함께, 감쪽같이 사라져버린 "그 여자를 그리는 수컷들의 대열"(113면)에 올라선다. 소설은 그렇게 여자를 둘러싼 뭇 "수컷들"의 갈망 어린 사연과 여자가 사라져버린 뒤 그들이 보이는 애타는 반응을 중심으로 전개되어나간다.

무엇보다도 이 소설은 한 여인을 둘러싼 갈급한 수컷들의 원무(圓舞)와 절박한 사연들을 묘사하는 맛깔스런 문장과 빈 곳 없이 안정된 서사가 돋보이는 작품이다. 그런 가운데 이 소설이 우리에게 주는 묘미의 많은 부분은 농염한 신비로움으로 가득 차 있는 여자의 독특한 캐릭터에서 온다. 그 여자는 남들 눈에는 보이지도 않는 산삼을 별다른 치성을 들이지 않고도 몇십 뿌리나 캐내는 신묘한 능력을 지녔으며, "글래머 일급 여배우가 시골 아낙으로 분장한" 듯한 "팡팡 튀는 탄력의 몸매"(107면)를 갖춘데다가, 몸가짐이 조신하여 정숙해 보이면서도 누구든 한번 보기만 하면 달뜬 욕정으로 속수무책 내닫게 만드는 아찔한 매력과 함께 "산짐승의 야성"과 품위있는 지성까지 겸비한 그런 인물이다. 그리고 "음부에서 물줄기를 폭포처럼 쏟아"(117면)내는 여자 산신령의 모습을 그 여자의 모습과 겹쳐놓는 '나'의 꿈에서도 드러나듯이, 이 인물에는 신화적인 후광까지 어려 있다.

언뜻 비현실적인 듯한 이러한 여자의 형상은 그러나 이 소설에서는 중요한 기능을 하는 일종의 미학적 장치다. 이 소설에서 여자는 뭇사내들이 절망과 희망을 동시에, "인생의 정점과 낭떠러지"를 "한꺼번에 보"(133면)게 만드는 역할을 한다. 다시 말해 여자는 충족되지 않는 애달픈 욕정의 형태를 빌려 표현되는 삶의 결락과 결핍을 절망과 함께 일깨우는 동시에 잃어버린 것에 대한 절박한 향수와 구원의 희망을 환기하는 역할을 하는 것이다. 전상국은 이 염기방창한 소설을 통해 마치 멸종되었다 알려진 장수하늘소가 돌아오듯 삶의 절망스런 결락을 회복시켜줄 수 있는 구원을 갈구하는 우리 삶의 절박한 풍경을 제시하고 있는 셈이다.


## 4. 구원, 혹은 공감과 공존──구효서, 하성란, 조경란의 소설

어쩌면 스산한 우리 삶을 견디게 만드는 것은 진실로 '과거의 기억을 묻혀오는 스치는 바람' 속에, '이제 침묵해버리고 만 목소리의 한가락 반향'(벤야민) 속에나 존재할 법한 희미한 구원의 약속인지도 모른다. 그러나 딱히 벤야민의 말이 아니더라도, 그 약속은 값싸게 이루어질 수 있는 것은 아니다. 섬광처럼 스쳐지나가는 그 이미지를 현재에 붙들어매려는 노력이 없다면, 그것은 의식하지 못한 채 우리 곁을 스쳐 가뭇없이 스러져버릴 것이다. 지금 이 순간의 현재가 중요한 것은 그 때문이다.

구효서(具孝書)의 「달빛 아래 외로이」(『파라21』 2003년 여름호)는 익히 보아온 또다른 방식으로 구원에 대해 이야기한다. 이 소설은 사고로 한쪽 다리를 잃고도 그저 걷기 위해 걷고 또 걷다가 산에서 동사한 이천호라는 사내의 사연을, 13년 전 그를 차로 친 것을 계기로 그를 알고 이해하게 된 택시 운전기사인 '나'의 시선으로 포착한 작품이다. 배호의 노래를 광적으로 좋아하며 그저 걷는 것이 좋아 도장을 파는 장사꾼으로 전국 방방곡곡을 한없이 걸어다니는 이천호는 '나'의 표현 그대로 "걷는 사람"이다. 어느날 예감에 이끌려 이천호의 죽음을 알게 된 '나'는 구슬픈 배호와 장욱조의 노래를 등에 업고 그의 삶과 죽음이 안겨주는 궁금증에 이끌려 홀로 그가 죽어 있었다는 산으로 향한다. 그 산에서 '나'는 이천호가 빠져들었을 법한 자연과의 교감을 추체험하고, '나' / 그는 어느덧 탈태(脫態)한 자신을 느끼며 '달빛 아래 외로이' 의식을 잃어간다.

이 소설에서 이천호의 궤적을 그대로 밟아가는 '나'의 행위는 현대문명을 거슬러 살아가는 사내의 슬픈 위안에 대한 애도의 미메시스라고 할 수 있다. 그것을 그리며 작가는 "웅크린 도시의 수상한 소리와 빛깔과 냄새"(167면)를 지우고 신비로운 황홀을 안겨주는 자연과의 교감이라는 주제를 선명하게 부각시킨다. 어두운 겨울숲을 뒤덮은 신비로운 기운과 유리처럼 팽팽하게 얼어붙은 적막, 어둠을 쓸어내는 달빛, 솜처럼 푹신거리는 눈밭, 지친 몸을 감싸듯 끌어안는 커다란 굴참나무, 그 속에서 '나' / 그는 대상도 근원도 없는 "어딘가 슬픈 듯한 위로"(168면)를 받는다. 자아의 경계를 흐려버리고 모든 근심과 애증 따위를 현기증과 함께 어딘가로 날려버리는 그 이질적인 시간과 공간은 그예 아득하고 벅찬 그리움으로 의식을 놓아버리게 만드는, 그렇게 평온과 위안을 안겨주는 어떤 "선험"이자 근원과 같은 것으로 그려진다.

물론 이러한 결론으로 이끌리는 서사의 매듭은 그리 매끄럽지 않고 설정 또한 다소 작위적이다. 이 소설 전편에 흐르는 배호의 노래와 이천호의 삶이 갖는 연관성이나, 이천호의 삶에 흥미를 느끼고 그의 궤적을 밟아가는 '나'의 심리적 동기는 여전히 모호하다. 그러나 이 소설의 득의의 영역은 그러한 약점을 어느 순간 잊고 그에 관대해지게 만드는 마지막 장면의 아름다움이다. 문명의 삶에 지친 영혼은, 그 슬픈 아름다움과 함께

"눈 속으로 느리게 느리게 기어들어"(169면)간다.

구효서의 소설에서 구원은 그렇게 '나'를 지워버리는 죽음과 함께 찾아온다. 그것은 슬플 수밖에 없는 위안이다. 그러나 우리 삶을 견딜 만한 것으로 만드는 것은 그런 허무주의적 위안에만 있는 것은 아니다. 비록 사소할지 모르나 일상의 세세한 소사(小事) 가운데 문득 뜻하지 않게 일깨워지는 디테일의 가볍지 않은 의미를 실마리로 사람과 사람 사이를 잇는 공감의 가닥을 엮어가는 일상의 테크놀로지는 그래서 소중하다. 하성란(河成蘭)의 「무심결」(『창작과비평』 2003년 여름호)은 '무심결'의 착각과 오해를 계기로 한동안 잊고 지냈던 사람에 대한 기억과 관심을 이어가는 이야기다.

어느날 남자는 한 문예지의 '궁금했습니다'라는 난에서 평소 좋아하는 시인 K씨의 수필을 발견한다. K씨의 근황을 담담하게 이야기하는 그 글을 읽다가 남자는 글의 끝부분 다음 한 구절 때문에 가슴이 덜컥 내려앉는다. "자식을 앞세우고 홀로 걸어가는 산책길에서 자꾸만 현기증이 인다. 햇빛마저 서글프다." 남자는 그동안 K씨에게 무슨 일이 있었던 것일까 궁금해하며 몇년 전 K씨와 그 딸을 만났던 일을 떠올리고 선생의 산문에 마음을 다쳤노라는 요지의 편지를 써 부친다. 그러나 남자가 일하는 출판사에 찾아온 죽은 줄 알았던 K씨의 딸을 보고 자신의 생각이 오해였음을 깨달은 남자가 다시 확인한 그 구절은 이렇다. "두 자식을 앞세우고 뒤따라가는 산책길에서 자꾸 현기증이 인다. 햇빛마저 서글프다."

우연한 사건과 만남이 갈래갈래 얽혀 있는 우리 삶은 의미와 무의미, 보이는 것과 보이지 않는 것, 우연과 오해가 뒤섞여 있는 그런 것이다. 이 소설은 출판사 편집부 직원인 남자의 착각이 빚어내는 마음의 파문을 그려나가며 얼핏 사소한 듯 보이는 그런 삶의 한 국면을 짚어보인다. 단어 하나, 글자 한 획을 무심결에 잘못 읽어 겪게 되는 오해와 심리적 동요를 그리는 작가의 묘사는 재미있다. 신원을 알 수 없는 육십대 남자의 사망

기사를 단어를 잘못 읽어 아버지의 것으로 오해한다든지, '여자와 남자는 실랑이를 벌였다'라는 문장을 '여자는 남자에게 가랑이를 벌였다'로 잘못 교정해 겪게 되는 작은 소동이 그런 것들이다. 이런 착각이 낳은 오해와 심리적 동요를 계기로 해서 끊어졌던 K씨와의 정감 어린 인연의 끈을 이어나가게 된다는 이야기는, 무의미한 것이나 보이지 않는 것, 오해나 허상과 같은 것이 삶의 어떤 진실이나 인간적 공감에 가닿을 수 있는 실마리가 될 수 있다는 이치를 조용히 일깨운다.

그런 가운데서도 에피쏘드들간의 연결의 고리가 약한 것은 이 소설의 약점으로 지적할 수 있겠다. 가령 남자가 물난리를 겪는 이야기나, 어느 날 남자를 찾아와 기다리는 여자를 만나지 않고 되돌아오는 이야기는 중심 이야기와 별다른 연결고리 없이 나란히 배치되어 있을 뿐이다. 하지만 그런 일사불란하지 않은 느슨한 구성 역시 어찌 보면 한줄로 꿸 수 없는 우리 삶의 우연성과 단편성을 반영하는 것이라 해석할 수도 있을 것이다. 어떻든 이를 빌려 하성란이 이야기하는 것, 즉 눈에 보이지 않는 것들에 대해 머리 숙여야 한다는 것, 그것은 흔하고 사소한 것 같지만 그래서 더욱 중요한 잊기 쉬운 깨달음이다.

조경란(趙京蘭)의 「난 정말 기린이라니까」(『파라21』 2003년 여름호)는 그와는 또다른 측면에서 공존의 가치에 대해 이야기하는 소설이다. 이라크 전쟁이 일어난 지난 봄, 가까운 몇몇 사람들은 네팔로 떠나버리고 사람들이 하나둘 떠나간 봉천동 철거촌은 점점 늘어나는 들고양이들로 뒤덮여 골치를 앓고 있다. 그리고 '나'는 하는 일 없이 날마다 꼬박 밤을 새며 "한쪽 날개로 날고 있는 것 같은 불안감"(170면)으로 전혀 글을 쓰지 못하고 있다. '나'는 평범하지만 전쟁 때문에 또 그렇다고 얘기할 수도 없는 나날의 일상 가운데 직접 겪은 일들이나 여기저기서 들어 알고 있는 일들을 담담히 서술한다. 전국적으로 문제가 되고 있는 들고양이의 확산, 전쟁의 와중에 벌어진 성난 물소의 습격, 도로를 가로지르는 1억 마리의 홍

게들이 바다로 가는 길을 인도해주는 크리스마스섬 사람들, '나'를 찾아와 전쟁이 나면 제일 먼저 죽는 것은 동물원의 맹수라는 얘기를 들려주는 코끼리, 카불 동물원의 눈먼 사자 마르조와 그를 자식처럼 보살핀 무하마드. 작가는 이런 이야기들을 별다른 소설적 장치 없이 여기저기 부려놓는다.

이를 통해 작가가 이야기하는 주제는 어찌 보면 지극히 상식적이다. 전쟁이 일어나면 인간은 물론 동물들까지도 고통을 받는다는 것, 인간과 동물이 긍정적인 조화를 이루며 함께 살아가는 길을 찾아가야 한다는 것, 소설의 여러 삽화들은 이런 주제로 수렴된다. 애지중지 키우던 흑문조 한 쌍이 고양이의 습격을 받았음에도 옆집 옥상에 올라가 고양이들을 불러앉히고 먹이를 나누어주는 기린을 닮은 아버지는 몸소 조용히 그러한 공존의 가치를 실천하는 인물이다. 그리고 '나'는, 혹은 작가는 아버지처럼 적과 싸울 무기라고는 도망가는 일밖에 없는, 평생 울음소리를 내지 못하지만 아주 먼 곳까지 볼 수 있는 눈과 귀를 지닌 기린을 닮고 싶어한다.

전혀 공격적이거나 위협적이지 않으며 누군가 공격하면 그저 잘 도망갈 수 있을 뿐인 기린을 닮은 초식성의 가치를 긍정적인 조화와 공존의 길로 모아나가야 한다는 것, 그런 가운데 멀리 보고 들을 수 있는 눈과 귀로 주변의 소소한 것들에 애정과 관심을 기울여야 한다는 것, 작가가 들려주는 이 이야기는 우리 삶에 대한 이야기이기도 하고 소설에 대한 이야기이기도 하다. 언뜻 보기에 이는 너무 소박한 주제일지 모르나, 여기에는 이라크 전쟁에 대한 흔하지 않은 소설적 발언이 있고 주제와 관련된 여러 동물 관련 실화들을 취재하고 소설적으로 가공하여 부려놓은 작가적 성실함이 있다. 그러나 잘 도망칠 수 있는 긴 발과 멀리 듣고 볼 수 있는 귀와 눈 외에도, 기린과 안부를 주고받는 세상이 어떻게 가능한가 하는 물음에 대한 또다른 대답을 찾아나서는 것은 앞으로 이 작가에게 남겨진 과제가 아닌가 한다.

## 5. 삶을 견디는 힘, 혹은 삶의 윤리 ── 공선옥과 최인석의 소설

공선옥(孔善玉)의 「영희는 언제 우는가」(『창작과비평』 2003년 여름호)는 스산한 삶의 틈새에서 우연히 마주치는 따뜻하고 아스라한 옛 냄새와 삶을 버티는 힘이 되는 울음 한바탕에 대한 이야기다. '나'는 남편이 죽었다는 영희의 전화를 받고, 돈 내놓으라고 난동을 부리고 나간 남편 때문에 얻은 몸살 난 몸을 이끌고 영희의 시골집을 찾는다. '나'는 영희에게 가는 버스 안에서 만난 낯모르는 남자의 극진한 간호와 보살핌을 받으면서 여공시절 영희와 함께 잠깐 만났던 남자가 쌀쌀한 밤에 자신을 감싸 덮어주었던 옷에서 났던 따스한 냄새의 기억을 떠올린다. 그렇게 '나'가 찾아간 영희는 어쩐 일인지 착한 남편을 암으로 잃고 왜 울지 않느냐는 시고모의 타매를 들으면서도 끝까지 울지 않는다. '나'는 멀리서 찾아온 영희 남편의 친구이자 오래전 자기에게 겉옷을 덮어주었던, 그리고 서로 옛일을 기억 못한 채 다시 우연히 아픈 자신을 챙겨준 그 남자가 떠나가자 아득해져 울기 시작하고, 영희는 남편의 장례를 끝내고서야 자리를 잡고 울기 시작한다. 그렇게 둘의 목놓은 울음은 시작된다.

이 소설에서 작가가 이야기하는 것은 크게 두 가닥이다. 먼저 인간에게는 서로 위안을 주는 따뜻한 보살핌이 필요하다는 것. 옛 추억 속의 남자가 덮어준 옷에, 그리고 다시 버스 안에서 만난 그의 옷 냄새에 배어 있는 것은 "어떤 지극한 보살핌의 기운"(166면)이다. '나'의 가슴을 평온함과 따스한 기운으로 젖어들게 했던 것, 그것은 '나'가 떠나는 남자를 붙들 수 없는 것처럼 당장은 붙잡을 수 없을지언정 지친 삶에 한 자락 위안을 주고 삶을 이어갈 수 있는 무언가를 찾아나서게 만드는 계기가 되는 것이다. 그리고 '나'는 미처 깨닫지 못하고 있을지 모르나, 그녀는 이미 그것을 친구 영희에게 나름의 방식으로 주고 있다. 신경 쓸 겨를 없는 영희 집의 짐승들을 대신 챙겨주고 옆에서 같이 아파하고 하면서.

그러나 '나'에게 "묘한 설렘"을 안겨준 남자는 장례를 마친 후 떠나가고, 그는 절대로 '나'에게 오지도 않고 올 이유도 없다. 남자가 남겨준 따스한 위안은 이제 한 번 왔다가 아무 일 없었다는 듯 그냥 가버린 아스라한 옛 냄새의 기억으로만 간직할 수 있을 뿐이다. 그리고 몹쓸 '나'의 남편이나 착한 영희 남편이나 "그들이 떠난 자리에 남은 것은 천장만치나 쌓인 빚뿐이다."(165면) 그렇다면, "붙잡을 끈"은 어디에 있는가? 소설의 막바지에 끝까지 울지 않던 영희가 드디어 울기 시작하자, 울지 않는다고 못마땅해하던 시고모는 이렇게 말한다.

> 해앵, 인자서 우는가비. 그려, 울어라, 울어. 하면, 밥 묵고 살라면 울어야제. 울어서 밥맛 나고 밥 묵어야 심이 나제. 별것이나 있간디. 암것도 없어. 태나서 우는 놈이 사는 벱이여. 울어야 산 목심이여. 그저 내 울음이 내 목심줄이여. 뜨건 눈물 퐁퐁 쏟아가매, 팥죽 같은 땀 펄펄 흘려가매. (181면)

작가가 이야기하는 다른 한 가닥은 삶을 지탱하는 이 울음의 힘이다. 퍼질러 앉아 쏟아내는 한바탕 뜨거운 눈물은 꼿꼿한 삶의 의지 없이는 있을 수 없다는 것, 또 거꾸로 그렇게 울고 나서야 삶의 의지를 다시 꼿꼿이 세울 수 있다는 것, 결국 그것이야말로 홀로라도 지치고 힘든 삶을 버티고 다시 살아갈 수 있게 하는 힘이 된다는 것. 작가는 막바지에 영희의 울음잔치에 동참하는 '나'의 울음소리를 마저 터뜨려놓고 이러한 주제를 펼쳐놓으며 소설을 마무리한다.

이 소설에서 돋보이는 것은 무엇보다도 소설 곳곳을 흐르는 따뜻한 시선이다. 그것이 한편으로는 별다른 것 없이 눈에 보이는 모범답안이라 할 수는 있겠지만, 모범답안이 갖는 힘은 또 그것대로 있는 법이다. 그렇지만 끝까지 울지 않다가 마지막에 가서야 울게 되는 영희의 사연과 속내가 충분히 설득력있게 형상화되지 못한 것은 이 소설의 독서효과를 감소시키는 구성상의 약점이라 할 수 있겠다. 어찌 됐든, 그들은 눈물을 닦고 일어나 또 그렇게 서로 의지해 힘겨운 삶을 견디며 홀로 살아갈 것이다.

최인석의 「그림자들이 사라지는 곳」(『현대문학』 2003년 8월호)은 다른 소설들의 각도나 분위기와는 사뭇 다르다. 이 소설은 삶과 죽음 사이의 가혹한 격리가 희미해지며 어느 순간 열리는 존재의 틈에 대해, 그리고 그 틈을 뚫고 나오는 비존재의 응시에 대해 이야기한다.

이 세상이 처참한 고독과 고통과 슬픔으로 얼룩진 곳이라는 것을 일찌감치 알아버린 '나'는 자살을 기도한다. 그러나 맘먹고 아무도 몰래 자살하기로 한 장소에 어쩐 일인지 영문을 알 리도 없는 친구 성환과 상준이 불쑥 나타나는 바람에 '나'는 자살을 포기하고 그들의 이상한 대화만 듣다가 집으로 돌아온다. '나'가 갑자기 낯설고 이상하게 보이는 그들에게서 본 것은 무언가 섬뜩한, "삶이 아닌 것"이다. 그 뒤에 '나'가 밝히는 이야기는, 그때 나타난 것은 당시는 모르고 있었지만 이미 죽은 성환과 4년 뒤에 죽게 될 상준이었다는 사실이다. 최인석은 그렇게 삶과 죽음, 빛과 어둠이 교차하는 그 순간, 삶의 경계 너머의 비존재가 슬그머니 나타나 우리를 들여다본다는 서늘한 이야기를 들려준다.

이 소설이 펼쳐놓고 있는 것은 얼핏 죽음에 대한 사유 같지만, 실은 삶에 대한 사유다. 소설의 곳곳에서 그려지는 '나'의 경험과 진술은 이 소설에서 전제되는 삶에 대한 인식이 어떤 것인지를 분명히 암시한다. 가령 이런 것들이다. 살아생전 '나'를 끔찍이도 귀여워한 할미는 죽은 후 '나'의 꿈에 나타난 뱀이 휘감겨 있는 이상한 기차를 같이 타자며 '나'를 이끈다. 그러나 왠지 그러고 싶지 않아 기차를 타지 않겠다고 버티던 '나'에게 할미는 이렇게 말하고 혼자 가버린다. "실컷 살아봐라, 요놈아. 여그가 그렇게 좋은 덴 줄 아냐, 니가."(51면) 그리고 수업시간에 친구 성환이 어이없어 하는 학급친구들이 웃든 말든 그 앞에서 진지하게 들려주는 양과 늑대 이야기는 '나'에 의해 전혀 다르게 뒤틀려버린다. 그에 따르면, 인간은 날로 그의 영혼을 더럽히며 양을 잡아먹다가 결국 우물에 빠져 죽는 늑대일 뿐이며 별로 살 만한 곳이 아닌 이 세상에서 그렇게 양을 잡아먹는 늑대로 살아갈 수밖에 없는 것이 우리의 삶이라는 것이다.

삶에 대한 이런 비관적인 인식은 소설에서 끝까지 지속되고 있지만, '나'의 앞에 나타난 유령은 그것을 조금 다른 방향과 각도로 이끌고 간다. 삶의 저편에서 이미 죽은 비존재가 끊임없이 우리를 들여다보고 있다는 것, 그러다가 눈앞에 불쑥 나타나기도 한다는 것, 이를 통해 작가가 이야기하는 것은 우리의 삶이 결코 그 비존재의 서늘한 응시로부터 숨겨져 있지 않다는 사실이다. 그렇다면 그 비존재란 무엇인가?

아아, 그렇다. 내 꿈에 들어와 나를 그 너머로 데려가려 했던 할미도, 죽은 지 2년 만에 나에게 나타난 성환도, 죽기 4년 전에 미리 나타났던 상준도 어쩌면 사실은 모두 나 자신, 저 가혹한 격리 너머에 존재하는 나 자신이었는지도 모른다. 나의 그림자들, 나의 추억, 아니면 다 타버려 팍팍한 재같이 스러져버린 미래였는지도 모른다. (76면)

그 비존재는 혹 이미 죽어 있는 나일지도, 나의 추억과 미래일지도 모른다는 것이다. 이러한 진술은 각도를 돌려놓으면 그대로 현재 우리 삶에 대한 진술이 될 수 있다. 즉 그것은 현재 우리의 삶은 과거의 시간으로부터도, 이미 "팍팍한 재같이 스러져버린 미래"의 응시로부터도 결코 자유로울 수 없고 그런 의미에서 이미 결정된 과거와 미래에 붙들려 있다는 이야기와 다른 것이 아니다. 폐쇄적이고 순환적인 현재인식은 이렇게 모습을 드러낸다.

그러나 이 죽음 같은 삶이 어찌 됐든 견뎌야 하는 것이라면, 어떤 방식으로 어떻게 견딜 것인가 하는 물음이 뒤따를 수밖에 없다. 위에서 인용한 대목에서 최인석은 이미 이 물음에 은연중 답하고 있다. 사실 이미 죽어 있는 것을 모르는 '나'가 다른 모습으로 나타나 살아 있는 '나'를 대면하는 그 순간의 섬뜩한 공포를 의식하는 것은 어떤 측면에서 삶의 윤리와 맞닿아 있는 것이다. '나'의 삶 너머에 이미 그렇게 결정되어버린 어떤 것이 나를 응시하고 있다면, 중요한 것은 삶 너머에 존재하면서 삶을 응시하는 움직일 수 없는 어떤 진실을 끊임없이 의식하면서 그 진실의 눈으로 자신을 응시하고 비추어보는 것이다. 최인석의 말대로 지금 내가 보는 유령이 미래의 나라면, 그는 이미 의식적이든 아니든 이러한 결론으로 걸음을 옮겨가고 있는 셈이다.


## 6. 소설의 길, 손맛을 잃지 않고 거슬러오르는

이 자리에서는 미처 거론하지 못했지만 이 계절에 발표된 소설 중 성석제의 「내 고운 벗님」(『문학·판』 2003년 여름호), 박형서의 「불끄는 자들의 도시」(『문학인』 2003년 여름호), 서하진의 「뱃전에서」(『문학수첩』 2003년 여름호), 이현수의 「신 기생뎐——부엌어멈 편」(『동서문학』 2003년 여름호) 역시 흥미로운 소설이다. 권력자의 출현에 황망해하는 촌놈들의 경쟁적인 아부가 부르는 소동을 그리고 있는 성석제의 「내 고운 벗님」은 마지막 반전의 묘미가 읽는 맛을 더하고, 박형서의 「불끄는 자들의 도시」는 아직 채 농익지는 않았으나 불에 탄 사람 살을 먹는 소방수라는 엽기적이지만 재치있는 발상을 풀어가는 독특한 유머와 입담에 눈길이 간다. 아울러 서하진의 「뱃전에서」는 개성있는 아버지의 형상을 부조(浮彫)해놓고 있다는 점에서, 이현수의 「신기생뎐——부엌어멈 편」은 스러져가는 기생집의 풍속을 정성스런 디테일로 복원하여 후속작업에 대한 기대를 갖게 한다는 점에서 짚어볼 만하다.

2000년대 우리 소설은 그렇게 나름의 방식으로 자신의 삶을 살아가고 있다. 그렇지만 자본의 물신(物神)이 그 어느 때보다 지배력을 넓히고 있는 이 세계의 한가운데 놓인 소설의 길은 그렇게 순탄하지 않다고 해야 할 것이다. 그런 측면에서 박형서의 「불끄는 자들의 도시」에서 화염에 갇힌 사람들에게 살점을 뜯어먹게 해주면 불길에서 구해주겠다고 손을 내미는 식인 소방수의 섬뜩한 구원의 목소리는 예사롭게 들리지 않는다. 불에 탄 살점을 내주고 살아남을 것인가 아니면 소방수의 손을 뿌리치고 그대로 불길 속에 남을 것인가 하는 희생자들의 고민은 이 시대에 소설이 놓여 있는 운명과 다를 것이 없는 까닭이다.

그럼에도 불구하고, 어찌 됐든 소설은 타락한 방법으로라도 그 타락한 세계를 헤쳐가야 한다. 따라서 환멸의 세상 바깥으로 지금 쉽사리 발을 옮길 수 있는 것이 아니라면, 그것을 어떻게 견딜 것인가 하는 문제는 여전히 중요하다. 그런 측면에서, 비록 소박하게 보일지는 모르나, 아니 그렇기 때문에 더욱, 이현수의 소설 「신기생뎐──부엌어멈 편」의 주인공인 기생집 부엌어멈 타박네의 다음과 같은 다짐은 소설의 입장에서도 소중하다.

적요한 소멸의 늪에 빠지기 전까지는 마지막 남은 힘을 다해 거슬러 올라야 하지 않겠는가. 세모진 눈을 한층 날카로이 벼려 세상을 바로 보고, 부단히 손을 놀려 손맛을 잃지 않는 길. 내리막길로 치닫지 않고 더디게 가는 길은 그 길뿐이라는 걸 타박네는 안다. (129면)

──『내일을 여는 작가』 2003년 가을호

ㄱ

가상(semblance)  66, 101, 112~13,
    212~14, 280, 321, 373~74
「갈 수 없는 여름」  179, 190
「감기」  204~205
「갑을고시원 체류기」  141~42, 147~48
강영숙  73, 76
「강을 건너는 사람들」  224, 226
「거기, 당신?」  170
『거기, 당신?』  163, 165, 168, 171~72
「거미」  178~79, 181, 188~89
「건」  248~49, 251, 253, 256
「걸레가 있었어요」  195
『검은 꽃』  28~35, 101
「고독의 의무」  165~66
『고래』  53, 75, 124~27
「고마워, 과연 너구리야」  134, 139,
    141~42, 145
「고욤나무」  310, 312, 314
고은(高銀)  61~63, 66
고종석  270~73
공선옥(孔善玉)  390

「광어」  185~86
「구두」  185~86
「구렁이들의 집」  280, 283
『구렁이들의 집』  281
구별짓기  27, 340
「구원의 문학과 개인주의」  240
구효서(具孝書)  85, 296~309, 369, 385,
    387
권여선  266
「귀뚜라미가 온다」  176~77, 183
「국경을 넘는 일」  223
『국경을 넘는 일』  223
「그 남자의 책 198쪽」  169~70
「그녀의 무중력 진공관」  230
「그렇습니까? 기린입니다」  134, 142~43,
    146
그로테스크  210, 212, 280, 349
「그리스 광장」  310~11, 315~18
「그림자들이 사라지는 곳」  392
「그림자를 판 사나이」  101
『그 여자의 자서전』  86
「길」  169, 171
김경욱  104, 110~12, 219~23, 234~35

김승옥(金承鈺)  174~75, 239~50,
　253~61
김애란  73, 89, 91, 204, 206~209, 217
김연수  53, 275
김영하(金英夏)  28, 34~37, 50, 52, 101,
　103~104, 353
김원일  366, 374
김유진  75, 210~12, 214~15
김윤식  240
김인숙  84, 86
김중혁  230~35
김현  240
김훈(金熏)  381~83

ㄴ

나르씨시즘  46, 49~50, 56~57, 63~64,
　70, 158, 168, 312, 335, 339, 383
『나를 사랑한 폐인』  281
「나쁜 소설」  199~200
「낙타 주머니」  85~86
「난 정말 기린이라니까」  388
「남과 북의 새로운 역사감각들」  28
「낭만적 사랑과 사회」  107
『낭만적 사랑과 사회』  103, 107
「내 고운 벗님」  394
「내 사랑 나의 암놈」  280
「너에게 가는 길」  188
「네가 누구건, 얼마나 외롭건」  275~77
「노래에 관하여」  283
「농담을, 이해하다」  378
「누가 커트 코베인을 죽였는가」  111
『누가 커트 코베인을 죽였는가』  104, 110
「누구나 손쉽게 만들어 먹을 수 있는 가정
　식 야채볶음흙」  200

「누이를 이해하기 위하여」  245~46
「늑대의 문장」  211

ㄷ

단자(적)  50, 219, 222
　　단자 사회  270
　　단자화  72, 81, 121, 200, 219
「달려라, 아비」  206, 209, 217~18
「달빛 아래 외로이」  299, 301~302,
　306~307, 385
『달에 홀린 광대』  342
「당신의 수첩에 적혀 있는 기념일」  156
대문자 문학  52~53
「대왕오징어의 기습」  88, 91, 134
데까르뜨  347
『동물원 킨트』  102, 326, 339
「동백꽃 지다」  366
「2시 31분」  85
듀나  104
「들네기」  311

ㄹ

라깡(J. Lacan)  17, 352
라끌라우(E. Laclau) · 무페(C. Mouffe)
　61, 72
라블레(F. Rabelais)  126
라이프니츠(G. W. Leibniz)  97~98
『럭셔리 걸』  112
『레고로 만든 집』  155~64, 168, 171~72
로트레아몽  97
루카치(G. Lukács)  96, 99, 122, 197, 362

ㅁ

「마녀」 210

마르께스(G. G. Márquez) 126

마조히즘 175, 369, 372~73

「만년 소년」 166~67, 169

「만리장성 너머 붉은 여인숙」 111

『만인보』 61, 66

맑스 66

메타포 180, 210

멜랑꼴리 219, 235, 357, 360

멜로드라마 110, 158, 286~87

「명두」 369~71

「모더니즘에 대한 오해에 맞서서」 61~ 64

모레띠, 프랑꼬 261

「목숨의 기억」 273

「몰라 몰라, 개복치라니」 134, 140, 143, 146, 151~52

「무심결」 387

「무용지물 박물관」 230

무의식 44, 56, 97, 99, 105~107, 109, 137, 184, 205, 244, 265, 278, 288, 318

「무진기행」 243~49, 257~59

무한(無限) 143, 274~76, 307~308, 340, 343

　　　무한성 306

「문밖에서」 380

「물 속 페르시아 고양이」 297

물신(物神) 124, 194, 291, 395

　　　물신화 67~68

미메시스(적) 177, 301~305, 386

「미스터 존」 310, 316~18

미학화 171

미학주의(적) 214

「민주화 이후의 정치와 문학: 고은 『만인 보』의 민중–민족주의 비판」 61~63, 66~68

ㅂ

「바나나 주식회사」 230

「바다와 나비」 83, 86

「바람 속에 눕다」 193

박민규(朴玟奎) 73~74, 87~89, 91, 103~ 107, 109, 131~53, 198~99, 201~204

박형서 75, 212~15, 394~95

「밤의 조건」 185

「밤이 지나다」 299~300, 309

「배꽃이 지고」 179~80, 183, 187

배수아(裵琇亞) 19, 22, 25~27, 36~37, 50, 52, 102~104, 325~27, 333~39, 353

「배(船)의 무덤」 181, 185, 187

「배추벌레」 343

백가흠(白佳欽) 174~87, 193~95

백낙청(白樂晴) 19~27

『백년여관』 356~61

백민석(白旻石) 51~52, 101~103, 349~54

「뱃전에서」 394

「버니」 199

버먼, 마샬(Marshall Berman) 260

『법철학』 322

베케트(S. Beckett) 348

벤야민(W. Benjamin) 262~63, 277, 361, 385

보들레르(C. Baudelaire) 65, 263

『봄날』 356, 360

「봉자네 분식집」 169~70

「불끄는 자들의 도시」 394~95
브레히트 77
『비밀과 거짓말』 39~48, 53~55, 85
비학(祕學) 141, 146, 285, 288~91
『빨치산의 딸』 311

ㅅ

「사람의 신화」 179, 181, 188~91
「사랑의 인사」 204, 206~209
사물화 74, 98~99, 105, 108, 121, 379
「사춘기」 310, 316~17
「산책」 343~46
『삼미 슈퍼스타즈의 마지막 팬클럽』 103,
　106~107, 131, 136~45, 149~51
「삼풍백화점」 227
『상속』 42~43
「새벽 한시」 156, 158
『새의 선물』 40, 45~47, 175
「생명연습」 246~49, 254
「서른세 개의 단추가 달린 코트」 157
「서울, 1964년 겨울」 255~57
서하진 394
성석제 394
「소금가마니」 299, 303, 306
「소녀시대」 104, 107~108
「소설가의 책상, 에쎄이스트의 책상」 19
「소양강 처녀」 383
손홍규(孫弘奎) 73, 174~82, 187~95
「순수」 108
「순정」 371~74
「술꾼」 216~18
숭고(崇高) 89, 144, 169, 271, 276
「숲에서 길을 잃다」 345~46
스피노자 94, 294

「승리의 날개」 311~14
「시계가 걸렸던 자리」 299, 304~307
『시계가 걸렸던 자리』 85
식민화 105, 138, 159, 197, 241, 274
신경숙(申京淑) 50, 52, 64~65
신경증(적) 73, 80, 184~86, 193, 312
「신기생뎐——부엌어멈 편」 394~95
「심해에서」 283
『16믿거나말거나박물지』 101

ㅇ

아도르노 96, 197, 249, 260, 270
『아름다운 나의 귀신』 281, 283
『아버지의 땅』 360
「아이는 가끔 돌아오지 못할 길을 떠난다」
　192, 194
「아이들도 돈이 필요하다」 224~26
아이러니 34~36, 52~53, 63, 108~109,
　171, 182, 187
아포리아(aporia) 24, 284, 339
「악수」 156~57, 161
알뛰쎄르(L. Althusser) 94, 109
알레고리 48, 53, 81, 127, 134, 201,
　208, 211~13, 222, 281, 284, 288~89,
　354, 366, 371
「앗쌀람 알라이 쿰」 302, 306~308
애도 356, 373, 386
　　애도과정 357
　　애도작업 251, 352, 356, 373
「야쿠르트 아줌마」 150
「양떼 목장」 343, 346
『에쎄이스트의 책상』 19~27, 52, 102,
　325~41
「에스키모, 여기가 끝이야」 230~33

엠페도클레스(Empedokles)  289
엥겔스  20
「연이 생각」  223
『영광전당포 살인사건』  112
「영희는 언제 우는가」  390
「오마니별」  366~68
『오빠가 돌아왔다』  34
『외딴방』  64
「운명」  269
원시림  104
「위험한 독서」  219~22
「위험한 산책」  266~67
『유 대리는 어디에서, 어디로 사라졌는가』
   112
「유리 가가린의 푸른 별」  86, 264~65
유머   87~94, 137, 165, 187, 192~94,
   205, 234, 343~45, 379, 394
유종호  181~82
「유턴지점에 보물지도를 묻다」  169~71
윤대녕  50, 52, 65, 85~86, 199
윤성희(尹成姬)  73, 76, 89, 155~61, 163~
   72, 204~206
『율리씨즈』  65
은유(적)  41, 80, 184, 196, 203, 366~
   67
은희경(殷熙耕)  39~48, 53~57, 79~80,
   85~86, 174~75, 264
이기호  73, 198~201
이데올로기(적)  20, 51, 67, 92, 106, 110,
   114, 120, 124, 127, 138~40, 159,
   209, 268
이만교  378
「이무기 사냥꾼」  176~77, 181
이문환  103, 112
『이바나』  102, 326

「이발소 거울」  299, 307
「이 방에 살던 여자는 누구였을까?」  157~
   58, 161, 163
『이상한 나라에서 온 스파이』  279~95
이청준(李淸俊)  262, 363, 366, 374
이치은  103, 112
이현수  394~95
이혜경(李惠敬)  380
『일요일 스키야키 식당』  326
임규찬(林奎燦)  17~18
임철우(林哲佑)  356~57, 360~61
임화(林和)  110
「잉어 이야기」  280, 283


ㅈ

자기기만  46, 50, 71, 84, 105, 118, 120,
   257, 259, 365
자기반영적  132, 343, 357
자기성찰  37, 56, 65, 118, 120, 123,
   263, 272, 354
자기지시적  48, 101, 354
자기지칭적  211, 227
「자유 시베리아」  307~308
자유주의  61~63, 67, 153
자의식  22~23, 41, 48, 53, 74, 76, 90,
   94, 98, 102~105, 109, 111~12, 127,
   143~44, 169, 177, 187~89, 197~200,
   204, 206, 214~15, 235, 240, 253,
   259~60, 263, 267~68, 311, 318~19,
   321, 332, 337~38, 347, 350, 353~54,
   358
「잘 가, 또 보자」  164, 169, 173
장르예술  112~14
「장마, 정읍에서」  179

장정일 182

재현(再現) 20~21, 23~24, 28~29, 34, 36, 94, 185, 257~58, 338

「전나무숲에서 바람이 분다」 185~86

전상국(全商國) 383~85

전성태 223~26, 234~35

정신주의(적) 20~22, 24~27, 36~37, 52~53, 102, 168, 339

정영문 342~48

정이현 90~91, 103~104, 107~109, 226~30, 235

정지아(鄭智我) 269~70, 310~22, 371

제임스, 헨리(Henry James) 121

조경란(趙京蘭) 52, 388

조이스, 제임스(James Joyce) 65, 122

조하형 125

「존재의 숲」 223

주체성 24, 66, 333, 336, 339, 351

　　무력한 주체 89, 92, 94, 193

　　상상적 주체 50~52, 55~57

『죽은 올빼미 농장』 51, 102, 349, 353

증상(symptom) 19, 27, 41, 57, 62, 80, 84, 114, 118~23, 176, 218, 251, 277, 311, 330

『지구영웅전설』 103, 106, 131, 136~37, 199

「지도중독」 79~80

「지옥으로 간 사나이」 179

지젝(S. Žižek) 114

「지하실」 363~66

「진실의 방으로」 212

진정석(陳正石) 16

진정성 63~68, 151, 223, 227~28

ㅊ

「차나 한 잔」 256

「1979년생」 90~92, 227~29

천명관 53, 75, 124

초자아(super-ego) 76, 93, 289

최원식(崔元植) 15~19, 28~35

최인석(崔仁碩) 182, 188~89, 273~95, 392~94

최인호(崔仁浩) 216

「축구도 잘해요」 199, 202~203

ㅋ

「카스테라」 132~36, 141, 144, 149, 202

칸트(I. Kant) 56, 68, 118~20, 163, 271~72, 307

코기토(cogito) 26, 330, 333, 353

「코리언 스텐더즈」 88

코울리지(S. T. Coleridge) 289

쿤데라, 밀란 196

큰 타자(Other) 119~20, 123~25, 253, 259, 348

『키메라의 아침』 125

「키 작은 자유인」 366

ㅌ

탈규범(적) 198, 203, 234

탈내면 72, 76, 90, 92, 201

탈현실(적) 74~75, 91~92, 210~12, 234~35, 302

테일러, 찰스(Charles Taylor) 61

『토끼를 기르기 전에 알아두어야 할 것들』 212

토포스(topos) 126, 293
「퇴원」 262~63
트라우마 227, 235, 257, 353~54, 358~
  60, 363
「트렁크」 107~108

ㅍ

판타지 36, 73~74, 124, 182~87, 206
패러디 98, 197~200, 203, 345~47
페티시(fetish) 108
  페티시즘(fetishism) 383
편집증(적) 87, 89, 91~92, 94, 138~
  40, 193, 281
「폭우로 걸어들어가다」 179, 188~89, 194
『푸른 혼』 366
「풍경」 372
프로이트 40, 168
「프린세스 안나」 104
플로베르(G. Flaubert) 109
「플루트의 골짜기」 270~73

ㅎ

하성란(河成蘭) 387
하이데거(M. Heidegger) 113, 151
한차현 103, 112

「행복」 310, 318~22, 372
허무(적) 33, 41, 44~47, 82, 87, 93,
  199, 219, 230, 266, 276, 298, 302,
  305, 307, 309, 382
  허무의식 46
  허무주의(적) 23, 26, 29, 33~37,
    43, 55~56, 86, 94, 168, 233,
    235, 286, 305~308, 387
헤겔 38, 322, 375
『헤이, 우리 소풍 간다』 103, 353
『호랑이는 왜 바다로 갔나』 86
「호숫가 이야기」 299, 303~306, 309
홍석중 28
「화장」 381~83
환멸 40, 45~46, 50~51, 60, 65, 83,
  116, 122, 175, 246, 252~53, 266,
  274, 279~80, 378, 395
환상 23, 34, 45, 50~51, 92, 120, 159~
  60, 163, 169, 171, 187~89, 205, 211,
  247, 268~70, 273, 279~81, 290~91,
  294, 322, 360, 363
「환상수첩」 244~46, 250~54
황종연(黃鍾淵) 60~67
『황진이』 28
「회색 괴물」 230
「횡설수설」 346

비평극장의 유령들

초판 1쇄 발행/2006년 5월 4일

지은이/김영찬
펴낸이/고세현
책임편집/황혜숙 강영규
펴낸곳/(주)창비
등록/1986년 8월 5일 제85호
주소/413-756 경기도 파주시 교하읍 문발리 513-11
전화/031-955-3333
팩시밀리/영업 031-955-3399 · 편집 031-955-3400
홈페이지/www.changbi.com
전자우편/literat@changbi.com

ⓒ 김영찬 2006
ISBN 89-364-6322-5  03810

* 이 책은 대산문화재단의 2005년도 '대산창작기금'을 받았습니다.